W0352506

btb
Aus Freude am Lesen

»Von Michelangelo die Zeichnung, von Tizian die Farbe«, so lautete das Credo des Färbersohns Jacopo Robusti, genannt Tintoretto, der sich in seinem Leben alles erkämpfen musste, weil er – anders als sein Rivale Tizian – niemals ein Liebling der Venezianer war. Und trotzdem hat er seine Heimatstadt künstlerisch geprägt wie kaum ein anderer. Tintoretto berauschte sich daran, mit den Traditionen zu brechen und sich selbst immer neu zu erschaffen, für ihn war Malen wie Träumen. Sein unbändiges Streben nach Freiheit in der Kunst teilte er mit seiner Tochter Marietta, der ersten Künstlerin der Renaissance. Sie war das uneheliche Kind mit seiner großen Liebe Cornelia, einer deutschen Hure.
Mit ungeheurem Einfühlungsvermögen und reich an bestens recherchierten Details erzählt Melania G. Mazzucco die dramatische Geschichte dieses Malergenies des 16. Jahrhunderts.

Melania G. Mazzucco, geboren 1966, hat zahlreiche, von der Kritik gefeierte Romane geschrieben. Für Ihren Roman »Vita«, wurde sie mit dem renommierten Italienischen Literaturpreis, dem Premio Strega, ausgezeichnet. Für »Tintorettos Engel«, der sich in Italien 200.000 Mal verkaufte, hat sie viele Jahre intensiv recherchiert. Mazzucco gilt als große Kennerin Tintorettos und hat auch ein Sachbuch über die Familie des Malergenies verfasst.

Melania G. Mazzucco

Tintorettos Engel

Roman

Aus dem Italienischen von
Birte Völker

btb

Die italienische Originalausgabe erschien 2008 unter dem Titel »La lunga attesa dell' angelo« bei Rizzoli, Mailand.

FSC
www.fsc.org
MIX
Papier aus verantwortungsvollen Quellen
FSC® C083411

Verlagsgruppe Random House FSC-DEU-0100
Das für dieses Buch verwendete
FSC®-zertifizierte Papier *Pamo House*
liefert Arctic Paper Mochenwangen GmbH.

1. Auflage
Genehmigte Taschenbuchausgabe Dezember 2011,
btb Verlag in der Verlagsgruppe Random House GmbH, München
Copyright © der Originalausgabe 2008 by RCS Libri, S.p.A., Milano
Copyright © der deutschsprachigen Ausgabe 2010 by Albrecht Knaus Verlag in der Verlagsgruppe Random House GmbH, München
Abbildung S. 542/43: © British Library/AKG Images, Berlin
Umschlaggestaltung: semper smile, München
Umschlagmotiv: ullstein bild/Roger Viollet
Satz: Greiner & Reichel, Köln
Druck und Einband: CPI – Clausen & Bosse, Leck
SL · Herstellung: BB
Printed in Germany
ISBN 978-3-442-74326-1

www.btb-verlag.de

Verleih mir, gütiger Vater, ewiges Leben.

Alessandro Caravia

Exitus

Es ist dunkel geworden. Der Vorhänge sind zugezogen, jemand muss die Kerzen angesteckt haben, da es nach Wachs und Rauch riecht, bis zu mir gelangt jedoch nicht der kleinste Schimmer. Die Finsternis hat meinen Leib verschlungen, ich weiß, dass ich liege, aber ich finde nicht zu mir, ich fühle meine Hand, doch ich spüre sie nicht. Ich bin verloren. Solltest du hier irgendwo sein, ich sehe dich nicht. Jemand hält sich zwar im Zimmer auf, ich kann seine Bewegungen wahrnehmen, selbst die Schwingungen seiner Seele – doch ich weiß, du bist es nicht. Hörst du mich? Du bist es, an den ich mich wende. Ich rief nach dir, und nun rufe ich dich wieder. Komm her, ich will nicht nur mit mir selbst reden.

Ich kann nicht schlafen. Vierzehn Tage ist es her, dass mich der Schlaf das letzte Mal mitgenommen und in das Land geführt hat, in dem alles Verlorene gegenwärtig, alles Zukünftige schon geschehen ist. Erst habe ich aufgehört zu träumen, ich fiel in meine Nächte wie ein Stein in einen Brunnen ohne Grund – dann habe ich aufgehört zu schlafen. Alles Erlebte flackert in der Dunkelheit auf. Und dennoch starre ich in eine entsetzliche Leere, in die alles hineingesogen wird. Alles erlischt – nur ich liege hier gefesselt, allein mit den Erinnerungen, die nur ich kenne und mitnehmen werde.

Es heißt, die Medikamente seien wirkungslos geblieben und die Aderlässe hätten mir die letzte Kraft geraubt. Die Kräuter konnten die quälenden Schmerzen in meinem Magen nicht lindern, das Fieber ist gestiegen und der Schlaf nicht zurückgekehrt. Der Priester muss noch in der Nähe sein. Weihrauch vermischt sich mit dem Duft von Kiefernharz, Aloe und Myrrhe, das in den Fackeln verbrennt. Nun ist es spät, mit niemandem werde ich mehr sprechen, außer mit dir.

Da du mir nicht die Zeit gelassen hast zu sagen, was ich sagen muss, werde ich dir diese Zeit stehlen. Bevor alles wie Asche verweht, werde ich dir all meine Sünden aufzählen, und du wirst überrascht sein, wie viele ich begangen habe. Ich meine aber nicht jene, die du dir vorstellst. O ja, ich bin arrogant gewesen, überheblich, ungestüm, ein Lügner, fanatisch, ungerecht, unredlich, voller Neid. Ich war unmoralisch, sinnlich, verzweifelt. Ich kenne die erhebende Banalität des Fleisches wie auch die beschwerliche Schönheit des Geistes. Ich werde von Eitelkeit erzählen, von Ehrgeiz und Selbstsucht, von Versuchung, Verrohung und Groll. Doch meine schwerste Sünde ist eine andere.

Ich erhebe keinen Anspruch, verstanden zu werden, ein jeder von uns ist ein Rätsel. Das Geheimnis meiner Taten, meiner Laster und Tugenden behalte ich für mich. Ich will mich weder rechtfertigen noch losgesprochen werden – dies wäre unmöglich, denn gelebt zu haben ist bereits eine unverzeihliche Sünde. Ich möchte mich lediglich erinnern – und durch die Erinnerung leben und wieder lebendig werden. Ich werde dir nichts verschweigen – wie ich auch mir nichts verschweigen werde. Das Recht, über mich zu richten, hast du immer schon gehabt. Ich habe an dich geglaubt. Ich habe mich sowohl als verschwindend kleines Etwas als auch als dein Ebenbild verstanden, als winziges, bedeutungsloses und gemeines Staubkörnchen sowie als freier Herr des Universums. Ich habe deine Gaben empfangen und dir meine dargeboten. Du weißt, was ich dafür erbeten habe. Ich habe mich an unsere Abmachung gehalten, du hast sie nicht erfüllt. Und noch vermag ich nicht zu beurteilen, ob dein Schweigen Zeugnis deines Verrats oder deiner Anteilnahme ist.

Hilf mir, Klarheit zu schaffen, denn alles ist so verworren – es herrscht keine Ordnung mehr in diesem Getümmel. Alles Wichtige erscheint mir unwesentlich, alles Unwesentliche bedeutungsvoll. Die Erinnerungen geraten durcheinander, weil mein Gedächtnis so arbeitet, wie ich es einst getan habe. Es stampft, rattert und berichtigt unentwegt, erfindet, verbessert, sodass ich nicht mehr weiß, was ich tatsächlich getan und was ich hätte tun sollen, was mir gesagt und was verschwiegen wurde, was gewesen ist und was nie geschehen wird – aber zumindest hat die Zeit am Ende alles begrenzt und zusammengefügt. Der Schlüssel der wahrheitsgetreuen Erinnerungen ist irgendwo abhanden gekommen, und ich kann ihn nicht wiederfinden.

Wie viele nur in mein Zimmer getreten sind! Sie haben das Fenster geöffnet, unbekannte Stimmen vermischen sich mit den mir vertrauten. Unten auf den Kähnen ist Markt – die Rufe der Obsthändler und das Geschwätz der Mägde dringen zu mir herauf. Auch das Wasser kann ich hören, wie es gegen das Ufer schwappt – die Flut beginnt zu steigen, jede Welle ein Atemzug. Die Schritte, Geräusche, Körper, Farben, die Verlockungen, sie waren das Leben und werden es bleiben – eine ewig währende, immer wiederkehrende Bewegung, Vorstoß und Rückzug, Flug und Fall. Und doch, Herr, lag es weder am Fieber noch am Schlafentzug. Du hast sie wie eine Legion Teufel auf mich losgeschickt, nur will ich sie nicht bekämpfen. Im Gegenteil, wiederfinden will ich sie.

17. Mai 1594
Erster Fiebertag

Mein Ende hat mit ihrer Rückkehr begonnen, es ging gar nicht anders, war sie doch der Gast, auf den ich gewartet habe. Sie ist gekommen, um mich zu holen, und ich, Herr – gleichwohl seit Jahren bereit –, habe gezaudert. Es begann, als ich den alten Schrank auf dem Dachboden öffnete und dieses rote Kleidungsstück in meinen Armen niedersank. Da bist du ja, mein Funke, wollte ich fast zu ihr sagen. Lach du nur, Herr. Sanft habe ich sie auf den Boden gelegt, mich hingekniet, ein Staubkörnchen von ihrem Ärmel gepustet und die Finger in den roten Samtzipfel gedrückt, als könnte der Stoff meine Liebkosung spüren. In jener Nacht habe ich – zum ersten Mal – keinen Schlaf mehr gefunden.

Ich bin ausgestreckt auf dem Bett liegen geblieben, meine Lider wogen schwer auf den im Dunkel weit aufgerissenen Augen – im Mund, fest zwischen den Lippen, mein süßes Mittel gegen den Schmerz: das Stöckchen. Jedes Mal, wenn ich den Drang verspürte zu schreien, biss ich kräftig zu, bohrte die Zähne tief ins Holz. Den Geschmack habe ich noch immer im Mund. Der Schatten des Mondes wanderte über die Decke hinweg. Er war längst untergegangen, als mein guter Dominico aus dem Atelier heraufkam; die Treppe knarrte unter seinen Schritten, und die Tür quietschte in den Angeln, und ich hörte, wie er die Fensterblenden schloss. Die Diener in der Küche plauderten und lachten – gedämpft vernahm ich ihre Stimmen in der immer tiefer werdenden Stille des Hauses. Marco war noch nicht heimgekehrt. Er vertrieb sich wohl mit ein paar anderen Tagedieben beim Würfeln im Spielsaal die Zeit. Meine Frau hatte eine Weile wach im Bett gelegen und auf ihn gewartet, bis schließlich auch sie aufgab und ihr Atem neben mir langsam und schwer wurde. Bis von der Sensa und vom Platz kein einziger Laut mehr einen Riss in die Hülle der Nacht machte.

Nach und nach erloschen in den Häusern die Lichter. Adelige wie Arbeiter legten sich zur Ruhe, in seinem Marmorpalast der überaus berühmte Gasparo Falier und im grünen Haus gegenüber Piero, der Färber. Auch die Mäuse im Keller schliefen ein, die Tauben unterm Dach, die Schwalben auf dem First, die Katze am Ofen, die Flöhe im Schrank und selbst die Wanzen in der Matratze. Ebenso die Gemüsehändlerin vom Ponte dei Mori, die Tuchweber des Corte Cavallo, Angelo Schietti, mein Nachbar vom gegenüberliegenden Ufer, im Palazzo Cammello mein Rechtsanwalt Belloni und in ihren Klosterzellen die Mönche von Madonna dell'Orto. Und alle Nachbarn: Bootsführer, Kalfaterer, Wollhändler, Gemüsegärtner und Bootsschreiner. Außerdem meine Köchin, mein Diener Nastasio, die Malerin Donna Jacoma, die Brillenmacherin Zanetta von Ormesini und der Drucker Marco Liaba. Seine Druckerei grenzt an den Raum, der mir seit fast einem halben Jahrhundert als Werkstatt dient, die Höhle meiner Phantasie. Venedig versank im Schlaf – das ruhige Schnaufen des Wassers trug alle hinfort. Nur das Kreischen einiger Möwen, die auf dem Schornstein landeten, erfüllte die Nacht. Schließlich aber schwiegen auch die Vögel, und ich war allein mit mir selbst.

Ich lauschte dem Odem des Wassers, Venedigs, meiner Frau und meinem eigenen, und während die Stunden in der nächtlichen Sanduhr scheinbar stecken geblieben waren, biss ich auf das Stöckchen und fragte mich, ob ich noch einmal die Möglichkeit bekäme, meinen Funken wiederzusehen. Nicht nur im trügerischen Land der Träume, in die sie mir, ohne sich auch nur zum Abschied umzudrehen, wie ein nebliger Schatten entgleitet. Jetzt, da ich wüsste, was ich täte, da ich keine Antwort fürchte, jetzt kann ich sie nichts mehr fragen. Diese Fragen werden zwischen uns bleiben, uns voneinander trennen wie eine Mauer, die ich nicht zu bezwingen vermag.

An diesem Morgen war ich auf, noch bevor die Glocke des Arsenals läutete. Schweißüberströmt wachte ich plötzlich mitten aus einem qualvollen Traum auf, in dem ich durch die engen Gassen des Rialto rannte, wo ich lange nicht gewesen war. Hinter mir die Schritte einer Person, die ich nicht sehen, aber auch nicht abschütteln konnte. Ich wusste nicht, welche Schuld ich auf mich geladen hatte, doch mir war klar, dass ich nicht stehen bleiben durfte. Ich rannte, das Herz schlug mir bis zum Hals. Mein Körper war jugendlich, meine Beine flink. Ich musste mich verlaufen haben, denn auf einmal befand ich mich in einer Sackgasse. Nur noch ein unheimliches Funkeln vor mir. Der Schatten meines Verfolgers – oder meiner Verfolgerin – bildete auf der Fassade des Palazzo einen dunklen Fleck. Ich stürzte mich ins Wasser, und erst da merkte ich, dass es kein Wasser, sondern eine dicke und klebrige rote Flüssigkeit war. Blut. Die Strömung trieb mich weit weg vom Ufer, der Fluss mündete in einen Kanal, Wellen von Blut rauschten unter den Brücken und zwischen den Häusern hindurch, wovon eines mir gehörte. Ich schlug um mich, doch ich schaffte es nicht, gegen den Sog anzuschwimmen. Ich war leicht wie eine Seifenblase, und als wäre ich es gewesen, der dieses Blut verlor, verließen mich meine Kräfte. In diesem Moment wachte ich auf. Ich hatte zum letzten Mal geschlafen, doch das konnte ich nicht wissen.

Auf der Staffelei in meinem Atelier erwartete mich die *Grablegung Christi.* Für mich gab es nun nichts mehr zu tun: Das Gemälde war fertig. Wenn du feststellst, dass dein Werk dir nicht mehr gehört, erlebst du einen Moment der Enttäuschung. Wenn es absolut nicht das ist, was es hätte werden sollen – nicht einmal ein müder Abklatsch deiner Absichten –, wenn es nichts anderes mehr werden kann. Als junger Mensch, der am Beginn seines

Arbeitslebens steht, hegst du noch – frei und unbedarft – so viele Hoffnungen. Du spürst einen inneren Drang, Leidenschaft spornt dich an, aus Launen geborene Ideen ermutigen dich. Erschaffen ist für dich so natürlich wie atmen. Die Fülle an Stoffen verführt dich, deine Willenskraft gibt dir Sicherheit. Dann aber kommt die Notwendigkeit zu leben. Erschaffen wird zur Pflicht und gleichzeitig so selbstverständlich wie sich entleeren müssen. Allmählich behindert dich dieser unerkannte Ballast, vergällt dir die Freude, verwandelt die Liebe in Gewohnheit. Und wenn du standhaft bleibst, deine Ideale nicht verrätst, wenn du überlebst, dann tritt der Wahn ein, kommen Schall und Rauch und die Anmaßung, wissend zu sein. Früher oder später stellst du fest, dass die Reise zu Ende ist und du wieder an dem Ufer stehst, von dem du abgelegt hast. Wenn du ein Mensch bist und keine aufgeblasene Sackpfeife, bleibt dir einzig die Erkenntnis, gescheitert zu sein.

Also habe ich nach meinen Söhnen geschickt und ihnen aufgetragen, eine Gondel zu besorgen, um nach San Giorgio Maggiore zu fahren. «Jetzt?», fragte Marco und rieb sich die blutunterlaufenen Augen. Er war noch nicht zu Bett gegangen. «So bald wie möglich», antwortete ich. «Bist du sicher, dass ich mitkommen muss?», fragte er verwundert. Ich bitte ihn nie, mich zu begleiten. Ich vertraue ihm nicht, lasse ihn nicht einmal mein Atelier betreten, weil ich fürchte, dass er meine Bilder klaut, um die Betrüger zu bezahlen, denen er auf den Leim gegangen ist. «Ich will euch alle beide», sagte ich.

«Guten Morgen, Maestro», flüsterten Dominicos Gesellen und beäugten mich mit einer Hochachtung, die ihr Entsetzen nicht verbarg. Sie waren bereits früh in der dämmrigen Werkstatt damit beschäftigt, Paletten abzuschaben und Farbe zu zerreiben. Ich selbst habe nie die Geduld gehabt, mich mit Schülern zu umgeben, ihre Anwesenheit war mir stets eine Last, ich glaube nicht an die Schule – in meinem gesamten Leben gibt es nur eine Person, die zu unterrichten ich nicht müde geworden bin. «Lass deine Gehilfen etwas Nützliches tun, Dominico», rief ich meinem Sohn zu. «Die *Grablegung* muss verpackt werden.»

Nachdem ich an meinem Bart herumgeschnitten hatte, trat mir im Spiegel ein furchterregender Übeltäter entgegen, der aussah, als wollte er mich umbringen. Meine Augen sind zwei hohle Schatten, mein Bart ein weißes Büschel. Drei Falten zerteilen in tiefen Furchen meine Stirn. Es heißt, dass das Gesicht, das die Zeit uns schafft, Ähnlichkeit mit unserem Leben habe, und wir in den Lippenfalten, in jedem einzelnen Leberfleck das ablesen könnten, was uns widerfahren ist. Aber ich wollte mich nicht lesen. Ich weiß, dass die anderen mich fürchten: Auch ich fürchte mich bisweilen vor mir.

Meine Frau wartete mit dem Frühstück auf mich. Die Tage verliefen für mich nunmehr so gleichförmig wie die eines im Käfig eingesperrten Papageis. Es sollte ein Tag wie all die anderen werden, und hätte es nicht das rote Kleid gegeben, er wäre mir nicht in Erinnerung geblieben. Er wäre in der eintönigen Abfolge der Tage, auf die sich mein Leben reduziert hat, untergegangen. Wer die Vorzüge des Alters preist, der hat vergessen, wie langweilig das Leben eines alten Menschen sein kann. Gerne würde ich, wenn ich noch einmal jung sein könnte, auf die Erlösung durch den Tod verzichten. Doch das Glas der Gewohnheit hat einen Sprung bekommen, der Übergang hat sich aufgetan: Das Jetzt hat sich wie ein Lichtschimmer auf dem Wasser aufgelöst, und ich habe plötzlich nachgegeben.

Faustina bat mich, Erkundigungen einzuholen, ob der Kaiser tatsächlich die notwendige Unterstützung für den Kreuzzug gegen die Ottomanen erhalten habe – und ob wieder einmal ein Krieg in Vorbereitung sei. Jedes Mal, wenn ein Krieg ansteht, bekommt meine Frau Herzrasen, fürchtet sie doch, dass unser Marco sich melden und auf dem Schlachtfeld eines Landes, dessen Namen wir nicht einmal kennen, umkommen könnte. Ich beschwichtigte sie. Auch wenn es einen Krieg geben sollte, wir Venezianer würden ihn nicht austragen, wir haben unsere Lektion gelernt: Wenn du deinen Feind nicht besiegen kannst, musst du mit ihm in Frieden leben. Alle Staaten und auch alle Menschen sollten sich so verhalten.

Jedenfalls war mir nicht danach, mich mit meiner Frau zu unterhalten. Ich knabberte am Käse herum und spuckte das Brot wieder aus. Noch habe ich alle meine Zähne, und ich wollte sie nicht an diese Kruste verlieren. «Ich gehe jetzt, werde spät zurück sein», sagte ich zu Faustina. «Es ist brüllend heiß draußen, du wirst noch in Ohnmacht fallen», protestierte sie. Hätte es doch nur einen Tag gegeben, an dem meine Frau mich ermutigt, mir einfach blind recht gegeben hätte, ohne dass ich jedes Mal ihre Zustimmung abringen musste! «Um punkt eins bin ich wieder zurück», erklärte ich ihr. «Und dann möchte ich, dass mein langer, schwarzer Satinumhang, den du irgendwo hingestopft hast, für mich bereitliegt.» «Er ist dort, wo du ihn hingestopft hast, Jacomo!», gab sie murrend zurück. «Du trägst ihn ja doch nicht mehr! Die Motten werden ihn zerfressen haben. Was willst du eigentlich mit diesem langen Mantel?», fragte sie plötzlich neugierig. «Ich muss auf eine Beerdigung», antwortete ich so schroff, dass meine Frau keine weiteren Fragen mehr stellte.

«Vater, geht es Euch gut?», fragte Dominico besorgt, als er merkte, dass ich in der Hitze nach Luft rang. Er hat Angst, mich zu verlieren. Mit knapp vierunddreißig Jahren sieht er in mir noch immer seine Leitfigur. Eilig schob ich die Schuld für meinen kleinen Schwächeanfall auf den glühend heißen Wind, diesen verdammten Schirokko, der die ganze Stadt peinigte. Meine Frau winkte mir zum Abschied vom Fenster der Loggia zu. Das macht sie jeden Tag, als stünde ich kurz davor, in irgendein fernes Land aufzubrechen. Dabei habe ich Venedig seit Jahren nicht mehr verlassen. «Ruft mich, wenn das Bild verpackt ist und das Boot bereitsteht», ermahnte ich meine Söhne, die mir auf den Fondamenta hinterherliefen und überaus elegant aussahen in den bunten Seidenjäckchen, den strahlend weißen Halsbändern und Mützen aus Tobin auf dem dunklen Haar. Sie kehren einen Reichtum und einen Rang nach außen, den sie nicht besitzen. Das habe ich mir allerdings selbst zuzuschreiben. Ich habe ihnen Dinge erlaubt, die ich mir nie gegönnt hätte. «Papa, wo willst du hin?», fragte Dominico verunsichert. «Wo soll er schon hingehen», raunzte ihn Marco mit gedämpfter Stimme an, «dem werden vom vielen Rumsitzen die Eier schwer, er hat doch nichts zu tun.»

Es stimmte. Ich hatte keinerlei Verpflichtung. Seitdem ich befürchten muss, Aufträge nicht mehr einhalten zu können, habe ich keine mehr übernommen. Ich teilte mir mein restliches Leben nicht mehr in Jahre oder gar Jahreszeiten ein. Tage waren alles, was es noch gab, sowie die Nächte – und davon war jede einzelne so riskant wie die Überquerung des Atlantiks. Mit verblüfften Gesichtern starrten mir meine Söhne hinterher, während ich mich zum Friedhof aufmachte – behutsam und würdevoll setzte ich einen Fuß vor den anderen, geriet ich doch in letzter Zeit häufig ins Straucheln und Stolpern. Dominico sprang mir in seiner fürsorglichen Art zur Seite und fasste mich unter den Arm.

Mein Sohn meint, das Alter sei das Einzige, das mir zu schaffen macht, und leider gebe es dafür kein Heilmittel. Ich hingegen fühle mich so kräftig wie an dem Tag, als mir zum ersten Mal bewusst wurde, ich selbst zu sein. Mein Körper mag müde, meine Knochen gebrechlich und mein Herz noch so abgehetzt sein, das aber, was sich nicht verändert hat und nicht verändern kann, ist mein innerstes Wesen, meine Identität, nennen wir es ruhig meine Seele, die nicht an die Zeit und ihre Launen gebunden und daher unzerstörbar ist. Lass Fieber mich befallen, Herr, entreiß mir alle Kraft, fessle mich ans Bett: Ich werde dich in wachem Zustand empfangen, mit jenem hellen, furchtbaren Geist, den du mir geschenkt hast. Verärgert hakte ich mich wieder aus. «Kümmre dich um deine Angelegenheiten», sagte ich zum wiederholten Male zu

Dominico, «und lass mich in Frieden, verschwinde.» In sich hinein lächelnd nahm mein guter Sohn schweigend die Zurechtweisung entgegen und gehorchte, wie immer.

Zur Madonna dell'Orto gehe ich jeden Morgen. Diese Kirche ist meine Zuflucht, mein Museum: In der Kapelle und an den Wänden, in jedem Winkel habe ich eine Seite aus meinem Leben hinterlassen. Hier habe ich wie in ein Buch meine Geschichte niedergeschrieben. Zu dieser frühen Stunde hielten sich in der Kirche nur der Bäcker vom Campo dei Mori, der kniend eine Litanei betete, und ein Laienbruder vom Kloster nebenan auf, der mit einem Reisigbesen Staub fegte. Die Sonnenstrahlen, die durch die hohen Fenster fielen, zeichneten eine klare Linie auf den Boden – hier Licht, dort Schatten. Ach, wäre doch unsere Seele auch so klar und eindeutig, Herr. Könnte ich nur das Gute vom Bösen trennen, das, was ich getan, von dem, was ich erhalten habe. Aber leider ist es nicht so, leider gibt es nur einen einzigen, großen Strudel, in dem sich alles vermischt. So weiß ich nicht mehr, was richtig und was falsch gewesen ist.

Die Sonnenstrahlen brachen sich an den Scheiben wie an einem Bollwerk und zersplitterten in einzelne grelle Lichtfetzen, die an den Wänden und auf dem Boden kleine Pirouetten drehten und mich blendeten. Als wüsste ich nicht mehr, wo sie stand, suchte ich nach der großen Orgel. Jeden Tag bin ich in diese Kirche gegangen, beinah dreißig Jahre lang. Und nun taperte ich einen Moment verwirrt im leeren Kirchenschiff umher. Meine Erinnerung an alles Naheliegende verschwimmt wie die dunkle Erinnerung an einen Traum im Nebel. Alles Vergangene erscheint mir näher als meine Gegenwart.

Vor der schmutzig weißen Statue der Madonna dell'Orto verbrannte ein ganzer Wald von Kerzen und flehte stellvertretend um Gnade. Ich wollte gerade eine Altarkerze anzünden, als mich etwas ablenkte. Ein weißer Schatten huschte über mich hinweg.

Sich an der Treppe des Gerüsts festhaltend, das um einen Seitenaltar aufgebaut war, schwang sich ein kleines Mädchen durch die Luft. Es war vollständig in Weiß gekleidet. «Pass auf, mein Fünkchen», sagte ich zu ihm. «Wenn du fällst, tust du dir weh. Komm herunter.» Das Mädchen gehorchte, stellte seine kleinen Füße wieder auf festen Boden und kam zögernd herbei. Sie war etwa sieben Jahre alt, hatte kastanienbraunes Haar und dunkle Augen, wie eine Türkin. «Ich heiße nicht Fünkchen», sagte sie aufgebracht. «Nein? Wie denn?» «Ich heiße Marietta», antwortete sie ernst und klopfte sich den Kreidestaub vom Kleid. An ihrem Mund klebte noch ein Rest fettigen Schmalzgebäcks. «Marietta», seufzte ich, «mein Kind heißt auch Marietta.»

«Du hast ein Kind?», rief sie ungläubig. «Du bist doch viel zu alt!» *Alt*. Das klingt fast wie ein Schimpfwort. Ich weigere mich, die Vorstellung zu akzeptieren, das geworden zu sein, wovor allen graust – ein mit hauchdünner, faltiger Haut überzogenes Skelett, ein Körper, dem jegliche Schönheit abhanden gekommen ist, ein abstoßendes Etwas, das niemand mehr ansehen mag. Obwohl ich stets die Alten geliebt habe. Ich mochte jene, die dem Tod in die Augen schauten, lieber als die, die das Leben noch vor sich hatten. Denn jene hatten es nicht mehr nötig zu lügen. Zumindest glaubte ich das.

«Und wie heißt du?», fragte das Mädchen weiter, ohne einen Gedanken daran zu verschwenden, mich beleidigt zu haben. Sie trat näher. Neugierig betrachtete sie meinen stacheligen Bart und den schneeweißen Anhänger, der um meinen Hals baumelte. «Jacomo», antwortete ich. «Und weiter?», wollte sie wissen. «Meine Mama sagt, ich soll nicht mit Männern sprechen, die keinen Nachnamen haben, die seien nämlich arm.» Ich lächelte. Ihre Mutter wusste, mit wem man Geschäfte machte. Das Mädchen trug Perlenohrringe, die so groß wie Murmeln waren. Viel zu kostbar für ein Geschöpf ihres Alters. «Alle nennen mich Tintoretto, das Färberlein», erklärte ich ihr. Marietta lachte laut los. Sie hatte noch nie von mir gehört. Ob jemand auf der ganzen Welt berühmt war oder nicht, interessierte Kinder so wenig wie das Wetter. «Das ist doch kein Nachname», rief sie. «Du bist keine bedeutende Person! Mit dir darf ich nicht sprechen!»

Ehe sie sich umdrehen und weglaufen konnte, bekam ich sie an einem Zipfel zu fassen, doch sie unternahm keine Anstalten, sich loszureißen. Sie trug ein schwarzes Lederbändchen mit einem Chalzedonanhänger. Der Chalzedon hilft, Begierden zu zügeln, und vertreibt trübselige Gedanken und Ideen. Seltsamerweise sah ihr Anhänger genauso wie meiner aus. Obwohl ich zu keiner Zeit an die Kraft der Steine geglaubt habe, lege ich diesen Anhänger nie ab, selbst wenn ich schlafen gehe. «Du solltest nicht so allein herumlaufen, Fünkchen», ermahnte ich sie. Da ihre Söckchen bis zu den Knöcheln heruntergerutscht waren, zog ich sie wieder hoch. Über Jahre hinweg habe ich diesen Bewegungsablauf Tag für Tag ausgeführt. Meine Hände erinnerten sich noch gut an ihn, aus meinem Gedächtnis ist er dagegen verschwunden. Schmale Kinderfesseln, mit Kreidestaub verschmierte Waden, nach Orangenwasser duftende Haut. «Aber ich bin gar nicht allein!», entgegnete sie. «Mein Bruder kommt zum Unterricht hierher, und Mama ist den Prior bezahlen gegangen. Wo ist eigentlich dein Kind?» Sie schaute sich fragend um. Doch da war niemand. Selbst der Laienbruder mit seinem Besen war gegangen. «Ich hab sie verloren», antwortete ich.

«Sollen wir sie suchen?», schlug sie reumütig vor. Mein betrübter Anblick machte ihr Sorgen. Kleine Kinder ertragen es nicht, uns leiden zu sehen. Da sie mir tatsächlich helfen wollte, ließ ich mich von ihr an die Hand nehmen. Sie zog mich durch das Kirchenschiff, vor jede einzelne Kapelle, lugte in jede Nische, jeden dunklen Spalt. Alle Türen, die sich öffnen ließen, sperrte sie weit auf. Als würde sich meine Marietta tatsächlich in der Sakristei versteckt halten. Nachdem wir einmal durch die ganze Kirche gelaufen waren, blieb ich vor der großen Orgel stehen. Die Flügel, die ich Jahre zuvor mit einem Gemälde versehen hatte, waren geschlossen. Eine schmale, blonde Person stieg eine steile Treppe zu einem Tempel hinauf. Ihr helles Gewand – voll goldener Staubtupfer – glänzte im Halbdunkel. Ich deutete mit dem Zeigefinger auf sie und sagte: «Meine Marietta».

Erstaunt war die andere Marietta einen Schritt zurückgewichen. Doch sie glaubte mir, Kinder vertrauen dem gesprochenen Wort. «Bist du ein Zauberer, der Menschen in Farben verwandelt?», wollte sie ernsthaft wissen, als hätte ich ihr erzählt, ich wäre Tischler oder Schiffskapitän. «Ja, auch.» «Oh», raunte sie voller Bewunderung. «Und warum tust du das?» «Weiß ich nicht, mein Funke», antwortete ich ihr, «vielleicht weil ich sie immer in meiner Nähe haben möchte.» Doch schon hatte etwas anderes ihre Aufmerksamkeit auf sich gezogen. Sie ließ meine Hand los und hockte sich hin. Auf dem Boden unter ihren Schühchen hatte sie eine Marmorplatte entdeckt. Vorsichtig pustete sie die dicke Staubschicht von der Inschrift. Sie zu entziffern gelang ihr jedoch nicht. Möglicherweise konnte sie nicht lesen. «Marietta!», rief eine Frauenstimme. «Marietta!» Das Mädchen rührte sich nicht vom Fleck. Wie gebannt starrte sie auf die strahlend weiße Platte unter sich. Es war ein Grabstein. Der Kirchenboden ist übersät mit Grabsteinen. Unter unseren Füßen lagen Tausende von Toten.

Marietta aber beachtete den Tod einfach nicht: Sie lachte und polierte mit ihrer Schuhspitze die Platte. Ein Wappenrelief kam zum Vorschein – ein Bischof mit einer Mitra. Das Familienwappen meiner Frau. «Marietta!», rief die Stimme, diesmal erzürnt und viel näher. Erst trat ein fettleibiger kleiner Junge neben mich, dann eine Frau in einem malvenfarbenen Umhang. Im Arm hielt sie ein kleines Kind, das auf ihrer Schulter eingeschlafen war. Ich hatte sie kein einziges Mal mehr wiedergesehen, allerdings hätte ich sie ohnehin nicht wiedererkannt. Aber diesen Umhang habe ich einst anfertigen lassen. In der Hand hielt sie einen Fächer aus Federn, die in allen Regenbogenfarben schillerten, ihre Ohrläppchen zierten zwei tropfenförmige Smaragde, um den Hals trug sie einen violetten Schal aus persischer Seide und am Finger einen Diamantring. Dieser Umhang, der Fächer, die Ohrringe, Schal und Ring hatten meiner Marietta gehört. Es war Zanetta, die Brillenmacherin von den Fondamenta Ormesini. Auch sie hat mich erkannt, doch ihre südländischen, dunklen Augen haben durch mich wie durch Glas hindurchgesehen. Sie tat so, als wüsste sie nicht, wer ich bin.

«Was machst du da, Marietta?», fuhr sie das Kind an und zog es am Handgelenk vom Boden hoch. Das Kind klammerte sich um ihre Hüfte und vergrub sein Gesicht in ihrem Schoß. Herr, es kam mir so unerhört vor, es schien mir ein solch arger Verstoß gegen deine Gebote zu sein, dass diese Frau hier auftauchte und sich am Wohlergehen ihrer Familie ergötzte, während mein Funke nur noch ein einziger Haufen Lumpen in der Finsternis war. Wie lautet dein Plan, wo ist deine Gerechtigkeit? Du warst mein Gebieter und ich dein Instrument. Wie konntest du es wagen, die Liebe, die ich dir gab, mit Blut zu bezahlen? Die Brillenmacherin trug den Seidenumhang meiner Tochter, ihren veilchenblauen Schal, ihren Fächer und ihren Hochzeitsring. Das Kind hatte ihre Perlenohrringe, ihren Chalzedonanhänger – und ihren Namen. Es wollte mich seiner Mutter zeigen und flüsterte ihr etwas ins Ohr. Die Brillenmacherin aber drehte stur den Kopf weg und zog das Mädchen hinter sich her. Marietta nahm all ihre Geheimnisse mit sich und ließ mir nur einzelne, unbedeutende Erinnerungsfetzen zurück, die ich nicht zusammenfügen kann, ohne sie zu verdrehen und durch meine Verblendung Unwahrheiten und Fehler hervorzubringen.

Wie erstarrt stand ich mitten im Kirchenraum. Ich hoffte, der Organist würde kommen und spielen. Dann hätte ich mich auf eine Kirchenbank gesetzt und wieder beruhigt. Immer wieder stellte ich mir vor, dass mich, wenn ich nur dort zur Ruhe käme, wo auch Marietta war, unsere Musik zu ihr führen würde, und dass ich einfach den Tönen folgen würde, in der Gewissheit, sie wiederzufinden – wo immer sie auch war. Beim Verlassen der Kirche gingen Zanetta und das Mädchen dicht an mir vorbei. «Auf Wiedersehen, Jacomo», sagte Marietta und winkte mir zu, «vielleicht ist dein Kind, das du verloren hast, auf dem Turm, es ist schön da oben, man kann ganz Venedig sehen, sogar die Berge und das Meer am Horizont.» «Auf Wiedersehen, Fünkchen.» Als sie an mir vorbeiging, konnte sie ihre Neugier nicht zurückhalten und streichelte mir mit ausgestreckter Hand über den Bart. Seit Jahren – vielleicht einer Ewigkeit – hatte niemand mehr meinen Bart gestreichelt.

Erneut schaute ich zu dem Gemälde auf. Im Halbdunkel steigt die kleine Maria – zögerlich – die steilen Stufen zum Tempel hinauf, wo ein bärtiger Priester sie erwartet. Das Kind scheint sich seines besonderen Schicksals bewusst zu sein, das es verwundbar und glücklich zugleich macht. Dieses Kind trägt ihren Namen. Für Marietta malte ich dieses Bild. Meine Liebe für sie war schon immer grenzenlos, Herr.

Meine Frau hatte den langen Mantel nicht gefunden. Ich durchwühlte sämtliche Kisten. Zwar wollte ich an jenem Tag tatsächlich Giovannis Beerdigung feierlich gedenken, doch sollte es niemand aus meiner Familie erfahren. Sobald meine Gemahlin den Namen Zuane hört, weint sie – sie nimmt sich ein Taschentuch und schnäuzt sich leise die Nase, weil sie weiß, dass ich dieses Geheule nicht ertrage. Giovanni hat es verdient, dass ich als hoher und von allen respektierter Staatsbürger an sein Grab trete. Er selbst wollte nie einer sein, diese Last hat er mir übertragen. Mehr konnte ich für meinen Sohn nicht tun. Ich kramte zwischen meinen Hemden, seidenbestickten Jäckchen und den Arbeitskitteln und wurde immer nervöser. Mein Diener Nastasio, der mir seit einigen Minuten gleichmütig über die Schultern schaute, riet mir, es in den Koffern und Schränken auf dem Dachboden zu probieren, wo ich nicht nur die Festroben für immer und ewig verstaut hatte, sondern auch den Adelstalar und die langen Überröcke mit den weiten Ärmeln, die mir mein Schneider für meine aberwitzigen Auftritte angefertigt hatte und die ich seit Jahren nicht mehr trug.

Und so schleppte ich mich nach langer Zeit zum ersten Mal wieder die steilen Stufen hinauf. Herr, im Laufe der Jahre hatte ich mir die Strategie der Vandalen angeeignet und alles, was von ihr erzählte, aus meinem Blickfeld geräumt. Ich habe die Schmuckstücke verteilt, die Partituren zerstört, die Puppen, Figürchen und Wachstiere verschenkt oder im Ofen in Flammen aufgehen lassen – denn selbst ein winziges, unbedeutendes Kamel aus Glas vermochte mich tödlich zu verletzen. Am Ende habe ich sogar ihr Bild in meinem Atelier zur Wand gedreht. Nun schaute man auf die Rückseite, auf das Zettelgewebe der Leinwand. Dieses dichte Fadennetz, an dem mein Blick zuweilen stundenlang hängen blieb, sah aus wie das Labyrinth, in dem ich sie verloren habe. Zwischen dem Türflügel und dem Dachbalken hing ein Spinnennetz. Ein erstaunliches Geflecht feinster Seidenfäden vibrierte unmerklich im fahlen Sonnenlicht. In der Mitte saß regungslos eine dicke goldene Spinne auf der Lauer. Ich fragte mich, seit wie vielen Jahren sie bereits auf mich wartete.

Das Holz war von der Feuchtigkeit aufgequollen, der Schlüssel ließ sich nicht drehen, das Schloss klemmte. Fast hätte ich die Tür aushebeln müssen. Als sie endlich nachgab, stand ich vor einer Reihe Gespenster, auf denen eine feine, weiße Staubschicht lag. Die hölzernen Formen, die dem menschlichen Körper nachgebildet sind und monate-, ja zuweilen jahrelang unsere Kleider tragen, damit sie nicht aus der Form geraten, schwankten aufgrund des Rucks beim Türöffnen hin und her, und auf einmal plumpste mir ein Haufen Stoff in die Arme. Instinktiv fing ich ihn auf.

Welch ein gestörter, abergläubischer Idiot, wirst du jetzt denken, zweifelt an der Existenz Gottes, aber glaubt an Geister. Lach nur über mich, wenn du willst. Ich habe keine Angst, mich lächerlich zu machen. Mein höchstes Glück, Herr, hat einmal genau diesen roten Samtstoff getragen. Ich breitete ihn auf dem Boden aus. Mit der gleichen Behutsamkeit hatte ich sie einst in jener Nacht in Mantua im Saal auf den Boden gelegt. Sie blinzelte mit den Augen, als wüsste sie nicht, wo und wer sie war. Doch sie erkannte mich wieder und lächelte. Dir bedeutet das nichts – für einen Menschen aber kann das Leuchten in den Augen einer geliebten Person alles bedeuten. Verstehst du? Sie hat mich erkannt, ehe sie sich selbst erkannte. Ich war der Beweis, dass sie am Leben war, dass sie existierte – dass sie existiert hat. «Ich bin hier», hatte ich zu ihr gesagt, «alles ist gut, mein Funke, du hast das Gleichgewicht verloren und bist hingefallen.» Überrascht fragte sie zurück: «Warum spielen sie nicht mehr, Jacomo? Ich will weitertanzen.»

Ich pustete den Staub von dem roten Kleid. Dieser luftige, so unbedeutende und flüchtige Staub hat sie mir in Erinnerung gerufen. Ich kann kein Staubkorn mehr im Sonnenstrahl tanzen sehen, ohne dass gleichzeitig in meinem Kopf ihre Worte erklingen. Das Kleid war zerknittert, die Goldfäden des Leibchens gelöst. Sie hat es nach jener Nacht nie wieder getragen. Ich stand wieder auf. Auch ihr hatte ich geholfen, wieder aufzustehen – bloß ein kleiner Schwindelanfall, hatte ich den Musikern erklärt, die besorgt zu uns herübersahen. Spielt bitte weiter. Sie trug das rote Kleid mir zuliebe zum Fest. Wenn sie tanzte und durch den großen, weiten Saal zu schweben schien, bekam ich den Eindruck, eine Flamme aufleuchten zu sehen. Die Musiker spielten weiter. Wir aber folgten einer anderen Musik, einem anderen Rhythmus. Ich fasste sie um die Taille, sie hielt die Hände hinter meinem Nacken verkreuzt. Wir wirbelten durch den menschenleeren Raum, glitten über den glänzenden Marmorboden, den wir kaum berührten. Mir war, als könnte ich fliegen. Ich empfand höchste Glückseligkeit. Ein Taumel – der Körper bebte, ein Zucken durchfuhr mein Gehirn, dieses Zucken, das aus dem Innersten des Leibes zum

Kopf aufsteigt. Der Gedanke, der vom Körper Besitz ergreift, der Körper, der zum Gedanken wird, eine plötzliche Offenbarung, die den Körper beseelt, die das geheimste Innere preisgibt.

Es war nicht mein Schrank, sondern ihrer. Herrenroben waren das nicht, sondern Kleidung aus Samt, Seide und Damast – Röcke, Mieder, Unterkleider, Umhänge und Pelze. Die ganze Zeit über haben sie hier gehangen, als warteten sie nur darauf, ausgeführt zu werden.

Als der Moment gekommen war, ihre Wohnung zu räumen, behauptete Maddalena, ihr Dienstmädchen, die Kleider würden ihr gehören, die Herrin habe sie ihr versprochen. Doch wir wussten, dass sie log. Nichts hätte sie dieser Frau hinterlassen. «Sie sind Teil ihrer Aussteuer», hatte Faustina entschlossen entgegnet, «sie gehören uns.» Sie befahl Nastasio, die Sachen in unser Haus zu schaffen, würde man sie doch eines Tages als Aussteuer für die Mädchen gebrauchen können. Doch die Vorstellung, Ottavia oder Laura in den Kleidern meiner Tochter in diesen Räumen zu begegnen, war mir unerträglich. Um ihren Namen nicht zu entweihen, Herr, wagte ich so gut wie nie ihn auszusprechen. Wahrscheinlich habe ich ihn tatsächlich kein einziges Mal mehr gesagt. Ich bewahre ihn tief in mir, wo niemand ihn verschandeln kann. *Marietta* – sage ich zu mir selbst. Die unverdorbene, reine Sanftmut dieser drei Silben gibt mir Trost. Marietta. Marietta.

Ich befahl meinem Diener, den Willen meiner Frau zu übergehen und den gesamten Schrankinhalt, der aus San Giacomo dall'Orio ankam, wegzuwerfen. «Wegwerfen?», wandte Nastasio entsetzt ein. «Das sind Sachen von Wert, Maestro. Tuch aus Flandern, Kamelhaarstoffe, Brokat, feinstes Kambrais, alles von höchster Qualität. Die Dame war immer so elegant gekleidet …» «Trenn ruhig die Spitze und den Pelzsaum ab und verkauf sie», sagte ich starrköpfig, «das Geld ist deins. Kannst auch Ärmel und Knöpfe verkaufen. Den Rest nicht. Schneid sie in Stücke und verbrenn sie, schmeiß sie in die Lagune, mach, wie du denkst, aber keine andere darf jemals diese Kleider tragen.» Da Nastasio mich noch immer völlig verstört anstarrte, behauptete ich, es seien Teufelskleider, an denen noch der Schwefelgeruch hänge. Das hätte ich nicht sagen, nicht einmal denken dürfen. Doch in jenem Augenblick wollte ich die Vergangenheit auslöschen, nirgends eine Spur zurücklassen, außer in meinem Kopf – wo ich sie neu schreiben, verschönern und wie eine gute Tat erhöhen konnte. Ich wollte mich von diesen Erinnerungen befreien. Vielleicht glaubte ich, noch Zeit genug zu haben, mir andere zu schaffen.

Mein Diener hat meine Anweisungen nicht befolgt. Mariettas Kleider waren noch immer da. Wie ein tollwütiger Hund biss sich meine Sehnsucht nach ihr in meinen Eingeweiden fest. Ich hielt die Stofffigur an den Türflügel und starrte sie benommen an. Ihr Körper zeichnete sich noch immer auf dem roten Kleid ab – die Falten am Knie, die Kurven der Hüfte, die Rundungen ihrer Brüste.

Zwischen den goldenen Schnüren ihres Mieders hing ein blondes Haar. Da, Herr, tauchte ich mein Gesicht in das Kleid. Der Geruch meiner Tochter strömte auf mich ein. Ich weiß keine Erklärung, denn nur das Unantastbare, das Unbewusste und Unsichtbare vermag den Zauber der Rückkehr zu bewirken. Doch Marietta war zurückgekehrt, sie war mir wahrhaftig nahe. Ich umarmte sie. Ich hörte sie in mein Ohr flüstern: Nicht stehen bleiben, wenn du stehen bleibst, hören die Musiker auf zu spielen, weil wir die Letzten sind, alle anderen sind schon fort, wir sind allein, wir haben das Schloss ganz für uns. Aber es ist schon spät, antwortete ich ihr, auch wir müssen jetzt gehen, das Fest ist vorbei. O nein, widersetzte sie sich, solange du da bist, kann das Fest nicht zu Ende gehen.

Ich habe sie in mich aufgesogen, meine Lungen mit ihr gefüllt. Beim Farbezerreiben und Arbeiten mit dem Pinsel riecht Marietta nach Leinenöl, Lack und Ginster. In der Holzkammer riecht sie nach Pinienharz, Aloe und Myrrhe. Wenn sie mitten in der

Nacht in meine Werkstatt hinuntersteigt, um mir zu sagen, dass es spät ist und ich endlich ins Bett gehen soll, und ihre Haare über meinen Mund streifen, riecht sie nach Ingwer, Gewürznelke und Meer. Manchmal bin ich – mit geschlossenen Augen, benebeltem Verstand und sinnverwirrt – auf dem Marktplatz einem Geist gefolgt, nur um ihren Geruch einzuatmen. Doch hier auf dem Dachboden riecht Marietta nach Schimmel, eingesperrt und feucht.

Ich spürte einen bohrenden Blick in meinem Nacken, jemand schien mich zu beobachten. Meine Frau vielleicht. Ich fragte mich, wie lange sie bereits hinter mir stand. Mein rührseliges, sentimentales Verhalten würde ihr bestätigen, dass sie keinen so viel älteren Mann hätte heiraten sollen, der sie zu schnell allein ließ, denn das würde sie mit einer Witwenschaft büßen, die genauso lang wie ihre Ehe dauerte. Aber als ich mich umdrehte, sah ich mitten im Raum mit einer qualmenden Fackel in der Hand die dickleibigen Umrisse Nastasios. Mein Diener ist kleinwüchsig wie ein Zwerg, und wenn er auf seinen kurzen, krummen Beinchen umherläuft, sieht er aus wie eine Strandkrabbe – daher habe ich ihm, kurz nachdem er vor vielen Jahren bei mir angefangen hat, den Spitznamen Schila, «die Krabbe» gegeben. Er hatte meinen langen Mantel aus schwarzem Satin über dem Arm hängen. Was immer Schila durch den Kopf schwirrt, sein Gesichtsausdruck verrät nichts davon. Wenn ich ihm erzählen würde, dass in diesem Schrank meine Tochter sei, würde er mich weder für verrückt noch meiner Sinne beraubt halten – er würde mir glauben, solange ich daran glaubte.

«Warum hast du mir nicht gehorcht?», hielt ich ihm vor. «Ich konnte nicht, Maestro», antwortete er beschämt. «Ich habe es versucht, habe die Kleider zu den Trockenplätzen von San Girolamo gebracht. Die Färber müssen doch ständig das Feuer unter den Kesseln bestücken. Aber mir war, als beginge ich eine Schandtat. Ich dachte, eines Tages würdet Ihr Eure Meinung ändern, Maestro, und dann würdet Ihr mich mit Euren Blicken töten, weil ich in einem Augenblick gehorcht habe, in dem Ihr nicht Herr Eurer selbst wart.» Während mein Diener mit mir sprach, kam mir der letzte Tag wieder in Erinnerung, den ich versuchte, weit wegzuschieben. Denn nicht an das Ende, sondern an den Anfang soll man sich entsinnen.

Da geschah auf einmal etwas Merkwürdiges zwischen den schiefen Schränken und verstaubten Lumpen da oben auf dem Speicher. Mein Lebtag bin ich schwindelfrei gewesen – auf unzähligen Gerüsten bin ich herumgeklettert, hab zum Malen wie eine Spinne an Seilen gebaumelt –, doch an jenem Tag hatte ich das Gefühl, in den Abgrund hineingesogen zu werden, aus unermesslicher Höhe in die Tiefe zu fallen. Ich musste mich an Nastasio festklammern.

Wie eine Faust zog sich mein vor Krämpfen zuckender Magen zusammen. Erst spuckte ich das Frühstück wieder aus, dann das Essen vom Vorabend, schließlich mein Allerinnerstes. Über den Kübel gebeugt, den Nastasio mir hinhielt, entleerte ich mich unaufhaltsam. Mein ganzer Körper war innerlich in Aufruhr. Irgendetwas wand sich in meinem Leib, als wollte es heraus, und noch jetzt windet es sich hin und her. Seit diesem Morgen quält mich ein leichtes Fieber und werden meine Gliedmaßen von einem unkontrollierbaren Schütteln beherrscht. Ich war nicht in der Lage, nach San Giorgio Maggiore zu fahren und die *Grablegung Christi* abzugeben. «Wir gehen morgen oder übermorgen», sagte ich zu meinen Söhnen, die auf den Fondamenta bereits auf mich warteten. «Die Mönche warten seit Jahren, auf einen Tag mehr oder weniger kommt es nicht an.»

Ich ließ mich aufs Bett fallen. Bleib ganz ruhig, es ist nur ein kleines Fieberwehwehchen, völlig normal für die Jahreszeit, versuchte ich mich zu beruhigen. Das geht vorbei. Nicht einen einzigen Bissen konnte ich mehr herunterwürgen, geschweige denn irgendetwas bei mir behalten. Der Arzt sprach von einer Erschlaffung des Magens. Die Weisheit der Ärzte überzeugt mich jedoch nicht im Geringsten, sie haben meinen Körper noch nie verstanden. Sie mögen ein Knurren oder Rumoren wahrnehmen, nicht aber meine Geheimnisse – die gehören mir. Denn ich weiß, was da hinauswill, Herr. Es hat alles mit ihrer Rückkehr begonnen.

Als Marietta zur Welt kam, war ich sechsunddreißig Jahre alt. In diesem Alter war Michelangelo bereits Europas herausragendster Künstler. Ich dagegen hatte gerade erst mich selbst gefunden. Ich lebte, um zu malen. Mehr interessierte mich nicht. Obgleich die anderen es mir nicht zugestanden, und nie habe ich mehr unter der Feindseligkeit in meinem Umfeld gelitten als in jenen Jahren, machte ich Tag für Tag Fortschritte. Ich löste mich von allem, was ich gelernt hatte, vom Wunsch zu erstaunen, von der Angst zu missfallen, von der Notwendigkeit, das zu beweisen, wozu ich fähig war. Wie die Skulptur aus einem Marmorblock kam ich Stück für Stück zum Vorschein. Ich hatte mich auf den Weg gemacht, den Augenblick der Gnade zu erreichen, den wir im Rückblick als den Höhepunkt unseres Lebens bezeichnen. Als wäre das Leben tatsächlich ein Rad, das uns für einen Augenblick und nur für diesen einen Augenblick nach oben bringt, ganz weit hoch, wo nichts an uns heranreicht. Und dann stürzt es uns in die Finsternis, in die Stille.

Mit sechsunddreißig war mir der Gedanke, durch die Malerei meine größten Träume verwirklichen zu können, allmählich vertraut geworden, und diese Erkenntnis berauschte mich. Vergib mir, Herr. Vergib mir, falls ich für einen Moment geglaubt habe, die Fäden meiner Zukunft in der Hand zu halten – allmächtig zu sein, glücklich. Meine einzige Sorge war herauszufinden, wie und wo ich das hervorbringen konnte, was in mir gärte. Daher lernte ich, schnell wie der Blitz zu sein, jede Gelegenheit beim Schopf zu packen. Erst wenn diese kreative Lust gegeben ist, können wir von wahrer Freiheit sprechen.

Zu heiraten war eine Pflicht gegenüber der Familie und dem Menschengeschlecht. Und das hieß auch gegenüber seinem Schöpfer. Ich hatte diese Pflicht jedoch hinausgezögert. Heiraten kann für einen Mann sowohl das Leben als auch seinen Tod bedeuten: Ist die Frau gut, bedeutet sie Glück für ihren Gatten, ist sie schlecht, bedeutet sie ein ewig währendes Sterben, das dich Tag für Tag aufzehrt. Ich hatte mich der Tochter von Marco Episcopi, meines besten Freundes, versprochen, und auch sie war mir versprochen worden. Doch sie war noch ein Kind. Noch musste sie heranwachsen, daher hatte ich Zeit. Dies genoss ich in vollen Zügen, ohne die Folgen zu spüren. Eile hatte ich nicht, mich um mein Fortleben zu sorgen, wusste ich doch, dass es früher oder später ohnehin geschehen würde – so wie das Fortleben von Bäumen, Insekten und Blumen. Das passiert eben. Die eitle Vorstellung, ein zweites Ich hervorzubringen, hat mich nie gereizt. Ich wollte durchaus Zeichen meiner Durchreise auf der Erde setzen, doch in Form von Erzeugnissen, nicht von Zeugungen. Ich wollte durch Begabung und nicht durch Besamung eine Welt des Lichts und der Figuren erschaffen, ihnen nicht nur ein vorübergehendes Leben schenken – und sie nicht jeden Tag erziehen, sättigen, pflegen und mich um sie ängstigen müssen. Ich sah es an meinem Vater. Seine Sorge um die Kinder hatte ihn anfangs in Fesseln gelegt und dann zugrunde gerichtet. An ihm – dem zu früh gealterten Mann mit traurigem, erloschenem Gesichtsausdruck – war nichts mehr von dem unternehmungslustigen Geschäftsmann zu erkennen, der mich großgezogen hat. Mein Los war das nicht.

Meine Freunde haben sich entweder von ihren Frauen getrennt, nachdem sie ihre Pflicht der Fortpflanzung erfüllt hatten, oder haben nie geheiratet. Einige von ihnen, die die Vorzüge demütig gespreizter Schenkel für sich entdeckt hatten, vergnügten sich mit ihren Mägden, von deren Tugenden sie sich gern zwischendurch an einen Backtrog gelehnt überzeugten; andere wiederum frönten den Vorzügen goldverzierter Schenkel und hielten sich in einer zweiten Wohnung teure Gespielinnen, deren Bett sie erst verließen, wenn sie vollständig gesättigt waren, und die sie sich häufig mit anderen teilten – wie auch die Kosten. Die einen wie die anderen schrieben mit ihren Gedichten und Liedern, die damals auch ich schätzte, gegen diesen teuflischen Fetisch namens Hochzeit an, gegen die gehörnten Ehemänner und die Lügen ihrer Gemahlinnen, gegen die Treue und den Geschlechtsakt in der Ehe; sie sangen Hymnen auf die Freiheit des männlichen Glieds, die geschmeidigen Öffnungen einer Zweitfrau und die Lust, ihr Rohr jeden Tag in einen anderen Ofen zu schieben. Ich kann keine Lieder schreiben. Ich habe mich schlichtweg von Frauen ferngehalten, die in mir Gefühle erweckten. Möglicherweise war ich tatsächlich, wie mir viele vorwarfen, unfähig, überhaupt welche zu empfinden. Ich befürchtete, wenn ich mich an eine Frau band, nicht mehr ausschließlich für die Malerei leben zu können. Ich wollte mir keine Ketten um den Hals legen, die mich erwürgten. Marietta aber hat sich nicht an mich gekettet, Herr. Sie hat mich befreit.

Ihre Mutter war groß wie eine Amazone. Um ehrlich zu sein, war sie kräftig gebaut wie ein Mann, was mir besonders an ihr gefiel. Sie hatte breite, muskulöse Schultern, einen stämmigen Körper und stand mit beiden Beinen fest wie auf zwei Säulen. Zwei Stunden nachdem ich sie kennengelernt hatte, bin ich, ohne sie nach ihrem Namen gefragt zu haben, mit ihr ins Bett gegangen. Ich dachte, den bräuchte ich gar nicht erst zu wissen. Ich dachte, ich müsse nach einer halben Stunde wieder aufstehen und ihr drei Scudi auf das Kissen legen. Ich blieb jedoch die ganze Nacht, hörte, wie sie einen anderen Mann wegschickte, der wütend mit Händen und Füßen gegen die Haustür hämmerte. Noch im Morgengrauen trugen wir auf zerwühlten Bettlaken unsere Liebesspielchen aus. «Wer bist du, kleiner Mann?», fragte sie mich vergnügt, nachdem sie schließlich aufgestanden war und sich vor dem Spiegel das lange Haar bürstete. Rot war es, wie ein gerade entzündetes Feuer. «Und du, wer bist du?», fragte ich zurück.

Mit donnerndem Paukenschlag trat sie an einem eisigen Nachmittag im Januar in mein Leben, während rundherum Knallfrösche in die Luft hüpften. Ich begegnete ihr beim Stierkampf von San Felice. Für fünf Groschen hatte ich unerlaubterweise einen Platz auf der Tribüne erstanden, die den Anwohnern des Viertels vorbehalten war – ein langer Tisch auf einer Reihe von Tonnen –, und genoss die Vorstellung. Ein Stier nach dem anderen betrat die Arena und schwankte, gezogen von einem dicken, um die Hörner gewickelten Seil, mal nach rechts und mal nach links. Die Stiertreiber, auch Tiradori genannt, nötigten die Tiere, sich im Kreis zu drehen, und um sie aufzuhetzen, zündeten sie die Reisigbündel an, die zwischen ihren Hörnern steckten. Je wilder das Vieh wurde, umso größer war der Mut, den die Tiradori unter Beweis stellen mussten. Fünf oder sechs Stiere waren bereits an der Tribüne vorbeigezogen und hatten immer wieder gereizt mit den Hufen ausgeschlagen. An ihren Ohren hatten sich Treiberhunde festgebissen, die sie hinter sich herzogen. Trotz des Feuers ließen die Hunde ihre Beute nicht los. Die Stiertreiber mussten so lange an ihren Hinterbeinen ziehen, bis schließlich das Ohr abriss. Allenthalben lag ein beißender Geruch nach verbranntem Fell in der Luft, der sich mit dem Gestank nach Blut und Urin vermischte, der vom Sandboden in der Arena aufstieg.

Der siebte Stier aber ließ sich nicht ungestraft verstümmeln. Als die Hunde nach seinen Ohren schnappten, trat er, vor Schmerz außer sich, so lange um sich, bis er dem Stiertreiber das Seil aus den Händen gerissen und ihn auf den Sandboden geschleudert hatte. Er wehrte sich mit einer solchen Gewalt, dass der überraschte Hund mit einem bluttriefenden Ohrfetzen im Maul in hohem Bogen durch die Luft flog. Der Stier trat auf ihn ein und ging dreimal hintereinander mit seinen Hörnern auf ihn los, was den Zuschauern einen gehörigen Respekt einflößte. Plötzlich rannte er mit seinem brennenden Haupt in unsere Richtung. Mit einem Satz waren wir alle aufgesprungen, die Tribüne kippte um. Im Tumult der drängenden und schubsenden Menschenmenge wurde ich auf einmal gegen sie gedrückt. Der riesige Stier – vom Zorn der Stiertreiber sowie vom Feuer, das auf sein Rückenfell übergesprungen war, angestachelt – stand schnaufend in einer Wolke aus Sägespänen und schlug mit seinen Hufen, an die sich die bissigen Hunde gehängt hatten, in den Sand. Alle schrien, vor Begeisterung und Angst. Trotz der Gefahr hätte niemand auf das Spektakel verzichtet.

Es war der Feiertag von San Felice. Mit unglaublicher Begeisterung besuchte ich Prozessionen, Paraden und große Feste – wo ich zwischen Tausenden von Menschen untertauchen und die gefährliche Nähe der Massen in mich aufsaugen konnte. Regelmäßig nahm ich auch an den offiziellen Feierlichkeiten der Republik, die ich mitunter selbst organisiert hatte, und den etwas prunkvolleren Festen teil, die unter der Schirmherrschaft der Laienbruderschaften stattfanden, und darüber hinaus entging mir kein einziges Volksfest von Cannaregio. Von klein auf habe ich Stiere gejagt, Bären verfolgt, bei den Brückenkämpfen Peddigrohre durch die Luft geworfen, die ich zuvor in kochendem Öl abgehärtet und zu Spießen gefeilt hatte, hab mit Schießpulver Ratten in den Himmel geschossen, Enten am Kragen gepackt und durch die Gegend gewirbelt. Zu Beginn des stürmischen Festes von San Felice duftete es immer nach frittierten Seezungen, die auf Barken entlang des Kanals verkauft wurden, durch den sich die Gondeln der Adeligen hindurchschlängelten. Die Armen der Pfarrgemeinde hatten ihnen ihre Fenster, Balkone und Häuserdächer vermietet, damit sie den Umzug, ohne sich unter das einfache Volk mischen zu müssen, verfolgen konnten. Dort fühlten sie sich inmitten von Böllern, Kanonen und den Jugendlichen der verfeindeten Viertel, die es darauf abgesehen hatten, eine Schlägerei anzuzetteln und ihren Mut zur Schau zu stellen, gut aufgehoben. Und je näher die

Stunde des Kampfes rückte, umso stärker stieg die Spannung und umso herber wurde der Geruch von Mensch und Tier nach Blut und erhitzten Gemütern.

Sie war als Mann verkleidet, trug Hosen, eine Wickeljacke und einen Samthut, auf dem vorn eine schiefe, gelbe Feder steckte. Den Hut mit einer falschen Perlenkrone auf der Krempe hatte sie etwas zur Seite gezogen. Sie sagte mir, dass sie wegwolle, das Schauspiel nicht mehr mitansehen könne, dass es schlimmer sei, Tiere zu misshandeln, als Menschen zu misshandeln, da Tiere in jedem Fall unschuldig seien. Außerdem herrsche ein zu großes Gedränge, jedes Jahr gebe es Tote. Ihre Stimme klang tief und kehlig. Sie sprach venezianisch mit einem starken ausländischen Akzent, der aber einen gewissen Liebreiz hatte. Ich fragte sie, warum sie überhaupt gekommen sei, obendrein als Mann verkleidet. «Gern würde ich dir antworten, um besser zuschauen zu können und nicht immerzu beschaut zu werden, wie du es tust», sagte sie freimütig und sah mich prüfend an. «Doch ehrlicherweise muss ich sagen, dass es an meiner Arbeit liegt.»

Die Menge zog uns vom Geländer weg und trieb uns zurück zur Arena. Da ich sie nicht verlieren wollte, hielt ich sie an ihrer Jacke fest. «Du gefällst mir», sagte sie. «Deine Haare und dein Bart sind so rotbraun wie deine Stadt. Wie Rost. Hier ist der Rost anders als in meinem Land. Er ist stärker als Stein, kann sich durchsetzen.» Auf einmal stürmte der Stier wieder auf uns zu, die Menge erhob sich und rannte blindlings los, wir prallten mit etlichen Knien, Ellbogen und Rücken zusammen, bis wir völlig außer Atem endlich in einer dunklen Hausunterführung standen, die in einen Kanal mündete. Ich küsste sie. «Auch deine Augen haben die Farbe deiner Stadt, sie sind so trüb wie diese Kanäle», sagte sie zu mir. «Trüb und ruhelos, was sich aber auf Grund befindet, kann man nicht erkennen. Wenn du mit mir kommst, ist es für mich so, als würde ich mit Venedig ins Bett gehen.»

Ich folgte ihr. Zusammen mit einer blondhaarigen und von

Sommersprossen übersäten Freundin lebte sie in einer Wohnung, die auf einen düsteren Innenhof ging, versteckt in einem Labyrinth aus Gässchen hinter der Kirche San Bartolomeo. Sie wollte Cornelia genannt werden, doch ob das ihr richtiger Name war, habe ich nie erfahren. Sie kam aus Deutschland. Die Stadt kannte ich nicht: Als sie sie mir nannte, war ich zu abgelenkt, um sie zu behalten. Monate später, als ich sie erneut danach fragte, war es ihr nicht mehr wichtig. Bevor sie aus Deutschland weggegangen war, hatte sie sich versprochen, so lange in Venedig haltzumachen, bis sie ein kleines Vermögen angesammelt hätte, mit dem sie in ihre Heimat zurückkehren und das Leben einer Dame führen wollte. Sie wollte einen gutherzigen Mann heiraten, auf der Hauptstraße ihrer Stadt ein Holzhaus kaufen, viele Kinder bekommen und eine Druckerei, einen Handel mit Antiquitäten oder ein Weinlokal eröffnen. Doch jetzt, da sie mich gefunden hatte, wollte sie nicht mehr weg. Jetzt war Venedig ihre Heimat. Als ich wissen wollte, wie vielen anderen Venezianern sie das schon versprochen habe, schwor sie, es noch nie irgendwem gesagt zu haben. Ich aber war bereits über dreißig: Ich glaubte niemandem mehr – vor allem nicht mir. Ich persönlich schwor nie.

Cornelia war die Tochter eines Druckers, der starb, noch bevor er ihr eine Aussteuer hinterlassen oder einen Mann aussuchen konnte. Eine Zeit lang hatte sie versucht, die Geschäfte ihres Vaters fortzuführen, doch sie war zu unerfahren, sodass ihr die Gläubiger innerhalb von zwei Jahren alles entrissen hatten. Etwa dreißig Bücher hatte sie noch retten können, mit denen sie nach Venedig auswanderte – in die Hauptstadt des Buches, wie ihr Vater zu sagen pflegte. Sie hatte gehofft, in der florierenden Verlagswirtschaft eine Anstellung zu finden. Es gab Dutzende Druckereien. Leider hat sie es nicht geschafft. Sie war allein, fremd, und sie war eine Frau. Eine alleinstehende und fremde Frau kann in Venedig durchaus zu Geld kommen – aber auf andere Art. Cornelia verstand es, Konversation zu betreiben, sie konnte gut singen und war gut im Bett. Sie wusste, wie man das Leben eines Mannes versüßte. Weder forderte sie etwas von mir noch ich von ihr. Wir liebten uns, wie sich zwei Freunde liebten. Jeder achtete die Freiheiten des anderen.

Ich verdiente nicht genug, um als einziger Verehrer Anspruch auf sie zu erheben. Die Nacht von Samstag auf Sonntag aber verweigerte sie mir nie, hielt sie vielmehr immer für uns frei, und auch ich versäumte keine einzige Verabredung. Dennoch zerfraß mich innerlich die Eifersucht, bereitete mir nichts auf der Welt mehr Trauer und Schmerz als das schwache Licht, das durch die geschlossenen Fensterläden ihrer Wohnung drang, wenn ich von der Begierde getrieben ohne Vorankündigung an einem anderen Tag vorbeikam und sie mit einem anderen im Bett war. Meinen Freunden erzählte ich lange Zeit nichts von Cornelia. Sie war mein Geheimnis und daher das Kostbarste, was ich je besessen habe. Obwohl oder gerade weil sie mir nicht gehörte.

Nach zwei Jahren und dreißig Bildern gelang es mir, ihr ein eigenes Zuhause hinter der Kirche Santa Caterina zu beschaffen: weit entfernt von der blonden Freundin mit den Sommersprossen, auf die ich, vergib mir, Herr, eifersüchtiger war als auf alle ihre Liebhaber. Die Wohnung war ein Halbgeschoss mit niedrigen Decken im Palazzo eines Aristokraten, von dem ich ein Portrait angefertigt hatte. Der erste meiner besser gestellten Kunden, der meine Arbeit auch bezahlte: Allen anderen musste ich sie schenken, damit sich der Ruf meines Könnens verbreitete. Als ich ihm erklärte, dass ich meine Freundin darin unterbringen wolle, wünschte er mir alles Gute und warnte mich vor. «Deutsche Frauen haben kein Herz», meinte er, «sie sind hart wie Kieselstein. Verlieb dich bloß nicht in eine Deutsche, Tintoretto.»

Ich kaufte ihr Möbel – Kisten aus Nussbaum für die Unterwäsche, ein goldverkleidetes Holzbett mit Baldachin und gewundenen Pfeilern, Samtvorhänge, längliche Scheiben für die Fensteröffnungen, silberne Kerzenständer, Zinnteller, Seidenlaken und sogar Zangen fürs Feuer. Ich schenkte ihr Kleider und eine Viola, um gemeinsam mit ihr Musik zu machen. Bemalte Wände und Decken. Jedes Mal, wenn ich mit einem Geschenk bei ihr eintraf, musterte mich Cornelia vergnügt und sagte: «Du meinst doch nicht, mich kaufen zu können, kleiner Mann?» Und ich lachte und antwortete: «Wenn du erst einmal die reichste Frau Venedigs bist, wirst du mich kaufen, mein Deutschland.»

Einige Zeit später verkündete ich ihr, dass ich ihr das Kostbarste, was ich besaß, schenken wolle. «Willst du mich malen?», fragte Cornelia überrascht, da sie wusste, dass ich Frauen nicht gern nach der Natur zeichnete. Bevor ich ihr begegnete, wäre ich dazu nicht einmal in der Lage gewesen und hatte daher noch nie eine gemalt. «Meine Freiheit», antwortete ich. «Was willst du dafür im Gegenzug?», fragte sie und kraulte mein Brusthaar. Über Stunden konnte meine Deutsche wie auf einem Pferd auf mir reiten – sie ernannte mich zu ihrem Ross, auf dem wir, wenn wir nur immer so weiterritten, bis zur Krim gelangten. Irgendwo hatte ich gelesen, dass dort die Amazonen lebten. «Dein höchstes Glück», antwortete ich. «Sag mir, was es ist, und ich werde es dir schenken.» «Du bist es», erwiderte Cornelia. «Lass mich mit dir zusammenleben.» Herr, das konnte ich nicht tun. Vielleicht hätte ich es gekonnt, doch ich war nicht dazu imstande. Nie wieder hat mich Cornelia darum gebeten. Ich hatte sie nicht geheiratet, hatte nicht um ihre Hand angehalten, noch hatte ich es ihr versprochen, es jemals zu tun. Ich betrachtete sie jedoch als meine Frau und machte mich zu ihrem Gefährten.

Jeden Tag nach der Arbeit besuchte ich sie und schlief bei ihr. Im Morgengrauen verließ ich sie still und leise, um sie nicht zu wecken. Ich habe sie nie gefragt, was sie den ganzen Tag über tat, und auch sie hat es nie von mir wissen wollen. Wenn ich von ihr geachtet werden wollte, musste auch ich sie achten. Und das tat ich. Cornelia wartete am Fenster auf mich, das auf den Rio della Misericordia ging. Sie erkannte mich bereits an meinen Schritten, wenn ich noch hinter dem gegenüberliegenden Haus war. «Selbst wenn sie mir die Ohren abreißen, werde ich noch die Melodie deiner Schritte heraushören», sagte sie, «und deine Haut riechen, sollten sie mir die Nase abhacken.» Cornelia hatte beobachtet, wie man auf dem Markusplatz einer Prostituierten Ohren und Nase abgeschlagen hatte, weil sie beschuldigt wurde, für den Mord an einem Kunden als Köder gedient zu haben. Dieses blutrünstige Strafmaß hatte sie erschüttert. Aber auch ich hätte ihre hochgewachsene Figur wiedererkannt, hätte man mir die Augen ausgestochen. Mit den roten Haaren und ihrem Kreuz eines Kriegers stach Cornelia wie ein Tropfen Feuer aus der Menge heraus.

Über die Zukunft sprachen wir nie. Unsere Nächte waren das Einzige, was zählte, sowie die Tage, die wir getrennt erlebten – die langen Stunden, in denen sie mir jedoch nicht fehlte, verbrachte ich mit meinen Farben, Ideen und Bildern. Bei Sonnenuntergang aber überwand ich die Entfernung zwischen meinem und ihrem Haus beinah wie im Flug. Zu keinem Zeitpunkt wurden wir einander überdrüssig.

An einem Sonntag im Herbst gingen wir am Lido spazieren, wo wir barfuß im Sand an der Wasserlinie entlangliefen, als sie mir eröffnete, dass sie schwanger sei. Sie sagte, sie habe es mir extra lange verschwiegen, weil sie fürchtete, ich könne ihr befehlen, es wegzumachen. Das hätten in der Vergangenheit alle Männer von ihr gefordert. Und sie habe es stets befolgt. Aber dieses Kind sei von mir, und sie würde es behalten, selbst wenn ich sie noch im selben Augenblick verlassen würde. «So schlecht kennst du deinen Freund», antwortete ich ihr verbittert. Um alles in der Welt hätte Cornelia ihr Kind behalten können, selbst wenn es nicht meins gewesen wäre. Cornelia fiel im Sand auf die Knie und schluchzte wie ein kleines Mädchen, das sie nicht mehr war. Sie war über dreißig. Ich sah sie zum ersten Mal weinen.

Während sie entband, saß ich im Vorzimmer und litt wie ein geprügelter Hund. Ihre Schreie gingen mir durch Mark und Bein.

Christina, ihre Freundin, war bei mir. Sie meinte, ich würde mich schon noch daran gewöhnen. Beim ersten Kind sei es, als schlage man sich einen Nagel ins Herz. Den könne man sich nie wieder herausziehen, ohne ein Loch zu hinterlassen, an dem man verbluten würde. Dieser Nagel werde mein Leben verändern. «Hoffentlich nicht», sagte ich scherzhaft. «Mein Leben fängt gerade an, mir zu gefallen.» Endlich folgte auf Cornelias lautes Stöhnen ein schriller Ton – hell wie eine Glocke. Als ich zu ihr ging, schüttelte sie den Kopf, als wollte sie mir etwas Unschönes mitteilen. «Es ist ein Mädchen, Jacomo», erklärte sie, «es tut mir so leid.» Ich lachte und schwor ihr hastig, dass ich nicht nur nicht enttäuscht, sondern geradezu glücklich sei. Ihre Tochter würde groß und stark wie ihre Mutter werden. «Verstehst du nicht?», entgegnete Cornelia, «mir tut es *ihretwegen* leid.»

An jenem Tag ging ich in die Kirche, um zu beichten. Ich konnte mich nicht erinnern, wann ich dies zuletzt getan hatte. Dem Priester sagte ich, dass ich zwar gesündigt hätte, meine Tochter aber keine Schuld treffe. Daher wolle ich sie taufen lassen und anerkennen – das hieß, ihr meinen Namen geben. «Sie ist Tochter der Unzucht, nicht des Gesetzes, Maestro», entgegnete er. «Du kannst sie anerkennen, wenn du glaubst, doch du musst wissen, dass sie niemals Rechte besitzen wird, wenn du nicht ihre Mutter heiratest.» «Welche Rechte?», fragte ich. «Dein Erbe», erklärte mir der Pfarrer gutmütig. «Das wird sie bekommen», erwiderte ich. Nur dass das Erbe meiner Tochter kein schmutziger Haufen Dukaten sein wird.

Cornelia wollte sie nicht taufen lassen. «Ich bin nicht katholisch», sagte sie. «Ich glaube nicht, dass ein Wasserspritzer meine Tochter von den Sünden erlösen kann. Wenn sie ein artiges Leben führt und gläubig ist, dann wird Gott ihr schon seine Liebe schenken.» «Aber ich bin katholisch», sagte ich, «und ich glaube daran. Ich werde sie in meiner Kirche Gott darbringen, und für sie und für mich wird es ein großartiges Fest sein.» Meine Amazone wollte uns unser Fest nicht vorenthalten. Sie meinte aber, dass unsere Tochter, wenn sie erst einmal groß sei, von allein verstehen würde, auf welcher Seite Gott stehe.

Ich lud meine besten Freunde zur Taufe ein. Wochenlang machten sie sich über mich lustig. «Der rasende Pinsel ist ins Stocken geraten», scherzten sie, «fast vierzig Jahre hast du gebraucht, Jacomo, um die Skizze dieses kleinen Mäuschens hinzubekommen.» «Der rasende Pinsel ist ein Schlitzohr», erwiderte ich, «haltet ihr euch nur eure losen Huren, die mit der Franzosenkrankheit verseucht sind. Ich habe eine Amazone, und jetzt sogar zwei.»

In Wahrheit konnte ich damals nicht ahnen, was mir dieser kleine Säugling mit dem von weichem Flaum vergoldeten Köpfchen bedeuten würde. Er schaute mich mit seinen hellen Augen an, und wenn ich ihn in den Arm nahm, klammerte er mit unvorstellbarer Kraft sein Händchen um meinen kleinen Finger. Ich erinnere mich, wie ich verwundert feststellte, dass er mich, obwohl er noch gar nicht wusste, wer ich war, schon nicht mehr loslassen wollte. Cornelia nahm ihn an die Brust. «Sie beißt so fest wie ein Hund!», jammerte sie schmerzerfüllt, «dieses Kind wird uns eine Plage sein.»

Ich nannte sie Marietta. Wie sonst? Die kleine Maria. Sie würde nicht wie die anderen Frauen werden. Sie würde etwas Besonderes sein. Ich hatte kein gewöhnliches, durchschnittliches Schicksal für sie vorgesehen. Aus ihr würde ich etwas machen. Sie war meins.

Marietta wuchs heran. Und auch Faustina wuchs, die mir versprochene Braut. Meine Kinder waren beide auf ihre Weise zauberhaft. Faustina sagt noch heute, dass sie mir einen Zaubertrank zubereitet und mich verhext habe. Noch immer erzählt sie, ich hätte bei unserer ersten Verabredung an dem Magneten geleckt, den sie unter ihrer Zunge versteckt hielt. Anders wäre es ihr nicht gelungen, einen solch launenhaften Menschen wie mich über den

Tisch zu ziehen und so viele Jahre zu ertragen. Meinetwegen hätte sie gar keinen Liebestrank oder Magneten gebraucht.

Ich hatte damals ein Porträt von Gerolima Episcopi gemalt, Faustinas Mutter – eine blonde Frau mit verträumtem Blick, eine Prinzessin, deren Schicksal sie dazu verdammt hatte, in irgendeinem bürgerlichen Haus von Venedig auf die Welt zu kommen. Anschließend malte ich Faustina. Sie war noch keine sieben Jahre alt. Während sie an einer Säule in der Vorhalle ihres Hauses aufs Feinste herausgeputzt posierte, auf dem Arm ein Hündchen mit Schleifchen auf dem Kopf, fragte sie mich völlig unbedarft: «Meister Jacomo, warum habt Ihr in Eurem Alter noch keine Frau? So hässlich seid Ihr doch nicht. Nur etwas zu klein.» «Ich habe sieben Frauen auf meinem Dachboden eingesperrt, für jeden Abend in der Woche eine», erwiderte ich. «Sie sind meine Gefangenen, und ich habe ihnen die Zunge abgeschnitten, damit sie mir keine Fragen stellen können.»

In jener Zeit besuchte ich häufig das Haus ihrer Eltern. Faustinas Vater war mir ein Freund und Verbündeter gewesen, als sich kein anderer bereit zeigte, mir zu helfen, und meine Zukunft so ungewiss wie ein wolkenverhangener Tag war. Faustinas Mutter war jünger als ich. Wenn ich kein Maler, sondern Matrose oder Bootsführer gewesen wäre, wenn ich den Moment, eine Familie zu gründen, nicht bis ins Unendliche hätte verschieben müssen, hätte ich ihr Vater sein können. Faustina ist an meiner Seite groß geworden. Ich aber würdigte sie nicht eines Blickes. Gewiss, eines Tages würde ich sie heiraten, das war mir klar – doch dieser Tag lag für mich in unbestimmter Ferne.

Im selben Jahr, als Marietta geboren wurde, lud mich Gerolima ein, Christi Himmelfahrt auf ihrem Boot zu feiern. Episcopi habe sich in der Prozession einen Platz in der Nähe des Bucentaur gesichert – hinter den prunkvollen Galeassen der Senatoren und den Gondeln der Adeligen, aber noch vor den Barken der Händler, der Mannschaften des Arsenals und der Fischer- und Arbeiterboote. Wir kämen in den Genuss einer beneidenswerten Sicht und würden mithilfe der speziellen, in Murano hergestellten Linsen selbst die verborgensten Details der Zeremonie aus der Nähe beobachten können, die man nicht zu Gesicht bekomme, wenn man am Ende des Umzugs vor sich hinschipperte. Nachdem das Prunkschiff des Dogen zur Trauung ins offene Meer hinausgeschwommen sei, würden wir am Lido anhalten und an Land gehen, um am Strand Picknick zu machen. «Es würde mich freuen, wenn du diesen herrlichen Moment mit unserer, mit deiner Familie verbringst», versicherte mir Gerolima lächelnd.

Das Angebot war überaus zuvorkommend – aber ich wollte nicht, denn in jenen Tagen lockte mich nichts mehr als das Zimmer von Cornelia, wo ich mit Vorliebe verweilte und mich ganz vergessen konnte. Schweigend knieten wir über der Wiege und betrachteten unsere Tochter. Wir sahen zu, wie sie ein- und ausatmete, die Milch wieder ausspuckte oder mit ihrer Atemluft in Bläschen verwandelte, bestaunten andächtig ihre winzigen Füßchen und ihre milchigblauen Augen. Wir wollten, dass die ersten Eindrücke, die sie von der Welt bekam, friedvoll waren: dass sie stets diejenigen, die sie liebten und beschützten, um sich hatte, und die jedes Übel von ihr abgehalten hätten. «Komm schon, Jacomo», forderte mich Episcopi auf, «es ist die letzte Gelegenheit, ein Blick auf deine Braut zu werfen. Faustina ist inzwischen neun Jahre alt. Sie ist zu weit entwickelt und die Stadt zu unsicher. Ich werde nicht riskieren, dass man sie verdirbt. Sie wird das Haus nicht mehr verlassen dürfen. Um sie wiederzusehen, wirst du sie heiraten müssen.»

Es war ein herrlicher Tag im Mai. Einhundert-, ja vielleicht zweihunderttausend Menschen aus der Stadt und Umgebung drängten sich entlang des Ufers, auf den Fondamenta und dem Wasser. Brigantinen, Schaluppen und Gondeln schaukelten Richtung Lido im Kielwasser der über und über mit Gold verkleideten, gigantischen Dogengaleere, die in der Sonne glänzte wie ein monströser Drache aus dickem Leder. Auf dem Kanal und der Lagune wimmelte es von Schiffen wie auf einer Bettdecke vor Flöhen. Episcopis Tochter hatte ein spitzes Näschen und lebhafte Augen. Ich fand sie hübsch – mehr nicht. Ich setzte mich an Bug und versuchte, ihr aus dem Weg zu gehen. Faustina aber, in Spitze gekleidet und von einer nach Orange duftenden Wolke umhüllt, gelang es, sich einen Platz an meiner Seite zu ergattern und mir auf die Nerven zu gehen. «Es sind so viele Leute hier, aber du bist immer in meiner Nähe», bemerkte sie heimtückisch, «verfolgst du mich etwa, Meister Jacomo?»

Ich musste sie loswerden, bevor es zu spät war. Ich hatte keinen Ehevertrag unterschrieben: Faustinas Vater und mir hatte ich versprochen, dass ich mich nur dann vermählen würde, wenn ich mit einem regelmäßigen und sicheren Einkommen rechnen konnte. Mit einem festen Gehalt, möglicherweise von der Republik für ein Amt von Dauer. Ansonsten unterliegt das Leben eines Malers zu sehr den Launen des Glücks, als dass er sich die Last einer Familie aufbürden kann. Und derzeit hatte ich weder ein festes Einkommen, noch konnte ich annehmen, es in Kürze zu erlangen. Meine Einnahmen waren zu bescheiden, um mir Frau und Kinder zu erlauben. Die Abmachung war privater Natur, geschlossen unter Freunden. Niemand wusste davon, daher hätte es weder ihr noch ihrem Vater, noch mir Schande gebracht, wenn wir sie aufgelöst hätten. Außerdem hatte Episcopi nur dieses eine Mädchen; auf dem Heiratsmarkt hätte er diese Karte wahrlich besser ausspielen können – indem er sie mit einem hohen Staatsdiener, Reeder oder Händler verheiratete. Er schätzte mich, war mir ein aufrichtiger Freund und deswegen bereit, sie einem Maler anzuvertrauen. Doch ich wollte sie nicht. Ich war sechsundzwanzig Jahre älter als sie. Von einem anderen Ehemann wäre Faustina viel besser behandelt worden. Sie war ein verwöhntes junges Mädchen, niemals hätte ich ihr das Leben in Wohlstand, von dem sie träumte, bieten können. In dem Haus hinter Santa Caterina hielten sich die einzigen beiden Frauen auf, nach denen es mich wirklich verlangte. Ich brauchte Faustina nicht. Ich musste es nur ihrem Vater sagen.

Wir hatten bereits am Lido gehalten. Das Glockengeläut sämtlicher Pfarreien Venedigs war zu hören und übertönte die Trompeten, Kastagnetten, Hörner und Trommeln, die die Prozession begleiteten, seitdem sie vom Markusplatz losgezogen war. Von der Festung wurden Salven abgefeuert, unter denen der Bucentaur eine Wende machte und mit dem mächtigen Bug aus dem Hafen ins offene Meer steuerte. «Was geschieht jetzt?», fragte Episcopi seine Kinder. Piero und Faustina stöhnten und schauten meinem Freund noch nicht einmal in die Augen, der mühselig seine alljährliche Lektion in Patriotismus abzuhalten suchte. «Der Patriarch schüttet das Weihwasser ins Meer!», ereiferte sich Episcopi. «Und wie lautet der Spruch, Piero? Wie lautet der alte Hochzeitsspruch des Serenissimo von Venedig?» «*Desponsamus te, mare, in signum veri perpetuique dominii*», stammelte der kleine Junge. «Und was bedeutet das?», fragte der Vater weiter, ohne eine Antwort zu erhalten. «Wir heiraten dich, Meer, zum Zeichen unserer wahren und beständigen Herrschaft. Dies ist ein sehr feierlicher Augenblick, der an die Geschichte unseres Landes erinnert», stieß er entmutigt hervor, «und daran, dass der Papst uns die Herrschaft über die Adria eingeräumt hat.»

Piero und Faustina machten keine Anstalten zuzuhören. Latein langweilte sie – Geschichte ebenso. Seitdem sie auf der Welt waren, mussten sie es sich jedes Jahr erneut anhören. Lieber applaudierten sie, wenn die prächtigen Schiffe der Patrizier vorbeizogen, die im Hafen vor Anker gingen, und unterhielten sich über den erstaunlichen Reichtum ihrer golddurchwirkten und mit Edelsteinen besetzten Kleider. Faustina neigte sich zum Wasser und streckte ihre gefalteten Hände aus, zwischen denen etwas Goldglänzendes hervorlugte. Als sie sich zu tief vornüberbeugte, hielt ich sie aus Angst, sie könne hineinfallen, am Ärmel fest. «*Desponsamus te, Jacomo, in signum veri perpetuique dominii*», sagte sie, öffnete die Hände und ließ den goldenen Gegenstand aus ihren Fingern ins Wasser gleiten. «Ich verstehe kein Latein», grummelte ich. «Ich habe den Ring ins Meer geworfen», erklärte sie mir. Die Artillerie feuerte los, und die Menge stieß begeisterte Jubelrufe aus. Es war für alle der Beginn eines großartigen Feiertags. «Die Hochzeit ist vollbracht, Meister Jacomo», sagte Faustina. «Lieber heirate ich eine Schlange», erwiderte ich.

Dieses Mädchen war ungehörig, quicklebendig – und voller Anmut. Es hatte alles, was ich mir von einer Frau erwartete. Sie war sehr jung und unerfahren: Ich hätte sie erziehen und prägen, ihr alles beibringen und sie meinem Willen und Charakter unterwerfen können – ich hätte ihr Vater und Meister, ihr Mann und Gesetz sein können. Wie eine junge Pflanze hätte ich sie verbiegen können, um meine Bedürfnisse zu befriedigen und nach meinen Wünschen und Neigungen zu leben. Sie war gut gebaut und erfreute sich prächtiger Gesundheit: Sie hätte mir gesunde und körperlich wohlgestalte Kinder geschenkt. Und das, was sie mir anbot – Aussteuer, Familie, Beziehungen – entsprach genau dem, was ich brauchte. Ich hätte ein Idiot sein müssen, sie abzulehnen. Ihrem Vater sagte ich kein Sterbenswörtchen.

Marietta eroberte mich wie alle Frauen, die im Leben eines Mannes von Dauer sein wollen, Schritt für Schritt. Sie hatte gerade erst laufen gelernt, als sie mich bereits suchen kam und wie ein Kätzchen auf der Erde um mich herumschlich. Wenn ich morgens aus dem Bett meiner Liebsten stieg und das Kind sich an meinen Fuß klammerte, um mich am Gehen zu hindern, und sich bis zur Tür hinterherschleifen ließ, brachte ich es nicht übers Herz, mich von ihr zu trennen, und nahm sie mit. Sie war so klein und sah so rührend in ihrem weißen Hemdchen aus, und ich war dermaßen stolz, dass sie mir gehörte, dass es mir wie eine Sünde vorkam, sie über so viele Stunden nicht zu sehen.

Sie zog an meinem Hosenbein, lächelte mich an und klatschte

in die Hände, das kleine Wunder. Es ist ein überwältigendes Gefühl, wenn man spürt, wie verlockend ein Kind ist, das noch nicht sprechen kann, das nicht einmal seinen Namen kennt, aber schon weiß, wie es die Aufmerksamkeit für sich gewinnt. Dieses unschuldige kleine Geschöpf bereitete mir immenses Vergnügen. Mit ihr war alles neu, staunenswert und einzigartig. Auch an mir entdeckte ich neue, ungeahnte Fähigkeiten. Ich konnte geduldig, hilfsbereit und zärtlich sein. Ich war in der Lage, mir das warme und nach Seife duftende Bündel ins Hemd zu stecken und zu wiegen, während ich an den Deckenbalken angeseilt mit den Füßen in der Luft baumelte und großflächig Farbe auf meine Leinwände auftrug. Das Geschaukel beruhigte sie. Seelenruhig schlummerte das kleine Bündel an meinem Herzen. «Ihr stürzt noch zu Boden», warnte mich mein Diener und beäugte misstrauisch die verschlissenen Seile an den nicht weniger abgenutzten und quietschenden Balken. «Das wird nicht passieren», erwiderte ich, «wir können fliegen.»

Ich hatte ihr eine Wiege gebaut. Die Seidenlaken, in denen sie schlief, habe ich eigenhändig gefärbt. Das hatte ich noch nie getan. Ich persönlich brachte das Indigo im Kessel zum Kochen. Ich bereitete das hölzerne Schiff in der Werkstatt meines Vaters vor, rührte mit dem Stock in der Farbmischung und spannte eigenhändig die Tücher zum Trocknen auf den Rahmen. Die Arbeiter starrten mich verblüfft an. Ich wählte für sie ein schönes Dunkelblau aus, eine Farbe, die bei meinem Vater Bedauern auslöste. Welch herausragender Färber ich geworden wäre, hätte ich nur seinen Beruf ergriffen. Ihre erste Puppe goss ich in Wachs und formte mit meinen Fingern Beine, Arme, Mund und Haare. Ich modellierte ihr einen ganzen Zoo aus Wachs: Löwen, Elefanten, Giraffen, Kamele, Zebras, Hippogryphe, Einhörner. Nicht einmal die Tochter des Dogen besaß eine solche Menagerie.

Ich habe später noch weitere Kinder bekommen. Ich befürchte gar, sie nicht alle aufzählen zu können. Doch kein einziges Mal habe ich erneut dieses Wonnegefühl wie bei Marietta verspürt. Als sie das erste Mal meinen Namen sagte, als sie Zähne bekam, als sie ihren ersten Apfel schälte, als sie ihr erstes *Vater unser* betete, als sie zu plaudern anfing und ich sie nicht verstand, weil ihre Mutter auf Deutsch mit ihr sprach und daher sie auch mit mir, und ihre Worte verheißungsvoll wie ein unbekannter Zauber klangen; als sie auf meine Knie kletterte und an meinen Haaren nuckelte, mit feuchten Lippen meinen Bart und meinen Mund küsste. «Deine Tochter ist eine richtige Hure», sagte Cornelia scherzhaft und schaute amüsiert zu, wie mich Mariettas Liebkosungen entzückten. «Das hat sie von dir», neckte ich sie.

Herr, drei Jahre lang führte ich zwei Leben. Ein ernsthaftes Leben vor aller Augen – bestehend aus Arbeit, Arbeit und nochmals Arbeit. Portraits, zumeist Gesichter arroganter Personen, die jedoch angesichts ihrer Sterblichkeit plötzlich in Entsetzen ausbrachen; ein paar Bilder für Seitenaltäre in dunklen Ecken oder Orgelflügel in bedeutungslosen Kirchen am Stadtrand. Ich fertigte sogar noch Fahnen für Prozessionszüge und Aushängeschilder für Weinlokale an. Mein öffentliches Leben bescherte mir gelegentlich Zufriedenheit, viele Enttäuschungen und etlichen Ärger, bei dem ich meist mit einem blauen Auge davonkam. Und ich führte ein zweites, glückliches Leben, das bei Sonnenuntergang im Halbgeschoss von Santa Caterina anfing. Ich war stolz auf Cornelia und auf Marietta. Das wollte ich ihnen sagen, auf eine Art, die sie nie vergessen würden, wollte es der ganzen Welt mitteilen – damit sie sich eines Tages nicht für mich schämen müssten.

Einen der ersten Verträge schloss ich mit den Cölestinern von Madonna dell'Orto. Die Flügel für die Kirchenorgel: zwei in vier Bereiche unterteilte Gemälde. Es war zwar kein besonders lukrativer, aber dafür ein ziemlich anspruchsvoller Auftrag, denn es ging darum, eine Fläche von der Größe eines Raums zu bemalen. Zog man die Ausgaben für Leinwand, Farben und die für eine derartige

Fläche notwendigen Arbeitsstunden ab, blieb mir gerade genug für ein Paar Schuhe und ein neues Kleidungsstück. Nach vier Jahren vergeblichen Wartens – eine Zeit lang hatte ich das Aufbegehren der Brüder durch die Ablieferung zweier Apostel von außergewöhnlicher Schönheit, und das sage ich ganz ohne Stolz, zum Schweigen gebracht – hatten sie den *Tempelgang Mariens*, der für die Außenflügel vorgesehen war, noch immer nicht bekommen. Schließlich baten sie mich zu sich: Ihr Prokurator, ein schmächtiger Mönch mit wallendem Barthaar namens Daniele, forderte eine Erklärung für meinen Verzug, den er für frevelhaft und schamlos hielt.

Es folgte eine mühsame Unterredung. «Zu viel Arbeit», versuchte ich mich unbeholfen zu rechtfertigen, «ich bin bis über beide Ohren beschäftigt, ich suche ja schon nach einem Gehilfen, aber in der heutigen Zeit ist es nicht einfach, eine zuverlässige Person zu finden, die jungen Leute kündigen sofort wieder und gehen ihre eigenen Wege.» Die Gesichter meiner Auftraggeber verfinsterten sich zusehends. Daher behauptete ich, ich hätte ein besonders großes Gemälde, ein Telero, für den Saal des Großen Rates im Dogenpalast abzuliefern, sie möchten mich verstehen, die gütigen Mönche, ich hätte mich ganz auf dieses Gemälde konzentrieren müssen, ein Historienbild, eine anspruchsvolle Sache, sowohl Zeitgeschichte als auch die Sitten und Gebräuche der Epoche hätte ich studieren müssen, dass mir kein übler Schnitzer passierte, noch nie hätte ich einen derartig wichtigen Auftrag vom Staat bekommen, im Dogenpalast zu arbeiten sei eine außergewöhnliche Gelegenheit für mich gewesen, ich hätte mir einen Namen machen können, und mein Erfolg sei auch auf sie übergegangen, die mich in ihrer Weitsichtigkeit bereits zu einem äußerst bescheidenen Preis unter Vertrag genommen hätten, ich würde lediglich noch um etwas Geduld bitten.

«Aber wir hatten so viel Geduld, Maestro», protestierte Padre Massimo, «seit acht Jahren, *acht*!, warten wir schon. In acht Jahren kann man so einiges bewerkstelligen! Einen ganzen Palast kann man bauen, die Erdkugel umschiffen, ein Gedicht mit zehntausend Versen schreiben. Wie viel braucht es, um ein einfaches Gemälde anzufertigen?» «Wir haben Euch bereits fünf Goldscudi ausgezahlt», meldete sich streng der Mönch im Amt des Advokaten zu Wort, «wenn Ihr nicht in der Lage seid, den *Tempelgang* zu malen, so sagt es in aller Aufrichtigkeit und erstattet die Zahlung zurück: Wir werden uns an einen anderen wenden. In Venedig würden sich ein Dutzend hervorragender Maler geehrt fühlen, für uns zu malen.» Der Prior hatte recht. Meine Ausreden waren erbärmlich. In Wirklichkeit besaß ich aber noch gar keine Vorstellung von dem Bild. Die Hauptfigur – Jungfrau Maria – musste ein dreijähriges Kind sein. Krieger in Rüstung, Adelige im Pelzmantel, auch Heilige konnte ich malen, aber wie malt man ein Kind? Für mich waren alle Kinder gleich. Um die erhaltene Leistung nicht zurückgeben zu müssen, sondern den Mönchen vielmehr einen zusätzlichen Vorschuss zu entlocken, wechselte ich abrupt meine Strategie. Ich sagte, dass sie die Arbeit ruhig einem anderen, meinetwegen auch höher angesehenen und fleißigeren Maestro anbieten könnten, es sei lediglich schade, da ich bereits an einem gewissen Punkt angekommen sei. Ich log: Nicht einmal die Leinwand hatte ich besorgt.

Zufrieden wie ein kleiner Dieb, der eine Geldbörse stibitzt hat, verließ ich die Sakristei: Ich hatte den geduldigen Mönchen weitere zehn Dukaten abgerungen. Der Prior sagte zum Abschied, dass ich ihnen eine große Freude bereiten würde, wenn ich das Bild bis Ostern fertig hätte. Für die stimmungsvollen Feierlichkeiten der Karwoche würde extra ein Priester aus dem Ausland anreisen, und das ganze Volk vom Cannaregio, selbst jene, die selten in die Kirche gingen, würde meine Arbeit bewundern können. Doch ich hörte ihm bereits nicht mehr zu. Auf dem Platz, wie ein Einschnitt im Gegenlicht des Sonnenuntergangs, erblickte ich die majestätischen Umrisse einer Frau mit lilafarbenem Umhang, die den Arm hob, um jemanden herbeizuwinken. Es war Cornelia.

Seit Monaten hatte ich sie nicht mehr bei Tageslicht gesehen. Ich arbeitete wahrhaftig viel in jener Zeit und ging immer später zu meiner Geliebten. Und das auch nicht mehr jeden Tag. Herr, ich hatte begonnen, mich von ihr zu lösen. Ein kleiner Junge in grauen Hosen und mit grüner Kappe auf dem Kopf rannte so lange einem Kätzchen hinterher, bis er es am Schwanz zu fassen bekam. Nach wenigen Augenblicken merkte ich, dass der Junge Marietta war. Sie hielt sich das Kätzchen vors Gesicht und kraulte sein Köpfchen: Die Katze, die zunächst ihre Krallen herausgestreckt hatte, ergab sich und warf den Kopf in den Nacken. Als Marietta sich triumphierend zu ihrer Mutter umdrehte, erblickte sie mich.

Ich ging instinktiv einen Schritt zurück und versteckte mich im Schatten des Portals. Aber sie hatte mich schon erkannt und rannte auf mich zu, während sie die Katze am Hals an sich drückte. Auf dem Kirchplatz herrschte reges Treiben. Auch die beiden Mönche waren noch bei mir. Bruder Massimo erzählte mir gerade, dass es nicht gut um ihn stehe: Sollte ich noch einmal acht Jahre für das Bild brauchen, würde er das fertige Werk nicht zu sehen bekommen. Cornelia versuchte, sie aufzuhalten, doch Marietta entkam ihr, überquerte den Platz und klammerte sich schließlich an mein Knie. «Wer ist dieser Bengel, Maestro, kennst du ihn?», fragte mich der Prior. «Nein», antwortete ich hochrot im Gesicht. «Ja doch, er ist der Sohn einer Deutschen, an seinen Namen erinnere ich mich nicht.»

«Jacomo! Jakob!», rief Marietta, die mir auf Zehenspitzen das Tier entgegenstreckte, «kann ich die Katze behalten?» Ich versuchte, sie nicht zu beachten. Aber das Kind verstand es nicht – wie auch? –, sondern zerrte an meiner Hose und fragte unentwegt: «Darf ich die Katze behalten? Darf ich die Katze behalten?» «Wir hätten nicht herkommen dürfen, Maestro», sagte Cornelia, «es tut mir leid. Aber die Sümpfe von Santa Caterina sind von

Mücken befallen, und beim Kreuzträgerorden spielt eine Horde Jungen Fußball, dieser Platz hier ist der einzige in der Nähe, wo ich sie zum Spielen hinbringen kann. Die Kleine muss doch ein wenig an die frische Luft. Sie wird krank, wenn sie immer nur zu Hause sitzt.» Nachdem sie meinen Begleitern ein kurzes Lächeln zugeworfen hatte, packte sie Marietta am Handgelenk und zerrte sie von mir weg. Marietta stemmte die Füße in den Boden, ließ sich widerwillig fortschleifen und drehte sich mit ungläubigem Gesichtsausdruck immer wieder nach mir um.

Das war mein Platz, meine Pfarrei, meine Kirche. Cornelia hatte hier nichts zu suchen. Doch das überraschte kleine Mädchen mit den Kullertränen in den Augen, völlig verzweifelt, weil seine Mutter es gezwungen hatte, die Katze laufen zu lassen, oder vielleicht weil ich es abgewiesen hatte, war meine Marietta. Mein feiges Benehmen tat mir in der Seele weh. Ich vergaß den feindseligen Prokurator, versäumte es, mich vom alten Don Massimo zu verabschieden, und rannte quer über den Platz der Katze hinterher, bis ich sie am Schwanz erwischte. Dann lief ich meinen Frauen nach, die bereits die Brücke überquert hatten und im Dunkel der gegenüberliegenden Gasse verschwunden waren. «Hier ist deine Katze», sagte ich zu Marietta, die mich misstrauisch musterte.

«Es tut mir leid», wiederholte Cornelia. «Warum ziehst du sie wie einen Jungen an?», fragte ich vorwurfsvoll. «Weil sie meine Tochter ist», entgegnete Cornelia. «Ja und?», erwiderte ich und nahm Kind und Katze auf den Arm – ich wollte nicht, dass seine Mutter sie ihm wegnahm. «Es ist besser so.» «Was redest du da für wirres Zeug?», fragte ich und trat zur Seite, da ein Verladearbeiter die enge Gasse passierte und einen überfüllten Karren mit Holzscheiten hinter sich herzog, der uns hätte erdrücken können. «Willst du es wirklich wissen?», fragte mich Cornelia und starrte auf das Kind, das freudestrahlend mit seinem kleinen Händchen den Hals der Katze streichelte. «Selbstverständlich will ich es wissen», war meine Antwort. «Sie haben mir bereits fünfzig

Dukaten für sie geboten.» «Sie ist erst drei Jahre alt!», rief ich erschüttert. «Eben», erwiderte Cornelia. «Sie ist meine Tochter. Das werden sie ihr nie verzeihen. Wer mich kennt, soll sie für einen Jungen halten. Dann werden sie sie in Frieden aufwachsen lassen.» «Nein», sagte ich, «sie ist meine Tochter.»

Zu Ehren meiner Tochter und ihrer gleichnamigen Beschützerin, der Jungfrau Maria, malte ich sie auf die Orgeltüren von Madonna dell'Orto. Auch ihre Mutter setzte ich mit aufs Bild, die von hinten mit Blick auf ihre fabelhaften, entblößten Schultern zu sehen ist. In wenigen Tagen war die großflächige Leinwand fertig, von der ich acht Jahre lang nicht einmal eine Vorstellung besessen hatte. Ich verwendete die kostbarsten und seltensten Farben. Für die blauen Stellen kaufte ich eigens ein Ultramarinblau. Eine Schale von diesem Pulver kostete mich siebzig Scudi – fünf Monate Arbeit. Und als es fertig war, bestäubte ich es mit feinem Mehl aus Dukatengold. Die Goldschuppen glänzten noch auf zwanzig Schritt Entfernung. Meine kleine Tochter stieg in einer glitzernden Wolke die Tempelstufen hinauf.

Es gefiel allen. Sie fanden es erstaunlich sakral. Vollendet, ausgeschmückt und elegant – was meine Werke eigentlich gar nicht waren. Meine übliche Grobheit war wie abgemildert, regelrecht verwandelt. Nachdem das Gemälde angebracht und in die Rahmung des Orgelschranks eingepasst worden war, schickte ich Schila zum Haus der Episcopi mit dem Auftrag, mir Faustina zu bringen. Verwirrt betrat sie in Begleitung ihrer Amme die Kirche: Es war ihre erste geheime Verabredung mit einem Mann. Ich führte sie zur Orgel. «Siehst du sie?», fragte ich sie und zeigte auf die Orgelklappen. «Ja und?», erwiderte Faustina. «Was soll ich dazu sagen, mir gefallen die Sachen nicht, die du malst, Maestro, die Frauen sind zu muskulös und die Männer verkrüppelt. Aber du hast mich gewiss nicht wegen meiner Ansicht hergebeten.» «Nein, richtig», sagte ich, «sondern wegen des Kindes.»

«Die Amme hat mir erzählt, dass du eine deutsche Tochter hast», erklärte Faustina. Ihre ruhige Art verwirrte mich, mit so viel gesundem Menschenverstand hatte ich nicht gerechnet. Sie war erst zwölf Jahre alt. «Aber wir werden ja auch Töchter haben», fuhr sie fort, «und die werden Venezianerinnen sein. Das Thema ist abgeschlossen, darüber brauchen wir nicht mehr zu reden. Nur eins musst du mir versprechen. Dass eines Tages auch ein Bild von unseren Kindern in einer Kirche hängen wird. Wunderschön und strahlend hell soll es sein, damit alle erfahren, wie sehr du sie liebst.» Sie verstummte. Mir fehlten die Worte. Faustina nahm auf einmal meine Hand, drückte sie ans Herz und schubste mich im düsteren Kirchenschiff hinter eine Säule, dann legte sie meine Arme um ihren Hals und presste ihre Lippen auf meinen Mund. Ich stieß mit den Zähnen an ein Metallstück. Blitzschnell löste ich mich aus der Umarmung und sprang hinter die nächstbeste Kirchenbank. Der Magnet fiel auf den Boden und machte ein klirrendes Geräusch. Für Dinge dieser Art konnte ich im Gefängnis landen oder ans Schiffsruder gekettet werden. In Venedig wimmelte es von Spionen – jemand hätte mich anzeigen können und dafür eine großzügige Belohnung eingeheimst. «Seid Ihr verrückt geworden?», fauchte ich sie an. Faustina lachte: «Da ich mich in Euch verliebt habe, offensichtlich ja.» «Wenn Ihr den Verstand verloren habt, dann geht und lasst ihn Euch wieder einsetzen», fuhr ich sie erneut an. «Mir reicht Eurer, Jacomo.»

Ich habe Cornelia nicht verlassen, Herr. Das weißt du. Bis zum Schluss bin ich ihr ein Freund gewesen. Sicherlich stimmt es, dass ich nun nicht mehr ihretwegen zu ihr kam – sondern wegen des Kindes. Es war ihre Tochter, die zu mir auf den Schoß kletterte, es war Marietta, die mir beim Essen feuchte Küsse auf den Nacken drückte, die mir vom Fenster aus zulächelte, wenn ich nach Hause zurückkehrte, die flach auf dem Rücken im Bett lag und auf meinen Gutenachtkuss wartete, ohne den an Einschlafen nicht zu denken war. Sie schlief zwischen uns, in schwülen Sommernächten klebte ihr kleiner, warmer Körper an meinem Rücken, im Winter lagen ihre kalten Füße zwischen meinen Beinen. Um sie nicht aufzuwecken, warteten wir, bis sie ruhig atmend im Schlaf versunken war, bevor wir uns im Dunkeln suchten und in aller Stille liebten. Mit der Zeit aber, als wir uns nicht mehr als Liebesgefährten ansahen, lag sie nicht mehr zwischen uns, um uns zu trennen, sondern um uns zu einen. Sie war der lebende Beweis des Guten, das wir einander getan hatten. Wenn Marietta meinen Namen sagte – Jacomo, denn sie nannte mich wie ihre Mutter –, schmolz ich wie eine Kerze dahin.

Eines Nachts teilte mir Cornelia mit, sie wolle nach Deutschland zurückkehren, werde schon bald abreisen, in den nächsten Tagen, bevor der Weg über die verschneiten Alpen für die Kutschen unpassierbar würde. Es traf mich wie ein Messerstich in die Brust, mir stockte der Atem. Doch Cornelia wollte mir das Kind nicht wegnehmen. Wenn ich es behalten wolle, würde sie es bei mir lassen. Ich würde Marietta gewiss eine bessere Kindheit bieten können, als sie sie gehabt habe. Und was sie betraf, so wolle sie mir nicht sagen, warum und seit wann sie diese Entscheidung getroffen habe. Sie habe sich entschlossen und fertig. Die Mietwohnung, die ich seit so langer Zeit schon für sie bezahlte, habe sie bereits gekündigt. Cornelia war eine Frau der wenigen Worte, und genau deswegen habe ich sie geliebt.

«Ich kann Marietta nicht nehmen», sagte ich, «ich bin ein zweiundvierzigjähriger Junggeselle, ich habe kein Dienstmädchen, sondern einen jungen, männlichen Gehilfen, einen Heißsporn, der auf Liebesabenteuer aus ist. Ich wohne in einem feuchten, heruntergekommenen Haus, in dem es nach Öl und Farbe riecht, und noch immer habe ich es nicht geschafft, mir einen Esstisch zu kaufen. Ich habe kein Tellerservice, arbeite den ganzen Tag und vergesse sogar zu essen.»

«Aber du wirst nicht mehr lange Junggeselle sein», warf Cornelia ein. Erzählt hatte ich ihr nichts, aber sie ahnte es. Diesen Sommer hatten wir gemeinsam meinen Ruf an den Dogenpalast gefeiert, wo ich als Nachfolger von Tiziano Vecellio die Prinzen und ihre Führungsriege zu portraitieren hatte. Da die Dogen und Prokuratoren – alle weit über siebzig – bald das Zeitliche segneten und von anderen ersetzt wurden, deren Lebenserwartung genauso niedrig war, gewährte dieses Amt ein bescheidenes, aber festes Einkommen. Und Cornelia wusste, wohin ein festes Einkommen einen Mann führte, der die Vierzig überschritten hatte.

«Deine Braut ist es gewöhnt, bedient zu werden», sagte sie, «daher wird sie mindestens eine Hausangestellte mitbringen. Und mit ihrer Aussteuer wirst du das Haus herrichten können. Außerdem ist Marietta so wie ich, frei und unabhängig, und bereits sechs Jahre alt, schon bald wird sie niemanden mehr brauchen.» «Eine Mutter wird sie immer brauchen», sagte ich mit erhobener Stimme, ob ich das Kind aufweckte oder nicht, war mir egal. «Sie wird einen Vater haben», entgegnete Cornelia. «Der wird ihr reichen. Ich werde gehen, Jacomo.» Ich schaute im Dunkeln auf das über dem Kissen ausgebreitete Haar. Sie sah aus, als würde sie von lodernden Flammenwellen verschlungen werden.

«Nein», widersprach ich. «Du wirst nicht gehen, ich kann das Kind nicht nehmen.» «Weißt du noch, als du mich gefragt hast, was mein höchstes Glück sei, das du mir schenken wolltest, mein kleiner Mann?», fragte Cornelia. «Oder hast du das vergessen?» Marietta, die zwischen uns lag, wurde von unseren erregten Stimmen kurz wach und bat uns schlaftrunken, leise zu sein und sie nicht in ihrem Traum zu stören. «Natürlich habe ich das nicht vergessen», erwiderte ich. Da es in jenem Herbst schon früh kalt wurde, zog ich unserer Tochter die Felldecke über den Kopf. «Marietta ist das Schönste, was mir in meinem Leben passiert ist, und du hast sie mir geschenkt», sagte Cornelia. «Ermögliche ihr das Leben, das du mir gern ermöglicht hättest. Um dieses Glück bitte ich dich.»

Cornelia reiste im November ab, im Februar heiratete ich Faustina. Ich habe meine Amazone nie wieder gesehen. Einige Jahre nach ihrem Weggang bekam ich Besuch von ihrer Freundin Christina. Sie sagte, sie komme gegen den ausdrücklichen Willen von Cornelia, doch nach reiflicher Überlegung sei sie zu dem Entschluss gelangt, dass niemand in der Lüge leben wolle und sie es für richtig halte, dem Kind die Wahrheit zu sagen. Ich ließ nach Marietta rufen. Christina erzählte, dass Cornelia nie nach Deutschland gefahren sei. Letzten Endes sei sie gar nicht in der Lage gewesen, eine solch lange Reise anzutreten. Sie sei an Syphilis erkrankt. Wir wüssten ja beide, dass diese Krankheit unheilbar sei. Drei Tage zuvor sei Cornelia im Krankenhaus gestorben. Ihrem Wunsch gemäß habe man sie in Venedig beerdigt. «Welches Krankenhaus?», fragte Marietta. Christina trat ans Fenster, hob den Arm und zeigte jenseits des Kanals auf die schweren, dunklen Umrisse der Santa Misericordia. Nur wenige Schritte von mir entfernt war meine Amazone aus dem Leben geschieden.

Ich nahm Marietta mit zu mir, in die Wohnung des baufälligen Palazzo del Cammello, die ich angemietet hatte, nachdem ich den Magazinraum im Rialto aufgegeben hatte. Ich war damals dreißig Jahre alt gewesen und hatte gedacht, ich würde es mit diesem Umzug zu Ruhm und Ehren bringen. In der Zwischenzeit aber hatte dieses Haus preisgegeben, was es hinter seiner selbstherrlichen Fassade verbarg: dunkle, feuchte Mauern und Milliarden von Insekten, die sich im verfaulten Holz im Boden, an Wänden und Decken vermehrten. Ein Haus, das sich fortzubewegen schien und bei jedem Schritt quietschte. Es gab nur ein Bett. Marietta schlief bei mir.

Als meine blutjunge Gemahlin einzog, waren die Restaurationsarbeiten, die ich angestrengt hatte, um sie gebührend zu empfangen, noch nicht beendet. Das schmucklose Zimmer und die nüchterne Einrichtung versuchte ich zu verschleiern, indem ich den Alkoven mit Vorhängen dekorierte, auf dem kleine, geflügelte Putten zu sehen waren. Ihre Entblößtheit gab alles preis. Faustina fand die Putten drollig und anstößig zugleich: Sie hatte noch nie ein männliches Geschlecht gesehen. Sie war wahrhaftig ein Mädchen aus gutem Hause. Als sie den Vorhang zur Seite zog, sah sie Marietta ausgebreitet auf den Decken liegen. Sie sagte lediglich, dass sie lieber an der Seite zur Tür schlafen wolle, da sie hin und wieder nachts aufstehe. Marietta rutschte zur Wand und meinte, sie würde uns gewiss nicht lästig werden. «Wie merkwürdig, ich dachte, du hättest einen deutschen Akzent», merkte Faustina belustigt an, «dabei sprichst du wie ich.» «Ich bin Venezianerin», empörte sich Marietta. «Du bist Deutsche», erwiderte Faustina lachend, «aber mach dir nichts draus, dafür kannst du nichts.» Dann gaben meine beiden Kinder sich und mir einen Gutenachtkuss, und alle drei waren wir auf der Stelle eingeschlafen.

18. Mai 1594
Zweiter Fiebertag

Meine Frau rüttelte mich vorsichtig wach. «Die Deutschen» – so nannte sie jeden, egal, woher er kam, der nicht das Glück hatte, in Italien geboren zu sein – «klopfen schon seit einer Viertelstunde an die Tür.» «Bin ich da, dann nicht für sie, bin ich nicht da, wozu klopfen sie an?», murrte ich und drehte mich auf die andere Seite. Etliche schlaflose Stunden hatte ich bereits in diesem Bett verbracht. Ich wusste nicht, ob es Abend oder Morgen war, und es interessierte mich auch nicht. Faustina lachte vergnügt, obwohl sie diesen Satz, der mir über Jahre hinweg als Schutzschild gedient hat, schon tausende Male gehört hatte. Scharenweise ziehen diese neugierigen Besucher von Künstler zu Künstler. Sie versuchen, unsere intimsten Geheimnisse aufzudecken. Sie schauen sich unsere bescheidenen Arbeitsmittel an – im Grunde nichts anderes als ein paar Holzstäbe, grober Stoff und eine Menge Haare aus Nase, Ohren und Hinterteilen irgendwelcher Mistviecher – und fragen nach unseren Ticks und Gewohnheiten: als würde unser Werk dadurch ein zweites Mal vollbracht werden. Dann setzen sie sich auf unsere Stühle und wollen wissen, woher wir unsere Ideen und Erfindungen nehmen – wie es vonstatten geht, wenn auf einer Fläche, wo nichts als grobe Leinwand ist, Körper und Figuren, Farben und Schatten erstehen. Sie beobachten uns beim Malen und sind verzaubert und enttäuscht zugleich. Denn sie sehen nichts weiter als gewöhnliche Menschen, großspurige junge Leute, zuweilen leichtsinnig, zum Teil sogar ungebildet und grobschlächtig, oder von Leid und Unheil gezeichnete Alte, und das verübeln sie uns, können sie uns nicht verzeihen.

«Sollen wir sie etwa wegschicken, Jacomo?», wisperte Faustina enttäuscht. «Bedenke, dass du mit ihnen verabredet bist. Otto und Kini haben dir einen Geistlichen mitgebracht, ich glaube einen Bischof, zumindest einen äußerst glanzvollen, wenn man sich seine Ringe anschaut, die wiegen bestimmt ein ganzes Pfund, nun benimm dich nicht wie ein Lump, wir haben nichts zu verschenken, Jacomo, ich weiß sehr wohl, was es kostet, ein Haus wie unseres zu erhalten und den rechten Anstand zu wahren.» Meine Frau hofft immer auf Geschäfte. Ein Verkauf, eine Restaurierung, ein Auftrag – egal, was und zu welchem Preis. Siebzehn Jahre Unsicherheit haben sie gelehrt, jeden Knochen abzuknabbern. Weitere siebzehn Jahre Wohlstand konnten sie nicht davon überzeugen, gewisse Gewohnheiten abzulegen. Für meine Frau, und einzig für meine Frau, ging ich hinunter und nahm die Besucher in Empfang.

Hieronymus Ott und Hans Jacob König – in unserem Hause Otto und Kini genannt – kenne ich seit Jahren: Wer in Venedig von ihnen gehandelt wird, kann sich den Mund mit Gold auskleiden. Für dahergelaufenes Mittelmaß machen die sich nicht die Finger schmutzig. Den dritten allerdings, einen stämmigen Kerl mit dichtem, rötlichem Bart, hatte ich noch nie gesehen. Er war angeblich ein wichtiger Prälat aus Bayern, an seinen Namen kann ich mich jedoch nicht erinnern. Zu viele Menschen gehen hier ein und aus. Und Titel hinterlassen bei mir gewöhnlich keinen bleibenden Eindruck. Botschafter, Kardinäle, Prinzen – für mich sind sie allesamt nur Menschen, die ich malen muss. Alle haben sie eine Nase, Augenbrauen, ein Kinn. Ihr hässliches Erscheinungsbild bereitet mir sogar hin und wieder Sorgen, denn vermutlich gefallen sie sich nicht, wenn ich ihnen das Gemälde überreiche – und das bedeutet, dass ich nicht einen Kunden dazugewonnen, sondern mindestens zehn verloren habe, da einflussreiche Menschen über einen großen Bekanntenkreis verfügen, in dem viel geredet wird.

Doch all das ist nun vorbei. Der rote Bart und die gläsernen, ausdruckslosen blauen Augen waren alles, was mir an meinem Gast auffiel. Ich habe mir angewöhnt, Menschen wie technische Probleme zu betrachten: schielende Augen, Augenränder, spitzes Kinn, Doppelkinn oder ein unscheinbares Gesicht. Letzten Endes ist keiner von uns etwas Besonderes: Alles, was uns von Millionen anderer unterscheidet, lässt sich auf eine Grimasse, ein Verziehen der Augenbrauen oder eine Warze auf der Nase reduzieren. Ich zum Beispiel bin nicht mehr als mein aschgrauer, zerzauster Bart, die drei tiefen, horizontalen Falten auf der Stirn und meine dunklen Augenhöhlen.

Seine Hochwürden Rotbart war am Ende seines Aufenthalts angelangt und wollte mit einem Andenken an Venedig in seine Heimat zurückkehren. Und ich bin in dieser Stadt durchaus ein Denkmal: Wie ein im Laufe der Zeit korrodierter Armstumpf aus Marmor, eine antike Münze oder eine Tonscherbe nehmen sie mich mit. Otto ist der in Venedig ansässige Handelsvertreter der für den Papst und die Könige arbeitenden Finanzmänner – namentlich der Fugger. Es heißt, diese Bankleute bräuchten von Philipp II. lediglich die Begleichung seiner Schulden zu fordern, und schon würde in Europa ein Krieg ausbrechen. Zu Aussagen dieser Art schweige ich lieber so still wie die Wand meines Ateliers. Politik hat mich noch nie interessiert. Ich bin auch nie in den Krieg gezogen. Bin nicht in Lepanto gewesen, habe nicht für mein Land gekämpft. Dennoch wollte ich der Stadt stets ein guter Bürger sein: Meine Schuld aber habe ich auf andere Art bezahlt.

Kini ist Ottos Schwiegervater. Er arbeitet als Goldschmied, Juwelier und Kunsthändler. Da er sich in der Malerei besser auskennt als die meisten Prinzen, tritt er als ihr Ratgeber auf. Rudolf II. hat ihn sogar an seinen Hof gerufen. Nach Venedig kommt er daher nur noch selten – um das eine oder andere Geschäftchen für seinen Herrn abzuwickeln, erklärt er bescheiden. Kini hegt durchaus Achtung für mich, zumindest missachtet er mich nicht:

Er hatte mir mindestens ein Dutzend Portraits irgendwelcher Berühmtheiten, denen ich persönlich nie begegnet war, abgekauft – mithilfe von vergilbten Drucken hatte ich mir im Kopf ein eigenes Bild von ihnen machen müssen. Doch an Vorstellungskraft hat es mir nie gemangelt. Kini war es, der den Kaiser davon überzeugt hatte, mir einige Historienbilder abzukaufen, die nun das Prager Schloss zieren. Jetzt, da ich nicht mehr male, erlange ich auf dem europäischen Markt allmählich einen Wert. Der Gedanke, dass meine Christusfiguren und Göttinnen die Paläste von Madrid und Augsburg, Antwerpen und Prag zu sehen bekommen, reicht mir vollauf. Sie einmal mit eigenen Augen zu sehen, war nie mein Wunsch.

«Seht nur die Akte und die verkürzten Figuren, und dieses Licht», versuchte Kini den Rotbärtigen zu begeistern, «wir befinden uns wahrhaftig in einer Akademie der Malkunst, denn es sind vor allem drei Dinge, die ein großer Meister können muss: Figurenkomposition, perspektivische Verkürzung und Lichtgebung. Und niemand ist darin besser als unser Tintoretto.» Rotbart nickte, während er jeden Pinsel einzeln in die Hand nahm und von mir wissen wollte, wann ich die großen und wann die kleinen benutze, welche für Gouache- und welche für Ölzeichnungen sind. Nie habe er geglaubt, dass sich ein Maler ein solches Arsenal zulegen müsse. Neugierig stöberte er zwischen den in der Werkstatt verstreuten Leinwänden. Sachen, die seit Monaten vor sich hin trockneten. Die *Grablegung Christi* hatte Dominico bereits in einen Holzkäfig gepackt, der zum Transport nach Santa Maria Maggiore bereitstand. Mein Gast rückte ein paar Abgüsse zur Seite, drehte Statuen hin und her und musterte argwöhnisch die unfertigen Portraits längst verstorbener Dogen und Prokuratoren.

Bei allem Respekt für mein unbestreitbares Talent, so erläuterte er, würde er dennoch die Portraits von Tizian und Paolo Veronese bevorzugen, die er für prunkvoller halte. Während mich anscheinend nur Augen und Gesichter interessierten. Seiner Meinung nach würde ich dem Rang der Personen einen zu geringen Wert beimessen. Die Portraits seien ihm zu intim – wie ein privates Gespräch zwischen mir und dem Motiv. Als würde ich meine Modelle aus zu großer Nähe betrachten, durch ein Schlüsselloch – ohne Ehrfurcht und Achtung. Nie wolle er derart intim angeschaut werden. Vielleicht dürfe niemand so intim angeschaut werden.

Und um ehrlich zu sein, überkomme ihn beim Anblick dieser aufdringlichen und vor Gier strotzenden Gesichter ein gewisses Unbehagen. Die Portraits seien höchst merkwürdig – ja verrückt. Daher müsse wohl auch ich in gewisser Weise seltsam und verrückt sein. «Das glauben meist diejenigen, die nicht malen können», entgegnete ich ihm. Wenn ein Maler die Schönheit eines Engels, die Gefühlskälte eines Soldaten oder die Gier eines Dogen darstellt, dann stellt der Maler nicht seine eigene Schönheit, Gefühlskälte oder Gier dar – er will sich einzig der Wahrheit nähern. Und die Wahrheit der Dinge liegt in ihrer äußeren Erscheinung verborgen, möglicherweise ist genau das ihr eigentliches Wesen. Doch er hat recht, ich schaue die Menschen aus zu großer Nähe an, ohne Respekt. Denn genau so schaue ich auch auf mich selbst.

Kini flüsterte mir zu, dass unsere Exzellenz und Hochwürden gekommen sei, um einen Altarflügel für die Familiengruft im Dom seiner Heimatstadt bei mir in Auftrag zu geben: Er verstehe, dass ich zu erschöpft und ausgelastet sei, um ein Kunstwerk vom Original anzufertigen, und gebe sich daher mit einer Nachbildung zufrieden. «Ich nehme keinerlei Auftrag an», antwortete ich. «Ich male nicht mehr.»

Meine jüngsten Bilder aber riefen keine große Begeisterung bei meinen Gästen hervor. «Sie sind zu dunkel», merkte Otto achtlos an. «Sie sind noch viel zu hell», erwiderte ich. Hier liegt der Unterschied zwischen einem Meister und einem Händler. Der Händler kommt und urteilt: zu viele Personen, zu viele oder zu undeutliche Gesichter, zu düster oder zu viel Licht. Er bewertet auf der Grundlage des allgemeinen Geschmacks. Das, was nicht so aussieht wie das, was gefällt oder schon einmal da gewesen ist und Gefallen gefunden hat, verunsichert ihn oder missfällt ihm. Der Meister bewertet auf der Grundlage des Risikos. Für ihn ist es nie hell oder dunkel genug, gibt es nie zu viele oder zu wenige Figuren. Im *Extrem* kennt er sich nämlich besonders gut aus.

«Die Leute wollen schöne Farben, Maestro», warf Kini nachdenklich ein. «Momentan bietest du dem Auge rein gar nichts. Du beschäftigst dich mit Grauschattierungen, Braun- und Weißtönen. Das hier ist alles einfach nur dunkel. Ich frage mich, wohin dich das führen soll.» Da kommt nichts mehr, hätte ich gerne geantwortet, dieses Essenzielle, das dich so enttäuscht, ist der Schlusspunkt einer langen Suche. Alles, was ich jetzt noch will, ist, allein mit Licht malen. Die Reduktion auf das Wesentliche ist ein Prozess, der ein ganzes Leben dauert. Einst hatte ich das Bedürfnis, große Massen darzustellen, Aufruhr, Landschaften, Bewegung. Nun brauche ich gar nichts mehr. Nicht einmal einen Körper. Eine Pupille und eine Mundfalte genügen mir, um zu erzählen, was einen Menschen ausmacht, der Glanz eines Blattes, um zu erzählen, was die Welt ausmacht. Beinahe achtzig Jahre habe ich gebraucht, um an diesen Punkt zu kommen. Und nicht die Ratlosigkeit der Händler oder Kunden verbittert mich, sondern die Gewissheit, dass ich all das, was ich gelernt habe, mit mir nehmen werde.

Auch ich habe Farben geliebt – den blauen Himmel im Mai, die Lichtreflexe auf einem scharlachroten Seidenärmel oder den rosaroten Sonnenuntergang hinter einer grünen, vermoosten Gondelwerft. Das Erste, was mich mein Vater lehrte, war, mich mit kostbaren und auffallend schönen Dingen zu umgeben und mir die Hände schmutzig zu machen, um an sie heranzukommen. Wir wohnten in einem niedrigen Bau an einem engen und immerzu düsteren Kanal. Die Häuser um uns herum waren so hoch, dass wir zu keiner Zeit Sonnenlicht hatten. Die Werkstatt meines Vater aber lag am Rande der Stadt auf einem Zipfel von Cannaregio, der zum Festland zeigte – eine Gruppe von Inselchen, auf denen einzig Werften, Fabriken und Gerbereien angesiedelt waren, stets eingehüllt von rötlichen, gelben oder schwarzen Rauchwolken, die nach Ammoniak und Schwefel rochen, und wo sich selbst das Wasser in den Kanälen rot und schwarz färbte.

Die Werkstatt war kaum mehr als eine an drei Seiten offene Ziegelhütte: All das Tageslicht, das wir zu Hause entbehrten, wurde von den drei Mauern aus Luft eingefangen. Überall auf der Erde standen große, rechteckige und stets bis zum Rand gefüllte Bottiche. Wir nannten sie Kähne, denn um einfache Wannen handelte es sich wahrlich nicht. Hier ein Kahn mit granatrotem, da mit zitronengelbem, dort mit smaragdgrünem und in der Ecke mit blauem Wasser. All die Farben, die uns die erdrückende Finsternis in der Stadt versagte, schienen hier hineingeströmt und gefangen zu sein. In diese Bottiche – die mit einem R für «Robusti» gekennzeichnet waren, der Signatur unseres Betriebs – tunkte mein Vater seine Tücher. Und die waren nicht aus Leinen, Baumwolle oder Samt: Sie waren aus Seide.

Mit langen Glasstäben stemmten die Arbeiter die Tücher in die Wannen, wo sie so lange in ihrem Bad verweilten, bis das letzte Körnchen durch den Trichter der Sanduhr gerieselt oder früher Morgen geworden war. Als hätte er Durst, sog der Stoff die Farben gierig in sich auf. Anschließend wurden die Tücher, so groß und breit wie eigens für Riesen angefertigte Bettlaken, im Kanal gewaschen und zum Trocknen aufgehängt. Da die blauen und safrangelben Tücher in der Sonne trocknen mussten, wurden sie auf Rahmen gespannt und im Freien an Pfähle genagelt, die man zuvor in die Erde rammte – während die roten, grauen und violettfarbenen im Schatten trockneten. So tropfte ein einzigartiger Zauberregen von den Dachbalken hinab auf den Bretterboden. Als Kind legte ich mich manchmal in der Werkstatt auf die Erde und ließ mich von roten, scharlochroten und violetten

Regentropfen betupfen. Auch heute habe ich beim Anblick meiner Hände den Eindruck, als steckte noch der eine oder andere Tropfen Farbe in meinen Poren.

Wenn ich an meine weit entfernte Kindheit zurückdenke, sehe ich nicht mein Zuhause, das Zimmer, in dem ich fast achtzehn Jahre lang schlief, oder das Bett, das ich mit meinem Bruder Domenico teilte, meinem Spiel- und Abenteuerkameraden und meinem ersten Freund. Ich sehe auch nicht das verhärmte Gesicht meiner Mutter – unentwegt verärgert und erzürnt über mich, sich selbst und ihr Schicksal. Noch sehe ich die Gesichter meiner zehn Brüder und elf Schwestern, die sich in meinem Kopf zu einer Horde Unbekannter vermengen. Sie sind im Übrigen alle seit langem tot: Mich, der obendrein der Älteste ist, haben sie übrig gelassen, weil keiner von ihnen dem Leben standgehalten hat. Selbst meinen Vater sehe ich nicht, obwohl er der Held meiner ersten Lebensjahre gewesen ist: Ein quirliger Knirps, der vergnügt wie eine Ente schnattern, aber seine wuselnde Kinderschar trotzdem mit einem Blick zum Schweigen bringen und mitunter auch mal härter hinlangen konnte. Wenn ich an meine Kindheit zurückdenke, dann sehe ich die Färberei meines Vaters.

Die riesigen, lichtdurchfluteten Räume. Die Kessel und von herben, berauschenden Dämpfen umnebelten Feuerstellen mit Kübeln, in denen es köchelte und sich geheimnisvolle Pulver auflösten. Die Lager, in denen reihenweise Fässer standen, die wie alte Schriftrollen von allerlei aufregenden Dingen erzählten, von Färberbäumen und Färberwaid, von Eichenrinde, Römischem Vitriol, Brasil, Galläpfeln, Indigo, Granatapfelbäumen, Orangenschalen und Kermes. Ich sehe die Kähne, in denen Tücher stunden- und tagelang oder für die Zeit eines Bußgebets im Bad lagen, die Glasstäbe, den bunten Regen auf Gesicht und Händen, die Laken der Riesen, die Trockenflächen entlang der Kanäle – lauter zerbrechliche Leinwände, wie große, einfarbige Gemälde, dem Himmel, dem Licht und der Sonne zugewandt.

In einem heruntergekommenen Klassenzimmer lernte ich lesen, schreiben und rechnen, während sich meine Kameraden bespuckten und ihre Popel unter die Schulbänke klebten – in ein paar Jahren würden sie ohnehin bei ihren Vätern arbeiten, um Schiffskapitän, Kerzen-, Mützen- oder Käseverkäufer zu werden, oder um Pelze oder buntes Glas herzustellen, und so waren sie sich sicher, dass Lernen nichts nützte. Auch ich langweilte mich hinter meiner Schulbank und machte mich um die kraftvollen Schläge mit dem Stock des Lehrers verdient – der mir als Strafe für meine Unaufmerksamkeit einmal beinahe die Finger gebrochen hätte. Ich hatte es einfach nicht abwarten können, zurück in die Werkstatt zu laufen und den Arbeitern meines Vaters dabei zu helfen, das Feuer unter den Kesseln anzufachen und mit den langen Glasstäben das bunte Wasser in den Kähnen umzurühren. Auch die Stäbe wurden mit der Zeit rot, schwarz und blau.

Jede Farbe besaß ihren eigenen Geruch und Geschmack. Einige schmeckten mineralisch, nach Erde und entlegenen Stränden – andere nach Tier, verbranntem Holz oder den Tiefen des Meeres. Dort, in der Färberei meines Vaters, ging etwas Magisches vor sich. Und ich wollte der Zauberkraft dieser Verwandlungen unbedingt auf die Spur kommen. Damit alles irgendwie erhalten bleibt, wird aus jedem Ding ein anderes, erzeugt jedes Wesen, jedes Leben eine Kette von Veränderungen, deren Ende nicht abzusehen ist. Die Materie ist zwar das niederste Ding auf Erden, jedoch auch unsterblich.

Mein Vater war der erste Färber Venedigs, der Gummilack aus Indien importierte, um scharlachrote Farbe herzustellen. Gummilack? Das Einzige, was ich sah, waren lauter Körnchen, die unsere Arbeiter in kochendem Wasser auflösten. Die Körner stammten aus einem Harz, das in fernen asiatischen Ländern von winzigen Insekten produziert wird, die Baumstämme befallen und mit rotem Sekret einwickeln. Hinter jeder Farbe steht ein Prozess und hinter jedem Prozess ein Ursprung – das aber, was den Menschen von anderen Geschöpfen unterscheidet, ist seine Fähigkeit, in die einzelnen Elemente einzugreifen, zu erfinden und zu erschaffen: selbst das winzigste Insekt in einen Tropfen Farbe von überwältigender Schönheit, in etwas Kostbares zu verwandeln. Herr, ich bekenne, ich habe gesündigt: Dieser rätselhafte Vorgang beeindruckte mich mehr als die Auferstehung oder das Alphabet. Sobald es ging, vergaß ich Schule, Kirche, Musikunterricht, Verpflichtungen und Disziplin und schlich mich in die Färberei.

Die Arbeiter fanden immer etwas für mich zu tun. Da sie sehr viel auf ihre Färbemethoden hielten und nicht wollten, dass Neugierige sie ihnen abguckten, baten sie mich, auf dem Kanal Wache zu schieben und jeden zu vertreiben, der sich zu weit heranwagte. Ich aber tat noch mehr. Ich kletterte aufs Dach und warf heimlich Erdklumpen auf die vorbeifahrenden Schiffe. Bei Anbruch der Dämmerung beschmierte ich mein Gesicht mit schwarzer Farbe, zog einen dunklen Mantel über, schnappte mir eine Öllampe und lief wie ein Gespenst heulend am Kanal auf und ab – so kam es, dass in Venedig gemunkelt wurde, die Färberei der Robusti würde vom Teufel bewacht.

Bereits mit neun Jahren half ich den Arbeitern beim Kochen von Vitriol, Indigo und Alaunstein. Mit diesen Giftstoffen hätte man ein ganzes feindliches Heer außer Gefecht setzen können, für mich aber waren sie himmlisches Elixier. Nach Feierabend ging ich in die Werkstatt und gab mich meinen Phantasievorstellungen hin. Die roten, asche- und violettfarbenen Seidentücher flatterten auf ihren Rahmen sanft im Wind, der durch die breiten Öffnungen hereinwehte. Sie waren meine Segel. Ich träumte davon, der Kapitän einer Galeerenflotte zu sein, die Kurs auf das ferne Indien nahm, wo ich einen riesigen Wald gefällt und Millionen von Bäumen die Parasiten entrissen hätte, die ganz Venedig in scharlochrote Farbe tauchen würden. Oder ich fuhr nach China und die Länder Amerikas, um rotes Holz von Brasilien oder Indigo von Guatemala zu kaufen, mit dem ich ein neues Hellblau erfinden wollte. Zwischen den Tüchern umherlaufend habe ich die ganze Erde umschifft. Wahrscheinlich war dies der Grund dafür, dass ich bis heute nicht den Wunsch verspüre, tatsächlich auf Reisen zu gehen.

Wenn die Arbeiter am Ende ihrer Schicht die Färberei verließen, tauchte ich den gläsernen Stab in die Bottiche und zeichnete, als hielte ich einen Stift in der Hand, Skizzen orientalischer Wälder, von Matrosen und Takelagen auf Boden und Wände. Die Mauern der Färberei waren meine ersten Leinwände.

Ich war elf Jahre alt, als der Handelsvertreter der Färberei mir vorschlug, ihn nach Smyrna und Bagdad zu begleiten: Die Fässer im Lager mussten wieder mit Pulver, Körnern und Kristallen, die mein Vater in Farben verwandelte, aufgefüllt werden. Da mein Vater von meinen Heldentaten mit den Glasstäben erfahren hatte, fragte er mich, ob ich mitfahren wolle. Mich aber interessierten die Länder der Farben nicht, nur die Farben selbst, wenn auch nicht so, wie sie meinen Vater interessierten. Ich machte mir weder etwas aus Seide noch aus dem Geld, das er durch sie erwirtschaftete.

Battista Robusti war ein wohlhabender Mann. Nachdem er sein Heimatdorf am Ufer eines Sees, der mitten in den Bergen im Norden der Republik lag, verlassen hatte, mit nichts auf dem Leib, aber doch mit Verstand und Mut ausgestattet, wurde ihm binnen weniger Jahre die Staatsbürgerschaft von Venedig zuerkannt. Wenig später vermählte er sich mit einer Tochter aus gutem Hause. Er wusste durchaus, wie er etwas werden konnte: Für sein hohes Ansehen, das er genoss, bewunderte ich ihn. Auch ich wollte etwas werden, aber jemand viel Bedeutenderer als ein Färber. Ich wollte nicht Tücher rot, blau oder schwarz färben, sondern Wände. Schließlich tat ich es. Als er eines Tages nach Hause kam, sah er den Beweis, nachdem ich mir einen Spachtel angefertigt und die Wände mit einer dicken, hellblauen Farbschicht bemalt hatte. Ich hatte in dieses Haus, in das zu keiner Tageszeit die Sonne schien, nicht weniger als den Himmel hineingeholt.

Und so fand sich mein Vater – schweren Herzens, denn ich war sein Erstgeborener, der einmal seine Werkstatt übernehmen sollte – mit der Vorstellung ab, mich malen lernen zu lassen. Da er aber noch immer mit dem Gedanken spielte, mir seinen Willen aufzuzwingen und sein zweites Ich aus mir zu machen, setzte er mir einen griechischen Ikonenmaler vor die Nase, der sich damit zufriedengab, Heiligenbildchen zu malen. Für diesen Mann war die Malerei ein mühevoller und undankbarer Beruf, der kaum etwas einbrachte. Und genau so, glaubte mein Vater zu wissen, ergehe es so gut wie jedem Maler. Nur wenigen gelinge es, ein würdevolles Leben zu führen, geschweige denn zu Ruhm und Ehren zu kommen. Für die meisten bedeute die Malerei Leid und Qualen, in jedem Fall aber ein unsicheres und anstrengendes Leben voller Demütigungen und Enttäuschungen. Da ich sein Lieblingssohn sei, wolle er mir all dies ersparen. Er hoffte, dass mein Wunsch sich verflüchtigte, je häufiger ich den Ikonenmaler sah.

«Weil Jacomo ständig so tut, als wäre er ein Teufel, um das abergläubische, gemeine Volk fernzuhalten, hat er sich inzwischen beinah tatsächlich in einen verwandelt», erklärte er ihm. «Wenn Ihr es schafft, ihn ruhig zu halten und zu lehren, dass man die sündhaft teuren Farben nicht einfach an die Wände klatscht, sondern auf nützlichere Art gebraucht, schenke ich Euch hundert Ellen Seide.» Das war deutlich mehr, als der arme Kerl erwartet hatte.

Drei Tage später teilte der Ikonenmaler meinem Vater voller Demut mit, dass er mir weder etwas beibringen noch mich von meinem Vorsatz, Maler zu werden, abbringen könne. Daher solle ich nicht zu ihm in die Schule gehen, sondern zu einem richtigen Maler. Er riet Signor Robusti, alles daranzusetzen, um mich im Atelier des bestangesehenen Maestros von Venedig unterzubringen. «Und wer ist das?», fragte mein Vater, der in Sachen Malerei bei Giorgione und Carpaccio stehen geblieben war. «Sein Name ist Tiziano Vecellio, aus Cadore», antwortete der Ikonenmaler. Und ich sei ein unausstehlicher kleiner Zwerg, ein winziges Zäpfchen, ein Holzstöpsel, mit dem man die Pulverfässer verschließen könne – doch was die Farben angehe, da wisse ich bereits alles. Mein Vater belohnte ihn für seine Aufrichtigkeit, und mit einem Ballen scharlachroter Seide auf dem Rücken machte sich der Ikonenmaler davon.

Heute fühlt sich selbst der kleinste Anwalt, Arzt oder Händler, der ein paar Dukaten in der Tasche hat, gekränkt, wenn er kein Bild von mir besitzt. Sie geifern nach meinem Namen wie nach einem Wechsel für die Münze. Herr, ich habe wahrlich großen Respekt vor der grausamen Ironie des Schicksals. Denn nichts ist dem Sohn des Tuchfärbers leicht gefallen. Fünfzig Jahre lang wurde ich für einen unverschämten Quälgeist gehalten. Wie ein entlaufener Hund sein Herrchen habe ich meinen Meister gesucht, aber der Meister hat mich nicht gewollt. Der Mann, der für mich die Malerei in Person war – Tizian –, hat mich nicht an sich herankommen lassen: Er hat mich abgewiesen, mich wie einen tollwütigen Streuner fortgejagt. Daher orientierte ich mich mal an diesem, mal an jenem und nahm jede Gelegenheit wahr, die sich mir bot. Ich hatte zu viele Lehrer; ihre zwiespältigen und gegensätzlichen Lehren haben sich jedoch nicht in mir aufgehoben, im Gegenteil: Sie prallten auf- und legten sich übereinander und vermengten sich wie das Wasser mehrerer Flüsse in einer Mündung. Heute bin ich Sohn und Schüler meiner selbst. Ich habe mich selbst auf die Welt gebracht.

Wie der schwächste Welpe eines Wurfs, dazu verurteilt zu verhungern und von den anderen Hunden ausgegrenzt und zerfleischt zu werden, erkämpfte ich mir das Recht zu überleben. Pausenlos habe ich gelernt und gearbeitet – mehr als alle anderen. Als ich mir endlich ein Haus kaufen und eine eigene Opferschale leisten konnte, ließ ich in die Fassade meines Hauses eine Herkulesstatue einfassen. Herkules, der Kämpfer und Pilger, Krieger und Reisende – mein Ebenbild.

Erinnerst du dich, als ich dreizehn war? Ich war wie versessen auf die Malerei, wissensdurstig brannte ich darauf, etwas zu tun, wenngleich ich ausreichend Demut besaß, um einzusehen, dass ich erst ganz Venedig nach den Werken derer absuchen musste, die meine Väter und Großväter hätten sein können und die ich alsbald nachahmen wollte, in dem törichten Glauben, ihnen eines Tages ebenbürtig zu sein, sie gar überholen zu können. Wer hätte einen solchen Schüler gern um sich gehabt? Sie durchschauten mich bereits, als ich mich als Gehilfe in ihren Werkstätten vorstellte und ihnen meine Bilder zeigte. All die, von denen ich etwas lernen konnte, wollte ich zum Lehrer haben. «Ich brauche keinen Lehrling», antworteten sie vorsichtig, «ich habe schon einen.» Ich sah Jungen in meinem Alter um ihren Lehrmeister stehen. Er war ihnen Vater, Herr und Meister zugleich. «Ja, Meister, ja, Meister», sagten sie immer wieder. Auch ich sehnte mich danach, zu den von mir verehrten Malern «ja Meister» zu sagen.

«Ich heiße Jacomo und bin der Sohn des Färbers Battista, das hier kann ich alles», sagte ich frech und zeigte meine Bilder vor, «ich möchte unbedingt für Euch arbeiten, Meister.» «Tüchtig, mein Knabe, du bist schon sehr gut, fast zu gut, aber ich habe bereits genug Gehilfen, ich brauche keinen mehr», entgegnete einer von ihnen hastig und gab mir meine Mappe zurück. «Aber ich suche keinen Vertrag», erklärte ich, «ich möchte Erfahrungen sammeln, arbeite ohne Bezahlung.» «Junge», entgegnete der Meister besorgt, «ich kann keinen Ärger gebrauchen, ich will nicht, dass mir die Magistratur Bußgelder auferlegt.» «Nehmt mich auf Probe, ich bitte Euch, Ihr braucht mir weder Mittag- oder Abendessen noch Kleider zur Verfügung zu stellen, ich habe schon eine Familie, die mich versorgt, ich werde Euch in keiner Weise zur Last fallen. Alles, was ich möchte, ist, von Euch zu lernen und Euch, so gut es geht, zu dienen.»

So habe ich angefangen. Ohne Vertrag, ohne Gehalt, ohne Namen. Die Meister mit viel Arbeit und wenig Ruhm nahmen mich an. Alles, was sie wussten, brachten sie mir bei – mal sehr viel, mal fast nichts. Ich lernte, auf ihre Art zu malen. Lernte zuerst, sie zu sein – dann ich selbst. Mit der Zeit merkte ich, dass ich nicht weit damit kommen würde, es allein meinen verschmähten Meistern gleichzutun. Daher lernte ich, diejenigen nachzuahmen, die den besten Ruf in der Stadt genossen – die bei der Regierung und den einflussreichsten aristokratischen Familien am gefragtesten waren. Zugegebenermaßen habe ich so einige Pordenones, Salviatis und Tizians gemalt – eine Angewohnheit, die ich nicht so schnell wieder ablegte, stellte ich doch noch viele Jahre später so manchen Paolo Veronese und Jacopo da Bassano her. Ich bin Anfang und Ende ein und derselben Kette, das ist die einzige Lektion, die ich unterrichten könnte. Für meine Diebstähle bekommt man keine Ohren oder Hände abgehackt. Und gestohlen habe ich von jedem etwas – dem einen eine verkürzte Figur, dem anderen die Farbe eines Himmels, dem nächsten ein Madonnengesicht oder ein Hundeprofil. Ich klaute aus Kunst und Natur: Ich bezahlte muskulöse Hafenarbeiter dafür, nackt für mich zu posieren, und ertrug dabei ihre Verachtung und etliche Seitenhiebe. Unvorstellbar, wie verletzlich ein männlicher Akt sein kann. Ich brauchte sie nur anzuschauen, schon wurden sie unruhig und verloren die Fassung. Im Lazarett kaufte ich Leichenkörper, um dem Geheimnis der Muskeln und Gelenke auf die Spur zu kommen. Ich analysierte die Arbeiten großer Maler und Bildhauer, kopierte sie so lange, bis ich den Schlüssel zu ihrer Größe gefunden hatte. Von ihnen und ihren Erkenntnissen habe ich gelernt – denn nie war ich so hochmütig zu glauben, es könne mich ohne diejenigen geben, die vor mir gelebt hatten.

Wenn ich abends nach Hause zurückkehrte und an einer Tischecke, die ich mir gegen meine zehn Brüder und elf Schwestern hart erkämpfen musste, einen Teller Suppe in mich hineinlöffelte, sagte ich mir immer wieder: Du wirst nicht auf immer und ewig ein unbekannter Lakai irgendeiner Werkstatt bleiben. Aus dir wird kein namenloser Handwerker, auch kein schlecht bezahlter Kopist. Du wirst nicht die Entdeckungen anderer heimlich zu Geld machen. Du wirst du selbst sein, Jacomo. In unserem engen Bett zerkratzte mir mein Bruder Domenico mit seinen Zehennägeln oft das Gesicht. Ihm zeigte ich meine Bilder, meine Fortschritte, mit ihm teilte ich meine Träume. «Bist ja richtig gut, du kleiner Teufelszwerg», sagte er lachend, «wenn du reich wirst, dann nimm mich zu dir.»

Mit achtzehn verkaufte ich meine ersten Bildchen auf der Straße: In den Gassen der Mercerie hatte ich einen Stand eröffnet. Meine Kollegen waren keine Salon-, sondern Straßenmaler, die wahrhaft Mumm in der Hose hatten und redeten, wie ihnen der Schnabel gewachsen war. Sie lebten mit der Faust in der Tasche und dem Fluch auf der Zunge. Ich bekam mit, wie sie von Schergen verhaftet und abgeführt wurden. Ich sah sie auf dem Podest vom Markusplatz am Pranger stehen, während ihnen der Speichel aus dem gewaltsam aufgerissenen Mund lief. Ich schaute zu, wie ihnen der Henker mit dem Messer die Zunge abschnitt und in einen großen Korb warf. Ich sah sie auf eine Galeere an Bord gehen, wo sie an Füßen gekettet ihre Strafe abbüßten. Und ich sah, wie sie tot zurückkehrten – oder bis zur Unkenntlichkeit entstellt, kahlköpfig, verkrüppelt, den Rücken von langen Striemen übersät. Ich habe diese Freundschaften verleugnet. Sie zu vergessen haben mir die Venezianer jedoch nie ermöglicht.

Heute heißt es, ich hätte als Missionar verkleidet armen Wilden Nippes untergeschoben und sie glauben gemacht, meine Perlen seien mehr wert als Gold – oder ich hätte wie ein Scharlatan mit Wundertaten Skeptiker angelockt. Und meinen Bildern sehe man noch immer die Lust an zu verzaubern, zu erstaunen und zu provozieren. Jenes ordinäre Bedürfnis, auf mich aufmerksam zu machen und Lorbeeren zu sammeln. Weder Missionar noch Scharlatan bin ich jemals gewesen, noch habe ich Schmuggelware oder Perlen verkauft. Das, was ich verkaufte, hatte Wert, das wusste ich. Tatsache ist, dass ich meine Kunden wie eine Hure anlockte. So gehörte es sich für einen Straßenmaler. Das hatte ich mir bei einer alten, hässlichen Schachtel abgeguckt, die selbst ein Hund hätte links liegen lassen. Und trotzdem. «Schöner Mann», sprach sie und hakte sich bei einem Passanten unter, «ich lass dich vom süßesten Zucker kosten, den du je gegessen hast, und sollte er dir nicht schmecken, dann schenke ich ihn dir. Komm mit, hab keine Angst, du wirst dich wundern.» Bis ihre Stimme versagte, redete sie unbeirrt auf ihr Opfer ein, dass sie ihm eine Stelle zeige, wo er ein ausgezeichnetes Nadelöhr für seinen gierigen Faden finde – und immer so weiter. Sie machte sich regelrecht um die Aufmerksamkeit der Passanten verdient, die auch ich mir erarbeitete.

Was ich tat, war eines Maestros nicht würdig: Ich erniedrigte die Kunst, indem ich sie in den Gassen feilbot. Was aber ist Kunst, wenn sie als Chimäre im Kopf dessen verharrt, der sie erträumt? Mein Kopf sprudelte über vor Ideen, und ich suchte lediglich nach einer Gelegenheit, sie herauszulassen, auf eine Leinwand zu bringen, in bunten Farben auf eine Wand zu malen.

Ich nahm mir die Freiheit, obwohl ich sie mir nicht leisten konnte. Denn Freiheit gibt es nicht zu kaufen. Kaum hatte ich das erste Gemälde veräußert, verließ ich mein bequemes Elternhaus. Das Glück ist mit den Wagemutigen, sagte ich mir. Nie werde ich wieder zurückgehen. Nie als Färber arbeiten. Mir niemals eine Anstellung suchen und meinen Hintern auf irgendeinem Amt platt sitzen. Ich werde von der Malerei leben, und wenn ich mich am Ende im Kanal ertränken muss.

Zusammen mit einem Freund wohnte ich auf Höhe der Wasserkante im Lagerraum eines heruntergekommenen Hauses jenseits des Rialtos. Da ich den einen oder anderen Sonnenstrahl zum Malen benötigte, hatte ich mir die Seite mit dem Fenster ausgesucht, während sich Wolfram in der dunklen Ecke einrichtete, weil er zum Schleifen seiner Diamanten, die er, um die Einfuhrsteuer zu umgehen, heimlich von Schmugglern erwarb, Helligkeit nicht gebrauchen konnte. Allein im Dunkeln oder bei schwachem Kerzenlicht fand er durch genaue Untersuchung der Lichtreflexe heraus, ob ihm die Seeleute Glasstücke untergeschoben hatten. Denn die unechten glitzerten nicht. Der Zunft der Maler beziehungsweise der Goldschmiede und Diamantenhändler beizutreten war uns damals noch nicht gelungen. Wolfram war ein Fremder. Aber auch ich fühlte mich stets fremd. Und Fremde habe ich zeitlebens gemocht.

Zur Essenszeit verwandelten wir die Wohnungstür in einen Tisch, an dem wir unsere Mahlzeiten einnahmen. Wenn der Schirokko fegte, stieg die Flut zuweilen so hoch, dass wir im Morgengrauen auf unseren Betten wie auf Felsklippen im Meer festsaßen. Gläser, Geschirr, Schuhe, alles, was wir auf dem Boden vergessen hatten, schwamm in einer Drecksbrühe umher – die uns, nachdem sich das Wasser wieder zurückgezogen hatte, tote Mäuse hinterließ. Wolfram stellte rasch fest, dass er ein Vermögen machen konnte, wenn er die Schmuckstücke nicht verkaufte, sondern an die verlieh, die sie – den Gesetzen unserer Machthaber gemäß – nicht besitzen durften: Frauen, die davon lebten, sich selbst zu vermieten. Daher wurden seine Kundinnen auch zu meinen. Oder ich zu ihrem.

Über Jahre hinweg verzierte ich Mitgifttruhen und malte Bildchen, die so winzig waren, dass ich fürchtete, an ihnen mein Augenlicht zu verlieren. Ich war jedoch nicht für die Miniaturmalerei gemacht. Ich dachte in größeren Dimensionen. Große Gemälde, ganze Wände, Paläste. Da Maurer die Straßenmaler gemeinhin sehr schätzen, während sie für Salon- und Kirchenmaler nicht viel übrig haben, geben sie ihnen meist unverhohlen den Namen derer preis, für die sie gerade arbeiten. So kam es, dass ich die verputzten Mauern jener Häuser mit Fresken bemalte, die sie gebaut oder restauriert hatten, und dass ich mitunter Historienbilder malte, um die mich die Eigentümer nie gebeten hatten – die sie aber am Ende akzeptierten. Anfangs zwar widerwillig, später mit einer gewissen Bewunderung – denn letzten Endes wusste ich, was ich tat. So bemalte ich nach und nach Decken und Schlafzimmer, richtete Salons ein, verzierte Möbel, Kamine und Schränke – ich erschaffte traumhaft schöne Zimmer, in denen ich liebend gerne selbst gelebt hätte. Ich verschenkte meine Bilder an Dutzende Personen, die sie nicht wertschätzten, damit sie eines Tages jemand sah, der mir seinen Palast oder den Altar seiner Kapelle anbieten würde. «Dieser Zwerg von Tuchfärber, dieser arrogante Narr, dieser angeberische Prahlhans», empörten sich die anderen Maler, «er bringt unsere Zunft in Verruf. Für wen hält er sich?»

Für einen Niemand. *Niemand*. Doch ein Künstler hat nur dann wahrhaftig Erfolg, wenn die Öffentlichkeit ihn bei seinem Vornamen nennt. Denn diese Vertrautheit ist kein Zeichen eines persönlichen Verhältnisses – sondern von Respekt. Nicht als handelte es sich um einen Bruder oder Freund, den sie zu kennen glauben, nennen die Menschen große Maler bei ihren Vornamen, sondern als wären sie Könige. Wahre Künstler brauchen keinen Nachnamen – geschweige denn einen Spitznamen. Mein Traum war es, eines Tages von den Menschen Jacomo genannt zu werden – wie sie auch Raffael, Tizian und Michelangelo sagten.

Mein Freund Andrea, der das ganze Jahr über als Tuchfärber und an Karneval als Schausteller arbeitete, war der Meinung, dass mein Problem nicht vorwiegend ästhetischer, sondern sozialer Natur sei: Ich hätte nicht die richtigen Bekanntschaften. «Was nützt es dir, das Schlafzimmer eines angesehenen Gelehrten zu bemalen, das niemand jemals betreten wird, oder den Altarflügel einer frommen Schneidergilde? So wird niemand auf dich aufmerksam. Du vergeudest deine Zeit. Für berühmte Schriftsteller musst du malen: Auf einer ihrer Seiten zitiert zu werden bringt mehr ein, als zehn Madonnen für irgendwelche Handwerker zu zeichnen. Du musst für die Republik malen. Und um für die Republik malen zu können, musst du Politiker kennen und ihre

Sympathie gewinnen. Du musst für Familien malen, die was zählen, für Kirchen mit Vermögen, für Liebhaber, die auf der Suche nach neuen Talenten sind, für Laienbruderschaften, in denen Stadtbürger versuchen, mit prall gefüllten Geldbörsen ihre Seele zu retten.» Wenn man in jener Zeit nicht das Privileg hatte, für den Staat zu arbeiten – und ich hatte es nicht, denn Politikern schöne Worte zu machen und mir ihre Gunst zu erwerben habe ich noch nie vermocht –, dann übernahmen die Bruderschaften die Entscheidung, welcher Maler sich einen Namen machen konnte und welcher einsam in der Anonymität versank. «Und um für die Bruderschaften zu malen», fuhr Andrea fort, «musst du Gedanken, Lebensweise und Gehorsam der gottesfürchtigsten Stadtbürger kennen und teilen. Du musst sie davon überzeugen, dass du ihrer würdig und in der Lage bist, sie abzubilden, verstehst du?» «Du hast gut reden», entgegnete ich, «aber wie soll ich an sie herankommen?» «Häng dich einfach an mich», erwiderte Andrea lachend.

An Karneval spielte er vor jenen stocksteifen Bürgern der Republik, die alles, was sie besaßen, gegeben hätten, sollte es einer schaffen, sie zum Lachen zu bringen. Andrea schaffte es: Er brachte sie sogar vor Freude zum Weinen. Ich entwarf für seine Truppe Masken und Kostüme, malte Bühnenbilder, erfand Nebel- und Regenmaschinen. Da sich meine Erfindungen herumsprachen, engagierten mich nach einer Weile auch die Adeligen, die aus reinem Vergnügen Theater spielten und einen Abend lang Schauspieler sein wollten – ob Kaufmann, Färber oder Prinz, ein jeder träumt davon, einmal in die Haut eines anderen zu schlüpfen, eine andere Identität zu bekommen, ein anderes Leben.

«Warum widmest du dich nicht dem Theater?», schlugen mir die Aristokraten unter ihnen vor. «Aber ich widme mich bereits dem Theater», antwortete ich. «Nur dass in meinem Theater Schauspieler, Schriftsteller, Regisseur, Bühnenbildner, Kostümbildner und Zuschauer eine Person sind: ich.» Auf ihren Festen trat ich als Begleitung zusammen mit meinem Bruder auf, der sich letztendlich für die Musik entschieden hatte. Ich baute eigenhändig Instrumente, die sich diese adeligen Herrschaften nicht einmal im Traum vorstellen konnten: vierzigsaitige Lauten, Flöten aus Glas und mit einem Mundaufsatz aus Horn, Mandolinen, die man entweder mit den Zehen oder den Zähnen spielen konnte. Wie der Narr aus dem Tarockspiel setzte ich mir eine Glockenmütze auf und spielte. Narren haben nämlich das Glück, Teufelsmusik spielen und sagen zu können, was sie denken, ohne deswegen auf dem Markusplatz gehängt zu werden. «Wie lustig der Färbersohn ist», befanden die Zuschauer, «schade nur, dass er sich noch selbstherrlicher als ein König benimmt.» Etliche der jungen Herren haben es später weit gebracht. Ich lernte sie kennen, als sie noch dichtes Haar und den mannhaften Körper eines Soldaten hatten und scharf wie läufige Hunde waren. Zwanzig Jahre später – als sie in den Senat, die Regierung, an die Macht gerufen wurden – haben sie sich an mich erinnert.

Von meinem ersten Verdienst legte ich mir Drucke und Gipsnachbildungen der größten Meisterwerke zu. «Was willst du damit?», fragte man mich. «Kauf dir lieber einen Wollmantel und miete dir eine anständige Werkstatt, anstatt wie ein armer Fischer zu leben.» «Ich bin gut versorgt», antwortete ich. «Die einen ernähren sich von Rindfleisch, ich von Kunstwerken. Ich kann sie gut verdauen und werde satt.»

Während meine Kunden in den Zimmern schliefen, die ich ihnen bemalt hatte, während meine Freunde als Graveure, Steinhauer und Kistenmacher untergekommen waren, mit ihren Angetrauten das Bett teilten und Kinder in die Welt setzten, deren Pate ich wurde, lebte ich noch im Magazin hinter dem Rialto, schlief auf einem verschimmelten Kissen und gab mich mit den Huren, Dienstmägden und Ehefrauen der anderen zufrieden. In jener Zeit gaben die gefragten Schriftsteller sehr viel auf mich, ihre Verehrer bewunderten mich, und den Adeligen kam ich äußerst gelegen – denn ich war kostengünstig. Das bürgerliche Volk dagegen misstraute mir. Da es das Geld vergöttert, fürchtet es jeden, der es verachtet. Ich bewarb mich bei ihren Bruderschaften um Aufnahme. Sie aber wiesen mich jedes Mal ab. Ich hatte damals bereits dreißig Jahre auf dem Buckel. Mein Leben stand still, mein beruflicher Werdegang lahmte – ich war ein ungeschliffener Diamant, den niemand bemerkte.

Schließlich brachte ich die Mauer doch zum Einsturz. Ich hatte Geduld bewiesen oder einfach Glück gehabt. Wahrscheinlich ist mein Freund mein Glück gewesen: Marco Episcopi, genannt Zifra, der Nuschler, denn zuweilen sprach er eine höchst unverständliche, scheinbar verschlüsselte eigene Sprache. Er schielte, stotterte ein wenig, war behaart wie eine Ziege und der Sohn eines langfingrigen Apothekers, der seine Schulden im Gefängnis absaß. Marco heiratete Gerolima, eine reiche und wunderhübsche Frau, die ihn sogar liebte und ihm unter den Männern seiner Generation ein unangefochtenes Ansehen verschaffte. Als guter Freund von Andrea wurde er auch mein Freund. Zifra träumte davon, eines Tages ein wichtiger Funktionär des Staates zu werden, schaffte es aber nur bis zum gewöhnlichen Schreiber. Aufgrund seines unzulänglichen Redetalents konnte er einzig in den Bruderschaften eine bedeutende Position anstreben. Und das gelang ihm. Im Alter von fünfunddreißig Jahren saß er bereits im Leitungsgremium: Er bekleidete das dritthöchste Amt der Markusbruderschaft, als diese für ein Gemälde im Kapitelsaal einen Maler suchte – und er machte all seinen Einfluss geltend, damit der Auftrag an mich ging.

Möglicherweise könnte aber auch mein Feind mein Glück gewesen sein: Tizian – den der Erfolg aus Venedig herausgelockt und so lange ferngehalten hatte, bis ihn vom kaiserlichen Hof in Augsburg nichts mehr wegkriegen konnte. Man kann es Schicksal nennen oder Zufall; ich betrachte es jedoch gern als ein Wunder. Denn an Wunder habe ich zeitlebens geglaubt. Und tatsächlich war es das *Sklavenwunder*, das meinem Leben eine Wende gab.

Mein Gemälde wurde abgelehnt. Einige Mitglieder der Laienbruderschaft hielten es geradezu für grauenhaft. Lauthals posaunten sie ihr Missfallen in die Welt hinaus. Diese kalten, beißenden Farben. Kein Vergleich mit der eleganten Sanftmut eines Tizian. Diese unnatürliche und gezwungene Haltung der Figuren. Wie eindimensionale Skulpturen. Diese überladene, unruhige Oberfläche. Und alles so schmucklos. Eine Frau mit schmutzigen Füßen. Ein Heiliger, der wie ein Stück Federvieh kopfüber hängt. So etwas habe es in Venedig noch nie gegeben. Der Maler müsse wahrlich ein arroganter Mensch sein, so wie er dem Betrachter sein Talent um die Ohren werfe. Talent aber sei hier nicht gefragt: Er werde bezahlt, um den heiligen Markus, den Schutzpatron der Serenissima, in Ruhm erstrahlen zu lassen. Wer war dieses Färberlein, das sich für Michelangelo hielt? Warum kehrte es nicht einfach in die Werkstatt seines Vaters zurück und färbte Stoffe?

Ich war zerstört. Ich hatte meine Gelegenheit bekommen und war gescheitert. «Na gut, meine hoch verehrten Herren», sagte ich und versuchte gleichgültig zu wirken, obwohl sie mich fast hingerichtet hatten, «wenn es nicht zu Eurer Zufriedenheit ist, nehme ich es wieder mit.» Insgeheim hegte ich die Hoffnung, dass sie mich zurückhielten, jemand zu meiner Verteidigung den Mund auftat. Stattdessen waren sie sich allesamt einig, und Zifras Protest verebbte in zusammenhangslosem Gestammel. In einer Stille, in der es vor Missbilligung und Genugtuung ob meines Reinfalls nur so brodelte, entfernte ich das Bild aus dem Rahmen. Mit meinem eingerollten *Wunder* unter dem Arm zog ich ab.

Doch der Skandal nährte die Gerüchte, und die Gerüchte nährten den Ruhm. Dies eine Mal hielten die Schriftsteller wahrhaft zu mir. Mit leidenschaftlicher Hingabe können sie sich für Unbekannte gegen den Rest der Welt einsetzen. Was sie jedoch nicht ertragen, ist, wenn der einmal berühmt gewordene Unbekannte ihre Unterstützung nicht mehr benötigt. «Was kümmert dich der Verriss der dreißig Kunsthändler?», munterte mich Pietro Aretino auf – der mich später verleugnen und mit verächtlichem Schweigen bestrafen sollte. «Die braven Bürger kommen immer etwas später: Du aber bist die Zukunft. Schreite voran, sie werden dir hinterherlaufen.»

Schließlich wurde einfach jeder auf das Bild aufmerksam. In allen Kreisen war es Gesprächsthema. Es nicht verstanden zu haben bedeutete rückständig, unfähig, stumpfsinnig zu sein. Ich war entdeckt worden und mein Name in aller Munde. Völlig unerwartet, als ich den Glauben daran bereits verloren hatte, war aus mir jemand geworden.

Der Triumph schmeckte bitter. Meine Stadt feierte mich gegen ihren Willen. Sie gewährte mir diese Stunde des Ruhmes in der Zuversicht, dass sie bald vorüber sei. Als sich die Neugier um mein *Wunder* gelegt hatte, war ich zwar berühmt, aber ohne Arbeit. Von den Lobesreden und der Gutmütigkeit meiner Verfechter geblendet, im Vertrauen auf eine glänzende Zukunft, verließ ich übereilt den feuchten Lagerraum jenseits des Rialtos und zog in das Cannaregioviertel, einen viel ruhigeren Teil der Stadt, in dem alle großen Maler Venedigs wohnten. Ich hatte gelernt, dass auch die Adresse etwas aussagte. Schluss mit den Huren und Straßenverkäufern, Schluss mit den Bäckern und Weinlieferanten, ich gesellte mich zur Schar der Auserwählten. Meine Nachbarn hießen Tiziano Vecellio, Paris Bordon, Bonifacio Veronese, Andrea Schivone. Ich ließ mich gegenüber von Madonna dell'Orto in einer Wohnung im alten Palazzo Cammello nieder: Die wenigen Zimmer waren eng, das geräumige Atelier aber glich einer Turnhalle – die nur darauf wartete, die wertvollen Aufträge, die mir bevorstanden, in Empfang zu nehmen.

Doch, Herr, niemand bot mir Arbeit an. Da ich es nicht wahrhaben wollte, wartete ich über ein Jahr. Vergeblich. Einzig ein paar magere Angebote von geringem bis nichtigem Ansehen und karger Entlohnung trafen bei mir ein. Im Laufe der Zeit mischte sich ein herber Unterton unter die Lobesreden, man zweifelte an meinem tatsächlichen Können, meinem Charakter, meinem Stil. Ich wurde verdächtig, war eine Art Krimineller, den man im Auge behielt, da er früher oder später einen Fehler beging, der ihn verraten würde. Die Erfolgsflut zog sich zurück und ließ mich wie eine tote Alge am Ufer liegen. Da verstand ich, dass mich Venedig umbringen konnte. Ich nahm mir vor zu fliehen, mir in der großen weiten Welt eine ebenbürtige Heimat zu suchen. Ich konnte nicht der sein, den Venedig wollte. Ich war ich und nicht austauschbar. Ich musste mich selbst finden – und das ganz allein. Venedig aber war die Stadt, die ich immer geliebt und immer gehasst habe. Venedig war mein Gegner und mein Schicksal. Jeder kämpft auf seinem Schlachtfeld, meines war Venedig.

Ich blieb und nahm die Herausforderung an. Jahraus, jahrein wich ich Tag für Tag dem Beschuss durch meinen Gegner Tizian und seine Bande von Literaten aus. Nicht einen kurzen Moment haben sie mir Feuerpause gewährt. Mit allen Mitteln musste ich sie bekämpfen – und viel, vielleicht zu viel habe ich von mir in dieser Schlacht verloren. Stell dir auf der einen Seite ein in jeglicher Hinsicht – Anzahl, Bewaffnung, Stellung – besser gerüstetes Heer vor und auf der anderen Seite mich, der ringsum belagert wurde, während nach und nach die Lebensmittel knapp wurden und der Feind mein Brunnenwasser vergiftete. Also nutzte ich die Gunst der finsteren Stunde und schlug zu. Hinterrücks und mit unerlaubten, zuweilen giftigen Waffen. Und für dieses Gift, das ich streute, gab es kein Gegenmittel.

Doch in Venedig war und blieb ich einer von vielen. Solange er lebte, stellten sie mich Tizian hintan, später Jacopo da Bassano und Paolo Veronese und sogar Palma, der mein Sohn hätte sein können. Stets haben mich Herrscher, Kaiser, ausländische Händler und Botschafter zuletzt angesprochen – und nie waren es bedeutende Aufträge. Jedes Mal bangten sie, ich könnte sie nicht zufriedenstellen, beauftragten mich nur probeweise – als müsste ich ihnen erst beweisen, etwas wert zu sein. All ihr Geld konnte ihnen nicht die Augen öffnen und sie das Sehen lehren. Die Maler jenseits der Alpen und des Meeres aber haben sich für mich entschieden. Ihre Länder habe ich nie gesehen. Junge Maler aus Flandern, Deutschland und Griechenland durchquerten von Pest und Krieg zerrüttete Länder, um als meine Gehilfen zu arbeiten. Mit einer Mahlzeit am Tag gaben sie sich zufrieden, nur um von mir zu lernen. Graveure aus Italien, der Schweiz und Frankreich haben meine Werke vervielfältigt, sie in ihren Ländern verbreitet und dadurch meinen Namen bis ins Unendliche weitergetragen. Meine Gemälde haben Berge erklommen und das Mittelmeer bereist. Am Ende wurde ich der Maestro, der ich immer zu sein träumte.

Dreißig Jahre habe ich gebraucht, um herauszufinden, dass die Straße vor mir frei war. Niemand ging mir voraus, niemand folgte mir. Aber da befand sich mein Leben schon auf dem absteigenden Ast – und das Kostbarste, was ich besaß, die Zeit, rann mir durch die Finger. Ich arbeitete viel – vielleicht zu viel. Nur auf diese Art hatte ich jedoch den Eindruck, das Rad aufzuhalten, einen Stock ins Getriebe zu rammen und dem Leben zu sagen: Halt an. Nur während ich malte, glaubte ich zu leben, Herr.

Inzwischen hängt mein Stern fest am Himmel und geht nicht mehr unter. Alle Schwierigkeiten und Hindernisse, alle Missgunst und Hinterlist – alles hat sich so schnell von mir entfernt, dass es nur noch einem Märchen gleicht, nur noch Legende ist. Im Alter verwandelt sich die Vergangenheit in ein Land, in das man nicht zurückkann, da sie uns auf ewig daraus verbannt haben – und aus dem Exil des Jetzt kann man ihr zwar nachtrauern, aber niemals wieder zu ihr finden. Selbst in der Erinnerung existiert sie nicht mehr: Sie wendet sich ab und verändert ihre Form und Lage wie eine verloren gegangene Insel auf der Landkarte, die der Seemann vergeblich im Meer sucht. Wäre dies die Geschichte eines Krieges, müsste ich den Sieg feiern. Die Leidenschaft für den Sieg hat meine Kindheit beherrscht, meine Jugend erleuchtet und mich in reiferen Jahren geleitet. Indes kann ich mich nur noch für die Niederlage begeistern, Herr. An ihr allein erkenne ich wahre Größe und Erhabenheit. Sowohl die menschlichen als auch deine Niederlagen. Mich interessieren diejenigen, die ihre Träume wie Seifenblasen zerplatzen und ihre Lieben sich wie Asche im Wind zerstreuen sahen – Opfer der Geschichte und des Zufalls, jene, die ihr eigenes Leben versäumt oder ihr Ende erreicht haben und sich dessen bewusst sind. Und Gott, der wie wir dazu verurteilt ist, hintergangen zu werden und zu sterben. Das allein vermag ich noch zu malen.

Mein Stolz und meine Eitelkeit erscheinen mir heute unbegründet. Jetzt, da mich alle verehren, sehe ich nur noch meine Versäumnisse, das, was ich nicht erreicht habe und nicht mehr erreichen werde – die Wahrheit, die hinter dem flüchtigen Lächeln eines Alten, in seinen Augenfalten, der unveränderlichen Hautfarbe eines Toten, jenseits des letzten Hügels entgleitet, um sich hinter einem anderen Horizont versteckt zu halten.

«Willst du wirklich nicht für seine Exzellenz und Hochwürden malen? Würden vielleicht fünfzig Dukaten etwas an deiner Meinung ändern?», fragte Kini, der meine Lust wecken wollte. Rotbart versuchte, seiner Enttäuschung, den letzten noch lebenden Meister Venedigs hier vor sich zu sehen, Herr zu werden: Er musste sich mit mir zufriedengeben und mich obendrein anflehen. Ich kam mir vor wie ein Stück Aas, um das diese Herren wie ein Schwarm Wespen herumschwirrten, als wollten sie meine sterblichen Überreste unter sich aufteilen. In über sechzig Jahren habe ich sechshundertfünfzig Bilder gemalt, von denen jedes einzelne einen Knochen meines Körpers darstellt, mancher so unverzichtbar wie ein Oberschenkelknochen oder ein Wirbel, so grundlegend wie das Schienbein oder so unbedeutend wie ein kleiner Fingerknochen. Alle sind ein Teil von mir, selbst die vielen, die ich nicht eigenhändig gemalt habe. Im Übrigen habe ich mich immer dafür geschämt, solche Bilder, die ich nur so dahingepinselt hatte, in Gold zu verwandeln. Für diese Art von Verwandlung konnte ich keine Begeisterung aufbringen. Ich wollte in ganz andere Geheimnisse der Materie vordringen. Unter meinem Pinsel ist sie aber leider leblos geblieben, sie hat zwar das Leben nachahmen, nie aber zu neuem Leben erwachen können.

«Nein, mein Freund», sagte ich zu ihm, «mit dem Alter fällt mir alles immer schwerer. Ich habe abgeschlossen. Wenn du einen guten Tintoretto willst, wende dich an Dominico.» «Dann verkauf mir etwas aus deinem Bestand», beharrte Kini. «Irgendein Bild wirst du doch haben, das dich nicht mehr interessiert, das jemand vergessen oder abgelehnt hat. Das dir nicht gelungen ist, das du mittendrin abgebrochen hast. Verkauf mir irgendetwas.» «Ich habe nichts mehr abzugeben», erwiderte ich, «meine Seele habe ich bereits verkauft, und dieser Plunder hier ist nicht einmal den Dreck unter dem Fingernagel wert.» «Du hast dich nicht im Geringsten verändert», erwiderte Kini lachend, «bist noch immer die alte Kratzbürste. Doch ich bleibe eisern. Ohne einen Tintoretto setzt mein Kunde keinen Schritt vor Venedigs Tore.»

Otto bot mir doppelt so viel, wie der Besucher zu zahlen bereit schien. Übereifrig redete er auf mich ein, dass es verständlich sei, wenn ich keine Lust mehr habe, Portraits zu malen: Hunderte hätte ich angefertigt, um mich und meine Familie zu ernähren, das hätte ich nun nicht mehr nötig. Seiner hoch verehrten Exzellenz mit dem roten Bart könne ich geben, was ich wolle, einen toten Christus, einen Kampf des heiligen Michaels mit dem Drachen, ein Martyrium des heiligen Laurentius, eine Dornenkrönung – auch die düsteren, dramatischen Szenen, die mir in den letzten Jahren so gut gelungen seien. Selbst eine Skizze reiche aus. Ich entgegnete, dass ich nie wieder irgendetwas malen werde. Dem hätte ich nun nichts mehr hinzuzufügen. Alles, was ich zu sagen hätte, sei gesagt.

Ich begleitete sie zur Tür. Schweigend und mit besorgten Gesichtern folgten sie mir. Sie können einfach nicht glauben, dass meine sagenumwobene, fruchtbare Schaffenskraft versiegt ist. Da sie wissen, wie listig ich sein kann, fürchten sie, es könne sich um einen Trick von mir handeln, um an mehr Geld zu kommen – oder ich könne wahrhaftig schwer erkrankt sein. Dass sie dies als Gerücht in die Welt setzen, brauche ich allerdings nicht zu befürchten: Würden meine Beschwerden ernstlich einen unheilvollen Lauf nehmen, wären sie die Ersten, die es erführen und so viel wie möglich ankauften, bevor die Preise meiner Gemälde in solch verbotene Höhen stiegen, dass sie selbst den Makler des Kaisers abschreckten.

Mein guter Dominico – der den Verhandlungen beiwohnte – flüsterte mir ins Ohr: «Nimm an, Papa, einige dich mit ihnen auf ein Portrait, eine halbe Stunde Posieren reicht schon, den Rest erledige ich, wir brauchen Geld, dringend.» Ich erwiderte ihm, dass wir, sobald es mir wieder besser gehe, den Benediktinern von San Giorgio Maggiore die *Grablegung Christi* bringen und dafür reichlich silbern glänzende Münzen einkassieren würden. Diese Einnahmen seien nämlich gewiss.

Auf einmal erklang in der Stille ihr Name. Zuerst dachte ich, es sei eine Einbildung. Denn Marietta ist stets an meiner Seite, auch wenn die anderen es nicht merken. Gerne würde ich behaupten, sie sei mein Schutzengel – aber alles, was sie beschützt, ist ihr Geheimnis. Doch Kini hatte tatsächlich gesagt, dass der Kaiser etwas von Marietta wolle. «Bedenkt, Maestro, wie sehr Eure herrliche Tochter seinem Vater ans Herz gewachsen war. Maximilian II., Gott hab ihn selig, hatte ihr Portrait im Ankleidezimmer hängen, und allen Frauen, die sie anschauten, sagte er: *Hier siehst du, was eine Frau werden kann.* Tintoretta ist der Beweis dafür, dass Frauen, wenn sie von ihren Vätern wie Jungen erzogen und ihnen gleiche Bildung und Möglichkeiten eingeräumt werden, den Männern in nichts nachstehen. Kaiser Rudolf ist da zwar mehr als anderer Meinung! Er ist von Natur aus misstrauisch und hegt keine Sympathien für Frauen.» Doch er habe ihm eine beachtliche Summe zur Verfügung gestellt, mit der er in Venedig das eine oder andere Werk von Marietta auftreiben möge. Aber er, Kini, habe keines gefunden. Wer eines besitze, wolle es nicht verkaufen, und andere wüssten nicht einmal, dass sie eines besitzen. Für einen Katalog, der nie angefertigt wurde, sei es nun zu spät. Schade, dass Marietta ihre Leinwände nicht signiert habe. Schade, dass heutzutage viele lieber herumerzählen, ein Werk von Tintoretto anstatt von Tintoretta erworben zu haben, schade, dass sie auf meine und nicht auf ihre Art gemalt habe. Barsch antwortete ich, dass es hier nichts von Marietta gebe.

Unglücklicherweise stand die Tür zu meinem Atelier halb offen, wodurch an der hinteren Wand zwischen einem Tizian und dem Abdruck eines Akts von Michelangelo deutlich die junge Frau in Weiß zu erkennen war. Ihr Kleid strahlte in funkelndem Glanz. Ich persönlich war es gewesen, der das Bild in der Nacht zuvor umgedreht hatte. Ich wollte noch einmal ihren Blick einfangen. Ich wollte mich vergewissern, dass sie noch immer da und nicht in ihrem roten Kleid zwischen den Spinnennetzen im Schrank eingeschlossen war. Aber in dem Portrait schaut Marietta, unnahbar und entrückt, in die Leere, sie sieht uns nicht.

Von ihr angelockt, ging Kini auf das Bild zu. Keinem Fremden war es jemals gestattet gewesen, in mein Reich einzudringen: Allerdings bewohnte ich dieses Reich nicht mehr. Aufmerksam betrachtete er sich die blonde Frau mit Perlenkette um den Hals und Notenblättern in der linken Hand. Er trat ein paar Schritte hin und zurück und berührte vorsichtig mit der Fingerspitze ihr Kleid. Die Farbe ist mit einer solchen Kunstfertigkeit aufgetragen, dass es wie echte Seide aussieht. «Ist das nicht deine Tochter?», fragte er mit einem Lächeln. Ich verneinte.

Als Marietta daran gearbeitet hat, kam Kini jedoch zu Besuch. Ihm kann nicht entgangen sein, dass die blonde Frau Marietta ist. Einen Augenblick lang blieb er reglos und wie gebannt vor ihrem Bild stehen. Vielleicht fragte er sich, ob das Portrait ihr wirklich ähnlich sah oder ob er sie reifer, fülliger, fraulicher in Erinnerung hatte. Die Frau auf dem Bild ist jung und zaghaft, vergräbt sich nahezu in den Falten ihres Kleides. Ihrem Blick ist eine leise Unruhe abzulesen.

Hastig holte mich Kini in der Vorhalle wieder ein. Er bot mir einen vortrefflichen Preis. Er würde für dieses Selbstportrait von herber Schönheit so viel wie für meines bezahlen. «Ich bin nicht interessiert», erwiderte ich kurz angebunden. Dominico wich die Farbe aus dem Gesicht. Erneut flüsterte er mir ins Ohr: «Nimm an, Vater, ich flehe dich an, wir brauchen dringend Geld. Ein Nachmittag, und ich habe eine Kopie angefertigt, die wir ihm dann verkaufen können.» Ich öffnete die Haustür, blieb auf der Schwelle stehen und bat die Deutschen zu gehen, auf der Stelle. Ohne sie anzuschauen, sagte ich noch einmal: «Es ist nicht meine Tochter.»

19. Mai 1594
Dritter Fiebertag

Faustina interessierte sich zu keiner Zeit für die Malerei. «Farben stinken, machen Schmutz- und Fettflecken, sie verbleichen den Stoff und ruinieren die Kleider», behauptete sie. «Deine Haut riecht nach Lack. Deine Finger sind voller Schwielen, weil du stundenlang den Pinsel in der Hand hältst. Vom ewigen Herumstehen vor der Staffelei bekommt man einen steifen Rücken. Wenn du so weitermachst, wirst du noch einen Buckel kriegen und lahm und blind werden.» Sie war eifersüchtig auf meine Gemälde und die Zeit, die ich ihnen widmete. Wenn ich sie zu lang vernachlässigte, riss sie die Tür zum Atelier auf und bewarf mich mit Trauben und Brotkanten. «Bist du endlich fertig? Das Essen steht auf dem Tisch, die Suppe wird kalt», keifte sie, als schlösse ich sie von einem Spiel aus, dem mein wahres Vergnügen galt. Oder aber sie machte einen riesigen Bogen um mein Atelier, als handelte es sich um ein feindliches Lager. Während es mir Freude bereitete, sie zu malen, denn als junge Frau war Faustina eine wahre Schönheit, empfand sie beim Posieren regelrecht Überdruss. Heute weiß ich, dass sie wahrscheinlich einfach keine Zeit hatte. In den ersten acht Jahren unserer Ehe bekamen wir fünf Kinder: Den von ihr gedungenen Ammen wurde nach kürzester Zeit die Milch sauer, und auch die Hausmädchen hielten es nicht lange bei uns aus. Immer wieder bezichtigte Faustina sie des Diebstahls, möglicherweise aus Angst, dass ich es sein könnte, den sie ihr wegnahmen. So war meine Frau stets von einer Horde Kinder umzingelt – eins nährte sie in ihrem Bauch, das andere krabbelte überall herum und rieb sich die Knie wund, das dritte verschmierte mit voller Hose den Teppich, das nächste hatte Fieber oder rote Flecken im Gesicht. Marietta hatte sofort verstanden, dass sie mich nur in meinem Reich – zwischen den vier Wänden, in die ich mich tagsüber verkroch – für sich vereinnahmen konnte. Und das tat sie.

Sie hing mir ständig am Rockzipfel. Ich musste sie mit Gewalt von mir abweisen – wie eine Katze am Kragen packen und vor die Tür setzen. Was nicht hieß, dass sie mir gehorchte. Sobald ich die Tür offen ließ, schlich sie zwischen meinen Bildern und Skulpturen hindurch und kauerte sich hinter die Leinenreste, wo sie stundenlang ausharren und mich beobachten konnte, leise atmend und so unbeweglich wie ein Modell aus Pappmaché, dass ich sie nie gefunden hätte, wäre nicht einer meiner Gehilfen auf sie aufmerksam geworden. Sie stibitzte meine Pinsel, schlüpfte in meine Kittel und ahmte mich nach. Gekonnt imitierte sie meine Stimme und meine Grimassen, erzählte meine Witze und brachte alle zum Lachen. Andere zu parodieren und zu foppen fiel ihr so leicht wie mir. Bereits mit drei Jahren bekleckste sie mit ihren farbverschmierten Händen die Wände. Alles, was ich tat, wollte sie auch tun. Sie wollte meine volle Aufmerksamkeit und wusste, wie sie sie bekam. Ob ich wollte oder nicht. Als Cornelia eines Tages krank war und ich Marietta für ein paar Wochen zu mir nahm, bekritzelte sie den weißen Körper der Susanna. Ich befahl ihr, die Hand auszustrecken, und gab ihr mit der Rute ein paar auf die Finger. «Marietta», ermahnte ich sie, «wenn ich dich noch einmal hier in meinem Atelier erwische, werde ich fuchsteufelswild.» «Dafür musst du mich erst einmal finden», erwiderte sie und streckte mir verschmitzt ihr freches Gesichtchen entgegen.

Mein Atelier lag im abgelegensten Teil des Hauses hinter dem Treppenaufgang. Bei jedem Schritt, den die Bewohner im darüber liegenden Stockwerk taten, knarrte die Holzdecke. Die Wände hatte ich mit Paneelen ausgekleidet, die ich als Tafel und Notizwand nutzte. Ich hängte Zeichnungen daran auf, entwarf flüchtige Skizzen und ab und an eine verkürzte Figur, die ich früher oder später würde gebrauchen können. Doch die Paneelen dienten mir auch als Lärmschutz. Das endlose Geweine von Dominico – später von Dominico und Marco und noch später von Dominico, Marco und Gerolima – störte meine Konzentration, zermarterte mich, trieb mich regelrecht in den Wahn. Ich probierte alles, um sie zu vergessen – steckte mir sogar Watte ins Ohr. Bis unter die Decke vollgestopft mit sinnlosen und sonderbaren Gegenständen, glich das Atelier einem Lager. Man konnte sich kaum darin bewegen. Alles war versperrt von Gipsabdrücken, Statuen oder Bruchstücken davon, kolossartigen Füßen, schädellosen Büsten, nie fertiggestellten und vom Bildhauer verworfenen Pferdeläufen, aufgerollten oder auf provisorischen Rahmen aufgespannten Leinwänden, Helmen, Harnischen aus dem vorigen Jahrhundert und in Togen und Pelzmäntel gekleideten Puppen in Metallrüstung oder mit Hirtenstab im Arm. In der Mitte stand ein Holzhaus in Kleinformat, das ich aus vier Kastanienbrettern zusammengenagelt hatte und in dem Figuren aus Pappmaché wohnten. Ich verbrachte Stunden damit, sie zu verstellen und zu beleuchten, um die Lichteffekte auf ihren Körpern und die Schattenwürfe zu studieren. Von der Decke hing kopfüber ein lebensgroßes Wachsmodell, das bei jedem Luftzug hin und her baumelte und das ich zu Zeiten des *Wunders* für den heiligen Markus gebraucht hatte. Als wir ihm später – für ein anderes Bild – Flügel anklebten, wurde er zu unserem Engel. Wir betrachteten ihn als einen aus unserer Familie. Redeten sogar mit ihm.

Dieser immerdunkle Raum, bevölkert von geheimnisvollen Figuren in eigenartigen Kostümen, übte auf meine kleine Tochter eine unwiderstehliche Anziehung aus. Eines Abends überraschte ich sie, wie sie mit den Modellfiguren in meinem Häuschen spielte. Sie mochte sie lieber als ihre eigenen Puppen. Und da sie alles tat, was ich tat, verschob sie die Fäden, bis die Figuren die gewagtesten Positionen einnahmen, und verstellte die Lampen derart, dass sie Gefahr lief, sich zu verbrennen oder gleich das ganz Atelier, das Haus, uns alle in Brand zu setzen. Es war nicht das erste Mal, und mir riss endgültig der Geduldsfaden. Marietta war unverbesserlich. Sie war bereits sieben Jahre alt. Von Anfang an hatte ich ein zu weiches Herz gehabt. Wenn ich sie jetzt nicht bestrafte, würde ich es nie mehr tun. Ich überlegte, was dieses neugierige und ungehorsame Kind am meisten erschrecken könnte.

Als auf einmal die Hand unseres Engels mein Haupt streifte, kam mir eine unselige Idee. Ich nahm ein Seil zur Hand, knotete es Marietta um die Hüfte und schleppte sie wie einen Sack Getreide die Treppe hinauf. Meine Tochter jammerte nicht, hielt sich für die Strafe bereit. Ich hängte sie neben unseren Engel an den Dachbalken. Als ich sie losließ, tastete sie ins Leere. «Nun flieg und lass ein Wunder geschehen, wenn du kannst», forderte ich sie auf.

Ich stieg wieder hinab. Meine Tochter versuchte vergeblich, sich an meinen Haaren festzuhalten. Je kräftiger sie nach mir schnappte, umso heftiger schaukelte und drehte sie sich um das Seil, das sich zu verzwirbeln begann. Als wäre sie ins Wasser gefallen, strampelte sie wild mit Armen und Beinen. Ich hockte mich auf den Boden, rückte erst die Modellpuppen zurecht, dann die Laternen. Ihr kleiner Schatten züngelte an der Wand, flog über das Puppenhaus hinweg und streifte meine Hände. Sie hing über mir in der Luft. «Marietta», sagte ich in ernstem Ton, «du kannst hier nicht spielen. Wenn du ein Junge wärst, würde ich dir das Malen beibringen und dich überallhin mitnehmen. Aber du bist ein Mädchen. Und daran kann man nichts ändern, weder du noch ich. Das, was nicht zu ändern ist, muss man akzeptieren.» «Warum kann man nicht das ändern, was man nicht akzeptieren kann?», flüsterte sie. «Du musst bei Faustina bleiben», fuhr ich verwirrt fort. «Du kannst mit Dominico spielen. Ich werde dir andere Puppen aus Pappmaché basteln, so viele, wie du willst. Aber fass meine Modelle nicht an. Diese Sachen hier sind nicht für dich. Ich lass dich wieder herunter, wenn du mir versprichst, nie wieder diesen Raum zu betreten.» «Nein!», ertönte es laut über mir.

Ich hob den Kopf. Sie war zu Tode erschrocken. «Sei doch vernünftig, mein Herz», versuchte ich sie umzustimmen. Vergebens. Es kam kein Versprechen, kein Flehen. Sie starrte mich mit ihren hellen, funkelnden Augen an und schwieg. Ich nahm mir vor, hart zu bleiben. Ein Vater darf nicht zögern oder zweifeln. Er muss resolut auftreten. Resolut *sein*. Ich wandte mich von ihr ab und hängte die Laterne an den Nagel. Dann ging ich an meine Leinwand zurück und beschäftigte mich wieder mit dem fliegenden Sankt Markus. Nach dreizehn Jahren Zank und Streit hatten sich die Mitglieder der Markusbruderschaft endlich dazu entschlossen, die Fortsetzung der Verkündigung ihres Evangelisten mir zu überlassen. Es handelte sich um ein recht einfaches Motiv: Der heilige Markus erscheint bei Unwetter im Augenblick eines Schiffbruchs auf stürmischer See und rettet auf wundersame Weise einen Sarazenen. Aufschäumende Wasserberge, im Meer verstreute Wrackteile, ertrunkene Körper. Die Komposition, die ich mir für das Bild ausgedacht hatte, war laut und gewaltig und würde dem Vorsitzenden gefallen, der mir persönlich den Auftrag erteilt hatte und aus eigener Tasche bezahlte. Doch ich spürte eine Unausgewogenheit, eine Leere im linken oberen Teil. Ich erwog, die Stelle mit einer Wolke auszufüllen – gleichwohl nicht mit irgendeiner: Kaum erkennbar, einer optischen Täuschung gleich, wollte ich Gott in ihr aufscheinen lassen. Aber nicht den Gott mit greisem, väterlichem, allzu menschlichem Gesicht – sondern den ohne Antlitz und Körper, das Mysterium Gottes, den Gott der Transzendenz und der Rache. Der über die Schicksale von Schlachten, Staaten, Befehlshabern und Seemännern, Prinzen und Sklaven entscheidet – über jeden von uns.

Meine Eingebungen waren zwar gut, aber ich konnte keinen klaren Gedanken fassen. Ich war durcheinander, Herr. Meine Tochter ging mir einfach nicht aus dem Kopf. Da sie sich in der Luft schwebend nicht mehr im Gleichgewicht halten konnte, hatte sie sich vornüberfallen lassen, und alles Blut sammelte sich in ihrem

Kopf. Ihr Gesicht war so scharlachrot wie ihr Kleid. Auf einmal fiel mir etwas auf die Hand. Warm wie ein Tropfen Wachs. Meine Tochter weinte. Trotzdem bat sie mich nicht, sie loszubinden.

Ich brachte sie in die Küche. Leise wie Schatten glitten wir unbemerkt durchs Haus. Ich ließ Marietta auf einen Stuhl klettern. Dann löste ich die Nadeln, mit denen sie ihr Haar hochgesteckt hatte. Zwei dicke Zöpfe fielen auf die Schultern herab. Cornelia war immer der Ansicht gewesen, aus ihrer Tochter könne keine hübsche Frau werden, da sie ihr zu ähnlich sehe, mit dieser langen Nase und den zu großen Augen: Mariettas Mitgift aber war vielmehr ihr dichtes, gewelltes Haar. Zwar war es nicht so feuerrot wie das ihrer Mutter und auch nicht so rostbraun wie meines, dafür aber blond wie im Frühsommer die Ähren auf den Feldern. Weder Cornelia noch Faustina hatten es ihr jemals geschnitten. Nachdem ich sämtliche Schubladen durchwühlt und in der Dunkelheit keine Schere gefunden hatte, nahm ich das Brotmesser. Marietta verstand. Sagte keinen Ton. Auf Höhe der Ohren schnitt ich ab.

«Du bist angenommen», sagte ich zu ihr, «ab heute bist du mein Gehilfe. Ich werde dir alles beibringen, was ich weiß, dafür erwarte ich von dir, dass du die Werkstatt in Ordnung hältst, meine Pinsel auswäschst, die Paletten abkratzt und die Reste in Öl aufkochst, den Boden schrubbst, meine Federn und Stifte spitzt, die Tinte vorbereitest und mir Kohle und Kreide bringst, wenn wir das Haus verlassen. Wenn du zu quengeln und jammern anfängst, dir werde vom Gestank der Farben schwindelig oder du seist müde und gelangweilt, werf ich dich raus. Hab ich mich klar ausgedrückt?»

«Ja, Meister», entgegnete sie mir lächelnd. Mit den lieblos abgeschnittenen Haaren sah sie aus wie ein männliches Küken. Als sie auf mich zukam und mir einen Kuss geben wollte, versetzte ich ihr eine Ohrfeige. «Mein Gehilfe küsst mich nicht», sagte ich.

«Schade», erwiderte Marietta prompt.

«Was hast du getan?», schrie Faustina, als sie sie am nächsten

Morgen so zugerichtet sah. Marietta hatte sich ein stramm sitzendes, kurzes Jäckchen und ein Paar eng anliegende, karmesinrote Samthosen mit Muscheleinsatz angezogen, der dazu diente, das männliche Geschlecht zu schützen – oder hervorzuheben. Die Sachen gehörten Schila, der kaum größer war als sie. Faustina packte sie am Ohr und befahl ihr, sich auf der Stelle umzuziehen – sie schamloses Etwas – und ihr Haar mit einem Tuch zu bedecken. Ich erklärte ihr, dass nicht das Kind auf die Idee gekommen sei, sondern dass ich beschlossen habe, Marietta bei mir aufzunehmen.

«Hast du den Verstand verloren?», fragte mich meine Ehefrau lachend. «Du willst einem Mädchen malen beibringen? Was soll sie damit anfangen? Das ist pure Zeitverschwendung. Wie kannst du nur so undankbar sein. Ich habe dir doch als Allererstes einen Jungen auf die Welt gebracht! Warte noch ein paar Jahre, und du kannst Dominico unterrichten. Außerdem sagt mein Horoskop, dass auch das nächste ein Junge wird», fügte sie hinzu und streichelte mit meiner Hand über ihren Bauch. Wir erwarteten unser zweites Kind in wenigen Tagen. «Einer wird dich bestimmt mit Genugtuung erfüllen und deinen Namen weitertragen.» «Du irrst dich», erwiderte ich, «ab heute ist dies unser Junge.»

Wir waren unzertrennlich. Nicht ein Tag, an dem sie mir nicht zur Seite stand. Wohin ich auch ging, ich nahm sie mit. Sie folgte mir wie mein Schatten, spiegelte mich wie ein Spiegel. Die Jahre, in denen mich Marietta beobachtet und mit ihrer stürmischen Liebe überschüttet hat, waren die fruchtbarsten meines Lebens. Daher kam es, dass ich ihr eines Tages den Spitznamen «Funke» gab: Denn sie war der Funke, der mich wahrhaft entzündet hat. Wenn ich heute an diese Jahre zurückdenke, kommen sie mir wie eine unendlich lange Zeit vor. Sie waren der Sommer meines Lebens: ein ewig währender Julitag mit schier endlosen Stunden und nicht schwinden wollendem Licht. All das, was ich so lange Zeit zügeln und unterdrücken musste, brach mit voller Wucht aus mir heraus.

Stets hatte ich mir Arbeit suchen müssen: Jetzt begann die Arbeit, mich zu suchen. Und ich nahm alles an. Marietta war an meiner Seite.

Sie ging mit, wenn ich Leinwände kaufte, durch die Lager der Leinentuchhändler schlenderte und mit der Fingerkuppe die Fadendichte und den Widerstand des Zettels prüfte. «Fass alles an», forderte ich sie auf, «wenn du nicht die Unterlage abtastest, wirst du nie wissen, wie viel Farbe sie aufsaugt.» Und Marietta tastete. Ihre Spuren finden sich auf jedem Hanf und Leinen wieder, das ich bemalt habe. Um sie nicht auszuwischen, bedeckte ich sie zuweilen nur mit einem sanften Pinselstrich.

Da die so arg beschäftigten Politiker keine Zeit hatten, für das offizielle Portrait zu posieren, das der Staat für seine Diener anfertigen ließ, schritt Marietta gemeinsam mit mir durch die langen Flure im Dogenpalast, wo ich die Herren studierte, während sie um Stimmen feilschten oder mit ihren Sekretären wichtige Staatsangelegenheiten besprachen. «Kannst du auch Richter werden?», fragte mich Marietta. «Nein.» «Und Anwalt der Republik?» «Nein.» «Bezirksvorsteher?» «Nein.» «Prokurator?» «Nein.» «Podestat?» «Nein.» «Senator?» «Nein.» «Und Doge?» «Nein.» «Aber warum nicht?» «Ich gehöre nicht dem Geburtsadel an», erklärte ich ihr. «Was heißt das, nicht dem Geburtsadel angehören?» «Nur wer einen gewissen Familiennamen trägt, ist adelig.» «Und?» «Und nichts, mein Funke, das ist alles.»

Auch zum Schlachter nahm ich sie mit. Von der nahe gelegenen Insel verpestete ein herber, fauliger Gestank nach Innereien und Eingeweiden die Luft. Fliegenschwärme kreisten wie schwarze Wolken über den Blutlachen. «Wenn du erbrichst, bist du ein Mädchen», ermahnte ich sie, als wir über die Türschwelle traten. Sie presste die Hand vor den Mund. Die zum Teil in Eisenkäfigen eingesperrten Tiere wurden von Hafenarbeitern von den Schiffen gezerrt. Schweine, Rinder, Kälber und Ziegen verschwanden in einem niedrigen Gebäude, das am äußersten Stadtrand zwischen Schilffeldern verborgen lag, damit die Venezianer das Blutbad nicht den ganzen Tag mit ansehen mussten. «Ich möchte ein weißes Pferd ausleihen», teilte ich eines Tages dem Wachjungen mit. «Ich werde es einige Tage benötigen.» Sie überließen mir einen blinden Gaul, der so alt war, dass er seinen Kopf nicht mehr aufrecht halten konnte. Doch das Pferd muss stark gewesen sein, denn noch immer hatte es etwas von einem Streitross. «Behalten wir es, nachdem du es gemalt hast, Papa?», fragte mich Marietta, während Schila es nach Hause trieb. «Für wen hältst du dich? Eine Prinzessin?», fragte ich. «Nein, wenn ich fertig bin mit Zeichnen, wird es jemand verspeisen, sein Fleisch ist zart und reinigt das Blut.»

Als Marietta dem Pferd, während ich es malte, über die Blesse auf der Stirn streichelte, richtete es seine blinden Augen auf sie. Herr, du wirst es nicht glauben, aber diese Augen füllten sich mit Tränen. Der von Durchfall begleitete Einzug des Pferdes in die Werkstatt geschah zum lauten Entsetzen von Faustina. «Fremde, Hunde, Hafenarbeiter, Tagelöhner, Affen, verdreckte Viecher … schlimmer als jeder Markt ist dieses Maleratelier», schimpfte sie entrüstet, während sie die beiden noch dampfenden, braunen Brotlaibe aus Mist auf dem Boden musterte. «Es würde mich nicht wundern, wenn du eines Tages Leichen mit nach Hause bringst.» «Hab ich bereits, meine Liebe», antwortete ich, woraufhin sie mich mit der Dochtschere tätschelnd ohrfeigte. Ich hatte mich stets an unsere Abmachung gehalten: In die Werkstatt kann jeder, ins Haus niemand. Meine junge Frau und meine Kinder gehörten allein mir.

Nachdem ich fertig war, brachten Schila und ich das Pferd zum Schlachter zurück. Betrübt lief Marietta hinter uns her und streichelte hin und wieder sein Maul. Nicht immer wittern es die Tiere, wenn ihnen der Tod bevorsteht. Noch einen Schritt vor dem Raum, in dem der Gaul zerlegt werden sollte, wedelte er jedes Mal, wenn Marietta ihn berührte, fröhlich mit dem Schwanz. Dann schubsten ihn die Angestellten hinter eine Zwischenwand, und schon eine Minute später breitete sich sein Blut auf dem Boden aus. Marietta hielt sich noch immer die Ohren zu. «Kommen Pferde auch ins Paradies?», fragte sie anschließend, woraufhin die Schlachter in lautes Gelächter ausbrachen. «Nein, das ist schon zu voll, da ist kein Platz mehr für sie», antwortete ich und zog sie an der Hand mit mir fort. Plötzlich selbst niedergeschlagen, wurde mir bewusst, dass ich meinem Funken gern die Freude gemacht und ein weißes Pferd geschenkt hätte. «Wo ist denn das Paradies?», fragte Marietta beharrlich weiter. «Weit weg», sagte ich kurz angebunden, weil ich nicht wollte, dass mein Kind in Trauer verfiel. «Weiter weg als Deutschland?», flüsterte sie. Bestürzt hielt ich inne. Über Cornelia hatten wir nie gesprochen.

Ich nahm sie mit in die Kirchen, Gebetssäle und Häuser, die meine Gemälde zieren sollten – denn ich musste wissen, mit wie viel Schatten ich rechnen konnte, um die Farbmenge in den dunklen Bereichen zu verringern und um umgekehrt an sehr hellen Stellen besonders kostbare Farben zu verwenden. Dutzende Male besuchten wir die Markusbruderschaft. Auf den unbequemen Stufen der Marmortreppe sitzend, untersuchten wir den Verlauf des Sonnenlichts, das durch die Fenster fiel. Während ich den Herbergssaal regelrecht belagerte und berechnete, wie lange der Sonnenkegel auf den Wänden kreiste, kamen etliche gut gekleidete Herren jeglichen Alters vorbei – zuweilen auch mein Schwiegervater. «Papa», flüsterte Marietta nach einer Weile, «wo sind eigentlich die Frauen? Warum sieht man hier nicht eine einzige?» «Frauen kommen nur hierher, um Almosen in Empfang zu nehmen», antwortete ich. Und so lernte sie, dass es in Venedig nicht von Vorteil ist, eine Frau zu sein.

Auch in der einen Nacht, als ich in das Gebäude der Rochusbruderschaft eindrang, war Marietta bei mir. Wir verließen das Haus, als die Stadt im Schlaf versunken war und tiefschwarze

Finsternis herrschte. Das Flämmchen in der Laterne an der Spitze der Gondel sah aus wie ein Glühwürmchen. Von einer unterschwelligen Angst ergriffen, wie wenn man nach langem Grübeln endlich zu handeln bereit ist, dachte ich: In genau dieser Nacht, just in diesem Moment scheidet irgendwo jemand aus dem Leben, freut sich jemand, kommt jemand zur Welt, wünscht sich jemand, es möge niemals Morgen werden, kann jemand den morgigen Tag nicht erwarten, und in genau dieser Nacht werde ich dem Schicksal oder das Schicksal mir eins auswischen. Man wird mich verspotten, erniedrigen, zugrunderichten. Wer würde es schon wagen, sich derart bloßzustellen? Wer würde alles aufs Spiel setzen – und möglicherweise für nichts? Ich würde es.

Mit seinem dunklen, dichten Schatten tauchte der Glockenturm der Frarikirche die Nacht auf dem dahinter liegenden Platz in ein noch tieferes Schwarz. Aus dem Kloster erklang eine leise, schiefe Totenklage. Ganz in der Nähe hörte man jemanden schnarchen. Das Geräusch kam aus einem Haufen Pappe und Decken: Bettler, die auf den Stufen von San Rocco schliefen. Die neue Marmorfassade der Bruderschaft setzte der Nacht eine Art Heiligenschein auf. Zwar war die Scuola di San Rocco jünger als die Scuola di San Marco, doch verkehrte dort eine erheblich einflussreichere und ehrsüchtigere Klientel. Der Bau des neuen Sitzes hatte eine beachtliche Summe gekostet und fur Neid und Ärger in der Stadt gesorgt. Neureiche Emporkömmlinge, aufgeputzte Krämer wurden sie von den Adeligen genannt – die sich von dieser bürgerlichen Meute herausgefordert und übertroffen fühlten. Wahre Christenherzen wurden sie dagegen von den Armen genannt – die sich von ihnen behütet und beschützt fühlten. Der neue Standort mitten im Zentrum von Venedig war imposant und hatte in seiner Pracht beinah etwas Kränkendes. Das massive Portal war versperrt. «Was ist das für ein Gebäude?», fragte meine Tochter flüsternd und hielt mich, vom Prunk des Bauwerks beeindruckt, am Ärmel zurück. «Dies ist ein Ort, wo den Armen geholfen wird, in Würde zu leben, die Reichen sich den Eintritt ins Himmelreich erwerben und Maler die Gelegenheit bekommen, Ruhm zu erlangen», antwortete ich.

«Hast du Angst», fragte ich sie, als ich merkte, wie sie zitterte. «Ja, weil du Angst hast, Papa», erwiderte sie. Sie hatte recht. Ich war im Begriff, eine Straftat zu begehen. Mehrere Straftaten. Als ich wie ein Wiedehopf zu pfeifen begann, öffnete der Wärter das Tor. Ich hatte ihn bestochen. Hastig schob ich Marietta und Schila durch die Tür, die sogleich wieder ins Schloss fiel. «Beeilt Euch», ermahnte mich der Wärter, «sie ahnen etwas, den ganzen Tag wurden wir überwacht, auf der Ratsversammlung hieß es, jemand habe die Schweigepflicht verletzt, möglicherweise sei ein Maler informiert worden, Euer Name fiel auch.»

Der Wärter hatte die Sprossenleiter, mit der Seeleute Schiffsflanken hinauf- und hinabklettern, die Taue und Bretter zum Verankern sowie Nägel und alles andere, um das ich ihn gebeten hatte, besorgt. Dennoch bangte ich, es nicht zu schaffen, mit meinem Plan elendig zu scheitern – und den letzten Rest meines Rufs zunichte zu machen, wie auch meinen Traum. In völliger Dunkelheit tasteten wir uns an der Wand entlang die prunkvolle Treppe hinauf. Im ersten Stock hallten unsere Schritte laut durch den leeren, weiten Saal. Als Schila mit der Leiter an die Wand stieß, fuhren wir alle vor Schreck zusammen. Etwas Weiches plumpste auf den Boden. Ich entzündete die Laterne. Es waren Kanevasse und Standarten, die an der Wand lehnten. Sie stanken nach Wachs und verbranntem Öl, waren verschossen und uralt. Ich hielt es für eine Schande, dass die reichste Bruderschaft der Stadt ihren Repräsentationssaal mit derartigen Lumpen ausstattete. Man müsste einen Maler mit der Anfertigung neuer Gemälde beauftragen. Und der wollte ich sein. Schila hob die Leinwände auf, um sie wieder an ihren Platz zu stellen, wodurch wir Zeit verloren. Mein Herz raste.

Im Herbergssaal angekommen, stellte ich die Laterne auf den Boden, damit das Licht nicht durch die Fenster nach außen dringen und uns verraten konnte. Während Schila und der Aufseher die Leiter anbrachten, zeigte ich Marietta an der Decke die leere Stelle zwischen den vergoldeten Holzelementen. Sie hatte eine leicht ovale Form. «Siehst du, mein Funke», sagte ich zu ihr, «da oben wird man bald ein Bild betrachten können. Sie werden einen Wettbewerb ausschreiben, um sich für einen Maler zu entscheiden, der diese Stelle ausfüllen soll.» «Und du wirst ihn gewinnen!», entfuhr es Marietta. «Der Wettbewerb wird nicht stattfinden», erwiderte ich.

Aus meiner Tasche holte ich eine in ein Hanflaken gewickelte Rolle hervor. Da war es, das Gemälde. Ja, man hatte mich informiert, das eine oder andere Ratsmitglied war mir durchaus bekannt, und sie hatten mir Gegenstand und Ausmaß des Bildes verraten. Ich hatte kaum mehr als eine Woche Zeit gehabt. Tag und Nacht hatte ich daran gearbeitet. «Spring auf», hielt ich Marietta an und kniete mich hin. Aufgeregt setzte sich Marietta auf meine Schultern. «Nun streck die Arme so aus, als wolltest du Gott ein Tablett anreichen.» Marietta gehorchte. Schila legte den schweren Karton auf ihre wackeligen Arme. Mit dieser Last auf den Schultern stieg ich vorsichtig die Leiter hinauf, die Schila zwar, so gut er konnte, festhielt, die aber dennoch gefährlich wackelte. Ich allein war nicht groß genug, ohne Marietta wäre ich nicht bis an die Decke gekommen.

Auf der letzten Sprosse befand ich mich fast fünf Doppelschritt vom Boden entfernt. Doch genau wie ich litt auch Marietta nicht an Höhenangst. Flink wie ein Eichhörnchen kletterte sie auf Gerüste, die bis an hohe Kirchengewölbe reichten, und über Stege, die bei jedem Schritt wankten. Da sie wusste, wie sehr es mich belastete, so klein zu sein, kam sie eines Tages auf die aberwitzige Idee, ein Haus über den Bäumen zu bauen. Stets versicherte sie mir, niemals größer zu werden als ich. Und tatsächlich wurde sie es nicht, obwohl sie mir als Amazone wie ihre Mutter lieber gewesen wäre. Dadurch, dass sie klein blieb, hatte ich den Eindruck, die Zeit wäre auf wundersame Weise stehen geblieben. Und mein Sommer würde ewig währen.

Siehst du, Herr, mit über fünfundvierzig Jahren, als Ehemann und Vater, als Maler von durchaus ehrbarem Ruf, stand ich wie ein Verbrecher in tiefster Nacht mit meiner Komplizin auf den Schultern auf einer Leiter. Marietta passte das Gemälde in die Kannelierung der vergoldeten Holzlatten ein, schob und drückte es mit ihren Fingerspitzen zurecht und fixierte es mit winzigen Keilen, damit es nicht herunterfiel. So standen wir da, wagten kaum zu atmen, um nicht den leisesten Laut von uns zu geben. Ich, meine kleine Tochter und Schila: Niemand anderem auf der Welt hätte ich vertrauen können. Immer wenn sie mit dem Finger über die Leinwand fuhr, schien diese einen Seufzer auszustoßen. «Papa», flüsterte Marietta auf einmal, «warum tun wir das eigentlich?»

Am liebsten wäre ich ihr die Antwort schuldig geblieben. Aber man kann ein Kind nicht anlügen. Es gibt keine schmachvollere Sünde, als den, der an einen glaubt, zu betrügen. «Weil Jacomo Robusti noch nie einen Wettbewerb gewonnen hat, Marietta», erklärte ich ihr, «und weil er dieses Bild unbedingt malen will. Er wird es der Bruderschaft schenken, und sie werden den Wettbewerb absagen. Und weil dein Vater einen Traum hat, und zwar für diese Bruderschaft zu malen und sich einen Namen zu machen, und wenn jemand einen Traum hat, muss er alles dafür tun, um ihn zu verwirklichen.» «Auch wenn es nicht erlaubt ist?», fragte sie leise. «Auch dann», antwortete ich.

Da ich Marietta nicht in die Schule schickte, lernte sie keinen anderen Lehrer kennen als mich. Ich lehrte sie, mit Pinsel und Stift ihren Namen zu schreiben. Ich lehrte sie, weder mit Doppelschritt noch mit Fuß, Elle oder Handbreit zu rechnen, sondern mit einem Maß, das nur in unserem Land galt: dem Tintoretto. Ein Tintoretto entspricht fünf Ellen, auf kleinerem Maß wollte ich nicht malen.

So hielt sie, immer wenn mir ein Angebot unterbreitet wurde, das Nahtband an die Wand und sagte zum Beispiel: «Zwei Tintoretto und ein Viertel, Maestro, diese Arbeit nehmen wir an!» Man hielt es für eine sonderbare Art, einem Kind Mathematik beizubringen. Ich aber traue den Schulen nicht. Zu sehr habe ich mich gelangweilt, während ich einem Lehrer zuhörte, der mir nichts anderes vermittelte als sein verzweifeltes Verlangen, woanders zu sein als dort, wo er gerade war. Mit mir hat sich Marietta nie gelangweilt. Und ich auch nicht mit ihr.

Eigentlich empfinde ich Kinder als lästig. Ihre Launen, ihre grausame Art und ihre Machtlosigkeit lösen ein beklemmendes Gefühl in mir aus. Bis ich sie endlich malen konnte, habe ich regelrecht Qualen durchlitten, sehen sie sich doch alle gewissermaßen ähnlich. Erwachsene sind viel interessanter. Erst das Leben verleiht dem Menschen seinen einzigartigen Charakter. Erst Erfahrungen, Schmerz, Verlust, Freude und Enttäuschung machen ihn zu einem einmaligen und überaus kostbaren Lebewesen. Marietta aber war anders. Vielleicht weil sie nie wirklich ein Kind gewesen ist. Weder ihre Mutter noch ich haben ihr das erlaubt. Mit Mütze und einer schweren Holzkiste voll Kohle- und Kreidestiften bewaffnet, die sie sich vor die Brust klemmte, trippelte sie neben mir her. Sollte Marietta darunter gelitten haben, dass ihre Mutter sie verlassen hat, sollte sie sie je vermisst haben, dann hat sie es nie gezeigt.

Viele Jahre später, als Marietta uns verließ, erzählte mir Faustina, dass Marietta sie einmal gefragt habe, wo in Venedig die Armen beerdigt würden. Da Faustina nicht wusste, was sie erwidern sollte und warum ihr Marietta eine solche Frage stellte, sagte sie bloß, dass sie sich nicht zu sorgen brauche, wir seien zwar nicht reich, aber auch nicht bitterarm. Daraufhin habe Marietta gefragt, wo man denn die Kranken beerdige, und erneut versuchte Faustina, sie zu beschwichtigen, sie solle sich keine Sorgen machen, denn wir seien ja nicht krank, insbesondere sie nicht, habe sie doch, wenngleich klein und blässlich, eine kräftige Konstitution und nie an Masern oder Pocken gelitten. Doch Marietta muss die gleiche Frage noch einer anderen Person gestellt haben, von der sie erfahren hat, dass die Armen von Venedig auf den Feldern hinter den Kirchen begraben wurden, denn sie kam plötzlich auf die fixe Idee, genau dort Blumen pflücken zu gehen, sie in Dosen aufzubewahren oder zwischen den Bibelseiten zu trocknen. Marietta habe eine Leidenschaft für Blumen gehabt, klärte mich meine Gemahlin auf, ob ich es nicht bemerkt hätte? Unentwegt habe sie sie gezeichnet. «Warum hast du mir das nie gesagt?», wollte ich von ihr wissen. «Weil wir so manches Geheimnis geteilt haben», erwiderte Faustina. Mich hat Marietta immerzu nur mit ihrer Fröhlichkeit beschenkt und zu jedem Zeitpunkt mit Freude erfüllt.

Um sie nicht darin zu bestärken, den Dingen nachzutrauern, die sie verloren oder entbehrt hatte, habe auch ich versucht, Marietta die Lust am Leben zu vermitteln. Ich ermunterte sie, alles, was ihr Schmerzen bereitete, zu vergessen oder außer Acht zu lassen. Wenn eine Orange zu bitter schmeckte, sollte sie sie ausspucken, wenn jemand Galle im Herz und auf der Zunge trug, riet ich ihr, der Person aus dem Weg zu gehen. Ich ermunterte sie hingegen, ihre Aufmerksamkeit auf die Schönheiten der Schöpfung zu richten. Wenn wir unterwegs zu Kunden waren, wies mich Marietta mal verzückt auf einen goldenen Gondelschnabel hin, mal auf ein gemeißeltes Säulenkapitell, hier auf die Form einer Wolke oder da auf den prallen Hintern eines Hafenarbeiters. Sie hatte eine besondere Ausstrahlung. Ihre Fragen waren präzise, und ihr Geist zeugte von scharfer Beobachtungsgabe. «Ist dir schon mal aufgefallen, Meister», fragte sie mich eines Tages und stellte sich auf Zehenspitzen, um eine in ihrer Knospe verborgene Rosenblüte zu streicheln, «ist dir jemals aufgefallen, dass auch Blumen schlafen? Erst in der Morgendämmerung strecken sie wieder ihre Blütenblätter aus.» In ihrer Hand erwachte die Rose zu neuem Leben. «Blumen sind wie Frauen», sagte ich, «sie arbeiten nicht, plagen sich nicht, tanzen im Wind und brauchen lediglich schön zu sein.»

Sieh nur, Herr, welch wertvolle Gabe Marietta besaß. Es war ihre Fähigkeit, oberhalb des alles erdrückenden, grauen Schleiers zu schweben. Wenn ich heute an sie denke, erscheint eine Libelle vor meinem geistigen Auge, die im Flug die Wasseroberfläche streift und sich mit einer solchen Leichtigkeit auf sie setzt, dass diese es nicht einmal spürt.

Sieh nur, Herr, ich, der die Gespräche mit Kindern zeitlebens nicht ertrug, ich, den ihre monotone Fragerei nervös machte, gab mich selbst ihren absonderlichsten Fragen hin. Wo leben die Leute, die dir im Traum begegnen? Können Katzen lachen? Wörter heilen? Warum reden die Leute dann so viel? Warum sagst du, wenn du mit Leuten redest, nicht das, was du denkst, sondern das, was du nicht denkst? Wofür hat man Haare am Körper, und warum lassen sich Männer den Bart wachsen? Warum sagt man, dass Väter und Kinder dasselbe Blut haben? Mal akzeptierte Marietta meine Antworten, mal nicht. Sie lernte jedoch schnell und wurde es nie leid. Stundenlang konnte sie im Schneidersitz auf der Erde sitzen und an einem Profil oder der Rundung eines Rückens zeichnen. Ebenso an einer Ameise oder der Äderung eines Blattes, denn ich hatte sie gelehrt, dass die Unendlichkeit in den kleinsten Dingen verborgen lag.

Marietta verstand meine Witze und spielte mir gern den Ball zu. Gemeinsam hatten wir viel Freude. Wenn mir auf der Straße jemand begegnete, den ich nicht mochte, taten wir so, als sprächen wir kroatisch, griechisch oder illyrisch, verdrückten uns in dunkle Häuserdurchgänge, sprangen zum Weinlieferanten aufs Boot oder auf Fähren, die bereits abgelegt hatten. Sie verstand aber auch, wenn ich gereizt war, und ertrug meine plötzlichen Wutausbrüche mit Fassung, so wie der Sand ein Sommergewitter – das ihn kaum benässt und sofort von ihm aufgesogen wird. Sie verstand meinen Trübsinn, meine Stimmungswechsel und Abneigungen. Sie witterte meine Gegner, noch ehe ich sie ihr zeigen konnte.

Sie begleitete mich, wenn ich beim Farbenhändler Besorgungen machen musste. Ich zeigte ihr, woran man Feinlack, Umbra, Zinnober, Drachenblut, Blei und Harz zum Lackieren der Bilder erkennt. In den Läden zwischen den Regalen und Gefäßen traf ich auf meine Kollegen – die ich ansonsten mied und die auch mich nicht besuchen kamen. Kein einziges Mal habe ich mich mit ihnen unterhalten. Ich wollte für mich bleiben, in Begleitung meines kleinen Gehilfen. Dass ihre Feindseligkeit mich aufstachelte, entging Marietta nicht. Sie ließ es sich jedoch zu keiner Zeit anmerken. Eines Tages aber, im Laden hinter dem Palazzo Aquila Nera, begegnete mir Zuccari. Nie hat er mir den Streich in der Rochusbruderschaft verziehen. Wenngleich er sich ausgiebig gerächt hat. Ich ignorierte ihn und ging an den Ladentisch. Als er mich sah, rief er seine Freunde herbei, die er lauthals gemahnte, den Laden zu verlassen, in dem sich ein allseits bekannter Dieb aufhalte – der jedoch so geschickt war, dass er nie für seine Schuld bestraft wurde. Fünf gut gekleidete junge Männer drehten sich zu uns um. Marietta schaute ihrerseits, nach dem Dieb suchend, zur Tür. Aber da war sonst niemand.

Ich hätte die Beleidigung über mich ergehen lassen sollen, damit das Kind davon nichts merkte. Doch ich konnte noch nie meine Zunge im Zaum halten. «Bist du noch immer in Venedig, Zuccari?», fragte ich ihn. «Ich dachte, du hättest verstanden, dass es hier für Schafe keine Weide mehr gibt, und du wärst nach Rom zum Grasfressen gegangen.» «Du bist ein wahrer Hurensohn, Tintoretto», gab Zuccari zurück und baute sich vor uns auf. «Warum hängst du dich an diesen Halunken?», fragte er Marietta. «Er ist ein Freibeuter, der keine Gesetze kennt. Das Einzige, was er dir beibringen kann, ist Unehrlichkeit.» Dann verschwand er mit seinen Gefolgsmännern in einer dunklen Gasse. «Warum ist er so böse auf dich?», fragte mich Marietta leise.

«Die anderen Maler behaupten, ich würde zu schnell arbeiten, unfertige Gemälde abliefern und an den Farben sparen, sodass man angeblich noch das Leinen durchsehen kann», antwortete ich. «Sie werfen mir vor, ich hätte Freunde und Kollegen hereingelegt. Hätte Aufträge, die schon an andere vergeben waren, geklaut und diese dann ohne Gegenleistung erledigt.» «Ist das wahr?», wollte sie wissen. «Hast du das getan? Hast du Freunde und Kollegen hereingelegt? Hast du die Arbeit eines anderen gestohlen?»

Marietta war rot vor Scham und hoffte einzig, ich würde Nein sagen. Gern hätte ich ihr geantwortet, dass man für eine gerechte Sache mitunter unehrlich handeln müsse. Dass ich keine andere Wahl gehabt habe. Warum hätte ich Spielregeln einhalten sollen, die mich stets und immer benachteiligten? Nachdem mich dieser unzumutbare Zustand auf die Idee brachte, Ordnung und Hierarchien einfach umzustürzen, gaben mir meine Fähigkeiten den Mut, es in die Tat umzusetzen. Wenn dein Feind mit einer Flotte von hundert Galeeren aufwartet und du in einer zusammengeflickten Nussschale sitzt, ist die Piraterie deine einzige Waffe und wird der Krieg im Untergrund zu deiner Strategie. Ich kämpfte um meinen Platz und meinen Namen. Ich wollte lediglich malen. Und um dies tun zu können, um an die Flächen, Zyklen und Säle heranzukommen, um mich darzustellen, musste ich lügen und betrügen. Nicht nur gegenüber meinen Kollegen. Ich musste Mitglied der Bruderschaften werden und mir Zutritt zu den Schulen verschaffen: Ich musste einer von ihnen werden. Oder zumindest so *aussehen*. Draußen zu bleiben bedeutete den Untergang. Malerei war noch nie etwas anderes gewesen, zumindest für mich.

Mariettas feuchte Augen aber brachen mir das Herz. Kein einziges Wort kam über meine Lippen. Ich zahlte die Farben, und wir gingen. Zuccari und seine Freunde standen plaudernd am Fuß der Brücke. Marietta nahm meine Hand und drückte sie fest. So gingen wir an ihnen vorbei – ohne uns umzudrehen.

Im Frühling des darauffolgenden Jahres wurden wir eines Morgens im Rialto vom Hochwasser überrascht. Da für ein Kind selbst eine Erkältung tödlich ausgehen kann, hob ich Marietta auf meine Schultern. Mühevoll watete und schleppte ich mich voran, als auf einmal der verhasste Giorgio Vasari auf mich zukam, der aufgrund der anstehenden Neuauflage seines Buches durch Venedig zog und Erkundigungen über die aktuellsten Neuigkeiten unserer Künste einholte, und dies huckepack auf seinem Gehilfen. Wie ein orientalischer Prinz auf seinem Kamel trieb er ihn mit energischen Schlägen auf die Schulter vorwärts. Angesichts der geringen Achtung, die wir uns entgegenbrachten, wären wir normalerweise wortlos aneinander vorbeigelaufen, doch der enge Gehweg zwang uns zu einem Gruß. Auf seinem Jungen aufsitzend, stieß er mit dem Schuh an meinen Bart. «Welch ein dummer Fehler von dir, du arroganter Venezianer», sagte er mit verächtlichem Genuss, «statt Schüler lädst du dir Kinder auf. Ein Schüler wird dich stets hoch halten, ein Kind dagegen bleibt auf ewig ein Zwerg, für den du dich buckeln musst.» «Und du bist ein blöder Hosenscheißer», rief Marietta zurück, «mein Vater ist ein wahrer Titan, der es nicht nötig hat, auf die Schulter eines anderen zu steigen.» Sieh nur, Herr, wie stolz Marietta auf mich war.

Meine Gegner behaupten, ich hätte aus Marietta ein dressiertes Äffchen, ja einen Hofnarren gemacht. Doch das stimmt nicht, sie war meine Partnerin. Zusammen mit mir mischte sie sich unter die Priester, Mönche und Senatoren in Toga, folgte mir aber auch zu den Maurern, Tischlern und Arbeitern. Als sie acht oder neun Jahre alt war, merkten die Leute nicht, dass sie nicht der Junge war, der sie vorgab zu sein. Sie gaben ihr Befehle, ließen sie links liegen, waren unhöflich wie zu einem echten Burschen. Ich hätte sie gern als meinen Erstgeborenen vorgestellt, doch ich wusste, dass der Sohn eines Maestros verwöhnt und verhätschelt wurde und dass Marietta nichts gelernt hätte, wenn sie in den Augen der anderen mein Sohn gewesen wäre. Daher nannte ich sie Gabriele, meinen deutschen Gesellen. Die zimperliche Witwe eines Senators, die ungestört für mich posieren wollte (mein Ruf – ob künstlerisch oder nicht – bescherte mir häufig Situationen dieser Art, die ich nur schwer, aber notgedrungen ohne Kränkungen bewältigte), beauftragte Marietta eines Tages, ihren Bediensteten zu helfen. Sie waren allesamt schwarze Sklaven aus Afrika. Marietta verbeugte sich und ließ uns allein. Zusammen mit den exotischen Männern, die sich in einer unbekannten Sprache unterhielten, entlud Marietta unermüdlich die am Ufer vertäute, bis oben hin mit Waren beladene Gondel, die soeben erst auf der Insel Candia angeschifft worden waren. Es fehlte nicht viel und sie wäre unter der Last der Kisten zusammengebrochen, aber weder die Mauren erweichten sich, da sich auch niemand für sie erweichen ließ, noch half ihr der Gondoliere; er wollte sich nicht die Livree schmutzig machen.

Auf dem Weg nach Hause fragte sie mich völlig unbedarft, was das Wort Pimmel bedeute. Der Gondoliere des Senators hatte ihr – vielmehr dem Gehilfen Gabriele – angeboten, sich ein paar Silberdenars zu verdienen, wenn er seinen Pimmel in ihr Hinterteil stecken könne. Marietta – besser gesagt der Bursche Gabriele – hatte geantwortet, dass er lieber darauf verzichte. Zumindest müsse er erst einmal seinen Meister um Erlaubnis fragen. Wir lachten über diese Geschichte sehr, und ich versprach ihr, dass ich diesen Gondoliere das nächste Mal ordentlich von unserem treuen Schila durchprügeln lassen würde – dafür müsse sie sich sein Gesicht merken. «Wie du mir, so ich dir, und wenn's gerade nicht klappt, merk ihn dir fürs nächste Mal.» Dann ermahnte ich sie, nichts davon meiner Frau zu erzählen. «Für wen hältst du mich?», erwiderte sie besonnen, «sie würde Marietta ins Kloster schicken, Gabriele will aber bei dir bleiben.»

Mit der Zeit verwandelte sich jedoch die Lust, mit ihr spazieren zu gehen, in Verdrossenheit und wurde mir schließlich zur Qual. Marietta war klein, hatte kleine Füße, kleine Ohren, kleine Hände und eine sehr helle Haut. Wenn wir unter den Arkaden der Prokuratien entlangeilten, überraschte ich immer häufiger Passanten –

Matrosen, aber auch Anwälte und Edelmänner –, wie sie ungeniert auf ihre rund geformten Pobacken, die sich unter den eng anliegenden Hosen abzeichneten, und die drei Knöpfe ihres Jäckchens starrten, die sie nicht mehr zubekam. Mit der Faust in der Tasche musste ich an mich halten, um nicht gegen all jene die Hand zu erheben, die ihr derart hinterhergafften. Einmal hätte ich dem Fährmann von Anconetta beinah das Barthaar ausgerissen, als ich sah, wie er beim Rudern auf widerliche Weise mit der Zunge über seine Lippen leckte und ihr zuzwinkerte. Schließlich schubste ich ihn ins Wasser, weil ich mich sonst nicht zurückgehalten und ihm die Augen ausgekratzt hätte. «Warum hast du ihm wehgetan?», fragte mich Marietta auf dem Weg nach Hause. «Er wollte dich klauen», antwortete ich vage. «Klauen!», rief sie verblüfft. «Was will er denn mit mir, ich bin doch keine Goldmünze!»

Konnte ich ihr denn erklären, was die Männer von ihr wollten? Was hätte sie getan? In Venedig gab es keine anderen Frauen in Hosen. Abgesehen von den Prostituierten. Sie brauchten die Beinkleider, um sich ungestört in der Stadt zu bewegen, sich unter die Säulengänge zu stellen, entlang der Anlegeplätze und über die Märkte zu schlendern, Fremde anzulocken, die scharenweise über Venedig herfielen, angezogen vom Ruf seiner Huren und von der legendären Freiheit, die zu genießen wir uns noch rühmen konnten, während sie im übrigen Italien und Europa allmählich dahinsiechte. Marietta dienten die Hosen ebenfalls dazu, ungestört umherzulaufen. Junge Mädchen in ihrem Alter durften das Haus nicht verlassen, da ihre Väter sie hüteten wie Goldsäckel und unter keinen Umständen vorzeigten. Ich zeigte meine Tochter beinahe jedem, wie ein kostbares Juwel. Denn das war sie wahrhaftig. «Du kleidest deine Tochter wie eine Dirne», urteilte Faustina einmal. «Was sollen die Leute von ihr denken – und von dir erst?»

Sollen sie denken, was sie wollen. Viel Phantasie haben sie ohnehin nicht. Über Jahre hinweg lieferten wir den Venezianern Gesprächsstoff. Von den Einwänden meiner Angehörigen drehte sich mir der Magen um. «Was soll aus Marietta werden, Jacomo? Ein Junge oder eine Hure? Oder beides?», fragte mich mein noch bartloser Schwager Piero: Er war mit seinen zwanzig Jahren bereits älter als sein Vater. «Du bist und bleibst einfach verrückt im Kopf», beklagte sich meine beklagenswerte Mutter, «und Marietta ist noch schlimmer als du.» «Stimmt», räumte ich ein. «Aber du kannst es dir erlauben», gab meine sanftmütige Schwiegermutter zu bedenken, «Marietta nicht. Du verdirbst sie. Wenn ihr nicht damit aufhört, und zwar alle beide, wird sie noch wie eine von diesen Wahnsinnigen enden, die sich für jemand anderes halten.»

«Ich kann mir nichts Schöneres vorstellen, als bei Euch vorbeizuschauen!», bemerkte unsere Hebamme und Faustinas Patin Serena gehässig, die alle meine Kinder auf die Welt gebracht hatte. «Im Hause Tintoretto ist das ganze Jahr über Karneval.» Noch Jahre später, als sich herumsprach, dass nicht nur mein Gehilfe ein Mädchen war, sondern auch Männer für mich nackt als Frau posierten, erzählten sich die Venezianer, dass dieser merkwürdige Tintoretto ein wahrhafter Heide sei, der daran glaube, dass sich Geschöpfe in andere verwandeln könnten, und in seinem Atelier Ovids Sagen aufführe, in denen die Nymphen und Hirten ihr Geschlecht verändern, um der Balz ihrer Götter zu dienen.

Hatte Marietta Talent? Diese Frage stellte ich mir nicht, weder damals noch heute. Sie malte mit Leichtigkeit, stellte zügig Kopien her und wusste Farben zu kombinieren. Sich um etwas verdient zu machen bedeutete mir mehr, als ein bestimmtes Geschlecht zu haben. Es interessiert mich nicht, ob andere das anders sehen. Ich bin nicht wie die anderen, und sie auch nicht. Meine Kinder mussten sich damit abfinden. Obwohl Marietta weiterhin eine Bürstenfrisur und Jungenkleider trug, war und wollte sie kein Junge sein. Das haben weder ich noch die anderen je angenommen. Und stets war ich der Ansicht, dass auch sie das nie von sich gedacht hat.

Die Mädchen in ihrem Alter zwängten sich in Korsetts und Käfige aus Walfischknochen, die den Magen einquetschten und die Brust betonten; wie Ballerinen wiegten sie sich auf ihren hohen, bunten Holzschuhen in den Hüften. Marietta trug meine alten Pantinen und Hemden auf. Meine Gemahlin beschäftigte sich erst tagelang mit Stoffhändlern, die unser Haus in einen Basar verwandelten und ihre Stoffmuster zur Schau stellten, um sich anschließend mit dem Schneider zur Kleiderprobe zu treffen – denn obwohl die vielen Schwangerschaften ihrem einstmals geschmeidigen Körper zugesetzt hatten, wollte sie trotzdem immer mit der Mode gehen. Marietta verbrachte die Morgenstunden in ihrem fleckigen Arbeitskittel in der Werkstatt – wo sie meine Leinwände grundieren durfte –, hatte farbverschmierte Wangen und lackverklebte Finger. Faustina gefiel es zu gefallen, sie bevorzugte transparente Stoffe und bemalte ihre Brustwarzen mit karminroter Farbe, damit ich sie durch ihre Hüllen hindurch sehen konnte – denn ich war der Einzige, der in den Genuss ihrer Reize kam, aus dem Haus ließ ich sie nicht. Marietta besaß kein einziges Kleid. Ich merkte nicht, dass sie sich veränderte, machte mir nicht bewusst, dass sie inzwischen so alt war wie dereinst Faustina, als sie mich im Halbdunkel von Madonna dell'Orto küsste. Wenn ich mich jedoch hin und wieder zu ihr hinunterbückte, um eine Zeichnung zu korrigieren, und ihr kurzes Haar meinen Mund kitzelte und ich dabei an ihre weiche Weste stieß, ging ein Kribbeln durch meinen Körper, und ich musste sie jäh von mir wegschubsen. Marietta reagierte mit Verwunderung. Ich ließ nicht mehr zu, dass sie vor dem Essen mit der Zunge die Farbspritzer von meiner Wange leckte. Ich habe sie kein einziges Mal berührt. Damals hätte ich mich von ihr trennen müssen. Das habe ich nicht getan.

Nirgends fühlte ich mich wohler als in ihrer Anwesenheit. Kein anderer Mensch auf Erden, weder meine Amazone noch meine Frau, hat mir je nähergestanden. Ihr scharfer Verstand verzückte mich. Ihre Fortschritte rührten mich an, als wären es meine eigenen. Ich liebte einfach alles an ihr. Ihren Starrsinn, ihren eisernen

Willen, ihren Mut, ihre Unangepasstheit, ihre Liebenswürdigkeit, ihr Temperament. Und auch ihre zerbrechliche, unvollendete Schönheit. Ihr zögerliches Lächeln, ihre Angst zu scheitern, mich zu enttäuschen, das Versprechen nicht einzuhalten. Als sie ihr erstes Bild malte – ein einfaches Stillleben unseres mittäglichen Mahls: ein Pfirsich, irgendetwas Gebackenes, zwei Gläser und eine Scheibe Brot –, besaß sie nicht den Mut, es mir zu zeigen. Sie ließ es über Nacht an die Staffelei gelehnt in meinem Atelier stehen. Ich sollte es mir allein ansehen. Einen ganzen Morgen lang saß ich mit feuchten Augen davor. Niemals wäre ich mit zwölf Jahren zu so etwas fähig gewesen.

Marietta ist ein Wunder, pflegte ich zu sagen. Wer mir nicht glaubte, den lud ich ein vorbeizukommen. Ich zeigte ihm ihre ersten unbedarften Versuche, Dinge aus unserer Alltagswelt abzumalen – den Tisch mit Obstkorb, die Wiege ihres Bruders, das Atelierfenster, eine Ecke des Kamins –, und erwartete sein Urteil mit der gleichen Anspannung, wie ich es in meinem Fall erwartet hätte. «Was hat er gesagt?», drang Marietta danach jedes Mal in mich. «Dass du ein Monster bist», antwortete ich. «Ein Monster?», fragte sie enttäuscht. Dieser Ausdruck erinnerte sie an die getrockneten oder einbalsamierten, wie zu Stein erstarrten Tiere, die mein Schwiegervater in seiner Wunderkammer, seinem sogenannten «kleinen Museum sonderbarer Dinge» sammelte. Zweiköpfige Chamäleons. Gespaltene Schnäbel von angeblich tropischen Vögeln. Ein bedauerlicherweise von Grind befallenes Elchfell. Vierscherige Krabben aus der Neuen Welt. Buckelige Rückenschilde von Gürteltieren. Delphinbackenzähne. Marmorne Straußeneier. Krokodile mit Hörnern. Muscheln mit Fingern. «Ein Monster ist etwas Wundersames, Marietta», erklärte ich ihr. «Ein Wunder.»

Da sie mit offenen Augen bereits malen konnte, brachte ich ihr zu jener Zeit bei, mit geschlossenen Augen zu zeichnen. Sie sollte lernen, aus dem Gedächtnis zu malen. Formen, Gesten, Farben musste sie vor ihrem geistigen Auge erstehen lassen. Jeder Schüler kann, ja muss lernen, von der Natur zu zeichnen, echte Wahrheit und Schönheit aber findet er allein in sich selbst. Denn Kunst ahmt die Natur nicht nach, sondern erschafft sie. Wahrheit und Schönheit liegen nicht in den Dingen, befinden sich nicht in der Welt, sondern in uns, in jenem verborgenen Teil, den man nie genau bestimmen können wird, den es jedoch zu befreien gilt. Malen, und ich meine wahrhaftig malen, nicht um einem Kunden zu gefallen oder sich den Lohn zu verdienen, ist wie träumen. In dieser Welt da draußen ist sich alles ähnlich, fast gleich, und doch wieder nicht. Allein hier, in diesem gleitenden Übergang, ruhen wahrhaftige Schönheit und vollkommene Wahrheit, liegt der Sinn allen Suchens und Darstellens. Erst wenn es einem gelingt, das Erinnerte zu träumen, hat man das Wesen des Erschaffens erkannt. Genau dann werden Stift, Pinsel, Augen, wird alles andere nebensächlich. Und um ihr zu zeigen, was ich damit meinte, blies ich die Kerzen aus und tauchte die Werkstatt in Dunkelheit. Leise hörte ich sie neben mir atmen. Die Spitze meiner Feder erzeugte ein kratzendes Geräusch.

Als ich ihr erlaubte, die Kerzen wieder anzuzünden, schaute ich überrascht auf eine Skizze unseres Hauses. Auch den Rio della Sensa hatte ich gemalt, auf dem ein Fischerkahn vorüberglitt. Daneben das unbebaute Land am Campo dei Mori mit meinen Kindern, die sich mit Erde bewarfen und zwischen Sträuchern und Marmorblöcken umherliefen, die der Bildhauer, der einst dort wohnte, halbfertig im Freien stehen gelassen hatte. Dann den Palazzo unseres Hauseigentümers und die an der Ecke eingefasste Statue des Händlers Rioba mit Turban und Metallnase, am Fenster trocknende Wäsche und meine Frau am Brunnen. Durch einen Häuserspalt konnte man die Fassade der Madonna dell'Orto erkennen. Wir beide gingen gerade über die Brücke nach Hause. «Siehst du», sagte ich zu ihr, «all das ist mir auf der Welt lieb und teuer. Und allein mit einem Blatt Papier und einem Fässchen Tinte kann ich es einfangen.»

Als ich ihr das erste Mal die Augen verband, brachte sie nur belangloses Gekritzel hervor. Nach und nach aber ließ sie ihrer Hand freien Lauf und entdeckte, was Malen nicht nur bedeutet, sondern dem Wesen nach ist – sich seiner Träume zu entsinnen. Die Figuren tauchten aus dem Dunkel auf und verteilten sich exakt ihrer Vorstellung entsprechend erst auf dem Papier und später auf der Leinwand. Immer häufiger ließen wir es bleiben, nach Sonnenuntergang, wenn in der Werkstatt die Dunkelheit hereinbrach, Kerzen anzuzünden, und malten einfach in der Dämmerung weiter. Anfangs erkannte man noch das Farbpulver in den Schalen, die Federn im Glas, die Tinte im Fass, die Farbkleckse auf unserer Kleidung, die blasse Haut unserer Hände und das helle Blau des Zeichenpapiers. Stück für Stück rückte jedoch die Dunkelheit näher und verwischte die scharfen Kanten der Gegenstände, bis diese ganz mit der Nacht verschmolzen. Sogar unsere eigenen Körper lösten sich auf – sodass selbst wir uns völlig haltlos, wagemutig und frei schwebend wie im Traum bewegten. Das, was sich jenseits der Tür im Haus abspielte, nahmen wir durchaus wahr. Das Weinen der kleinen Gerolima, das Kläffen des Hundes, eingesperrt in seiner Hütte, oder die helle Leierstimme von Dominico, der seiner Mutter mühevoll ein paar Zeilen aus einem Buch vorlas. Wir hatten jedoch das Gefühl, als schwebten wir fernab von allen in einer Luftblase. Die einzigen Anzeichen unseres Daseins waren die Pinsel, die sanft über die Leinwand glitten, und unser Atem.

«Was macht ihr da?», rief Faustina eines Abends, als sie die Werkstatt betrat. «Wir träumen mit dem Pinsel», erwiderte Marietta. «Malunterricht», sagte ich. Faustina stolperte über die Treppe, stieß die Lampe um, polterte blindlings durch die Dunkelheit. Die Werkstatt hatte keine Fenster: Nur ein einziger Lichtstreifen, der durch die halboffene Tür drang, teilte wie die Klinge eines Schwertes die Finsternis. «Was hast du dir nur wieder ausgedacht, Jacomo? Welches Spielchen treibst du hier?», fragte Faustina. Ihre

Stimme zitterte. Sie prallte irgendwo dagegen. Eine Statue aus gebranntem Ton fiel zu Boden, und etwas Stumpfes, wahrscheinlich ein Glied davon, sprang mir zwischen die Beine. «Mach Licht!», rief meine Frau. «Mach sofort Licht, du erbärmlicher Schuft!» Seltsamerweise fehlten mir die Worte.

Marietta entzündete ein Streichholz und hielt es in die Kuhle ihrer Hand. Das gelbe Licht zauberte einen hellen, runden Schimmer auf ihr Gesicht. Ihre Haut schien durchsichtig wie Porzellan. In diesem Moment kam sie mir tatsächlich wie der Engel Gabriel vor, der dem Eremiten in der Höhle erschienen war und den Weg gen Himmel gewiesen hatte. Vielleicht war er aber auch der Teufel, der ihn mit hinab in die Hölle reißen wollte.

Meine Frau holte aus und verpasste ihr eine Ohrfeige. Wenn Faustina die Geduld verlor, konnte es passieren, dass sie Gerolima ohrfeigte, gegen meine Tochter aber hatte sie es bisher nie gewagt, die Hand zu erheben. Hin und wieder fiel mir auf, wie sie Marietta mit ratlos aufeinandergepressten Lippen beobachtete: Ihre Befürchtungen und Ängste hat sie jedoch weder ihr noch mir jemals anvertraut. Nun plötzlich ergriff sie die Lanze der Kriegerrüstung, die seit Jahren in der Ecke vor sich hin rostete, und schlug mit irrsinniger Gewalt auf deren Metallbeine. «Raus, du verfluchte deutsche Hure», schrie sie, «hau ab! Verschwinde aus meinem Haus!» «Ah, endlich ist es raus!», entgegnete Marietta. Weil Menschen nur dann sagen, was sie denken, wenn sie wütend werden? Sie blies das Streichholz aus, und die Werkstatt lag erneut im Dunkeln. «Find mich doch, Gnädigste», forderte sie sie heraus. Faustina fuchtelte wild mit der Lanze durch die Luft – schlug gegen die Wände, stieß das Pferdchen und mehrere Büchsen um. Meine Tochter traf sie jedoch nicht. Sie war ihr entwischt. Im Dunkeln war meine Gemahlin blind.

Nachdem sie endlich eine Kerze angezündet hatte, riss sie das Bild an sich, an dem Marietta gerade arbeitete. Es stellte einen etwa dreißigjährigen Mann von schlanker Figur dar, mit rotbraunem

Bart, hellen, lebhaften Augen, einem Schnauzer, der ihn am Sprechen hindern musste, und strubbeligem, ins Gesicht hängendem Haar. Es war eindeutig mein Portrait. Wenngleich sich mein schütteres Haar bis an die Schläfen zurückgezogen hatte. Und ich war auch keine dreißig mehr – sondern neunundvierzig. Als Faustina es in tausend Stücke riss, versuchte ich Marietta zu beschwichtigen, dass ihre Mutter schon das Richtige tue, dass dieser Mann auf dem Bild nicht ich sei. Ich hätte vielleicht vor zwanzig Jahren so ausgesehen, was sie aber nicht wissen könne. «Natürlich bist du das», entgegnete Marietta, «und zwar nicht vor zwanzig Jahren, sondern jetzt. Meine Hand sieht dich, wie mein Herz dich sieht.»

Nie wieder malten wir im Dunkeln.

Wenn ich den ganzen Tag malend in der Werkstatt verbracht hatte, war ich abends meist sehr müde. Schultern, Hände, Arme, Füße, Augen – alles tat mir weh. Trotzdem holten wir unsere Instrumente ins Atelier und machten Musik. Auch das habe ich ihr beigebracht. Fremde Partituren ließen wir bald links liegen. Wir erfanden unsere eigene Musik, spielten aus dem Stegreif. Nur sie und ich hatten Zugang zu diesem verschlüsselten Dialog. Unsere Noten erzählten, was Worte verschwiegen. Sobald ich einen Akkord auf der Laute zupfte, setzte Marietta mit der Viola ein – ohne uns anzuschauen, kletterten wir ungeahnte Harmonien empor. Über Jahre hinweg erschien mir diese Musik in meinen Träumen – jede einzelne Note kehrte zu mir zurück und schrieb sich unverändert in meine bewusstlosen Nächte ein. Im wachen Zustand konnte ich sie mir allerdings nicht mehr in Erinnerung rufen.

Herr, welch unsägliche Glückseligkeit ich nur mit Marietta teilte! Aber alles hatte seinen Preis. Du musst verstehen, Herr, ich hatte sie mir doch erschaffen, nach meinem Ebenbild – sie war wie ein wahr gewordener Traum. Du kennst das berauschende, schwindelerregende Gefühl, aus dem Nichts, aus lebloser Materie

Leben zu schöpfen – ein Wesen dein zu nennen und dessen Gott zu sein.

Ende November brachen wir in die Berge auf. Es war das erste und einzige Mal, dass Marietta mit mir verreiste. Einige Zeit zuvor hatte ich wegen eines Portraits Cavaliere Morosini kennengelernt, der später Inquisitor und einer der mächtigsten Männer Venedigs wurde. Während er posierte, kamen wir auf Hunde zu sprechen. Sowohl Politiker als auch Maler haben nicht oft die Gelegenheit, in gelassener Atmosphäre miteinander zu plaudern, hegen doch beide ein aus Bewunderung und Verachtung gepaartes Misstrauen zueinander. Morosini war äußerst betrübt über den Tod seines Hundes und erzählte, dass ihm die Beerdigung den schlimmsten Schmerz seines Lebens bereitet habe. Und er habe wahrlich schon zahlreiche liebe Menschen verloren. Auch hatte er etliche Menschen zum Tode verurteilt. Dieser Hund aber habe eine solche Angst vor dunklen Schatten gehabt, dass ihn die Vorstellung, er liege nun tief unter der Erde begraben, das Herz zerreiße. Um ihn ein wenig aufzumuntern, erzählte ich ihm, dass ich als Junge einen Hund besessen habe, der von Schatten geradezu begeistert war. Mein Hund glaubte, sie seien echt, vollkommen lebendig. Als ich ihn eines Tages beobachtete, konnte ich feststellen, dass er recht hatte, denn Schatten sind nicht allein vom Gegenstand, der ihn projiziert, abhängig, sondern ebenso von der Luftdichte, dem Stand der Sonne und vielen anderen Dingen. Schatten können tiefschwarz oder nahezu durchsichtig sein. Sie sind also in gewisser Weise frei, veränderlich, lebendig. Und genauso wie man Schatten nicht fangen kann, gibt es nichts Schwierigeres, als sie zu malen. In aller Bescheidenheit kann ich jedoch behaupten, dass ich mit den Jahren wahrhaftes Geschick im Einfangen von Schatten entwickelt habe.

Morosini bedauerte es, mich erst so spät kennengelernt zu haben, da er mich sonst um ein Portrait seines Hundes gebeten hätte. Als ich erwiderte, dass Hunde gute Modelle seien, weil sie beim Posieren nicht sprachen, brachte er endlich ein Lächeln über die Lippen. Zum Ende der Sitzung sagte er mir noch, dass sich die großen bildenden Künstler meist unglaublich aufspielten, was er von mir nicht sagen, aber auch nicht einschätzen könne, ob es an meinem besonders großen oder besonders geringen Selbstbewusstsein liege. Ich lachte und entgegnete, dass eine Fliege nicht wisse, warum sie fliege, es aber trotzdem tue.

Nun, er mochte mich. Als er sich eines Tages die soundsovielte Villa auf dem Land baute und seinen Salon mit Fresken ausschmücken wollte, bat er mich um die Anfertigung der Kartons. Er wünschte sich Szenen aus der Mythologie, unbekleidete Nymphen, entblößte Oberschenkel im Wind, Götter beim Bankett auf dem Olymp – Dinge, die man in Zeiten der Muße gern vor Augen hat. Die Bezahlung war anständig. Mit nur sechs Monaten Verspätung lieferte ich ihm die Kartons.

Die Ausführung der Fresken würden Pieter und Hans übernehmen, zwei junge Maler aus dem Norden, die ich zu jener Zeit als Gehilfen beschäftigte. Ich war mit ihrer Arbeit zufrieden. Sie jedoch brannten darauf, nach Rom zu gehen, aber da der geringe Lohn, den ich ihnen zahlte, vollständig für Vergnügungen draufging, saßen sie nach einer Weile in Venedig fest. Ich bot ihnen die Arbeit in der Villa an, um sie mir vom Hals zu schaffen, denn es behagte mir nicht, andere zu nah an mich herankommen zu lassen und ihnen mein Herz zu öffnen. Sie akzeptierten. Dennoch bat mich Morosini, ihm den – kläglich entlohnten – Gefallen zu tun und mir die Mühe zu machen, persönlich die Baustelle zu besichtigen, damit ich mir vor Ort ein Urteil über die Anordnung der Räume und die Lichtbedingungen bilden und, bevor die Bilder auf die Wände übertragen würden, gegebenenfalls Änderungen an den Kartons vornehmen konnte. Da ich mich damit rühmte, nichts dem Zufall zu überlassen und stets alles genauestens in Augenschein zu nehmen, willigte ich ein.

Normalerweise verließ ich Venedig nicht einmal für einen Tag. Davon abgesehen hatte ich zu tun. Die Jahresversammlung der Rochusbruderschaft stand bevor – deren Mitglied ich endlich geworden war. Es ging um die Zusammensetzung eines neuen Rates, und ich hatte meinen Förderern meine Stimme versprochen. Dank ihnen hatte ich nach fünfzehn langen Jahren endlich eine Gelegenheit bekommen: Nachdem sie mich Jahre zuvor für eine außerordentlich große *Kreuzigung* im Herbergssaal unter Vertrag genommen hatten, verpflichteten sie mich später – vom Ergebnis begeistert – für drei weitere Gemälde gleich daneben. Außerdem stand Faustina kurz vor der Entbindung: Wir erwarteten seit Tagen unser viertes Kind. Vielleicht waren aber auch genau dies die Gründe, aus denen ich einwilligte: um mich nicht bei den ehrsüchtigen Kaufleuten für ihre kleine Gefälligkeit kenntlich zeigen zu müssen und um nicht das Quäken eines Säuglings ertragen zu müssen, den ich in die Welt gesetzt hatte und zukünftig versorgen musste.

Bei Sonnenuntergang fuhren wir los. Feuchter Dunst war von der Lagune aufgestiegen und tröpfelte nun derart von oben herab, dass man Wasser und Himmel nicht mehr auseinanderhalten konnte. Alles war grau, kalt und nass. Zu viert – Pieter, Hans, Marietta und ich – rückten wir unter der Wachsdecke auf dem Kahn zusammen. «Ich will nicht schlafen», widersetzte sich Marietta, als ich sie aufforderte, sich in die Kabine zurückzuziehen, «ich will mir die herrschaftlichen Villen am Brenta ansehen.» Aber es war schon dunkel geworden, und während wir an den Anlegern vorbeiglitten, die in dieser unwirtlichen Jahreszeit verlassen dalagen, sah man nur, wie sich der weiße Marmor im Wasser spiegelte. Als wir in der Morgendämmerung aufwachten, waren wir bereits in Padua angekommen.

In der Poststation roch es nach Mist, Urin und Schweiß. Die Wände waren rußgeschwärzt, die Pritschen verdreckt, die Gäste allesamt betrunken, merkwürdige Gestalten und ein paar Soldaten, die sich seit Wochen nicht gewaschen hatten und wie Hundeleichen stanken. Da Marietta Venedig noch nie verlassen hatte, schaute sie sich fasziniert um. Für sie war einfach alles großartig: die trostlose Ebene, die sich bis an den Horizont gleichförmig ausdehnte, die klumpigen Erdhügel, die sich wie Wellen auf der Erde kräuselten, das trübe Wasser in den Pfützen, das schlammverschmierte Vieh, das den Pflug über die Felder zog, und allem voran der Weg – matschige Pfade zwischen endlos langen Pappelreihen. Zwei Kuriere, die in der Ecke neben dem Kamin eine Lammkeule zerlegten, warnten uns vor der Weiterreise. Zu dieser Jahreszeit sei es besser, in Begleitung bewaffneter Männer zu reisen. Auch sie warteten noch auf ihren Geleitschutz. Wenn sie am nächsten Morgen abfuhren, könnten wir uns ihnen eine Weile anschließen. «Aber vier Männer wie wir, ohne Heller und Pfennig», antwortete ich und zog Marietta die Mütze über die Stirn, «wir besitzen nichts, das uns geraubt werden könnte. Mit vier Kartons wissen Räuber nichts anzufangen.»

Der Wagen überquerte eine endlose Weite aus Matsch. Bäume, abgelegene Häuser und Tiere tauchten hin und wieder aus dem Nebel auf und kamen wie Gespenster auf uns zu. «So groß ist die Republik also!», stellte Marietta nach zwei Stunden fest. «Sie ist viel größer, als du dir vorstellen kannst», versicherte ihr Hans. «Nachdem ich am Fuß der Alpen den Zoll passiert hatte, brauchte ich noch einen ganzen Monat bis Venedig.» Marietta kam aus dem Staunen nicht mehr heraus und stellte eine Frage nach der anderen. Wo entspringt der Fluss, den wir hinaufgefahren sind? Was liegt hinter den Bergen? Wohin wollten die Soldaten, die auf ihren Pferden an uns vorbeigaloppiert sind? Was machen die Bauern mit diesen dreizinkigen Gabeln in der Hand? War das weidende Tier mit den dünnen Hühnerbeinen wirklich ein Schaf? Hoch lebe das Schaf aus der Anbetung der Hirten!

Drei Stunden später, als uns der holpernde Wagen ordentlich durchgerüttelt hatte, war ihr die Lust am Fragenstellen vergangen. Verträumt beschaute sie sich die Landschaft, überwältigt von der unendlichen Weite, die sich ihr eröffnete, und dem Horizont, der einem in Venedig allenthalben hinter Mauern vorenthalten blieb. Der Schmutz an ihren Händen, dem Mantel und den schönen scharlachroten Samtstrümpfen kümmerte sie nicht im Geringsten. Selbst ihr Gesicht war von Dreckspritzern übersät. «Jacomo!», rief sie auf einmal und zeigte auf ein Vogelnest, das zwanzig bis dreißig Doppelschritt über dem Boden zwischen den kahlen Ästen einer Pappel hing. «Sieh nur, unser Haus im Himmel!» Ihr ungetrübter, staunender Blick auf die Welt erweichte mein Herz. Im Stillen nahm ich mir vor, ihr eines Tages die Welt zu zeigen. Mir einen Auftrag in einer fremden Stadt zu besorgen. Mit ihr das Schloss von Mantua zu besichtigen, den Mailänder Dom, den herzoglichen Palast von Florenz, den Vatikan.

Als ich Mariettas Lächeln, ihr Staunen und ihre glühende Wissbegier sah, verspürte auch ich nach langen Jahren wieder den Wunsch wegzugehen. Mich der Herausforderung des Unbekannten zu stellen – in fremde Länder zu reisen, an andere Horizonte zu stoßen. Meine Vorfahren gerieten bei Namen wie Smyrna, Bagdad, Calicut ins Schwärmen. Ich schwärmte als Junge von Michelangelo. Aber auch von seinen Jüngern: Sobald ich nur hörte, dass jemand bei ihm gelernt oder mit ihm gearbeitet hatte, fiel ich voller Hochachtung vor der Person auf die Knie. Von meinen ersten Ersparnissen machte ich mich auf und ging an Bord eines Schiffes, durchquerte die Ebene und arbeitete in Padua, Brescia und anderen kleinen Städten auf dem Festland, bis ich schließlich die Grenze der Republik überschritt – doch über Mantua hinaus habe ich es nie geschafft. Als aber – nach dem *Wunder* – in meiner neuen Werkstatt bei Madonna dell'Orto die Aufträge ausblieben, dachte ich tatsächlich darüber nach, alles hinzuwerfen. Venedig hatte keine Zukunft. Was war sie denn schon, meine heiß geliebte und so verhasste Stadt?

Eine kleine, von viel größeren und mächtigeren Staaten umzingelte Republik, auf deren Allianz oder zumindest Nachsicht sie nicht verzichten konnte, wodurch ihre Unabhängigkeit von Beginn an das Ergebnis eines Kompromisses, mithin eine Übereinkunft war. Es lebte sich durchaus gut hier, das bestätigte jeder, es war ein schönes, ja prachtvolles Land – vielleicht sogar einzigartig auf der Welt. Venedig blickte auf eine glorreiche Vergangenheit zurück und hatte den anderen Nationen gezeigt, was Politik und Diplomatie sind, was Handel, Industrie, Luxus und Mode bedeuten. Konnte sie aber den derzeitigen Konflikten und Umbrüchen standhalten? Sie war nicht mehr das, was sie einmal war. Die geschäftstüchtigen Kaufleute, die sie einst erstarken ließen, ruhten sich zufrieden auf ihren Reichtümern aus, und anstatt diese zu vermehren, taten sie alles, um sie zu behüten und zu beschützen, ja bloß nicht zu verlieren. Wie ein Holzwurm nagte sich die Korruption Stück für Stück in die Institutionen vor. Venedig war eine Republik, die von etwa zwanzig Familien regiert wurde, die sich immer wieder abwechselten – und es allesamt nur noch auf ihren persönlichen Gewinn und den Schutz ihrer Privilegien abgesehen hatten. Eine Republik, in der wenige extrem reich, gebildet und glücklich und viele, beinahe alle, arm, unwissend und jeglicher Möglichkeiten beraubt waren. Verblödet von den sonntäglichen Spielrunden, geschwächt von der unbeständigen Arbeitslage, getröstet durch die milde Auslegung der Gesetze und die barmherzige Gnade der Religion. Eine Republik, in der die Geburt anstelle von persönlichen Fähigkeiten über die Zukunft des Menschen entschied, in der sich die Alten den Jungen in den Weg stellten und ihnen reichlich Gelegenheit für Zerstreuung und Lusterfüllung boten, damit sie nicht in Versuchung gerieten, an Erfahrung zu wachsen und sie dadurch zu verdrängen. In der sie dich mit dreißig noch als Grünschnabel betrachteten und dich nur respektierten, wenn du weißes Haar trugst. In der – während sich die Welt unentwegt veränderte, während sich Europa reformierte und wandelte – alles so hingebogen wurde, dass sich das Neue dem Alten anpasste und alles blieb, wie es immer gewesen war. Ich war damals erst dreißig Jahre alt und musste fort von hier, bevor ich mich von der scheinbaren Leichtigkeit einwickeln ließ, die die anderen Venezianer bereits ruhiggestellt hatte.

Ich kannte den Sekretär des Botschafters Nicolò da Ponte, der kurz vor der Abreise nach Rom stand. Er hieß Antonio Milledonne, war mein Altersgenosse und jung, ehrgeizig und intelligent, genau wie ich. Wir verstanden uns sofort. Er vermittelte den Kontakt zu da Ponte. Ich bat ihn um einen Posten in seinem Gefolge. Der Botschafter – dreißig Jahre später zum Dogen gewählt – fragte mich, warum ich so gern nach Rom wolle. Von allen venezianischen Politikern war er dem Papst gegenüber am feindseligsten eingestellt; vehement verteidigte er die Autonomie Venedigs vor der Einmischung des Vatikans. Rom sei kein moderner Staat und werde es nie werden, befand er, und ein unmoderner Staat sei dem Untergang geweiht. Er lebe weder von Handel, Verkehr oder Industrie noch von Eroberungen: Er besitze kein Reich und lediglich ein ausgeliehenes Kriegsheer. Ebenso wenig lebe er von reiner Frömmigkeit, habe doch das weltliche Königreich seine moralische Autorität lahmgelegt. Die Päpste seien zwar immer schon große Mäzene gewesen und würden es auch bleiben, doch im Gegenzug erwarteten sie Gehorsam und Stillschweigen – Europas Könige und Prinzen würden dagegen immer mächtiger werden und ihre Sammlungen erweitern, wofür sie mit reichlich Goldmünzen um die besten Maler kämpften. In Rom gebe es nichts als Priester, lose Weiber und Verbrecher. «Für einen jungen Mann wie dich, Jacomo, wäre es sinnvoller, aus Italien wegzugehen. Das Glück auf die Probe zu stellen, in München, Wien, London, Paris, Antwerpen …»

Ich erklärte ihm, dass die Politik nichts mit meinem Traum zu tun habe. Ich wolle Michelangelo kennenlernen. Da er bereits vierundsiebzig Jahre alt sei, hätte ich Angst, ihn zu verpassen. Ich sei stolz, im selben Zeitraum wie er auf die Welt gekommen zu sein – ein sagenhaftes Glück angesichts der unendlichen Ausdehnung der Ewigkeit –, daher würde ich es als eine Demütigung empfinden, sollte ich ihn am Ende nicht getroffen haben.

Milledonne prophezeite mir eine mühselige und endlos lange Reise: mit dem Schiff bis nach Ancona und weiter auf den übel zugerichteten und mit kratertiefen Löchern übersäten Pfaden des Apennins, durch unwegsames Gebirge, in verdreckten Kutschen, in der Nase den muffigen Gestank der Pferde, in Magen und Darm die miserable Kost der Poststationen. Doch der Botschafter hatte inzwischen eingewilligt und mir einen Posten in seinem Gefolge beschafft. Die Abfahrt stand unmittelbar bevor. Es ging darum, alles, was ich in sechzehn Jahren unsicherer Arbeit verdient hatte, aufs Spiel zu setzen und mich auf den Weg zu machen. So wäre auch ich ein Pilger geworden, wie jene, die über Rom herfielen, um Basiliken zu besichtigen und Heiligenreliquien zu verehren. Ich aber hätte woanders um Ablass gebeten – beim großen Meister.

Michelangelo wusste nichts von mir. Ich hatte ihn nur ein einziges Mal gesehen – während die Republik Florenz von den Medici belagert wurde, war er ein wenig ungebührlich aus der Stadt geflohen und hatte in Venedig Unterschlupf gesucht. Ich war damals noch keine zehn Jahre alt gewesen. Ich lief ihm in den Gassen der Mercerie über den Weg. Da er mich nicht sah, stolperte er und fiel mir, diesem bedeutungslosen Jungen, direkt in die Arme. Ich sah ihn an wie einen Gott. Völlig verblüfft. Der Meister des David, des Moses und der Pietà, der Meister der Propheten und der Sibyllen; der berühmteste Künstler des Jahrhunderts trug einen zerrissenen Überrock, sah aus wie ein Lastenträger und lief ohne einen einzigen Diener durch die Gegend. Welch unvergessliche Lektion in Erhabenheit und Größe. «Das ist der berühmte Bildhauer, Architekt und Maler aus Florenz», sagte mein Vater und stieß mir seinen Ellbogen in die Rippen, «er ist ins Exil gegangen, weil er gegen seinen Herrn und seine Mitbürger aufbegehrt hat.» «Machen Maler denn Politik, Vater?», fragte ich überrascht. «Unentwegt, denn Prinzen und Herrscher entscheiden über ihr Schicksal! Einzig den Zeichnern von Kartenspielen und Anstreichern kann es egal sein, wer sie anführt», antwortete mein Vater. «Deswegen wirst du Färber, wie ich, dann braucht es dich nicht zu kümmern, wer Doge oder König ist.»

In Rom hätte ich Michelangelo endlich sagen können, dass ich – mit einer Hingabe, die ich hernach nur noch Gott erwies – alle seine Figuren studiert habe, obwohl ich sie nie mit eigenen Augen gesehen hatte. Dass ich, um mich als sein Jünger auszugeben, seine Skulpturen nachgebildet und an die Fassade eines venezianischen Palastes angebracht habe. Und da die Fassade auf den Canal Grande zeigte, auf dem tagtäglich Tausende von Menschen entlangfuhren, war es so, als hätte ich es in die ganze Welt hinausgeschrien. Dass sich die schönsten Tonnachbildungen seiner Statuen in meiner Obhut befanden – das Wertvollste, das ich besaß – und dass er deswegen in meinem Hause stets anwesend, regelrecht zu einem Teil von mir geworden war. Ich hätte ihm gedankt, mich so erhellt zu haben – und dafür, dass er mein Leben verändert hatte.

Am Abend vor der Abreise wurde mir jedoch bewusst, dass meine Lage in Venedig derart ungewiss war, dass ich, wäre ich weggegangen, nie wieder hätte zurückkehren können. Meine Gegner hätten meine Abwesenheit ausgenutzt, um mich in Verruf zu bringen und zu verleumden, und das Wenige, das ich mir so mühsam erarbeitet hatte, wäre verloren gewesen. Dieser Abschied wäre einer Art Ausweisung oder Verbannung gleichgekommen. Daher beschloss ich, auf eine günstigere Gelegenheit zu warten. Ich wollte weder wie ein Pilger auf gut Glück noch als Beigeordneter eines Hofstaats von Diplomaten fortgehen, sondern als Künstler geladen werden. Nie aber hat mich diese Einladung erreicht. Nach und nach nagelte mich die Arbeit an mein Atelier in Madonna dell'Orto fest. Dann begegnete ich Cornelia, Marietta wurde geboren, ich heiratete, und weitere Kinder kamen zur Welt. Schließlich starb Michelangelo und wurde nicht einmal in Rom beerdigt, so war diese unentwegt aufgeschobene Reise – wie jede Reise oder Flucht – unmöglich geworden.

In jenem Moment aber, während sich Marietta die Hügel, Bäume und Bauernhöfe anschaute und sich jedes Detail in ihr Gedächtnis einzubrennen suchte, sah ich uns tatsächlich schon auf Reisen. Ich sah unsere Koffer auf dem Dach der Kutsche, wie wir uns in der Kabine gegenübersaßen und auf den Wegen Italiens hin und her geschüttelt wurden. Ich sah uns durch sonnendurchflutete Landschaften laufen – zwischen Pinien und Zypressen im Umland von Rom, zwischen den Ruinen antiker Bauten, zwischen verstümmelten Statuen, umgestürzten Säulen und Sarkophagen aus Marmor. Ich sah uns die mit Schnee bedeckten Alpen überqueren, als Gast in fremden Städten und unbekannten Schlössern. Ja, so dachte ich, ich werde ihr die weite Welt zeigen. Venedig erstickt uns. Wird immer drückender und schwüler. Ich darf mich nicht in meiner Stadt einsperren lassen, die Welt ist groß. Und wir brauchen Platz.

Als die Weideflächen allmählich kleiner wurden und die Bäume immer dichter standen und schließlich zu einem Wald zusammenrückten, starrte ich besorgt auf den Weg, der sich immer steiler in uneinsehbaren Biegungen den Berg hinaufschlängelte. Letzten Endes hatte ich durchaus etwas bei mir, das man mir wegnehmen konnte. Ich musterte Mariettas anmutiges Profil, die spitze Nase, von der ein paar Regentropfen fielen, die von der Kälte geröteten Wangen, das Grübchen im Kinn, die unter der Mütze hervorschauenden Locken und ihre schönen, von einem Lächeln umspielten Lippen. Auf einmal wurde mir bewusst, dass selbst ein schielender Bandit sie nicht für einen Jungen gehalten hätte. Hin und wieder merkte ich, wie ich sie anstarrte und nach etwas von mir suchte. Doch ich fand nichts.

Es dämmerte bereits, als wir das Tor des Anwesens erreichten. Die Villa der Morosini lag mitten im Wald auf der Kuppe eines steilen Hügels versteckt. Zu meiner großen Verwunderung befand sie sich noch im Bau und war an allen Seiten von einem wuchtigen Holzgerüst umringt. Unter einem Vordach hockten Arbeiter beim Würfelspiel. Der Aufseher teilte uns mit, dass es Probleme gegeben habe – ein Einsturz – und dass der Vorsteher der Baustelle einen Monat zuvor entlassen worden sei. Sein Nachfolger habe die Treppe wieder herrichten und das Dach absenken müssen. Ob ich nicht von dem Vorfall unterrichtet worden sei? Der Saal für die Fresken sei aber auf jeden Fall fertiggestellt, sodass die Maler beginnen könnten. Ob uns sein gnädiger Herr für Anstreicher halte, die ihm seine Wände verputzen würden, fragte ich ihn mürrisch. «Zu Unrecht?», fragte er zurück.

Ich war verletzt und erzürnt, mit so wenig Achtung für meinen Beruf hier heraufgelockt worden zu sein. Zeitlebens war ich viel zu schnell gereizt. Vielleicht brauchte ich aber immer nur einen Vorwand, um meine schlechte Laune, die in mir gärte, an irgendwem auszulassen. «Sie ist traumhaft schön», seufzte Marietta und schaute andächtig auf den Giebel im Stil griechischer Tempel, der trotz Gerüst gut zu sehen war. «Eines Tages musst du dir auch eine solche Villa bauen.» «Sicher, mein Funke», erwiderte ich, «lass mir nur noch etwas Zeit.» Konnte ich sie enttäuschen? Konnte ich ihr gestehen, mir niemals ein derartiges Anwesen leisten zu können? Konnte ich zulassen, dass meine Tochter mich nicht als einen Sieger auf allen Feldern betrachtete, als ihren unschlagbaren Helden?

Kaum hatten wir die Villa betreten, merkte ich, dass überall Türen und Fenster fehlten. Ein kalter Wind pfiff durch sämtliche Flure. Die Feuchtigkeit staute sich zwischen den Räumen und klammerte sich haltsuchend an die Wände. Ein leeres Zimmer nach dem anderen mussten meine Gehilfen und ich durchqueren, bis wir endlich in den Festsaal kamen. «Der ist ja größer als der Campo dei Mori», rief Marietta regelrecht erschüttert. Mit Winkeldreieck und Rute maßen wir Wände und Fenster aus. Dann verglichen wir sie mit unserem Plan. Sie stimmten überein – mehr oder weniger. Schließlich hielten wir die Kartons an die Wände. Sie verströmten eine angenehme Atmosphäre. «Vergrößere das Fries ein wenig», sagte ich zu Hans, «und stock den Hintergrund mit ein paar Bäumen auf. Wenn es nicht langt, kannst du auch noch die eine oder andere Figur hinzufügen. Lass sie dir aber zusätzlich bezahlen, unser Vertrag umfasst nur dreißig.» «Welche Figuren, Maestro?», fragte Hans ehrfürchtig. «Kannst du dir aussuchen», erwiderte ich kurz angebunden. Ich wollte mich nicht länger mit diesen Kartons beschäftigen. Ein unbehagliches Gefühl, das von Stunde zu Stunde stärker wurde, bedeutete mir, so schnell wie möglich das Weite zu suchen.

«Nun gut, meine Burschen», sagte ich daher zu Hans und Pieter, «achtet auf das, was ich euch beigebracht habe, und macht uns keine Schande. Viel Glück.» «Leb wohl, Gabriele», sagte Hans und drückte Mariettas Hand. «Ach was, ich nenn dich bei deinem richtigen Namen, leb wohl, Marietta.» «Warum leb wohl? Kehrt ihr nicht nach Venedig zurück, wenn ihr hier fertig seid?», fragte sie verwundert. «Wenn du im Atelier deines Meisters neben dem Kamin sitzt und zeichnest», antwortete Pieter ausweichend, «dann denk an uns, die wir den Winter hier oben verbringen, und danke Gott, dass du ein Mädchen bist und keine Fresken malen musst.»

Der Fuhrmann wollte jedoch nichts davon wissen, im Dunkeln wieder loszufahren. Ausgerechnet im benachbarten Landgut des Adelsherrn Soranzo hatte in der Nacht zuvor ein Überfall stattgefunden. Die Aufseher der Villa seien grausam niedergemetzelt worden. Silberwaren, Möbel, Waffen, einfach alles hätten die Räuber mitgenommen. Dank der schlechten Wetterbedingungen und der so gut wie nicht vorhandenen Sicht im Nebel sei es ihnen gelungen, sich aus dem Staub zu machen. Aber sie müssten noch irgendwo in der Nähe sein. Ich bat ihn, uns wenigstens ins Tal hinunterzubringen. Auf dem Weg nach Padua gab es ein Wirtshaus, wo wir übernachten konnten. Doch der Fuhrmann blieb eisern.

Zum Abendessen versammelten wir uns in der Hütte des Aufsehers. In der Küche waberte ein muffiger Geruch nach gärendem Lab und saurer Milch. Schmutzige Gänse und struppige Hühner liefen zwischen unseren Füßen herum, während wir eine Suppe aus Wirsing und Bohnen schlürften. Der Aufseher beschied uns, dass die Maler in den Baracken der Arbeiter schlafen könnten, Pieter und Hans aber wollten es sich lieber im warmen Stall gemütlich machen. In seinem Haus zwischen den Sanddünen an der Nordsee schlafe er häufig bei den Tieren, und abgesehen davon, dass sie schnarchen, wenn sie träumen, seien sie bessere Gefährten als die Menschen, meinte Hans. «Dann kann auch der … Bursche … im Stall schlafen», sagte der Aufseher und schaute Marietta prüfend an. «Seine Exzellenz Cavaliere Morosini aber hat ausdrücklich darum gebeten, Meister Tintoretto möge sich in dem Feldbett zur Ruhe legen, das auch er höchstpersönlich benutze, wenn er uns hier die Ehre erweist.» «Ich heiße nicht Tintoretto, sondern Jacomo Robusti», korrigierte ich ihn. «Des Weiteren ist der Bursche mein Sohn, und er schläft bei mir.»

Ein schwarz gekleideter Diener in eng anliegendem Jäckchen mit goldglänzender Knopfleiste geleitete uns durch ein weißes Labyrinth aus leeren Räumen. Das Feldbett war nichts anderes als eine Bahre auf zwei Astgabeln. Nur mit Mühe würde es das Gewicht eines Mannes aushalten. Auf beiden Astgabeln aber stach ein bemaltes Porzellanwappen hervor. In gebotener Bescheidenheit erläuterte der Diener, dass dieses Feldbett seinen Herrn auf allen militärischen Feldzügen begleitet habe. Sein Herr sei nämlich ein wahrer Held. Sämtliche Feinde habe er besiegt. «Mein Vater hat auch immer sämtliche Feinde besiegt», entgegnete Marietta. Der Diener verzog den Mund, den Gästen seines Herrn zu widersprechen war ihm jedoch nicht erlaubt. Er legte einen Armvoll Felle und ein Kissen auf das Bett, fachte den Kamin an und pustete Luft durch die Klappe des Kohlenbeckens. Dann stellte er eine Glocke auf den Boden, für den Fall, dass wir ihn brauchten, wünschte uns eine gute Nacht und ließ uns allein. «Jacomo», sagte Marietta und begann, sich in dem weiten Raum im Kreis zu drehen, «wenn du eine Villa mit Frontgiebel bauen lässt, dann werden wir bestimmt auch einen Diener mit Goldknöpfen haben.»

Ich war müde und gereizt. Hoffentlich würde Faustina nicht auf die unglückselige Idee kommen, in dieser Nacht zu entbinden. Das hätte sie mir nie verziehen. «Ständig bist du in deinem Atelier oder für irgendeinen Auftrag unterwegs, und pausenlos hantierst du an deinen Leinwänden herum», hat sie in den letzten Tagen immer wieder geschimpft, «aber zumindest wenn ich mich damit quäle, unsere Kinder auf die Welt zu bringen, verlange ich von dir, dass du bei mir bist.»

Ich setzte mich auf den Fellhaufen und zog die Schuhe aus. Marietta, die meinen Groll erahnte, verstummte und tat es mir gleich. Quietschend neigte sich die Liege zu meiner Seite. «Gute Nacht, mein Funke», sagte ich. «Willst du schon schlafen?», fragte sie überrascht. «Warum bleiben wir nicht noch ein bisschen wach und genießen diese herrliche Villa, da wir sie nun ganz für uns haben?» «Bei Sonnenaufgang reisen wir ab», erwiderte ich nur kurz und legte mich auf den Rücken, was sie wenig später auch tat. Doch sie versank regelrecht in der Liege. Alle beide rollten wir in die Mitte. Mariettas Hüfte stieß an meine Seite. Mühsam hievte ich mich wieder an den Rand, kullerte aber sofort wieder zurück. Für einen Moment zog ich in Betracht, mein Lager auf dem Boden herzurichten, aber da es dort viel zu kalt war, verwarf ich den Gedanken wieder. Die Wände strahlten eine Helligkeit aus, die mich ein wenig aufmunterte. Auch das Feuer im Kamin knisterte und leuchtete. Dennoch konnte ich nicht schlafen. Ich verspürte nicht nur keine Müdigkeit, meine Kleidung fühlte sich obendrein klamm und feucht an. Daher zog ich sie mir vom Leib. Im Licht des Kohlenbeckens sah ich auf einmal Mariettas stechenden Blick, der sich nicht von mir abwendete. «Ich rate dir, das Gleiche zu tun», sagte ich zu ihr, «sonst holst du dir noch den Tod.» Nachdem ich mich zur Wand gedreht und die Decke über den Kopf gezogen hatte, hörte ich Mariettas Kleider auf den Boden fallen.

Die viel zitierte Ruhe auf dem Land ist ein Hirngespinst. Immer schon habe ich das Leben auf dem Land verabscheut. Schon damals konnte ich nicht begreifen, warum sich reiche oder auch arme Leute, wenn sie zu Geld gekommen sind, ein Haus auf dem Land kaufen wollen. Es ist mir unbegreiflich, wozu man so viel Geld ausgibt, um Kälte, Langeweile und Einsamkeit zu erdulden, wenn es sich doch in der Stadt so angenehm leben lässt. Irgendwo da draußen, auf irgendeinem Baumwipfel oder Ast hockte ein grässlicher Vogel und wiederholte wie besessen unentwegt seine Leier. Nur drei Töne, aber diese bis in alle Ewigkeit. Durch die offenen Fenster hörte ich das Rauschen der Blätter und das Knacken der Äste, die an das Baugerüst stießen. Über den Boden huschten sonderbare Insekten mit behaarten Beinen und glänzenden Panzern, deren Namen ich lieber nicht wissen wollte. Hinter mir hörte ich Marietta ein- und ausatmen. Sie schlief nicht. Hin und wieder streckte sie mal das eine und mal das andere Bein aus. Dann auch eine Hand. Ihr Haar verströmte einen Geruch nach Laub und Regen.

«Mir ist kalt», flüsterte sie nach einer Ewigkeit. «Mir aber nicht», erwiderte ich gereizt, «im Gegenteil, warm ist mir.» Ich log und sagte dennoch die Wahrheit. Mir war kalt und heiß zugleich, ich zitterte und schwitzte, meine Hände waren Eisklumpen, und in mir stiegen Hitzewallungen auf. «Bitte, Jacomo, halt mich warm. Nimm mich in deine Arme.» «Nein. Was fällt dir ein? Erst soll ich dich mitnehmen, und dann kannst du nicht einmal ein paar Entbehrungen aushalten? Leg dich richtig hin und lass mich schlafen.» Stille. In dem hellen Rechteck, das durch das Fenster auf die frisch verputzte Wand projiziert wurde, zeichnete sich ein fliegender Schatten in Form eines schwarzen Dreiecks ab, der sofort wieder verschwand, wohin auch immer. Säuselnde, beseelte, lebendige Nacht. Blut, das in den Adern pocht, und Schlaf, der sich nicht einstellt. «Kann ich näher zu dir heranrücken?», flüsterte Marietta. «Nein», antwortete ich. Noch immer trällerte dieser grausame Vogel seine drei elendigen Noten. Zweige peitschten das Gerüst. Ein Esel fing auf einmal fürchterlich an zu schreien: Es hörte sich an, als würde er abgestochen werden, doch ich wusste, es handelte sich um den inbrünstigen Schrei seiner Wollust. Um ein intensives Lustempfinden, das ihm die Sinne raubte.

Nach einer Weile spürte ich etwas an meiner Wade. Ihr Fuß. So eisig, dass ich es nicht übers Herz brachte, ihn wegzuschubsen. Ich blieb reglos liegen, steif an die Wand gedrückt. Meine Nase berührte den Putz. Dem Fuß folgte erst das eine, dann das andere Bein. Ich spürte das Blut durch die Adern ihrer Oberschenkel fließen. Den Beinen folgte ein Arm, eine Schulter, dann alles Übrige. Marietta hatte sich wie eine Decke auf meinem Körper ausgebreitet. Ich tat so, als würde ich schlafen.

Auch sie tat, als würde sie schlafen. Aber ihr unruhiger Atem verriet sie. Der hauchdünne, pulvrige Putz kitzelte in meiner Nase. Ihre kurzen Haare piekten mich im Nacken. Sie rochen nach nassem Laub. «Warum drehst du dich nicht um?», flüsterte Marietta auf einmal. «Wenn du mich in deine Arme nimmst, wird mir bestimmt wieder warm.» «Nein», murrte ich und schaute stur zur Wand. Vor mir ein einziges milchig leuchtendes Weiß. Hinter mir Marietta, die an mir klebte. Fleisch, Sehnen, Muskeln und Knochen pressten sich an mich. Nie hatte ich mir bewusst gemacht, dass sie einen Körper besaß – wohlgeformte Beine und zarte, von samtweichem Flaum bedeckte Ärmchen – und dass ihr Busen gewachsen war, der sich nun wie eine feste Masse mit zwei spitzen Nägeln in meine Schulterblätter drückte. Ich hatte es einfach nicht bemerkt. Seit dreizehn Jahren lebte ich an ihrer Seite, und kein einziges Mal hatte ich sie mir angeschaut.

«Warum hauchst du mir nicht wie die Ochsen in der Krippe deinen Atem ins Gesicht?», wisperte sie und nuckelte an meinem

Ohr, wie sie es als Kind immer gemacht hatte – denn sie meinte, ich schmecke nach Öl und Lack, so gut wie sonst keiner. «Darum nicht, Marietta.» Der schreckliche Vogel, die Zweige, die Insekten, der brünstige Esel, der Wind, der durch die offenen Fenster zog, der Geruch nach Laub und Regen, ihre spitzen, festen Brüste, alles war noch wie vorhin, nur viel stechender und viel intensiver – wie in einem Traum. Aber es war kein Traum. Noch nie hatte ich meinen Körper so bewusst wahrgenommen. Eine endlose Folter. Und sie so fürchterlich unschuldig. Sie wusste nicht einmal, dass sie eine Frau war. Was es bedeutete. Das hatte ich ihr nicht beigebracht. Alles hatte ich ihr beigebracht, nur nicht das. Das nicht. Als ich glaubte, sie wäre endlich eingeschlafen, als sich meine lähmende Anspannung allmählich löste, rutschte der zarte Arm um meine Kehle auf meine Brust hinab. Das kleine freche Händchen spielte mit den Locken um meine Brustwarzen, später aber krabbelten ihre Finger an den Härchen bis zum Bauchnabel und darüber hinaus, und da drehte ich mich um.

Im Licht der Glut sah ich ihre Augen leuchten. Sie war so ahnungslos, so glücklich – ich ließ mich umarmen. Wir kullerten in die Mitte der Liege. Einen Augenblick lang hefteten sich Haut, federweiche Härchen und spitze Brüste an mich. Ihre zarten Knochen lagen auf meinen. Ich aber war in genau diesem Augenblick nicht mehr ahnungslos. Ich sprang auf. Die Glocke zu meinen Füßen schepperte. Der Schwengel hatte sich in meine Ferse gerammt und mich verletzt. Wie ein Mörder schleifte ich Blutspuren auf dem Boden hinter mir her. «Wo gehst du hin, Jacomo?», fragte sie ängstlich. «Das geht dich nichts an. Lauf mir bloß nicht hinterher. Wenn du dieses Bett verlässt, Marietta, bist du nicht mehr meine Tochter.» Ich packte mir eine Decke und trat, nackt wie ich war, in den dunklen Flur hinaus. In frostiger Kälte und unter einem pulsierenden Sternenhimmel warf ich mich in einen Brennnesselstrauch.

Während des gesamten Rückwegs im hin und her holpernden Wagen verkroch ich mich zum Schutz vor dem Regen unter die Wachsdecke und tat so, als schliefe ich. Sobald ich ein Bein ausstreckte oder nur mit dem Augenlid zuckte, fragte Marietta, was mit mir los sei, warum ich so schlechte Laune hätte. Ob ich traurig sei, weil Hans und Pieter uns verlassen würden und nie wieder besuchen kämen. Oder ob sie mich in irgendeiner Weise gekränkt habe. Sie habe es nicht mit Absicht getan, sei in der Nacht fast erfroren, und mit Faustina würde sie im Winter auch immer so schlafen, sie würden Brust an Brust eng umschlungen zusammen unter der Decke liegen, um nicht unnötig Kaminholz zu verbrauchen. Das wusste ich, und ich fand auch nichts Kränkendes daran – im Gegenteil, ich wollte ja, dass die beiden ein Bett teilten, um nur ein Zimmer heizen zu müssen. «Sei still», entgegnete ich und zog mir die Decke übers Gesicht, «mir dröhnt der Kopf.» Ich kehrte ihr den Rücken zu und starrte auf den Weg – grau und voller Pfützen. Einzig die Leere des Himmels spiegelte sich in ihnen wider.

Marietta erzählte leise, sie habe in der riesigen Villa Angst gehabt, mit all den unbekannten Männern in den Baracken und den Räubern im Wald. Sie habe sich vor diesen Männern gefürchtet, doch vor allem davor, mich nie mehr wiederzusehen. Von mir verlassen worden zu sein. Angst, dass ich sie in diese Villa mitten im Wald hinaufgebracht hätte, um sie loszuwerden. Nicht einen Moment lang habe sie geschlafen, und die Angst sei immer schlimmer geworden, denn ohne mich könne sie nicht leben. Jacomo, mein allerliebster Vater, habe sie mich immer wieder beschworen, komm bitte zurück. Aber ich sei nicht zurückgekommen, obwohl die Nacht so endlos lang und stockfinster gewesen sei, ich sei einfach nicht wiedergekommen. Da sei ihr klar geworden, dass ich sie genau so, wie ich sie in jener Nacht verlassen hätte, zukünftig immer wieder verlassen könne, jederzeit, und dass sie nie wieder mit demselben glückseligen und unbeschwerten Gefühl, das ich ihr in dieser Nacht genommen hätte, einschlafen würde.

«Sei still», sagte ich nur immer wieder, bis uns das Boot vor der Haustür absetzte.

Dominico eilte mir entgegen, um mir mitzuteilen, dass ihm der Storch über Nacht ein Brüderchen ins Nest gelegt habe, das im Andenken an den armen verstorbenen Großvater Giovanni Battista hieß. Er habe rote Haare und ein rotes Gesicht und sauge gierig wie eine Ziege. Marietta war endlich eingeschlafen, kauerte mit angezogenen Knien am Schiffsrumpf. Selbst im Schlaf und in völliger Erschöpfung lag ein Ausdruck von Trostlosigkeit auf ihrem bleichen Gesicht. Als fragte sie sich noch immer, warum ich sie verlassen habe. Die unschuldige Marietta. Ich aber war nicht mehr unschuldig. In der Villa der Morosini war unser Sommer zu Ende gegangen. Ich versuchte noch, in ihrem Gesicht, sogar in ihrem Schlaf irgendetwas von mir zu finden. Doch sie ähnelte nur noch sich selbst.

«Menegheto!», rief ich und streichelte sein schwarzes Köpfchen. «Groß bist du geworden.» Stolz und mit weit aufgerissenen Augen schaute mich mein Sohn Dominico an. Er war sieben Jahre alt. Nie hatte ich ihm besondere Aufmerksamkeit geschenkt. Er war so zurückhaltend und wohlerzogen, dass ich bisweilen vergaß, dass es ihn überhaupt gab. «Heute ist ein wichtiger Tag für dich», sagte ich und ließ mich von ihm ins Haus führen. «Ab morgen darfst du in meine Werkstatt. Du wirst Marietta folgen, Schritt für Schritt. Du musst genau hinschauen, was sie macht, darfst sie niemals aus den Augen verlieren.» In Wahrheit bat ich mein unschuldiges Kind, uns nicht einmal eine Sekunde lang allein zu lassen. «Ja, Papa», versprach Dominico freudestrahlend. Er hätte alles für mich getan.

20. Mai 1594
Vierter Fiebertag

Wenn ich an meine beiden Nonnen denke, stelle ich sie mir schon seit Jahren als Einwohnerinnen eines fremden Landes vor. Der Weg von meinem Atelier zu den zerfallenen Klostergemäuern wurde allerdings mit der Zeit in meinem Kopf immer holpriger, sodass ich ihn immer seltener ging. Gemeinhin führt man Kaltherzigkeit gern auf das Alter zurück. Ich jedoch habe für meine Nonnen stets gesorgt. Damit es ihnen an nichts mangelte, bezahlte ich regelmäßig ihr Kostgeld und bestritt sämtliche Ausgaben, die ihnen ein paar zusätzliche Annehmlichkeiten bescherten. Sie haben ein Bett, einen Schreibtisch, Handtücher, ihre Aussteuer, Stoffe zum Nähen, sogar Feuerböcke für den Kamin erhalten. Jedes Jahr bekommen sie einen Kübel Wein von unseren Reben, einen Sack Mehl und etliche Obstkörbe. Für ihre Zelle habe ich ihnen ein Altarbildchen mit der Jungfrau Maria gemalt – dass diese sie behüte und beschütze. Da ich weiß, dass sie glücklich sind, stimmt mich der Gedanke an sie fröhlich. Es freut mich zu wissen, dass sie für mich beten. Niemand konnte mir jemals vorwerfen, sie vergessen zu haben. Ich nahm sie mir weg, um sie dir darzubringen. Ich entzog sie einer sterblichen Familie, um sie Teil der einzigen Familie werden zu lassen, die ihnen das ewige Leben schenken wird. Ich ersparte ihnen die täglichen kleinen Misserfolge, die ehelichen Pflichten, die Gefahren der Entbindung, das klägliche Dasein, das ihnen sonst bevorgestanden hätte. Du, Herr, wirst über meine Taten zu urteilen wissen.

Es war noch düster, als ich mich aus dem Haus schlich, nach einer zermürbenden Nacht, in der ich mehrere Male das Gefühl hatte, in der einen Ecke des Zimmers, dort, wo es stockfinster war, Marietta und Gabriele sitzen zu sehen – Marietta als Erwachsene und als Kind –, die miteinander tuschelten, kicherten und irgendetwas ausheckten. Die Fassade von Madonna dell'Orto – mit ihren vielen Farben, den roten Ziegeln und dem weißen Stein – tauchte aus dem graublauen Meer der Morgendämmerung auf. Die Vorstellung, dass sie immer so sein wird, auch wenn ich sie nicht mehr sehen werde, tröstet mich. Der Fortbestand der Dinge und Orte, die uns ans Herz gewachsen sind, hält in mir die Hoffnung wach, dass auch etwas von uns in ihnen fortbesteht. Die Mönche in ihren himmelblauen Kutten machten sich bereits in früher Dämmerung im Klostergarten zu schaffen – einer goss die Heilkräuter, ein anderer stutzte Rosen. Neuerdings pflegte ich mit den Mönchen über die letzten Dinge zu sprechen. Alles andere schien mir keinen Sinn mehr zu ergeben. Für mich sind diese Unterhaltungen geistige Übungen, mit denen ich meinen Verstand und mein Gedächtnis wachhalte. Und auch meine Unruhe besänftige, die an mir nagt wie das Wasser an Venedigs Fundamenten, an meinem Haus, an allem.

«Letzten Dienstag», hob ich an, «habe ich wahrscheinlich davon geträumt, tot zu sein, allerdings war ich in meinem Tod auf einmal wieder dreißig Jahre alt – mein Körper sah jung aus, und ich strotzte vor jugendlicher Stärke. Sagt mir, Brüder, wenn wir am Tag des Jüngsten Gerichts unseren Körper wiedererlangen, werden wir dann auch unsere Jugend, unsere Schönheit und unser Feuer zurückbekommen? Wird meinem Körper nach meiner Erlösung dieselbe Glückseligkeit widerfahren wie meiner Seele? Werde ich auch mein Geschlecht wiederbekommen? Werde ich wieder Lust empfinden, und wird es für immer sein? Wie kann ich bei der Zusammenführung am Quell allen Seins vollendete Glückseligkeit erfahren, wenn mir mein Körper nicht unversehrt zurückgegeben wird? Denn nicht das Bewusstsein, sondern der Körper hat mir Ekstase beschert, wie auch die Gewissheit, mit der Unendlichkeit eins zu werden. Ihr habt mich gelehrt, dass die Inkarnation – die Fleischwerdung des Geistes – das höchste Streben des Christentums und zugleich dessen ewig währender Stein des Anstoßes ist. Wie kann man also in der Ewigkeit der Auferstehung das Fleisch vom Geist trennen? Mein Körper ist doch ein Teil von mir.»

Die zutiefst erschütterten Mönche entgegneten, ich würde versuchen, das Übernatürliche und Übersinnliche mit dem Wirklichkeitssinn eines zu beschränkten und vergänglichen menschlichen Verstandes zu erklären, und das stürze mich in Beklemmung und Angst und hindere mich daran, mich der grenzenlosen Wahrheit des Glaubens zu öffnen. Denn die Wahrheit brauche keinen Verstand, da dieser zu keiner Wahrheit führe. Mariettas rotes Kleid erwähnte ich jedoch nicht. Noch das zehrende Fieber, die Schlaflosigkeit oder die sich hinziehende Appetitlosigkeit. Ich fühlte mich gut, leicht und wie in einem behaglichen Rausch umherschwebend. Die Mönche meinten, nur einer verwirrten Seele würden solch schlechte Träume und böse Gedanken entspringen, und rieten mir zu einer Gesinnungsprüfung. Erst wenn ich beim Schöpfer allen Seins um Vergebung meiner Sünden gebeten hätte, könne ich wieder Trost im Schlaf finden und zur Ruhe kommen. Aber ich wollte weder schlafen noch zur Ruhe kommen. Ich fürchte mich vor mir und dem Schatten, wenn sich mein Bewusstsein verfinstert. Ich will mir meiner selbst vollkommen bewusst bleiben.

Im Gespräch mit den Mönchen verspürte ich plötzlich eine tiefe Sehnsucht nach meinen Töchtern. Keine einzige habe ich gehabt, Herr. Anstatt dieses Klosters hier sollte ich besser ihr Kloster am anderen Ende von Venedig aufsuchen. Ihre Abwesenheit machte sich in unserem Familienleben kaum bemerkbar. Ohne Aufsehen zu erregen, sind sie ausgezogen. Als ich mich eines schönen Tages zu Tisch setzte, fiel mir auf, dass an ihrem Platz nicht gedeckt war. Das war tatsächlich schon alles.

Ich machte auf der Stelle kehrt. Zu Hause befahl ich der

Dienstmagd, einen Korb mit reichlich Marzipan vom Vortag und Kirschen zu füllen – auf die unsere Nonnen geradezu versessen sind – und dem Kloster Sankt Anna zu überbringen. Dann ließ ich die Wanne mit Wasser füllen und nahm ein heißes Bad. Ich hoffte, durch Schwitzen das Fieber loszuwerden und so meine Beschwerden zu lindern. Schlaflosigkeit jedoch muss einen nicht beunruhigen oder sorgen, gehört sie doch zu den ganz normalen Gebrechen des Alters. Nur junge Leute fallen regelmäßig in tiefe Bewusstlosigkeit: Sie haben keine Angst davor, am nächsten Morgen nicht wieder aufzuwachen.

Meine Frau schaute zu, während ich mit der Bürste meinen Rücken schrubbte und mir das Gesicht einseifte. Ihr Eigentumsrecht an meinem Leib macht sie zu einer wachsamen und argwöhnischen Aufseherin. Noch immer hat sie Angst, ich könnte ihr entfliehen. Unermüdlich sieht sie in mir den Mann, der ich einmal gewesen bin – die Kraft und Energie, die ich immer seltener für sie aufbringe. Da ich nicht von ihr begleitet werden wollte, verschwieg ich ihr, wohin ich ging. Ich bildete mir ein, mich mit unseren Nonnen über Dinge zu unterhalten, die Faustina nicht verstehen würde. Nie habe ich den Geist meiner Frau mit der gleichen Hingabe erkundet wie ihren Körper. Ihre Gedanken interessierten mich nicht, vielmehr hoffte ich über Jahre hinweg, sie würde sich keine machen. Ein altes venezianisches Sprichwort besagt, dass eine Frau drei Eigenschaften besitzen muss: Sie soll schön, still und stets daheim sein. Meine hatte zwei davon – und die reichten mir. Auf die Idee, sie zum Schweigen zu bringen, wäre ich nie gekommen. Ihr unaufhörliches Geplapper war das allgegenwärtige Hintergrundgeräusch meines Daseins – und wie eine schöne Melodie wurde es mit der Zeit zu einer vertrauten Gewohnheit. Faustina schien mir für die Erledigung der praktischen Dinge des Lebens, für die ich mich völlig unfähig hielt, sehr geeignet zu sein. Es kam mir nicht in den Sinn, mich mit ihr über Maltechniken, die Geheimnisse der Farben oder über Leidenschaft und Euphorie, die mit jedem Schaffensprozess einhergehen, zu unterhalten. Ebenso wenig über die Unsterblichkeit der Seele. Wir sprachen einzig und allein über die Liebe und die verschiedenen Arten, sich zu lieben, sowie über die Folgen – Verzögerungen, dicke Bäuche und volle Windeln, erste Zähnchen und die Enthaltsamkeit um den Geburtstermin. Ich weiß nicht, ob sie mir dafür dankbar sein oder mir es nie verzeihen wird.

Während ich mir mit größter Sorgfalt am Bart herumschnitt, machte Faustina ein immer sorgenvolleres Gesicht. «Wo meint dieser kahl geschorene Tölpel noch hingehen zu müssen?», zog sie mich auf. «Bleich wie ein Mehlkloß ist er. Er täte gut daran, im Bett liegen zu bleiben, schon der kleinste Schauer wird ihn umhauen.»

Die tollkühnen Freunde aus meiner Jugend – die mich ob meiner Fehler, Laster und Ticks zu ärgern wussten – sind bereits alle tot. Francesco der Schriftsetzer, Andrea der Schauspieler und Domenico der Musiker. Und Freundschaften werden nicht einfach wiedergeboren – wie Bäume brauchen sie Zeit, um Wurzeln zu schlagen. Aus diesem Grund haben alte Menschen keine Freunde. Meine Frau ist das letzte Wesen auf Erden, das sich noch über mich lustig machen kann. Das Schöne an einer langen, glücklichen Ehe wie der unseren ist diese schlichte, anspruchslose Vertrautheit. Unvorstellbar der Gedanke, ohne sie gelebt haben zu müssen. Manchmal frage ich mich, was aus meiner Faustina werden wird. Sie ist noch keine fünfzig Jahre alt. Gewiss wird sie mir eine treue Witwe sein. Das sage ich mir immer wieder.

Sie schwatzte unaufhörlich auf mich ein, dass ich endlich Ruhe geben solle, wie ein blasser Tropfen Quecksilber aussehe, hin und her taumeln werde und warum ich nicht wie alle anderen alten Männer still sitzen bleiben könne? Ihre Worte klangen bitter. Meine Frau war einst eine wahre Schönheit gewesen, und so munter und spritzig wie der Weißwein von unseren Bergen. Nun war sie es nicht mehr, konnte ich ihr da ihre Verbitterung vorwerfen?

Ich ließ ihr Gejammer über mich ergehen. Gern hätte ich mich meinen Nonnen im festlichsten Ornat präsentiert, so glanzvoll wie eine frisch gestanzte Goldmünze. Sie bekommen mich so selten zu sehen, dass es für sie jedes Mal ein unvergessliches Ereignis ist. Noch Tage später besprechen sie unsere Begegnung bis ins kleinste Detail: Von welchem Tier wohl mein Pelz stammte – Fuchs, Luchs oder Marder? Ob ich mir den Adelstalar, den ich hin und wieder anlegte, obgleich ich ihn nicht von Geburt wegen tragen durfte, durch anderweitigen Verdienst erworben hätte? Hatte ich meinen silberfarbenen Bart gestutzt oder ließ ich ihn mir wie den eines Propheten wachsen? Das interessiert sie mehr als mich ein Treffen mit dem Dogen. Doch meine festlichen Kleider befanden sich alle im oberen Stock. Da wollte ich nicht wieder hinauf. Ich konnte mich nicht überwinden, Mariettas Schrank noch einmal zu öffnen und dort das rote Kleid und das blonde Haar zwischen den Goldfäden zu sehen und ihren Geruch einzuatmen – der inzwischen sicher so schwach geworden war, dass er bald für immer verschwunden sein würde. Daher griff ich zur erstbesten, mit Ölfarben bekleckten Hose und nahm das Hemd mit dem abgewetzten Kragen vom Stuhl. Dann setzte ich einen Strohhut auf und trat aus dem Haus.

Meine Gemahlin warf sich die seidene Zimarre über, welche die Barone des Herrschaftsgeschlechts der Ficenga einst Marietta geschenkt hatten und die auf dem Rücken mit einem verschlungenen Wald voll greller, exotischer Vögel bestickt war. Dann schnappte sie sich Handschuhe und den Federfächer mit Elfenbeingriff und lief völlig entrüstet hinter mir her. «So kannst du doch nicht das Haus verlassen!», rief sie. «Warte!» Ich hörte nicht hin. Die Flut bespülte noch immer die Fondamenta, hatte den Platz überschwemmt, schwappte gegen die hölzernen Schotten, die die Ladenbesitzer eilends vor ihre Eingänge gestellt hatten, und langte mit ihren trüben Tentakeln durch die Gassen bis an mein Haus heran. «Mit deinem Fieber darfst du nicht in die nasse

Kälte hinaus, du Sturkopf!», rief Faustina erneut hinter mir her, während sie auf dem Matsch beinah ausrutschte. «Was keifst du so, Weib? Erzähl keine Märchen, noch kann ich mit meiner Angel jeden Fisch fangen», erwiderte ich knurrend, ohne mich umzudrehen. Jüngere Menschen behandeln alte meist wie Kinder. Sie wissen nicht, wie ungeheuer stark die Alten sind, viel stärker als sie. Denn sie haben alles überlebt. «Komm wieder rein, Jacomo, so warte doch! Das Wasser geht auch wieder. Es dauert nicht mehr lang. Hab doch wenigstens dies eine Mal etwas Geduld.» Ohne auf sie Rücksicht zu nehmen, ging ich weiter und watete mit meinen aufgequollenen Schuhen durch den glitschigen Schlamm. Ich wollte nur noch weiter. Mir war, als hätte ich mit den Nonnen von Sankt Anna eine Verabredung, die ich auf keinen Fall versäumen durfte. Als stünde mein persönliches Heil auf dem Spiel.

Ich verhandelte gerade mit einem Bootsverleiher vor der Scuola di San Marco, als der höchste Beamte der Bruderschaft und der Bürgermeister, die anlässlich einer bevorstehenden Versammlung auf die anderen Ratsmitglieder warteten, an mich herantraten. Taktvoll erkundigten sie sich nach meinem Wohlergehen: Es habe sich bereits herumgesprochen, dass ich, nachdem lange Jahre kein Bild aus meiner Hand mein Atelier verlassen habe, die *Grablegung* für die Benediktiner von San Giorgio Maggiore fertiggestellt hätte. Daher könne ich doch endlich an den Altarflügel denken, den ich der Bruderschaft neun Jahre zuvor versprochen hätte? Ob sie wieder Hoffnung hegen könnten? «Hoffen kostet nichts», sagte ich, «bringt aber wenig ein.» Kaum waren wir wieder allein, ging Faustina wie ein Pulverfass in die Luft. «Schau dich nur an», beschimpfte sie mich mit so lauter Stimme, dass die Passanten sich zu uns umdrehten, «du widerlicher, alter Dreckslappen! Siehst aus wie ein Köter, der im Müll herumgewühlt hat! Ausgerechnet du, der berühmteste Mann von ganz Venedig, musst wie der größte Geizhals herumlaufen. Ich schäme mich zutiefst für dich, Jacomo – wir sehen aus wie arme Leute.»

«Das interessiert mich einen feuchten Kehricht!», erwiderte ich und wischte mir mit einem farbverschmierten Lappen, den ich in der Tasche gefunden hatte, über meine Schuhe. «Wenn man Reichtum an Besitz, Titeln und Einkünften misst, dann sind wir tatsächlich arm. Und trotzdem fühle ich mich reicher als der Doge.» «Wenn du so weitermachst, ist das mein Todesurteil», keifte Faustina mit vor Wut funkelnden Augen. Sie schämte sich wirklich, meine Gemahlin – obgleich ich den Grund nicht erahnte. Sie packte mich an den Hemdsärmeln und schüttelte mich wie einen Baum voll reifer Früchte. Wie sehr wünschte ich mir, sie hätte mir nicht diese verbitterte Litanei an Vorwürfen gemacht – hätte sich noch rechtzeitig zusammengerissen. Arme Faustina, durch die jahrelange Sorge um die Familie war sie so geworden. Schade, dass sie nicht so eine elegante, frivole und hochmütige Dame wie die Gattinnen meiner Kunden war. Schade, dass sie nicht ihre Zeit damit verbringen konnte, Spinett zu spielen, sich um die Armen zu kümmern und sich mit den Enkeln zu beschäftigen. Meine Frau hat keine Enkel. Wenn sie das Dienstmädchen beschuldigt, sie bestohlen zu haben, wenn sie griesgrämig den viel zu teuren Barbier bezahlt, wenn sie von mir für jeden Pfennig Rechenschaft fordert und mich dazu zwingt, sie schamlos anzuschwindeln und zu behaupten, ich hätte ihn für einen wohltätigen Zweck ausgegeben, während ich ihn verspielt, versoffen oder verhurt habe, wenn sie den Kindern Vorwürfe macht, weil sie es gewagt haben, sie um Geld zu bitten, dann empfinde ich Scham für sie und für mich.

Ich hätte lieber darauf verzichtet, mich mitten auf dem Platz vor aller Augen mit meiner Gattin herumzustreiten. Ich tat es aber nicht. Sie schimpfte mich einen alten Stinkstiefel und einen jüdischen Geizkragen, ich sie eine alte Hexe, eine elendige Klette, die mir auf die Eier gehe. Und auch Faustina machte sich nicht bewusst, dass wir wegen meiner Krankheit vielleicht keine Zeit mehr hatten, um uns wieder zu versöhnen – und dass es ratsam gewesen wäre, die restliche Zeit nicht damit zu vergeuden, uns unwichtige Dinge an den Kopf zu werfen. Möglicherweise sind diese Dinge aber gar nicht so unwichtig, Herr – immerhin betreffen sie unser Leben, und wir haben nur dies eine. Sollte uns tatsächlich das ewige Leben bevorstehen, so glaube ich nicht, dass ich es mit ihr verbringen werde. Vielleicht sehen wir uns nie wieder. Sie wird in das Paradies eingehen, mir wird es versagt bleiben. Auf ewig werde ich mich danach verzehren. Aber ich weiß, wie das ist, die Erfahrung habe ich bereits auf Erden gemacht.

Da meine Frau nicht aufhörte, mich zu schütteln, begann auch ich an ihr zu zerren, bis ich auf einmal ihren abgerissenen Ärmel in der Hand hielt. Da spürte ich einen ungeheuren Zorn in mir aufwallen und vergaß mich. Ich schrie, dass es ihr recht geschehe, dass sie diese Zimarre nicht hätte anziehen dürfen, sie gehöre ihr nicht, die Barone von Ficenga hätten sie nicht ihr, sondern Marietta geschenkt. Leichenblass ließ Faustina plötzlich meinen Arm los. Wir standen am Ufer am Ponte delle Erbe vor dem Laden eines Wurstmachers. Die an Haken hängenden Schweinswürste rochen nach Pfeffer. Meine Gemahlin versetzte mir eine derart kräftige Backpfeife, dass ich, um nicht ins Wasser zu fallen, zurückwich, ins Taumeln geriet und mich an den Würsten festhalten musste, die ich mitsamt der Stange zu Boden riss. Während ich versuchte, mich aus den Würsten herauszuwinden, die sich wie Girlanden um mich herumgewickelt hatten, und der Wurstmacher schrie und fluchte – du unverschämter Lump, was fällt dir ein, so eine Schweinerei anzustellen, das wirst du mir bezahlen, zum Teufel mit dir –, schlug meine Frau wie wild geworden unentwegt auf mich ein und nannte mich einen geistesgestörten Narren. Weder um sie noch um die Mädchen würde ich mich kümmern, der ganzen Familie würde ich ein jämmerliches Leben im Ungewissen auferlegen. All jene, die nichts mehr benötigten, ja, um die würde ich mich kümmern, aber was sei mit denen, die alles entbehrten? Ottavia und Laura seien schließlich auch meine Kinder. Was sie mir getan hätten? Mein Herz müsse aus Eis sein, sie auf so schmähliche Weise zu missachten. Sie seien reif genug, um sich mit Jesus oder einem anderen Christen zu vermählen. Die Nonnen wollten sie nicht mehr bei sich behalten. Ich müsse mich um ihre Zukunft kümmern. Im Alter von Ottavia habe sie bereits drei Kinder gehabt. Wie es komme, dass ich Zeit für Portraits von altersschwachen Lackaffen hätte, die ich nicht einmal kannte, aber nicht eine Minute an die Zukunft meines eigenen Blutes verschwendete? Kein Band dürfe stärker sein als die Blutsbande. Warum ich so viel Geld für das Bild vom toten Christus ausgegeben hätte, das in der dunklen Kirche von San Giorgio vor sich hin schimmeln werde, und es nicht als Aussteuer für meine Töchter beiseitegelegt hätte? Edelmänner nähmen keine Mädchen ohne Aussteuer – selbst ich, der sich für so außergewöhnlich halte, hätte das nicht getan. Die Tochter eines angesehenen Stadtbürgers, eines Staatsdieners hätte ich mir genommen, nicht etwa die eines Schweineschlachters. Oder eine deutsche Bagasse. Arme Ottavia, arme Laura – ihr selbstsüchtiger Vater kränke die Lebenden und ehre die Toten. Denn die Toten fielen ihm nicht zur Last, seien artig und still, sagten zu allem Ja und Amen. Schäm dich, Jacomo. Schäm dich.

In jenem Augenblick schämte ich mich tatsächlich, Herr. Ich schämte mich wegen des Korbs mit den Süßigkeiten vom Vortag und den reifen Kirschen, den ich meinen Nonnen zukommen ließ, wegen dem, was ich darin versteckt hatte, wegen des hässlichen, irren Blicks meiner Ehefrau und weil ich wusste, dass jedes einzelne Wort wahr war. Wahr die Stellung ihres Vaters, wahr ihre Aussteuer – ohne die wir nie in der Lage gewesen wären, eine Familie zu gründen. Ich fragte mich, ob ihre Vorwürfe berechtigt waren. Ob ich sie tatsächlich aus diesen Gründen genommen hatte.

So standen wir vor dem Laden, zusammen mit dem Wurstmacher, der nicht aufhörte zu fluchen, seinem Gesellen, der mit einem Staubwedel versuchte, die Schweinswürste sauber zu wischen, und dem Fährmann, der das Tau vom Poller losband und schimpfte, dass er, wenn wir weiter seine Zeit so vergeudeten, den doppelten Fahrpreis verlange, und mittendrin wir, die wir uns wie zwei tollwütige Hunde zerfleischten, als mir dieser so bittere Gedanke durch den Kopf schoss. Seit vierunddreißig Jahren bin ich mit dieser Frau verheiratet. Faustina ist ein Teil von mir geworden. Nicht auszudenken, was aus meinem Leben geworden wäre, wenn ich es nicht mit ihr geteilt hätte. Sie hat meinem Alltag eine Struktur gegeben, meiner Arbeit ein konkretes Ziel, meinen Mühen einen Sinn, meinem Namen einen Fortbestand. Sie ist nicht nur meine Frau, sie ist meine wahrhaftige Lebensgefährtin, mein an meiner Seite herangereiftes Kind. Möglicherweise aber hat sie mich nie verstanden. Sie liebt mich, hat mich nie betrogen, hat für mich gelebt – bei den Entbindungen wäre sie beinah jedes Mal gestorben, für mich. Trotzdem hat sie nie verstanden, wer ich bin. Alles, was meinem Leben einen Sinn verliehen hat, alles, wofür ich einzig gelebt habe – bedeutet ihr nichts. Wenn sie könnte, würde sie meine Bilder gegen Pelze eintauschen, meinen Beruf gegen einen Titel und meinen Namen gegen ein Wappen. Alles, was sie über meine Gemälde gesagt hat, lässt mich noch heute vor Scham erröten. «Sie sind so überfüllt von Menschen, Jacomo, davon wird einem schwindelig, man fühlt sich mitten auf den Campo San Polo versetzt, wenn gerade Markt ist. Es fehlt ihnen eine Mitte. Man fühlt sich bedrängt. Warum malst du nicht wie alle anderen etwas Beschauliches?»

Die alte Klosterpförtnerin von Sankt Anna war eine bucklige, hinkende Kreatur und mit ihren tief eingesunkenen Augenhöhlen und klauenartigen Fingern, die einen riesigen Schlüsselbund umklammerten, wahrscheinlich nie eine richtige Frau gewesen. Genauso in die Jahre gekommen erschien mir das weitläufige Parlatorium, in dem ich in abgestanden riechender Luft auf meine beiden Nonnen wartete. Verschlissen waren auch die Kissen auf den Bänken und die verblassten Bilder an den Wänden – alte Fresken, die man kaum noch erkennen konnte. Veraltert das bemitleidenswerte Holzkreuz mit einem Jesus, der sein Haupt neigte und voll Scham den Blicken der Besucher auszuweichen schien. Ich war wie benebelt. Ich sah nichts anderes als die Risse an den Wänden, den Staub auf dem Boden, die Spinnennetze an der Decke – den Verfall in allen Dingen und in mir. Gemeinsam sind diese Stadt und ich alt geworden.

Wie immer statteten auch heute Freunde und Verwandte den Schwestern Besuche ab. Einige genehmigten sich die von zu Hause mitgebrachten Köstlichkeiten, und zwischen Kuchen und Weinkrügen kam sogar eine beinahe zügellose Atmosphäre auf. Aber nur Scheinheilige nehmen daran Anstoß. Nonnen sind Frauen wie alle anderen, nicht besser oder schlechter als jene, die ihr Leben nicht dir gewidmet haben, Herr. Die einen sind gläubig, die anderen zweifeln, die einen lassen sich von der Faszination und dem Hunger nach Macht einwickeln, die anderen üben Barmherzigkeit und entledigen sich aller irdischer Bedürfnisse, andere wiederum sind in höchstem Maße eifersüchtig auf den Rang ihrer Mitschwestern. Manche Nonnen suchen sich sogar einen Liebhaber oder bieten sich feil. Die Benediktinerinnen von Sankt Anna sind jedoch die tugendhaftesten von ganz Venedig. Andernfalls hätte ich meine Töchter niemals hierhergeschickt. Ich wollte die absolute Reinheit für sie.

«Vater!», hörte ich jemanden rufen, und aus dem Dunkel tauchten meine Nonnen auf. Ein vergoldetes und wie mit Spitze durchwirktes Eisengitter trennte uns voneinander. Ich hatte Mühe, ihre Gesichter zu erkennen und auseinanderzuhalten. Sie tragen die gleiche schwarze Tracht, ihre Bewegungen sind nahezu identisch, selbst ihre Stimmen haben sich einander angeglichen. Ihre Haut ist so fahl wie die Wände – und der Staub. Zugegebenermaßen habe ich sie nur erkannt, weil die Ältere den schwarzen Schleier und die Jüngere den weißen Novizenschleier trug. Somit ist die etwas Pummeligere Schwester Perina und die andere, nur noch Haut und Knochen, Lucrezia. Ihr konnte ich noch nie in die Augen sehen, ohne gleichzeitig daran zu denken, dass Probleme mitunter wie ein Platzregen über einen hereinbrechen und nur tröpfchenweise wieder verschwinden. Und dass alles mit ihrer Geburt begann – dafür bitte ich dich um Vergebung, Herr.

Es war Venedigs und auch mein schwierigster Sommer. An jenem drückend heißen Augusttag schleppte ich mich zum Kassenwart im Büro der Prokuratoren: Ich wollte meinen Lohn für die neun Philosophen einholen, die ich für die Bibliothek Marciana angefertigt und längst abgeliefert hatte. Bei einer Ausschreibung etliche Jahre zuvor hatte ich gehofft, einen Auftrag zu erhalten, doch der, der über die Vergabe bestimmte – der großartige Tizian –, hatte seine Geringschätzung mir gegenüber öffentlich kundgetan und mich ausgeschlossen. Sieben Maler hatte er ernannt: darunter Meister, die in Venedig etwas zählten, und ein paar völlig unbekannte. Ich gehörte nicht dazu. Es war ein Schlag ins Gesicht. Niemand wollte etwas von einem, den Tizian für unfähig hielt. Als mir die Prokuratoren als Entschädigung für diese Schmach über zehn Jahre später die Arbeit der neun Philosophen anboten, hätte ich gern abgelehnt. Ich konnte es mir aber nicht erlauben. Doch in jenem August hatte die Republik anderes im Sinn als meine Bezahlung: Wir befanden uns erneut im Krieg.

Mein Leben war ein einziger mit dem Krieg vermählter Krieg. Als ich geboren wurde, herrschte Krieg, in meiner Kindheit und Jugend herrschte Krieg, und als ich zu arbeiten begann ebenfalls.

In jenem Sommer nun befanden wir uns im Krieg gegen das Osmanische Reich, mit dem wir durch wichtige wirtschaftliche Handelsbeziehungen verbunden waren, die das Überleben der Republik sicherstellten: Getreide, Salzfische und Felle kamen von dort – doch vor allem Pfeffer und Gewürze, Baumwolle und die Seide, die unsere Manufakturen später in die ganze Welt verschickten. Dieser Krieg war daher ein wahrhafter Selbstmord, gegen den sich unsere Senatoren zur Wehr gesetzt hatten und den sogar der Doge Alvise Mocenigo zu verhindern suchte, indem er sich bis zur letzten Minute für Frieden einsetzte. Dennoch zogen notgedrungen auch wir in den Krieg, als der Papst seine Heilige Liga und sämtliche anhängigen christlichen Mächte aufbot. An Vorwänden mangelte es nicht, denn auf der Handelsebene achteten die Osmanen den Frieden längst nicht mehr. Sie trieben in der Adria unerbittlich ihr Unwesen, hatten erst kürzlich Zypern eingenommen, dessen Militärstützpunkte erobert und die wehrlose Bevölkerung grausam massakriert. Daher glaubten viele, auch uns stünde eine Invasion unmittelbar bevor. Bewaffnete Bürger patrouillierten durch die Stadt. Und auch ich wetzte jeden Tag meinen Dolch.

Zum ersten Mal in meinem Leben hatte ich das Gefühl, Teil einer Gemeinschaft zu sein. Bislang waren die großen Ereignisse meiner Epoche spurlos an mir vorübergezogen. Während der italienischen Kriege in meiner Kindheit fielen ausgehungerte Bauern, Waisenkinder und zerlumpte Frauen, denen das Entsetzen ins Gesicht geschrieben stand, auf der Suche nach Zuflucht scharenweise über Venedig her. Durch die Aushänge an der Rialtobrücke erfuhr ich später von Massakern, die weit entfernt von Venedig im Namen Gottes stattgefunden hatten. Ich diskutierte zwar mit Episcopi und anderen Freunden über diese Gräueltaten, sie berührten mich jedoch nur, wenn sie sich auf meine Arbeit auswirkten – ein General, den ich portraitiert hatte und der in einer Schlacht gefallen war, ein befreundeter Senator, der mit dem Heer in den Orient aufbrach, oder ein Mäzen, der auf einmal unter den Verdacht des Verrats geriet und aus der höheren Gesellschaft ausgeschlossen wurde. Ansonsten aber machte ich mir dazu keine großen Gedanken. In jenem Sommer berührte der Krieg allerdings auch mich. Wenn die Republik vernichtet worden wäre, wenn wir Unabhängigkeit und Freiheit verloren hätten, was wäre dann aus uns geworden? Welchen Sinn hätte es noch gehabt, in einer zerrütteten Welt zu malen?

Als ich in der Abenddämmerung niedergeschlagen nach Hause zurückkehrte, begleitet vom Glockengeläut sämtlicher Kirchen Venedigs, die das Ave Maria anstimmten, mit dem sie die Arbeiter von ihrem Tagewerk erlösten und mich an einen weiteren Tag ohne einen Groschen Verdienst erinnerten, lief mir Schila auf der Brücke entgegen und teilte mir feierlich mit: «Maestro, es ist ein Mädchen.» Mein erster Gedanke war: *noch eins*. Ja, genau das, Herr, habe ich gedacht.

Kaum hatte ich die Tür geöffnet, schlug mir ein ohrenbetäubender Lärm entgegen. Meine Kinder liefen kreischend durch alle Zimmer. Dominico schlug erbarmungslos mit dem Teppichklopfer auf seine kleine, pausbäckige Schwester Gerolima ein, die ihm das Frontispiz seines Petrarcas aus der Hand gerissen hatte; Marco vergnügte sich mit einer Maus, die er, sobald das vor Schreck wahnsinnig gewordene Tier wieder zurückpurzelte, immerzu wie einen Ball gegen die Wand schleuderte; Giovanni übte sich mit stoischer Geduld darin, mit einem Stäbchen einer Reihe leerer Korbflaschen eine Melodie zu entlocken; Ottavio kaute auf einem Stück blauem Papier herum, auf dem ich meine Skizze der Heiligen Drei Könige wiedererkannte. Als Marietta es ihm hastig aus dem Mund zog, hatte der Speichel die Kreide- und Kohlestriche bereits verwischt und unwiederbringlich zerstört.

Ich bahnte mir meinen Weg zum Wochenbett meiner Frau. Bald war Zeit fürs Abendbrot, in Kürze würden all diese Kinder Hunger bekommen. Mit einer Brotkruste und einer Tasse Suppe würden sie sich jedoch nicht zufriedengeben. Ich dagegen brauchte nichts – ich malte lieber mit leerem Magen, Leichtigkeit und Benommenheit brachten mich voran, inspirierten mich geradezu, dass ich mich zuweilen erst nach zwei Tagen Zurückgezogenheit im Atelier wieder ans Essen erinnerte. Die Kinder jedoch nicht. Sie wollten morgens zur neunten Stunde essen und wenn die Mitternachtsglocken des Campanile läuteten, sie wollten bestimmte Zeiten und Regeln, die ich nicht brauchte, die mich geradezu hemmten. Und nachts, wenn ich schlafen wollte, weinten sie und hinderten mich daran, mich auszuruhen, obwohl ich es dringend nötig hatte.

«Papa, Papa, Papa», kreischten die Kinder und klammerten sich an mein Bein, «zeig uns das Kindchen.» Auch diese Nacht würden sie weinen, schreien und die Matratzen nass machen, während ich in meiner Werkstatt arbeiten und mich darauf konzentrieren musste, wie ich zum wiederholten Mal eine Jungfrau mit Heiligenschein darstellen konnte, ohne mich zu wiederholen – ohne zu banal oder zu erfinderisch zu wirken, ohne weder meine Auftraggeber noch mich selbst zu enttäuschen. Ich war für diese Geschöpfe verantwortlich. War ihr Tyrann und ihr Sklave. «Wo warst du?», stöhnte Faustina, bleich wie ein Leichentuch. «Schon vor Stunden habe ich nach dir geschickt.» «In der Basilika, sie haben mir einen Karton für das Mosaik in der Kuppel angeboten, da hab ich mir die Sache vor Ort angeschaut», erwiderte ich. «Ich wäre beinahe gestorben», warf sie mir vor und fiel auf ihr Kissen zurück. «Selbst ein winziges Mosaiksteinchen ist dir wichtiger als deine Frau.» Marietta zog mich am Hemdsärmel zur Wiege, wo sie mir das Neugeborene in die Arme legte.

Es war der vierzehnte August. Über Venedig lag eine brütende Hitze, die uns, so zahlreich in dem viel zu engen Haus eingezwängt, die Luft zum Atmen nahm. Bereits seit Jahren schob ich den Umzug vor mir her. Ich hatte einen Traum, und auf keinen Fall wollte ich eines Tages feststellen müssen, ihn nicht verwirklichen zu können. Das Haus, das mir vorschwebte, hatte ich bereits gefunden. Es lag mir tagtäglich vor der Nase, auf der anderen Seite des Hofes hinter den Lagerräumen und der Seifensiederei. Der Besitzer hätte es sicherlich gern verkauft, drohte es doch zu zerfallen und das Dach einzubrechen, aber eine Reparatur konnte er sich nicht leisten. Für uns wäre es geradezu vollkommen. Doch sollte ich es nicht schaffen, in das Haus meiner Träume einzuziehen, würde ich bleiben, wo ich war – auch wenn es für uns alle schlimm war. In unserem angemieteten Haus hatte ich zunächst allein und dann mit Marietta gewohnt, später mit Marietta und Faustina, und allmählich war aus uns ein ganzer Stamm geworden – die Räume aber hatten sich deswegen nicht vermehrt. Die Hausangestellten konnten nicht bei uns wohnen und verließen uns bei Sonnenuntergang. Meine Kinder tummelten sich in den Betten, die Jungen mit den Jungen, die Mädchen mit meiner Frau. Die betagte Amme schlief in der Küche, mein Gehilfe im Vorratsraum, die zwei Gesellen, dich ich zum Fertigstellen einer Arbeit den Sommer über angeheuert hatte, auf dem Boden der Werkstatt inmitten giftiger Farbdämpfe. Ich selber war – wie ein Schiffbrüchiger – ins Atelier geflüchtet.

Doch nicht einmal hinter verschlossener Tür gingen sie mir aus dem Kopf. Ich hatte bereits sechs Kinder: Marietta, die Älteste, war siebzehn Jahre alt; Ottavio, der Jüngste, drei. Von meinen Auftraggebern aber bekam ich kein Geld. Ich selbst hatte mich ihnen vor Jahren unentgeltlich angeboten und ihnen damit die Ausrede geliefert, auf ewig kostenlos für sie zu arbeiten. Der Doge hatte mir einen prestigeträchtigen Auftrag in seinem Palast versprochen: Endlich würde ich mein Talent in den Dienst der Republik Venedig stellen können. Doch wie einem Gefangenen, vor dem der Gefängniswärter mit dem Zellenschlüssel rasselt, hielten mir die Prokuratoren den Vertrag unter die Nase: Bis zur Unterschrift wollten sie es allerdings nicht kommen lassen, sondern mich lediglich dazu antreiben, noch schneller und billiger zu produzieren, und die Hoffnung in mir schüren, eines Tages diesen Vertrag in Händen zu halten. Notgedrungen musste ich die Behörden behelligen und meine Armut wie ein Leprakranker seinen Armstumpf oder ein Kriegsversehrter seine Wunden zur Schau stellen. Ich musste mich ihnen anbiedern und sie sogar auf Knien anflehen. Es ist selbstverständlich, einen Fährmann für das

Steuern des Bootes oder einen Tischler für das Ausbessern eines Tisches zu bezahlen, nicht aber einen Künstler, der anderen den Salon, Palast oder Staat verschönert – und sie am Leben erhält, wenn ihre Knochen bereits zu Staub geworden sind. Nichts ist demütigender, als das einzufordern, was einem zusteht, Herr.

Um meine Kinder halbwegs anständig großzuziehen, war ich gezwungen, jede Art von Auftrag anzunehmen – den Altarflügel einer Kirche auf einer dalmatinischen Insel irgendwo in der Adria oder das Portrait eines ungehobelten deutschen Holzhändlers, der obendrein noch Lutheraner war. Ich musste mich für Arbeiten hergeben, die ich nicht verdiente und mir nicht zur Ehre gereichten. Wie ein Galeerensträfling schuftete ich achtzehn Stunden am Tag. Dennoch bedeutete jeder Tag eine verlorene Schlacht. Der Krieg, der die Finanzen des Staates stetig ausblutete, hatte die Preise in die Höhe getrieben, wodurch uns der Verkauf eines Portraits nicht einmal einen Monat lang über Wasser hielt. Die Hungersnot auf dem Land verwandelte jedes Salatblatt und jedes Stück Obst in Gold. Mittag- und Abendessen zu einer Mahlzeit zusammenzulegen war für meine Sippe eine Herausforderung, die meine geballte Kraft erforderte.

Und der Mensch lebt nicht vom Brot allein. Der eine Sohn brauchte einen Barbier, der ihm einen faulen Zahn zog, und anschließend schmerzlindernde Medikamente, der andere ein Paar neue Schuhe, weil die alten – bereits vom größeren Bruder getragen – auseinanderfielen. Gerolima brauchte ein festliches Kleid für die Erstkommunion, Dominico hatte seine Schwäche für die Literatur entdeckt, daher musste der Privatlehrer bezahlt werden, Marco übte sich in der Turnhalle als Fechter, und Giovanni wünschte sich ein Cembalo, da ihm sein Großvater, Episcopi, in den Kopf gesetzt hatte, Laute zu spielen sei Weiberkram. Und dann gab es noch den Orgellehrer, der Marietta Musikstunden gab und sie gewiss nicht wegen ihrer schönen Stimme unterrichtete – für zwei Stunden nahm er so viel wie ich für eine Woche Arbeit.

Alles, was meine Kinder haben wollten, gab ich ihnen – denn nie sollten sie es bedauern, mich als Vater gehabt zu haben. Nie sollten sie auf den Gedanken kommen, ein anderer hätte besser sein können.

Der Einzige, der mir in diesen Jahren beistand, war mein Schwiegervater. Zu seinem ehrenvollen Gedenken möchte ich daran erinnern, dass Episcopi seine Enkel geliebt hat und es uns allen gegenüber nie an Unterstützung fehlen ließ. Selbst Marietta hat er geliebt. Er machte keine Ausnahmen. Episcopi war der Erste, dem ich mitteilte, dass ich Marietta gesetzmäßig anerkennen wolle. Ein Feigling wäre ich gewesen, es vor ihm geheim zu halten. Episcopi reagierte überrascht. «Woher willst du wissen, dass es deine Tochter ist?», fragte er argwöhnisch. «Weil sie einfach meine Tochter ist», entgegnete ich. «Heiraten ist deswegen erfunden worden, um einem Mann die Garantie zu geben, dass die Frau, mit der er Unzucht treibt, ihm allein gehört. Das kannst du von einer Freundin nicht sagen.» «Sie ist meine Tochter», wiederholte ich fest überzeugt. «Das wirst du nie wissen, Jacomo», ermahnte er mich. «Wenn du dich auch jetzt von deiner Leidenschaft lenken lässt, eines Tages wirst du es möglicherweise bereuen.» «Das wird nicht passieren», erwiderte ich. «Selbst wenn du dich noch so dagegen wehrst», fuhr Episcopi fort, «wirst du dich eines Tages dabei erwischen, wie du ihre Augenfarbe unter die Lupe nimmst oder die Form ihrer Nase, die Höhe ihrer Stirn, den Klang ihrer Stimme, die Art sich zu bewegen, zu sprechen oder zu lächeln.» Ich zuckte mit den Schultern. Mit sechsunddreißig Jahren sah ich mich leichtfertig immer im Recht. Mein Freund und zukünftiger Schwiegervater war ein Mann der Gesetze und Regeln, und ich unterstellte ihm, vor der menschlichen Variable des Lebens stets die Augen zu verschließen. «Ob sie nun meine leibliche Tochter ist oder nicht, hat keine große Bedeutung», sagte ich, «sie wird eben fortan auf ewig meine Tochter sein.»

Als ich ihm sechs Jahre später verkündete, das Kind zu mir zu nehmen, behauptete er entrüstet, ich verstieße damit gegen die allgemeinen Gepflogenheiten. Er werfe mir nicht vor, ein uneheliches Kind zu haben – die Hälfte aller Venezianer befinde sich in der gleichen Situation. Auch nicht, für den Unterhalt des Kindes zu zahlen – die Hälfte der Hälfte der Venezianer tue nichts anderes. Es jedoch persönlich *aufzuziehen* sei nicht vorgesehen. Die Hälfte der Hälfte der Hälfte der Venezianer ziehe ihren unehelichen Sohn groß. Niemand aber ziehe eine uneheliche Tochter groß, die von einer Frau geboren wurde, die mit jedwedem ins Bett gegangen sei und daher irgendwen zum Vater ihrer Tochter machen konnte. Das sei absoluter Irrsinn.

Ich dachte, er bereue es, mir Faustina versprochen zu haben, und werde nun einen Rückzieher machen. Aber Episcopi überraschte mich. «Du bist mein Bruder», sagte er seufzend. «Deine Tochter ist meine Nichte. Die Familie ist heilig – auch wenn sie etwas schief geraten ist: Gott sieht alles.» Er strich sich über den Bart und fügte hinzu: «Es liebt die Malerei nicht wahrhaftig, wer nicht auch ihre Maler liebt. Wir haben nicht das Recht, die Werke zu verherrlichen, ohne den Künstler anzuerkennen. Gott segne euch, Jacomo und Faustina. Eure Ehe möge so glücklich werden wie meine.»

In jenem Sommer aber konnte mein Schwiegervater sich nicht zurückhalten. Während er die schluchzende Gerolima und den quengelnden Ottavio, der ihm sein weißes Hemd mit Rotz und Spucke verschmiert hatte, aus dem Weg schubste, meinte er: «Donnerwetter, euch kocht wohl das Blut in den Venen, bald kannst du einen ganzen Chor aufmachen! Wenn du den Versuchungen des Fleisches deiner Frau nicht widerstehen kannst», fügte er mit gutmütigem Lächeln hinzu, «dann nimm eine Arbeit außerhalb Venedigs an, Jacomo, geh an den kaiserlichen Hof, geh zum Papst, bleib ihr für ein paar Jahre fern. Euer Haus gleicht einer Schule. So könnt ihr nicht weitermachen. Faustina ist erst sechsundzwanzig Jahre alt. Ihr könntet noch fünfzehn weitere Kinder kriegen.» In diesem Augenblick wünschte ich ihm nichts mehr als den plötzlichen Tod – und leider wurde ich erhört, denn nur zwei Monate später zersprang meinem Schwiegervater das Herz. So erlebte er nicht mehr die Genugtuung, seine Tochter frei von Armutssorgen zu wissen. Er sah nicht mehr, wie gut mein wilder Indianerstamm – so nannte er uns – versorgt war, besser als er Faustina je hätte unterbringen können.

Episcopi sah Marietta prüfend an, während sie dem winzigen Säugling die Windeln abnahm. Eingehend beäugte er ihre Knabenhose und die recht weit aufgeknöpfte Bluse mit den zahlreichen glitzernden Glasperlen. «Du müsstest mal für etwas Ordnung in deinem Haus sorgen, Jacomo», merkte er an. «Das Ganze wird langsam unschicklich. Marietta geht überall mit dir durch die Stadt. Sie genießt zu viele Freiheiten. Die Leute reden schon.» «Herrgott», brach es aus mir heraus, «kümmere du dich um dein Kind, dann kümmere ich mich um meins.»

«Du solltest Marietta einen Mann suchen und wenigstens ein Minimum an Enthaltsamkeit üben», entgegnete Episcopi kalt. Nicht ahnend, dass dies unser letztes Gespräch sein sollte, und erzürnt darüber, dass sich mein altkluger Schwiegervater in mein Eheleben einmischte und mit seinen Bedenken Mariettas und meine Freiheit störte, erwiderte ich sarkastisch, dass die Kanzel, von der er sprach, morsch sei. Er wolle mir sagen, was Ehre bedeute? Er, gegen den wegen Unterschlagung ermittelt wurde und der Gefahr lief, den Wanzen in den Gefängnissen des Dogenpalastes als Futter vorgeworfen zu werden? «Ich bin unschuldig!», fiel mir Episcopi ins Wort. «Ja, ja, ist schon gut», winkte ich ab. «Glaubst du mir etwa nicht?», fuhr er mich da an. «Seit dreißig Jahren sind wir Freunde, ja fast Brüder, und du glaubst mir nicht? Bedeutet das Freundschaft für dich, Jacomo? Immer wieder habe ich dich in Schutz genommen, habe für dich gekämpft, dir meine einzige Tochter gegeben, und du kehrst mir den Rücken zu und stellst dich in den Kreis derer, die mich zugrunderichten wollen?»

«Hör zu, Zifra», sagte ich, ihn bei seinem alten Spitznamen aus unserer Jugend nennend, «ich weiß nicht, was du mit diesem Geld angestellt hast, und ich will es auch nicht wissen. Das ist nicht mein Problem.» Sintflutartig strömte der Schweiß über das Gesicht meines alten Freundes. Selbst aus seinem Bart tröpfelte es. «Aber was Töchter angeht», fügte ich hinzu, «da hast du recht, davon habe ich wahrlich genug. Diese wird die letzte sein. Lieber nehme ich mir eine Geliebte.»

«Du bist und bleibst ein unverbesserlicher Märchenerzähler, Jacomo!», schimpfte Episcopi. «In drei Monaten wirst du Faustina wieder geschwängert und dir obendrein eine Geliebte gesucht haben, der es nicht anders ergehen wird.» Bevor wir noch weitere Dinge sagen konnten, derer wir uns später geschämt hätten, unterbrach uns die Hebamme mit der Nachricht, dass Lucrezia weniger als sieben Pfund wiege. Außerdem sei der Zustand meiner Frau besorgniserregend. Und unser Kleinster, Ottavio, sei ein Junge der Nacht. Tagsüber schliefe und nachts weine er – ein ununterbrochenes Gejammer, das erst in der Morgendämmerung oder durch totale Erschöpfung aufhöre. Er sei inzwischen drei Jahre alt. Seit seiner Geburt habe Faustina keine Ruhe mehr gehabt. Darauf seien auch die zwei Fehlgeburten zurückzuführen. Insbesondere das letzte Jahr sei sehr hart gewesen. Im März habe sie sich zusätzlich zu dem kleinen Söhnchen auch um ihren wegen Korruption und Diebstahl angeklagten Vater sorgen müssen. Und nun erhalte das Neugeborene zu wenig Nahrung von seiner entkräfteten Mutter. Daher sehe es so ausgezehrt und abgemagert aus. Ich beugte mich über den kleinen Säugling. Lucrezia war ein kränkelndes Küken mit runzliger, bläulicher Haut. Alles, was mir durch den Kopf ging, war: Sie wird bald sterben, also werde ich mich nicht um sie kümmern müssen. Genau das, Herr, waren meine Gedanken.

Mit der Geburt verschwand jedoch Gabriele allmählich aus meinem Leben. In jenem Sommer fand ich für Marietta einen

Musiklehrer. Meine Frau und mein Schwiegervater waren dagegen, vertraten sie doch die Auffassung, es zieme sich nicht für anständige Frauen, sich mit Musik zu beschäftigen. Gewiss, wäre Marietta eine Aristokratin gewesen, hätte sie einen Privatlehrer gehabt. Doch normalerweise lernten nur Freudenmädchen Musik spielen, daher handelte es sich nach Meinung meiner Frau um eine recht absonderliche und gefährliche Idee. Marietta sollte aber eine ordentliche Erziehung erhalten, Herr, eine, die weder ich noch ihre Mutter noch meine Frau genossen haben. Wie die Tochter eines Prinzen – des Mannes, für den sie mich hielt.

An hochkarätigen Musikern herrschte in Venedig kein Mangel, und mit dem einen oder anderen war ich sogar befreundet. Doch meine Wahl fiel auf einen Fremden. Er arbeitete seit Kurzem als Organist in San Giorgio Maggiore. Schon bald galt er allenthalben als wahrhafter Virtuose. Dieser Mann hatte die flinksten Finger und den sanftesten Anschlag, den ich je gehört hatte. Seiner göttlichen Musik lauschen zu dürfen, die er höchstpersönlich komponiert hatte, bedeutete, sich in einen Zustand fern aller fleischlichen Dinge, allen Leids und des profanen Lebens zu erheben. Eine himmlische, übersinnliche Musik – nur Engel können so spielen. Seine Konzerte in San Giorgio zogen Massen von Menschen an, und umgehend baten ihn die Adeligen um Privatstunden für ihre Kinder. Einem solchen Engel, um den sich selbst Venedigs feinste Gesellschaft bemühte, vertraute ich bedenkenlos meinen Funken an.

Der Maestro sagte mir, er habe noch nie eine Schülerin gehabt und strebe dies auch nicht unbedingt an, da Frauen doch immer nur alles durcheinanderbrächten, obendrein musikalisch nicht sonderlich begabt und daher reine Zeitverschwendung seien. Ich erklärte ihm, dass meine Marietta nicht wie die anderen Mädchen, sondern etwas ganz Besonderes sei, sich wie ein Junge kleide und sämtliche Tugenden der Männer, jedoch nicht deren Fehler besitze. Am Ende willigte er ein, nachdem ich mich bereit erklärt hatte, genauso viel zu zahlen wie die Prokuratoren und Regierungsmitglieder für den Unterricht ihrer Zöglinge. Normalerweise gab er die Privatstunden entweder bei sich zu Hause, drei Brücken von uns entfernt, oder im elterlichen Haus seiner Schüler: Leider besaßen wir keine Orgel, die ich mir derzeit auch nicht leisten konnte – außerdem wäre gar kein Platz dafür gewesen. Aus Anstand und Sitte und aus Rücksicht auf unser beider Ansehen erschien es daher angebracht, die Unterrichtsstunden der Schülerin, wenngleich als Junge verkleidet, in der Kirche abzuhalten.

Marietta ging also in die Kirche San Giorgio Maggiore zum Musikunterricht. Dominico, der ihr seit Jahren nicht von der Seite wich und mir berichtete, was sie tat, wenn ich sie nicht sehen konnte, begleitete sie. Kaum war sie wieder zu Hause, erzählte sie mir bis ins kleinste Detail von den einstudierten Liedern. *Ave Regina coelorum. Liberator animarum. Sicut lilium inter spinas. Hodie beata Virgo Maria. Inviolata, integra et casta.* Sie deutete einige Stücke an, sang den einen oder anderen Vers vor und führte auf dem unechten Manual, das ich ihr auf einen Tisch aus Zypressenholz aufgemalt hatte, Fingerübungen durch. Zu meiner großen Zufriedenheit schien sie schnell Fortschritte zu machen.

Am neunzehnten Oktober traf völlig unerwartet die Nachricht in der Stadt ein, dass der Krieg zu Ende sei. Die Heilige Liga hatte in Lepanto die türkische Flotte zerschlagen. Wie ein Wirbelsturm, der abrupt die Richtung ändert, hatte sich die mohammedanische Bedrohung von uns abgewandt. Venedig spielte vor Freude verrückt. Zum Hochamt mit *Te Deum* in der Markusbasilika erschienen Tausende. Drei Tage lang läuteten die Glocken, die Läden blieben geschlossen, Feuerwerke ließen den Himmel erstrahlen, und auf jedem Platz wurde ein Freudenfeuer entzündet. Unsere Soldaten und die Kapitäne marschierten mit den Flaggen der feindlichen Schiffe durch die Stadt. Gedichte, Gebete, Kantaten und Chorgesänge wurden komponiert. In Gedenken an die gefallenen Mitbürger wurden Hunderte von Messen gefeiert. Die

Stadt war wie im Fieber. Es war mit den Händen greifbar, dass nach den Hungersnöten und der Bedrohung durch unsere Feinde, und nachdem der Staat beinahe bankrott gegangen war, wir irgendetwas Unerhörtes tun mussten. Herr, wir mussten den Sieg wahrhaftig werden lassen, verstehst du?

Mein ehrgeiziger Schwager erzählte mir von der Idee seiner als Kaufmänner und Juweliere tätigen Freunde aus der Bruderschaft. Zur Erinnerung an den Sieg wollten sie am letzten Karnevalssonntag einen von Musik begleiteten Umzug organisieren. Sollte das Spektakel ein prunkvolles, bilderreiches und triumphales Ereignis werden, würde die Schule – die derzeit aufgrund von wiederholten Skandalen in Ungnade gefallen war und daher ein Schattendasein führte – in der Gunst des Volkes und der Regierung wieder steigen. Die Vorstellung erschien mir verlockend. Auch ich wollte bei der Regierung mein Ansehen aufpolieren und mir außerdem das Siegesgemälde für den Dogenpalast sichern. Dieses Jahrhundertereignis durfte ich mir auf keinen Fall entgehen lassen.

Ich wurde zum Maestro des Maskenzugs ernannt. Meine Idee war, den ganzen Stadtteil mit einzubeziehen und den Umzug von Madonna dell'Orto aus beginnen zu lassen. Ich hatte vor, dreizehn Wagen mit allegorischen Figuren zu bauen und das Entern der türkischen Schiffe und die Gefangennahme der Gegner tänzerisch darzustellen. Woche für Woche, während die Begeisterung unter den Menschen anschwoll, vergrößerte sich unser Projekt und wuchs wie eine Geschwulst wuchernd heran. Es ging darum, dreihundertfünfzig Personen anzuleiten, einhundertachtzig Musiker aufspielen zu lassen, Rollen zu verteilen und mit einhundertvierzig Bürgern den Part der Verlierer einzuüben. Den ganzen Winter lang kümmerte ich mich um nichts anderes.

Ich ließ davon ab, Dominico über das Benehmen seiner Schwester während des Unterrichts und Marietta über ihre musikalischen Fortschritte auszufragen. Als ich darüber die Nase rümpfte, dass sie gerade *Veni dilecta mea* und *Tota pulchra es amica mea* probte, erklärte sie beschwichtigend, Maestro Zecchino habe das *Hohelied* für die Hochzeit des Sohnes des Erzherzogs Ferdinand von Bayern vertont, und es handle sich dabei um diese Komposition. Da wir Zecchino mit der Komposition der Siegeshymne beauftragt hatten, traf ich ihn häufig. Wir pflegten einen sehr höflichen Umgang miteinander. Ich hegte vollstes Vertrauen in den neapolitanischen Lehrer. In meine Tochter ebenfalls.

Davon abgesehen behauptete Marietta, nur meinetwegen den Unterricht zu besuchen. Lieber hätte sie sich in meine Werkstatt gehockt und gemalt, denn nur bei mir fühle sie sich sicher aufgehoben und glücklich. Sie wolle nichts studieren, schon gar nicht Musik. Immerzu jammerte sie, die Stunden seien anstrengend und der Lehrer streng. Wenn sie nach Hause kam, hatte sie vor lauter Magenkrämpfen keinen Hunger mehr und legte sich sofort ins Bett. In diesen Monaten machte Marietta eine regelrechte Metamorphose durch. Als sie eines Tages ihre Mütze lüftete, schaute ein schmaler Zopf hervor. Sie hatte sich die Haare wachsen lassen, die sie mit einem schwarzen Samtband verflochten im Nacken zusammensteckte oder über die Ohren aufwickelte. Sie versteckte ihr Haar nicht mehr unter der Jungenkappe, sondern bedeckte es – wie die heiratsfähigen Mädchen – mit einem Schleier. Eines Tages tauschte sie die kurze Jacke gegen ein Mäntelchen aus Damast. Ein anderes Mal zog sie sich Holzpantinen mit Absätzen an – sie empfand es inzwischen als kränkend, so klein zu sein. Wieder ein anderes Mal borgte sie sich bei Faustina eine Seidenbluse. Diese Verwandlung behagte mir nicht und gefiel mir dennoch – die Natur nahm ihren Lauf. Die Zeit verging wie im Flug. Gabriele gab es nicht mehr. Marietta war siebzehn.

«Wie laufen die Musikstunden?», fragte ich Dominico, als ich meinen Sohn endlich wieder einmal zu sehen bekam. Ich hätte keinen schlechteren Moment treffen können. Es war kurz vor Beginn des Maskenzugs in einem Raum einer verlassenen Seifensiederei direkt neben Madonna dell'Orto, der als Requisitenlager diente. Mein als Page aus dem Morgenland verkleideter Sohn trug einen Turban und rieb sich das Gesicht mit Kerzenruß ein. In dem vom Platz heraufdringenden, ohrenbetäubenden Lärm konnten wir uns kaum verstehen. Auf Hunderte von Menschen, die vor der Kirche warteten, regnete es Hagelkörner herab, die hart wie Geschosskugeln waren. Alles stand bereit, allein der Hagelschauer, der allmählich in einen sintflutartigen Regen überging, verzögerte den Ablauf und machte die Pferde scheu. Das Durcheinander wurde mit jeder Minute schlimmer. «Maestro Zecchino meint, sie sei eine sehr begabte Schülerin», antwortete mir Dominico, «und wenn er das sagt, wird es schon stimmen, aber ich verstehe es nicht ganz. Wenn Marietta spielt, trifft sie oft die falschen Töne, und manchmal sieht es so aus, als hämmere sie einfach drauflos.»

«Und was sagt Maestro Zecchino noch?», wollte ich wissen. «Dass er es nie leid werden würde, sie zu unterrichten, dass ihre Lippen zart wie Seide seien und sie eine Engelsstimme habe», antwortete Dominico. «Und tatsächlich beendet der Maestro jedes Mal, wenn es vom Glockenturm schlägt, nur ungern die Stunde. Auch Marietta windet sich innerlich, wenn der Unterricht vorbei ist. Immer wenn wir die Gondel betreten, schaut sie noch einmal seufzend nach San Giorgio zurück.» «Was singt Marietta?», fragte ich misstrauisch. Dominico sah mich verunsichert an. «Akrobatische Madrigale, glaube ich.»

«Du meinst wohl chromatische Madrigale», korrigierte ich ihn. «Der Maestro sagt, er spüre den Geist der Inspiration in sich und komponiere daher weltliche Lieder», erzählte Dominico weiter. «Was für weltliche Lieder soll ein Pfaffe schon komponieren?», rief ich entrüstet. «Oh, täusch dich nicht, bislang hat der Maestro keine ewigen Gelübde abgelegt, noch zieht er das weltliche Leben vor, und seine Lieder sind wahrhaftig schön», merkte Dominico eilfertig an. «Sie gehen zu Herzen. *Wenn nur Eure liebliche, blasse Hand. Werde Eure Anmut und Zier Euch je gewahr. Mein einzig-*

artiger Stern. Wenn Ihr nur Euer Antlitz bewundern könntet. Du stürzt mich in den Tod. Ihr wisst um meine Liebe. O lodernd Feuer der Liebe. Dies glühende Verlangen, das Amor mir geschenkt. Tausende Seufzer in der Nacht. Küsse mich, mein einzig Leben. Leben meines Lebens. Zärtliche Brust.»

«*Zärtliche Brust*. Marietta singt diese Lieder in San Giorgio?», fragte ich mit erstickter Stimme. Mein Herz schlug so kräftig wie der Schwengel eines Glockenturms. Ein größeres Leid hätte mir Zecchino nicht antun können, selbst wenn er Marietta in Stücke gerissen hätte. Ich weiß, wie Männer sind, Herr. «Nun, sie stimmt sie an», erwiderte Dominico ein wenig verwundert. «Zuerst setzen sie sich auf die Orgelbank und spielen, dann beginnt sie zu singen, und wenn sie einen Fehler macht, hört sie auf, und dann bringt ihr der Maestro die Partitur bei.» «Die Partitur?», schrie ich förmlich. «Ich glaube, er erklärt ihr die Noten der Partitur», antwortete Dominico, «ich kann sie ja nicht sehen, weil mich der Maestro am Anfang der Stunde immer nach unten auf die Kirchenbank schickt.» «Und das tust du?», brüllte ich außer mir vor Wut. «Ja», entgegnete Dominico verunsichert, «der Maestro meint, dort unten sei der Klang der Orgel am besten.»

Herr, ich fühlte mich, als hätte ich mit dem Knüppel einen Schlag auf den Schädel bekommen. Ausgerechnet da erklangen von unten Trommelwirbel und der Schall der Trompeten; die beiden als Nymphen verkleideten Jungen schossen aus dem Portal von Madonna dell'Orto und stellten sich vor den ersten Wagen, auf dem, steif und regendurchnässt, die durch eine Jungfrau verkörperte Tugend des Glaubens eine aus Kitt geformte Schlange – die den Feind darstellen sollte – mit Füßen trat. Eine weiß gekleidete Jungfrau. Die jungfräuliche Schönheit eines unberührten Körpers: die Tugend schlechthin. Dominico huschte davon und gesellte sich zu seinem Onkel, denn mein Schwager Piero – der sein Leben als langweiliger Notar verbrachte, in einem Regierungsbüro arbeitete und immer nur Gesetzesverstöße vermerken oder

Zuwiderhandlungen bestrafen musste – hatte genauso viel Spaß an dem Maskenzug wie mein elfjähriger Sohn. Obwohl sich die Herren seines Schlags damit begnügten, mit goldener Stola neben den Wagen herzulaufen, trug Piero Episcopi eine blond gefärbte Perücke, hatte große, rot bemalte Lippen und verkörperte die Klugheit: eine Frau. Dominico bekam ich nicht mehr zu fassen. Schwankend hatten sich die ersten Wagen bereits in Bewegung gesetzt und überquerten schlammspritzend die Brücke zum Palazzo del Cammello. Unter Einsatz meiner Ellbogen bahnte ich mir den Weg ins Innere der Kirche, wo die Musiker ihre Instrumente stimmten.

Vor mir stand Zecchino – schwarz gekleidet und dünn wie ein Hering. *Wenn nur Eure liebliche, blasse Hand! Zärtliche Brust!* Er wollte gerade zu einer stürmischen Begrüßung ansetzen, als er meinen düsteren Blick sah und seine Gesichtszüge erschlafften. Die Menschen haben Angst vor mir, Herr. Zecchino verließ umgehend die Stadt. Jahrelang schien er wie vom Erdboden verschluckt zu sein. Er hat nie wieder ein einziges Lied komponiert. Seine Laufbahn war zu Ende. Als wäre er gestorben. Ein Knochengerüst mit Hakennase, schmalen Lippen und Pferdegebiss. Hässlich. Niemand hätte ihn je einen echten Mann genannt. Abscheulicher, gemeiner Verräter. Der meinen Funken entehrt hat. Die Unschuld in Person. Kein schlimmeres Leid ward je geschehen. Im allgegenwärtigen Durcheinander dauerte es eine Weile, bis ich Marietta im Chor der Jungfrauen entdeckte.

Die Parade bewegte sich in Richtung Markusplatz. Alles ging schief. Das vom Regen nass gewordene Feuerwerk ließ sich nicht entzünden. Dafür hätten die für das Entzünden zuständigen Fahnenträger beinahe alle Standarten, Banner und Traghimmel in Brand gesetzt. Der Triumphwagen, auf der die mit reichlich Schmuck behängte Venetia saß, wurde von der feiernden Menge, die es in Wirklichkeit auf ihre Edelsteine abgesehen hatte, stürmisch umjubelt. Wenigstens wurde kein Zuschauer im Gedränge zerquetscht. Souverän trugen die Laiendarsteller ihre Rollen vor. Auch die Musiker spielten einwandfrei ihre Partitur, und die Sänger lagen kein einziges Mal daneben. Von all dem bekam ich jedoch nichts mit. Selbst beim großen Finale am Abend war ich nicht dabei, als im schummrigen Fackellicht der letzte Reiter eingaloppierte: der siegessichere Tod mit der Sense in der Hand. Ich wohnte dem Maskenzug, für den ich den ganzen Winter über geschuftet und meine Arbeit, meine Familie und mich selbst vernachlässigt hatte, nicht bei.

Bevor sie aus Madonna dell'Orto hinausliefen, hatte ich mich noch unter den Chor der Jungfrauen mischen können. Erschrocken machten die Mädchen mir den Weg frei. Sie trugen weiße Gewänder, hatten Kränze aus seidenen Zitronenblüten auf dem Kopf und leuchtendweiße Kerzen in der Hand. Mit ihrem kurzen, goldschimmernden Zopf unter dem Krönchen sah Marietta wahrhaft bezaubernd aus. Ihr Antlitz strahlte eine solch grenzenlose Glückseligkeit aus, dass ein Geständnis überflüssig war. Mehr brauchte ich nicht zu wissen. «Jacomo!», rief Marietta, als sie mich kommen sah. Sie war so sorglos glücklich, mich zu sehen und in dem durchsichtigen Stofffetzen einen solch schönen, atemberaubenden Anblick zur Schau stellen zu können. Ich versetzte ihr eine schallende Ohrfeige. Ihr fiel die Kerze aus der Hand.

Aus allen Kirchenschiffen hallten die Töne wider, prallten von den Gewölben zurück, Hunderte von Stimmen verschmolzen zu einer einzigen Musik. Einer himmlischen Musik. Frei von jeglicher Sünde. Was gibt es Göttlicheres als Musik? Nach und nach klang sie aus und verebbte zu reinen Schwingungen der Seele: Chor, Musiker, Schausteller, Fahnenschwinger, Fackelträger und die weißen Jungfrauen – alle waren hinausgezogen. «Jacomo», stotterte Marietta und fasste sich an Wange, Mund und die blutende Nase, «Papa.» Unzählige zitternde Flämmchen rangen auf Kerzenstummeln mit ihrem Ende. Weihrauch waberte rings um die Säulen. Meine Kirche, mein Viertel, mein Funke. Tugend, Sieg, der Karnevalszug. Zerschmettert. Siebzehn Jahre wie Glas zerschmettert. Und sie, ein beflecktes Licht. Ekel. Entsetzen. In der Dunkelheit aufpochende, purpurrote Flecken. Blutstropfen auf dem weißen Kleid. «Papa», wiederholte Marietta schluchzend, «es tut mir leid, Papa.»

«Ich schlag ihm die Zähne aus», sagte ich. «Dem reiß ich die Eier in Stücke. Wenn du etwas zu deiner Entlastung zu sagen hast, dann sag es jetzt, es ist deine letzte Gelegenheit. Ich werde ihn nicht vor den Richter stellen, ich werde ihn vernichten. Sag mir, ob er dir Gewalt angetan hat, und Gott, unser gütiger Vater, gebe mir die Kraft, dir zu verzeihen.» «Es ist nicht seine Schuld», nuschelte sie, ohne mich anzuschauen, während sie versuchte, mit den Fingern das Nasenbluten zu stillen. «Kein bisschen Gewalt hat er mir angetan, es ist alles meine Schuld, mein Kopf ist völlig verdreht, und ich schäme mich so sehr, aber ich schaffe es einfach nicht, davon unberührt zu bleiben, wie Dornen drücken sich die Noten in mich hinein, man kann Musik nicht von der Liebe trennen, was gibt es Verlockenderes als die Musik? Ich wollte ja gar nicht Musik studieren, wie oft habe ich dich gefragt: Warum? Wozu brauche ich das? Ich hatte schon einen Beruf, ich will Malerin werden, nie werde ich eine Dame sein, nie einen Salon haben, nur deinetwegen bin ich dahin gegangen, dir zuliebe.» Es war eiskalt in der Kirche. Meine Hände froren, und es zerbrach mir das Herz, mein Kind so verzweifelt weinen zu sehen. Es stimmte, ich hatte sie nach San Giorgio geschickt.

«Du bist dabei, einen großen Fehler zu begehen, Jacomo», hatte mir Episcopi an jenem verfluchten Tag gesagt, als Lucrezia geboren wurde, «du kleidest Marietta wie einen Jungen und glaubst, sie damit vor den Männern und sich selbst bewahren zu können. Doch damit führst du sie nur geradewegs an Männer heran, erziehst sie mitten unter ihnen. Noch merkt sie es nicht, ist unbefangen und spontan wie ein Junge, sie kennt die Koketterien und Blendereien der Frauen nicht, und gerade das macht sie so unwiderstehlich.»

Auf seine Art hatte mein Schwiegervater, seine Seele ruhe in Frieden, recht. Ich wollte aber, dass Marietta eine anziehende Frau wurde, Herr. Das feinste, gebildetste und bezauberndste junge Mädchen von ganz Venedig. Für mich. All das sollte sie nur für mich sein. Und nun lehnte das bezauberndste Mädchen von ganz Venedig mit schiefer Krone auf dem Kopf, verquollenen Augen und blutverschmiertem Kleid an einem Kirchenpfeiler. «Jacomo, du bist wie eine Krankheit, die vor mir flieht», flüsterte sie niedergeschlagen. «Sobald ich dich berühre, weichst du aus. Betrete ich ein Zimmer, verlässt du es. Schaue ich dich an, siehst du blitzartig weg. Ich dachte, du hättest mich nicht mehr lieb.»

Das Gemälde an der Orgel über uns schimmerte in den letzten Sonnenstrahlen. Feiner Goldstaub für mein auserwähltes Kind. Mein besudeltes Kind. Das Gittertürchen zur Empore stand noch offen. Der aufsteigende Weihrauch verbreitete einen herben Duft. Meine Kirche, menschenleer. Die einzigen Zeugen meiner Niederlage waren die Toten unter den Steinplatten, die Statuen und meine Gemälde. «Musst du mich töten?», fragte sie mich nach schier endlosem Schweigen mit verstohlenem Blick. «Nein, denn du wirst nicht mehr da sein», erwiderte ich und starrte auf den Tropfen Blut, der über ihre Lippen rann und wie ein Regentropfen auf die Erde fiel. «Wirst du mich von zu Hause rauswerfen?» «Ja», antwortete ich, denn mir blieb nichts anderes übrig. «Du musst deinen eigenen Weg gehen. Ich kann nicht mehr dein Vater sein. *Leben meines Lebens. Mein einzigartiger Stern.*»

«Ich werde mir schon zu helfen wissen», sagte sie und zog die Nase hoch. «Du hast mir erklärt, dass das Wichtige im Leben nicht das ist, was die anderen über uns denken, sondern das, was wir sind. Du bist selbst mit siebzehn Jahren von zu Hause weggegangen. Immer wieder hast du gesagt, dass die Bilder, die ich male, einiges wert sind, also wird sie bestimmt irgendjemand kaufen wollen. Ich werde als Malerin arbeiten und mich an der Kunstakademie einschreiben. Und wenn ich nicht gut genug sein sollte, werde ich eben Buchdeckel, Stoffe und Tücher bemalen. Außerdem kann ich Musik machen, das habe ich immerhin studiert, für Musik empfinde ich wahrhaftige Liebe, ich habe sie im Blut, ganz umsonst war es also nicht.» «Mein Funke», flüsterte ich, «warum hast du nur alles zerstört? Warum?» «Jacomo, lass mich wenigstens einmal für dich spielen», erwiderte sie. In ihrem luftigen weißen Stoffgewand stieg sie das schmale Treppchen zur Orgel hinauf – und ich, warum auch immer, folgte ihr.

Die Bank war kurz – kurz wie die von San Giorgio. Man saß Schulter an Schulter, Knie an Knie, Seite an Seite und atmete dicht beieinander ein und aus. Das Manual sah viel zu lang aus für sie. *Wenn nur Eure liebliche, blasse Hand.* Ihre kleine Hand, die ein anderer … Meine arme Seele, zermartert in einer Kirche von der Musik, für die wir beide eine so große Leidenschaft besaßen, die man von Liebe nicht trennen kann, die stets unsere Sprache und unsere Stimme gewesen ist – die immer uns gehört hatte, uns. Mein Funke, der gar nicht weiß, wie man das Feuer in einem Mann entfacht. Und doch scheint sie wie für nichts anderes gemacht zu sein. Eine junge *anziehende* Frau, Herr.

«Ich spiele das *Exultet* für dich», flüsterte sie. Kein Sakralgesang rührt mich mehr an als diese frohlockende Hymne der Erlösung. Und das wusste sie. Mariettas Tränen tropften auf das Manual und vermengten sich mit dem Blut, das noch immer aus ihrer Nase floss. Die Orgelmusik übertönte ihr Schluchzen und die Worte, die mir fehlten. «Das ist für dich», sagte sie immer wieder, «jede einzelne Note ist für dich.» Ich schaute auf die Weihrauchschwaden und ihre schmalen Finger, um schließlich den Kopf in meine Hände zu legen. Kein schlimmeres Leid. «Diese Liebeslieder habe ich», flüsterte sie auf einmal und hielt jäh inne, «ich habe sie nur für dich gelernt.» Und dann fing sie an zu singen, hier in meiner Kirche, über dem Grab meines Schwiegervaters, auf dessen Grabstein noch frischer Kalk lag, während ganz Venedig das siegreiche Kriegsende feierte. Meinen Krieg hatte ich jedoch verloren. *Küsse mich, mein einzig Leben. Zärtlichste Liebe. Ihr wisst um meine Liebe. Mein einzigartiger Stern.*

Meine Nonnen drückten ihre Köpfe ans Gitter. Zwei fahle Gesichter in schwarzen Schwesterntrachten vor hellen Lichtstreifen auf grauen Wänden. Es war heiß im Parlatorium. In verhaltener Anmut wischten sie sich mit einem Taschentuch den Schweiß von der Stirn. Erst jetzt fiel mir auf, dass sie in ihren Wollkutten vor Hitze ersticken mussten. Nur mit einem Baumwollhemd bekleidet war ich bereits schweißüberströmt und rang nach Luft. Fieber hatte meine Sinne benebelt. Von den vielen schlaflosen Nächten erschöpft, war ich völlig wirr im Kopf. Nur mit Mühe konnte ich einen klaren Gedanken fassen. Noch heute frage ich mich, ob unsere Nonnen tatsächlich unsere Schutzengel waren. Und warum sie dann nicht in der Lage gewesen sind, uns zu beschützen. Um ihren festen Glauben habe ich sie stets beneidet. Meine Töchter können dich sehen, Herr, mit dir sprechen – sie berühren dich sogar. Für sie bist du wahrhaftiger als wir, als ich.

Faustina wedelte sich mit dem Fächer Luft zu und plapperte drauflos, erzählte von dem neuen Enthaarungsmittel aus Ätzkalk, Akaziengummi und Ameiseneiern, das ihr gewisse Bekannte verkauft hätten und das Beine und Achseln glatt wie eine frisch geschälte Knoblauchzehe mache, sie habe es daher ihren Töchtern als Geschenk mitgebracht, denn mit leeren Händen, o nein, käme sie ja nie hierher. Sie wollte sich den Ärger über unseren dummen Streit auf keinen Fall anmerken lassen. Reumütig stupste sie mich hin und wieder mit dem Ellbogen an oder hielt mir den Fächer unter die Nase, suchte meinen Blick, meine Vergebung – aber, Herr, es gibt nichts, das ich ihr vergeben müsste.

Wenn sie zu Besuch kommt – einmal in der Woche –, bringt sie den Mädchen ausschließlich erfreuliche Nachrichten. Schwester Perina und Schwester Lucrezia halten uns für die vollkommene christliche Familie, die auf gegenseitiger Achtung und Liebe gründet. Ich bin mir nicht sicher, ob sie ihnen von Zuane erzählt hat oder ob unsere Nonnen noch immer glauben, er halte sich außerhalb Venedigs auf. Seitdem sie das Habit tragen, dürfen sie die Klausur nicht mehr verlassen. Nie wieder sind sie bei uns gewesen, weder an für uns glücklichen noch an schrecklichen Tagen. Alles, was wir erlebt haben, hat sie kaum berührt – und das ist richtig, sind wir doch in gewisser Hinsicht nicht mehr ihre Familie. Unsere Erlebnisse kommen in geläuterter Form bei ihnen an. Im Grunde besitzen wir nicht den Mut, ihnen auch nur das kleinste Leid zuzufügen. Ohne uns je darüber ausgetauscht zu haben, hatten meine Frau und ich den Eindruck, dass sie bereits für alles ihren Preis gezahlt haben – den Rest der Schuld müssen wir auf uns nehmen.

Im Übrigen ist es ein Irrtum anzunehmen, dass sich zwei junge Frauen, die sich der Kontemplation der geistigen Schätze verschrieben haben, gern mit ihrem alten Vater über die Sünde oder die Vorsehung unterhalten möchten. Sie wollten vielmehr wissen, wann wir nach Carpenedo fuhren, ob die Sau des Pächters geworfen habe, ob es stimmte, dass wir vom Nachbarn den Wintergarten angemietet hätten, denn dann könnten wir ein paar Töpfe hineinstellen und das ganze Jahr über frisches Basilikum ernten. Lauter solche Dinge, Herr. Dinge aus unserem jämmerlichen Alltagsleben. Das meine Nonnen nicht haben. Sie zehren von den Krümeln unseres Lebens – den Resten unserer Mahlzeiten. Was bedeutet schon Zeit für sie? Nichts weiter als die ewige Abfolge der Jahreszeiten. Während ich ihnen gegenübersaß und sie anschaute, habe ich sie zum ersten Mal gesehen, diese Jahreszeiten, die meine Töchter erlebt haben – in Sankt Anna und ohne mich.

Ich sah den Regen im Herbst, der durch das faule Gemäuer und die feuchten Decken dringt und lauter Schnörkel und Landschaften an die Wände zeichnet; die zu kurzen Tage, die zu früh hereinbrechende Dunkelheit und neben den Betten den Schimmer der sich verzehrenden Kerzen, bis die Augen vom Lesen zu brennen anfangen, als wäre ein Funke hineingesprungen. Die erdrückende Hitze im Sommer, die das Parlatorium in ein glühendes Kohlenbecken und die Wollkutte in einen Mantel aus Feuer verwandelt, das die Haut verbrennt und aufreißt. Die Eiseskälte, von der die Finger schwarz anlaufen, wenn sie im Winter mitten in der Nacht aufstehen, um in der Kirche, einem regelrechten Haus aus Eis, die Matutin zu beten. Die Sonne, die bei Frühlingsbeginn die Schlafkammern hell erleuchtet, die aufblühenden Wildrosen im Garten und die Störche, die aus dem Süden zurückkehren und sich einen Moment lang im Gemüsegarten auf den Zitronenbaum setzen. Die Zeit hat keine Richtung, birgt keine Überraschungen. Was erwartet meine Töchter? Für sie ist das Leben wie der Traum eines anderen. Und er erscheint ihnen besser, als er ist.

Ich wollte mit Schwester Perina und Schwester Lucrezia über die Seele, den Tod und die Ewigkeit sprechen. Denn meine Töchter sind erfahren. Sie studieren. Lesen Bücher, die ich nicht kenne, verstehen Wahrheiten, von denen ich nicht die geringste Ahnung habe. Während ich jeden Tag umherirre, steuern sie geradewegs auf das einzig wahre Ziel zu – auf dich. Aus diesem Grund habe ich mich mühselig vom anderen Rand Venedigs hierhergeschleppt. Weil ich wollte, dass sie mir helfen, den Weg zu dir wiederzufinden. Ich wollte von ihnen begleitet werden – mein Körper war im Verfall begriffen, er verließ mich, und das machte mir Angst, Herr. Ich wollte, dass mir Perina mit ihrer ruhigen, sanften Stimme noch einmal von der Auferstehung und Erweckung in der Ewigkeit erzählte, denn wenn sie davon spricht, glaube ich daran – und habe keine Angst mehr.

Meine Töchter aber wollten über uns sprechen, sie wollten mich so erleben, wie sie mich in Erinnerung hatten, so geistreich und witzig wie in ihren Vorstellungen. Daher nahm ich all meine Kräfte zusammen und versuchte, sie zu unterhalten. Ich erzählte, dass Marco in der Nacht zuvor beinahe ertrunken sei, da er zu tief ins

Glas geschaut habe, denn er sei, als er aus einem Haus kam, das er nicht hätte betreten dürfen, vom Ponte delle Tette ins Wasser gestürzt. «Oh», rief Schwester Perina rot vor Scham und rügte mich, solch kühne Worte in den Mund zu nehmen. «Zwei Janitscharen haben unseren heißblütigen Marco wieder aus dem Wasser gefischt und besinnungslos, wie er war, nach Hause getragen. Auf ihren Turbanen steckten Straußenfedern, die Krummsäbel saßen fest um ihre Hüften, und ihre Schnurbärte waren füllig wie Kehrbesen, dass sich euer Bruder Dominico auf der Stelle daranmachte, sie zu zeichnen, woraufhin sie ihn bedrohten, er habe nicht das Recht, ihnen einfach ihre Physiognomie zu stehlen, weswegen ich ihnen wiederum als Entschädigung einen Malvasier anbot, den sie noch nie gekostet hatten, sodass auch sie am Ende betrunken waren und, damit sie nicht in den Kanal plumpsten, von mir nach Hause gebracht werden mussten.» Hinter vorgehaltener Hand brachen meine Nonnen in herzliches Gelächter aus.

«Liebster Vater, erzähl uns noch eine Geschichte», forderte mich Schwester Perina auf, doch ich war von solch unermesslichem Trübsinn erfüllt, dass mir nichts Witziges mehr einfiel und ich schwieg. Herr, wenn die Besucher verstummen und das Glockengeläut der nahe gelegenen Peterskirche verhallt, herrscht im Parlatorium des Klosters eine unglaublich tiefe Stille. Gedämpft nur dringen Geräusche und Stimmen der Stadt heran. Der Ruf eines Bootsführers, die Ambossschläge in einer Schmiedewerkstatt, ein quietschender Flaschenzug, das Eintauchen der Ruder ins Wasser – sie verhallen in weiter Ferne. Einzig das Kreischen einer Möwe, die auf der Dachgaube ihren Wachposten bezogen hat, erinnert noch daran, dass wir in Venedig sind. Vor geraumer Zeit hat mir Lucrezia einmal erzählt, dass man durch das breite Fenster ihrer Klosterzelle das Haus am gegenüberliegenden Ufer und seine Bewohner sehen könne – wie sie beim Abendessen um den Tisch sitzen und arbeiten, schlafen, leben – und darüber ein Stückchen Himmel, tagsüber blau und nachts pechschwarz. Nur einen einzigen Stern gebe es an ihrem kleinen Himmelszelt. Blass und verschwommen – wahrscheinlich weit von der Erde entfernt.

Meine Töchter werden Sankt Anna nicht mehr verlassen. Nie werden sie noch einmal etwas anderes sehen als ihre Klause mit den weißen Wänden, den Kreuzgang, das Refektorium, den Klostergarten, die Gemüsebeete, ihre Mitschwestern, Tag für Tag dieselben Gesichter, bis der Tod eines davon zu sich holt, den Kirchenchor, die Welt hinter dem Gitter – und ihren weit entfernten Stern. Wenn ich auf der Bank im Parlatorium vor meinen unsichtbaren, körperlosen Töchtern saß, die nur noch Stimme waren, habe ich mich so manches Mal gefragt, was ich machen würde, wenn ich in diesem Klosterkäfig eingesperrt wäre und wüsste, ihn selbst als Toter nicht mehr verlassen zu können. Wenn nur mein Geist frei, mein Körper aber in einem Habit und vier Wänden gefangen wäre. Jedes Mal sagte ich mir, dass ich einen Tunnel in die Erde graben, aufs Dach klettern oder selbst meine panische Angst vor Wasser überwinden und mich in den Kanal stürzen würde. Ich würde der Freiheit hinterherjagen, Herr – für die ich jederzeit mit meinem eigenen Leben bezahlen würde. Um die Freiheit zu verdienen, muss man bereit sein, sie zu verlieren. Ich brauche Geräusche um mich herum, Bewegung, Streit und Kampf. Allerdings bin ich keine Frau. Doch am Morgen jenes letzten Besuchs wurde mir auf einmal bewusst, dass ich das Eingeschlossensein bestens kannte. Wie wir alle. Unsere Körper sind in einem Habit, einer Rolle und vier Wänden gefangen. Mein Gefängnis war Venedig, mein Leben und mein Name.

«Danke für die Kirschen, lieber Vater, aber du hättest nicht diesen langen Weg auf dich nehmen sollen, du siehst schrecklich müde und erschöpft aus», redete Schwester Perina leise auf mich ein. Da sie gern von mir gestreichelt werden wollte, rückte sie mit ihrem Gesicht ganz nah ans Gitter heran. Sie hielt die Augen geschlossen, während ich sie sanft mit den Fingerspitzen berührte.

Obschon sie fast dreißig Jahre alt ist, bleibt sie für mich das kleine vierzehnjährige Mädchen, das ich mir mühelos wie einen jungen Stiel aus seiner fruchtbaren Erde entrissen habe. Seit meinem letzten Besuch habe ich nur noch dieses Lächeln von ihr vor Augen, als meine Finger über ihre Wange streiften. Über Jahre hinweg erfüllte mich der Besuch bei ihr mit Genugtuung, war doch Perina von meinen Töchtern zeitlebens die frömmste, Jesus vollends ergeben und nun eine glückliche Nonne. Sie war das erste Mädchen aus meiner Ehe mit Faustina. Sie hatte einen makellosen Körper und erfreute sich bester Gesundheit. Dank ihres gefügigen und aufrichtigen Wesens hätte sie jeder, eine gewisse Aussteuer vorausgesetzt, mit Kusshand genommen. Wenn ich in meinem Gedächtnis nach den weit entfernten Tagen krame, in denen Schwester Perina noch Gerolima hieß und bei uns lebte, sehe ich lediglich ein pummeliges kleines Mädchen mit Mondgesicht, das wie eine gluckende Henne auf ihre Brüder und Schwestern aufpasste. Sie war sanft, daran erinnere ich mich genau – und klug. Vielleicht sollte ich einfach anerkennen, dass sie gutmütig war. Eine Eigenschaft, die wir anderen nicht besaßen.

Gerolima brachte ich das Malen nicht bei. Sie malte meine Bilder heimlich nach. Da ich eine Ausnahme bereits gemacht hatte, war eine zweite nicht mehr möglich. Es kann nur eine Auserwählte geben. Nicht wahr? Steht nicht der launische Frevel eines Privilegs eigens für die Autorität dessen, der es erteilt hat? Steht er nicht eigens für dich, Herr? Wenn sie mir ihre Bilder zeigte, sagte ich ihr weder, dass sie gut (und das waren sie), noch, dass sie schlecht seien. Sie zerknüllte sie und warf sie ins Kaminfeuer. «Warum darf ich nicht malen?», fragte sie mich. «Weil jeder sein eigenes Schicksal hat», antwortete ich ihr. «Außerdem habe ich bereits drei Jungen. Ein Mädchen, das Malerin werden will, kann ich nicht gebrauchen.» «Und *sie*?», raunte sie, ohne mich anzuschauen. «Marietta hat keine Mutter, sie hat niemanden außer mir, die Malerei ist das Einzige, was ich ihr mit auf den Weg geben kann.» «Schade», erwiderte sie mit gebrochener Stimme, «aber ich werde das tun, was du verlangst, Papa. Ich werde dir keine Schande machen.» Gerolima ertrug ihren Verzicht in christlicher Demut – mit keiner einzigen Silbe ging sie gegen Marietta an. Wahrscheinlich war sie zu gutmütig für ein Gefühl wie Eifersucht.

«Du wirst heiraten», verkündigte ich ihr eines Nachmittags, als sie mir einen Krug Limonade mit Eiswürfeln in die Werkstatt brachte – völlig unerwartet, damit sie sich nicht darauf einstellen konnte. Gerolima hätte stolz sein müssen: Ihr Bräutigam überragte in Schönheit, Güte und Reichtum alles, was sie sich in ihren kindlichen Träumen jemals hat vorstellen können, denn ihr Bräutigam war Jesus Christus. Ich hatte in Sankt Anna einen Antrag um Aufnahme gestellt. Gerolima wusste genau, dass der Eintritt in ein Kloster wie dieses, das ausschließlich von jungen Mädchen aus den erlesensten Familien der Stadt besucht wurde, eine große Anerkennung meiner Mühen darstellte. Die vorzulegende Aussteuer belief sich auf eine höchst beachtliche Summe, die ich gern auf mich nahm, erfuhr doch dadurch ganz Venedig, dass ich mich einer Tochter rühmte, die sich Gott in den Dienst stellte. Der Antrag wurde genehmigt.

Meine Tochter sah mich mit entsetzten Augen an. «Ich will nicht nach Sankt Anna», erklärte sie. «Ich habe dich nicht um deine Meinung gebeten», stellte ich umgehend klar. «Eine Nonne verliert ihre Familie, ihre Stadt, ihren Körper, sogar ihren Namen», protestierte sie mit leiser Stimme. «Deine Gedanken enttäuschen mich zutiefst, Gerolima», beklagte ich mich, während ich meinen Bart säuberte und das Glas entgegennahm, «ich dachte, ich würde dir damit eine Freude machen. Ich dachte, du würdest dich freuen, von mir für die ehrenvolle Aufgabe auserwählt worden zu sein, in der Heerschar von Gottes Dienern unsere Familie zu vertreten.» «Ja, so ist es», stammelte sie, «aber ich diene Gott bereits, nur eben in diesem Haus. Und Sankt Anna ist so unglaublich weit weg. Ich kann nicht ohne euch leben. Du würdest mir das Herz brechen, ich käme um vor Heimweh.» «Die Neuen beginnen im September», entgegnete ich ungerührt. «Deine Mutter stellt dir bereits alles Nötige zusammen. Erspar mir die Mühe und den Ärger, dich trösten und dein Geweine ertragen zu müssen. Hab Vertrauen in deinen Vater. Ich will nur das Beste für meine Kinder. Könnte ich dich jemals enttäuschen?»

Während ich sprach, schaute ich sie direkt an. Meine Tochter aber ertrug meinen Blick nicht. Nervös blinzelte sie mit den Augen, die sie sich mit den Ärmeln trocken wischte. Ihr stockte der Atem. Ich nahm die Staffelei und stellte sie zwischen mich und ihr Bangen. Stille. Nur die Fliegen donnerten unentwegt gegen das geschlossene Fenster. Von der hellen Nachmittagssonne angezogen, wollten sie hinaus, wirbelten jedoch immer wieder wie ohnmächtig von der Scheibe zurück. «Ich achte deinen Gehorsam sehr», sagte ich. «Denn du musst wissen, die unentbehrlichste Gabe einer Nonne ist Gehorsamkeit. Du wirst dich im Kloster wohlfühlen, Gerolima. Du wirst mein größter Stolz, meine Geltung, mein Erfolg sein.» Als ich mir den Kittel umband und mich wieder der Arbeit zuwandte, deutete Gerolima eine Verbeugung an und ging. Sie zitterte, Karaffe und Krug stießen klirrend auf dem Tablett aneinander.

Aus unmittelbarer Nähe sah ich sie das letzte Mal in der Kirche Sankt Anna, als sie ihr Gelübde ablegte. Sie war sechzehn Jahre alt. Auf Knien vor dem Kirchenoberhaupt sah sie aus wie ein weißer Fleck auf der Erde – mit bloßen Füßen und lose auf die Schultern fallendem Haar. Der Monsignore überreichte ihr ein Kreuz und setzte ihr eine Krone auf den Kopf. In einer Prozession zogen die weiß gekleideten Mädchen durch die Kirche – in sich versunken, benommen, bewegt. Gerolima klopfte an die Tür des Klosters. Laut erhoben die Sänger ihre Stimmen. Die Tür öffnete sich. «Wollt Ihr in Frieden eintreten?», fragte die Äbtissin. «Ja, ich will in Frieden eintreten», antwortete sie mit heller Stimme. «Ich bin gekommen, mich dem Herrn darzubringen.» Sie hielt das

Kreuz fest in ihren Händen. «Gerolima saecularis recedat, et soror Perina sponsa Christi ingrediatur», sprach die Äbtissin.

Bevor sie die Schwelle übertrat, drehte sich meine Tochter noch einmal kurz um. Sie suchte zum Abschied meinen Blick. Wegen des dichten Qualms der Fackeln und des Weihrauchs, der in den Silberschalen verbrannte, konnte ich ihr Gesicht kaum erkennen. Sie schien jedoch zu lächeln, Herr. Ich hatte sie für das wahrhaftige Leben auserwählt, und sie war mir für dieses Privileg dankbar. Dann verschwand sie auf der anderen Seite. Gerolima existierte nicht mehr, und heute kommt es mir sogar vor, als hätte es sie nie gegeben. Als hätte dieses kleine Mädchen nur dafür gelebt, Schwester Perina zu werden.

Als krönenden Abschluss der Zeremonie schnitt ihr die Äbtissin mit der Schere eine Haarsträhne ab. Später hat ihr eine Nonne die Haare ganz abrasiert. Wie Schnee fiel ihr Haar sanft und leise auf den Fußboden des Klosters. Viele Jahre darauf erzählte mir Perina, dass sie in jener Nacht stundenlang geweint habe, ohne Trost zu finden. Dann fragte sie mich, ob Marietta auch geweint habe, als ich ihr den Kopf rasierte. «Nein», antwortete ich, «sie wollte das werden, was sie ist, und das ging nicht mit langen Haaren.» «Dann werde ich auch nicht mehr weinen», erwiderte Perina und tat es fortan nie wieder.

In der Klausur des Klosters holte sich Perina das, was ich ihr verweigert hatte. Die Priorin sagt, meine Tochter zeichne mit der Nadel und sei – mit einer einzigen Nähnadel und einer Handvoll Garnrollen bewaffnet – in der Lage, alle meine Bilder zu kopieren: Sie male oder vielmehr sticke sowohl Banner für Zeremonien als auch Heiligenbildchen für ihre Mitschwestern. Sie macht also meinem Namen alle Ehre. Auch sie werde ich La Tintoretta nennen. Seit Jahren schickt sie uns stets zur rechten Zeit Schals, Handschuhe, Hemdkragen, Wollsocken und Schlafmützen, die sie eigenhändig gestrickt hat. Sie erinnert sich an all unsere Geburtstage, unsere Heiligen und Trauertage. Dann bestickt sie Seidenblüten und bittet uns, sie in Madonna dell'Orto auf das Familiengrab zu legen. All das Gute, das sie uns entgegenbringt, ist nie vergolten worden. Wenn einer von uns ins Paradies kommt, dann Perina.

Es wurde allmählich spät: Die Äbtissin stand bereits im Türrahmen. Einige Besucher verabschiedeten sich mit dem Versprechen, bald wiederzukommen. Da diese kurzen Begegnungen sowohl bei den Besuchern als auch bei den Nonnen hinter dem Gitter Unbehagen auslösten, hatten alle Schwierigkeiten, die richtigen Worte zu finden. Meine Nonnen rührten sich nicht vom Fleck, sondern warteten auf die nächste – heitere – Anekdote. Keine Todesfälle, Leid oder Krankheiten. Ich forderte sie auf, einen Blick in den Korb zu werfen. Er war randvoll mit dunkelroten Kirschen aus unserem Garten. Das war allerdings nicht alles. Als Perina das Handtuch hochnahm, wich ihr die Farbe aus dem Gesicht. Tränen stiegen ihr in die Augen und kullerten über ihre Wangen.

Etliche Male hatten mir meine Töchter versichert, dass es nicht schwierig sei, das, was sie haben wollten, ins Kloster einzuführen – oder vielmehr einzuschmuggeln. Man musste es lediglich in einem Korb verstecken und der diensthabenden Schwester ein wenig Kleingeld zustecken. Auf eine Wurst oder ein höheres Amt, auf einen Handspiegel mit Silbergriff oder einen Geliebten sind Klosterschwestern durchaus eifersüchtig – und fähig, beim Patriarchen deswegen vorzusprechen. Auf Bilder oder Bücher dagegen nicht. Und meine Nonnen wollten gar nichts anderes. Nie hatte ich etwas hineingeschmuggelt. Jungfräulichkeit, Gehorsam, Armut, die gewissenhafte Achtung der Regel des heiligen Benedikt. Die Töchter von Tintoretto sollten der Welt mit gutem Beispiel vorangehen.

An jenem Morgen aber fand Perina zwischen den Kirschen einen mit Skizzen gefüllten Zeichenblock. Da sich bereits drei Generationen auf den Seiten ausgetobt hatten, sah er völlig abgegriffen und verbraucht aus. Den zahlreichen Flecken von Tinte, Kohle, Öl, Pasten und Lacken fügte sie ihre Tränen hinzu. Als handelte es sich um eine Heiligenreliquie, drückte sie ihn an ihre Brust. Lucrezia hingegen hatte ein Buch gefunden. Ich gab ihr den Zettel zurück, der mit winzig kleinen Buchstaben übersät war und den sie mir das letzte Mal mitgegeben hatte. Sie zerkaute ihn hastig und schluckte ihn hinunter.

«Was war das?», fragte Faustina aufgeregt. «Eine Bücherliste», beschwichtigte Lucrezia ihre Mutter. «Dieses Kloster besitzt keine Bibliothek, es vernachlässigt unsere intellektuellen Fähigkeiten. Meine Klosterschwestern sind entweder frivol, kokett und zu dumm, den Wert eines Buches zu ermessen, oder zu erpicht auf ihren Aufstieg im Kloster, dass sie es nicht riskieren können, ein Buch zu lesen, das nicht vom Vikar des Patriarchen genehmigt ist. Daher habe ich vor einiger Zeit meinen Herrn Vater gebeten, mir ein paar Bücher zu besorgen. Damals kamen sie gerade druckfrisch aus der Presse und waren bei sämtlichen Wissenschaftlern Venedigs im Gespräch. Ich versuche, mich so gut es geht auf dem Laufenden zu halten, aber das Wissen macht schnelle Fortschritte, und meine Unkenntnis ist wahrlich beklagenswert: Alles Neue braucht Monate, bis es die Mauern von Sankt Anna erklommen hat.»

«Aber hätten wir dir nichts von zu Hause mitbringen können?», unterbrach Faustina sie in der Furcht, ich hätte ihr eine nicht unerhebliche Ausgabe vorenthalten. «In *eurem* Haus», entgegnete Lucrezia, «gibt es Bücher über das Seelenheil und das Sezieren von Leichen, mein Herr Vater weiß jedoch, dass sich mein Verstand wie eine Biene nur von den seltensten Blüten angezogen fühlt.»

Lucrezia hatte recht. Das Einzige, was ich mir zu viele Jahre lang anzueignen suchte, war technisches Wissen, mit dem ich mein Leben und meinen Beruf verbessern konnte. In meinem Atelier gibt es lediglich Handbücher und Bildtafeln aus der Chirurgie, derer sich Barbiere bedienen, das Architekturtraktat von Serlio und das *De humani corporis fabrica* von Vesalio – das ich leider nie fähig war zu lesen. Für anderes glaubte ich keine Zeit zu haben. Selbst heute lasse ich mir Gedichte lieber vorlesen. Auch die Bibel habe ich mir immer lieber nur angeschaut. Und wenn ich etwas schreiben wollte, habe ich Wände und Leinen benutzt. Mein Lieblingsbuch ist die Welt um mich herum.

Als ich noch ein ungebildeter junger Mann war, übten Bücher dessen ungeachtet eine starke Faszination auf mich aus. Es fiel mir zwar schwer, sie zu lesen, weswegen ich nur langsam vorankam oder sie nie zu Ende las: Ich wollte aber dennoch bei anderen den Eindruck hinterlassen, als hätte ich sie gelesen. Auf Cornelias Kamin stand immer eine jungfräuliche Ausgabe von Ariost. Eines Tages machte ich mir bewusst, dass Menschen – auch die mächtigsten und hochmütigsten – gelehrte Personen am höchsten achten. Und besser bezahlen. Daher legte ich mir eine recht ansehnliche Bibliothek zu. In meinem Atelier standen Gedichtsammlungen, eine mehrbändige Naturgeschichte, Epen über die italienischen Feldzüge, die Grundlagen der Moral, die Bekehrung des indischen Königssohns Josaphat durch den Eremiten Barlaam, die Kurtisanengespräche, Barbaros Predigt der Träume, Der Götter Verwandlungen … Allesamt schöne, zum Teil illustrierte Bücher von großem Format. Im Laufe der Zeit sind sie jedoch alle verloren gegangen. Heute brauche ich für meine Bibliothek nur noch ein Regalbrett. Auf dem stehen die Bibel, die Psalmen, geistliche Andachtsübungen und das Johannesevangelium.

Die Bücher, die sich meine Tochter gewünscht hat, kenne ich nicht. Aber da sie nicht von dir handelten, Herr, habe ich sie ihr untersagt. «Was für ein Irrsinn, Jacomo!», empörte sich Faustina und lugte durch das Geländer, um einen Blick auf den Buchdeckel zu erhaschen. Lucrezia aber hielt das Buch fest zwischen ihren Händen, sodass nur *Frankfurt* zu lesen war – eine deutsche Stadt. Ich weiß, was Faustina durch den Kopf ging, nämlich dass man in der heutigen Zeit für so manches Schmuggelgeschäft mit Buchhändlern nachts von den Schergen der Inquisition mit einem Stein um den Hals im Kanal enden konnte.

«Was fällt dir ein, ihr ein Buch mitzubringen?», warf sie mir vor. «Der barmherzige Arzt tötet den Kranken. Lucrezia hat sich bereits die Augen ruiniert, siehst du nicht, wie rot und geschwollen sie sind? Vom Lesen wird sie höchstens blind wie eine Fledermaus, mehr nicht. Anstatt ihr ein Buch mitzubringen, hättest du ihr das Versprechen abringen sollen, kein einziges mehr anzufassen.» Lucrezia hörte nicht auf sie. Sie hielt sich den Titel so nah vor die Augen, dass ich tatsächlich dachte, sie sei erblindet. «*De immenso et innumerabilibus*!», rief sie hocherfreut. «O danke, danke, danke!»

Fassungslos fragte meine Frau, was das sei, worauf Lucrezia ihr ausweichend antwortete, dass es zu schwierig sei, ihr das zu erklären, sie würde es ohnehin nicht verstehen, der Autor sei ein Philosoph, der sich an Lullus und Kopernikus anlehne. Ob ihr diese Namen etwas sagten? Selbstverständlich nicht. Einfach ausgedrückt sei es eine Art astronomische Abhandlung. Während meine Nonne munter weiterplapperte, wurde mir klar, dass der Autor der ehemalige dominikanische Ordensbruder war, der neun Monate im Gefängnis der heiligen Uffizien gesessen hatte. Ende letzten Jahres haben sie ihn Rom ausgeliefert. Er hieß Giordano Bruno. Ich schob den Gedanken beiseite. Lucrezia war glücklich.

Von der Intelligenz ihrer Tochter verblüfft, fragte Faustina weiter, wozu sie einen solchen Schinken über Astronomie brauche. Lucrezia antwortete ihr, dass ihr das Studium des Kosmos und der Beschaffenheit der Himmelskörper dabei helfe, ihre Bedeutungslosigkeit zu akzeptieren und am Leben zu bleiben. Was sie damit sagen wollte, ist mir schleierhaft. Ich will es aber auch gar nicht wissen.

Von einem Sonnenstrahl getroffen, blitzte im Korb auf dem Schoß meiner Tochter auf einmal Mariettas Brille auf. «Vielleicht wird sie», erklärte ich ihr, «die Augenentzündung heilen, und du wirst besser sehen können.» Überrascht setzte sich Lucrezia die Brille auf die Nase. «Oh, ich kann damit einwandfrei in die Ferne sehen! Und allein die will ich erkennen können», rief sie. Meine Tochter ist erst dreiundzwanzig Jahre alt. Sie weiß nicht, dass es eine Jugendkrankheit ist, nicht weit sehen zu können. Für alte Menschen liegt das Unsichtbare dagegen ganz nah. Die Gläser hatten ihre grüne Beschichtung verloren und waren fast transparent geworden. Die am oberen Winkel des Gestells eingefassten Diamanten waren noch vorhanden. Kein anderer in Venedig besitzt eine solche Brille. Lucrezia weiß nichts über diese Brille. Sie weiß auch nichts von ihr – und von mir.

«Lasst mich Euch anschauen!», forderte sie mich auf und rückte näher heran. Ich drückte mein Gesicht an das Eisengitter. Die Pupillen hinter Lucrezias Brillengläsern hefteten sich auf mich. «Seid Ihr noch mein Vater? Euch muss etwas Grauenhaftes passiert sein», rief sie mit sonderbarem ironischem Unterton, «ich habe Euch als einen unbezwingbaren Helden in Erinnerung, und nun sehe ich einen zum Galgen Verurteilten vor mir. Wer war in der Lage, Euch das anzutun?»

«Es könnte sein, dass in dem Buch die Bezeichnung für deinen Stern steht, Lucrezia», erwiderte ich. Mit meiner Tochter Lucrezia habe ich mich nie gut unterhalten können. Du aber, Herr, wirst darüber urteilen, ob ich jemals mit den anderen zu reden vermochte. All das, was meine Nonne hinter diesen Mauern gelernt hat, wird sie mir nicht mehr beibringen – auch ich habe ihr nichts beigebracht. Wir haben uns verfehlt. Und jetzt ist es zu spät.

Schon läutete wieder die Glocke, die sie an ihre Aufgaben erinnerte, und eine mürrische alte Klosterschwester – die den Gesprächen der Novizinnen lauschte – gemahnte diejenigen zur Eile, die zum Abschied noch ein wenig am Gitter verweilten. «Und Ottavia und Laura?», fragte Faustina empört. «Was werden die Mädchen denken, wenn sie erfahren, dass du in Sankt Anna warst und sie nicht hast rufen lassen? Hast dich nicht mal erkundigt, wie es ihnen geht!»

«Wie soll es ihnen schon gehen», entgegnete ich, «sie sind jung, gesund, sie werden bei ihren Mitschwestern hocken und keine Lust haben, ihren alten Vater zu begrüßen.» Meine beiden Nonnen bat ich, für mich zu beten, häufig, am besten täglich. Ich würde ihre Fürsprache brauchen, um ins Paradies zu kommen. «Oh, Papa», wandte sich Perina schüchtern lächelnd an mich, «Ihr kommt ins Paradies, wann immer Ihr wollt, es gehört schließlich Ihnen, Ihr habt es gemalt.» Ich dachte, sie würde noch immer scherzen. «Nein», berichtigte ich sie, «Dominico hat es gemalt, ich hätte es nicht gekonnt. Nachdem ich das Paradies kennengelernt habe, ist es mir wieder verloren gegangen, und nun besitze ich nicht einmal mehr eine Vorstellung davon.» Als hätte ich einen Fluch ausgestoßen, klopfte mir Faustina verärgert mit dem Fächer auf die Finger. Meine Nonnen hinter dem Eisengitter waren aufgestanden – eine dunkle Masse vor grauen Wänden. Zwei Tintenflecke. Identisch. Und doch so verschieden – hätte ich doch nur die Zeit gehabt, sie kennenzulernen.

«Kommt bald wieder, liebster Vater», flehte mich Perina an. «Ihr allein besitzt die Kraft, ein Jahrhundert in eine Minute und eine Minute in ein ganzes Jahrhundert zu verwandeln.» «Ehrwürdige Schwestern», erwiderte ich – und es war kein Scherz, obgleich sie es nicht verstanden –, «euer alter Vater vertraut euch etwas anderes an.» Ich zeigte meinen Töchtern meine offenen Handflächen. Der vom Licht zum Leben erweckte Staub tanzte auf dem schräg einfallenden Sonnenstrahl. Ratlos starrten mich die beiden an. Meine Seele. Sie ist ein Staubkörnchen – wahrhaftig nicht viel.

21. Mai 1594
Fünfter Fiebertag

Dann brach ich zusammen. Knirschend, quietschend und kreischend geriet das große Rad ins Taumeln – bis es mich gepackt und ins Zentrum seines Strudels gesogen hatte, um mich am Grund wieder auszuspucken. Da lag ich nun vor der Ausgangstür des Parlatoriums, umringt von Besuchern, neben mir der Klosterbeamte, der die Schaulustigen und die jungen Nonnen zurückhielt, die sich um die – endlich einmal offen stehende – Klausurpforte drängten, um das Schauspiel ja nicht zu verpassen. Allesamt außer sich, dass etwas passiert war – sie werden den ganzen Tag lang Gesprächsstoff haben.

«Es ist alles wieder gut, Faustina», wiederholte ich unentwegt, während das Boot in der Strömung schwankte. «Weder die Knochen noch das Gehirn haben Schaden genommen. Die einen sind nur ein wenig geprellt, das andere wird der Schlaf heute Nacht wieder zurechtrücken.» «Gewiss, mein Jacomo», stimmte mir meine Gemahlin zu: Überzeugt hatte ich sie allerdings nicht. Pausenlos wehte sie mir mit dem Fächer Luft zu und streichelte mir hin und wieder sanft mit den Federn über die Wangen. Von Dominico gestützt, schaffte ich die Stufen bis nach oben in mein Bett. Gern wäre ich noch in mein Atelier gegangen. Mich quälte der Gedanke an all das, was ich noch nicht vollendet hatte. Mir war bewusst geworden – endgültig und ohne Aussicht auf Hoffnung –, dass ich alles Angefangene nicht mehr würde beenden können. Niemandem von uns ist das gegeben. Wir sind die grobe Skizze eines zerstreuten Malers. Vollendet hast du uns nicht, Herr.

Eine Lösung, die letzten Geschichten auf neue Art zu erzählen, werde ich nicht mehr finden. Meine späten Eingebungen werde ich nicht ausarbeiten können. Nicht einmal mit mir selbst werde ich zum Schluss kommen. Ich werde mich unvollendet lassen und auf meine Fragen nicht mehr antworten, werde meine Fehler nicht verbessern, nicht letzte Hand an mich legen, sondern immerdar ein unvollkommenes Werk bleiben. Zeit hatte ich. Dennoch ist alles so schnell gegangen. Noch gestern war ich ein Kind, habe mich selbst entdeckt und gelernt, der Welt eine Form zu geben, und schon ist alles vorbei. Erst im Alter begreift man, wie kurz das Leben ist.

Mein Zusammenbruch muss meine Familienmitglieder beunruhigt haben, denn bereits am frühen Morgen suchte mich der Arzt auf. Mit seinen widersprüchlichen Erläuterungen schaffte er es, meine Stimmung wieder zu heben. Fabio Glissenti ist ein Wissenschaftler der Thanatophilie: der Abneigung des Menschen gegen den Tod – oder vielmehr der Vorliebe des Menschen für das Leben. In der Tat tun sich Philosophen und Theologen leicht damit zu beweisen, dass der Tod unausweichlich, richtig und schön sei, doch niemand will sterben. Der Mann ist hingegen davon überzeugt, dass ihn die Wissenschaft eines Tages, wenn er die dunkle Macht des Aberglaubens besiegt hat, unsterblich machen kann. Derzeit hinke die Forschung noch hinterher, sodass man einzig auf einen erquicklichen Verfall im Alter hoffen könne. Für Tiere sei das Altwerden ein vollkommen hoffnungsloses Unterfangen: Sind sie zeugungs- und kampfunfähig, werden sie erlegt und aufgefressen oder einfach nur so getötet. Dank des Überflusses an Lebensmitteln sei die Anthropophagie in Europa jedoch nicht verbreitet.

Trotz oder gerade aufgrund seiner ziemlich makabren Vorstellungen ist er ein guter Arzt. Ich könnte ihn meinen Freund nennen, vorausgesetzt, man kann mit einem Arzt befreundet sein – kennt er doch unsere peinlichsten Nöte, unsere intimsten Schwächen. «Das Sprichwort rät: eine junge Frau und einen alten Arzt. Du bist wohl gekommen, um mich umzubringen, Fabio!», sagte ich zu ihm und streckte die Hand aus, als wollte ich ihn von mir fernhalten. Glissenti ist gerade vierzig Jahre jung. «Überlass dem Tor die rückschrittliche Weisheit der Sprichwörter», entgegnete er mit einem Augenzwinkern, «und halte dir eine junge Frau und einen thanatophilen Arzt.»

Er wollte mich untersuchen – ich ließ ihn gewähren. Nach wie vor hätte ich nichts dagegen, wieder gesund zu werden. Zwar bin ich das Leben und einfach alles leid. Andererseits bin ich noch nicht fertig. Noch lausche ich gern dem Atem meiner Frau, wenn sie träumt, noch fasziniert mich der Geruch nach frisch gemahlenem Pfeffer, das ernste Gesicht meines Sohnes Dominico, das Klopfen des Regens an den Fensterscheiben. Nenne es Thanatophilie. Nenne es grenzenlose Liebe für das Leben. Ich bot ihm mein Handgelenk, die Brust, um meinen Herzschlag abzuhören, und eine Urinprobe, damit er sich davon überzeugen konnte, dass ich nicht am Steinleiden erkrankt war. Meine Träume konnte ich ihm nicht bieten – auch nicht die Gespenster, die mir in der Dunkelheit Gesellschaft leisten. Er ist ein Wissenschaftler. Er würde behaupten, dass ich wegen des Schlafmangels wirres Zeug redete. Ich rede aber kein wirres Zeug, Herr.

Die Untersuchung führte zu einem erbaulichen Ergebnis. Das Rumoren im Magen, das Erbrechen und die Appetitlosigkeit seien zwar besorgniserregend, er gehe aber davon aus, sie mit Wickeln, Brühe und Aderlass heilen zu können. Ich würde weder an Brustenge noch an Schwindsucht leiden. Auch nicht an Gicht oder Fleckfieber. Das Fieber, das mich schwächt, komme hingegen von der allgemeinen Erschöpfung. Ich bräuchte lediglich sehr viel Ruhe. Zerstreuung, Muße, Schlaf. Zur Behandlung bekam ich ein kräftiges Schlafmittel. Dreimal am Tag müsse ich ein Glas Wein trinken, der mit getrocknetem Mohn vermischt worden sei. Darüber hinaus müsse ich umgehend raus aus Venedig. Bald sei Juni, und da herrsche drückende Hitze. Überall seien schon

Unmengen von Mücken, und auch die Fliegen vermehrten sich zusehends. Mit der Hitze, den Insekten und der verunreinigten Luft erwachten die Krankheiten aus ihrer Lethargie. So bald wie möglich müsse ich hinaus aufs Land. In Carpenedo würde ich mich wieder erholen. Sobald der Sommer vorbei sei, könne ich wieder malen. Ich hätte kein tödliches Leiden.

Ich blieb den ganzen Tag über im Bett, fühlte mich schlapp und matt. Meine Frau begleitete den Arzt zur Tür und redete flüsternd auf ihn ein: «Fieber, Erbrechen, Appetitlosigkeit, Kopfweh, alles unheilvolle Anzeichen …» Erleichtert hörte ich Glissenti deutlich antworten: «Seht zu, dass er schläft und das Schlafmittel einnimmt, nein, fürchtet Euch nicht, verehrte Faustina, es ist nicht die Pest.»

Die Pest würde also nicht in dieses Haus einkehren. Obschon sie den Weg kennt. Vor achtzehn Jahren kam sie ungebeten – wie ein Gespenst. Das Haus war gerade restauriert worden. Die Wände rochen sauber und frisch, die Holzdielen nach Wald. Nirgends eine Maus. Es war ein Haus ohne Erinnerungen. Wir waren glücklich. Die Pest traf uns hinterrücks und nichtsahnend.

Verstehst du, Herr, an jenem schrecklichen Karnevalssonntag habe ich Marietta nicht davongejagt. Im Gegenteil, ich band sie auf ewig an mich. Hin und wieder denke ich darüber nach, was aus ihr geworden wäre, wenn ich sie hätte gehen lassen. Aber das ist müßige Spekulation. Denn ich ließ sie nicht gehen. Als die letzten Klänge verhallt waren und die Kirche in grenzenloser Stille versank, fasste ich ihre Schultern und forderte sie auf, die Augen zu schließen und keine Fragen mehr zu stellen. Sie folgte mir die Stufen hinab und klammerte sich an mein Jäckchen, als bangte sie, mich zu verlieren. Sie glaubte noch immer, ich würde sie verstoßen. Dieses Lied – *Leben meines Lebens* – hatte sich derart in meinem Kopf festgesetzt, dass ich es nie wieder vergaß.

Ich zog sie über den Ponte del Cammello und entlang des zerfallenen Mäuerchens am Campo dei Mori hinter mir her. Als wir unser Haus erreichten, blieb ich stehen und befahl ihr, die Schritte zu zählen. Ihre Nase war zwar geschwollen, doch sie blutete nicht mehr. Alle Wunden heilen. Die geronnenen Blutstropfen auf ihrem weißen Kleid hatten auf Brusthöhe die Form einer Blüte angenommen. Stolpernd tastete sich Marietta mit den Fingerspitzen an der Hauswand entlang. «Das ist Rioba», sagte sie, als sie zu der ihr bekannten Statue mit dem Turban kam, die wie eine Karyatide in die Hausecke eingefasst war. «Wir befinden uns auf den Fondemanta am Rio della Sensa.» Ich schubste sie ein Stück vorwärts. «Los, lauf, immer geradeaus, weiter, weiter, jetzt sind wir da», sagte ich. «Wie viele sind es?» «Nur dreißig Schritte», antwortete Marietta erstaunt. Es kam ihr wenig vor.

Sie öffnete die Augen. Keine Träne war mehr zu sehen. Wir standen vor einem mindestens zweihundert Jahre alten, kleineren Palazzo mit gotischer Loggia im ersten Geschoss und Schornsteinen, die wohldurchdacht wie Zinnen auf einem Kirchendach angeordnet waren, ferner mit einem kleinen, schmiedeeisernen Balkon und hohen, rechteckigen Fenstern zum Kanal. Seit Venedig Venedig ist, haben alle Venezianer und alle Fremden, die zum Arbeiten, Leben und Sterben hierherkamen, denselben Traum: in einem Haus am Wasser zu wohnen. Diejenigen, die etwas zählen, leben selbstverständlich schon seit ihrer Geburt am Wasser. Für alle anderen bedeutet der gelungene Versuch, im Laufe des Lebens ein solches Haus zu beziehen, dem Elend, der Namenlosigkeit des Pöbels und dem Joch der Schufterei entkommen zu sein: Reichtum, Wohlstand und Anerkennung erlangt zu haben, und Macht – *jemand* zu sein. Für einen Menschen war das der Gipfel schlechthin.

«Gefällt es dir, mein Funke?», fragte ich sie. Marietta sah sich prüfend die Ziegelsteine an, die unter dem angeschlagenen roten Putz hervorschauten, dann den länglichen Riss, der die Fassade verunstaltete, die schäbigen Marmorpfeiler, das Bäumchen, das sich durch die losen Dachpfannen schlug, die klapprigen, aus den Angeln gehobenen Fensterläden und die Kleebüschel unter der Regenrinne. «Warum fragst du mich?», erkundigte sie sich vorsichtig. Dann leuchteten plötzlich ihre Augen auf, und sie rief: «Ist das mein Gefängnis? Willst du mich hier einsperren?» Siehst du, Herr, sie hatte recht, nur dass es mir damals noch nicht bewusst war.

«Wirst du es mieten?», wagte sie zu fragen. «Ach was, mieten», schnaubte ich. «Mietzinsen bedeuten Schulden, und ich will bei niemandem mehr in der Schuld stehen. Ich habe mich erlöst. Ich bin frei, mein Funke.» «Aber wir werden uns ein solches Haus nie leisten können, Jacomo», sagte Marietta. «Mehr als jetzt kannst du nicht arbeiten, du müsstest ganz Venedig samt aller Kirchen mit Gemälden ausstatten, du dürftest nachts nicht mehr schlafen und dich sonntags nicht mehr ausruhen, du müsstest bei deinem Schwager und deinem Onkel Geld borgen. Noch ehe du die erste Anzahlung geleistet hast, werden die Zinsen dich erdrosselt haben, du wirst vor Erschöpfung am Boden liegen.» «Hör mich an, Marietta», unterbrach ich sie. «Weder heute noch morgen, wahrscheinlich auch nicht nächstes Jahr. Aber dieser Palazzo wird mir gehören. *Uns*, mein Funke.»

«Ich will keinen Palazzo», protestierte Marietta, «lieber lebe ich in einer Hundehütte, solange ich nur bei dir bleiben darf.» Ich schüttelte den Kopf. Sie begriff nicht. All jene, die es darauf angelegt hatten, mich in meinem Vorankommen zu hindern, sollten vor Neid zergehen, wenn ich, der Sohn des Tuchfärbers, sie überholt hätte. Alle, die meinten, ihr Herz stehlen zu können, indem sie ihr den Himmel auf Erden versprachen, sollten krepieren, denn ich würde ihr bereits alles geschenkt haben. «Du wirst nicht auf deine Musik verzichten müssen, im Gegenteil, du wirst ein eigenes Zimmer bekommen», sagte ich, «ich werde dir ein Spinett kaufen, ach was, ein Cembalo, und zum Unterricht wirst du nicht mehr das Haus verlassen und auf einer unechten Holztastatur herumklimpern müssen, du kannst üben, wann immer du willst, niemand wird dich daran hindern können zu malen und Musik zu machen, ganz für dich allein und für mich, wenn du magst. Du wirst die Tür hinter dir zumachen und vergessen, wo du bist. Es wird königlich werden, mein Funke. Da ich mir diese Idee nun einmal in den Kopf gesetzt habe, werde ich mich erst zufriedengeben, wenn ich sie Wirklichkeit werden lasse. Verschmähe mich ruhig, wenn ich mein Versprechen nicht einhalte.» «Jacomo!», stieß Marietta seufzend hervor, während sie sich auf mich stürzte und ihren Mund in meinem Bart vergrub. «Ach, Papa.»

Für diese dreißig Schritte brauchte ich die nächsten achtundzwanzig Monate. Als ich mein Versprechen endlich einlöste, war ich sechsundfünfzig Jahre alt, hatte einen grauen Bart, sieben Kinder, davon vier Mädchen und drei Jungen, da der kleine Ottavio gestorben war, einen Diener, eine Magd, drei Assistenten, eine Katze und einen Hund. Wir lebten erst seit wenigen Monaten zwischen diesen Mauern, als im Viertel ein Fensterladen nach dem anderen zuging. Als Erstes erkrankten unsere Nachbarn. Sie hatten Besuch aus der Provinz im Norden bekommen, aber weder die einen noch die anderen traten mehr vor die Tür. Daher nahmen wir an, sie wären verreist. Bis der Pfarrer von San Marcilian Faustina mitteilte, dass erst die Gäste und dann unsere Nachbarn an der Pest gestorben seien. Niemand schenkte ihm Glauben. Sicherlich handelte es sich um eine Vergiftung oder eine heimtückische Geschlechtskrankheit: Die Verstorbenen waren keine gottesfürchtigen Menschen gewesen, und wie man wusste, wurden hauptsächlich Sünder von Krankheiten befallen.

Doch die Pest brach tatsächlich aus. Monatelang wurde nicht darüber gesprochen – denn sobald man die Dinge beim Namen nennt, werden sie wahr, und von der Pest wollten wir in Venedig nichts wissen. Zwei Jahre zuvor hatten das Osmanische Reich und wir einen Separatfrieden unterzeichnet, da keiner einem neuen Krieg entgegengehen wollte. Unsere ehemaligen Alliierten der

Heiligen Liga beschuldigten uns zwar, dadurch das Andenken der Toten von Lepanto zu besudeln und die gesamte Christenheit zu verraten. Außerdem kostete uns der Frieden einen Haufen Geld, die Republik blühte jedoch wieder auf; denn unsere Kleider und unsere Stoffe, unser Glas und unsere Spiegel, kurz, all unsere schönen Sachen waren noch überall gefragt. Der Überfluss an Geld rief eine ungeheure Gier nach Luxusgütern und Gemälden wach. Kein Maler war ohne Arbeit, auch ich nicht. Von Monat zu Monat festigte sich meine Position. Mir wurde zwar noch immer nachgesagt, unzuverlässig und nicht besonders empfehlenswert zu sein, aber der Doge Mocenigo wusste mich zu schätzen: Sein Freund Nicolò da Ponte, ein alter Bekannter von mir, war zum Prokurator und Cavaliere Morosini zum Bauleiter des Dogenpalastes ernannt worden. Bei der Verteilung der von der Republik finanzierten Arbeiten hatten sie ein Wörtchen mitzureden. Meiner Familie mangelte es daher an nichts. Wir lebten gut und in der festen Überzeugung, es würde fortan stetig bergauf gehen. Hier und da hörte man etwas von einem Infektionsherd in Konstantinopel oder in Trient oder Mailand, aber man beschränkte sich darauf, nur die Waren aus dem Ausland zu entkeimen. Was *in* der Stadt geschah, wusste niemand so genau.

Wer erkrankte oder starb, tat es nahezu im Verborgenen – um keinen Ärger zu machen. Die Toten verschwanden – in der Gunst der nächtlichen Stunde schaffte man sie fort. Ihre Angehörigen wurden isoliert: Waren sie reich, sperrte man sie in ihre Häuser, waren sie arm oder mit keinem Machthaber bekannt, wurden sie im Lazarett in Quarantäne gesteckt. Tagsüber ging alles seinen gewohnten Gang: im Arsenal, in den Fabriken, Färbereien, Läden, Schlachthäusern und auf den Märkten. Allmorgendlich gingen meine Kinder zur Schule. Den ausländischen Gesandten versicherte man, in Venedig sei alles unter Kontrolle. Die Kinder auf den Plätzen spielten mit ihren Kreiseln und die Falschspieler in den Tavernen mit ihren Würfeln; Kasinos und Bordelle waren zu jeder Stunde gut besucht und die Sonntagspredigt voll wie eh und je. Nur am nächsten Morgen war wieder jemand verschwunden.

Einige Ärzte rieten uns, zum Schutz vor Ansteckung ein in Essig getränktes Taschentuch vor den Mund zu halten; andere empfahlen, täglich in Malve, Oregano, Lorbeer und Kalmus zu baden; wiederum andere, jeden Morgen einen Sirup aus Wacholdersamen, Salbei, Zitronenschale, Majoran, Muskatnuss, Borretsch und Korallenpulver zu trinken. Ob wir daran glaubten oder nicht, kann ich nicht sagen. Aber lieber ein fragliches Heilmittel als das sichere Leid. Die Ärzte konnten die Ursache dieses namenlosen, seit Monaten in der Stadt grassierenden Übels nicht benennen: ob Gottes Wille, die unheilvolle Auswirkung einer ungünstigen Sternenkonstellation, die Dürre vom Vorjahr, bei der unsere Körpersäfte ausgetrocknet waren, verunreinigte Brunnen, die beim letzten Hochwasser mit Salzwasser überflutet worden waren, unsaubere Luft oder ein Insektenstich. Zu guter Letzt waren auch sie mit ihrer Weisheit am Ende und wiederholten das, was die Priester bereits pausenlos predigten: Betet.

Betet, beichtet, übt Enthaltsamkeit, tut Buße, fastet, seid rein in Körper und Geist, und Gott wird euch eure Sünden vergeben – denn Gott, der allein Missetäter und Sünder straft, hat die Pest deswegen auf die Erde geschickt, weil wir ihn vernachlässigt und beleidigt haben und seinen Zorn und seine Rache verdienen. Sobald wir ihn wieder ehren und preisen, wird er uns von dem Übel befreien. Venedig hat durch Hoffart und Eitelkeit gesündigt. Venedig ist feist, selbstverliebt und zu glücklich gewesen – im Geiste des Herrn aber sind wir Staub. Ohne Vorankündigung kann Gott uns zunichte machen.

Hoffart, Eitelkeit. Hatte ich auch gesündigt? In jenem sorgenvollen Herbst stellte ich mir jeden Tag, wenn ich heimkehrte, erneut diese Frage. Heim in den gotischen Palazzo an den Fondamenta dei Mori mit den zum Wasser gelegenen Fenstern, der endlich mir gehörte. Nun, fast mir. Jeden Monat zahlte ich die Raten ab: Um die Schuld zu begleichen, würde ich zwanzig Jahre brauchen – ich durfte weder krank werden noch mich zur Ruhe setzen oder sterben. Meine schöne Familie. Meine kräftigen und gesunden Kinder, meine treue, junge Frau, unser gemeinsames Leben, das endlich begann, nach einem richtigen Leben auszusehen. Ich hatte viel – all das, was einem Mann erlaubt war – und doch so wenig. Ich verdrängte die Vorstellung, alles zu verlieren. Dennoch trieb mich tagtäglich die Angst um, irgendwann plötzlich aufzuwachen – und alles wäre nur ein Traum gewesen. Die Angst, dass mein Haus und meine Familie lediglich eine Wunschvorstellung waren. Ein auf dem Wasser flimmerndes falsches Venedig, das nicht existiert. Damals blieb ich hin und wieder mit Herzklopfen auf dem Ponte dei Mori stehen und schaute ängstlich auf das Haus und sein Spiegelbild im Wasser – dann fragte ich mich, ob wenigstens eins davon wirklich ist. Und von Dauer.

Als der Frühling kam, schien alles glimpflich überstanden zu sein. In neun Monaten hatte es zwar annähernd viertausend Tote gegeben, aber das war weniger als in Lepanto an einem einzigen Tag. Die Zahl der Verstorbenen war zu niedrig, um von Epidemie sprechen zu können. Offenbar handelte es sich nur ansatzweise um die Pest – wenn überhaupt: schlechte Ernährung, nur eins der Übel im Elend. Überdies stammten die Toten meist aus dem gemeinen Volk. Das war eine milde Strafe. Uns war vergeben worden.

Ein Senator verständigte mich. Noch hüllten sich die Herrschenden in Schweigen. Als bedeutete das Eingeständnis, dass die Seuche tatsächlich existiere, bereits Niederlage und Kapitulation. Sie wollten die Wirtschaft nicht schädigen. In meiner Stadt ist das Geld der wahre und alleinige Gott. Die Gesundheit des Staates war mehr wert als das Leben von ein paar tausend Menschen. Heute versuche ich mich davon zu überzeugen, dass unsere Staatsmänner in unserem Interesse gehandelt haben – zwar nicht dem unmittelbaren, aber dem zukünftigen, wer weiß –, und suche nach einer Rechtfertigung für das Geschehene. Wenn sie als Erstes die Stadt zugemacht hätten, wenn sie verhindert hätten, dass Waren ein- und ausgeführt wurden und Menschen sich frei bewegten, wenn sie die Stadt in Quarantäne gehalten, uns vor den anderen und uns selbst beschützt hätten, dann hätten die Türken unsere Schwäche ausgenutzt und uns angegriffen und vernichtet, dann hätten die Habsburger oder die Engländer den Handel an den Häfen im Orient an sich gerissen und uns endgültig verdrängt. Auf seinem Portrait hatte ich eine kleine Missbildung an der Hüfte des Senators verschleiert. Die Warnung war daher seine Belohnung.

«Bringt Eure Kinder fort von hier», ermahnte er mich, «die Situation gerät außer Kontrolle. Die Stadt ist infiziert, niemand wird die Seuche eindämmen können. Wer nicht flieht, ist des Todes. Die Häuser der Adeligen und Bürger stehen seit Wochen leer. Jeder, der einen Sitz außerhalb der Stadt hat oder sich einen leisten kann, verlässt die Stadt. Die Behörden drohen zwar mit Bußgeldern und Strafen und ordnen die Rückkehr an, doch niemand befolgt die Anweisung. Wer in Venedig bleibt, ist verloren. Fahrt aufs Land, rettet Euch und Eure Familie.»

«Ich danke Euch für Euren Rat, Senator», erwiderte ich, «aber ich gehe nicht. Venedig ist meine Stadt – hier bin ich geboren, für sie habe ich mich entschieden, ihr verdanke ich alles, was ich bin, ich kann sie nicht einfach im Stich lassen. Im Gegenteil, ich muss ihr meine Treue beweisen. Die Senatoren und Adeligen, die besser gestellten Großbürger der Stadt – wir also – müssen mit gutem Beispiel vorangehen. Wir können nicht flüchten und nur unsere Haut retten. Unser Platz ist in der Mitte unseres Volkes – in Venedig.» Der Senator lächelte mich an, zuckte mit den Schultern und sagte, ich hätte zwar recht, aber die Welt betrete und verlasse man im Leben nur einmal. Er flüchtete mit Frau, Kindern, Angehörigen und Freunden in seine Villa an den Hängen von Bassano, wo er sich drei Monate lang bei Musik und Wein vergnügte und – wie ich später erfuhr – ebenfalls an der Pest verstarb.

Wenige Tage nach dem Gespräch mit dem Senator suchte ich mir dennoch eine Bleibe, wo ich im Notfall meine Familie hinbringen konnte. Seit meiner letzten Reise in die Berge von Padua verspürte ich den Wunsch, ein Anwesen auf dem Festland zu besitzen. Nicht unbedingt eine Villa mit tempelartigem Frontgiebel, aber wenigstens ein kleines stattliches Landhaus – mit Weinberg und Laube. Mittlerweile hatten nicht nur Venedigs Patrizier ein Haus auf dem Land, sondern auch alle erfolgreichen Literaten und Künstler. Meine Mittel reichten nur zu einem einfachen Bauernhaus in Carpenedo in der Ebene von Mestre, umringt von acht Feldern, die von mürrischen Bauern beackert wurden. Da hätte ich uns alle in Sicherheit bringen können. Doch ich tat es nicht.

Gern hätte ich behauptet, dass allein die hehren Beweggründe, die ich dem Senator dargelegt hatte, mich daran hinderten wegzugehen. Aber auch du, Herr, weißt, dass es nicht die einzigen waren. In jenen Tagen hatten mich die Bauleiter des Dogenpalastes mit der Restaurierung einiger beschädigter Gemälde in den Gemächern des Dogen beauftragt. In diesen Räumen hatten sämtliche Fürsten Venedigs gelebt, waren Entscheidungen über geheimste Staatsangelegenheiten getroffen worden. Und ich, der Sohn eines Tuchfärbers, durfte mich in diesen von Schätzen überladenen Zimmern aufhalten, unter vier Augen mit Seiner Durchlaucht Alvise Mocenigo, dem Mann, der gegen Sultan Selim II. in den Krieg gezogen war und später dem Papst, dem Kaiser und dem König von Spanien getrotzt und mit seinem muselmanischen Feind Frieden geschlossen hatte. Mocenigo, ein alter, einsamer Witwer, schaute mir mit blutunterlaufenen Augen beim Malen zu und sagte ächzend: «Wie ich Euch um Eure maßlose Energie beneide, Tintoretto. Sogar in dieser Katastrophe seid Ihr noch nützlich. Ich dagegen kann nichts tun, um meine Stadt zu retten. Diesen Krieg werde ich nicht gewinnen. Ich, der Doge des eindrucksvollsten militärischen Triumphs des Jahrhunderts, des unerlässlichen Friedens und des wiedererlangten Wohlstands, ich werde von einem unsichtbaren Feind besiegt.» «Aber Eure Durchlaucht», widersprach ich heftig, «Venedig wird auch die Pest besiegen.» Finster entgegnete Mocenigo: «Aber da werde ich nicht mehr dabei sein. Die Gemächer hier verschönert Ihr für meinen Nachfolger.» Wir verstummten. Schweigend betrachtete er die leuchtenden Farben und ich die ungeahnte Zerbrechlichkeit menschlicher Macht.

Obwohl wegen der Pest das Leben in der Stadt langsam erlahmte und nach Möglichkeit niemand mehr das Haus verließ, hatte ich den Auftrag angenommen und fand mich nun Woche für Woche pünktlich zur Arbeit ein. Mitten im heißesten Sommer war der Dogenpalast wie ausgestorben; laut hallten meine Schritte durch die Flure. Hartnäckig verteidigte ich meine persönliche Treue gegenüber Venedig, denn ich wollte die Regierung davon überzeugen, mir ein wichtiges Dekor im Dogenpalast anzuvertrauen. Eine Decke, ein ganzer Saal. Als Vorsichtsmaßnahme gegen die Pest forderte ich meine Frau lediglich auf, ihren Bekannten und Verwandten nicht mehr die Hand zu geben, sie nicht anzufassen oder zu küssen, sich in der Kirche ein in Wermut getränktes Tuch vor den Mund zu halten, Restgeld mit Essig oder Zitronensaft abzuwaschen, in jedem Zimmer Weihrauch zu verbrennen und die Kinder nicht aus dem Haus zu lassen. Mehr nicht.

Aber der Tod griff um sich. Es war genauso wie in der *Offenbarung* des Johannes. *Da sah ich ein fahles Pferd; und der, der auf ihm saß, heißt Pest; und die Unterwelt zog hinter ihm her.* Nachts glitten weiß getünchte Boote leise durch die Dunkelheit, um die Leichen abzuholen. Wie Baumstämme wurden sie übereinandergestapelt. Dann verbrannte man sie. Und ihre Sachen: Betten, Matratzen, Wäsche, Hausrat – alles, was die mit Pest Verseuchten berührt und was ihnen gehört hatte. Absurderweise aber wurden Schuhe und wertvolle Kleider nicht verbrannt – und auch keine Bilder. Als ob kostbare Dinge nicht zu den Trägern des Todes gehörten. Alles Übrige endete auf dem Scheiterhaufen. Abends sahen wir auf den Inseln in der Lagune riesige Lagerfeuer brennen, von denen ein herber Aschegeruch in die Stadt herüberwehte. Über Stunden, Wochen und Monate färbten die Flammen den Himmel rot.

Weiß war dagegen die gehisste Flagge auf dem Schleppkahn, der die Kranken holen kam. Wenn das metallische Läuten der Glocke sein Nahen ankündigte, waren die Kanäle und Fondamenta augenblicklich menschenleer. Venedig war öd wie die Wüste. Doch wir waren da, und wie. Wie die Mäuse zogen wir uns in unsere vier Wände zurück, die wir nur zum Besorgen von Vorräten verließen: Niemand hatte mehr einen Angestellten. Ich persönlich hatte meinen treuen Schila weggeschickt, der sich zunächst nicht von der Stelle rührte. Ich nötigte ihn regelrecht abzureisen, indem ich ihm Geld in die Hand drückte, mit dem er seine Verwandten auf den weißen Bergen von Istrien erreichte. Der Zwerg hätte sich für uns hergegeben – doch ich traute ihm nicht, wie auch keinem anderen. Mit Fremden sprachen wir kein Wort mehr, mieden selbst unsere Freunde und Verwandten. Wenn wir ihnen begegneten, liefen wir, ohne stehen zu bleiben, stur an ihnen vorbei, als würden wir uns nicht kennen. Denn ein jeder konnte dem anderen den Tod bringen.

Alle Feste wurden abgesagt. Die fahrenden Schauspieltruppen unterbrachen ihre Vorstellungen, und es verschwanden auch die Zigeuner, die mit ihren Kindern auf dem Arm vor den Kirchen um Almosen bettelten und aus der Hand lasen. Noch immer zögerten die Behörden, das Grassieren der Seuche öffentlich zuzugeben, obwohl bereits alles zusammenbrach. Allmählich wurden die Lebensmittel knapp, denn aus dem Hinterland kam kein Nachschub mehr. Die Ausländer verließen die Stadt. Die Deutschen suchten jenseits der Grenzen Zuflucht oder verbarrikadierten sich in ihrem Handelshaus. Selbst die Juden im Ghetto stellten ihre Geschäfte ein. Unsere Galeeren lagen vor Anker. Die Waren in den Lagerhallen faulten vor sich hin. Aus Angst, dass sie vielleicht aus dem Osten kam und verseucht war, kaufte niemand mehr Seide. Alles, was fremd war, wurde verdächtig. Aber das Fremde hatte sich in Venedig längst eingewöhnt und tiefe Wurzeln geschlagen. Das ganze Jahrhundert über war Venedig eine Arche Noah gewesen – Tor und Hafen für Verbannte, Flüchtlinge und Vertriebene jeglicher Herkunft. Jetzt war es das Tor zur Pest.

Es gab Tumulte und Aufstände. Verzweifelt suchte man den Schuldigen eines derartigen Verderbens: Hin und wieder meinte man, ihn in gewissen Seidenhändlern aus Cordoba oder Algier ausmachen zu können, die unsere Händler verdrängen wollten und deswegen unsere Schiffe verseucht hätten; oder in obdachlosen Vagabunden, von denen es in den letzten Jahren immer mehr in der Stadt gab und die sämtliche Säulengänge mit ihren Lumpen versperrten; in Landstreichern; in der Gotteslästerung, der Sodomie, der zügellosen Unzuchttreiberei, die in jedem Haus dieser korrupten Stadt herrschte, in der heimlichen Sünde, die sich jeder von uns, wenn er einmal in sich ging, eingestehen musste. Niemand wagte das Gerücht in die Welt zu setzen, es seien die Juden gewesen, da es im Ghetto mehr Tote als anderswo gab, machte doch die Pest keinen Unterschied zwischen Juden, Häretikern oder Christen. Die Pest unterschied selbst nicht zwischen Alten und Kindern, Frauen und Männern, Gerechten und Sündern. Wie wir war auch Gott blind geworden.

Die Bäcker sowie die Öl-, Seifen- und Diamantenhändler schlossen ihre Läden. Ebenso der Markt von Rialto, die Arbeiterschenken am Campo delle Beccarie, die Fischgeschäfte und später auch die Banken. Sogar die Gerichte funktionierten nicht mehr, hatten doch alle Richter das Weite gesucht. Der Senat erreichte nicht mehr seine rechtmäßige Anzahl, sodass reihenweise Sitze leer blieben; die wichtigsten Ämter waren unbesetzt, und selbst den Verbrechern wurde kein Prozess gemacht. Alles stand still. Als hätte die ganze Stadt die Pest.

Ungeduldig warteten wir zu Hause auf das Ende der Belagerung und hielten uns für jedes kleinste hoffnungsvolle Gerücht bereit. Es kam jedoch nicht. Wochen vergingen, in denen das fahle, von der Pest berittene Pferd ungestört unter uns wandelte. Eines Tages tauchte am Ufer ein schwarz gekleideter Unbekannter mit einem Kreuz in der Hand auf. Er lief durch die ganze Stadt und rief, er sei der lang erwartete Gesandte: Gott schicke ihn, uns zu verkünden, die Pest sei vorüber. Alle in ihren Häusern Eingesperrten und alle Kranken sollten aufstehen und herauskommen, denn der Zorn Gottes habe sich gelegt. Gewaltsam hielt ich meine Frau und Kinder zurück. Zu Hunderten aber folgten die Venezianer dem Unbekannten, weinend, betend und für die erhaltene Gnade dankend. Doch nichts davon stimmte, dieser Bote war lediglich ein fremder Irrer. Niemand hat je seinen Namen erfahren. Manchmal frage ich mich, ob nicht doch du es warst, der ihn geschickt hat, Herr, und was du uns damit sagen wolltest.

Ende August starb Tizian. Er muss etwas älter als neunzig Jahre alt gewesen sein, wenngleich er immer behauptet hatte, über hundert zu sein. Sein Tod löste Verwunderung aus, hielt man ihn doch nicht für ein armes sterbliches Wesen, sondern für einen Gott – anbetungswürdig, unerreichbar und ewig. Mein Onkel Antonio Comin der – obwohl er vierundachtzigjährig war – noch immer als Anführer der Herren der Nacht in auffallender Uniform, mit dem Degen am Gürtel und grimmigem Gesichtsausdruck das Rialtoviertel beschützte, rief mir die unglaubliche Nachricht vom Boot aus zu: «Der Graf (so nannten wir ihn gemeinerweise in unseren Kreisen) ist gestorben!» Allein, denn Tizians Diener waren geflohen, als sein liebster Sohn Horaz – bereits im Delirium und von Beulen verunstaltet – ins Lazarett eingeliefert worden war. Ein Nachbar hatte ihn denunziert. Der Name seines Vaters konnte ihm diese Schmach nicht ersparen.

Tizian war ein wahrer Meister. Sollten gewisse Namen das Jahrhundert überleben, dann gehört seiner dazu. Raffael, Michelangelo, Tizian – und vielleicht ein anderer. Dieser andere wäre ich gern – und falls nicht, Herr, lass es mich nie erfahren. Alles verdanke ich ihm, selbst den Wunsch, Maler zu werden. Als Junge ersehnte ich mir nichts mehr, als in seinem Atelier angenommen zu werden, und ich bebte vor Rührung, als ich durch seine Tür schritt. Kaum hatte ich ihm in die Augen gesehen, bekam ich Angst. Sie waren hellblau und klar – eisig. Auch Tizian hasste mich augenblicklich. Er witterte meinen Ehrgeiz, ich seine Macht. Er suchte einen Schüler, ich mich selbst. Und jetzt war er tot. Endlich, hätte ich sagen können – doch ich empfand weder Erleichterung noch Bedauern über das Ableben meines Gegners.

Meine Generation lag in seinem Schatten. «Es ist gut», urteilte man über eine meiner Arbeiten, «aber gewiss kein Tizian. Maler, wie sie früher einmal waren, gibt es heute nicht mehr, heutzutage ist Malerei nichts weiter als eine schlechte Kopie einstiger Malkunst, das goldene Zeitalter ist vorbei.» Ich konnte diese Leier nicht mehr hören. Um zu beweisen, dass auch ich wie Tizian malen konnte und dass es, wenn ich es nicht tat, nicht an meiner Unfähigkeit lag, sondern eine willentliche Entscheidung war – soll doch jede Generation etwas anderes hervorbringen –, stellte ich eigenhändig Tizians her. Und alle bewunderten sie. «Großartig», war ihr Kommentar. Mal sagte ich die Wahrheit, mal weidete ich mich daran, sie getäuscht zu haben. Und noch immer sind meine Tizians auf der Welt im Umlauf.

Er bekämpfte mich mit ehrrühriger Verbissenheit. Als Junge wies er mich ab. Als ich ein unbekannter Stümper war, verachtete er mich. Als ich allmählich Fuß fasste, machte er mich bei meinen Gönnern schlecht und zwang sie, mich abzulehnen. Ich musste intelligenter sein als er – tausendfach schlauer und listiger, ein Fuchs. Seine Abwesenheit hatte ich zu nutzen gewusst: Er weilte noch am kaiserlichen Hof in Augsburg, zugleich Diener und Günstling der Habsburger, als Venedig über meine Kunst ins Schwärmen geriet. Überreich an Ruhm kehrte er zurück – und lehnte den

Waffenstillstand ab. Erneut feindete er mich an, indem er bei Dichtern und Schriftstellern, die den Kunstgeschmack vorgaben, gegen mich intrigierte. In ihren Kompendien räumten sie mir nicht die mir eigentlich zustehende Bedeutung ein, und in ihren Traktaten warfen sie mir vor, ein schlampiger Anfänger zu sein: Mein einziger Trost ist die Gewissheit, dass ihre kleinlichen und boshaften Schriften meine Arbeiten nicht überdauern werden.

Dieser Mann hatte alles. Er war die strahlende Leitfigur des Jahrhunderts, doch er ertrug nicht den Schatten eines winzigen Blättchens. Er wurde älter und ein immer großartigerer Maler, unnachahmlich – doch anstatt großzügiger zu werden, wurde er immer missgünstiger. Kunden, deren Portrait er ablehnte und die ihn um eine Empfehlung baten, schickte er zu Stümpern. Wenn sie ihn nach seiner Meinung über die nächste Generation fragten, erwiderte er, die Kunst in Venedig sei dem Niedergang geweiht und keiner der Jungen ihren Vätern würdig. Wenn er jemanden für einen Staatsauftrag auswählen durfte, ernannte er jedweden, nur nicht mich. Zuweilen schlug er sogar sich selbst vor, obwohl er wusste, dass er den Auftrag nicht ausführen würde, nur um ihn mir zu verwehren. Wurde er nach mir gefragt, tat er so, als erinnerte er sich nicht an meinen Namen. «Wer? Ah, dieser zwergenhafte, armselige, irre … Tintorello? Tintoretto? Das Färberlein?» Grinsend sprach er meinen Spitznamen in besonders erniedrigender und ordinärer Betonung aus. Er und seine Freunde sind schuld, dass ich für meine Zeitgenossen und die Nachwelt nie Jacomo geworden bin – sondern nur der kleine Sohn des Färbers. Ich schäme mich nicht dafür, seinen Tod geduldig abgewartet zu haben. Von Admiral Sebastiano Veniero, dem Kapitän von Lepanto, den ich nach dem Sieg portraitierte, stammten die weisen Worte, dass nicht der den Krieg gewinnt, der eine Schlacht gewinnt – sondern der einen Tag länger als sein Feind lebt.

Und Tizian war tot. Er hatte seine unbegründete Missgunst, seine unversöhnliche Feindseligkeit und seine engherzige Eifersucht auf mich, der ich von Alters wegen sein Sohn sein könnte, mit ins Grab genommen. Obgleich er mir in der letzten Zeit leisen Respekt gezollt hatte, als Beweis, dass die lange Feindschaft erloschen war, wäre der Tag der Versöhnung für uns nie gekommen. Nie hätte ich aus seinem Mund die Worte gehört, mit denen er mir sein künstlerisches Erbe anvertraut hätte. Davon abgesehen bin ich nicht auf der Welt, um irgendjemandes Erbe anzutreten – nicht einmal das meines Vaters. Als mir Antonio Comin die Nachricht vom Tod des Grafen überbrachte, rief ich ihm daher zu, dass er sich irre: Tizian werde nie sterben, denn dieser Mann sei wahrhaft unsterblich. Dennoch dachte ich im Stillen, dass das Feld nun endlich frei sei. Mein Leben würde einfacher werden.

Trotz der Gefahr der Ansteckung ging ich zur Beerdigung. Inzwischen verlangten sogar die Behörden, dass Auflagen eingehalten wurden. Dem Cavaliere Tiziano Vecellio wurden daher nicht die feierlichen Exequien zuteil, die er verdient hätte. Lediglich hier und da kamen ein paar Schattengestalten aus ihren belagerten Häusern geschlichen, um im Dunkel der Basilika Santa Maria Gloriosa dei Frari einzutauchen und jenem die letzte Ehre zu erweisen, der Venedig so viel Ruhm und Ansehen gebracht hatte. Der Abend war schon angebrochen. Hastig wurde die Feier abgewickelt. Trotz des Weihrauchs und des Essiggeruchs, der sich in der großen, breiten, erbärmlich leeren Kirche ausbreitete, ließ sich der Gestank nach Tod nicht verbergen. Wir waren die Überlebenden einer Naturkatastrophe und einer ganzen Epoche. An jenem Abend im Spätsommer lag eine drückende Stille über Venedig. Viele weinten. Es war, als wäre die Stadt gemeinsam mit dem hundertjährigen Symbol ihres Ruhmes abgetreten.

Andere würden kommen, um die Toten zu ersetzen, ihre leeren Häuser würden sich wieder bevölkern. Die Republik würde diese Geißel überleben. Sie war zwar auf Knien, doch sie würde wieder aufstehen, wie schon in früheren Zeiten. Wir ließen ein entsetzliches Jahrhundert hinter uns. Wir hatten Hungersnot und wirtschaftliche Krisen erlitten, hatten Kriegsniederlagen und politische Isolation erlebt, sämtliche europäischen Staaten waren gegen uns, wir hatten Gebiete verloren, die Welt zog sich an den Grenzen unserer Lagune zusammen – doch wir waren noch unabhängig und frei, und wir lebten noch. Ja, wir hielten stand. Widerstand war für uns zur Regel, ja zur Gewohnheit geworden. Dieses Mal aber würde Venedig nicht wieder so werden wie vorher. Dessen war sich jeder von uns bewusst, und ein jeder trauerte darum. Und ich, ich habe auch um meinen Gegner Tizian getrauert.

Das Angebot gelangte über einen pockennarbigen Schergen zu mir. Seine Hochwürden Pomponio Vecellio – der von mir eine hohe Meinung habe und von meiner Liebe zu seinem Vater wisse – wünsche mir mitzuteilen, dass Plünderer sich anschickten, das mit wertvollen Kostbarkeiten bestückte Haus seines Vaters Tizian auszurauben. Inzwischen seien weder Wachen noch Freiwillige aus der Bevölkerung in der Lage, die öffentliche Ordnung aufrechtzuerhalten. Daher müssten die kostbaren Schönheiten in Sicherheit gebracht werden, die es im Hause seines Vaters zuhauf gebe. Ob ich ihm, Pomponio Vecellio, *großzügigerweise* helfen wolle? Wenn ja, so möge ich heute Nacht nach Biri kommen.

So suchte auch ich – wenngleich ich der Einzige bin, der es zugibt – Tizians Haus auf. Von meinem lag es zweihundert Ruderschläge oder eintausenddreihundertsechsunddreißig Schritte entfernt. Diese eintausenddreihundertsechsunddreißig Schritte waren weder ich noch er jemals gegangen. Die Tür an der Rückseite – zur Lagune gelegen, die Venedig vom Festland trennt und deren Horizont die spitzen Berge von Cadore säumen – stand sperrangelweit offen. Etliche mussten bereits hier gewesen sein, denn die von Federn aus Matratzen und Kissen übersäte Erde im Garten war völlig zertrampelt, und auch der eine oder andere Ast war schon abgebrochen. In einer Ecke stand eine mit einem Fransenteppich dürftig abgedeckte Orgel: Immer wenn ein Windstoß in die Blei- und Zinnpfeifen hineinwehte, erzeugte sie eine geheimnisvolle Melodie. Ich starrte sie ein wenig stumpfsinnig an, als ein Lastenträger kam und sie auf das Boot am Ufer hievte. «Jacomo Robusti?», sprach mich ein Diener mit gedämpfter und wie eingeschworener Stimme an. «Seine Hochwürden erwarten Euch.»

Im großen Atelier des Maestros schien ein Sturm gewütet zu haben. Jemand musste es mit blinder Gier fieberhaft durchwühlt haben. Stapel von Rahmen türmten sich an den Wänden, Staffeleien und ausgetrocknete Pinsel lagen kreuz und quer auf dem Boden. Farbspritzer an den Fensterscheiben, purpurrote Flecken an den Wänden, goldenes Pulver auf der Erde. Auf den Tischen, völlig durcheinandergeraten, Zeichnungen, Entwürfe, Skizzen. «Ein nicht wiedergutzumachender Verlust», sagte ich verlegen. «Wir sind alle Waisenkinder», entgegnete Pomponio seelenruhig. Als ich ihm die Hand reichen wollte, zog er seine zurück. Bis ich Tizians Atelier wieder verließ, nahm er kein einziges Mal das in Essig getränkte Taschentuch von der Nase.

«Ich danke Euch, dass Ihr zu dieser barbarischen Stunde gekommen seid», sagte er mit teilnahmslosem Lächeln. «Ich wusste, dass ich auf Euch zählen kann. Mich drängt es, zum Ende zu kommen, so bald es geht, will ich fort von hier. Es ist gefährlich, in Venedig zu bleiben.» «Ihr braucht mir nichts zu erklären», fiel ich ihm ins Wort und deutete auf meine Börse, damit er sah, dass ich Geld mitgebracht hatte. Ich wußte, Pomponio hatte keine Angst vor der Ansteckungsgefahr oder vor Dieben, sondern vor dem Testament seines Vaters. Dieser hatte ihn fünfzig Jahre lang mit unerbittlicher Verachtung gedemütigt und zugrundegerichtet und hätte ihm niemals sein Erbe hinterlassen. Somit hätten die Diebe tatsächlich ruhig in das Haus eindringen können. «Nehmt, was Euch beliebt», forderte mich Pomponio auf. «Leider ist es nicht viel, mein Vater arbeitete nie zum eigenen Vergnügen, lieber hat er alles zu Geld gemacht. Wahrlich eine verwerfliche Einstellung.» «Mit seiner Arbeit Geld zu verdienen, ist für einen Maler der unübertreffliche Quell aller Zufriedenheit», erwiderte ich. Meine Worte überraschten mich, denn nie hätte ich mir vorstellen können, für Tizian Verständnis aufzubringen, geschweige denn, ihn in Schutz zu nehmen. «Das ist schon verkauft», bemerkte Pomponio im voreiligen Glauben, ich hätte mir das Portrait der Tochter des Maestros ausgeguckt. Ich schaute hingegen auf etwas, das über seiner letzten Schlafstätte baumelte.

Vielleicht hatte es sich der fürchterliche Greis erst am Fußende des Sofas aufgehängt, als er seinen Tod nahen spürte – um es besser betrachten zu können. Als er am Ende allein war und keine Kraft mehr hatte, in sein Schlafgemach hinaufzusteigen, war der Meister in sein Atelier umgezogen, wo er auf diesem an die Wand gerückten, türkisch anmutenden, sonderbaren Bett schlief. Hier liegend, war er tot aufgefunden worden, und auf dem Ruhelager befanden sich noch immer zerknüllte Laken und von grünlichem Schleim beschmutzte Kissen. Die Leinwand hatte sich von der Wand gelöst, sodass sie wie ein Fetzen herunterhing. Man sah lediglich auf ein schwarzes Dreieck. In Wirklichkeit war es ein großes, dunkles Gemälde. Die *Dornenkrönung*.

Der in weiß gekleidete, sitzende Christus ertrug die schmachvollen Schläge seiner Peiniger. Für einen kurzen Moment kam mir Pomponio – aufgedunsen, nahezu glatzköpfig, früh gealtert und hoffnungslos unglücklich, der sich wie ein Rabe durch die restlichen Beweisstücke der meisterlichen Größe seines Vaters bewegte – nicht weniger gemein als diese Folterknechte vor. Und dieser Ausverkauf erinnerte mich an eine Ächtung oder Schändung. Vom verleugneten leiblichen Sohn wie vom verleugneten Künstlersohn gemeinsam begangen – eine furchtbare, unsägliche Sünde, die auf uns zurückfallen und uns vernichten würde. Rasch verscheuchte ich diesen Gedanken aus meinem Kopf. «Das nehme ich», sagte ich knapp. Jeder König in Europa hätte dieses Gemälde, das Tizian nicht zu verkaufen bereit gewesen war, haben wollen.

Das er für sich behalten hatte – für seine letzten Tage. «Mein Vater schenkt es Euch im Zeichen der Liebe», erklärte Pomponio, während er die Münzen nachzählte und in einen Schubkasten steckte. Dieser war schon dermaßen voll, dass er überquoll und sich nicht mehr zuschieben ließ. Ich rollte die Leinwand ein. Auch wenn es keinen gerechten Preis für ein Meisterwerk gibt, bezahlte ich das Geforderte – mehr als ich konnte und gemusst hätte.

Sechs Monate später kehrte Pomponio in die Stadt zurück und brachte bei den Behörden die Plünderung im Anwesen seines Vaters durch unbekannte Einbrecher zur Anzeige. Unter den verschwundenen Gegenständen benannte er kein einziges Gemälde. Aber selbst mit dem vielen Geld aus dem unrechtmäßigen Verkauf konnte er seine Schulden nicht begleichen. Der Tod seines Vaters hatte ihn weder seiner Bedürftigkeit enthoben, noch würde er ihn jemals befreien.

Selbstverständlich wollte ich das Bild niemals wieder herausgeben. Dieses Gemälde – möglicherweise sogar unvollendet – war vollkommen, Herr. Die grundlose, barbarische und stumpfe Gewalt der Peiniger, die friedvolle und ergebene Entrücktheit des Christus, die gespenstische Nacht, die alles in sich verschlingt, das Spiegelbild des Doppelleuchters, die mit der Pinselspitze angedeuteten Lichtreflexe im Dunkel, all das zusammen schien mir zeitlebens das Ergreifendste der Welt zu sein. Diese Leinwand, die Gedenken, Prophezeiung und Vision in einem darstellt, erzählt vom Sohn Gottes und von uns. Sie ist eine Lektion in Malerei, Einfachheit und Sparsamkeit – mit fast nichts vermochte der große Meister alles auszudrücken. Außer mir hätte es kein anderer zu schätzen gewusst. Andere hätten es verkauft. Hätten es als Mittel und nicht als Zweck benutzt. Ich hängte es in meinem Atelier auf. Wo es sich noch immer befindet. Fast zwanzig Jahre lang schaute ich es Tag für Tag an. Und jeden Tag sagte ich mir: Wenn du nicht so großartig sein kannst, wirst du nichts sein.

Und genau da kam die Pest in mein Haus. Schlagartig war die Festung eingestürzt. Ich musste mich angesteckt haben. Ich war zum Begräbnis eines an Pest Verstorbenen gegangen, hatte ein verseuchtes Haus betreten, hatte berührt, was ich nicht berühren durfte, hatte es sogar mitgenommen. Doch das Übel traf die Kleinste von uns, mein jüngstes Kind. Ottavia war zwei Jahre alt.

Meine Mädchen vergötterten sie, weil sie immer fröhlich war. Sie nähten ihr Kleider und Seidenschühchen und staffierten sie wie einen Cherubin aus. Von Perina erfuhr ich, dass Ottavia hohes Fieber und einen bläulichen Fleck auf dem Oberschenkel hatte. «Aber er ist ganz klein, wie ein Blütenblättchen, Papa. Vielleicht ist es nur ein blauer Fleck. Sie wird sich an einer Kante gestoßen haben.» Ich befahl ihr, sie nicht anzufassen. Und vor ihrer Mutter kein Wort darüber zu verlieren. Denn ich hatte Angst, dass Faustina die Anzeichen überspielte und uns damit alle in die Verdammnis stürzte. Ich beugte mich über das schlummernde Kind und hob ihr weißes Leibchen an. Als ich das Mal auf ihrem Bein sah, Herr, ging mir etwas Grauenhaftes durch den Kopf.

Mein Freund Ramusio hat mir einmal von einem afrikanischen Volksstamm erzählt, der kleine Kinder von ihren Vätern fernhält. Bis zum Alter von fünf Jahren ist es allein Aufgabe der Frauen, sie zu versorgen, großzuziehen und häufig auch zu begraben. Erst wenn sie fünf geworden sind und man sicher sein kann, dass sie weiterleben werden, stellt man sie den Männern vor, die sie gezeugt haben. Alle hielten es für einen grausamen, barbarischen Brauch. Meiner Ansicht hatte er etwas Barmherziges. Wozu soll man jemanden lieb gewinnen, der sowieso sterben muss?

Über mein schlafendes Kind gebeugt sprach ich an jenem Tag im September folgendes Gebet: Herr, nimm sie zu dir. Wenn du tatsächlich einen von uns forderst, dann nimm die Jüngste. Wir kennen sie kaum. Sie hat noch keinen ausgeprägten Charakter, keine Neigungen oder Erinnerungen. Sie kann keine Angst vor dem Tod haben, denn nur dem, der gelebt hat, macht es etwas aus zu sterben. Sie kann sich noch nicht an das Leben gewöhnt haben, sie weiß nichts von den Schönheiten der Welt. Es kann ihr nicht schwerfallen, sich von ihr zu trennen. Und auch uns nicht. Kein Wort hat sie an uns gerichtet, das uns in Erinnerung bleiben wird. Kein Versprechen. Ihre Durchreise auf Erden wird wie ein durch Staub streifender Finger nur eine seichte Spur in uns hinterlassen. Nimm sie.

Welch hohen Preis habe ich für diese Gedanken bezahlt, Herr.

In banger Furcht erwarteten wir die Ankunft der sogenannten Pizzicamorti, die die Erkrankten abholten. Sowohl das alte als auch das neue Lazarett, in das diejenigen mit Verdacht auf Pest eingeliefert wurden, quoll über. Daher hatten die Behörden alle vor Anker liegenden Schiffe und Galeeren beschlagnahmt und auf ihnen Bretterhütten errichtet. Sie erschufen so ein schwimmendes Lazarett, eine von bewaffneten Wachposten umzingelte Stadt auf Schiffen, voll mit Menschen, die zwischen Leben und Tod schwebten. Die Schiffe tauchten aus dem Dunstschleier vor Venedig auf und trieben unheilvoll in der Lagune umher. Boote pendelten von Insel zu Schiff, von Schiff zu Insel – die Lagune hatte sich in einen stygischen Sumpf verwandelt, jeder Fährmann in einen Charon und ein jeder von uns in eine Seele mit ungewisser Bestimmung. In jenen Tagen machten die ersten Zahlen die Runde. Anfangs im Flüsterton hinter vorgehaltener Hand, dann rief man sie sich von Fenster zu Fenster zu – laut und voller Entsetzen. Zerstörerische, unkontrollierbare, erschreckende Zahlen. Zehntausend Tote, zwanzigtausend, dreißigtausend. Meine Stadt lag im Sterben.

Inzwischen waren auch die in der Lagune festgemachten Schiffe dermaßen überfüllt, dass nicht mehr alle Angehörigen der unter Verdacht Stehenden fortgebracht werden konnten. Perina bot sich an, ihre Schwester zu begleiten. Faustina konnte die anderen Kinder und ich meine Familie nicht allein lassen, Marietta würde eine Künstlerin werden, Venedigs und Italiens erste große Malerin, und die Jungen würden eines Tages für mich arbeiten und mir im Alter ein würdiges Dasein gewähren. Perina aber war erst zwölf Jahre alt – und letzten Endes von uns allen am wenigsten eingebunden. «Du wirst sterben», sagte Marco bestürzt zu ihr. «Wenn Gott will», erwiderte Perina, «nur er kennt unsere Wege. Aber wenigstens wird Ottavia jemanden an ihrer Seite gehabt haben, und ich werde für etwas nützlich gewesen sein.»

Perina wickelte um ihre Schwester ein Seidentuch, auf das sie in großen Buchstaben ihren Namen gestickt hatte: Ottavia Tintoretta. «Die Luft ist so verseucht», erklärte sie uns, «der Übertragungsweg so rätselhaft, die Toten so zahlreich, dass sie nicht einmal mehr Zeit haben, die Leichen zu verbrennen. Sie kommen in Massengräber am Lido, werden mit Ätzkalk überschüttet und haben nicht einmal das Recht auf ein Kreuz. Ottavia aber muss wissen, dass sie deine Tochter ist.» Sie steckte ihr einen Pinsel zwischen die Finger. «Vielleicht wird auch aus ihr eine so große Malerin wie Timarete», merkte sie an. «Deswegen muss sie im Paradies, falls wir nicht zurückkehren sollten, die Möglichkeit haben zu üben.» In den kleinen Kinderhänden sah der Pinsel wie eine auf uns gerichtete Waffe aus.

Dann läutete die Glocke, und auf dem Kanal tauchte der weiße Schleppkahn auf. Ich lehnte mich aus der Loggia, doch an Bord waren lediglich ein paar stämmige Kerle zu sehen. In den ersten Monaten der Seuche hatten die Ärzte mit einem in Essig getauchten Schwamm vor dem Mund den Erkrankten noch kurze Hausbesuche abgestattet, und die Bader hatten Beulen aufgeschnitten. Mittlerweile aber waren alle Ärzte verschwunden, sodass auch die anderen keinen Schnitt mehr wagten. Lediglich vier Straßenkehrer mit üblen Schurkengesichtern sprangen vom Boot, die Einzigen, die an dem allgegenwärtigen Sterben Geld verdienten. Obwohl die Regierung für das Wegschaffen der Pestkranken und Toten ein hohes Gehalt und zweihundert Dukaten als Belohnung in Aussicht gestellt hatte, war niemand dem Aufruf gefolgt.

Selbst diejenigen, die mit langer Haftstrafe im Gefängnis saßen, sowie Galeerensträflinge und Banditen weigerten sich. So waren Banden von Betrügern und Kriminellen aus fernen Tälern und Bergen über die Stadt hergefallen, die man, obwohl sie skrupellos raubten und plünderten, wider besseres Wissen anstellte, da man sich nicht anders zu helfen wusste.

Diese Pizzicamorti oder Leichenzwicker waren nunmehr die Herren von Venedig geworden. Plündernd zogen sie durch die menschenleeren Gassen und sollen sogar durch offene Fenster infizierte Lumpen in gesunde Häuser geworfen und Tore und Türklopfer mit dem Pestserum bestrichen haben, um ungestraft weitermachen zu können. Auf Anordnung der Regierung hatten wir alle Ringe und Türklopfer abgenommen und die Fenster vernagelt, selbst im glühend heißen Sommer, als wir kaum Luft bekamen – doch das Übel war nicht zu stoppen. Da das Gerücht ging, sie seien möglicherweise die Überträger der Krankheit, rotteten wir sämtliche Katzen und Hunde in Venedig aus. Ich selbst massakrierte eigenhändig mit dem Schürhaken die rotbraune Katze, die uns jahrelang die Mäuse vom Hals gehalten und sich nun, blind und lahm geworden, das gestreichelt werden auf dem Arm meiner Tochter redlich verdient hatte. Trotz allen Flehens und Gezeters musste ich auch Marcos Hund beseitigen, ein friedliches Tier mit schwarzem Fell, das mein Sohn eines Tages am Ponte dei Mori fand, wo ihn Lausbuben aus dem Viertel aufgehängt hatten. Er hatte ihn gerettet, gefüttert und erzogen, der Hund war das einzige Geschöpf auf der Welt, um das sich Marco je mit Hingabe und Liebe gekümmert hat. Ich steckte ihn in einen Sack und ertränkte ihn in der Bucht von Sacca della Misericordia.

«Ist hier das verseuchte Haus?», brüllte einer der Kerle. Von der Loggia aus winkten wir ihn herein. Er aber schickte uns mit einer obszönen Geste zum Teufel. «Schmeißt den Verseuchten raus!», verlangte er. Ein zweiter Kerl hievte einen Eimer mit einer milchig weißen Flüssigkeit vom Boot. «Sie kennzeichnen uns mit einem

Kreuz», flüsterte Dominico. Alle Häuser auf der gegenüberliegenden Seite, bereits seit Wochen verriegelt und verrammelt, waren mit schaurigen weißen Kreuzen markiert. Erst vergoss der zweite Kerl den Inhalt auf die Außenmauer, dann verstrich der dritte den Kalk mit dem Spachtel auf der Fassade. Meine schöne, mit Fresken versehene Fassade zum Kanal. Mein Palazzo, mein Lebenstraum – kalkverschmiert. Mit dem Kreuz gebrandmarkt. Vielleicht verloren.

«Wo bleibt der Infizierte?», rief der erste Leichenzwicker, denn er wollte so wenig wie möglich von derselben Luft wie der Erkrankte atmen. Anfangs war immerhin noch ein barmherziger Bruder gekommen und hatte die dem Lazarett Geweihten gesegnet, doch selbst die blieben nun weg. Wir hatten zugesehen, wie unsere Nachbarn flehend und klagend fortgingen. Einer war ins Wasser gesprungen: Lieber wollte er vor dem Haus ertrinken, als zwischen Fremden ein paar Tage länger am Leben bleiben. Ein befreundeter Anwalt meines Schwagers, der den Mut besaß, ins Lazarett zu gehen und die Testamente seiner Klienten einzusammeln, berichtete von einem, der wahnsinnig geworden war, sich im Gemüsegarten in eine Hecke geworfen hatte und am nächsten Morgen von Dornen aufgespießt aufgefunden wurde. Andere verfluchten ihre Mutter, ihre Söhne oder Gott selbst, noch andere sangen das *Ave Maria*: Jeder starb und litt so, wie er gelebt hatte. Und niemand war bisher zurückgekommen.

Mit Mullmasken vor dem Gesicht brachten Marietta und Zuane ihre Schwestern ans Ufer. Die Leichenzwicker hielten sie auf Distanz. Da schließlich auch sie hätten verseucht sein können, wollten sie unter keinen Umständen mit ihnen in Berührung kommen. Perina bekreuzigte sich, stieg auf den weißen Kahn und winkte uns mit Ottavias Händchen zum Abschied zu. Der Mut meiner Tochter erfüllte mich mit Stolz und qualvoller Scham. Die Pizzicamorti befahlen Marietta und Zuane, sofort wieder hineinzugehen, und schubsten sie mit ihren Rudern Richtung Haustür. Immer wieder sehe ich meine Kinder am Ufer stehen, die Älteste und der Hübscheste – Marietta mit vom Wind aufgeblähtem Rock, die Ottavia einen Handkuss zuwarf, und der schlanke, blonde Zuane, der sich die Augen rieb, weil ihm die Tränen kamen, obwohl er bereits neun Jahre alt war und Haltung wahren wollte. Doch er hatte ein zu weiches Herz: Marietta nahm ihn an der Hand und brachte ihn ins Haus. Und nun haben mich meine zartesten Kinder alle beide verlassen – Marietta liegt in meiner Kirche unter der Orgel und Zuane irgendwo in einem fremden Land, ohne Grabstein und ohne dass sich jemand an seinen Namen erinnert.

Drei Tage später kam die Pest erneut, um sich meinen Funken zu holen. Sie war zweiundzwanzig Jahre alt und stand in der Blüte ihres Lebens. Ihre Zukunft war eine saftige, reife Frucht, die sie nur noch zu pflücken brauchte. Es war Ende September. Der frühe Herbst hatte die Seuche nicht zu zerstören vermocht, sie wütete weiter. Da sich der Himmel zuzog und schon der erste Donner über Murano den unmittelbar bevorstehenden Regenguss ankündigte, nahm Marietta auf dem Altan die Wäsche von der Trockenleine. Plötzlich wich alle Farbe aus ihrem Gesicht, sie musste sich am Geländer abstützen und wurde ohnmächtig. Dominico rannte mich holen. Niedergeschlagen und kraftlos hielten wir uns in den Armen.

Zu lange waren wir in der Stadt geblieben, und ich war schuld. Ich hatte es riskiert, meine Familie auf dem Altar einer eifersüchtigen, herzlosen Göttin – entweder Venedig oder die Malerei – zu opfern. Nun drohte uns, nacheinander krank zu werden: Wir würden grausame Schmerzen erleiden, würden von brutalen Ärzten, die unfähig waren, uns zu heilen, durchsucht, betastet und gebrandmarkt werden, unsere Körper würden mit Messern zerschnitten und unsere Wunden mit glühendem Eisen und Kupfersulfat verätzt werden. Isoliert, festgehalten, gedemütigt. Wir würden die Beleidigungen der Pizzicamorti und die Kränkung durch ihre bloße körperliche Anwesenheit über uns ergehen lassen müssen, zu viert in einem Bett auf verdreckten Matratzen dahinsiechen, zwischen den Schreien der Kranken, die keiner behandelte, und den Flüchen der Prostituierten, die auf Anordnung der Behörden gezwungen wurden, ihnen beizustehen.

Als wir auf dem Altan eintrafen, war Marietta bereits aufgestanden und hoch auf die Balken geklettert, wo Dominico und ich nicht an sie herankamen. Sie brüllte, uns bloß von ihr fernzuhalten, und drohte, ansonsten hinunterzuspringen und unten auf dem Ufer zu zerschmettern. Der Mörder dessen sein zu können, den wir lieben, ist eine fürchterliche Erkenntnis. Sie forderte uns auf, nach dem weißen Kahn zu schicken – sie wolle auf der Stelle ins Lazarett. Ihre grelle Stimme hallte durch den ganzen Hof, breitete sich über dem Fluss aus und konnte in fremde Ohren gelangen. «Sei still», brüllte ich zurück, «in Gottes Namen sei still.» Als ich sie am Fuß packte und wieder losließ, wollte sie tatsächlich ins Leere springen, aber ich war schneller, zog sie herunter, umklammerte ihre Hüfte und versuchte meine Hand auf ihren Mund zu drücken. Wie eine Katze wand sich Marietta aus meiner Umarmung. Aus Angst, mich anzustecken, hatte sie nicht zugebissen. «Lass mich gehen, Jacomo», rief sie, «lass mich!»

Niemals hätte ich sie gelassen, Herr. Eher wäre ich mit ihr in den Tod gegangen. Ich schleifte sie die Treppen hinunter, durch den Vorratsraum und bis ins Holzlager, wo ich sie einschloss und die Tür mit einem Balken verrammelte, den die Kinder keinen Fingerbreit verschieben konnten. Ich gab ihr Rosen- und Melisseblätter zu essen und versuchte, scheinbar gelassen, sie zu beruhigen: Ich würde ihr umgehend ein Heilmittel besorgen. «Du darfst nicht raus, Papa», entgegnete sie, «wir sind gezwungen, im Haus zu bleiben. Wer dagegen verstößt, wird zum Tode verurteilt.» «Meinst du, ein weißes Kreuz kann Jacomo Robusti aufhalten, *mein Funke*?»

Ich rannte zu Piero alla Gatta, dem nächstgelegenen Arzneihändler um die Ecke – aber der Laden war zu. Also überquerte ich bei Ormesini den Kanal, doch auch der Apotheker von San Marcilian hatte Venedig verlassen. Aber schließlich gab es noch meinen Schwager Piero. Ich musste nur bis zu seinem Haus hinter der Kirche San Vio gelangen. Fast einhundert Jahre lang – bis die Episcopi in der sozialen Hierarchie der Republik aufgestiegen waren und in den Notarsstand erhoben wurden – hatte die Familie meiner Frau eine Apotheke geführt. Sie kannten alle Apotheker Venedigs, gewiss würde einer meinem Schwager ein Gegenmittel besorgen.

Als ich zum Canal Grande kam, wurde ich von Wachmännern angehalten. Niemand dürfe den Stadtteil Cannaregio betreten – wie im Übrigen auch Castello und San Marco. Ob ich denn das nicht wüsste? «Hau ab, du leichtsinniger Tor», schrien sie mich an und drängten mich mit ihren Schwertern zurück. «Ich muss vorbei», rief ich zurück. «Wenn du nicht verschwindest», brüllten sie, «nehmen wir dich fest.»

Hundert Schritte weiter entlud gerade ein Brotbäcker auf dem Rio San Felice sein Boot. Er besaß eine Genehmigung, Cannaregio mit Brot zu versorgen, durfte sich also frei bewegen. «Bring mich nach San Vio», forderte ich ihn auf, doch er erwiderte, es sei verboten, gegen die Anordnungen der Behörden zu verstoßen. «Selbst wenn es unser Vater im Himmel angeordnet hätte, würde ich dagegen verstoßen», entgegnete ich. «Und wie willst du dahin kommen, im Flug?», fragte er höhnisch. Ich kehrte ihm den Rücken zu, zog Schuhe und Strümpfe aus und stieg die ersten Stufen ins Wasser hinab. Es war grün, klebrig und mit Blasen überzogen. Und stank nach Jauche. Ich konnte nicht schwimmen – aber ich wusste, wie Holzstücke schwimmen. Ich schnappte mir vom Boot des Brotbäckers eine Kiste und ging noch eine Stufe tiefer. «Bist du wirklich so verrückt, dass du dahin schwimmen willst?», fragte er mich. Ich würdigte ihn keines Blickes. Da machte er mir ein Angebot. Das Geld brauchte ich für Mariettas Arznei, daher gab ich ihm das goldene Kreuz an meiner Kette. Dann zog ich meine Schuhe wieder an und legte mich längs auf den Schiffsboden.

Der Canal Grande schimmerte so spiegelglatt wie ein Weiher: Nicht eine Fähre, die übersetzte, nicht ein Frachtkahn oder festgemachtes Schiff vor den Lagerhallen, sämtliche Gondeln an den Pfeilern vertäut, die Poller einsam und verlassen, leer die Anlegestelle der Fischer. Ich bat den Brotbäcker, vor dem Palazzo Loredan auf mich zu warten, in wenigen Minuten sei ich wieder zurück. Aber das Haus meines Schwagers war leer. «Signor Episcopi ist vor drei Tagen abgereist!», rief mir die Nachbarin zu. «Den findet Ihr auf dem Land, in Zelarino.» Anschließend verlangte der Brotbäcker alle meine Mantelknöpfe, um mich an der Riva del Vino an Land zu bringen.

Alle Läden in den Gassen hinter Rialto, wo es normalerweise vor Menschen wimmelte, waren verschlossen: Weder bei Stella noch bei Tre Stendardi, Navicella oder Tre Monti antwortete mir jemand. Es begann zu regnen. Während ich durch die menschenleere Stadt schweifte, begegnete ich lediglich ein paar Pizzicamorti mit ihren Bahren und einigen Dieben mit Leitern auf der Schulter, die ungestraft Fensterläden und Scheiben aus den Angeln hoben und in die verlassenen Häuser eindrangen. Ich lief über einen knirschenden Teppich aus zerbrochenen Fensterscheiben. Später lag immer mehr sumpfiger Morast in den Gassen, auf dem ich dreimal ausrutschte. Ich irrte von San Cassan nach San Stae, von San Boldo nach San Polo, von San Pantalon nach Trovaso und bis nach Carmini: Überall baumelten Schilder vor verriegelten Flügeltüren oder zwischen dunklen, regennassen Mauern, sämtliche Apotheken waren geschlossen. Die wenigen noch geöffneten hatten nichts mehr zu verkaufen, ihre Gefäße mit den Heilmitteln waren seit Wochen leer. Ich klopfte an jede einzelne Apotheke, an der ich vorbeikam, und rief: «Um Himmels willen, so öffnet doch!» Es war niemand da – als wären alle tot. Auf einmal spürte ich Furcht in mir aufsteigen. Mir wurde klar, dass ich mutterseelenallein war. Dass ich seit geraumer Zeit keine Menschenseele mehr gesehen hatte. Dass meine Stadt leer war. Dass ich in dieser absurden Stille hören konnte, wie ein Spatz auf dem gegenüberliegenden Häuserdach umhertrippelte. Schließlich kam ich völlig entkräftet und zitternd vor Kälte in San Nicolò an.

Das Viertel war bewohnt, denn die armen Fischer konnten es sich nicht leisten wegzugehen. Auf den Brücken und an den Ufern lagen abgewetzte Möbel, die baufälligen Holzhütten waren mit nicht minder morschen Holzbalken verrammelt, überall weiße Kreuze an den Türen, ausgemergelte Gesichter hinter den Fensterscheiben, weiße Boote auf jedem Kanal. Bei Insegna della Luna lehnte sich eine Frau heraus. Da ihr Mann gestorben war, weigerte sie sich, die Tür zu öffnen. Ich flehte sie an, mir zu helfen, meine Tochter zu heilen. Was sollte ich sonst tun? Sie rief mir zu, ihr Vitriol mit heißer Brühe zu geben, davon würde sie dermaßen brechen und kacken, dass sie am Ende auch die Pestwürmer los sei. Sie war derart raffgierig und vulgär, dass ich an ihr Heilmittel nicht glaubte. Ich lief weg. Ich wusste nicht, wohin, als ich auf einmal einen Lichtstreifen zwischen hohen, braunen Mauern sah. Es war ein Kanal. Ein Totengräber, der gerade eine verkohlte Leiche auf seinen Kahn hievte – jemand hatte mit reichlich Ungeschick versucht, seine Pestbeulen zu verätzen –, schickte mich zum Arzneihändler Angelo Raffaele. Diese blasierte Luthersau, dieser alte Widerling habe Geld zuhauf gemacht – da das ganze Viertel vom Unheil befallen sei, sich dieser verdammte Teufel aber nicht anzustecken scheine, kenne er wahrscheinlich tatsächlich ein gutes Gegenmittel.

Der Alte öffnete mir nicht die Tür. Ich stand im strömenden Regen auf dem Vorplatz, er in seinem Laden. Ich erkannte lediglich seinen Schatten, der an den Wandregalen vorbeihuschte und die Keramikgefäße verdeckte. Für einen kurzen Moment glaubte ich, tatsächlich den Teufel vor mir zu sehen. Aber wen störte es?

Wenn er mir wirklich meine Seele abkaufen wollte, hätte ich sie ihm sogar geschenkt, Hauptsache Marietta war gerettet. Als er die Tür einen Spaltbreit öffnete, warf ich ihm die Münzen hinein. Er schrieb mir das Rezept auf ein Stück Papier und warf die Kräutersäckchen aus dem Fenster.

Mit dem Kahn der Pizzicamorti überquerte ich in San Simeone den Canal Grande – im Gegensatz zum Brotbäcker verlangten sie keinen Obolus. Im Dunkel der Nacht kehrte ich nach Hause zurück. In den vier Ecken des Holzlagers entzündete ich Duftfackeln, in denen Pinienharz, Aloe, Kolophonium und Myrrhe verbrannte. Der Duft war so angenehm süßlich, dass sich noch heute etwas in mir regt, wenn ich ihn rieche. Leichenblass lag Marietta auf einem Strohsack. Da sie auf meine Aufforderung, sich auszuziehen, nicht reagierte, hakte ich ihr Leibchen auf – und entblößte sie. «Jacomo!?», rief sie verstört. Doch sie musste mir vertrauen, denn ich brauchte ihre Eingeweide – und ihr Herz.

Zu viele Jahre sind seitdem vergangen, und ich kann mich nicht mehr daran erinnern, welche Kräuter ich für den Brei aus Leinsamen in der Küche zerstoßen, aufgeweicht und gekocht habe, der sie ins Schwitzen bringen sollte und den ich ihr auf den Bauch strich, oder an die Salbe, mit der ich ihr Herz einrieb. Ich weiß nur noch, dass diese nach Zitrone und Safran roch und sich kalt anfühlte. Marietta war dagegen ganz warm. Ihre Haut brannte. Ich massierte so lange ihre Herzgegend, bis der letzte Tropfen Salbe in ihre Poren eingedrungen war. Ihr Herz raste – meines auch. Dann legte ich eine in reines Arsen getunkte und in ein Taschentuch eingewickelte Oblate genau dort auf ihre Brust, wo ich ihren Herzschlag am stärksten spürte, und befahl ihr, sich nicht zu rühren, bis ich wieder da sei. Da fragte sie mich: «Warum tust du das alles für mich, Jacomo?»

Alle drei bis vier Stunden ging ich in das Holzlager und brachte ihr einen Krug Wasser, den sie mir nur leer wieder zurückgeben durfte. Wenn Marietta mich von sich fernzuhalten suchte, sagte ich: «Ich habe keine Angst vor dir, Leben meines Lebens, meine Seele.» Dann beugte ich mich zu ihr hinunter, um sie erneut zu massieren und den Krankheitsverlauf im Auge zu behalten. Nachdem ich ihr beim Ausziehen der Bluse geholfen hatte, besah ich sie prüfend und suchte sie nach den kleinsten Schatten blauer Flecken ab, die auf die Pest hindeuten könnten. Doch die einzigen Punkte auf der Haut meiner zweiundzwanzigjährigen Tochter waren Sommersprossen. Also hob ich ihren Rock an. Ich wusste genau, an welchen Stellen die Beulen hervortraten. Unter den Achseln, an den Drüsen in der unteren Halsgegend und in den Leisten. Meine Hände kannten weder Scheu noch Scham. Ich war ihr Vater und ihr Arzt. Es gab nichts anderes als das Holzlager, das Prasseln des Regens, die schaurige Stille in meinem Haus und meiner ermordeten Stadt. Zuweilen hatte ich den Eindruck, als wären wir die beiden letzten Lebewesen der Erde – nach einer Katastrophe, die uns, warum auch immer, verschont hatte. Ich kann nicht sagen, wie lang es gedauert hat, wie viele Tage, Stunden – oder Augenblicke. Es war wie im Traum. Auch Marietta glaube ich manchmal nur erträumt zu haben. Und dass sie nie bei mir gewesen ist, weder in diesem Raum, wo ich noch immer auf sie warte, noch in dem Holzlager oder anderswo.

Marietta wollte sich jedes Urteil aus meinem Mund anhören. Selbst wenn ich sie untersuchte, wich sie nicht meinen Blicken aus. Dass sie stets mutig durchs Leben gegangen ist, erfüllt mich mit Stolz. Ihr Atem roch nach Melisse und Rosen, das Lager nach Harz und Aloe. Von dem Duft war ich wie benebelt, der Rauch der Fackeln machte mich trunken und trug mich weit fort, während ich mit einem Taschentuch, das in Essig, Kampfer und Theriak eingelegt war, ihre Schläfen, Handgelenke und Lippen erfrischte. Wenn ich heute an die schrecklichen Momente in dem düsteren Holzlager zurückdenke, als wir kaum mehr wussten, ob wir noch lebten oder schon tot waren, in eine Zeit entrückt, die nicht von dieser Welt war, zutiefst verzweifelt und doch unendlich frei, dann entdecke ich darin eine Zärtlichkeit, die ich nie wieder erlebte – und Herr, ich bitte dich, vergib mir.

Am Morgen des dritten – oder vierten – Tages hatte ich das Gefühl, in der Hautfalte ihrer Hüftbeuge am Rand des Oberschenkels, genau da, wo der Flaum ihrer Scham begann, ein Knötchen unter dem Finger zu spüren – nicht größer als eine Linse. Marietta musste das Entsetzen in meinen Augen gesehen haben, denn mit ernster Miene sagte sie: «Das soll wohl mein Schicksal sein, Jacomo. Lass mich nur bitte nicht allein sterben, ich habe Angst, an einen Ort zu kommen, wo du nicht bist.» Kurz darauf fügte sie mit ihrem typischen verschmitzten Grinsen, das ich so lieb gewonnen hatte, hinzu: «Wenn ich ehrlich sein soll, Papa, will ich lieber nicht sterben. Ich bin viel zu jung. Ich habe noch so viel zu erledigen. Das Werk, das mir Ruhm und Ehre einbringen wird, habe ich noch gar nicht gemalt, ich habe keine einzige andere Stadt gesehen, ich habe noch nie Liebe gemacht.»

«Nicht?», entfuhr es mir. «Nein, Jacomo, ich weiß nicht, was die Liebe ist», flüsterte sie. «Das wirst du noch erfahren, mein Funke, das verspreche ich dir.» Ich betastete weiter ihre Haut und drückte mit dem Finger auf die Linse. Im Stillen dachte ich: Ich werde nicht zusehen, wie die Krankheit ihre Schönheit zerstört. Ich werde nicht zulassen, dass sie ein dreckiger Leichenzwicker in seinem Kahn fortschafft. Eher bringe ich sie um. Und das hätte ich wahrhaftig getan, Herr. Wenn die Linse zu einer Eiterblase auf ihrem Körper geworden wäre, dann hätte ich ihr die Kehle durchgeschnitten.

An jenem Tag – während Faustina leise für ihre Töchter betete, von denen sie noch nichts gehört hatte – hockte ich vor dem Kamin und dachte über die mir noch verbleibenden Möglichkeiten nach. Die Heilmittel der Ärzte und Arzneihändler halfen nicht. Blieben noch die Rezepturen der Quacksalber und Kräuterhexen: Marietta erst für zwölf Stunden in salziges Meerwasser und dann sechzehn Stunden lang in ein Schlammbad tauchen. Sie nackt bis zum Hals vergraben und dort vierundzwanzig Stunden in vollstem Vertrauen auf die heilenden Säfte der Erde – unser aller Mutter – stecken lassen. Mir Skorpionöl beschaffen, mit Tonheilerde, Hirschhornpulver, Wurzelschleim, Quittenäpfeln, Elfenbeinpulver, Ingwer und Otterfleisch vermischen und ihr zusammen mit ihrem Menstruationsblut einflößen. Oder mir Maulwurfsgalle und Ochsentalg besorgen und ihr zusammen mit Schweinsgeifer und geschliffenem Diamantenpulver zu trinken geben – dabei musste man sehr auf die Menge achtgeben, da von einer zu hohen Dosis ihre Eingeweide zerreißen und platzen würden, während sie bei einer wohldosierten Menge das Übel aus dem Darm ausscheiden würde. Oder sie morgens zwei Fingerbreit ihres Urins und abends Gerstenwasser trinken lassen, dazu ein in Essig getränktes Stück Brot und sieben Rautensprossen; eine glühend heiße Nadel in den Abszess stecken und ihn mit Pfeffer entkeimen, bis er vernarbt.

Peinlich genau wog ich die Möglichkeiten ab, an diese Mittelchen heranzukommen, was immer sie kosteten. Ich hätte den Schmuck meiner Frau verkauft, meine geliebte Sammlung – die Abgüsse von Michelangelo, das Gemälde von Tizian, die Statuetten von Giambologna, die Skizzen von Vittoria und Sansovino, meinen fliegenden Engel, die Rüstungen aus der Zeit von Marco Polo, die griechischen Ikonen, die Bilder von Bassano, Veronese und Schiavone, meine Bilder, das Haus auf dem Land, ja mein eigenes Haus. Heute weiß ich, dass man diese Mittel für Humbug und sogar Verbrechen hält, aber ich hatte nichts anderes mehr. Wenn die Weisheit am Ende, die Wissenschaft machtlos und alles vergebens ist, was bleibt da noch? Ich erinnere mich nicht mehr, warum ich davon abließ. Vielleicht blieb keine Zeit mehr, sie auszuprobieren.

Verzweifelt suchte ich Zuflucht in Madonna dell'Orto. Auf dem Weg zur Kirche begegnete mir niemand – weder auf dem Kanal noch auf dem Platz oder der Brücke. Wo sich sonst Frauen, Kinder, Adelige, gemeines Volk und Fremde tummelten, bewegte sich an den Mauern und auf dem Pflaster nur noch mein Schatten. Das einzige Geräusch, das mir folgte, waren meine eigenen Schritte. Nicht das leiseste Stimmchen war zu hören. Die Boote lagen regungslos auf dem Kanal und ertrugen geduldig den erbarmungslos auf sie niederprasselnden Regen. Ein Rudel umherstreunender, gieriger Hunde, die der Ausrottung im Sommer entkommen waren, stritt sich heftig mit einem aus irgendeinem Stall entlaufenen Schwein um einen faulen Apfel. Ausgehungert wie sie waren, hatten sie nicht einmal mehr die Kraft zu heulen. Keuchend fletschten sie ihre Zähne. Selbst die Amseln und Möwen waren nicht mehr da. Mein Venedig schien ausgestorben zu sein. Und in einem gewissen Sinn war es das auch. Nach und nach verlor es alle seine Bewohner. An jenem Tag fehlten beim Appell bereits um die fünfzigtausend. Ich verscheuchte den Gedanken an dieses Heer von Opfern, das eine ganze Stadt hätte bevölkern können. Ich dachte an meine private Stadt. Acht Leben wollte ich retten. Und wenn nicht acht, dann wenigstens eins.

Ich kniete mich vor die große Kirchenorgel. Keiner spielte, denn auch der Organist von Madonna dell'Orto war der Pest zum Opfer gefallen. Ich schaute mein Gemälde an. Zwanzig Jahre waren vergangen, seitdem ich es fertiggestellt hatte. In jenen weit zurückliegenden Tagen konnte ich es nicht ahnen, aber inzwischen wusste ich, dass es den glücklichsten Moment meines Lebens widerspiegelte – es war die Morgenröte meiner Hoffnungen, die Ankündigung eines Wunders, von dem ich geträumt hatte und das sich nun erfüllen sollte. Da rief ich zu dir.

Bis zu jenem Zeitpunkt war ich kein guter Christ gewesen. Nur so gut wie viele andere, Herr. Ich ging in deine Tempel, hörte mir die Homelien deiner Pastoren an, sprach Gebete, nahm an Prozessionen teil, betete für die Toten und spendete den Armen und Bedürftigen Almosen. Immer seltener ging ich zur Messe, außer an Ostern oder Weihnachten blieb mir kaum Zeit dafür; an meine letzte Beichte konnte ich mich nicht erinnern. Ich gehorchte durchaus deinen Geboten. Allerdings nur denen, die mich nichts kosteten. Kam ich an Heiligenfiguren vorbei, neigte ich den Kopf. Freitags und zur Passionszeit fastete ich, die Feiertage waren mir heilig, und sonntags arbeitete ich nur wenig – überhaupt nicht zu arbeiten gelang mir nicht. Die anderen Gebote ließ ich außer Acht. Oder ich verletzte sie. Keine Sünde habe ich ausgelassen. Mein Glaube war ein Anzug, den ich trug, ohne mich jemals bewusst für ihn entschieden zu haben. Man kommt zu einer bestimmten Zeit und an einem bestimmten Ort auf die Welt und saugt die Vorstellungen und Gewohnheiten mit der lebensnotwendigen Luft ein. Man stellt sie nicht infrage. In gewisser Weise erträgt man sie, akzeptiert sie zumindest.

Ich stand im Ruf, der beste Wunder- und Mysterienmaler zu sein. Und meine Kritiker hatten recht, obwohl das, was für mich zählte, weder das Wunder noch das Mysterium, sondern deren Erzählung war – die Erfindung ihrer Darstellungsweisen. Die Idee, dass ein Heiliger durch die Luft schwebte oder flog, interessierte mich mehr als die Tat, die er vollbracht oder heraufbeschworen hat – woran ich möglicherweise nicht einmal glaubte. Nie hatten mich deine Worte erreicht. Aber auch ich hatte mich nie an dich gewandt.

Wenn du sie retten würdest, versprach ich dir, auf sie zu verzichten. Sie von mir fernzuhalten – für immer. Ich versprach dir, dass ich, wenn du meine Familie – meine *gesamte* Familie – verschontest, von da an nur noch für dich malen würde. Ich legte dir meine Laufbahn zu Füßen. Konnte ich nun endlich Venedigs erster Maler werden? Seit meiner Kindheit war dies mein größter Wunsch. Alles andere war mir egal. Im venezianischen Sitz des heiligen Rochus – ein beliebiger Mann, den du seiner menschlichen Bestimmung enthoben hast, damit er sich für uns einsetzt –, in genau dieser Bruderschaft mit ihren nackten Wänden, die ich mir seit Jahrzehnten zum Ziel gesetzt hatte und die über mein Schicksal entscheiden sollten, wollte ich ein Denkmal errichten, das niemand zu entwerfen gewagt hätte. Einen Lohn wollte ich dafür nicht haben. Nur so viel, um damit zu überleben und es zu verwirklichen. Ich hätte ein, zehn, zwanzig Gemälde gemalt, um deine Macht, Wahrheit und Gnade zu verherrlichen. Weder für Geld noch für Ruhm oder aus Liebe zur Malerei wollte ich malen – allesamt Motive eines Mannes, der Künstler werden will. Ich wollte es aus Anerkennung tun. Aus Dankbarkeit dafür, geboren zu sein, geliebt zu haben, geliebt worden zu sein, erschaffen zu haben, in den Genuss von Dingen gekommen zu sein, die Freude bereiten, und jenen, die Leid bringen – kurzum, gelebt zu haben. An jenem Tag schenkte ich dir meinen Beruf, mein Talent, mein Leben. Mehr konnte ich dir nicht darbringen. Ich habe mich an unsere Abmachung gehalten.

Nun liege ich hier, und wieder einmal weiß ich nicht mehr, ob es Tag oder Nacht ist, ob ich schlafe oder wach bin, ich höre die Stimmen meiner Familie und den Arzt, der noch einmal erklärt, dass trotz allem mein Leiden nicht tödlich sei. Gern würde ich gehen, doch ich kann mich nicht dazu entschließen, genauso wie in jenem schrecklichen Herbst vor achtzehn Jahren. Und immer wieder sage ich mir, dass du es warst, der unseren Pakt gebrochen hat. Wenn es einen Vertrag zwischen uns gegeben hat, dann hast du ihn zerrissen. Ich habe die Klauseln geachtet. Sollte es nicht so gewesen sein, dann übersteigt das alles meinen Verstand. Sag mir, wo ich gefehlt habe – sag es mir. Ich habe sie von mir ferngehalten. Ich habe auf die Freude verzichtet, alles für sie zu sein. Auch das Denkmal habe ich errichtet – elf Jahre meines Lebens habe ich dafür gegeben. Deinen Ruhm habe ich gepriesen. Du aber hast sie nicht gerettet. Also bin auch ich wieder frei.

Ich hätte merken müssen, ab wann du dich immer weiter zurückgezogen hast, doch ich kann den Beginn deiner Abwesenheit, den Tag, an dem sich der Schatten langsam über uns ausbreitete, nicht benennen. Meine Frau am Fußende des Bettes wiederholt unentwegt, dass wir endlich nach Carpenedo fahren sollten. Dass wir nicht mehr länger warten dürften, da Venedig mich umbringe. Carpenedo stellt jedoch nicht mehr wie früher die Stätte unserer Zuflucht dar – sie ist entweiht worden. An diesem Ort hast du mich hintergangen.

Das kleine, bescheidene Haus mitten auf dem Land, das ich gekauft hatte, als die Pest in Venedig ihren Anfang nahm, weiß alles über uns. Es ist Sinnbild für unseren Erfolg und seine Nutzlosigkeit. Vierhundert Dukaten hat es mich damals gekostet. Die ich nicht besaß, sondern mir borgen musste. Wegen des Weizens, der Hülsenfrüchte und der vierzehn Fässer Wein, die es jährlich einbrachte, habe ich es allerdings nicht gemocht. Auch nicht wegen der Gans, der fünfzig Eier, der zwei Hennen, der zwei jungen Hühner und des Schinkens, den uns die Pächter nach Venedig brachten. Sondern einzig und allein wegen des alljährlichen Friedens im Sommer. Für ein paar Wochen im Jahr waren wir einfach nur eine Familie. Weder mein Name noch mein Ruhm oder meine Sorgen haben mich je dort erreicht, nichts davon konnte uns in Carpenedo berühren. Sollte es ein privates Paradies auf Erden geben, wir haben es gehabt.

Nach dem Mittagessen saßen wir wie immer im Schatten einer Pergola um den Tisch. Es war Juli. Die Zikaden machten einen ohrenbetäubenden Lärm. Eine Schar Küken watschelte zwischen unseren Füßen herum. Ich erinnere mich an Musik – jemand zupfte auf der Laute ein Lied. Vielleicht war es Ottavia oder auch Marietta. Der von der Pest gezeichnete Herbst gehörte längst der Vergangenheit an, Ottavia war nun ein junges Mädchen und Marietta eine wirkliche Frau geworden. Die leise Musik vermischte sich mit dem Gesumme der Insekten und unseren Stimmen. Harmonische Tage, in denen wir das waren, was eine Familie sein muss. Der kleine Junge lernte laufen. Er hatte sich das viel zu große Hemd abgestreift und war barfuß. Er war so, wie du ihn erschaffen hast. Nackt und unschuldig. Auf allen vieren kroch er über die Wiese, kippte um, machte eine Rolle, streichelte die Federn eines Kükens, versuchte es einzufangen, was ihm nicht gelang, kreischte und stand wieder auf, machte einen unsicheren Schritt, strauchelte und plumpste wieder auf die Erde. Ich schaute ihm zu. Bangte, er könne sich wehtun. Das Kind trug meinen Namen. Und ich liebte es mehr als mich selbst. Es war elf Monate alt. Hatte erst sechs Zähnchen und konnte gerade nach seiner Mutter rufen. Ein so zartes Geschöpf, Herr.

Ich stand auf und ging hinüber zur Eiche. Dann nahm ich ein Küken in die Hand und hielt es ihm entgegen. «Komm her», forderte ich ihn auf. Jacometto schaute mich mit jenem vertrauensseligen Blick an, den nur Kinder haben. Sie vertrauen uns so blind, wie wir dir vertrauen. Er kratzte sich am Kopf. Wie ich hatte er rotes, lockiges Haar. Er schaute erst die Eiche, dann das Küken an – ein wonnevolles Lächeln erhellte sein Gesicht und strahlte mich an. Dann lief er los. Ein Schritt nach dem anderen. Er wankte zwar, fiel aber nicht hin. Wenngleich unsicher, schaffte er es, fest auf seinen kurzen Beinen stehen zu bleiben. Mit ausgestreckten Ärmchen lief er auf mich zu. Ich wartete am anderen Ende der Wiese auf ihn. Sie musste ihm riesig vorgekommen sein. Aus den Augen eines Kindes erscheint die Welt unendlich groß und weit. Dabei ist sie nichts weiter als eine verdorbene Apfelsine, die von innen heraus fault. Sie ist ein winziges Steinchen im Universum, und keine der Entdeckungsreisen unserer Seefahrer kann es mit dem Risiko der Reise eines Kindes aufnehmen. Lachend kam Jacometto auf mich zu. Er arbeitete sich vorwärts – Schritt für Schritt, unsicher, aber glücklich mit der Welt und mit sich.

Noch immer warte ich auf ihn.

Mir graut es, an diesen Tag zurückzudenken. Herr, setze meinem Leben jetzt ein Ende.

22. Mai 1594
Sechster Fiebertag

Das Bett zu verlassen war absoluter Irrsinn, und alle meinen, dass mir diese anstrengende Überfahrt nun zum Verhängnis wird. Aber ich bin nie weise gewesen. Schon gar nicht im Alter. Ich zähle nicht zu diesen Greisen, die wie zahme Hunde die Zuneigung der anderen auf sich ziehen. Mein guter Dominico flehte mich an, mich zu schonen – er hätte sich schon um die Ablieferung der *Grablegung* gekümmert –, doch niemand hat je für mich zu entscheiden vermocht. Das war schon immer so gewesen.

Als wäre ich eine Skulptur aus Glas, hoben mich meine Söhne mit übertriebener Behutsamkeit auf die Gondel. Es stimmt, meine Knochen sind zerbrechlich, und jeder Stoß verursacht einen weiteren Sprung. Vielleicht genügt ja bereits der kleinste Windhauch, und sie zerfallen in Splitter. Diese haben jedoch scharfe Kanten. Das Bild – in Laken gehüllt im Holzkäfig – hatten wir von den Burschen auf einen Ehrenplatz unter die mit schwarzem Stoff bezogene, überdachte Kabine stellen lassen. Auf den Kissen ausgebreitet, sah es aus wie ein Sarg. Es war ein schwüler, diesiger Morgen, als wir auf dem spiegelglatten Wasser dahinglitten.

Als wir endlich auf der Insel San Giorgio Maggiore ankamen, verweigerte der Gondoliere den vereinbarten Lohn. «Maestro», hob er an, «nie hätte ich gedacht, eines Tages die Ehre zu haben, Euch mit meiner alten Nussschale befördern zu dürfen.» Dann machte er Anstalten, meine rechte Hand zu küssen. Verärgert zog ich sie zurück und sagte, er solle doch die Hand des Bischofs küssen gehen. Völlig aufgewühlt begann er stotternd zu erzählen, dass er während der langen Pestplage, als sein Körper von Beulen übersät war und seine Exkremente von Würmern wimmelten, eines Tages mit dem Schleppkahn fortgebracht und ins alte Lazarett gesperrt worden sei. Wochenlang habe er trostlos neben Hunderten von hoffnungslosen Menschen auf Strohsäcken und auf der bloßen Erde gelegen. Er habe jedoch überlebt. Als er wieder gesund war, sei er in die Kirche San Rocco zur Verehrung der Reliquien gepilgert. Und während er dem heiligen Rochus dankte, ihm das Leben gerettet zu haben, sei ihm das Gemälde mit dem Heiligen im Krankensaal aufgefallen, der tatsächlich genauso aussehe wie der, in dem er mit dem Tod gerungen habe. Er habe sich gewundert, dass ein solch gewöhnlicher, gar abstoßender Gegenstand Stoff für ein Kunstwerk darstellen kann. Er habe sich nicht von dem Bild lösen können. Seitdem liege es ihm am Herzen, dem Maler – den er nun endlich gefunden habe – etwas mitzuteilen. Ich hätte in diesem Gemälde sämtliche namenlosen Kranken verewigt, alle, die an der Seuche und allen anderen möglichen Krankheiten gelitten, die alle Arten von Schmerz, Leiden und Demütigungen, die der sterbende Körper hervorbringt, erfahren haben. Wenn diese Kranken es wert seien, im Werk eines großen Künstlers abgebildet zu werden, dann sei auch er ein würdiger Mensch. Ich höchstpersönlich hätte seinem Leben wieder Würde verliehen.

Lachend schlug ich ihm vor, sich ein paar neue Brillengläser zu kaufen. Doch ich muss gestehen, dass mich die Worte des Gondoliere, dessen Namen ich nicht einmal kenne, mehr berührten als jedes Lob aus dem Munde eines Prinzen. Sollte ich morgen schon in Vergessenheit geraten sein, so wird mein Werk wenigstens einer Person etwas bedeutet haben und seine Erschaffung wert gewesen sein. Wenn ich seinem Leben Würde verliehen habe, dann hat er meinem Leben einen Sinn gegeben. Ich erklärte ihm hingegen, dass er sich irre – ewig sei lediglich Gott, Gemälde jedoch nicht. Sowohl der Anstrich als auch die Leinwand verzehrten sich von selbst. Die Farben würden verbleichen, abbröckeln, nachdunkeln und am Ende verschwinden. Denn Gemälde seien lebendig, und alles Lebende sei dem Tod geweiht. Sich wie ein Aal windend, gelang es dem Gondoliere am Ende doch noch, meine Hand zu küssen.

«Selbst die Gondoliere schätzen dich», bemerkte Marco und klopfte an die Klosterpforte. «An deiner Stelle würde ich mir langsam Sorgen machen. Ausnahmsloser Erfolg ist ein Zeichen des Niedergangs. Zu vielen zu gefallen ist gefährlich.» «Noch gefährlicher ist es, niemandem zu gefallen», entgegnete ich. «Mir genügt es, mir selbst zu gefallen», erwiderte Marco stur, der in unseren Diskussionen immer das letzte Wort haben musste. Er provozierte, um Streit vom Zaun zu brechen. Ich wollte ihm aber nicht die Genugtuung geben, nicht am Tag von Giovannis Beerdigung. Ich glaubte, meine Seele von dem niederen Trieb, mich mit meinem Sohn zu streiten, befreit zu haben – aber auch das war eine Illusion, Herr.

Die Kirche war voller Gerüste und Bauschutt und dröhnte vom Lärm der Hammerschläge. Langsam trugen die Gehilfen des Bildhauers den Ewigen Gottvater zum Hochaltar. Im Liegen sah der als schwere Bronzestatue gegossene Herrgott aus, als schliefe er. Die Welt, auf der er stand, glich einem Ball zum Spielen. Es war eine gewagte und machtvolle Skulptur. Girolamo Campagna – mit zerzaustem Haar und schweißtriefend – wies höchstpersönlich seine Gehilfen an. Diese riesige Altarskulptur zu transportieren musste schwieriger sein, als sie zu hauen und in Bronze zu gießen. Er bemerkte mich nicht. Wir gingen an einer im Bau befindlichen Seitenkapelle vorbei. Es war Marcos Baustelle. Schon ein Jahr lang wartete sie darauf, entfernt zu werden. Doch mein Sohn ist der Arbeit nicht sonderlich zugeneigt. Lieber spielt er mit den Würfeln, übt sich im Fechten oder suhlt sich in fremden Betten. Auf einmal blendete mich ein grelles Licht: reflektierende Sonnenstrahlen auf den metallenen Orgelpfeifen. Als ich nach oben schaute, hatte ich den Eindruck, Marietta als versteinerte, erwachsene Frau auf der Orgelbank sitzen zu sehen, vor ihr der Schatten eines hageren Mannes. Doch es war ein männlicher Novize mit blondem Haar, der vor dem Manual saß. Auffällig viele Arbeiter mit nacktem Oberkörper kamen uns in der Kirche San Giorgio entgegen, damit beschäftigt, Nägel irgendwo hineinzuhauen und schwere Lasten zu tragen, während sie unüberhörbar schimpften und fluchten.

Einen Moment lang dachte ich darüber nach, was mit unseren Kirchen geschähe, wenn die Menschen eines Tages nicht mehr an dich glaubten, Herr – und was dann aus meinem eigenen Werk würde. Vielleicht würde man mit den Leinwänden, die ich in tiefem Glauben gemalt habe, Feuer bestücken oder sie im Kamin des Kindes unserer Kindeskinder verbrennen. Ein anderer würde sie sich vielleicht anschauen, weil sie ihm etwas erzählen, obwohl er die Geschichte nicht kennt und ihre Bedeutung nicht versteht. Ich selbst habe mich einmal mit einer Venusstatue und einem schlafenden Liebesgott beschäftigt, ohne mich zu fragen, woran ihr Bildhauer glaubte. Vor ein paar Jahren hätte ich diese Haltung noch als häretisch und blasphemisch abgeurteilt, heute aber erscheint sie mir unvermeidlich. Die Republik Venedig wird länger bestehen als das Römische Reich, aber Jesus Christus länger als die römischen Götter? Während ich auf die Hauptkapelle zuging, ließ ich mich auf die Frage ein, der ich immer ausgewichen war. Glaube ich selbst noch an die Wahrheit, die ich in meinen Bildern dargestellt habe? Ist das von Bedeutung? Muss man an das, was man malt, glauben? Hängt das, was wir malen, mit unseren Vorstellungen, Gefühlen, Überzeugungen zusammen – oder sind wir nur Traumzeichner und Figurenbastler?

Marco blieb stehen und warf einen prüfenden Blick auf das *Letzte Abendmahl* an der Wand der Kapelle. «Die Arbeiter haben es zu hoch gehängt», sagte er. «Von hier unten ist der Erlöser fast nicht zu erkennen.» Ich hütete mich davor, ihm zu erklären, dass genau das meine Absicht gewesen sei. Die dramatische Wirkung dieser Entfernung aber entgeht ihm völlig. Nie zuvor hatte ich

Christus so weit von uns entfernt gemalt. Erneut untersuchte Dominico jede einzelne Figur, den schiefen Winkel der Tafel, das Brot und die Trauben auf dem Tablett, die auf dem Boden verteilten Gegenstände und die von Christi Heiligenschein ausgehende Streuung des Lichts. Als parteiischer und großherziger Richter hält er es für eines meiner besten Werke der letzten Jahre. Da gebe ich ihm nicht unrecht. Nicht aus Hochmut oder Mangel an Bescheidenheit: im Gegenteil, aus Demut. Immer habe ich gewusst, was aus mir – dank beruflicher Erfahrung – tot und leblos entsprang und was – durch deine oder meine Gnade – mit Leben erfüllt war. «Wie viele Letzte Abendmahle hast du gepinselt?», fragte mich Marco mit leicht abschätzigem Ton, den er immer annimmt, wenn er über meine Werke spricht. «Zwanzig? Vierzig?»

Das weiß ich nicht mehr. Den jungen Maler, der vor fünfzig Jahren im Tausch gegen einen Sack Mehl und ein Fass Wein das erste gemalt hat, gibt es nicht mehr. Wie auch die nicht, für die ich es malte, noch diejenigen, die es bewunderten. So alt wie ich zu werden bedeutet, einsam zu werden. Bedeutet, nicht nur die zu verlieren, die uns geliebt und die wir geliebt haben, sondern die Welt, in der wir gelebt haben, zu verlieren. Und in eine neue Welt zu geraten, die uns so unverständlich ist wie ein fremder Kontinent. An den wir uns zwar zu gewöhnen versuchen, der jedoch nie unserer sein wird. Dennoch ist jede Figur, jeder Glaskrug, jedes Gesicht, das ich gemalt habe, allzeit in meinem Geist vorhanden – und ein Teil von mir. Sie sind meine Welt, die fortbesteht und mir Trost gibt.

«Wie du es nur schaffen konntest, so häufig dasselbe Thema zu bearbeiten, ohne dich zu wiederholen und dabei zu ermüden!», rief Dominico. «Nie werde ich so viel Erfindungsgeist aufbringen können. Schon jetzt gleicht meine Phantasie einer verschrumpelten Feige.» Das, was uns ausmacht, Dominico, hätte ich gern zu ihm gesagt, sind nicht die Themen oder Motive, mit denen wir beauftragt werden und die von der Religion, der Nachfrage auf dem Markt und dem Geist der Zeit bestimmt werden, sondern die Empfindungen, die wir in sie hineinfließen lassen, wenn wir uns mit ihnen beschäftigen, nachdem sich bereits tausend andere vor uns mit ihnen auseinandergesetzt haben: die Anordnung der Figuren im Raum, die Perspektive, aus der wir sie betrachten, ihre harmonische Verteilung in einer Landschaft oder die Enge der Räume, in der sie eingesperrt sind, das Vorhandensein von Gegenständen oder aber die Abstraktion und die Reduktion von Personen auf Einbildungen, die Menge an Informationen über die Geschichte, die man vorgibt oder unterschlägt. Und vor allem das Verhältnis der Personen untereinander – Verbundenheit, Abscheu, Ergebenheit, Groll. Die Art, mit der jeder die Existenz des anderen zulässt, eingrenzt oder hervorbringt, genauso wie es sich unter den Menschen verhält. Ein perspektivisch verkürzter Körper, ein ergreifender Sonnenuntergang, die Tiefe des Schattens, die Poesie einer entblößten Schulter, die Melancholie einer auf der Erde liegenden Flasche, die Einsamkeit einer Palme im Wind … Diese Empfindungen sind wie Licht. Sie verändern sich mit uns. Wir sind wie die immer weiterlaufende Zeit. Meine Bilder haben sich mit mir verändert.

Doch ich schwieg. Ich bin es leid, ihm den Weg zu weisen. Ich bin meinen gegangen, er wird seinen schon finden, vielleicht. Seltsamerweise erfüllt mich seine aufrichtige Bewunderung mit Bedauern. «Die Engel um die Feuerschale, Vater», flüsterte er, «sie sehen so echt aus, viel echter als die Apostel: Hast du etwa einmal einen gesehen?» «Das sind keine Engel, Dominico», antwortete ich. «Das sind Geister.» Verstört sah er mich an. «Ich sehe sie jeden Tag, mein Sohn. Wenngleich sie nicht kommen, um mich zu erlösen.»

Während Dominico den Prior suchen ging, führte Marco die Lastenträger mit dem Gemälde hinter die Sakristei. Nur vier Stufen weiter unten waren wir von feuchter Dunkelheit und muffigem Gestank umgeben. Die Totenkapelle ist ein einfacher Raum mit weißen Kalkmauern. Erst kürzlich waren die Arbeiten beendet worden. Das Grab im Boden war noch geöffnet. Jemand hatte äußerst ungeschickt einen Stapel Bretter darübergelegt, doch der Abgrund und eine in der Finsternis verschwindende Treppe sowie viele meterweise unter die Erde reichende Steinfächer waren noch zu erkennen. Die Nische für meine *Grablegung Christi* über dem Altar war leer. Die Kapelle liegt auf tieferer Ebene als der Fußboden in der Kirche. Sie ist an sich schon ein Grab, was auch gut so ist, da ich auf diesem Bild nicht nur den Sohn Gottes, sondern auch meinen Sohn beerdige.

Verwundert schaute ich mich um. Hunderte von Holzkisten lehnten wie ausgestellte Ware entlang der Wände. Die Knochen der in den letzten vierhundert Jahren in diesem Kloster verstorbenen Mönche waren exhumiert und dort hineingepackt worden, wo sie auf ihre nächste Bestimmung warteten. Offensichtlich war der eine oder andere Knochen dabei abgebrochen, denn auf der Erde lag ein fast weiß aufleuchtendes Becken herum, und auf der Bank hatte man wie einen Spazierstock einen Oberschenkelknochen vergessen. Auf einer Pritsche stapelten sich neben einem Unterkiefer mitsamt allen Zähnen etliche Schädel übereinander. Der siegreiche, nahende Tod rückte uns buchstäblich auf den Leib. Wir waren das, was ihr seid, ihr werdet das, was wir sind.

«Welch ein makabrer Ort», stellte Marco fest, als ich – erschöpft – auf einer Bank vor der leeren Nische niedersank. «Hier gibt es wohl einige Verzögerung, ich werde den Handlangern mal Beine machen. Es wird nicht lange dauern», fügte er besorgt und mit ungewöhnlich sanfter Stimme hinzu. «Wir bringen dich gleich wieder nach Hause, Maestro.»

Ich blieb allein mit den toten Mönchen zurück – und mit meinem toten Sohn Giovanni Battista, den wir Zuane nannten. Ich versuchte, mir seine Gesichtszüge in Erinnerung zu rufen, um mich in Frieden von ihm zu verabschieden. Mein Junge hatte seiner Mutter ähnlich gesehen. Er hatte das gleiche glatte und feine strohblonde Haar. Doch eine geheimnisvolle, starke Macht hat ihn mir aus dem Gedächtnis geschabt. Ich kann mich nicht an sein Gesicht erinnern.

Einzig ein paar Bruchstücke meines wunderhübschen Sohns Zuane, der ohne eine einzige Spur aus meinem Leben verschwunden ist, geistern durch mein Gehirn – der blonde Flaum, der in der Pubertät auf seinen Wangen zu sprießen begann, die von grünen Tupfern gesprenkelten blauen Augen und seine schmächtigen Schultern mit den wie Flügeln hervorstehenden Schulterblättern. Zuane als Akt – in der Haltung eines Kriegers, Soldaten, Bogenschützen, Märtyrers, einer Frau oder des Teufels. Tausende Male habe ich ihn auf das bläuliche Papier in meinem Skizzenblock gemalt. Immer wenn ich ihn bat, hat er mir Modell gestanden. Wie eine Skulptur studierte ich meinen Sohn. Er war schön wie eine antike Statue, wahrhaftig. Ich kannte jeden einzelnen Muskel, jeden Knochen, jedes Gelenk. An diesen – draufgängerischen, glatten, männlichen – Körper erinnere ich mich gut, sein Gesicht ist mir dagegen entfallen. Was mir von Zuane geblieben ist, sind meine Skizzen und Entwürfe auf Dutzenden von Papieren, die mit der Zeit verblichen sind: vereinzelte, träge Gliedmaßen.

Auch seine Stimme erklingt nicht mehr in meinem Ohr. Nur noch ein paar mit der Zeit durcheinandergeratene Gesprächsfetzen, deren Bedeutung ich nicht mehr nachvollziehen kann, und der Nachklang eines erbitterten Streits – dessen Grund und Ausgang ich nicht mehr weiß. Zuane hat sich aufgelöst, als sich sein Schatten auf meine Seiten und meine Leinwände prägte. All das, was mein junger Sohn gesagt, getan, erlebt hat, ist verschwunden – als hätte er nie existiert. Vielleicht hat er es genau darauf abgesehen. Leider kam mir der Gedanke erst, als ich die dunkle Nische in der Totenkapelle anstarrte.

Letztendlich ist mir nur noch ein Sonntag im November im Gedächtnis – der einzige Tag, den ich gemeinsam mit ihm verbrachte. Der Halbschatten im Dickicht, von ein paar Sonnenstrahlen erhellt, die durch das Laubwerk der Bäume drangen, die Wegkreuzung und das Gerippe eines jungen Hirschs in der Tenne des Landhauses der Familie Navagero. Ich hatte nie Zeit für meine Kinder. Ich vergaß ihre Geburtstage, vergaß sie zu belohnen, wenn sie gut in der Schule waren, und vergaß sie zu bestrafen, wenn sie etwas angestellt hatten. Ich wachte nicht bei ihnen, wenn sie krank waren, und machte keine Freudensprünge, wenn sie wieder gesund wurden. Meine geistige Abwesenheit war Ursache vieler Tränen, Enttäuschungen, Ernüchterungen und Tragödien. Aus diesem Grund erfanden Marietta und Faustina den Wunschkrug. Sie nahmen ein Einmachglas und schnitten ein Loch in den Stopfen. Einmal im Jahr durften die Kinder ihren größten Wunsch auf ein Blatt Papier schreiben und in den Krug stecken. Eine Sache, die sie gern haben wollten, einen Buchtitel, ein Spielzeug. Kurz vor den Heiligen Drei Königen traten Faustina und Marietta mit unschuldiger Miene an mich heran: «Dominico wünscht sich eine Abschrift des *Rasenden Roland*. Sie kostet sieben Lire, meinst du, du kannst sie auftreiben?» Ich wusste nichts von diesem Krug, meine Kinder aber bekamen am Dreikönigsfest immer ihren größten Wunsch erfüllt.

Zuane steckte jahrelang immer denselben Wunsch hinein. Da er unerfüllbar war, konnten Marietta und Faustina ihn nie zufriedenstellen. Ich will mit Papa in den Zauberwald gehen und das Einhorn suchen. Ich will mit Papa Jagd auf das Einhorn machen. Ich will mit Papa das Einhorn einfangen. In den grauenvollen Monaten der Pest enthüllte mir Marietta das Geheimnis des Wunschkruges: Falls sie nicht genesen werde und nicht lebend aus dem Holzlager herauskomme, müsse ich von den Wünschen meiner Kinder wissen. Ich hielt diesen Wunschkrug für eine schädliche und verweichlichende weibliche Erziehungsmaßnahme, worauf

Marietta mir entgegnete, dass sie von mir persönlich gelernt hätten zu träumen und daran zu glauben, dass jenseits des Möglichen noch etwas anderes existierte.

Faustina und ich lasen einen Zettel nach dem anderen. Wir schworen uns gegenseitig, dass wir irgendwie versuchen würden, die harmlosen Wünsche zu erfüllen, sollte einer von uns die Pest überleben. Dominico wollte Gedichtbücher, Marco einen Säbel, Perina, dass wir den armen Kindern im Viertel Puppen und Bonbons schenken, Lucrezia einen Stieglitz. Ottavio wollte dort, wo wir ihn drei Jahre zuvor verloren hatten, noch immer den Kompass der *Seeschlacht*. Zuanes Wunsch aber war und blieb ein Traum, für den wir nichts tun konnten.

Mein drittgeborener Sohn war liebenswürdig, höflich und unbeschwert. Seine Bewegungen und Gesten hatten etwas Anmutiges und gleichsam Tänzerisches. Er war ein guter Schüler und verbrachte seit Kurzem seine Nachmittage in meinem Atelier: Mit Eifer widmete er sich dem Zeichnen und quittierte meine Tadel mit einem milden Lächeln. «Übermorgen wird Zuane zehn», erinnerte mich Faustina, als wir eines Abends im November im Bett lagen und sie die Kerze ausblies. «Setz dich mit ihm zusammen, er ist groß geworden, schenk ihm ein wenig Aufmerksamkeit.» «Ja», brummte ich. Mehr, als dass ich den Sonntag bei Bekannten auf dem Land verbringen und Zuane mitnehmen würde, um ihn für seine guten Erfolge zu belohnen, sagte ich niemandem.

Mein Onkel Antonio Comin lieh mir eine Arkebuse, ein Pulverfläschchen, eine Kugelbüchse und kurzläufige Pistolen. Die Hunde besaß die Familie Navagero, die sich äußerst überrascht zeigte, als ihnen mein Freund und ihr Sekretär Sebastiano Franceschi meinen Wunsch vortrug, mich einer ihrer berühmten Treibjagden anschließen zu dürfen. In Wahrheit wollte ich sie gar nicht begleiten, war es doch viel zu gefährlich, meinen kleinen Jungen ihrem Feuer und den Lanzen auszusetzen – wir würden gemeinsam bei Sonnenaufgang aufbrechen und uns dann von ihnen trennen. «Mach, wie dir beliebt, Tintoretto», sagte mir Navagero, «aber glaub nicht, das Genre der Jagdmalerei würde zu dir passen. Du bist nicht aristokratisch genug und verstehst zu wenig vom Adel, um den Geist der Jagd einzufangen.» Auch grobschlächtige Wilderer bringen Tiere um, dachte ich im Stillen.

Das Pferd war so weiß wie auf meinen Bildern, und als Zuane es erblickte, klatschte er ungläubig vor so viel Glück in die Hände. «Ihr könnt doch reiten, nicht wahr, Signor Tintoretto?», fragten mich die Stallburschen, als sie die Pferde in die Tenne führten. «Bei aller Bescheidenheit, ich bin der beste Reiter von Cannaregio», erwiderte ich. «Und das Bengelchen?» «Auch er», versicherte ich ihnen. Ich glaube, Zuane war in seinem Leben nicht einmal in die Nähe eines Pferdes gekommen, denn in Venedig gibt es nur sehr wenige. Sie sind ein kostspieliger und überflüssiger Luxus. Nur Reiche reiten zu Pferde. Aber letzten Endes – so sagte ich mir – ist ein Pferd wie ein Esel. Es hat vier Hufe und einen Rücken. Außerdem würden es die Zureiter der Navagero sicherlich dressiert haben, gehen die Herren doch jeden Herbst auf Jagd. Das Pferd würde schon von allein wissen, was es zu tun hat.

Nachdem es mir irgendwie gelungen war aufzusitzen, half ich Zuane aufs Pferd. Ich setzte ihn vor mich und klemmte einen Arm um seine Hüfte. Zuanes Hände klammerten sich an meine. Mein Onkel hatte mir erklärt, wie man das Radschloss betätigt, um dem Pulver Lunte zu geben, und wie man ganz allgemein ein Faustrohr bedient. Ich sah aus wie ein aufgezäumter Söldnerführer. Doch ich hatte weder vor, das Pulver noch die Waffen zu benutzen. «Anscheinend ist in diesen Wäldern das Einhorn gesichtet worden», sagte ich leise zu Zuane und hielt die Zügel so gut es ging im Griff, damit das Pferd nicht zu traben begann. «Diese Herren wollen es aufjagen, also sperr schön die Augen auf.» «Papa», rief Zuane aufgeregt und verängstigt zugleich, «bist du dir sicher?» «Vertrau mir», antwortete ich, und als in der Morgendämmerung der tiefe Klang der Hörner durch das Tal schallte und die Reiter mit der

Hundemeute die Villa verließen, lockerte ich die Zügel, und das Pferd stellte sich geduldig ans Ende der Gruppe.

Kaum hatten die Jäger begonnen, ihren Hunden hinterherzugaloppieren, fielen wir hinter ihnen zurück. Als wir in den Wald eindrangen, wurde es fast wieder dunkel, und eine feuchte Kälte kroch in unsere Kleider. Trotz Handschuhen, Mütze und Umhang war ich nach einer Stunde vor Anstrengung schweißnass und gleichzeitig starr vor Kälte. Der Hintern tat weh, der Rücken fühlte sich an wie in Stücke gebrochen, meine Finger waren steif, und meine Muskeln, die den Reitersitz nicht gewohnt waren, begannen sich allmählich schmerzvoll zu verspannen und zu verkrampfen. Zuane jedoch freute sich. Die Schüsse in der Ferne versetzten ihn in Aufregung. Er entdeckte einen Hasen, ein Reh, einen Fasan und unzählige Vögel. Von Einhörnern allerdings nicht die geringste Spur. Als die Sonne immer höher stieg, grummelte es in seinem Magen, und leise Zweifel begannen an seinen Hoffnungen zu nagen. Trotzdem beäugte er prüfend das Pflanzengestrüpp ringsum, jeden abgebrochenen Zweig, jedes zuckende Farnkraut – und hätte für nichts auf der Welt die Suche aufgegeben. Auch ich schaute mich um – ein wenig unruhig fragte ich mich, ob mich Navageros Diener übers Ohr gehauen hatte.

Wir hatten vereinbart, dass er gegen Mittag einem erlegten Hirsch bis auf eines alle Hörner absägte und ihn weiß anmalte. Farbe und Pinsel hatte ich ihm besorgt. Der Weg mündete in einer Lichtung. An dieser Stelle sollte er den Hund von der Leine lassen, damit er uns zur Beute führte. All dies würde ich ihm mit dem Verdienst eines Monats entlohnen: eine Hälfte sofort, die andere, wenn der Plan aufging.

Zuane zitterte vor Kälte. Er war erschöpft, müde und hatte Schmerzen. Dennoch wurde er es nicht leid, aufmerksam den Wald und das raschelnde Laub zu beobachten, Abdrücke und auffällige Bewegungen zu erspähen und auf die Erscheinung zu warten. «Papa», fragte er mich auf einmal und drehte sich mit seinen hellen Augen nach mir um, «gibt es das Einhorn wirklich? Ist es nicht doch eine Erfindung aus den Büchern? Niemand hat jemals eins gesehen!» «Natürlich existiert es», erwiderte ich und blickte mich um. Aber die vereinbarte Lichtung war nicht in Sicht. Der Weg gabelte sich. Der rechte Pfad führte zur Hügelkuppe hinauf, der linke grub sich in ein tiefes Tal. Von Kreuzungen hatte der Diener nicht gesprochen. Ihm zufolge gab es nur einen Weg, den man unmöglich verfehlen könne. Ich zog die Zügel an und stieg ab. Weder auf dem einen noch dem anderen waren Abdrücke oder sonstige Hinweise, dass jemand vorbeigekommen war, zu sehen. Unschlüssig blieb ich stehen, als auf einmal – aus nächster Nähe – ein Schuss abgefeuert wurde. Bellend und von ihren Verfolgern getrieben, tauchten blitzartig fünf Hunde auf. Das Pferd, auf dem Zuane allein obenauf saß, bäumte sich auf, wieherte laut und stürzte mit einem Satz los, sodass ich es nicht mehr am Zaum zu fassen bekam. Zuane schrie, klammerte sich an den Sattel und verschwand im Unterholz. Brüllend lief ich hinter ihm her. Herunterhängende Zweige und Stacheln kratzten mir das Gesicht blutig. Ich verlor die Arkebuse und das Fläschchen mit dem Schießpulver. Selbstverständlich aber rannte ein Pferd, das darin geübt war, Hunde und Hasen zu verfolgen, schneller als ein Maler von achtundfünfzig Jahren, der üblicherweise still in seinem Atelier stand, und so verlor ich Zuane umgehend aus den Augen.

Drei Stunden später kehrte das Pferd zur Villa der Navageros zurück, ohne Reiter und ohne Sattel. Der Körper des unechten, weiß angemalten Einhorns lag reglos mitten auf dem Vorplatz: Navageros Diener hatte ihn dorthin geschleppt, damit ich ihn für den Rest seiner Arbeit bezahlte. Es war ein schlanker und eleganter junger Hirsch. Das Horn war spitz und nicht länger als ein Finger. Es tat mir wahrlich leid um ihn.

Die Hunde fanden Zuane an einer Böschung, der Ohnmacht nahe und mit blutüberströmtem Gesicht. Beim Hinfallen hatte er sich den Kopf aufgeschlagen und ein Bein gebrochen. Stunden über Stunden hatte er vergebens um Hilfe gerufen, bis ihm die Stimme versagte. Das Fieber stieg. «Alles gut, Papa», flüsterte er auf der Bahre liegend, «ich habe es gesehen, ich schwöre, ich habe es gesehen.» «Gewiss hast du es gesehen», redete ich ihm Mut zu, «wir haben es gefangen.» Und während wir ihn mit blutverschmiertem Gesicht und gebrochenem, von der Bahre herunterhängendem Bein in die Villa der Navageros trugen, zeigte ich ihm das Einhorn: Da ihm der Regen, der inzwischen eingesetzt hatte, über den Rücken rann, sah es so aus, als würde es zittern. Als atmete es. Zuane lächelte.

Der Arzt sagte, es sei ein schwerer Bruch. Er rückte die Knochen wieder zusammen, schiente das Bein und legte einen Verband an. Er meinte, wenn keine Komplikationen oder Entzündungen aufträten, würde der Junge es schaffen, aber wahrscheinlich würde das Bein, da er gerade erst angefangen habe zu wachsen und der Knochen sich noch entwickeln müsse, ein bisschen kürzer als das andere werden. Mein Sohn würde daher für immer humpeln. «Das macht nichts», flüsterte Zuane, «Maler müssen ja nicht laufen, und Musiker spielen im Sitzen.» Die Navageros boten mir ihre Kutsche an, mit der ich ihn auf der Stelle nach Venedig bringen könne, wo ich gewiss eine bessere Behandlung bekäme. Ich entschuldigte mich bei ihnen für den Unfall und die Unannehmlichkeiten. «Ich habe dir ja gesagt, dass die Jagdmalerei nicht dein Genre ist, Tintoretto», brummte Navagero, «aber immer musst du deinen Kopf durchsetzen.»

Es hatte den ganzen Nachmittag so heftig geregnet, dass trübe Pfützen den Zufahrtsweg zur Villa beinahe unpassierbar machten. Die Träger liefen im Zickzack durch den Matsch. Nur mit Mühe konnten sie den festgebundenen und fiebernden Jungen in die Kutsche hieven. Endlich fuhren wir los. Aufgrund des Schlamms, der aufgeweichten Fahrrinnen und des Hin und Her der Diener, die die erlegte Beute der Treibjagd in die Küchen des Landhauses trugen – ein gefiederter Berg voll kleiner Vögel, zu Pyramiden aufgestapelte Fasane und Wachteln, aufgespießte Rehe –, überquerten wir nur im Schritttempo den Hof. Während die Kutsche mit den Löchern in der Erde kämpfte, fiel mir auf, dass der Regen stellenweise die weiße Farbe abgewaschen hatte. Darunter kam nun das rötliche Fell des unglückseligen Hirschs zum Vorschein. Auch Zuane sah es. Und sagte nichts.

Er beklagte sich nicht über seine Schmerzen, weder während der Rückfahrt noch während der Monate dauernden Genesung. Nie. Bis zur Ankunft wechselten wir kein Wort. Schweigend saß ich neben ihm, vielleicht weil wir uns nichts mehr zu sagen hatten oder weil uns jeder Ton wie eine Verletzung einer vollkommenen Vertrautheit vorgekommen wäre. Das Klappern der Hufe, der Mond im Fensterausschnitt, kreisrund wie eine Münze, und dieser junge Körper, in dem das Leben pulsierte, kernig und schön, wie nur ein männlicher Körper sein kann – nun verletzt, möglicherweise verstümmelt, meinetwegen. Unsere Schatten zeichneten sich auf der Kabinenwand ab: meiner kurz, seiner lang und schmal. Dieser Schatten dort neben meinem – mit dem er sich hartnäckig zu vermischen suchte – ist alles, was ich von meinem Sohn zu behalten vermochte.

«Wie kannst du nur dermaßen gewissenlos sein, vollkommen wahnsinnig!», schrie mich Faustina an, entrüstet und rasend vor Wut, dass ich unseren über alles geliebten Zuane einer solchen Gefahr ausgesetzt hatte. Den sie mir unversehrt, schön und glücklich an seinem zehnten Geburtstag anvertraut und den ich ihr verletzt, fiebernd und vielleicht für immer humpelnd zurückgebracht hatte. «Noch nie in deinem Leben hast du dich auf ein Pferd gesetzt, noch nie bist du zur Jagd gegangen, noch nie hast du eine Armbrust, eine Hakenbüchse oder eine Pistole in der Hand gehalten, noch nie hast du einen Schuss abgefeuert, du hasst die Jagd, und du hasst Jäger, was hast du dir dabei gedacht? Was wolltest du meinem Sohn antun? Wolltest du ihn umbringen?» «Warum schreist du so, Mama?», wisperte Zuane, «wir haben das Einhorn gesehen, es war der schönste Tag meines Lebens.»

Als ich von seinem Tod erfuhr, hatte ich seit über einem Jahr nichts mehr von ihm gehört. Ich erhielt die Mitteilung von den Beamten des Sanitätswesens, in seinem Zimmer war eine Bestandsaufnahme gemacht worden. Wenn ich seinen Besitz erben wollte, musste ich bei den vorsitzenden Richtern eine Klage anstrengen und beweisen, dass ich sein Vater war. Ich nahm zwar nicht an, dass mein Sohn etwas von Wert besaß, das die Kosten für ein Zivilverfahren rechtfertigten, ich wollte mir jedoch einen Gegenstand zurückholen, an dem ich sehr hing – und meinem lieben Dominico schenken, der es zu schätzen wissen würde. Davon abgesehen wollte ich verhindern, dass meine Gemahlin erfuhr oder auch nur ahnte, dass unser Sohn verarmt gestorben war. Außerdem sollte sie nicht meinen, ich würde Zuane zum wiederholten Male verkennen. So ging ich zum Richter für vermögensrechtliche Angelegenheiten und eröffnete das Verfahren.

Einen Monat später erhielt ich die Vorladung zum Gericht im Dogenpalast. Das Urteil fiel zu meinen Gunsten aus. Wie hätte es auch anders sein können? Ich war, *bin* und werde für immer sein Vater sein. Im Leben eines Mannes ist die Vaterschaft das einzig Unwiderrufliche – abgesehen vom Tod. Alles, was Giovanni Battista Robusti besessen hatte, gehörte nun mir. Doch das Hab und Gut des eigenen Sohnes zu erben hat etwas Unnatürliches und Schauriges, Herr. Die aus Zakynthos eingetroffene Kiste konnten wir im Lagerhaus abholen. Marco kümmerte sich darum, sie nach Hause transportieren zu lassen. «Was für ein phantastischer Tag, Menego!», sagte er mit ironischem Unterton und klopfte seinem Bruder auf die Schulter. «Der alte Saturn hat einen weiteren Sohn verschluckt. Das verkrafte ich nur, wenn ich heute zum Trunkenbold werde, und sollte sich das Meer in Wein verwandeln, dann verwandle ich mich auf der Stelle in einen Fisch. Schick schon mal ein Stoßgebet zum Himmel, denn wenn Gott sich nicht verrechnet hat, dann bist du der Nächste.»

Zusammen mit den Lastenträgern trollte er sich. Er konnte mich keinen Augenblick länger ertragen. Wofür ich ihm dankbar war. Manchmal war mir einfach alles an ihm zuwider. In einem Gemälde kann ich einen Fehler korrigieren, Herr. Ich schaue es mir an, erkenne, wo und warum ich mich vertan habe, und male darüber. Sie nennen es *Reue*. Welch ein schönes, wahres Wort. Menschen aber bleiben, so unvollkommen sie sein mögen, das, was sie sind. Selbst wenn man durch genaues Hinsehen erkennt, wo und warum sie gefehlt haben. Reue kann in diesem Fall nichts berichtigen oder verschönern.

Zuane hatte nicht viel bei sich gehabt. Als er Venedig verließ, wollte er alles, was er gewesen war und ihn daran erinnerte, wer er hätte werden können, hinter sich lassen. Ein Lederkoffer reichte für Wäsche und Hemden – die Samtmütze und den Luchspelzmantel mit den Goldknöpfen und dem mit Marderfell gesäumten Kragen trug er am Körper. Was die Kiste aus Zakynthos enthielt, wusste ich nicht. Ich suchte nicht nach einer Erklärung für den Tod meines Sohnes, sondern für sein Leben – oder wenigstens einen Hinweis, der mir half, es besser zu verstehen. Ich brach die Siegel und legte den gesamten Inhalt nacheinander auf den Teppich. Die kümmerlichen Sachen stapelten sich wie Wrackteile eines gekenterten Schiffes auf dem Boden meines Ateliers. Der mehr als gewissenhafte Notar, der für die Bestandsaufnahme des Vermögens von Giovanni Battista Robusti verantwortlich gewesen war, hatte sogar den schlechten Zustand und die minderwertige Qualität seiner Sachen festgehalten. Folgende Dinge wurden im Zimmer meines Sohnes gefunden:

1 *Lederkoffer*
1 *Bronzeglocke*
3 *abgewetzte Herrenhemden*

4 alte und zerschlissene Lederstücke
5 schmutzige Tischtücher
1 gebrauchtes, schmutziges Laken
1 Zinnkandelaber
1 Morgenrock
1 Zinnteller
1 völlig zerrissenes grünes Kleidungsstück
1 Jesus aus Silber an einem Kreuz aus schwarzem Stein
1 Eisenbecher

Seine Armut war eine Schande für mich. Giovanni Battista, Sohn meiner Unabhängigkeit, der den Namen meines Vaters und die geballte Aufmerksamkeit meiner Familie bekommen hatte, war er doch unser jüngster, liebenswertester und hübschester Sohn, besaß wahrhaftig fast nichts.

Eines Vermerks in der Bestandsliste nicht würdig, da von nichtigem finanziellem Wert, waren ferner ein zerschlissenes, seitlich ausgefranstes und blutverschmiertes Wams, ein Paar mit Kaninchenfell gefütterte, von Schorf übersäte Handschuhe (den kostbaren Luchspelz muss er verkauft haben), ein Flusskieselstein mit einem Muschelabdruck, eine Handvoll Münzen aus einem fremden Land und ein Stapel Briefe uns unbekannter Personen. Zu keiner Zeit wussten wir, was Zuane umgetrieben haben mochte. Und welchen Liebschaften er auch gefrönt haben mag, geheiratet oder eine Gespielin hatte er nicht. Keine Frau hat das Erbe je eingefordert oder für ein gemeinsames Kind verlangt. Giovanni hat nichts als seinen eigenen Ruin erzeugt.

Weder in der Bestandsliste noch in der Kiste befand sich seine Laute. Zuane hatte sie also nicht behalten. Dann war er wohl auch kein Musiker gewesen. Im Lederkoffer aber – unter dem doppelten Boden, der dem Notar verborgen geblieben war – fand ich die Mappe mit seinen Bildern. Nicht eines davon hatte er verkauft. Einhundertfünfzig Zeichnungen – Skizzen, Torsi, Beine, Gesäße,

Schultern, mit Feder, Stift und Kohle. Ich erkannte zahlreiche Figuren meiner Bilder wieder – die Lakaien, Dienstmägde und Philosophen; Gegenstände, die wir Dutzende Male gemalt hatten – die Silberkrüge, Kandelaber, Feuerschalen, Körbe, sogar die Äpfel und Rosettenbrötchen. Ich fand Nachbildungen meiner Arbeiten: Erwachsene, die ich gemalt hatte, als er noch gar nicht auf der Welt war, mythologische Szenen, Kreuzigungen, Fußwaschungen, die er als kleiner und heranwachsender Junge und später als Mann jahrelang – und getreu – vorgezeichnet hatte. Ich erkannte sogar Zuane selbst wieder: Er hatte sich von meinen Zeichnungen abgemalt, auf denen er als Akt in der Pose des auferstehenden Lazarus, als Sankt Laurentius über dem Feuer oder als entblößte und vergewaltigte Lucrezia abgebildet ist – er war sowohl mein männliches als auch mein weibliches Modell gewesen.

Zuanes so unverhoffte Ergebenheit bewegte mich sehr. Seine Hand hatte der meinen nichts hinzugefügt. Er hatte sich darauf beschränkt zu reproduzieren. Mit Sorgfalt. Und genau. Mehr als genau. In diesen Bildern lag der zögerliche Keim seines Talents. Ein Talent, das nie zu reifen, noch sich zu befreien oder auszudrücken vermochte. Verfehlt – wie sein Leben. Bis heute weiß ich nicht, ob Zuane mir diese Bilder als höchsten Beweis seiner Treue oder als Preis des Verrats hinterlassen hat. Ob sie mir von jenseits der Grenze, die uns voneinander trennt, huldigen oder ob sie mich anklagen und mich zu einer Strafe verurteilen, die mir nie erlassen wird. Noch immer denke ich darüber nach, wenn ich im Dunkeln auf der Matratze liege und am ganzen Leib friere, in der Brust ein welkes Herz. Aber ich finde keine Antwort.

Mein lieber Dominico sammelte die Blätter ein und steckte sie zurück in die Ledermappe. Er bat mich, die Zeichnungen im Andenken an seinen Bruder aufbewahren zu dürfen, was ich ihm nicht versagte. In ihnen hätte ich Giovanni ohnehin nicht wiedergefunden. Einzig in seiner Abwesenheit – dort, wo sich mein Sohn versteckt hatte –, in dem, was er nicht sein wollte, erkenne ich ihn wieder. «Das ist alles, was mir von Zuane bleibt», murmelte Dominico, «wir wissen nicht einmal, wo er beerdigt worden ist.» In diesem Moment beschloss ich, ihn in die Totenkapelle von San Giorgio Maggiore auf die Insel zu bringen, die Venedig gegenüberliegt – und nach der sich die Stadt von jenseits des Kanals für immer verzehrt. Die *Grablegung Christi* würde die Beerdigung und das Grab sein, das ich ihm nicht habe bereiten können. Christus ist mein Sohn, und ich habe ihn nicht getötet. Aber ich habe ihn auch nicht gerettet. Am Tag, als ich von Marietta Abschied nahm, habe ich mit diesem Gemälde begonnen. Für Zuane brachte ich es zu Ende.

«Wie Ihr seht, Maestro, ist die Kapelle fertig, die Bauarbeiten sind eingestellt, und der Putz ist trocken. Wann werden wir die Freude haben und die *Grablegung unseres Herrn* bekommen?», fragte mich der Prior in liebenswürdigem Ton und in der Befürchtung, ich käme nun zum wiederholten Mal, um den Termin zu verschieben. Was durchaus verständlich war: Unter dem Vorwand, das Bild noch einmal überarbeiten zu müssen, schob ich seit einem Jahr die Abgabe immer wieder hinaus. Ich schaffte es einfach nicht, mich von ihm zu trennen, doch nun war endlich der Moment gekommen. «Es ist hier!», gab ihm Dominico mit Hinweis auf das noch verpackte Bild zu verstehen. «Der Maestro möchte es noch heute an Ort und Stelle betrachten können.» «Heute?», entgegnete der Prior besorgt. «Das war nicht eingeplant, die Arbeiter sind noch im Presbyterium beschäftigt.» «Ich werde warten», sagte ich, «ich habe sowieso nichts mehr zu tun.»

Während der Prior loseilte und den Mönchen die erfreuliche Nachricht überbrachte, löste Dominico die Knoten, zerlegte den Holzkäfig und enthüllte das Bild. Jeden Tag hat er mich in den vergangenen Monaten an diesem Bild arbeiten sehen. Da ich den Eindruck machte, es nicht beenden zu können, bot er mehrere Male an, es für mich zu übernehmen. Aber ich ließ ihn lediglich bei ein paar Figuren gewähren. Die *Grablegung* gehörte mir. Dieses Bild ist ein Zwiegespräch, in dem Dominico nichts mitzureden hatte: Es ist meine persönliche Aussprache mit meinen geliebten, verlorenen Söhnen – und mit dir.

«Wie bleiern es ist, Vater!», rief er. Im Halbdunkel der Totenkapelle schienen die rot, blau und orange umhüllten Figuren zwar beinahe zu leuchten, dennoch überschattete sie eine kränkliche Atmosphäre. Nur vom Körper des toten Christus ging ein helllichter Glanz aus. Dominico kann es nicht verstehen. Er ist jung, mag die Klarheit in den Dingen und die Harmonie der Farben. Es kann sein, dass er, wenn er nicht mehr mein Sohn sein muss, ein wahrhaft glücklicher Mann sein wird. Es kann aber auch sein, dass er es nicht schafft, etwas anderes zu werden.

Die Mönche drängten sich in die kleine Kapelle, viele knieten nieder. Einer berührte und küsste Christi Füße, ein anderer weinte. Sie fanden das Bild von Schmerz erfüllt – von einer nahezu unerträglichen Trauer befallen. Stehend oder an die Wand gelehnt, blieben sie bei uns, während die Arbeiter – unter Marcos Anleitung – das Bild in den Rahmen spannten und in die Nische einpassten. Selbst als die Glocke sie ins Refektorium rief, rührten sie sich nicht von der Stelle. Der Prior nutzte den Moment, die Mönche daran zu erinnern, welch außerordentliche Ehre es sei, dass Tintoretto für sein letztes Werk die bescheidenste und unbedeutendste Kapelle ihrer Kirche ausgesucht habe. Er bezeichnete mich als Apelles' wahren Erben, als Genie des Lichts, des Schattens, der Gesten und Gefühle, als den größten Maler des Jahrhunderts, den, der das Erbe Tizians und Michelangelos geerntet habe. Für die Lobrede an meiner letzten Ruhestätte hätte er keine großmütigeren Worte finden können.

In meinem Herzen verspürte ich jedoch keine Freude, Herr. Die Eitelkeit ist eine Versuchung, der ich zu widerstehen wusste. Derartige Belobigungen hätten mich siebzig Jahre zuvor erfreut, als ich sie mir so sehnlichst erhoffte, dass ich alles gegeben hätte, damit irgendjemand sie aussprach. Doch damals bekam ich nur hasserfüllte Kritiken voller Spott zu hören. Üble Beschimpfungen vom letzten Pinselschmierer der Malerzunft, der das Recht zu haben meinte, über mich urteilen zu dürfen. Man nannte mich einen Stümper, gerade gut genug, um den Pöbel zu unterhalten. Man behauptete, ich sei pathetisch, wirr, ich hätte zu viel Phantasie, sei überschwänglich, aufgebläht, schludrig und schlampig – ich könne nicht zeichnen, nicht kolorieren, kein Ende finden. Kurzum, ich könne nicht malen.

Da meine Bilder trotzdem Gefallen fanden – im Lauf der Jahre trafen sie sogar auf immer größeren Zuspruch –, machten sie meinen persönlichen und den Wert meiner Gemälde nieder. Sie warfen mir vor, ein Handwerker geblieben zu sein, zwar geschickt, doch ohne eine Vision von der Welt und ohne Verstand. Eine Werkstatt eröffnet zu haben, die eher etwas von einer Färberei, einer Fabrik oder einem Zeughaus hatte, was sich für einen edlen Malerbund nicht gehörte. Eine Politik niedriger Preise verfolgt zu haben, die allen Malern geschadet und aus der Malerei ein Gewerbe gemacht habe. Genau das Gegenteil ist jedoch der Fall. Ich habe ihre Sicherheiten ins Wanken gebracht, ihr System sabotiert, mich ihrem Horizont verweigert. Da es das Kapital ist, das unsere Gesellschaft vorantreibt, gehen sie davon aus, dass auch die Kunst nichts weiter als ein Rädchen in der Profitmaschinerie ist. Ich aber habe auf Profit verzichtet. Ich habe kostenlos gearbeitet. Das ist es, was sie mir nicht verzeihen können.

Ich habe meinen Preis bezahlt. Zeitlebens hassten mich die Maler. Bis ich alt genug war, um den Eindruck zu erwecken, mich bald zu verabschieden, war mir keiner von ihnen ein Freund. Ich hatte Schauspieler, Drucker, Dichter, Musiker und auch Mediziner, Reeder, Sekretäre, Senatoren und Admiräle – und sogar einen Dogen – zum Freund. Maler nicht. Wenngleich es mir lieb gewesen wäre: Mit wem hätte ich besser meine Entdeckungen teilen können? Als mein Name Bedeutung erlangte, kannten sich meine

Auftraggeber zwar mit antiken Statuen, Medaillen, Edelsteinen, Schmuckstücken und Malerei aus, allerdings nur so, wie Laien sich eben auskennen. Nur ein Künstler weiß, was dieses schimmernde Streiflicht am Horizont, das Streifen des Pinsels, das langsam Formen annimmt, oder die Liebkosung einer Farbe, die einen Mundwinkel ziert, wirklich ist. Diesen Freund und Maler musste ich mir aus eigenem Samen selbst erschaffen.

So armselig die Person gewesen sein mag, die mit ihrem Gift um sich gespritzt hat, so bedeutungslos und längst vergessen ihre Ansicht auch war – ich habe sie nicht vergessen können. Die Wunden an unserer Selbstachtung verheilen nie. Werden sie nicht zu Wundbrand, hinterlassen sie eine hässliche Narbe. Die Seele eines alten Künstlers ist wie der Körper eines Kriegers, der in zu vielen Schlachten gekämpft hat. Gleich welche Elogen heute auf mich gehalten werden, sie können es nicht wiedergutmachen. Meine Eitelkeit aber ist mit meinem Eifer untergegangen. Ich habe sie in Madonna dell'Orto zusammen mit meinem liebsten Werk begraben.

«Euer Hochwürden», wandte ich mich an den Prior, «der Meister dieses Bildes verspürt ein arges Grummeln im Magen, und in seinem Darm beginnt es zu donnern. Dieses Gerippe hier muss umgehend nach Hause gebracht werden, oder es wird einen toten Meister geben: Lasst endlich das verfluchte Bild aufhängen.»

Während die Nägel in die Wand gehämmert wurden und die *Grablegung* ihren Platz in der Kapelle einnahm, sah ich auf einmal klar und deutlich Zuane vor mir, wie er am Tag, als er fortging, auf den Fondamenta vor dem Haus stand, die Samtmütze auf dem Kopf und den Luchspelz mit den goldenen Knöpfen um die Schultern. Es war im Januar oder Februar, scheinbar ist seitdem sehr viel Zeit vergangen – aber es könnte sich auch bloß um ein paar Jahre handeln. Meine Zeit war an jenem Tag stehen geblieben, als *sie* gegangen ist. Ohne Sinn und Zweck ziehen seitdem die Jahreszeiten vorüber, alles ist durcheinander, und das Jetzt ist nur eine Abfolge von Tagen, die in mir keine Spuren hinterlässt, da mir nichts Bedeutsameres mehr passieren kann. Giovanni hatte seine Bilder in eine Ledermappe sortiert. «Ich werde sie verkaufen», hatte er zu mir gesagt, als er merkte, dass ich sie betrachtete. «Mit den bei dir abgemalten Werken werde ich keinen Hunger leiden müssen.» Er wusste, wie er mich verletzen konnte, und tat es gern. «Du hast die Pinsel nicht mitgenommen, Zuane», stellte ich fest. «Auch nicht die Stifte, die Kreide und das blaue Naturpapier.» «Brauche ich nicht», erwiderte er. An jenem Tag verzichtete er darauf, Maler zu sein, und auf alles andere, was ich gern für ihn gewollt hätte. An ein und demselben Tag hat er sich von mir und von sich selbst befreit. Ich hielt ihm vor, nicht genug Liebe für die Malerei aufgebracht zu haben. «Sie auch nicht für mich», entgegnete er verbittert. «So sind wir eben beide Ehebrecher.»

Es war im Morgengrauen. Unter dem Ponte Brazzo vertäut lag das mit Seide vollbeladene Boot, mit dem er Venedig verließ – und mich. Ich hätte ihn zurückhalten sollen, wusste ich doch, dass er es allein nicht schaffen würde. Aber ich habe nicht die richtigen Worte gefunden, ihn am Gehen zu hindern, Herr. Ich hob sie für einen Tag auf, der nicht kam. Wäre er zurückgekehrt, ich wäre vor ihm in die Knie gegangen. Mehr als den treuen Dominico hätte ich ihn, meinen verlorenen Sohn, verehrt.

Aber das Einzige, was ich vor meinem davonziehenden Sohn zum Ausdruck bringen konnte, war meine Enttäuschung. Nachsichtig sind wir mit denen, die es nicht verdienen – und streng mit denen, an die wir geglaubt haben. Doch nur die, die wir lieben, können uns enttäuschen. Zuane hatte versagt, aber auch ich versagte, und mein Junge wurde ein Landstreicher. Ich war blind vor Wut und Verachtung. «Alles, was ich für dich getan habe, waren Perlen vor die Säue», warf ich ihm vor. «Und das, was *ich* für dich getan habe», erwiderte er rot im Gesicht, «hat das keinen Wert?» «Ich habe dir in jeder Hinsicht geholfen», sagte ich. «Obwohl es andere eher verdient hätten, habe ich für dich gebürgt, meinen

Kopf hingehalten.» «Ich bin schließlich dein Sohn», gab Zuane zurück, «außerdem hast du das nicht für mich, sondern nur für dich getan.»

«Das ist also der Dank dafür», fauchte ich ihn an. «Mich in Verruf bringen. Und völlig egal ist es dir obendrein.» «Nein, offen gesagt, nein», erwiderte Zuane und warf den Koffer auf den Kahn. «Ich habe dich nicht darum gebeten, auf die Welt zu kommen. Das war dein Begehren.» «Wie willst du zurechtkommen?», fragte ich ihn. «Was wirst du tun, wenn du das letzte Bild verkauft hast? Du kannst doch nichts. Du bist doch gar nicht in der Lage, richtig zu arbeiten, du würdest umkommen, wenn du dir dein Geld in einer Ziegelbrennerei verdienen müsstest.» «Kein Problem», gab Giovanni lächelnd zurück. «Ich werde schon nicht elendig schuften müssen. Vielleicht suche ich mir bei irgendeinem Edelmann eine Anstellung und spiele Laute. Vielleicht tue ich aber auch einfach gar nichts. Es kommt, wie es kommt.»

Musik war stets seine Leidenschaft gewesen. Als kleiner Junge hatte er sich meine Instrumente geborgt und sich an den Saiten der Laute die Fingernägel kaputtgerissen, wenn er dem geheimnisvollen universellen Klang folgte, den er meinte aus dem lärmenden Getöse der Welt heraushören zu können. Über Stunden hatte er Kalbssehnen aufeinander- oder mit Kellen auf Topfdeckeln herumgeschlagen und mit seinen seltsamen metallisch und völlig unharmonisch klingenden Tönen, die man in Venedig noch nicht gehört hatte, die ganze Familie verrückt gemacht. Er behauptete, Musik entspringe dem Lärm – wie die Schönheit dem Leid. Ich hielt seine Theorien für zu hoch gesteckt und seinen Eifer für falsch eingesetzt. Nie wäre er Komponist oder Kapellmeister geworden. Dazu fehlten ihm der Ehrgeiz und das Durchhaltevermögen. Und die Wut – jene unheimliche Kraft, die das Geheimnis eines jeden Erfolgs ist.

Ich dachte zunächst, er wolle mir beweisen, dass ich ihm Unrecht getan habe, sein Talent zu unterdrücken, aber darum ging es ihm nicht. Mit achtzehn Jahren, als er den Eindruck hatte, in der Werkstatt niemals einen eigenen Platz als Maler zu finden und immer nur an letzter Stelle hinter Dominico, Marco und Marietta zu stehen, nahm er sich vor zu studieren und ging nach Padua an die Universität. Ich machte ihm wegen dieser Fahnenflucht keinen Vorwurf. Seine Mutter war geradezu entzückt, hätte doch ein Akademiker ihre Wunschträume erfüllt: «Wenigstens aus einem Robusti», erklärte Faustina mit einem Lächeln, «wird eine ernst zu nehmende Person ...» Doch die Jahre zogen erfolglos ins Land. Bis ich erfuhr, dass Giovanni das Lautespielen dem Studium der Rechtslehre vorzog. Zusammen mit drei Freunden von übelstem Ruf spielte er mal auf Empfängen eines vornehmen Kardinals, aber auch zu fragwürdigen Anlässen und auf Feierlichkeiten, über die man besser schwieg. Ich stellte ihn vor die Wahl: Universität oder Musik. Giovanni wählte weder das eine noch das andere, sondern kam nach Venedig in unser schönes Heim zurück. Es schien ihm nicht leid zu tun, das Studium aufgegeben und die Erwartungen seiner Eltern enttäuscht zu haben. «Es kommt, wie es kommt», bemerkte er nur. Und ging meinen anderen Kindern in der Werkstatt zur Hand. Viel brachte er jedoch nicht zustande. Er versuchte, so wenig wie möglich aufzufallen, übernahm lediglich die Aufgaben von geringem Anspruch: Wolken, Bäume, Felsen. Abends blieb er im Wohnzimmer sitzen und spielte gedankenverloren Laute, Viola oder Cembalo, ohne jemals ein Stück zu Ende zu bringen. Es war, als verflüchtigte sich die Musik zwischen seinen Fingern.

«Ihr braucht euch nicht zu sorgen», sagte er und zuckte gleichgültig mit den Schultern, «auf irgendeine Weise werde ich schon leben.» Und genau das tat er. *Auf irgendeine Weise*. Sich immer nur anzunähern, das war seine Art gewesen. Nie hat Giovanni etwas anständig gemacht. Leidenschaftslos und ohne großen Einsatz beschränkte er sich darauf, seine Pflicht zu erfüllen. Selbst seine Flucht hat er so unternommen. Er ging auf *irgendeine Wei-*

se, ohne zu wissen, wohin und warum. Und zu früh, Herr. Mit erst zweiundzwanzig Jahren. In seinem Alter war ich bereits ein unabhängiger Maestro, war frei – Herr meines Lebens, ich wusste, was ich wollte, und kämpfte dafür. Aber er war noch wie ein kleiner Junge. Dünn und schmächtig, mit blonden Locken und zarten, engelsgleichen Gesichtszügen. Er verspürte nie das Bedürfnis zu reden. Selbst wenn er mit uns zusammen war, machte er den Eindruck, als wollte er sich auflösen, als wäre er kurz vor dem Verschwinden. «Ich werde dir nicht einen Taler hinterherschicken», drohte ich ihm. «Wenn du jetzt mein Haus verlässt, bist du nicht mehr mein Sohn. Und wenn sie mir noch so häufig erzählen, dass man dich ins Armenkrankenhaus irgendeiner fremden Stadt eingeliefert hat, von mir bekommst du nichts.» Mit einem milden Lächeln auf den Lippen erwiderte er: «Ich habe dich auch nicht darum gebeten, Papa.»

Das stimmte. Giovanni hat mich nie auch nur um einen Dukaten gebeten. Das Einzige, was wir gemein hatten, war unser maßloser Stolz. Er hat gekonnt allein versagt, wofür ich ihn achte. Ich wünschte mir, er hätte mich um Geld gebeten, hätte mir gestanden, dringend welches zu benötigen. Ich hätte es ihm gegeben. Aber er bat mich nicht darum – aus Angst, ich würde mir mit dem Geld seine Rückkehr erkaufen wollen.

Ich schenkte ihm das Kostbarste, was ich besaß: meine Laute. Die Musik hat mein Leben derart bereichert, dass ich mich zu keinem Zeitpunkt von diesem Instrument trennte. Mein Freund Marcolini hatte es mir vererbt, der es wiederum von Francesco da Milano bekommen hatte, dem größten Virtuosen des Jahrhunderts. Nach ein paar unbeholfenen Versuchen, das Geschenk abzulehnen, nahm Giovanni die Laute schließlich doch an – sich für sie zu bedanken gelang ihm allerdings nicht. «Sie wird auf der Reise kaputtgehen», gab er zu bedenken, «sie ist zu zerbrechlich.» Ich dachte nur, dass auch er zu zerbrechlich sei und auf der Reise kaputtgehe. Aber auch das sagte ich ihm nicht. An jenem

Morgen war zwischen uns bereits alles verloren. Der blasse junge Mann mit der Laute unter dem Arm, der auf das Schiff der Seidenhändler stieg, um wie ein Pilger seinen Fuß aufs Festland zu setzen, war für mich ein Fremder. Nie habe ich ihn richtig kennengelernt. Mein Sohn hat sich vor mir verbarrikadiert, als wäre ich ein böses Ungeheuer, das ihn vernichten wollte. Nie hat er sich mit mir auseinandergesetzt. Er hielt sich in seinem glatten und zerbrechlichen Körper und hinter seiner Musik versteckt. Bis heute verstehe ich nicht, wonach er suchte. Und warum er nicht einfach der sein konnte, der er war: der Sohn, den ich liebte.

Als die Männer die Taue losmachten, stürzte meine Frau auf die Brücke und rief seinen Namen. Giovanni wollte gehen, ohne sich von ihr zu verabschieden, doch sie hatte gespürt, dass er sich entzog. Faustinas herzzerreißende Stimme hätte eine Metallstange zum Schmelzen gebracht. Giovanni aber drehte sich nicht um. Den Blick nach vorn gerichtet, blieb er auf dem Kahn stehen – dünn und schmächtig in seinem Luchspelz. Den Nacken, die Schultern und die langen, vom Wind zerzausten Haare waren alles, was er uns zum Abschied bot. Meine Frau rief mit immer wehleidigerer Stimme seinen Namen – Zamba, Zuane, Zaneto –, bis das Schiff im Nebel verschwand. Ich nahm meine schluchzende Gemahlin in die Arme und führte sie zurück ins Haus. An jenem Tag verloren wir unseren Sohn.

Einige Monate später erhielt sie einen Brief von ihm. Er war einem Boten der kaiserlichen Post anvertraut worden, die Herkunft war jedoch nicht vermerkt. Giovanni teilte mit, dass er vorhabe, sich im Friaul dem Gefolge eines madjarischen Priesters anzuschließen, also die Grenzen der Republik zu überschreiten. Er beabsichtige, in den Orient nach Aleppo oder Trapezunt aufzubrechen, um die Musik der mystischen mohammedanischen Tänzer zu studieren und aufzuschreiben, die sich durch schnelles Drehen im Kreis in Ekstase bringen – Marco Augusta habe ihm davon erzählt. Außer ihrem Gott besäßen diese Männer nichts, sie lebten von Almosen, schliefen unter Brücken und am Wegesrand. Er wollte also in ein fremdes Land gehen, wo ihn keiner kannte – und wo auch mich keiner kannte.

Giovanni schrieb ausschließlich seiner Mutter. Aus den zusammenhanglosen und immer konfuseren Zeilen, die Faustina abends, wenn die Familie um den Kamin versammelt war, vorlas, konnte man die Schwermut unseres Sohnes heraushören. Trotz seiner zweiundzwanzig Jahre waren seine Pläne nicht weniger wirr und unrealistisch als im Alter von zehn Jahren. Noch immer suchte Zuane sein Einhorn. Er wolle Derwisch werden und sei auf der Suche nach dem Stein unter seinem Kopf, der so weich wie ein Federkissen sei, nach dem Sternenhimmel über ihm, der ihn beschütze wie ein Hausdach, und nach der Musik der von der Strömung glatt geschliffenen Flusskieselsteine, die wie die Offenbarung Gottes klinge. Dann kamen keine Briefe mehr. Hin und wieder besann er sich und überlieferte einem Bekannten ein paar Neuigkeiten. Er wolle uns wissen lassen, dass er sich guter Gesundheit erfreue. Nach meiner hat er nie gefragt. Die Bekannten erzählten, er mache einen zufriedenen Eindruck. «Wobei?», fragte meine Frau beunruhigt. Niemand konnte es ihr erklären. Er sei auf Reisen, hieß es.

Der Letzte, der ihn gesehen hat, war mein Schüler Cesare Dalle Ninfe in Dalmatien, der zu jener Zeit an den Fresken einer Kathedrale auf einer Insel arbeitete, deren Name ich vergessen habe, und daher häufig nach Trogir kam. Barfuß und dürr wie ein Gespenst sei Giovanni mit langem und ungepflegtem Bart dahergekommen. Auf Cesare Dalle Ninfe machte er eher den Eindruck eines Bettlers als eines Derwischs. Wiedererkannt hatte ihn mein Schüler nicht. Giovanni war es, der ihn ansprach. «Bist du nicht Cesare?» «Ja, ich bin ich», hatte Cesare ihm schlagfertig wie immer geantwortet, «aber du bist nicht du, mein Freund.» Sie setzten sich zum Plaudern auf die Kaimauer. Am Hafen wurde gerade ein Schiff aus Venedig entladen. Giovanni muss den Kapitän gut gekannt haben. Briefe hatte er aber nicht für ihn. Über mich wollte er von meinem Schüler nichts wissen, er fragte nur nach seiner Mutter und nach Marietta. Cesare musste ihm von mir von sich aus erzählen. Da habe er nur stumm zugehört. Dann sei er wieder humpelnd in Richtung Stadt verschwunden. Dicht an der Mauer entlang, als hätte er im Schatten Schutz gesucht, bevor ihn mein Schüler in der Menge aus den Augen verlor. Bei seiner Rückkehr werde ich weder ein Bankett veranstalten noch ein gemästetes Kalb schlachten – nicht einmal im Tod werde ich ihn wiedersehen.

Plötzlich herrschte in der Totenkapelle absolute Stille. Es wurde eine kleine Zeremonie abgehalten, in der der Prior eine improvisierte Rede über den Tod – der lediglich ein Übergang, eine letzte Reise und eine Erlösung sei – und die Auferstehung hielt, bei der wir alle am Tag des Jüngsten Gerichts unsere Leiber wiederfänden und im Licht der Ewigkeit lebten. Ich dachte an den schönen Körper meines Sohnes und an die Worte, die ich ihn lehrte, und dass auch die Seele, die sich für einen solchen Körper entscheidet, schön gewesen sein muss. Leider habe ich sie nicht kennengelernt. Der Prior schwenkte das Weihrauchfass und segnete den Maler. Amen. Das Letzte, was ich noch zu tun hatte, war hiermit erledigt.

In der Sakristei holte der Camerlengo das Ausgabenbuch hervor. Ich unterzeichnete den Erhalt des Geldes, und er händigte es mir aus. Dann steckte ich es in den Beutel. Es waren siebzig Dukaten. Ist das viel? Wenig? Ich weiß es nicht. Manchmal ist selbst ein einziger Dukaten viel. Meine Frau wird damit mein Begräbnis und den Leichenschmaus für unsere Freunde bezahlen. Mehr fiel mir dazu nicht ein.

Der Wind hatte gedreht und die schwüle Luft weggeweht. Aus dem Norden brauste die Bora heran. Die Sonne war bereits untergegangen. Über dem Festland türmten sich bleischwere Wolken, und Venedig verschwand in feinem, bläulichem Staub. «Beeil dich», stöhnte Marco, «es wird gleich regnen.»

Mitten auf unserer Überfahrt von der Insel San Giorgio wurden wir vom Gewitter heimgesucht. Wir waren jedoch nicht zum ersten Mal in der Lagune Wind und Wetter ausgesetzt. Meine Frau sagt immer, ich zöge den Sturm an wie andere Leid und Kummer. Als meine Söhne klein waren, beobachtete ich gemeinsam mit ihnen die stürmische See – wie die Hühner auf der Stange saßen wir oben in den Glockentürmen. Der Himmel leuchtete in den ungewöhnlichsten Farben auf – grün, blau, violett. Meine Kinder fürchteten sich nicht vor den Blitzen, sondern davor, dass sie die Farben nicht auf der Leinwand wiedergeben konnten und vergaßen. An diesem Nachmittag aber lauschte ich besorgt dem Donnern, während uns der Wind auf die offene See und gefährlich nah ans Kielwasser der großen Galeeren trieb. Da stellte ich Dominico erneut die Frage.

Ich habe das Recht, Herr, zu erfahren, wie mein Sohn gestorben ist. Ein junger Mann von sechsundzwanzig Jahren stirbt nicht einfach plötzlich. Zuane war nicht krank. Vielleicht sah er etwas heruntergekommen aus, vielleicht aß er nicht viel, um in den Zustand der Ekstase zu gelangen – wer weiß, zeitlebens hat er sich für den schwierigeren Weg entschieden. Aber sein Körper war immer gesund und stark, es war vielmehr sein Charakter, der einen Riss bekommen hatte. Schwierigkeiten drückten ihn nieder, er konnte nicht den kleinsten Misserfolg aushalten, vor dem erstbesten Hindernis, das ihm stets unüberwindlich vorkam, verließ ihn der Mut. Gegner und Widerstände erschuf er sich selbst, säumte seine Tage mit Fallen, damit er sagen konnte, höhere Gewalt hätte ihn am Erledigen seiner Aufgaben gehindert. Aber wenn es kein Fieber, keine Schwellung, keine im Hirn geplatzte Ader gewesen ist – was dann? Tritte und Schläge in einer dunklen Gasse nach einem nichtigen Streit? Eine Rauferei in einem Gasthaus wegen einer nicht bezahlten Schuld? Der Dolchstoß eines Besserwissers, den er beleidigt hatte? Die Hiebe der Schergen, die ihn verhaften und gewaltsam in seine Heimat Venedig zurückschicken wollten? Die Verzweiflung, im Gefängnis eingesperrt zu sein? Die bedrückende Einsamkeit auf einer Reise ohne Wiederkehr? Die Schlinge um den Hals, just als alles aussichtslos erschien? Ist er umgebracht worden? Hat er sich umgebracht, Herr?

Dominico behauptete, er wisse nichts. Marco warf eine Münze ins Wasser: Zehnmal sprang sie wieder auf, ehe sie schließlich unterging. «Zuane ist gegangen, Papa», sagte er, «er will nicht zurück.» Wir fuhren gerade genau in der Mitte des Kanals, als eine Narbe aus Feuer den Himmel durchstieß. Um uns herum wirkte alles klar und phantastisch zugleich, wie eine verzerrte Traumlandschaft. Und doch war es mir vertraut – als hätte ich diesen Moment schon einmal erlebt. Die Gondel, der Kinnbart meines treuen Dominico, Marcos ungekämmtes krauses Haar, der Riemen, die aufgedunsenen, rissigen Hände auf meinem Schoß, die wie alte Baumrinde aussahen, und auch das Wasser in der Lagune. Der Strom schleifte ein Gestrüpp aus Fäden mit ins Meer hinaus – eine Art abdriftende Insel, noch nicht Erde, aber auch nicht mehr Wasser, eine weiche, im Entstehen begriffene, jedoch wurzellose Kruste. Genau so fühlte ich mich in jenem Augenblick – wie ein unförmiger Haufen aus Fäden auf der Suche nach festem Halt, ins offene Meer hinausgetrieben, weit weg vom Ufer, an dem ich landen möchte, das mich aber vielleicht nie wieder an Land lassen wird. Und genau im selben Augenblick, als der Blitz aufleuchtete, sah ich sie.

Mit dem Alter habe ich nach und nach das scharfe Gehör verloren, die Gelenkigkeit, das leichte Versinken in den Schlaf, die sichere Hand beim Führen des Pinsels, die Empfindsamkeit der Haut für Liebkosungen und für die Wärme der Sonnenstrahlen. Die Eigenschaft, der ich jedoch wirklich nachtrauerte, ist Flinkheit. Das hat mich hervorgehoben, denn in meiner Stadt ist Schnelligkeit ein Skandal und purer Irrsinn. Niemand ist schnell: weder das Gesetz noch der Tod, weder die Schiffe noch die Menschen oder die Fische. Die Wesen, die sich in Venedig am besten vermehren, leben in der Starre, klammern sich an Poller, wimmeln im Schlamm herum oder verstecken sich unter dem Sand: Muscheln, Moos, Krabben, Würmer, Seespinnen. Venedig ist langsam und macht langsam. Venedig scheut die Bewegung und Veränderung. Ich dagegen habe nie stillgestanden, zusammen mit mir bewegten sich auch meine Bilder von der Stelle. Ich habe derart schnell gedacht, gemalt und gelebt, dass ich das Einzige, das mich einholen musste, nämlich das Leben, abgehängt habe. Selbst meine Augen sind trüb, ein Nebel hat sich wie eine Gaze aus Rauch auf meine Pupillen gelegt und lässt die Farben verblassen. Ich bin dazu verdammt, Überblendungen, scheinbar verflochtenes und mehrfach gebrochenes Licht zu ertragen. Manchmal zeichnen sich flüchtige, geheimnisvolle Bilder in das hinein, was ich gerade anschaue. Ich habe Venedig zu meiner Welt gemacht, die tatsächlich wie Venedig geworden ist – eine zittrige Luftspiegelung, eine ungewisse Vision. Noch aber sehe ich mit ausreichender Klarheit. Und auf einmal sah ich sie. Eine unsägliche Angst breitete sich in mir aus.

Ich versuchte erst gar nicht, sie zu beschreiben. Ich hatte keine Angst vor dem Tod – letzten Endes hast du mich bereits getötet, Herr –, sondern vor etwas, das in noch viel schrecklicheren Tiefen liegt, verborgen in den nur dir bekannten Abgründen meiner Person. Etwas, das ich war und noch immer bin. Dominico wurde nicht müde, mir einzureden, dass es eine Halluzination gewesen sei, verursacht durch das zehrende Fieber und die Appetitlosigkeit, die meinen Verstand beneble. Doch ich habe sie gesehen, Herr. Nur deshalb schloss ich, als ich wieder zu Hause war, die Fensterläden, zündete alle Kerzen an, legte mich ins Bett und flehte dich an, mich zu erhören.

Auf dem gekräuselten Wasser, dieser Ansammlung fauliger Fasern, sah ich mit derselben Deutlichkeit, mit der ich das Spiegelbild meiner über den Schiffsrumpf gebeugten Söhne sah, den

Körper eines Menschen schwimmen. Nur vage zeichnete er sich als ein Frauenkörper ab. Aber, Herr, ich wusste, dass es eine Frau war. Die Wellen trieben sie immer wieder auf. Wenn sie untergetaucht war, kam wenig später erst ein Bein an die Oberfläche, dann eine entblößte Schulter und die Brust. Um den Hals wellte sich ein weißer Stofffetzen. Der Körper war sowohl grün wie die Algen als auch bleich wie Seife und verströmte dengleichen beißenden Geruch wie die Lagune an heißen, schwülen Tagen. Ihr blondes Haar hatte sich auf dem Wasser zu einer Krone um sie herum ausgebreitet. Es war La Tintoretta. Aber nicht die andere. Meine.

Ich schloss die Augen, aber als ich sie wieder öffnete, war sie noch immer da – und verfolgte mich. Der Regen strömte auf uns nieder. Dominico schob mich vorsorglich unter die Abdeckung. Dreißig Jahre zuvor wäre ich es gewesen, der ihn vor dem Sturm in Schutz gebracht hätte, heute ist es umgekehrt. Aber ein Sohn kann seinen Vater nicht retten. Das ist nicht seine Aufgabe. Seine Aufgabe ist es, ihn zu überleben. Dafür ist er erschaffen worden. Dominico versuchte, den Vorhang geschlossen zu halten, den ihm der Wind immer wieder aus der Hand riss, und schaute vor uns ins Wasser, erleichtert, dass er im Becken von San Marco nichts weiter als Erdklumpen und von der Strömung mitgerissene, verfaulte Algen erkannte. «Mach dir keine Sorgen, liebster Vater», beschwichtigte er mich, «da ist kein Körper.» Er konnte ihn vielleicht nicht sehen. Ich aber schon, ich wusste, dass er da war, an meiner Seite, wo er für immer sein wird.

23. Mai 1594
Siebter Fiebertag

Der getrocknete Mohn hat mich über viele Stunden hinweg in Frieden ruhen lassen. In dieser endlosen Nacht begegnete ich nicht einmal mir selbst. Mit unbeschreiblicher Erleichterung löste ich mich von allem. Als ich die Augen wieder öffnete, stand Faustina mit einem jungen Kerl im großen Wohnzimmer. Er war breit, robust, trug einen schwarzen Mantel, der am Hals von einem grünen Seidenschal geschlossen wurde, hielt einen Filzhut in der Hand, und aus seinen Haaren lugten zwei spitze Segelohren hervor. Schlagartig ließ die Wirkung des Mohnpulvers nach. Es war erneut Tag.

Ich richtete mich auf. Vor lauter Erschöpfung wurde mir übel. «Er würde dir gern guten Tag sagen», flüsterte Faustina, die den Unbekannten, der mit offenem Mund unsere Galerie bestaunte, im Wohnzimmer stehen gelassen hatte. «Er steht unmittelbar vor der Abreise. Eine ungehörige Nervensäge ist er, ich habe ihm gesagt, dass es dir nicht gut geht, aber er lässt nicht locker, ich hätte auch Latein reden können, schick du ihn weg.» «Wer ist es?», fragte ich sie, während ich mich taumelnd zum Krug schleppte, Wasser in die Schale kippte und mein Gesicht wusch. «Wie, du erkennst ihn nicht wieder?», fragte Faustina verwundert, «das ist Iseppo!»

Als ich ihn das letzte Mal sah, hatte er noch Pickel im Gesicht und kaum Haare auf der Oberlippe. Inzwischen ist er älter als zwanzig. Auch ihn habe ich aufwachsen sehen – er war in gewisser Weise ein Teil unserer Familie. Doch diese Familie ist auseinandergebrochen. Auch Iseppo ging weg. In Wahrheit konnten wir uns ab einem gewissen Punkt nicht mehr ertragen, da jeder etwas wusste, was der andere vergessen wollte.

Ich legte mich wieder ins Bett und empfing ihn im Schlafzimmer. Der Boden unter meinen Füßen schien wie ein Landungssteg zu beben, und mir war, als stolperte ich über eine wackelige Oberfläche, die kurz davorstand, sich aufzulösen. Iseppo verbeugte sich ehrfürchtig und erkundigte sich nach mir, Maestro Dominico und meinem grässlichen Fieber. Er sei unserem Haus verbunden geblieben – ohne ein leichtes Herzklopfen habe er nie unter diesen Fenstern vorbeilaufen können. Ich fragte, wie es ihm gehe, denn es waren schwierige Zeiten für junge Leute, die etwas Eigenes auf die Beine stellen wollten, die Ausgaben überstiegen die Einnahmen, viel bekam man nicht mehr für sein Geld. Iseppo sagte, er habe sich mit einem kleinen Laden in der Gasse der Juweliere selbstständig gemacht. Marco habe ihm das Ladenschild gemalt. Davon wusste ich nichts. Iseppo war erstaunt. Habe Marco es mir nicht erzählt? Ein goldener Stern auf blassviolettem Hintergrund, gerade so, wie wenn die Sonne untergegangen ist und die Sterne langsam aufleuchten. Der Stern sei aus echtem Gold, wenngleich mein Sohn wie die byzantinischen Ikonenmaler Pulver verwendet habe. Das Geschäft heiße «Zum aufgehenden Stern». In Wirklichkeit sei es nur ein Verkaufsstand aus Holz in einer Kammer, die nicht einmal die Größe eines Schrankes habe. An Kunden mangle es ihm jedoch nicht. Er stehe kurz vor seiner Abreise nach Augsburg.

«Augsburg!», rief ich überrascht. Iseppo, der kleine Junge mit den Läusen, der armselige Sohn eines Wollkämmers, bricht in die Stadt der Bankleute auf, wo die Kaiser zum tausendsten Mal um eine Anleihe bitten, wo über das Schicksal der Staaten entschieden wird – und über uns! Venedig ist wahrhaftig ein Glücksrad. Wer nur einen Funken Talent besitzt, dem eröffnet die Stadt Möglichkeiten bis in schwindelerregende Höhen.

Stolz erzählte er, dass ihm Kini – oder mit gebührlichem Respekt gesprochen, der verehrte Signor König – einen Vertrag mit ein paar deutschen Adeligen vermittelt habe. «Es geht um ein Reliquiar aus Gold für ein paar heilige Knochenstummel, die sie hier in Venedig gekauft haben. Er soll mit Edelsteinen versehen werden und in der Privatkapelle des Familienschlosses stehen, außerdem soll ich ihnen silberne Flügeltürchen mit eingefassten Juwelen und einem Goldriegel anfertigen.»

«Und wie kommt es, dass Signor König die Arbeit nicht deinem Meister angeboten hat?», fragte ich verwundert. «Steiner ist ein wahrer Künstler», erläuterte mir Iseppo, «und in der Tat wollte Kini die Arbeit zunächst ihm übertragen, aber Steiner ließ ihn wissen, dass er sich nicht mehr mit Zange und Schneideisen die Augen verderben wolle. Im Übrigen könne er Venedig zurzeit nicht verlassen, weil er Besuch erwarte, von wem auch immer. Viel Geld hat er ausgeschlagen. Signor Steiner war meines Erachtens schon immer nachlässig. Ich werde nur so lange in Augsburg bleiben, bis ich irgendeinen Deutschen um den Finger gewickelt und mir ein kleines Vermögen zugelegt habe. Sobald ich wieder zurück bin, werde ich Euch mit Verlaub, Maestro, erzählen, wie Deutschland ist – wie das Kaiserschloss aussieht und wo Eure Gemälde hängen. Und die von Signora Marietta.»

Sobald jemand den Namen meiner Tochter ausspricht, verspüre ich einen tiefen Stich in meiner Brust. Als der junge Mann ihren Namen sagte, empfand ich dagegen Trost. Iseppo kannte eine Marietta, die ich nie kennengelernt habe. Er hat mit ihr in denselben Räumen gelebt – vor ihrer Tür auf dem Teppich geschlafen. Als er Geselle bei Steiner wurde, war er noch keine dreizehn Jahre alt. Ein hageres Jüngelchen mit ausgemergeltem Gesicht und Segelohren. Marco Steiner aus Augsburg war so streng, unnachgiebig und fordernd wie alle jungen Meister. Auch ich war einst so. Erst in reiferen Jahren habe ich die unermessliche Kraft der Nachsicht erfahren. Der Juwelier schüchterte den Jungen derart ein, dass Iseppo Angst vor ihm hatte und in seiner Gegenwart keinen Mucks von sich gab. Wir sahen sie allmorgendlich das

Haus verlassen, hintereinander – Marco Augusta stets elegant gekleidet, in schwarzem Mantel, auf dem eine Silberkette mit Lapislazulisteinen blinkte, mit einer Halskrause aus Spitze, Filzhut mit Feder und seinem im Wind wehenden schwarzen Haar; der Bursche schmächtig, mit kahl rasiertem Kopf wegen der Läuse, zu großen Schuhen, eingemummt in einen Mantel, der auf dem Erdboden schleifte.

Iseppo erlernte zwar den Beruf des Juweliers, von Marietta aber wurde er großgezogen. Sie war es, die ihm jahrelang das Abendessen aufwärmte, ihn pflegte, wenn er krank war (und das war er häufig, denn er befand sich zumindest am Anfang in keiner guten Verfassung), und die sich um seine Bildung kümmerte. Er war ihr ergeben wie ein Hund. Und auch sie hatte ihn lieb gewonnen. Ich sah sie wie eine Mutter für ihren naschsüchtigen Sohn sein heiß geliebtes Obstkompott zubereiten. Ich sah allerdings auch, wie sie ihn den Fruchtsaft ablecken ließ, der vom Löffel tropfte, mit dem sie die Früchte im Topf verrührt hatte, während sie sich nicht minder gierig ihre eigenen Finger ablutschte. Dabei waren sie doch alle beide viel zu alt für diese vertraulichen Gesten beim Kochen – dreißig Jahre war sie damals. Zu viel Zeit verbrachten sie allein miteinander. An langen Winterabenden spielten meine Tochter und der Junge im Wohnzimmer das Spiel mit den Grießkörnern und verschütteten Geld- und Kleiehäufchen. Oder sie las ihm ein Reisebuch vor. Meinen Ramusio, den ich ihr auslieh, habe ich nie wieder gesehen. Und mit dem Kopf auf ihrem Schoß fiel Iseppo in den Schlaf.

Der Geselle kehrte immer vor seinem Meister heim. Marco Augusta hielt sich meist bis spät in den Abend im Laden auf. Letzten Endes ist er ein Fremder geblieben, und wer weiß schon, was wirklich im Kopf eines Fremden vorgeht. Er verbrachte jedoch nicht seine Zeit damit, Schmuckstücke zu feilen. Im Gegensatz zu mir hat er sich nie mehr Arbeit als nötig aufgehalst – häufig gewiss weniger. Einmal schickte er sogar einen Kunden weg, der wegen eines goldenen Nachttopfs gekommen war. «Ich mache keine Nachttöpfe», fertigte er ihn verächtlich ab, «ausschließlich Ohrringe, Fingerringe und Ketten.» «Mir gefällt aber, wie Ihr das Gold bearbeitet», ließ sich der Kunde nicht beirren, «ich möchte, dass Ihr mir den Nachttopf anfertigt.» Marco Augusta setzte ihn vor die Tür. «Ein Idiot, denn wer Kacke in Gold hineinlegt, legt auch Gold in Kacke hinein», sagte er. Doch ich hielt seine Ablehnung für einen dummen Fehler und merkte an, dass selbst Kacke zu Gold werden könne. Da Marco Augusta mich falsch verstand, erwiderte er abfällig, dass die Alchemie, die ihn interessiere, nichts mit den Betrügern zu tun habe, die aus Steinen Gold zu machen hofften, sondern eine Wissenschaft sei, die nach dem verborgenen Sinn aller Dinge forsche.

Steiners Kollegen, die seine merkwürdige Arbeitsweise nicht verstanden – oder die ihn möglicherweise fürchteten, weil er Deutscher war und die deutschen den venezianischen Juwelieren Konkurrenz machten –, unterstellten ihm Zauberei: Nach Ladenschluss setze er sich an Experimente mit dem Anakitid, einem Stein, den außer ihm keiner in Venedig je zu sehen bekommen hat und der angeblich die Eigenschaft besaß, Dämonen und Geister zum Sprechen zu bringen und die Toten sich offenbaren zu lassen. Als Marco Augusta ihn entließ, streute Iseppo das Gerücht, Steiner nehme bei Neumond in tiefster Nacht seinen Bimsstein in die eine und einen Magneten in die andere Hand und lege sich den Schneckenstein unter die Zunge, der die göttliche Kraft der Weissagung verleihe. Vielleicht verbreitete er aber nur aus Groll derartige Lügen. Was der Juwelier nach Sonnenuntergang getan hat, weiß ich nicht. Nur dass er die Zukunft nicht vorherzusagen vermochte, dass die Toten so wenig mit ihm wie mit mir sprachen und dass er damals nach der Arbeit keine Eile verspürte, zu ihr nach Hause zu kehren.

Iseppo fragte mich ohne Umschweife, ob ich ihm etwas von Marietta geben könne. «Oh, kein Schmuckstück», stellte er klar, «bloß einen Knopf, eine Klammer, eine Nadel, irgendeinen wertlosen Gegenstand.» Iseppo ist ein eleganter junger Mann geworden, trägt eine prunkvolle Silberkette um den Hals und einen Hut mit Feder. Mein Funke wäre stolz auf ihn. «Ich denke stets an Signora Marietta, Maestro», beteuerte er, während seine Finger mit der blauen Hutfeder spielten. «Ich will nicht unverschämt auf Euch wirken, aber Eure Tochter war mir wie eine Mutter und Schwester, eine Lehrerin und die einzige wahre Dame, der ich je begegnet bin. Das ist die Wahrheit. Ich kann Venedig einfach nicht ohne ein kleines Andenken an sie verlassen. Eine Art Glücksbringer. Ich hätte Euch gern schon damals darum gebeten, Maestro. Vielleicht hat sie mich in ihrem Testament bedacht. Sie war so großzügig und hatte mich gern, ich kann mir nicht vorstellen, dass sie nicht an mich gedacht hat. Als die arme Signora von uns ging, fehlte mir der Mut zu fragen. Signor Steiner hatte mich ja entlassen, und ich fürchtete, dass seine Abneigung gegen mich dadurch erneut aufflammen könnte.»

In der Tat fand ich sein Verhalten unverschämt. Letzten Endes war er lediglich ein Geselle. Ich wechselte das Thema und fragte ihn, was er sich von Augsburg verspreche. Es sei eine deutsche Stadt, in der ausschließlich Deutsche wohnten. Wie er in Venedig feststellen könne, seien die deutschen Juweliere ausgezeichnet, und es werde gewiss nicht einfach für ihn sein, seine Auftraggeber um den Finger zu wickeln, wie er es ausdrückte. Davon abgesehen sei Augsburg eine Stadt wie jede andere, während Venedig einzigartig sei.

Iseppo erwiderte, dass er, solange Marietta lebte, nicht im Traum daran gedacht habe fortzugehen. Erst seit ihrem Tod wünsche er sich nichts lieber. «Obwohl sie die Möglichkeit nie hatte, sich die Stadt anzusehen, erzählte sie mir unentwegt davon. Ich wusste nicht einmal, wo sie lag. Mein Vater hatte mich ja nicht in die Schule geschickt. Als ich Signora Marietta schließlich meine Unwissenheit gestand, zwinkerte sie mir zu und teilte meinem Herrn mit, dass ich krank sei und an jenem Tag nicht mit ihm in den Laden könne. Ich war aber gar nicht krank. Wir gingen zum Buchladen Al Dio del Mar hinter San Zaccaria. Der Buchhändler war ein strohblonder Deutscher namens Martino. Ich erinnere mich nicht, was sie zu ihm sagte, ehe er eine Landkarte hervorholte.

Er wickelte auf dem Ladentisch eine Art Betttuch aus. Europa war riesig, Venedig ein dunkler, großer Fleck genau in der Mitte der Welt. Signora Marietta beugte sich über die Karte und begann, nach Augsburg zu suchen. Sie fand es aber nicht. Bestürzt merkte ich, dass selbst sie nicht wusste, wo es lag. Also neigten wir uns alle beide über den mysteriösen Kontinent. Mit dem Finger fuhren wir entlang der schwarzen Streifen auf dem Pergamentpapier die Flüsse hinauf und suchten nach den Grenzen der Republik. Da war die Adda, dort der Isonzo. Wir fanden Innsbruck, dann München und schließlich Augsburg. Es war ein kleines Ringelchen auf der Karte – sehr viel kleiner als Venedig.»

Verblüfft hörte ich mir Iseppos Erzählung an. Ich habe nicht gewusst, Herr, dass Marietta über Augsburg gesprochen hat, und schon gar nicht, dass sie wissen wollte, wo es lag. Die Idee, einmal dahin zu fahren, haben wir nie in Betracht gezogen. Selbst Cornelia hatte nie den Wunsch geäußert, nach Deutschland zurückzugehen oder ihrer Tochter das Land ihrer Väter zu zeigen. Sie wollte ihr nicht einmal Deutsch beibringen. Ich war es, der sie dazu drängte, weil wir beide unserer Tochter das beibringen mussten, was wir konnten: Das, so schien mir, ist die Hauptaufgabe der Eltern. Außerdem ist es für Kinder wichtig zu wissen, dass es noch eine andere Welt gibt als die, die sie sehen – eine Welt der Vorstellungen, in der sie ihre Phantasien unterbringen und in die sie sich immer dann zurückziehen können, wenn die, in der sie leben, sich als trostlos und böse erweist.

Ich liebte es, den Unterhaltungen meiner Frauen zu lauschen. Alle Welt behauptet, Deutsch sei eine harte und brutale Sprache. Für mich war sie zeitlebens die Sprache der Liebe. Nachdem Cornelia nach Deutschland oder vielmehr ins Krankenhaus von Santa Misericordia gegangen war, wollte Marietta kein Wort Deutsch mehr sprechen. Ich musste sie anflehen, mir die Lieder vorzusingen, die ihre Mutter immer gesungen hatte. Aber je älter sie wurde, desto häufiger weigerte sie sich. «Ich erinnere mich nicht mehr», behauptete sie. «Ich hab es verlernt.»

Auch wenn mir Otto eine Arbeit in Deutschland anbot, was hin und wieder vorkam, habe ich nie zugesagt, sondern mit einem Augenzwinkern in Richtung Marietta geantwortet: Was soll da in Augsburg schon sein? Bankleute, die uns nicht mit Gold überhäufen. Ein Kaiser, der nie über uns regieren wird. Kirchen, die nicht so prachtvoll sind wie unsere. Menschen, mit denen wir uns nicht einmal unterhalten können. Wir sind an unsere Stadt gebunden wie ein Fischer an sein Boot oder ein Schriftsteller an seine Sprache, denn was eine Stadt ausmacht, ist ihr Licht, ihre Ausdehnung, ihr Geruch, ihr Himmel, die Beschaffenheit ihrer Farben und die Tiefe ihrer Nächte – wir sind ein Teil von Venedig.

Und nun erfuhr ich von diesem Iseppo, dass meine Tochter ganz Venedig durchquert hatte, um mit dem Gesellen von Steiner auf einer Landkarte eine Stadt zu suchen. Ich fragte, was Marietta ihm noch erzählt habe. Iseppo konnte sich nicht im Einzelnen an ihre Worte entsinnen. «Seitdem ist viel Zeit vergangen, und die Signora hat für mich als kleinen Jungen immer so viele komplizierte und unverständliche Dinge gesagt. Sie sagte, dass es in Augsburg weder Wasser noch eine Lagune gebe, auch keine Sonne und orientalischen Düfte, es befänden sich dort lediglich Macht und Gold.» «Warum interessierte sie sich dann überhaupt dafür?», unterbrach ich ihn. «Signora Marietta meinte, Venedig sei eine gefährliche Stadt, ohne Wurzeln, geheim und versteckt – denn den wichtigsten Teil, der sie stütze und auf dem sie sich gründe, könne niemand sehen. Wie verbotene Gedanken oder unsägliche Wünsche liege er irgendwo versunken und verborgen. Darüber hinaus hielt sie Venedig für eine Stadt ohne Halt, die tanzt und Purzelbäume schlägt, schwankt und zergeht, gleichsam eine Gefangene der Launen des Wassers. Ein Labyrinth, aus dem man nicht mehr herauskommt, da seine Gassen nirgendwo hinführen – eine Stadt ohne Straßen. Augsburg dagegen sei eine Stadt, deren Straßen eine Richtung und immer irgendein Ziel hätten, sie fuße nicht auf unruhigem und ewig schwankendem Gewässer, sondern auf unbeweglichem Fels – kurzum, sie meinte, dort oben wäre sie standhaft geworden, hätte den wichtigsten Teil von sich ausleben können, anstatt ihn verbergen zu müssen, wäre möglicherweise aus dem Labyrinth ausgebrochen.»

Ich erinnere mich noch gut an mein letztes Gespräch mit Marietta über Augsburg. Es war an einem Abend im Dezember, vier Tage vor Weihnachten. Erst fünf Monate zuvor hatten wir das offizielle Ende der Pest gefeiert. Es war wie ein Auferstehen. Um die Verwüstung der Stadt zu vergessen, gab sich Venedig einer Orgie von Festen, Bällen und Veranstaltungen hin. Meine ältesten Söhne Dominico und Marco hatten sich von diesem zehrenden Freudentaumel anstecken lassen – woran ich sie nicht zu hindern suchte. Zwei Jahre ihrer Jugend hatte die Pest ihnen geraubt, nun stand das Leben bei ihnen in der Schuld. Auch Marietta untersagte ich nicht, an den Festivitäten teilzunehmen, immerhin hatte der Tod mit ihr angebändelt. Sie ging jedoch nicht hin. Vielmehr wich sie mir nicht von der Seite. Erst kürzlich hatte sie das Holzlager verlassen.

Das Unglück vom zwanzigsten Dezember war wohl der Beweis, dass wir Gottes Zorn doch noch nicht besänftigt hatten. Erst hatte er sich an unserem Privatleben schadlos gehalten, nun rührte er das an, was allen gehörte, unseren Staatsschatz: den Staat selbst. Im Nachhinein hieß es, das Feuer habe sich aufgrund der defekten Kamine bis in die Gemächer des Dogen und der Palastwachen ausgebreitet. Im Nu habe der Wind die Flammen in die benachbarten Uffizien getragen, in denen sich bis zur Decke notarielle Schriften türmten. Das Papier habe etliche Feuer genährt, die auf die angrenzenden Räume übergegriffen und sich an Bänke und Richtersessel geheftet hätten – allesamt aus Holz. Diese offizielle Version wird jedoch von den Venezianern angezweifelt: Noch immer glauben wir, dass die Explosion eines Brandkörpers die Ursache war. Die Explosion des Arsenals acht Jahre zuvor hatten alle noch lebhaft im Gedächtnis: Abgesehen von Schäden an der Flotte und den Werften waren zahlreiche Menschen umgekommen. Damals waren es die Schutzmänner des Sultans, die das Arsenal in die Luft jagten. Es war die Vorankündigung des Krieges, den sie uns tatsächlich unmittelbar danach erklärten. Sie wollten uns einen Schrecken einjagen – uns wissen lassen, dass sie mitten unter uns waren und sich niemand in Sicherheit wähnen konnte. Aber welcher Krieg kündigte sich nun an?

Dominico und Marco waren gemeinsam mit Pauwel und Lodewijk, die zu jener Zeit für mich arbeiteten, zum Dogenpalast gerannt, als das Feuer den Himmel über dem Markusplatz rot färbte und die ersten Mannschaften von der Werft mit Leitern, Eimern und Gerätschaften zum Feuerlöschen auf den Platz strömten. Freiwillige waren vonnöten, um aus der Waffenkammer Rüstungen, Waffen und Pulverfässer herauszutragen – und zu verhindern, dass alles in die Luft flog. Tausende Schriften, Traktate, Prozess- und Gerichtsakten mussten in Sicherheit gebracht werden – kurzum, der Staat an sich. Marietta und ich schauten von einem Fenster aus auf das unheilvolle grelle Licht über den Dächern.

Auch meine Geschichte befand sich in diesem Palast, Herr. Fünfundzwanzig Jahre meines Lebens hingen in Rahmen gekleidet an diesen Wänden. Als ich dort das erste Gemälde malte, war ich fünfunddreißig Jahre alt und bildete mir ein, mir damit einen Posten unter Venedigs Meistern sichern zu können. Es fand jedoch keinen Gefallen, und meine Gegner sorgten dafür, dass ich eine Ewigkeit auf die nächste Gelegenheit warten musste. Um die

Seeschlacht von Lepanto zu malen, habe ich wie unsere Soldaten bis aufs Blut gekämpft. Ich brachte ein altes, in seinem Panzer aus Genialität und Größe unbesiegbares, hundertjähriges Idol zum Kentern und riss ihm die Siegesfahne aus der Hand. Denn nicht mein Erzfeind Tizian sollte derjenige sein, der unseren Triumph rühmen durfte, sondern ich. Ich musste der Zeuge meiner Zeit werden, ihr Gedächtnis und ihre Stimme.

Dieses Bild, das ich um jeden Preis anfertigen wollte, hat mich zehn Monate Arbeit und ein Jahr Elend gekostet. Unzählige Wochen habe ich damit zugebracht, die Kriegsschiffe in den Hafenbecken des Arsenals zu studieren. Masten und Rahen, Tauwerk und Segel, Ruder, Eisenteile und Kanonen auf meinem Zeichenblock zu skizzieren. An die Netze zu kommen, die in Lepanto gegen das Entern eingesetzt wurden, und bei den Altwarenhändlern im Ghetto gebrauchte Arkebusen, Lanzen und Panzerschalen zu erwerben. Mich bei den Händlern in Rialto wegen der Farbe zu verschulden. In jedem Winkel der Wohnung lagen haufenweise aufgerollte Leinwände, in der Küche, unter dem Bett, sogar im Scheißhaus, wo Ausschuss und Schnipsel zum Säubern benutzt wurden. Ich warb Hunderte Modelle auf der Straße an, Stadtstreicher, Fährmänner, Hafenarbeiter. Rauflustige, gewaltsame Kerle. Unser Familienleben wurde von meinem Wahn arg in Mitleidenschaft gezogen.

Ottavio schlich um mich herum, während ich mich mit der Galeasse von Sebastiano Veniero schindete, die ich in einer Ecke der Werkstatt nachgebaut hatte; er setzte sich auf die Ruderbänke, fesselte sich in Ketten, packte das Ruder und die Peitsche des Galeerenaufsehers, stieß schließlich an den Rammsporn vor dem Bug und fragte mich, wozu der gut sei. «Damit zerteilt man das Meer und durchstößt den Rumpf des gegnerischen Schiffes», antwortete ich: Da sprang er mit dem Schwert in der Hand auf und schrie «Freiheit!», denn wie alle venezianischen Jugendlichen verbrachten auch meine ältesten Söhne ihre Zeit damit, sich zu prügeln und die Schlacht von Lepanto nachzuspielen: Dominico war der gute Held Agostino Barbarigo; Marco der böse Mehmet Scirocco; Zuane spielte den hübschen Helden Johann von Österreich. «Geh woanders spielen, ich arbeite hier, du machst mich nervös.» Ottavio hörte nicht auf mich und kletterte auf das Achterkastell, er stellte sich vor, von unterhalb der Plane das Meer abzusuchen, und entdeckte einen sonderbaren Gegenstand, den er noch nie gesehen hatte. Ich erklärte ihm, dass es ein Kompass sei, und ermahnte ihn, diesen sofort wieder zurückzulegen, da es sich um eine Leihgabe eines Reeders handle, der ihn wiederhaben wolle. «Ich will aber den Kompass haben», begann Ottavio zu quengeln. Um ihn mir vom Hals zu schaffen, bat ich ihn, sich so lange zu gedulden, bis ich ihm einen zum Spielen nachgebaut hätte, und zwar nachdem das Bild fertig sei. «Wann wirst du denn mit dem Bild fertig?», wollte er wissen. Ohne mich umzudrehen, antwortete ich: «Wenn du groß bist.»

Ottavio – damals gerade vier Jahre alt – reckte seinen Arm in die Luft und malte mit schwarzer Kreide einen Strich an die Wand: «Wenn ich so groß bin, reicht das?» «Ja, du Knirps», erwiderte ich – obwohl ich nicht wusste, wie sehr ein Kind in ein paar Monaten wächst. Daran dachte ich nicht. Die *Seeschlacht* würde ohnedies meine Tage ausfüllen, sodass ich keine Zeit hätte, ihm seinen Kompass zu bauen. Bis er eines Tages zu mir kam, sich wortlos an die Wand auf seine Fußspitzen stellte und mir zeigte, dass seine Haare an den schwarzen Strich reichten. «Du schummelst, kleiner Knirps, noch hast du es nicht geschafft», sagte ich zu ihm und drückte mit der Hand auf seinem Kopf die Fersen auf den Boden. Ottavio fing bitterlich an zu weinen und kreischte: «Ich will ihn aber jetzt, jetzt, jetzt.» Ich ließ ihn aus meiner Werkstatt tragen, da ich gerade den sagenhaften Rücken eines Soldaten malte, der auf dem Ponte dei Mori bettelte und den ich dafür bezahlte, als Kapitän Modell zu stehen. An Weihnachten diktierte Ottavio seiner Mutter den Wunsch für den Krug, und Faustina schrieb: Ich will den Kompass von der Seeschlacht. Am Dreikönigsfest hatte ich jedoch zu viel zu tun, als mir die Vorschläge von Marietta und Faustina anzuhören. Vier Jahre später während der Pest sollte mir Faustina den Zettel laut vorlesen und leise ein paar Tränen vergießen – und ich würde sie nicht trösten können. Im Frühling erkrankte Ottavio. Es sah nach einem gewöhnlichen Fieber aus. Doch es raffte ihn innerhalb von fünf Tagen dahin. Der Strich an der Wand in meiner Werkstatt ist noch immer da. Mein kleiner Knirps wird ihn leider nicht mehr erreichen, und den Kompass habe ich ihm auch nicht gebaut.

Meine *Seeschlacht von Lepanto* war ein Geschenk an die Republik. Leinwände, Farben und Modelle zusammengezählt, hat mich dieses Geschenk mehr als zweihundert Dukaten gekostet, von denen nicht einer Früchte tragen sollte. Als Entlohnung erhielt ich das Versprechen, Tizians Vermittlerposten zugewiesen zu bekommen, sobald dieser frei werde. Was nie eintraf. Und nun war alles der Gefahr der Flammen ausgesetzt.

Die Glocken Hunderter Pfarrkirchen läuteten, überall wurde Alarm geschlagen. Die Sensa war voller Boote mit freiwilligen Helfern, die zum Dogenpalast strömten und beim Vorbeirudern riefen, dass der Brand außer Kontrolle geraten sei. Könne man ihn nicht löschen, stünde bald ganz Venedig in Flammen. Da wurde mir klar, dass Gefahr drohte, dass sich mein Name im Himmel verflüchtigte. Ich knöpfte meine Jacke zu und zog mir die Pelzmütze über die Stirn. «Ich komme mit», sagte Marietta und eilte die Treppen hinunter. «Schließlich war ich dabei, als *Das Jüngste Gericht* aufgehängt wurde. Du kannst mir nicht verbieten, alles zu tun, um es zu retten.» Sie ergriff Hut und Handschuhe, warf sich den Pelzmantel über – denn es war schrecklich kalt in diesen Tagen – und folgte mir.

In den überfüllten Gassen kam man nur mühsam vorwärts. Die Ebbe in dieser trockenen Jahreszeit – der Wasserstand lag beinahe drei Arm unter Normalniveau – hatte den grünen, glitschigen

Schleim auf den normalerweise unter Wasser liegenden Stufen, das schwammartige Moos auf den Wandsockeln und die triefenden Häuserfundamente zum Vorschein gebracht: ein Schauspiel, das etwas Obszönes an sich hatte. Es kamen Dinge ans Tageslicht, die besser im Verborgenen geblieben wären: Trauben von angewurzelten Pfahlmuscheln, von Rost zerfressene Eisengitter, vom Wasser angegriffener Marmor, Jahre zuvor auf Grund gelaufene Boote, sich zu Pyramiden türmendes Steingut, einst ins Wasser geworfenes Geschirr, Legionen von schwarzen Ratten mit schnurgeraden Schwänzen, von Larven wimmelnder Dreck – die geheime, schleimige Vulva der Stadt. Ohne Wasserkleid war Venedig nackt. Die ausgetrockneten Kanäle hatten sich in stinkende Kloaken verwandelt. Wenn es doch nur geregnet hätte, wenn nur die Schiffe mit der Löschvorrichtung zum Dogenpalast durchgekommen wären, so viele Werke hätten gerettet werden können! Aber es regnete schon seit Wochen nicht mehr.

Plötzlich legte sich der Wind, und dichter Nebel zog auf. Als wollte er die Zerstörung vor uns verbergen, breitete er sich mitleidvoll über unseren Köpfen aus. Wir tauchten in eine Wolke ein, weiß wie in einem Glas geronnene Milch. Außer den Sockeln unsichtbarer Gebäude, vorübereilenden Schatten und dem Lichtschein der Fackeln an Eingangstoren war nichts mehr zu sehen. Dass wir in der Nähe vom Markusplatz waren, erkannten wir lediglich daran, dass auf einmal winzig kleine Flocken durch den Nebel wirbelten: die Asche des Palastes.

Als wir ankamen, waren an einigen Stellen die Feuer noch nicht vollständig gelöscht. Die Luft war glühend heiß. Mit Herzklopfen stiegen wir die prunkvolle Treppe hinauf. Es herrschte eine unnatürliche Stille. Ein ganzer Flügel des Dogenpalastes war verwüstet worden. Die Tapeten hingen in Fetzen von den Wänden, die Balken an den Decken hatten an einigen Stellen nachgegeben und beim Aufprall den Boden durchstoßen. Überall waren Pfützen, in denen Papier herumschwamm – Erlasse, Verordnungen, Urteile.

Dessen ungeachtet war es im Ratssaal überfüllt wie während der Abstimmungen. Rußgeschwärzte Werftarbeiter, die den Brand gelöscht hatten, und Senatoren, die den Schaden in Augenschein nahmen. Es wurde lebhaft diskutiert. Fünfzig-, sechzigtausend Dukaten allein für die Wiederherstellung des Gebäudes, vielleicht auch mehr. Sollte man den Palast nicht besser gleich abreißen und ganz neu bauen? Er war doch ohnehin alt und häßlich. War es ein Unfall oder Brandstiftung? Und wer könnte Interesse daran haben, das Herz der Republik anzugreifen. Die Habsburger, die uns von der Landkarte Europas streichen wollten, da wir genau in der Mitte der Königreiche Spanien, Italien und Österreich lagen, wie ein Hindernis, das man nicht besiegen konnte und daher anderweitig aus dem Weg schaffen musste? Die Engländer, die uns den Handelsweg zum Orient streitig machen wollten? Eine Verschwörung? Eine weitere Explosion? Schießpulver ins Herz unserer Zivilisation?

Freiwillige aus allen Stadtteilen waren herbeigeeilt, um zu retten, was noch zu retten ging. Unter sie mischten sich Banditen, die Papiere stahlen, Unterlagen beseitigten und geschmolzene, vom Dach gefallene Bleiplatten einsammelten, um sie unter der Hand wieder zu verkaufen. Sämtliche Maler Venedigs waren gekommen, um sich persönlich ein Bild vom Ausmaß der Katastrophe zu machen, denn der Dogenpalast war nicht nur Sitz unserer Regierung, sondern auch unser Museum, unser öffentliches Gedächtnis. Hier hatte jeder Meister ein Zeichen seines Stils und seiner Zeit hinterlassen – Guariento, Vivarini, Giorgione, Tizian, Veronese.

In der Menge erkannte ich den Dogen Sebastiano Veniero, unseren korpulenten Held von Lepanto, der völlig entsetzt mit ungekämmtem Bart und wirren Haaren zwischen den verrußten Wänden umherirrte. «Tintoretto», sagte er zu mir, als ich mich vor ihm verneigte, «wenn ein Maler um seine toten Gemälde wie ein Kommandant um seine Männer trauert, dann erfährst du heute den Preis der Schlacht.» «Eure Durchlaucht, verehrter Fürst, alle meine Gemälde sind nichts angesichts des Lebens eines einzigen Mannes», wandte ich ein. Da er auf einem Ohr taub war, musste ich um ihn herumlaufen und denselben Satz erneut in sein anderes Ohr schreien, während alle Anwesenden verstummten und mir zuhörten. «Das habt Ihr wahrlich schön gesagt», seufzte Veniero, «obschon es nicht stimmt, Tintoretto, zuweilen muss man auch für ein Bild sterben, denn auch ein Bild ist Teil unserer Zivilisation.»

Im Ratssaal hatte ich zwei Gemälde verloren. Nichts Denkwürdiges. Werke von offiziellem Charakter, ein wenig Pathos, ein wenig bürgerliche Rhetorik, so viel Patriotismus, wie man von einem Künstler erwarten kann, den man etwas werden lässt. Nur Geduld. Im Lauf der Zeit war ich ja ein besserer Maler geworden. Und immer, wenn ich etwas verlor, habe ich die Ärmel hochgekrempelt und von Neuem begonnen. Das würde ich auch diesmal wieder tun. Die Werftarbeiter versuchten, uns am Betreten des Waffensaals zu hindern. Die Decke sei teilweise eingestürzt, Balken hingen in der Luft, es sei einfach zu gefährlich. Sollte es zu einem neuen Einsturz kommen, würden wir unter den Trümmern begraben werden. «Lass uns gehen, Marietta», sagte ich und zog sie am Ärmel. «Nein», sagte sie, und an den Wachjungen an der Tür gewandt: «Ihr müsst uns durchlassen. Wisst Ihr nicht, wer das ist? Er ist Tintoretto, Maestro Jacomo Robusti. Er hat diesen Saal bemalt.» «Geht nicht da rein, gnädige Frau», entgegnete ihr der Junge. «Da gibt es nichts mehr zu sehen. Tut mir leid.»

Doch schon war Marietta in ihrem weißen Pelzmantel im Nebel verschwunden. Wie in einem schlechten Traum folgte ich ihr. Mit welcher Hingabe hatte ich mich fünf Monate lang mit dem *Jüngsten Gericht* beschäftigt! Ich hatte gewagt, es mit dem mächtigsten, kühnsten und freimütigsten Maler aller Zeiten aufzunehmen, mit Michelangelo. Ob ich dem Vergleich standgehalten habe? Ich weiß es nicht. Die Malerei ist keine Regatta, bei der es nur einen Sieger gibt und alle anderen als Zweiter, Dritter oder Letzter im Ziel eintreffen. Alle rudern im selben Meer, nur zu unterschiedlichen Zeiten. Es gibt weder ein Ziel, noch kommt man jemals an. Ich rechnete nach und stellte fest, dass ich die *Seeschlacht von Lepanto* bereits vor fünf Jahren beendet hatte. Diese beiden Leinwände, die im Saal der höchsten Macht hingen – wo derjenige gewählt wird, der uns anführt –, waren das sichtbare Zeichen meines Erfolgs. Sprachlos blieben Marietta und ich in der Mitte des Saals stehen. An der Decke sah man den Himmel, milchig weiß. Pulvriger Staub und Asche regneten auf uns herab. Über uns war – nichts.

An der Stelle der *Seeschlacht* befand sich ein schwarzer, schmieriger Fleck aus verkohltem Gewebe. An der Stelle des *Jüngsten Gerichts* eine grässliche Wunde, die wie verbrannte Haut aussah, da das Feuer die Leinwand teils in Asche verwandelt und die Hitze sie teils mit dem darunterliegenden Putz verschmolzen hatte, der nun bis auf sein Knochengerüst – die Mauerziegel – abzubröckeln begann. Ich weinte nicht um den Verlust meiner *Seeschlacht*. Auch nicht um den meines *Jüngsten Gerichts*. Vielmehr weinte ich um den Verlust der Vergangenheit – es war, als wäre ein Stück meines Lebens zu Asche verbrannt.

Verstehst du, Herr, diese Bilder, die Anstrengung jener Tage, der Ehrgeiz, der mich antrieb, sie zu erschaffen, all das bedeutete mir nichts mehr. Es hat weder einen mangelhaften Kamin noch eine Verschwörung gegeben: Dieses Feuer war eine Warnung. Du hast diese Flammen geschickt, um mich an unsere Abmachung zu erinnern. Denn ich war dabei, wie ein Falschspieler zu tricksen – ich bildete mir ein, mit einem kleinen Notbehelf auch dich, Herr, hintergehen zu können. Dabei musste ich doch mein Wort halten und das Versprechen wahr machen. Ich musste auf Marietta verzichten. Ein anderer Mann werden. Mich von meinem früheren Selbst so entfernen, als verließe ich ein fremdes Land. Zu dir musste ich zurückkehren. Dies ging mir durch den Kopf, als sich

Marietta vor eine Ölpfütze kniete und in golden schimmernden Matsch fasste, der an ihrem Finger kleben blieb.

Ich ging dicht an der Wand entlang. Mein *Jüngstes Gericht* hatte sich in Asche aufgelöst und nur einen Schatten als Abdruck von sich hinterlassen. Nicht eine Figur von dieser riesigen Leinwand war übriggeblieben. Wie unglaublich zerbrechlich doch die Dinge sind, in die wir die große Hoffnung legen, unserem Leben eine Bedeutung geben zu können. Denn alles ist vergänglich, Herr – außer dir. Marietta las ein paar verkohlte Schnipsel vom Boden auf, auf denen jedoch nichts mehr zu erkennen war. «Ich male es noch einmal, und dann wird es noch gewaltiger werden, Jacomo», sprach sie mir Mut zu. Sie glaubte, mich trösten zu müssen.

In dem Moment sagte ich es ihr. Ich wusste es bereits seit Monaten – doch ich hatte ihr die Nachricht immer wieder unterschlagen. Ich hoffte auf irgendein Ereignis, das sie hinfällig machte und wie nass gewordenes Pulver, das nicht mehr explodieren kann, entschärfte. «Der Kaiser hat dein Portrait gewürdigt und bedankt sich dafür.» «Ist das eine deiner gut gemeinten Lügen, Papa?», fragte sie mich – aber ich schwor, es sei mein voller Ernst. Ihre unbeschwerte Freude zwang mich fortzufahren. Wer nicht malt, wer nicht schöpferisch tätig ist, wird nie verstehen können, was es bedeutet, Anerkennung zu bekommen, zu wissen, dass der Pfeil, den wir ins Leere geschossen haben, nicht vor unseren Füßen gelandet ist, sondern die Zielscheibe getroffen hat. «Er findet dein Talent einzigartig. Dass auch Frauen so weit kommen, habe er sich nicht vorstellen können. Noch nie habe er eine Malerin von solcher Bedeutung kennengelernt. Er hat dich an seinen Hof geladen. Er wird den Winter in Augsburg verbringen.» «Wo?», fragte Marietta. «Augusta, Augsburg, in Deutschland.» «Mich?», rief sie und lief rot an. «Mich hat er eingeladen?»

Im Dogenpalast konnten wir nichts mehr ausrichten. All das, was die Wände dieses vom Brand zerstörten Flügels verschönert hatte – Bilder von mindestens drei Generationen venezianischer

Maler –, war verloren. Katastrophen bringen jedoch auch Chancen mit sich. Bald würde es für sämtliche Maler Venedigs Arbeit geben. Abriss oder Restaurierung, der Dogenpalast würde neu errichtet werden müssen. Alles musste neu gemacht werden – und groß, um zu beweisen, dass wir nach wie vor eine wichtige Republik waren, die Kriege, Pest, wirtschaftliche Einbrüche und Brände nicht in eine Provinz verwandeln und an den Rand der Welt verbannen. Zehn, ja vielleicht fünfzehn Jahre würde diese Wiederherstellung sicherlich brauchen. Die Zukunft meiner Söhne war gesichert.

Marietta aber würde nie für den Dogenpalast arbeiten können. Von einer Frau akzeptieren Auftraggeber einzig und allein Portraits, doch die, so Marietta, seien ohnehin das Einzige, was sie malen wolle. «Lediglich Menschen sind der Mühe Wert. Alles andere ist Geschichte, die ich nicht kenne, und Übung, von der ich nicht genug besitze. Im niedersten Geschöpf das unendliche Universum zu suchen, dessen werde ich niemals müde. Ich erwarte von mir, dass ich das Merkmal, das jeden zu etwas Besonderem macht, und die Empfindung, die er mit allen anderen gemein hat, einfange und wiedergebe. Erinnerst du dich? Du warst es, der mich das lehrte. Einen echten Menschen zu malen, wen auch immer – nicht eine Figur aus der Mythologie oder Religion –, verleiht dir eine Verantwortung, die mit nichts zu vergleichen ist. Letzten Endes sind wir es, die ihre Schönheit erfassen, und das bedeutet auch ihre Wahrheit. Wir erwecken sie zum Leben. Der gewöhnliche Mensch existiert nur, weil jemand ihn portraitiert hat.»

In der Zwischenzeit war der Nebel so dicht geworden, dass wir kaum die Gassen erkennen konnten. Verloren liefen wir durch eine Art weißes Nichts, in dem die Geräusche gedämpft zu uns drangen, die Wege alle gleich aussahen und die Umgebung nicht zu erkennen war. Wir befanden uns zwar an den gewohnten Stellen, aber auch gleichzeitig woanders – in einer verschobenen, ausgehöhlten Welt, die nicht mehr unserer entsprach. Und möglicherweise stimmte es sogar, dass wir nicht mehr in Venedig waren. Marietta ging vielleicht das letzte Mal an diesen Häusern entlang. Hätte mich im Alter von dreiundzwanzig Jahren ein Kaiser an seinen Hof geladen, hätte ich dann abgelehnt? Damals war ich ein Niemand. Ich bemalte Truhen und verschenkte Bildchen, die nichts mit mir zu tun hatten. Von La Tintoretta sprach dagegen ganz Venedig. Fremde, die auf der Durchreise waren, kamen in mein Haus, um sie sich wie eine Attraktion anzugaffen. Und so wie ich meine Bilder herzeigte, so zeigte ich auch sie vor. Ich war stolz auf sie, weil auch sie mir gehörte. Dachte ich.

«Ich bin überwältigt», sagte Marietta leise. «Ich habe eine solche Ehre doch gar nicht verdient.» Hin und wieder tauchte aus dem Nebel ein Hausknecht auf, der an einem Stab eine Öllampe hochhielt, wodurch einen Moment lang ein Abschnitt der Fondamenta, der Schatten eines Baumes, die wie aus einem Blatt Papier herausgeschnittenen Bogen einer Loggia oder der ins Nichts mündende Bogen einer Brücke erleuchtet wurden. Dann verschwand die Laterne wieder, und wir waren erneut allein. Ringsum nichts als dieser dichte, nasse Nebel. Mariettas feuchtes Haar glänzte. «Ich freue mich für dich», versicherte ich ihr. «Ein Meister muss stolz sein, wenn sein bester Schüler ihn nicht mehr braucht. Im Grunde muss das Ziel jeder Ausbildung genau darin bestehen: in der Trennung.» «Oh, Jacomo!», rief sie. Wir umarmten uns. Marietta roch nach Asche, Herr, dem Geruch der Vergänglichkeit. Dass sie weinte, merkte ich erst, als sie zu schluchzen begann und ihr Gesicht an meiner Schulter vergrub. «Was ist los, mein Funke?», fragte ich sie. «Was ist?» «Nichts», erwiderte sie, «nichts, ich bin glücklich.»

Ich lieh ihr mein Taschentuch. Sie schneuzte sich die Nase und zog sich hastig die Handschuhe wieder über. Schon jetzt sehnte ich mich nach ihr, ich fühlte ein bohrendes Stechen im Kopf und bekam Magenkrämpfe. Es war eine Sehnsucht, die mich noch heute quält. Immer wieder versuchte ich mir selbst gut zuzureden, dass es letzten Endes auch meinem Wunsch entspreche. La

Tintoretta eine bekannte Malerin jenseits der Grenzen, in ganz Europa, welcher noch so verrückte Traum war je so glücklich ausgegangen? Als ich ihr jedoch das Malen beibrachte, hätte ich im Leben nicht daran gedacht, dass ich sie lehrte, mich zu verlassen.

Marietta trocknete sich mit dem Pelzärmel die Tränen, die ihr unaufhörlich in die Augen stiegen, ihren Blick verschleierten und die Wangen hinunterliefen. Ich zog mir die Luchsfellmütze über die Stirn. Es war eisig kalt. Sie fragte mich: «Was soll ich deiner Meinung nach tun, Papa?»

«Kini wird nach den Feiertagen nach Augsburg zurückfahren», erwiderte ich, «du wirst mit ihm gehen.» Doch dass eine junge Frau mit Unbekannten reiste – ohne Eltern oder Ehegatten –, kam nicht infrage. Ihr Ruf wäre vernichtet. Und auch an mir wäre ein solcher Skandal nicht spurlos vorübergegangen. «Marco wird mit dir fahren. Er wird sich freuen, einmal nach Deutschland zu kommen, zumal ich ihn hier nicht gebrauchen kann, er verursacht nichts als Kosten und Ärger. Mit Zuane sieht es dagegen vielversprechend aus, sobald der Bruch geheilt ist, werde ich ihn in meine Werkstatt aufnehmen.» Marietta sah aus, als wollte sie mir etwas sagen. «Ich werde es dir nicht verwehren, falls es das ist, was du befürchtest», versicherte ich ihr. «Ruhm ist Ruhm. Du bist dreiundzwanzig Jahre alt, es ist dein Leben.» Da bemerkte ich, dass sie sich mit ihren Fingern etwas Ölfarbe auf die Wange geschmiert hatte – und die nicht enden wollenden Tränen leuchteten immer wieder in der Dunkelheit auf. «Und du?», fragte sie mich. «Wirst du nicht mitkommen? Möchtest du mich nicht begleiten?»

«Ich hasse es zu reisen», erwiderte ich schroff. Über meine heftige Reaktion erschrak ich selbst, Herr. «Ich hasse diese Poststationen mit ihrem Pferdegestank, die Kutschen mit den nach Leder und Schweiß stinkenden Sitzen, Städte, die ich nicht kenne, Leute, die ich nicht verstehe, und ehrlich gesagt mag ich auch keine Kaiser. Ich bin stolz darauf, in einer Republik zu leben. Sie mag klein sein, aber immerhin frei. Ich mag auch keine Höfe, von der Heuchelei und Unterwürfigkeit der Höflinge ganz zu schweigen. Ich glaube nicht, dass ein großer Meister neben einem König leben kann. Ich bin kein Paradepferd wie Tizian. Ich bin ein Wildpferd, das es mit einem Sattel auf der Kruppe nicht aushält. Meine Freiheit ist mir lieb und teuer, niemals würde ich sie verkaufen, um dafür die deformierten Gesichtszüge eines Habsburgers zu malen. Ich kann jedoch nicht für dich entscheiden. Du bist frei. Wenn du gehen willst, dann geh.»

«Aber ich will nicht, Jacomo», flüsterte sie. Ihre Stimme ging im Nebel unter. Wir blieben stehen. Und auf einmal, als hätte es den Brand niemals gegeben, als hätten wir kein Sterbenswörtchen über die Reise oder den Kaiser verloren und als existierte eine Stadt namens Augsburg überhaupt nicht, auf einmal fragte mich Marietta, ob ich ihr einen wichtigen Gefallen tun würde.

«Worum handelt es sich, mein Funke?», fragte ich besorgt. «Das Krankenhaus für unheilbar Kranke», antwortete sie. «Der neue Marmorbau ist soeben fertig geworden. Er sieht festlich und rein aus, mit lauter blanken Wänden. Allerdings ist es ein trauriger Ort, kein einziges Bild, nichts.» «Woher weißt du das?», fragte ich verwundert. Sie zuckte mit den Schultern. «Die dort eingelieferten Frauen wissen, dass sie sterben müssen. Dass sie diese Räume nie wieder lebend verlassen werden. Ich würde mir wünschen, dass sie in ihren letzten Tagen etwas Schönes zu sehen bekommen.» «Und was kann ich daran ändern?», fragte ich. Ich wollte weder selbst an das Krankenhaus für unheilbar Kranke denken, noch wollte ich, dass sie es tat. «Stifte ihnen ein Bild. Von mir würden sie es nicht annehmen. Käme es von dir, würden sie es als eine Ehre ansehen. Sie würden es in die Krankenhauskapelle oder sonstwo hinhängen, auf jeden Fall an einen Ort, wo es alle sehen könnten. Lass es uns gemeinsam malen.» «Was schwebt dir denn vor?», wollte ich wissen. Das Leben hatte uns wieder eingeholt und würde uns nie wieder loslassen.

Langsam gingen wir weiter, zurück nach Hause, und unterhielten uns über das Bildmotiv. «Frauen», meinte Marietta. «Und eine Märchenlandschaft mit zahlreichen Bäumen, Flüssen und Blumen, weil unheilbar Kranke ja keinen einzigen Baum oder Strauch mehr zu Gesicht bekommen. Und viele Frauen, Hunderte müssen es sein. Unterwegs auf Reisen, schließlich kommen sie selbst aus diesen Räumen nicht mehr heraus. Die Pilgerfahrt der elftausend Jungfern von Sankt Ursula. Diese Frauen sterben zwar, werden aber erlöst.»

In den darauffolgenden Wochen malten wir ausschließlich an dem Bild – fast alles überließ ich ihr, war ich doch bereits damit zufrieden, ihre weiße Hand über die Oberfläche gleiten zu sehen. Sie malte auf ganz andere Art als ich: Während ich über die Fläche herfiel, sie kratzte und bespritzte, streichelte ihr Pinsel die Leinwand mit dergleichen Zärtlichkeit, wie ihr Mund meinen Bart liebkoste. Nie wieder sprachen wir über Augsburg und den Kaiser. Und doch weiß und werde ich immer wissen, dass mir Marietta an jenem Abend nicht das sagte, was sie meinte, sondern das, was ich von ihr hören wollte.

Der junge Iseppo stand noch immer wartend mit seinem Hut in der Hand vor mir. Noch immer hatte er Segelohren, nach wie vor denselben treuen, wachsamen Blick. Der Junge hatte Marietta etwas bedeutet, mir war er ein Fremder geblieben. Ich hätte die Schublade meines Schreibtischs öffnen und das Kästchen hervorholen können. Darin bewahre ich zwischen ein paar Mocenigo- und kupfernen Bagattinomünzen die Perlen ihrer Kette auf. Es sind Dutzende. Eine hätte ich ihm geben können.

«Marietta hat kein Testament hinterlassen», teilte ich ihm mit. «Sie hat dich mit nichts bedacht.» Iseppo setzte sich den Federhut wieder auf, verneigte sich, wünschte mir alles Gute und ging. Er muss sie vergessen. Schließlich war er nur ein Geselle gewesen.

Ich lernte Marco Steiner aus Augsburg bei einer scheinheiligen, lächerlichen und zugleich traurigen Gelegenheit kennen – genauso scheinheilig, lächerlich und traurig war auch mein Verhältnis zu ihm. Alljährlich meinte mein steinalter Onkel Antonio Comin an der Schwelle zum Tod zu stehen. Da er keine engen Verwandten mehr besaß – erst hatte er seinen Sohn zu Grabe getragen, dann seine Frau –, war es unklar, wer sein Vermögen erben würde. Die achthundert Dukaten, die seine Gemahlin einst als Mitgift in die Ehe einbrachte, hatte er geschickt zu vermehren gewusst. Daher war der demutsvolle Büttel und Anführer der Herren der Nacht, der vor vielen Jahren gemeinsam mit meinem Vater von den Bergen Brescias nach Venedig ausgewandert war und nichts weiter besaß als das ausgeprägte Talent, handgreiflich zu werden, recht begütert. Als Witwer lebte er mit der Witwe Angela zusammen, die in der von ihm geschürten Hoffnung, sie eines Tages zu heiraten, bei ihm als Haushälterin arbeitete. Bekannte, Verwandte jeglichen Grades, Enkel und Diener erhofften sich allesamt, ihm ein großes Stück vom Erbkuchen entlocken zu können, sodass sein Haus, sobald er ein Anzeichen von Krankheit zeigte, zum Ziel rührseliger Prozessionen verlogener Anteilnahme wurde. Der Alte aber hatte ein äußerst empfindliches und wankelmütiges Wesen und änderte Jahr für Jahr seine Meinung. Gespannt und besorgt zugleich wartete ein jeder auf sein Ableben, wusste man doch nicht, wen er in seinem letzten Testament bedacht oder enterbt hatte. Als die Rochusbruderschaft mich beauftragte, die *Kreuzigung* zu malen, und die Vorsitzenden ihm erklärten, es handle sich um ein kolossales, überwältigendes, ja zauberhaftes Werk, vertraute er ihrem Urteil und begann sich damit zu rühmen, mein Onkel zu sein. Aus heiterem Himmel wurde ich sein Lieblingsneffe, Blut von seinem Blut.

«Es ist eine etwas beschämende Verwandtschaft», gab Faustina zu bedenken, «aber letzten Endes sollten wir nicht zimperlich sein, Geld stinkt nicht, und immerhin ist dein Oheim so nett und hinterlässt dir etwas.» Wir zwangen uns, ihn hin und wieder zu besuchen. Der alte Häscher, der sein Leben lang Verbrechern aufgelauert, Dirnen verhaftet und Mörder ausgepeitscht hatte, besaß eine Schwäche für Marietta. Er begehrte meinen Funken auf eine geradezu unziemliche Art, drang mit seinen Blicken in sie und bat mich sogar eines Tages, als er dreiundachtzig und sie einundzwanzig war, mit einem schmachtenden Seufzer um ihre Hand. Auch ohne Mitgift wolle er sie nehmen. Er wusste genau, dass ich sie, da ich so viele eheliche Töchter hatte, nicht mit einer gebührlichen Mitgift ausstatten konnte, ohne die Gefühle meiner Frau zu verletzen und innerhalb der Familie Zwietracht zu säen. «Gib sie mir, bevor sie sich ein anderer schnappt», schlug er mir vor, «so bleibt sie wenigstens in der Familie. Ich werde sowieso bald sterben, niemals wird sie also darben müssen.» «Nie im Leben werde ich dir meine Marietta verkaufen», entgegnete ich. Grinsend erwiderte er, dass sie sich eines schönen Tages selbst verkaufen und ich es bitterlich bereuen werde, sein großzügiges Angebot nicht angenommen zu haben. Da sagte ich zu ihm, dass mich einzig und allein die Achtung vor seinem Alter daran hindere, ihm das Gesicht zu zerkratzen. Daraufhin fragte er, ob ich wüsste, dass Marietta von den Jungen aus Venedigs besten Adelsfamilien Osdrubaldos Tochter genannt wurde.

«Nein, und es kümmert mich einen Dreck», antwortete ich. «Sollte es aber, Jacomo, und du solltest wissen, wer die Tochter Osdrubaldos war.» So erzählte er mir die Legende von Osdrubaldo, dem König von Ungarn. Dieser hatte eine Tochter von einzigartiger, zauberhafter Schönheit, die den Männern sehr gefiel und die im Lauf der Zeit selbst Gefallen an den Männern fand – besaß sie doch eine Schwäche für die Liebe. Der König aber entwickelte eine wahnsinnige Eifersucht. Obwohl sie im heiratsfähigen Alter war, wollte er sie nicht aus der Hand geben. Um sie von den jungen Freiern fernzuhalten und sie ganz für sich zu bewahren, sperrte er sie in einen hohen Turm, wo ein paar Edelfräulein auf sie aufpassten. Da die Mutter der Prinzessin tot war, konnte sie sich nicht mehr für sie einsetzen. Aus Mitleid mit seiner Tochter, die er zur Einsamkeit verdammt hatte, schenkte ihr König Osdrubaldo einen Hund, der ihr Gesellschaft leisten sollte. Kurze Zeit später wurde Osdrubaldos Tochter schwanger. Eine höchst verwunderliche Tatsache, hatte doch niemand den Turm betreten. Die Tochter gestand, dem Hund beigewohnt zu haben. In Anbetracht dieser Ungeheuerlichkeit wollte der Vater sie töten. Die Tochter aber warf ihm vor, selbst das Ungeheuer zu sein, habe er sie doch der Möglichkeit beraubt, ihr natürliches Verlangen zu befriedigen, das sich bei Frauen in derselben fleischlichen Lust äußere wie bei Männern. So ließ König Osdrubaldo von seinem Vorhaben ab und suchte ihr einen willfährigen Ehemann, indes die Prinzessin die Geißel der Welt gebar, bestehend aus einem menschlichen Körper und dem Gesicht eines Hundes.

«Marietta mag keine Hunde», sagte ich und tat unbekümmert, obwohl sich von dieser widerlichen Geschichte mein Magen umgedreht hatte. «Ich versuche dich lediglich darauf hinzuweisen, wie du es schaffen könntest, deine Tochter von so einzigartiger, zauberhafter Schönheit nicht zu verlieren», erwiderte er.

Zwei Jahre später heiratete Onkel Comin im Alter von fünfundachtzig Jahren eine vierzig Jahre jüngere Witwe, Franceschina Steiner, und erklärte sich bereit, Marietta eine Mitgift auszuzahlen, mit der einer aussichtsreichen Vermählung seiner geliebten Nichte nichts mehr im Wege stand.

«Du darfst sein Geld nicht annehmen», empörte sich Marietta. «Er ist ein Spitzel, Erpresser, ein professioneller Lügner, ein wahrer Denunziant. Ich hasse seine Falschheit, und die kleinste Berührung ekelt mich an. Seine Finger sind grob wie Holz. Hunderte von Unschuldigen hat er in der Folterkammer gequält. Kinder hat er ausgepeitscht, und Frauen, die aus Not ein anstößiges Leben führen mussten, hat er die Arme gebrochen und die Füße verbrüht.» «Gerade deswegen musst du das Geld nehmen», redete

Faustina auf sie ein. «Wenn er es dir geben wird, damit du ein gutes Leben führen kannst, wird all das Leid nicht umsonst gewesen sein.»

Wieder einmal wurde ich mitten in der Nacht an Comins Krankenbett gerufen. Er hatte bereits die Letzte Ölung bekommen. Auf der Treppe flüsterte mir die geschwätzige Angela ins Ohr, dass der Onkel sein Testament erneut geändert und mich als Alleinerben eingesetzt habe: Er hinterlasse mir das Haus von San Cassan und ein Anwesen auf dem Land bei Padua. Oben in den Gemächern traf ich auf einige Vettern, die es auf das Erbe abgesehen hatten und mich äußerst feindselig empfingen, außerdem auf die zweite Gemahlin des Onkels, Signora Steiner, eine Frau mit stahlgrauem Haar, die mich zornerfüllt anschaute, da ich sie um etwas betrogen hatte, auf das sie Anspruch zu haben glaubte, und einen hübschen jungen Mann mit blasser Haut und braunem Haar, den ich noch nie zuvor gesehen hatte. Er wurde mir als Marco aus Augsburg vorgestellt und war ein entfernter Verwandter der Signora Steiner. Nach der Vermählung des Onkels war er zur Miete in dessen Wohnung gezogen und wohnte dort mit Bortolo, dem Sohn der Steiner – ein rauflustiger, gewalttätiger junger Nichtsnutz, der bereits zweimal im Gefängnis gesessen hat. Verhaftet ausgerechnet von meinem Onkel.

Wir saßen vor dem Kamin und warteten, dass der Alte starb. Irgendwie kamen wir ins Gespräch. «Bist du Deutscher?», fragte ich ihn. «Das war ich», antwortete Marco aus Augsburg. Ich erwiderte, dass man nie aufhören könne, das zu sein, was man ist, woraufhin er mit den Schultern zuckte und meinte, dass die Menschen doch keine im Boden verwurzelten Bäume, sondern wie Wolken oder vom Wind verwehte Samen oder auch Schiffe seien, die über die Meere segelten, und dass das, worauf es ankomme, nicht der Geburtsort sei, sondern der Ort, den wir uns zum Leben ausgesucht haben. Ich wollte wissen, ob er jemals von einem Drucker namens Corrado Elbich oder so ähnlich gehört habe. Im Jahr 1530 habe er eine Bibel auf Deutsch gedruckt. Eine luxuriöse Ausgabe mit einem Holzschnitt der Hiobsgeschichte.

Marco aus Augsburg oder Augusta oder wie, zum Teufel, der Steiner sich auch nannte, zuckte mit den Schultern und meinte, er arbeite bei Ludwig, Joachim und Christoph, allesamt Goldschmiede der Gilde Insegna della Virtù. Über Schmuckstücke könne er sich daher bis zum nächsten Morgen unterhalten, von Büchern habe er dagegen kaum Ahnung. Er sei zwar in der Stadt der Bankiers aufgewachsen, habe aber zeitlebens von Venedig geträumt; denn seine Eltern, die ihre Jugend in Venedig verbracht hätten, erzählten ihm immer von der Stadt mit ihren vielen Schätzen, in der sie jedoch nicht Fuß fassen konnten. Der ältere Bruder Hieronymus sei mit sechzehn Jahren weggegangen und erst vor Kurzem in Venedig gestorben. Als er selbst alt genug gewesen sei zum Arbeiten, sei er seinem Bruder gefolgt. Er denke nicht im Traum daran, wieder zurückzugehen. Er werde Venedig nicht eher verlassen, bis er es unwiderruflich erobert habe.

Aus dem Zimmer des Alten drang ein Röcheln, ein unheilvolles Pfeifen, das wie der Ruf eines Vogelfängers klang. Da sagte Marco Augusta, dass es ihm leidtue, aber er hoffe, dass Comin es auch dieses Mal schaffe. Er habe den alten Griesgram lieb gewonnen. «Mein Vater ist tot, mein Bruder auch, Bortolo ist für fünf Jahre verbannt worden, und meine Meister verbringen den März in Mailand, ich habe sonst niemanden in Venedig.»

Der Onkel schaffte es auch dieses Mal und schrieb sein Testament um. Doch viel schrecklicher war die Tatsache, dass er mit neunzig Jahren die – seiner Meinung nach – stark gealterte Franceschina Steiner vor die Tür setzte, da sie ihm nicht mehr gefiel. Als er tatsächlich das Zeitliche segnete, hinterließ er mir lediglich ein Stück Land, das er dem Besitzer unrechtmäßig entzogen hatte und das daher für mich nichts wert war. Während sich Marco Augusta ruhig und gelassen und in vernünftigem Ton mit mir unterhielt – sein starker deutscher Akzent hallte in meinen Ohren wie eine vergessene Melodie –, wurde mir bewusst, dass er der Mann war, auf den ich gewartet hatte.

In jenen Tagen kurz vor Karneval wurde Marietta ein unwiderstehliches Angebot unterbreitet. Für sie war es eine Art Weihe. Für mich die Prüfung, die ich nicht mehr aufschieben konnte. Es kam vom spanischen Königshof, vom Monarchen, der über die halbe Welt regierte, dem schärfsten Gegner der Unabhängigkeit Venedigs. Obschon er in ganz Europa Bilder erwarb, mit denen er die kahlen Wände des Escorial ausstattete, schätzte mich König Philipp nicht besonders und hatte daher noch nie ein Bild bei mir in Auftrag gegeben. Tizian hatte er geliebt, und zwar nicht wie ein Herr seinen Diener, sondern wie ein mächtiger Mann denjenigen liebt, der seinen Träumen, Ängsten und seinem Gott Formen verleiht. Kein anderer Maler konnte je an seinen Maestro heranreichen; diese Treue machte ihm durchaus Ehre. In Madrid hatte noch niemand ein Bild von Marietta gesehen, aber man hatte voller Begeisterung von ihr reden gehört. Erst war es der Botschafter Khevenhüller, der sich an ein wundervolles, kurzhaariges junges Mädchen in Jungenkleidern erinnerte, an ein merkwürdiges Geschöpf, das mich stillschweigend zur Residenz der Botschafter des Kaisers begleitet habe, wo es die Aufmerksamkeit der Sekretäre und auch seine eigene auf sich gezogen habe. Dann erzählte auch ein gewisser Hieronymus Sánchez von ihr, der Bruder von Philipps Hofmaler, der seit ein paar Jahren in Venedig wohnte, wohin man ihn – bewaffnet mit einem Empfehlungsschreiben des Königs höchstpersönlich – geschickt hatte, um sein Studium in Zeichnen und Kolorieren abzuschließen.

Sánchez arbeitete eine Zeit lang in der Werkstatt von Tizian. Hin und wieder beschleunigte er das eine oder andere Geschäft für den spanischen Hof, etwa wenn es darum ging, Farben für die neuen Dekore des Escorial zu erstehen. Anfangs beauftragte er Tizians Sohn Horaz damit – und nach dessen Tod fragte er mich.

Ich hatte jedoch keine Zeit, einen Spanier, wenngleich Maler eines Königs, nach Rialto zu begleiten und Farben einzukaufen. Zumal er sie, und das ist nicht nur so dahingesagt, kistenweise brauchte, weswegen sich die Verhandlungen mit den Farbenhändlern über Stunden hinziehen konnten. Davon abgesehen hatte der spanische Staat zwei Jahre zuvor seinen Bankrott erklärt und stand nun im Ruf, Rechnungen nur zögerlich zu begleichen. So schickte ich Marco los – es war die einzige Beschäftigung in seinem Leben, die mein Sohn mit Freude in Angriff nahm.

Mein so maßlos impulsiver und gefallsüchtiger Sohn beeindruckte Sánchez. Der Spanier nahm ihn mit zum Sitz der Botschafter, wo Marco umgehend an der überwältigenden Eleganz der Spanier und dem geschickten Umgang mit ihren prunkvollen Waffen einen Narren fraß. Fortan suchte er ihren Umgang und freundete sich mit Sánchez an. Die beiden waren sich ähnlich. Sie gerieten gleich schnell für etwas ins Schwärmen und waren gleich schnell frustriert, sie schwelgten beide gern in übersteigertem Luxus und hatten den Hang zu zwielichtiger Gesellschaft. So kam es, dass der Spanier eines Tages auch bei uns aufkreuzte. Und wie man ahnen konnte, gefiel Marietta dem Spanier noch viel mehr als ihr Bruder.

Unversehens gab Sánchez ein Portrait bei ihr in Auftrag und saß eine Woche lang Modell. «Was tun die da?», fragte ich Dominico, der mir seit mehr als zehn Jahren über jedes einzelne Wort und jede Regung von Marietta Bericht erstattete. «Nichts», antwortete mein guter Sohn lustlos, «sie schaut ihn an und singt. Er schaut sie an und schweigt. Sie schauen sich halt an.» Letzten Endes musste Sánchez irgendjemandem von Marietta erzählt haben, der wiederum mit dem Sekretär der Königin über sie gesprochen haben musste. Denn eines Tages stellte er uns einen mit leuchtendem Siegellack verschlossenen Brief zu. Er berichtete uns, dass der Herrscher die virtuose Frau auffordere, sich nach Madrid zu begeben. Mit anderen Worten, es wurde ihr angeboten, die Malerin der Königin zu werden. Von Geld war in der Einladung nicht die Rede. Sánchez erläuterte uns, dass sich die Mächtigen der Welt, Herrscher von Gnaden Gottes und in jeder Hinsicht den anderen Sterblichen überlegen, nicht dazu herablassen könnten, einem einfachen Geschöpf aus dem Volk Geld anzubieten; Marietta würde jedoch selbstverständlich gut belohnt werden. Wenn er eine Zahl wagen dürfe, so seien fünftausend Dukaten im Gespräch. Andere berühmte Malerinnen, wie die begnadete Sofonisba Anguissola, hätten die Einladung der Herrscher Spaniens nicht ausgeschlagen. Darüber hinaus kursiere am Hof das Gerücht, dass Marietta wie eine junge Lerche singe. Das habe große Neugier geweckt, denn nachdem die vorherige Königin jung verstorben sei und sich der König wie ein Mönch in ein einen Tagesritt von Madrid entferntes Landgut zurückgezogen hätte, habe man sich im Escorial wie zu Unrecht bestraft gefühlt. Nun aber gebe es eine neue junge Königin, und alles sei wieder gut. Außerdem sei Spanien ein großes Land: Während Venedig von der Geschichte anscheinend zum Niedergang verurteilt sei, stelle sich Spanien als das Land der Zukunft dar. Obgleich es nicht in dem Brief stand, fügte Sánchez hinzu, dass für das Wohl von La Tintoretta in Madrid gesorgt werden würde. Königin Anna könne es nicht abwarten, sie kennenzulernen. Mit ihren erst neunundzwanzig Jahren seien sie beinah Altersgenossinnen. Und Königin Anna sei eine Deutsche. Nun, eigentlich komme sie aus Österreich – in Spanien aber fühle sie sich einsam.

Um Marietta zu belohnen und die anderen daran zu erinnern, dass derjenige, der größten Einsatz bei der Arbeit zeigt, öffentliche Anerkennung verdient, bat ich Sánchez, den Brief in Anwesenheit all meiner Helfer erneut vorzulesen. Marietta unterbrach ihn jedoch und fragte Aliense, meinen jungen Gehilfen: «Antonio, warum gehst du nicht nach Madrid?» «Weil ich nicht singen kann», erwiderte der Grieche schlagfertig. Da trat Marietta vor Sánchez, entriss dem Brief den roten Tropfen Siegellack und steckte ihn zwischen ihre Brüste. Dann verneigte sie sich vor mir und sagte lachend: «Noch auf der Stelle würde ich abreisen, aber ich habe bereits einen König.»

Ich erzählte ihr von Marco Steiner auf der Fähre über den Canal Grande, die im Licht des Mondscheins wie ein silbern glänzendes Blatt aussah. Das Boot hatte dermaßen viele Passagiere geladen, die von den Festivitäten nach Hause zurückkehrten, dass das Wasser bei jedem Ruderschlag an den Bootsrand schwappte. «Schwarze Augen, schwarze Haare, weder Bart noch Schnurrbart und hochgewachsen», sagte ich. «Von wem sprichst du?», fragte Marietta neugierig.

Wir kamen von einem Empfang im Palazzo Mocenigo. In Verkleidung. Ich war in ein schwarzes Priestergewand gehüllt, sie dagegen von Kopf bis Fuß ganz in Weiß. Zum ersten Mal hatte sie mich auf ein Fest begleitet und war den ganzen Abend nicht von meiner Seite gewichen. Niemanden hatte sie an sich herankommen lassen. Sobald sich jemand mit ihr vertraut machen wollte, zeigte sie sich ungezähmt wie eine Raubkatze. Als ein junger Mann in Kapitänsuniform sie zum Singen aufforderte, fragte sie zuckersüß zurück, was er denn unter Nichtigkeiten verstehe. Und während er, unsicher geworden, mit einer Antwort zögerte, sagte sie mit einem hämischen Grinsen: «Ich zum Beispiel verstehe darunter, vor einem Trottel zu singen.»

Ich blieb unerkannt, sie wahrscheinlich nicht. Zu jener Zeit war Mariettas Name in aller Munde. Jeder lud sie ein: der eine in seinen Salon, der andere zu einem Spaziergang am Lido, der Nächste auf die Jagd. Möglicherweise wollten sie herausfinden, ob sie etwas von mir geerbt hatte – Verstand, Ironie oder gar mein Talent. Vielleicht wollten sie auch bloß ihre Neugier stillen, die Marietta bis ein paar Jahre zuvor durch ihr jungenhaftes Äußeres und Verhalten geweckt hatte. Bis zu ihrem plötzlichen Verschwinden. Ich hatte sie den Blicken und dem Gerede entzogen. Um sie aus der Nähe zu sehen, mussten Edelmänner nun im Atelier vorstellig werden und mich bitten, sich von ihr portraitieren zu lassen. Waren sie älter als fünfzig und verheiratet, und war ihr Ruf tadellos, so konnten sie sich vor einen dunkelgrünen Samtvorhang in Pose setzen. «Mögt Ihr nicht *Tausende Seufzer in der Nacht* für uns singen», wagten sie nach einer Weile zu fragen, vom langen, eintönigen Herumsitzen gelangweilt und neugierig auf die winzige, blonde Gestalt, die von der hohen Staffelei vollständig verdeckt wurde. «Singt uns doch *Du stürzt mich in den Tod, Ihr wisst um meine Liebe*», baten sie sie, oder sie nannten ihr die anderen beliebten Lieder, die jeder, vom Senator bis zum Gondoliere, auswendig kannte und beim Erledigen von Schreibkram oder beim Rudern vor sich hin trällerte.

Marietta zierte sich und ließ sich immer wieder bitten, obwohl sie sich eigentlich gern in Szene setzte. Das hatte sie wohl von mir. Sie liebte es, Zuschauer zu haben, und nahm jede Herausforderung an. Je schwierigere Noten ein Lied hatte, desto eifriger war sie darauf erpicht, diese zu meistern. In Venedig wurde viel geredet, und es ging das Gerücht, dass niemand *Küsse mich, mein einzig Leben* und *Wundersames Wunder* besser als La Tintoretta singe. Es hieß, ihr Timbre sei einzigartig, und sie singe besser als eine Hofdame. Über ihren Stand aber erzählte man sich nichts. Während sie die zu Portraitierenden empfing, unterhielt und erheiterte, steckte sich mein Funke eine Feder in ihren Ausschnitt. Eine rote Feder. Die Venezianer kannten das Zeichen, das ihnen bei ihren Gespielinnen schon begegnet war. Die Signora ist nicht zu haben.

Marietta war zu keinem Zeitpunkt ihres Lebens eine Venus, geschweige denn eine Diana, Herr. Doch sie hatte das, was viele Frauen vergeblich anstreben, sich aber nicht kaufen können: Charme. Ihre Intelligenz, ihre Anmut und Einzigartigkeit machten ihre Schwächen noch begehrenswerter. Vielleicht lag es auch an ihrem Ruhm. Ruhm ist wie ein Magnet – dieser heilige Stein, der genau den anzieht, der sich ihm widersetzt. Und Marietta war berühmt geworden, wenngleich nicht das an ihr gewürdigt wurde, worauf es ankam. Sie priesen ihre Frühreife und ihre Jugendlichkeit – dagegen hätten sie ihre Demut preisen sollen. Marietta arbeitete für mich und zuweilen sogar an meiner statt. Vielleicht schlug sie den gleichen Weg wie ich ein – auch ich hatte erst gelernt, ein anderer zu sein. Vielleicht handelte sie aber auch ganz unbewusst, sie liebte die Malerei und verlangte lediglich, sich ernsthaft mit ihr beschäftigen und sie zu ihrem Beruf machen zu können. Ihre Portraits waren überaus gut: Mit leichter und flinker Hand führte sie den Pinsel, feinsinnig und mit einem Hauch von Ironie vermochte sie die Persönlichkeit ihrer Modelle zu erfassen. Und doch fehlte ihren Werken das gewisse Etwas. Das war uns beiden bewusst. Aber um wie viel Ehre es auch immer ging, sie war eine Malerin – und somit ein seltenes Exemplar in Venedig, Italien und ganz Europa. Eine Art Einhorn, an dessen Existenz auch der zu glauben bereit war, der es nie gesehen hat und trotzdem haben will.

«Der Goldschmied, Marietta», sagte ich. «Welcher Goldschmied?», fragte sie. «Bei Mocenigo habe ich etliche gesehen.» «Ach, bei denen haben sich die Damen die Edelsteine geliehen, die sie zur Schau trugen, und eingeladen haben sie die nur, damit sie den Schmuck nicht so schnell zurückgeben müssen. Ich meine den Liebling meines Onkels, der Deutsche aus Augsburg – dieser Dunkelhaarige mit der Silberkette und den Lapislazulisteinen um den Hals. Marco Steiner aus Augsburg.» «Ich weiß nicht, von wem du sprichst», erwiderte Marietta lächelnd. «Wer immer das sein soll, er muss hässlich wie die Nacht sein, denn aufgefallen ist er mir nicht.» Ich blieb hartnäckig – denn ich kannte sie gut. Wenn Steiner ihr gefiel, hätte sie eher ihre Zunge verschluckt, als dies zuzugeben. «Warum sprichst du über ihn, Jacomo?», brach es endlich aus ihr heraus. «Weil er dein Ehemann ist», antwortete ich.

«Ich will nicht heiraten», erinnerte mich Marietta. «Ich will von niemandem die Frau sein. Ich bin schon deine Tochter. Was hat eine Frau schon davon, sich zu vermählen? Sie selbst geht verloren, und was sie findet sind nichts anderes als Kinder, die ihr ein paar glückliche Jahre und viel Kummer bescheren, und die Befehle eines Mannes. Ich will das nicht. Ich habe nichts, nur meinen Körper, aber der gehört mir, mitsamt den in ihm ruhenden Wünschen.»

Ich beugte mich über sie und zog die rote Feder aus ihrem Dekolleté. «Seit zehn Jahren drohst du mir mit der Heirat», sagte sie lächelnd in diesem distanzlosen Ton, den sie nur anschlug, wenn uns keiner hören konnte. «Aber das sind alles nur Worte, nicht wahr, Jacomo?» Sie legte ihren Kopf auf meine Schulter und fing an, meinen Schnurrbart zu zwirbeln, wie sie es immer tat, wenn sie etwas haben wollte. «Du willst doch gar nicht, dass ich heirate. Noch weniger als ich.» «Die Vermählung ist ein Geschäft wie jedes andere, Marietta», sagte ich und rückte von ihr weg. «Das Wichtige ist, Gewinn daraus zu erzielen. Du kannst nicht länger warten, und ich auch nicht.»

Wir waren das Klatschmärchen von Venedig. Im Lauf der Zeit hatte sich ein zarter Schleier aus Unterstellungen über uns gelegt, dem wir nicht mehr entweichen konnten. Anfangs war ich Gegenstand und Zielscheibe doch mir war das egal. Es hieß, ich würde meine Tochter gefangen halten und deswegen am Heiraten hindern, weil ich wahnsinnig eifersüchtig sei und sie für mich allein haben wolle. Oder wie die Boshaftesten unter ihnen meinten, weil ich ganz allein in ihren Genuss kommen wolle. Meine alten Feinde verhöhnten mich und verglichen mich mit der Figur des eifersüchtigen Greises aus den albernen Komödien – von seiner Gefangenen, der schlauen jungen Ehefrau, um den Finger gewickelt, die es ihm früher oder später mit einem regelrechten Horngeweih zurückzahlen würde. Oder ich sei Osdrubaldo, der von einem Hund bestrafte König. Marietta und ich kannten das

Geschwätz nur zu gut und machten uns darüber lustig. «Bin ich deine Gefangene oder du meiner?», fragte sie scherzhaft, während wir in der düsteren Werkstatt Musik spielten. Und ich fragte zurück: «Mit wem betrügst du mich?» «Eines Tages, wenn du es am wenigsten erwartest, Jacomo», erwiderte sie und zupfte ein paar Saiten auf der Laute, «werde ich dir entfleuchen. Über Land und Wasser wirst du eilen und mich suchen, aber niemals wirst du mich wiederfinden.»

Schließlich wurde sie zur Zielscheibe. Die Frauen hielten ihren Verzicht zu heiraten auf einmal für krankhaft, und die von ihr abgewiesenen Männer brachten Mutmaßungen in Umlauf, in denen sie vom Opfer zu meiner Komplizin wurde. So weit war es mit der üblen Nachrede gekommen. An einem Sonntag vor der Messe, als ich bei Marietta untergehakt an den Kirchenbänken vorbeiging, hörte ich – genauso wie sie – den Satz: *Da kommt Cordellina mit seiner Geliebten.* Ich spürte, wie das Blut in meinen Adern gefror. Marietta konnte diese höchst vulgäre Anspielung nicht verstehen – die Sache hatte sich in dem Jahr ereignet, als sie geboren wurde.

Ich stand damals mit Cornelia auf der Rialtobrücke, als auf dem Canal Grande der Kahn mit dem zum Tode Verurteilten glitt. Wir verhandelten gerade mit einem Sterndeuter, der auf der Grundlage der Weisheit von Nostradamus und Hermes Trismegistos angeblich die Zukunft vorhersagen konnte. Cornelia wollte unter allen Umständen wissen, ob unser Kind unter einem guten Stern das Licht der Welt erblicken würde, wenngleich sie nicht abergläubisch war. Da war auf einmal ein lauter Schrei zu hören, und alle liefen zum Geländer. In ihren schwarzen Kutten aus Sackleinen und den über das Gesicht gezogenen Kapuzen rasselten die Mitglieder der Bruderschaft der Hingerichteten am Bug des Schiffs mit ihren um die Hüfte gebundenen Ketten und schlugen sich mit der Handfläche auf die mit einem Jesusbild bestickte Brust. Der an einen Pfahl gefesselte und bis zum Bauchnabel entblößte Verurteilte stieß entsetzliche Schreie aus. Er blutete wie ein abgestochener Stier. Im Haus, in dem das Verbrechen geschehen war, war ihm bereits sein Geschlechtsteil abgerissen worden. Die Hände – mit dem Beil abgeschlagen – hingen um seinen Hals und baumelten wie unzüchtiges Gehänge bei jedem Stoß hin und her.

«Nun streichle sie doch!», rief ihm die Menschenmenge zu, die sich auf den Canal Grande hinauslehnte, um sich das Schauspiel nicht entgehen zu lassen. «Verfluchtes Aas, jetzt sieh mal zu, wie du dein Flittchen vögeln kannst!» Voller Entsetzen beugte sich Cornelia über die Brüstung und übergab sich. Der schaurige Kahn glitt unter den Brückenbogen hindurch und fuhr weiter Richtung San Marco. «Was hat dieser Mann getan, dass er eine solche Bestrafung verdient?», fragte Cornelia leichenblass. Eine junge Frau, die sich über das Geländer der Rialtobrücke lehnte, um das inzwischen außer Reichweite gelangte Schiff mit toten Fischen zu bewerfen und die Häscher aufzuhetzen, keine Gnade walten zu lassen, drehte sich ruckartig um und zischte: «Dieses Schwein hat jahrelang mit seiner Tochter fleischliche Unzucht getrieben. Nun bringen sie ihn auf den Hauptplatz, stellen ihn zwischen die Säulen aufs Schafott, enthaupten ihn und übergeben seine Leiche den Flammen, bis nur noch ein Häufchen Asche von ihm übrig ist, das in der Lagune landen wird.» «Und die Tochter?», fragte Cornelia, «was wird aus ihr, der Armen …? » «Die Arme?», rief die junge Frau hasserfüllt. «Die Tochter des Cordellina war seine Verbündete. Sie wird im Kerker hoffentlich verrecken.» Der Name ging mir nie wieder aus dem Kopf.

Ich habe nicht aus Selbstsucht gehandelt, wenngleich mir das viele unterstellen, sondern in ihrem Interesse – zu ihrem Wohl. Einen besseren Ehemann als Marco Augusta hätte ich für sie nicht gefunden. Ich weiß doch, wie Männer sind. «Er sieht aus wie ein Zigeuner, durchaus ein hübscher Kerl», räumte Marietta ein. «Aber er ist so nichtssagend wie ein Schaf. Sterbenslangweilig.

Stell dir vor, während der Theatervorstellung hat er mir doch zu erklären versucht, dass der Lapislazuli ein mit Sternen gesprenkelter Stein ist, und angeboten, mir einige dieser afghanischen Steine zu beschaffen, damit ich mir für die Madonnengewänder ein Himmelblau anmischen könne. Er wollte doch tatsächlich Geschäftliches mit mir besprechen.» «Mit irgendetwas muss man ja anfangen, wenn man sich mit der Frau, die einem gefällt, unterhalten will, oder nicht?», hielt ich ihm zugute. «Aber ich will mit einem Mann doch nicht über Geschäfte reden», seufzte Marietta.

«Vielleicht hat er dir die Lapislazuli deswegen versprochen, um dir zu verstehen zu geben, dass er so eine Art Händler von Edelsteinen ist. Er importiert Juwelen und exportiert antikes Zeug, Medaillen, Schmuckstücke. Er verkehrt im Handelshof der deutschen Kaufleute, hat Verbindungen zu Paislander, Cimberger, Eisvogel, ist ein Freund von Otto, hat den Fuggern ein Diadem verkauft und die Gunst von Hans Jakob König gewonnen, der ihm Kunden zuführt – Prinzen, Grafen, Barone aus Deutschland. Er könnte dir einträgliche Geschäftsbeziehungen zu den Deutschen in Venedig eröffnen.» «Wo denkst du hin!», erwiderte sie lachend. «Er ist ein armer Hanswurst, außer deinem Onkel, diesem Gauner, verschwendet kein Mensch einen Gedanken an ihn, und die Perlen, Saphire und Smaragde gehören ihm auch nicht.» «Die afghanischen Lapislazuli kann er dir aber wirklich besorgen», ließ ich nicht locker, «dann könntest du tatsächlich so viele Madonnengewänder wie du willst im schönsten Himmelblau malen.» «Wenn ich afghanische Lapislazuli haben will», entgegnete sie, «dann besorg ich sie mir selbst.»

«Außerdem könnte ich mich niemals in ihn verlieben», fuhr sie fort. «Ich bin nämlich schon verliebt. Bis über beide Ohren. Ich fange an zu zittern, wenn er mit mir spricht. Bin todunglücklich, wenn er mich nicht beachtet. Mein Herz entflammt wie eine Feuersglut, wenn ich ihn nur leicht berühre. Und ich bedaure es, nicht hundert entbrannte Herzen für ihn zu haben, damit für ihn nie wieder Winter wird. Ich sehe ihn selbst aus weiter Ferne. Er schwirrt durch all meine Gedanken und Träume. Wenn das keine Liebe ist, dann weiß ich nicht, was Liebe sein soll. Tag für Tag lebe ich einzig, um ihm Freude und Glück zu bereiten. Alles würde ich für ihn tun. Wenn er von mir verlangte, alles stehen und liegen zu lassen und fortzugehen, ich würde mich davonmachen. Wenn er wollte, dass ich mit einem anderen Mann gehe, ich ginge. Und wenn er mich nicht mehr mögen würde, wenn er mich aufforderte, aus seinem Blickfeld zu verschwinden, würde ich mein Kleid voll Steine packen und mich in die Lagune stürzen. Und trotzdem würde ich nicht aufhören, ihn zu lieben.» Für einen kurzen Moment, Herr, war ich vor Eifersucht am Boden zerstört. «Welcher Mann ist es, mein Funke?» Marietta legte ihren Zeigefinger auf die Lippen und schwieg. «Ist es Sánchez? Etwa dieser Sánchez?», brüllte ich fast.

Ich sah ihn wieder vor mir in der düsteren Ecke des Ateliers, mit glitzernden Fingerringen, Goldkette und glänzender Degenglocke. Er war ein stattlicher junger Mann von dreißig Jahren, frei und unabhängig, der darauf brannte, aus Venedig wegzukommen, da es ihm nicht gelungen war, hier Fuß zu fassen, und er als Kopist nur wenig Geld verdiente. Als Bruder eines talentierten Malers stand er seit seiner Geburt in dessen Schatten. Marietta verstand ihn, und er verstand sie. Er war unzufrieden und glaubte, sie sei es auch. Mit der Aussicht, sie nach Madrid zu bringen, hatte er sie verzaubert. Das war schon einmal passiert. Und wird immer wieder vorkommen. Alle, die davon träumen wegzugehen und auszubrechen, werden sich in sie verlieben, und sie wird sich in jeden verlieben, der vor ihren Augen ein anderes Leben aufblitzen lässt. Und sie wird mich hintergehen, sich ihm anbieten, dann wird sie es bereuen, sich verachten, mich um Vergebung anflehen, und ich werde ihr auf eine Art vergeben, die weder meinen Groll noch ihre Scham stillt, und dann werde ich einen nach dem anderen fernhalten, und jedes Mal werden wir dabei etwas von uns verlieren und immer ärmer werden. So werden wir weitermachen, bis jede Flamme gelöscht und nur noch Asche von uns übrig ist. Doch ich werde diesen Lauf unterbrechen. Bis zum Sommer wird sie Marco Steiner aus Augsburg heiraten.

Wir verließen die Fähre bei Santa Sofia. In der letzten Karnevalsnacht war es auf den Fondamenta und in den Gassen so brechend voll wie sonst zur Mittagszeit, alle Häuser waren hell erleuchtet – einige Feste gingen zu Ende, andere hatten gerade erst begonnen. Man sah ein wenig in die Jahre gekommene Paare in ihren auffälligen, lächerlichen Masken nach Hause zurückkehren, gegen Häuser urinierende Besoffene und junge Adelige, die sich in den Kanal übergaben und von nicht weniger Angetrunkenen begleitet wurden. Halbwüchsige beschimpften Passanten, um kleine Prügeleien anzuzetteln. Ich drehte mich um und suchte im Licht meiner Öllampe nach meinem Diener und meinen Söhnen. «Dominico! Marco!», rief ich, aber keiner antwortete – möglicherweise hatten sie nicht unsere Fähre genommen. Auf jeden Fall konnten wir sie nirgends sehen.

Ich hätte auf sie warten sollen. In der letzten Karnevalsnacht kippte oft die Stimmung, und nicht selten gab es Tote. Aber Marietta hakte mich unter. Ihr Parfüm verursachte mir Kopfschmerzen. «Wer ist es?», fragte ich nochmals, aber da sie nur lächelte, hatte ich plötzlich das Gefühl, von ihr auf den Arm genommen zu werden. «In wen hast du dich verliebt, mein Funke?» Sie schaute mich nur weiter vergnügt lächelnd an. «Du musst es mir sagen, damit ich ihn, falls er dich schlecht behandelt, meine Klinge spüren lassen kann.» «O nein, davon rate ich dir ab, das würdest du nicht überstehen», gab Marietta amüsiert zurück. Auch ich hatte an jenem Abend zu viel getrunken. Denn auch ich lachte und erwiderte, ihren Arm rüttelnd: «Du wirst dich doch nicht etwa in mich verliebt haben?»

Auf der Brücke über den Rio di Noale warf eine Horde junger Adliger Steine gegen das Fenster einer Kurtisane. Einige besonders übermütige lockerten mit ihrem Degen Steine aus dem Pflaster und schleuderten sie gegen die Fensterläden. «Schamlose Metze, heute Nacht machen wir dich reich, auch wenn dein schmutziges Loch schon so weit ist, dass man mit einer ganzen Gondel einfahren kann! Mach auf, du Hurenweib!», riefen sie. Aus der hellerleuchteten Wohnung waren Männerstimmen und Gelächter zu hören, aber die Tür blieb zu. In der engen Gasse gab es kein Durchkommen. Als die brünstigen Halunken auf uns aufmerksam wurden, stellten sie sich uns in den Weg und umzingelten uns. Einer wollte seinen mit Urin gefüllten Schuh über meinem Kopf ausleeren, und ich konnte gerade noch rechtzeitig ausweichen. Sie stachelten sich gegenseitig auf, wollten das Gesicht meiner Dame sehen.

«Nimm deine Maske ab», sagte einer und streckte den Arm nach ihr aus, «ich krieg noch Aussatz, wenn ich dir heute Nacht nicht den Kamin fege.» «He, he, du ungehobelter Lüstling!», fuhr ich ihn an, «ich stopf dir gleich dein loses Maul. Kratz dir den Schorf von der Zunge, wenn du mit einer Signora sprichst.» «Deinen Mund will ich dir aussaugen», meinte alsbald jener mit dem Schuh, und versuchte sie zu küssen, «ich will an deinen hübschen Haaren nuckeln.» «Du stinkst widerlich aus dem Maul», sagte Marietta und wich angeekelt zurück, «lasst uns in Frieden, ihr ehrlosen, unflätigen Schweine.» Es waren jedoch zu viele. Wir wurden sie nicht los. Am Ende rissen sie uns die Masken herunter. Als sie sahen, wie jung meine Begleitung war, stießen sie Pfiffe aus. «Du verdorbene, alte Sau», provozierte mich einer, «macht es dir noch immer Spaß, in See zu stechen?» «Versuch nicht, an der Räude eines alten Hundes herumzukratzen», forderte ich ihn heraus und drohte mit den Fäusten. Eine andere Waffe hatte ich nicht – weder Stock noch Dolch, nicht einmal eine Flasche, die ich ihm über den Kopf hauen konnte. Aber er war dermaßen betrunken, dass er taumelte, als er dem Schlag auswich, und sich bei seinen Kumpanen abstützen musste.

Ein anderer stieß Marietta gegen ein Tor und zwickte ihr in die Brust. «Busen aus Wachs und Arsch aus Stahl, warum lässt du dir die Wolle von einem alten Zwerg schrubben? Lass dich von einem jungen Liebhaber rammeln, was gibt es Süßeres?» «Du Widerling!», rief sie, während sie versuchte, ihm die Hoden lang zu ziehen. «Sag das noch einmal, und ich stech dich ab.» Im Schein der Öllampe blitzte ein metallener Gegenstand auf. Es war mein Dolch. Ich wusste nicht, dass Marietta ihn in ihrer Tasche mitführte.

Glücklicherweise trat in diesem Augenblick die Kurtisane ans Fenster und lud die Kerle zu sich ein. Nachdem die Magd ihnen die Pforte geöffnet hatte, fingen sie an, sich gegenseitig eine dunkle Stiege hinaufzuschubsen. «Stich mich doch ab», lachte der Betrunkene und presste Marietta gegen die Mauer, «ich sag es gern noch einmal: Lass dich nicht von einem alten Zwerg wie deinem Vater vögeln.» Und während die Klinge in die verputzte Hauswand eindrang, drückte ihr der junge Mann seinen Mund auf die Lippen und steckte die Zunge in ihren Hals. Dann glitt auch er durch die Tür und war verschwunden.

Ich sammelte unsere Masken auf. Die Beleidigungen hallten in meinem Kopf wider, und mein Mund brannte. «Ich habe ihn wiedererkannt», sagte Marietta verbittert, «er war auf dem Fest der Mocenigo.»

Stumm setzten wir unseren Weg nach Hause fort, vorbei am Krankenhaus für unheilbar Kranke. Aus dem Gebäude drangen stöhnende und jammernde Laute, die sich zu einer einzigen Stimme vermengten – wie ein unterdrücktes Weinen, der Widerhall eines untröstlichen Leids. Marietta blieb auf einmal stehen und legte ihre Arme um mich. «Ich will nicht nach Hause», flüsterte sie. «Marietta», seufzte ich und fasste sie um die Hüfte, «mein Funke.» «Nehmen wir die Einladung an», versuchte sie mich herumzukriegen. «Lass uns nach Madrid gehen. Du wirst malen, ich werde malen. Wir werden auf ewig zusammenbleiben, es wird nichts anderes geben. Bring mich fort von hier, Jacomo.»

Ich schaute auf ihre feuchten, im Dunkel glänzenden Lippen. Ihr Mund war nicht wie meiner. Ich hatte kein Grübchen im Kinn, keine spitze Nase und keine blonden Haare. Ich spürte, wie sie ängstlich ein- und ausamtete. Der Moment war so spannungsgeladen wie der Augenblick zwischen Blitz und Donner. Egal.

«Du wirst den Goldschmied Marco Steiner aus Augsburg heiraten», presste ich hervor und lockerte meinen Griff. «Er ist unmusikalisch», protestierte Marietta. «Er kann nicht malen. Nicht schreiben. Wie soll ich mit einem solchen Mann leben können?» Ich wusste, dass es etwas gab, das fortan der Vergangenheit angehörte – so nah wie in jener Nacht würde ich Marietta nie wieder sein.

Wir liefen unter den Arkaden der Abtei entlang. Ich verscheuchte ein paar Mäuse, die zwischen den Pfeilern umherwuselten. Ich erklärte ihr, dass ich lange darüber nachgedacht hätte, weil ich jemanden finden wollte, den es mit Stolz erfüllte, der Gemahl von La Tintoretta zu sein. Einer berühmten Frau. Einer besonderen Frau. Dieser Jemand konnte kein Venezianer sein. Und auch kein Maler. Ein Maler ließe sie nicht malen, aus Angst, dass sie eines Tages besser sein würde als er. «Du auch nicht?», fragte sie mich. Doch es war vorbei, wir waren vor unserem Haus angekommen. Marietta wartete noch auf eine Antwort, die sie nicht erhielt.

Der Glockenturm von Madonna dell'Orto warf seinen langen schwarzen Schatten auf den Altan. Zwischen dem zweibogigen Fenster steckte eine qualmende Fackel – Faustina hatte sie für uns brennen lassen. Es war sehr spät geworden. Mit Wucht betätigte ich den Türklopfer und rief: «Aufmachen! Aufmachen!» Wenn ich noch eine Minute länger da draußen stehen müsste, so bangte ich, hätte ich nicht mehr gewusst, was ich tat. Vor meinem geistigen Auge sah ich den Palast des spanischen Königs. Hunderte

Zimmer, die auf ihre Bilder warteten. Klar und deutlich sah ich die Wände vor mir, die Decken, das Mobiliar, die Fenster und die Räume, die sie uns zur Verfügung gestellt hätten, und sie und mich, und ich sah das andere Leben vor mir, mein verzerrtes, zugrunde gerichtetes, zerstörtes Leben, das direkt vor mir stand und das ich wollte. Ich wollte es mit jeder Faser meines Körpers. Ich fühlte mich lebendig, Herr, so hoffnungslos lebendig, dass ich mir in jener Nacht den Tod wünschte. «So öffnet doch!», brüllte ich. «Aufmachen!»

Schila öffnete. Der Mond war untergegangen, die schwarze Lagune hatte sein opalisierendes Licht bereits verschluckt. Eine kurze Weile flackerten auf der Wasseroberfläche silberne Lichttropfen auf. Ich zog mir den Nagel aus der Brust. Nahm mir das, was mir am meisten ans Herz gewachsen war.

«Du befiehlst mir also zu heiraten?», fragte mich Marietta.

«Ja, mein Funke.»

24. Mai 1594
Achter Fiebertag

Während meiner Jugend fanden in sämtlichen Kirchen Venedigs, auf jedem Platz und in jedem Palast heftige Diskussionen über Vorherbestimmung und Gnade statt. Das Heilige Konzil hatte uns noch nicht verkündet, was wir davon halten sollten, die Vorstellungen dieses Deutschen namens Martin Luther aber stießen bei vielen Predigern und deren Anhängern auf Zustimmung. Nach den Lesungen und Messen standen die Menschen aufgeregt diskutierend beisammen und gingen erst nach Stunden wieder auseinander. Theologen und Patrizier, Priester und Schreiner, Goldschmiede und Färber. Eine andere Epoche hatte begonnen, wie ein Dunststreifen, der am Himmel auftaucht und nach einer Weile zu einem Wolkenfetzen wird, der sich mit immer mehr Wolken vermengt, bis es schließlich dunkel wird und zu regnen anfängt. Zuerst war es verboten, gewisse Dinge zu sagen, dann, Bücher zu besitzen, in denen sie behandelt wurden, und schließlich durfte man sie nicht einmal mehr denken.

Heute wird einem bereits wegen eines unrichtigen Satzes der Prozess gemacht – und einem Maler, wenn er eine Figur nicht korrekt gemalt hat. Oder vielmehr, wenn sie nicht in den heiligen Schriften wiederzufinden ist, wenn sie etwas tut, was noch nicht beschrieben worden ist, oder wenn sie es auf andere Art tut. Ich kann mich nicht mehr gut an die ganzen Worte entsinnen, die vielleicht mit Theologie oder aber einfach nur mit dem Sinn des Lebens zu tun hatten. Ich will sie auch gar nicht im Gedächtnis behalten, da meine Kirche, nach der ich mich richte, sie verdammt hat: Alle Bücher, in denen sie vorkamen, haben wir verbrannt.

Eines Tages fiel mir auf, dass auf dem Kaminsims anstelle meiner Bücher eine Vase mit Blumen stand. Wir waren erst seit Kurzem verheiratet und Faustina noch sehr jung. Keine sechzehn Jahre alt. Daher nahm ich an, sie hätte sie bloß umgestellt. Allerdings waren sie nirgends zu finden. Nicht nur die Kommentare zu den Evangelien und die Bücher über Gnade und Vorherbestimmung waren verschwunden, auch alle Gedichtbände, Geschichtsbücher, die etwas freizügigeren Erzählungen, und selbst die lateinischen Märchen und Romane waren weg. Einige waren von gewissem Wert, da auf dem Buchdeckel der Autor unterschrieben hatte. Und die Truhe, in der ich die deutschen Bücher von Cornelia aufbewahrte – das Einzige, was sie Marietta vererbt hatte und ich ihr eines Tages überreichen wollte, waren sie doch das letzte Zeugnis ihrer leibhaftigen Mutter auf Erden –, war voller Handtücher und Putzlappen. Anfangs bestritt und leugnete sie es; doch am Ende räumte sie ein, sie dem Beichtvater ausgehändigt zu haben, da er ihr sonst weiterhin die Absolution verweigert hätte. Mit grauenvollen Strafen habe er ihr gedroht, gar mit dem Fegefeuer – da habe sie Angst um mich bekommen. «Der Beichtvater hat unser Haus doch gar nicht betreten», fauchte ich sie an, «woher soll er wissen, was sich in meinem Zimmer befindet?» Ich kannte das Gesetz, das die Priester nötigte, sich bei den Christen ihrer Gemeinde nach ihren Büchersammlungen zu erkundigen. Aber in dieser Republik gibt es so viele Gesetze, niemand kann sie alle einhalten.

Faustina gestand, ihm eine Liste mit allen Titeln unserer Bibliothek überreicht zu haben. Etliche davon hatte man mit einem Bann belegt und aus den Läden genommen. Schon vor geraumer Zeit hätte ich sie herausgeben müssen, damit sie vernichtet wurden – und die falschen Gedanken nicht die Seele ahnungsloser Leser verdarben. Von ein paar Freunden wusste ich, dass sie ihre indizierten Bücher den Buchhändlern zurückverkauft hatten, die sie nun für den doppelten und dreifachen Preis unter dem Ladentisch handelten. Ich jedoch hatte sie aufbewahrt, da sie mich an vergangene Zeiten erinnerten, an meine Jugend und an Personen, die nicht mehr unter uns weilten. Sie waren mein Gedächtnis: Sie standen für all das, woran ich geglaubt hatte, für meine Gedanken und die Worte, die ich gern in den Mund nahm – wenngleich diese Dinge, Gedanken und Worte indes gar nicht mehr so viel mit mir zu tun hatten. «Du bist eine richtig dumme Gans», schalt ich Faustina. Ihr kamen die Tränen, doch nun war es zu spät. Sie hatte die Bücher dem Beichtvater gegeben, der sie dem Vikar und dieser dem Patriarchen überreicht hatte. Sie waren alle verbrannt worden. In meinem Haus gibt es keine Gedichtbände, keine Bücher über Geschichte oder Philosophie und auch keine ausschweifenden Erzählungen mehr.

Ich glaube, der Deutsche meinte, unser Heil würde nicht von unseren Taten abhängen – da weder unsere Taten noch der Lauf unseres Lebens unser eigenes Werk seien –, sondern von der Gnade, die wir bei der Geburt erhalten oder auch nicht erhalten haben. In diesem Fall, Herr, wäre unser Leben – und mehr haben wir nicht – nichts anderes als ein nutzloser und mühsamer Versuch, ein bereits von dir geschriebenes Schicksal zu verändern.

Wovon ich damals überzeugt war, weiß ich nicht mehr. Doch wie alle fragte und frage ich mich noch immer, ob tatsächlich von Anfang an und in alle Ewigkeit einige die Auserwählten und andere die Gezeichneten sind. Ob unser Leben tatsächlich von Beginn an einem von dir entworfenen Weg folgt, von dem wir zwar nichts wissen, den wir aber buchstäblich notgedrungen, ja zwangsläufig gehen, oder ob es nicht vielmehr eine Abfolge zusammenhangloser Taten, ungeahnter Umwege ist, die dem Zufall oder einer passenden Gelegenheit geschuldet sind – oder gar einem Missverständnis, einem Fehler. Glück oder Pech, Reichtum oder Armut, Gaben oder keine, Erfolg oder Niederlage, Lust oder Leid, Handlungen und Ereignisse, die geschehen, aber nicht unbedingt geschehen mussten, wenn wir an einem beliebigen Tag eine andere Entscheidung getroffen hätten, auf etwas anderes gestoßen wären oder etwas anderes gesagt hätten. Nichts bleibt erhalten, jeder einzelne Augenblick ist gleichsam das ganze Leben und birgt den goldenen Schlüssel in sich.

Somit könnte ich behaupten, dass Mariettas Schicksal, Zuanes Flucht und die zwischen den Algen der Lagune ertrunkene Andriana mit mir nichts zu tun haben. Dass nichts, was ich getan oder gelassen habe, auf ihr Leben Einfluss genommen hat, und dass sie völlig frei entschieden haben, wo und mit wem sie leben und warum sie sterben wollten. Doch das Leid, das mir an Seele und Leib an diesen Tagen widerfuhr und das ich nicht zu lindern vermochte, trachtete nach einem Schuldigen.

Auf den Fondamenta vor der Haustür warteten die beiden Cohens – sie wollten ein eiliges Geschäft mit mir abwickeln. Trotz meiner großen Erschöpfung hieß ich Schila, sie hereinzubitten, stand doch mein Haus zeitlebens offen für die, die gute Neuigkeiten, Geschäfte oder Geld mitbrachten. Schila gab zu bedenken, dass die Cohens wahrscheinlich nichts dergleichen, höchstens noch mehr Kummer und Sorgen dabeihätten. Ich versicherte ihm, dass mich in meinem Zustand nichts mehr kümmere, nicht einmal der Tod.

Der Alte heißt Salomon, der Junge Menachem. Vater und Sohn – im gleichen Alter wie ich und mein Sohn Marco: Auch hier weiß ich nicht, ob du mir damit ein Zeichen geben willst oder ob es ein harmloser Zufall ist. Sie wohnen im alten Ghetto im letzten Stock eines turmhohen Hauses. Während der Pestepidemie hatte Salomon seinen Sohn Leone verloren, während der Pockenepidemie seinen Sohn Isaak und während das Fieber wütete seine Tochter Rebecca. Als wir einmal darüber stritten, wer von beiden, Jehova oder Jesus Christus, mächtiger sei, machte ich ihn, um ihn dazu zu bewegen, zu konvertieren und sich in die Arme des einzigen wahren Glaubens zu begeben, darauf aufmerksam, dass sein Gott nicht so viel Macht wie meiner habe und sich weniger um sein Volk kümmere. Darauf erwiderte Cohen, dass das Volk des Christengottes ja auch nicht auf einer so verdorbenen und stinkenden Insel wie dem Ghetto lebe.

Die beiden handeln mit Stoffen und Kleidern aus zweiter Hand und arbeiten als Pfandleiher. Marco zählt zu ihren besonders treuen Kunden, aber auch ich habe einst, als ich mich in Schwierigkeiten befand, ein Schmuckkästchen aus Elfenbein und das Silberbesteck aus Faustinas Aussteuer verpfändet. Den von unseren illustren Signori geführten Banken traue ich nicht mehr, schon so manchen habe ich an seinen übertriebenen Spekulationen scheitern sehen. Auf irgendeine Art hatte Marco das geliehene Geld bisher immer zurückgezahlt und das Pfand wiederbekommen. Dieses Mal hatte er sich verpflichtet, seine Schulden erst bis Sankt Martin und dann bis Ostern zu begleichen, aber Ostern war schon seit geraumer Zeit vorbei. Es ging um Ostern vorigen Jahres! Sie würden ihm ja einen letzten Aufschub gewähren, wenn sie könnten, und im Namen der hohen Achtung, die sie für mich hegten, würden sie auch über die Vertragsbedingungen hinwegsehen. Doch – wie sie bereits Dominico ein paar Tage zuvor erklärt hätten, der sie ein wenig widerwillig vor die Tür gesetzt habe – die Krise verschone auch sie nicht, der Preisanstieg in schwindelerregende Höhen der letzten Jahre hätte auch ihre Gewinne in Luft aufgelöst, die Leute würden ihre gebrauchten Kleider nicht mehr verkaufen, da sie kein Geld besäßen, um sich neue schneidern zu lassen, kurzum, auf das Geld könnten sie nun nicht mehr verzichten. Die Schuld müsse beglichen werden. Es tue ihnen leid, mich damit zu belästigen, sie vertrauten jedoch auf mein verständnisvolles Vaterherz.

Als ihnen das Dienstmädchen ein Tablett mit Süßspeisen reichte, lehnten sie dankend ab, denn Juden dürften nicht gemeinsam mit uns essen. Ich ließ es trotzdem auf dem Tischchen abstellen. Die Häscher können uns nicht sehen, Gott allein sieht durch die Mauern meines Hauses hindurch. Die beiden Juden rührten die

Süßigkeiten jedoch nicht an. Ich fragte sie nach dem Umfang von Marcos Schuld. Die geliehene Summe belaufe sich auf siebzig Dukaten – mit äußerster Gewissenhaftigkeit zeigte mir der alte Salomon das Rechnungsbuch. Unter Berücksichtigung der Zinsen seien es, wie ich eindeutig feststellen könne, inzwischen zweihundert.

Die in schöner Handschrift gezeichnete Unterschrift, *Marco Robusti*, empörte mich. Mein Sohn besitzt nicht die geringste Achtung vor Geld. Genauso wie ich. Ich lehrte meine Söhne, es zu verachten, und nicht, sich ihm auszuliefern. Doch es gibt einen Unterschied. Geld, das ich nicht verdient hatte, habe ich auch nicht ausgegeben. Nie habe ich etwas gekauft, das ich nicht bezahlen konnte. Ich sah weder einen rechtlichen noch moralischen Grund, seine Schulden zu bezahlen. Marco ist volljährig – und für sein Leben und seine Schulden verantwortlich. Zwar ist er noch mein Sohn, doch so alt, dass er selbst Vater sein könnte: Im Februar ist er zweiunddreißig geworden. Für einen erwachsenen Mann ist Unabhängigkeit eine Pflicht. Stets habe ich ihn versorgt, behütet und seine Fehler wiedergutgemacht. Wenn ich ihm immer wieder helfe, was tut er dann, wenn ich nicht mehr da bin? An wen wendet er sich? An den Bruder? Mein treuer Dominico wird sich bereits um seine Mutter, seine Schwestern und sich selbst kümmern müssen. Man kann nicht verlangen, dass er sich auch noch um Marco sorgt.

In aller Seelenruhe teilte ich dem alten Salomon mit, dass die Schuld nichts mit mir zu tun habe. Menachem gab mir zu bedenken, dass mein Sohn folglich den Gegenstand verliere, den er als Pfand vergeben habe. Ich erwiderte, dass Marco, wenn er die Gesetze der Menschen respektieren lerne, vielleicht auch die Gesetze Gottes achten lerne.

Nun aber sinniere ich unentwegt über das Verhältnis zwischen Vater und Kind, Erzeuger und Erzeugnis nach. Haben Kinder tatsächlich etwas mit uns zu tun? Sind sie wirklich Wachs, das wir modellieren, weiße Seiten, die wir beschreiben, leere Leinwände, die wir bemalen? Oder sind es Regentropfen auf einer Fensterscheibe, die aus derselben Wolke fallen und in unterschiedliche Richtungen gleiten? Sind Kinder formbarer Lehm oder Wasser, das die Form seines Behälters annimmt, uns schleift und prägt? Gehören Kinder uns oder nur sich selbst, und das von Beginn an? Ist die Art und Weise, wie wir sie großziehen, tatsächlich von Bedeutung, unsere Strenge oder Milde, unsere Liebe oder Gleichgültigkeit? Sind wir für ihre Sünden verantwortlich oder sie für unsere? Kann es sein, dass ich etwas falsch gemacht habe mit diesem verfluchten Sohn – aber ist das von Bedeutung? Heute glaube ich, dass jedes Lebewesen über den freien Willen verfügt, sich tagtäglich erneut für das Böse oder das Gute zu entscheiden und sein eigenes Wesen zu erkennen, seine Identität. Bist nicht du der Vater, und wir alle sind – für immer und ewig – Kinder?

In jungen Jahren war Marco äußerst witzig und geistreich. Ich muss sogar gestehen, dass ich in seinem Temperament, seiner Aufsässigkeit und seinen Schurkereien etwas von mir wiedererkannte. Dennoch ist er mir zum Feind geworden. Unser Leben hat sich in einen Kampf verwandelt, der erst mit dem Verschwinden des einen oder anderen beendet sein wird. Doch Marco wird gegen Dominico kämpfen, wie er gegen mich gekämpft hat – da er mich in seinem Bruder wiedererkennt –, woran ich ihn nicht hindern kann. Ich war gerecht zu meinem Sohn. Ich habe versucht, ihm mit gutem Beispiel voranzugehen – und Marco hat versucht, sich von mir abzuheben, anders zu sein als ich. So ist er letztendlich zu meinem unbeugsamsten Widersacher geworden.

Ich setzte mich mit meinen Gegnern immer mit Witz und Verstand auseinander – Marco traf sich mit ihnen unter Brücken und durchbohrte sie mit dem Schwert. Ich versuchte, mich mit klugen Köpfen zu umgeben – er wandte sich dem Gesinde zu. Ich habe eine Familie gegründet – er lebt noch immer mit meiner. Ich wollte unabhängig sein, ohne Lehrmeister und Herrn, und mir schon als Junge mein Leben selbst verdienen – er hängt mit zweiunddreißig Jahren noch immer von mir ab. Mit sechzehn begab ich mich auf die Jagd nach Werken alter Meister – er machte Jagd auf herumstreunende Katzen. Er sperrte sie in den Holzschuppen, ließ sie hungern und stachelte sie mit einem glühenden Schürhaken an, bis sie wild genug für den brutalen und grausamen Zeitvertreib wurden, den er den Söhnen der Senatoren spaßeshalber anbot. Obwohl in ihren Kreisen toleriert und auf ihren Sauftouren willkommen, ist er zu ihrem Hampelmann geworden. Die Väter dieser Jungen – Richter, Prokuratoren, Magistrate – erzählten mir: «Tintoretto, in Begleitung so etlicher bettelarmer Fischersleute von San Nicolò und gekleidet wie ein Bengel von der Straße, mit rotem Band um die Hüfte, hält Euer Sohn die Schüler am Eingang zur Lateinschule auf und nimmt Wetten entgegen. Dann binden sie die Katze so an einen Pfahl, dass sie Pfoten und Krallen frei bewegen kann. Wer sie mit einem Kopfstoß tötet, gewinnt den Einsatz.» Ein Spiel von unfassbarer Grausamkeit und Dummheit. Anfangs konnte ich es nicht glauben, aber mein Sohn kam tatsächlich mit zerkratztem und verwundetem Gesicht, allerdings ohne den Gewinn nach Hause, da Marco Katzen nicht für Geld umbrachte, sondern um sich selbst umzubringen – oder mich.

Er hat mich in jeglicher Hinsicht gekränkt – sowohl mit seinem Benehmen als auch mit Worten. Er umgibt sich mit vornehmen Müßiggängern, die nicht wissen, wie sie ihre Langeweile vertreiben sollen, und dem Abschaum der Welt – Halbwüchsige, Schergen und Sträflinge. Am Tag – wenn er arbeiten müsste – schläft er, und nachts verschleudert er rastlos Geld, als könnte er wie seine Freunde aus einem Fass ohne Boden das familiäre Erbe schöpfen. Er kaut und schnüffelt jegliches von allen erdenklichen Kontinenten der Erde stammende Gemisch, das das menschliche Hirn durcheinanderbringt, die Selbstkontrolle ausschaltet und moralische Werte umstürzt. Und all das, während er über Jahre hinweg zu Hause und in Gesellschaft die ihm zugewiesene Rolle spielte. In Venedigs privaten Theaterhäusern übte er mit den Truppen seiner Freunde. Nach und nach ist er ein großer Schauspieler geworden, das kann ich nicht leugnen. Mit Vergnügen wird er uns betrogen haben. Er hat sich über meine Überzeugungen, Ideale und mein Vorhaben lustig gemacht. Und ich verschaffte ihm Zutritt in die Rochusbruderschaft: ihm, nicht meinem treuen Dominico. Er begleitete mich zu den Versammlungen und schien angesichts der Strenge der Einrichtung in demutsvollen Respekt zu verfallen: In Wahrheit war er vom Opium benebelt und besänftigt. Er benahm sich anständig und tat so, als interessierte er sich für die Gespräche über die Wachsqualität der Kirchenlichter: Dabei versuchte er herauszubekommen, wo sich der Tresor befand. Er bot sich freiwillig an, die Moral der armen, heiratsfähigen Mädchen zu überprüfen, die am Losverfahren für die Aussteuer teilnahmen: Nachdem er bei den Vätern einen guten Preis für das Los ausgehandelt hatte, trickste er anschließend bei der Verlosung.

Er wandte sich von meiner Welt und meinem Umfeld ab. Mit großer Verachtung beschimpfte er uns als «eitle Pharisäer», «widerliches, geldgieriges Pack», «plündernde Händler». Er lehnte sich gegen all meine Ratschläge, mein Vorbild, mein Leben auf. Sein tägliches Dasein schien darin zu bestehen, mich zu zerstören. Heute ist mir klar, dass er es nur darauf abgesehen hatte, dass dies sein einziges Ziel war, das er sich jemals gesetzt hat. Und wenn es ihm nicht gelang, dann deswegen, weil ich schon seit Langem mit ihm gebrochen hatte – ich ertrage, erleide ihn, habe ihn aber wie einen Floh von mir abgeschüttelt. Herr, ich liebe ihn nicht mehr, und doch kannst du mich nicht dafür tadeln.

Ich weiß nicht, welches Unrecht ich beging, mit dem ich seinen Aufstand verdiente. Marco war der Letzte meiner Söhne, die ich zum Mann heranwachsen sah. Nie habe ich ihn für besser gehalten, als er ist, mit ihm war ich nicht so nachsichtig wie mit Zuane – wusste ich doch, dass Sanftmut meinen jüngsten Sohn von mir entfernt hätte; so fordernd und streng wie mit Dominico war ich allerdings auch nicht. Ich rechtfertigte seine Fehler mit seiner Jugend – jener Jugend, die ich nie erlebt habe. Ich ließ ihn seine Freiheit ausleben – eine Freiheit, die bei mir durch Beruf, Familie, Ehre und Pflicht immer geringer geworden war. Sehr früh ließ ich es bleiben, irgendetwas von ihm zu verlangen. Für all seine Scherereien kam ich auf: Frauen, gaunerhafte Kumpane, Falschspieler, Prozessrichter. Ich verhinderte, dass er wegen Schulden ins Gefängnis musste, oder weil er bei einem dummen Wettrennen gegen eine andere Gondel gestoßen war und dabei ein Passagier zu Tode kam. Anzeigen ließ ich im Sand verlaufen, ich rettete seine Ehre – und meine. Ich zwang ihn nicht zu studieren – und er tat es auch nicht. Nicht einmal zu arbeiten zwang ich ihn. Auf die Idee zu malen ist er alleine gekommen.

Er hätte Soldat werden, bei irgendeiner Armee anheuern sollen. Der Verlauf der Geschichte hat es jedoch nicht gut mit ihm gemeint: Er kam zu spät auf die Welt. Zur Zeit der Heiligen Liga in Lepanto war er neun Jahre alt, und als wir die uskokischen Piraten in Bedrängnis brachten, erst fünfzehn. In Friedenszeiten konnte er lediglich Söldner oder Scherge werden. Aber Marco wollte keinen Dienst an einem Herrn tun, auch nicht am Papst oder Kaiser – er diente einzig seinen Launen und seiner Wut. Ob es ihm gefallen würde, die Bühne zu betreten, sich eine Maske aufzusetzen und Lügengeschichten zu erzählen? Faustina rümpfte die Nase bei der Vorstellung, einen Komödianten zum Sohn zu haben, es schickte sich ihrer Meinung nach nicht. Mir aber gefallen die Theaterleute: Sie können von Hof zu Hof durch Italien und Europa ziehen, sich dabei amüsieren und aufrichtig ihr täglich Brot verdienen. Allabendlich hätte er die Rolle des aufschneiderischen Soldaten namens Il Capitano spielen und auf dem Rücken seines Knechts den Stock kaputthauen können. Ehrlich gesagt, riet ich ihm sogar dazu. Marco war es, der meinte, dass den Hanswurst zu spielen die traurigste Sache der Welt sei, denn wer andere Leute zum Lachen bringe, habe vom selben Moment an sein persönliches Lachen aufgegeben. Träume habe er keine mehr, was ihn allerdings nicht im Mindesten störe. Wenn aber Marietta und Dominico es zum Maler geschafft hätten, dann könne er es auch.

Doch Marco hat meine Regeln nie akzeptiert. Er widersetzte sich ihnen vom ersten Tag an. Meine Söhne waren immer eifersüchtig – erst auf Marietta, dann aufeinander. Rivalitäten und Neid haben ihre Kindheit vergiftet und ihrem Selbstvertrauen auf ewig geschadet. Das konnte ich jedoch damals nicht wissen. Als er in meine Werkstatt kam, war er bereits zwölf Jahre alt. Da ich bis dahin die Hoffnung hegte, ein Studium könnte seinen Charakter zähmen, hatte ich ihn in die Lateinschule geschickt. Marco aber hatte seine Bücher zu Geld gemacht und sich Helm und Lederpanzer gekauft, um zusammen mit den Fischern von San Nicolò und den Schlachtern von Cannaregio an den sonntäglichen Faustkämpfen auf Venedigs Brücken teilzunehmen. Das Einzige, was er in der Schule lernte, war, die Autorität des Lehrers zu untergraben.

Als Marco dazustieß, hatte sich in meiner Werkstatt eine bestimmte Hierarchie gefestigt: Marietta und Dominico waren meine Assistenten, und er war der Gehilfe. Seine Aufgaben bestanden darin, den Raum in Ordnung zu halten, den Boden zu putzen, die Pinsel zu säubern, die Lappen auszuwaschen und jeden Tag die abgeschabte Farbe der Paletten in Öl aufzukochen. Mindestens zwei demütigende Lehrjahre hätten verstreichen müssen, ehe er einen Stift in die Hand nehmen und sich daranmachen durfte, zeichnen zu lernen. Marietta malte bereits ihre ersten Portraits und pinselte die Hintergründe, Hände und Kleider meiner Modelle – ich beschränkte mich auf die Gesichter.

Als Dominico in der Werkstatt angefangen hatte, gab es kein Aufbegehren. Ruhig, wie er war, hatte er nie etwas auszusetzen. Wie ein ergebener Page folgte er Marietta auf Schritt und Tritt und schützte sie vor den anderen und wohl auch vor mir. Marco dagegen ertrug es nie, an zweiter Stelle nach einer Frau zu stehen.

Wenn ihn Marietta anwies, die Stifte anspitzen zu gehen, gab er beleidigt zurück, dass ein Stier sich nicht von einer Kuh reiten lasse, sie solle doch im Hühnerstall, wo ihr wahrer Platz sei, herumgackern. «Oh, oh, das Pferdchen hebt sein Schwänzchen!», lachte Marietta völlig unbeeindruckt. «Leck mich doch, wenn ich am Kacken bin, du blöder deutscher Bastard», sagte Marco herausfordernd und warf ihr die Schürze ins Gesicht. «Ich zieh dir deinen Schwanz lang, du kleines widerliches Stück Dreck!», keifte Marietta und fiel über ihn her. «Verschwindet, alle beide», mischte ich mich ein und warf sie aus der Werkstatt.

Wie ich später erfuhr, gingen sie in der Küche zum Duell über – sie mit einem Bratenspieß, er mit einem Schaumlöffel –, bis sie auch die Köchin kreischend aus ihrem Reich warf: «Ich werd euch einen überbraten und die Kehle durchschneiden, ungezogene Mistviecher!» Sie machten im Hof weiter. Marietta kratzte ihm das Gesicht blutig. Marco brachte sie mit Leichtigkeit zu Boden, wo er sich rittlings auf sie setzte und ihr drohte, sollte sie noch einmal so respektlos mit ihm umgehen, den Pinsel in ihren Po zu stecken und sie wie ein Huhn mit Kacke zu beschmieren. Seit Menschengedenken hätten Frauen den Männern gedient, daher würde er niemals auf die Idee kommen, ihr zu dienen, nie, nie und nochmals nie. Da sich Marietta unter ihm losgetreten und herausgewunden hatte, packte er sie am Haarschopf, zog sie hinter sich her, stieß mit einem Fußtritt die Haustür auf und warf sie kurzerhand in den Kanal.

Dominico eilte Hilfe rufend zu mir. Da ich aber nicht schon vorher eingeschritten war, unternahm ich auch jetzt nichts. Marietta musste lernen, sich Respekt zu verschaffen. Wenn sie tatsächlich eine Malerin werden wollte, würde sie sich noch oft gegen solche Phrasen verteidigen müssen. Marco hatte genau das laut ausgesprochen, was die meisten Männer dachten. In dem morastigen Wasser umherstrampelnd, versuchte Marietta, sich an einem glitschigen Bootsrand festzuhalten – Marco stand dagegen breitbeinig am Ufer, triumphierte ohne einen Funken Reue. Mit einem Schilfrohr hielt er sie von den Stufen auf die Fondamenta fern: «Wird's ein wenig frisch um deinen Allerwertesten, ist dein Loch schon zugefroren, du blöde Gans?» Als Dominico ihr ein Seil zuwarf und seine Schwester ächzend aus dem Wasser zog, spuckte ihm Marco ins Gesicht und fauchte: «Du Verräter, Scheißkerl, elendige Drecksschabe!»

Ich versagte Marco zu keinem Zeitpunkt die Möglichkeit, ein Künstler zu werden. Ich nahm in unter meine Fittiche in der Hoffnung, ihm würde es mit der Zeit gelingen, seine mühselig ans Tageslicht dringenden Begabungen zu entfalten. Die Tür zu meinem Atelier stand für ihn jederzeit offen. Häufig stellte er meine Geduld auf die Probe, aber genauso wie die Dutzend anderen jungen Leute, die sich jahrelang an meiner Seite abwechselten, habe ich ihn nie geschlagen. Hin und wieder bestrafte ich ihn, gerecht und gemäß den Pflichten eines Vaters, damit aus ihm ein Mann wurde. Und stets mit gebotener Strenge und gemäß den Pflichten eines Maestros, damit er Achtung vor seinem Beruf erlernte. Doch auf meine Gerechtigkeit und Strenge antwortete er mit Feuer.

Er war sechzehn. Ein schwieriges Alter, in dem man sich von den Ufern der Kindheit verstoßen und in das kalte Wasser der Erwachsenen geworfen fühlt – unbeholfen, unfähig und fehl am Platz. Das kenne ich alles, alle meine Söhne haben es nach mir durchgemacht. Keiner hat jedoch so reagiert wie Marco. Die anderen trieben durch die Jahre der Jugend mit ihren Krisen und Stürmen und kamen verbeult oder ein wenig verändert wieder heraus: Bei Marco hat man dagegen den Eindruck, als wäre er noch immer sechzehn und hätte beschlossen, nicht älter zu werden. Bis heute weiß ich nicht, warum er es getan hat und was er eigentlich damit erreichen wollte. Ob er mir mit diesen Flammen eine Botschaft übermitteln wollte – womöglich eine Liebeserklärung. Jungen wie er sind nicht in der Lage zu sagen, was sie fühlen, und wenn sie es tun, sagen sie genau das Gegenteil dessen, was sie eigentlich meinen.

Jahre später sagte mir Dominico, dass ich ihn nicht vor allen anderen hätte zurechtweisen dürfen – ihn öffentlich auf seine Mittelmäßigkeit hinzuweisen habe ihn gedemütigt. Doch was hätte ich tun sollen? Er besaß bereits das Privileg, mein Sohn zu sein. Hätte ich seine Schlampigkeit und seine Fehler toleriert, die ich auch bei meinen Gehilfen nicht hinnahm, hätte ich meine Autorität verloren. Ich verlangte von ihm nicht mehr, als ich von allen anderen verlangte – aber auch nicht weniger. Marco sollte eines meiner Werke so nachmalen, dass es aussah, als hätte ich es gemalt. Es war der *Tempelgang Mariens.* Das Motiv hatte nicht ich mir ausgesucht; die Bitte um eine Kopie war an mich herangetragen worden, ein Wunsch aus Rom. Zu jener Zeit waren alle meine jungen Gehilfen in der Werkstatt mit ähnlichen Aufgaben beschäftigt, und sie taten alles andere als herumjammern, vielmehr wetteiferten sie regelrecht miteinander, wer mich mit größter Ähnlichkeit nachahmen – mich wiederholen – konnte. Ich sagte es ihnen zwar nicht offen heraus, wer mir am nächsten gekommen war, doch mein Verhalten, die Vertrautheit, mit der ich den Besten behandelte, die Aufmerksamkeiten, die ich ihm erwies, auch die Verwendung ihrer Arbeiten, wenn ich sie entweder mit ein paar Pinselstrichen vollendete und zum Verkauf anbot oder in einer Ecke verschimmeln ließ, sprachen für sich. Und so lange, bis der Favorit – vielmehr die Favoritin – nicht ein- und aufgeholt wurde, ertrug sie den schmerzvollen Neid der anderen.

Monatelang verließen Kopien meiner meist geschätzten Arbeiten die Werkstatt: mal etwas kleiner oder größer als das Original, mal genau gleich, aber spiegelverkehrt, mal wurden Figuren, die uns auf dem Ursprungsbild direkt anschauen, von hinten oder im Profil dargestellt – häufig aber auch ohne eine einzige Abwandlung. Genau darum hatte ich Marco gebeten. Er musste sich die Orgelflügel von Madonna dell'Orto einprägen und sie halb so klein abmalen. Außerdem konnte er auf meine Zeichnungen hoffen: Ein Großteil meiner Figuren befand sich zusätzlich in meinem Skizzenblock. Er musste sich also lediglich Proportionen, Farben, Pinselführung und den Lichteinfall genau ansehen. Es war eine Arbeit wie jede andere – wenngleich es kein Gemälde wie jedes andere war.

Ihm gelang es nicht. Seine Arbeit war eine Beleidigung für die Malerei. «Das ist das Allerletzte», sagte ich zu ihm. Ich rede nicht gern um den heißen Brei herum: Ich finde es besser, wenn die Worte Biss haben – denn auch das Leben ist bissig. Zu mir bin ich genauso streng. Als Marietta einmal eine von mir eilig angefertigte Portraitskizze – meines Erachtens wie mit dem kleinen linken Zeh dahingekritzelt – als äußerst wirklichkeitsgetreu lobte, entgegnete ich ihr entrüstet, sie solle kein dummes Zeug reden: bekacktes Papier sei das, mehr nicht. Als ich nun Marco rügte, schauten die anderen weg und widmeten sich ihren Arbeiten, als hätten sie nichts gehört. Kritik und Tadel verteilte ich im Übrigen gerecht. Schließlich kamen sie nicht zu mir, um gelobt zu werden, sondern um einen Beruf zu erlernen. Marco forderte ich auf, mit der Kopie noch einmal von vorn zu beginnen.

Er fing noch einmal an und kam zu keinem besseren Ergebnis. Die Figuren waren unproportional, die Farben blass, die Gestik schroff, die Perspektive verfehlt. Tollpatschig kletterte die kleine Maria die Stufen zum Tempel hinauf: Sie sah aus wie ein buckliges Püppchen. Ich gab ihm die Leinwand zurück. «Einen Monat habe ich daran gearbeitet», protestierte Marco ungläubig. «Wärst du mal lieber raufen gegangen», erwiderte ich. «Warum sagst du mir nicht, was ich tun soll?», ereiferte er sich. «Zeichnen, zeichnen und noch mal zeichnen», sagte ich ruhig. «Meinst du, du wärst etwas Besonderes, nur weil du der Sohn von Tintoretto bist? Ohne Studium und ohne Schweiß wirst du nie ein Meister.» «Du hast gut reden, dir fällt ja gar nichts schwer!», schimpfte er.

«Meinst du wirklich?», lachte ich ihn aus. «Arbeite ich vielleicht nicht achtzehn Stunden am Tag, und das mit fast sechzig Jahren, während die anderen in irgendeiner Villa auf dem Land die Früchte ihrer Arbeit genießen und den Pinsel beiseitegelegt haben? Siehst du nicht, dass ich mich noch immer mit dem Studium einer Statue beschäftige, die ich seit fünfzig Jahren kenne, weil ich nicht müde werde herauszubekommen, wie sich das Zucken der Rückenmuskeln verhält? Weil wir es immer noch ein wenig besser können und nie gut genug sind? Sollte ich je behaupten, etwas Bedeutsames gemalt zu haben, sollte ich jemals glauben, angekommen zu sein, so kann ich jederzeit vom letzten Galeerensträfling überholt werden. Schäm dich, du Dummkopf!»

«Aber bei dir geht alles ganz *natürlich*, Papa», murrte er – mit hochrotem Gesicht und aufsteigenden Tränen. «Wenn sie dich um etwas bitten, dann setzt du dich hin, und zwei Stunden später hast du schon eine gute Idee gehabt. Außerdem ist es nicht wahr, dass du immer vorzeichnest. Oft malst du direkt auf die Leinwand, ich beobachte dich nämlich, musst du wissen, wie mit einem Stift führst du den Pinsel hin und her, und nicht die kleinste Spur einer Linie ist zu erkennen, höchstens mal eine, die man nicht einmal erahnen kann, aber immer weißt du, worauf du hinauswillst und was du als Nächstes tun musst.»

Wochenlang hockte er in Madonna dell'Orto am Fuß der Orgel und zeichnete das stolze und wunderbare kleine Mädchen, das die fünfzehn Stufen zum Tempel hinaufsteigt. Anschließend stellte er in einer Ecke der Werkstatt die dunkle Grundlage für die Leinwand her und wartete gespannt darauf, bis sie trocken war, mischte Farben an, vermengte sie mit Leinsamenöl, zeichnete auf die noch feuchte, braune Grundierung die Umrisse der Figuren und überarbeitete sie anschließend mit feinen Pinseln. Er arbeitete mit Sorgfalt und Hingabe. Das kann ich nicht leugnen. Als er mir jedoch zum dritten Mal das Bild vorlegte, war es wieder eine Enttäuschung. Die kleine Maria völlig ohne Anmut – eine statische Figur mitten auf der Treppe. Kaltes Licht, die Szene ohne jegliche Poesie. Beim letzten Mal erläuterte ich ihm seine Fehler nicht mehr. Ich bat ihn, die Leinwand auf der Staffelei abzustellen. Dominico befahl ich, sie mit einer Farbschicht zu überziehen und als Grundlage für eine andere Arbeit zu verwenden. Dominico gehorchte.

Den Nachbarn und Vorstehern des Viertels, die vorbeischauten und wissen wollten, was los sei, erzählte ich, dass ein Vorhang im Atelier Feuer gefangen habe, dass ein Funke von der Lampe übergesprungen sei, mit der ich meine Lichtexperimente machte. So war es jedoch nicht: Nachts ließ ich nie die Laternen in der Werkstatt brennen. Todmüde war ich eingeschlafen. In jenen Tagen war ich fix und fertig. Nie habe ich so viel gearbeitet wie im Jahr nach Tizians Tod, nachdem die Pest zu Ende gegangen war und das Feuer den Dogenpalast verwüstet hatte.

Ich hatte soeben den letzten Pinselstrich an den vier Gemälden mit Motiven aus der Mythologie für das Atrium des Kanzleisaals im Dogenpalast ausgeführt, dem prunkvollen Vestibül über der Goldtreppe, wo fremde Gesandte auf ihren Empfang im Kollegiumssaal warten. Es handelte sich um einen prestigeträchtigen Auftrag. Und dieses Mal hatte ich ihn mir nicht stehlen, kaufen oder erbetteln müssen. Die vier Leinwände waren der Preis für meine Treue gegenüber der Republik. Das Wichtigste ist, einen Tag länger als dein Feind zu leben. Als Beweis meiner Dankbarkeit hatte ich die angefangene Arbeit für die Rochusbruderschaft aufgeschoben. Ich war verpflichtet gewesen, einer Expertenkommission von Laienbrüdern, die eigens dafür gewählt wurden, Bewilligungen auszusprechen und mein Vorhaben in die Wege zu leiten, einen Plan vorzulegen. Das Projekt war vielschichtig, mein Ehrgeiz groß und die Zeit knapp. Die Schule konnte warten: Du konntest warten. Im Dogenpalast trat ich gegen Tizian und seinen Veroneser Nachfolger an: Ich wollte beweisen, dass ich auf keinen Fall schlechter war. Monatelang tat ich nichts anderes, als den Akt der Ariadne zu überarbeiten, den Ring, den Bacchus ihr reicht, mit Gold zu bestäuben und dem Körper der Venus einen noch zarteren Anstrich zu geben, die, im Himmel schwebend, einer anderen Frau die Krone aufs Haupt setzt. Das Ergebnis löste Begeisterung aus. Als jedoch die Venus vollkommen und die vier Gemälde abgegeben waren, als mir Nicolò da Ponte, der neu gewählte Doge, mitteilte, ich hätte seine erfreulichsten Erwartungen übertroffen und endlich auch für die Republik etwas von Wert geschaffen, geriet ich, anstatt die Historienbilder für die Rochusbruderschaft in Angriff zu nehmen, auf Abwege.

Ein anderes Bild, das mir bedeutend weniger Ruhm einbringen würde, hatte mein Herz erfasst. Meine Kräfte gut einzuteilen gehörte noch nie zu meinen Stärken. So konnte ich mich monatelang persönlich einem Gemälde für die Bruderschaft der Böttcher widmen und Antonio, Pauwel, Dominico oder einen anderen Gehilfen mit Arbeiten betrauen, die mir ein Prinz in Auftrag gegeben hatte und die Geld und Ruhm verhießen. Aber so bin ich nun mal. Eine Leinwand ist wie ein Mensch. Mal springt der Funke über, mal nicht. Malerei ist Wahn, Besessenheit, Zauber – sagen wir einfach Liebe.

Die Leinwand war für eine Privatkapelle der Kirche San Trovaso im Viertel Dorsoduro bestimmt. Mein Auftraggeber hieß Antonio Milledonne. Inzwischen arbeitete er nicht mehr als namenloser Sekretär eines Botschafters wie noch in jungen Jahren, als wir uns kennenlernten, sondern war ein wichtiger Staatsbeamter geworden. Als Sekretär unserer Regierung kümmerte er sich um Venedigs geheimste politische Angelegenheiten. Ich nahm an, ihm gefalle ein traditioneller Altarflügel – eine Madonna im Glorienschein, eine Auferstehung, etwas, das dem Ort, an dem er bis zum Jüngsten Gericht ruhen würde, angemessen wäre. Sein Auftrag aber lautete *Die Versuchung des heiligen Antonius*.

Er erzählte, er habe mit so vielen Senatoren, Prokuratoren, Inquisitoren und Dogen verkehrt, dass er sein Leben lang von der

Versuchung der Macht und des Ruhmes besessen gewesen sei. Nun aber habe er diese Versuchung gestillt und sie sei nicht mehr da. Die Versuchung des Fleisches dagegen quäle ihn noch immer. Und derzeit, da seine rechte Hand gequetscht und gelähmt sei, noch viel stärker als in jungen Jahren. Als junger Mann habe es ihm genügt, die Lust zu stillen, indem er seinen Körper befriedigte. Jetzt könne er seinen Körper nur noch unter Einsatz größter Qualen und Strapazen besänftigen, daher versuche er, seine Begierde mit der Kraft der Einbildung zu stillen. «Aber die Phantasie, Maestro, ist wie ein Feuer. Man kriegt sie nie gelöscht. Deswegen ist das Alter die grausamste Versuchung. Ich weiß nicht, ob Ihr mich versteht, aber ich möchte, dass Euer Bild davon erzählt. Was Ihr darüber hinaus malen wollt, Jacomo, ist ganz Euch überlassen, zeigt Euch von Eurer besten Seite und kauft Farben von höchster Qualität. Wegen der Ausgaben braucht Ihr Euch keine Sorgen zu machen. Ich werde für alles aufkommen.»

Dieses Bild – dem ich ein paar Tage Arbeit zu widmen gedachte – nahm meine Vorstellungskraft ein ganzes Frühjahr in Beschlag. Meinen Auftraggeber steckte ich in das Gewand des Heiligen. Seine Versuchung war also die Begierde. Der Augenblick, den ich darstellen wollte, war der Kampf – der Moment, in dem der nicht mehr ganz junge, aber noch im vollen Besitz seiner körperlichen Kräfte und von Dämonen besessene Mann kurz davor ist nachzugeben. Allein Christus' göttliches Einschreiten, der kopfüber vom Himmel herabstürzt, hindert ihn daran, sich zu vergessen. Niemand hatte das Bild bislang zu sehen bekommen. Niemand wusste, dass ich die Gewohnheiten der Maler und der Betrachter durcheinandergebracht hatte. Denn, Herr, letztendlich sind es doch immer dieselben Geschichten, die sie haben wollen. Wenn wir sie aber so erzählen, wie sie schon einmal erzählt wurden, sagen sie uns nichts, rühren uns nicht an. Und ein Bild, das seinen Betrachter nicht bewegt, ihm nicht das Gefühl vermittelt, darin verwickelt zu sein – in die Geschichte und als Teil von ihr –, interessiert mich nicht. Aus diesem Grund muss man die Regeln brechen, Gewohnheiten verkehren, Erwartungen enttäuschen und dabei gleichzeitig alles unglaublich menschlich und wahr werden lassen. Allein so ergibt die Malerei für uns einen Sinn, allein darin liegt ihre Bedeutung.

Nun, den Dämonen, die Antonius bedrängen, gab ich ein jugendliches, weibliches Antlitz. Frauen entblößen ihn, indem sie ihm die Kleider vom Leib reißen. Auch sie tragen fast nichts und erstrahlen in jugendlichem Glanz. Eine von ihnen reibt sich an seinem Körper, berührt ihn und hält dem Heiligen – der zum Himmel blickend versucht, sie nicht zu beachten – ihren Busen hin. Ich malte die weiblichen Dämonen mit geschlossenen Augen. Sie waren mir vortrefflich gelungen. Vielleicht weil ich ihre Verlockungen kenne. Denn in der heroischen Kraft des Heiligen erkannte ich mich wieder. Ich hatte gerade feine, weiße Nadelköpfchen gemalt, die die Perlenkette einer Dämonin darstellten, deren entblößte Brust von einem dunklen Tuch umhüllt wurde, als ich mich zum Ausruhen auf den Teppich legte. Ich fiel in einen derart tiefen Schlaf, dass mich der Brandgeruch nicht aufweckte. Als der Qualm aber den Flur erfüllte, die Treppen hinaufschwebte und unter den Türen hindurchquoll, wurden meine Kinder wach.

Sie baten weder die Nachbarn um Hilfe, noch schickten sie nach einem Trupp Werftarbeiter und ihren Wasserschläuchen zum Feuerlöschen. Möglicherweise hofften sie, den Brand allein und ohne dass ich etwas merkte, löschen zu können. Doch da es in jener Nacht warm gewesen war, hatte Faustina die Fenster aufgelassen: Der Luftstrom schürte die Flammen, die sich an die Tücher hefteten, mit denen die Wände ausgekleidet waren. Die Tür zum Atelier hatte das Feuer nicht zurückzuhalten vermocht; es hatte sich auch ins Treppenhaus ausbreiten können.

Als mich die zusammenkrachenden Gegenstände ringsum und die unerträgliche Hitze endlich weckten, war die Tür bereits eingetreten worden. «Was ist los?», rief ich und sprang auf. Vor mir stand meine halbnackte Dämonin – umkränzt von einem flackernden Heiligenschein. Ihre Schultern waren unbedeckt, ein dunkles Tuch umhüllte sie. Ich rieb mir die Augen. Ich dachte, es sei ein Traum. Dabei hatte mir Marietta eine Schüssel kaltes Wasser ins Gesicht geschleudert. «Jacomo», sagte sie leichenblass und starrte auf meinen brennenden Hemdsärmel, «du brennst.»

Im Qualm erkannte ich Schila – mit nacktem Oberkörper und barfuß –, der eimerweise Wasser über den Boden kippte, und Dominico, wie er nasse Tücher auf die Gipsfiguren und Leinwände warf. Ich stieß sie zur Seite und rannte tropfend und noch schlaftrunken aus dem Atelier. In diesem Moment dachte ich weder an meinen unschätzbaren Tizian noch an meine wertvollen Abdrücke aus Gips, Bronze und gebranntem Ton, noch an meine Wachsmodelle und auch nicht an meine zauberhafte Dämonin. Ich dachte vielmehr an meinen kleinen gotischen Palazzo, an mein Haus, den Traum meines Lebens: Ich hatte es noch nicht einmal vollständig abbezahlt. Ich dachte an meine Frau, an die schutzlosen Kinder. Die holzverkleideten und mit vergoldetem Leder tapezierten Wände im Treppenhaus boten dem Feuer reichlich Nahrung. Faustina und die Kinder waren schutzsuchend auf den Altan geflüchtet. Die kleine verschlafene Ottavia weinte. Ich drückte sie allesamt so lange an mich, bis sie sich wieder beruhigt hatten.

Dann ging ich ins Atelier zurück. Noch immer glaubte ich an einen Unfall. Schließlich kam so etwas häufig vor. Selbst der Dogenpalast hatte wenige Monate zuvor Feuer gefangen. Heute ist mir klar, dass genau dieser Brand mit dem so heftig beklagten Verlust meiner Gemälde meinen Sohn auf die Idee gebracht hat, ihn nachzuahmen – und mir einen viel größeren Schaden zuzufügen –, doch in jenem Augenblick hegte ich nicht die Spur eines derartigen Verdachts. Brände waren Schicksalsschläge. Venedig brennt ständig.

Unten im Atelier löschte Schila die letzten Brandherde. Marco saß auf der Treppe. Reglos wie ein Schlafwandler inmitten des Gewirrs. Er stürzte nicht wie Zuane halbnackt zum Kanal, um sich wie ein Wasserträger einen Bottich nach dem anderen auf die Schultern zu stemmen, obwohl er noch ein kleiner Junge war. Er schlug nicht wie Marietta mit Teppichstücken auf Möbel und Leinwände. Tatenlos und abwesend, schien Marco völlig woanders zu sein. «Steh auf», schrie Dominico und schüttelte ihn, «hilf uns doch, tu irgendwas!»

«Die Strafe folgt auf die Sünde wie die Regentropfen auf den Donner», dozierte Marco, als ich auf ihn zuging. «Du solltest auf die Knie fallen und um Vergebung bitten. All das ganze Wasser aus dem Kanal wird nicht reichen, um die Flammen der Hölle zu löschen, die dich erwartet.» «Bist du wahnsinnig geworden?», schrie Dominico ihn an und fügte bestürzt über das Geständnis hinzu: «Du hättest ihn umbringen können, uns alle hättest du umbringen können!»

Marco bestritt nichts. «Begreifst du nicht?», hob er erneut an und sah enttäuscht zu, wie die Flammen auf dem Boden immer kleiner wurden. «Solange er lebt, bin ich tot, bist du tot, sind wir alle schon tot.» Dominicos Faust traf ihn mitten ins Gesicht. Ich beachtete sie nicht, alle beide. Die Schläge vernahm ich wie im Traum. Im Vorzimmer hatte das Feuer die Vorhänge, die Teppiche auf den Truhen und einen Arazzo versengt – und der gesamte vergoldete Lederbezug war zu einem schwarzen, übel stinkenden Haufen zusammengeschrumpft. Meine Kinder hatten den Brand gelöscht, bevor er ernsthaftere Schäden anrichten konnte. Aber das Feuer hatte in meinem Atelier gewütet, und langsam wurde mir bewusst, dass es möglicherweise meine *Versuchung* zerstört hatte.

«Schmeiß ihn raus», brüllte ich Dominico an, «in meinem Haus hat dieser niederträchtige Kerl nichts mehr zu suchen.» Marco rührte sich nicht von der Stelle. Durch die Rangelei mit seinem Bruder war eine alte Narbe wieder aufgeplatzt, aus der ihm nun von der Augenbraue Blut über Nase und Wange lief. Er blieb einfach auf den Stufen sitzen, hielt noch nicht einmal die Wunde zu. «Dominico irrt», sagte da Marietta, «es war ein Unglück. Vielleicht ist ein Funke von dem Kerzenlicht übergesprungen.»

Die Wände meines kleinen Holzhauses, in dem ich über Jahre hinweg in verkleinertem Maßstab die Perspektiven für meine Bilder nachgestellt hatte, waren zusammengebrochen – und die kleinen, nun rußgeschwärzten Pappmachéfiguren lagen verstreut in der Gegend herum. Ich stolperte über eine von einem weißen Laken bedeckte, unbewegliche Gestalt, die mitten in den Raum gekippt war. Zu Tode erschrocken machte ich einen Satz zurück: Es sah aus wie eine Leiche. Marietta kniete sich hin, berührte das Wesen mit der Hand und bedeckte es wieder. «Was ist das?», rief ich. Als teilte sie mir den Tod einer lieben Person mit, erwiderte sie traurig: «Unser Engel.»

Er war geschmolzen. Mit Wucht musste er von der Decke heruntergekracht sein. Das Wachs war auf dem Boden zu weißen, unförmigen Gebilden zerronnen. Das lebensgroße Modell, mit einem Seil am Deckenbalken befestigt, wo es wie ein Heilsbote, den ich in mehr als dreißig Jahren auf vielfältige Art verwendet hatte, über mir baumelte – dieses Modell gab es nun nicht mehr. Stattdessen lag dort ein aus der Form geratenes, verstümmeltes Monster. Die von der Hitze abgetrennten Flügel waren entzweigebrochen. Marietta hob erst den einen, dann den anderen auf und versuchte, sie erneut an den Engelrücken zu kleben – vergeblich. Ich kam ihr nicht zu Hilfe, denn in diesem Moment sah ich, dass der obere Teil der *Versuchung* heruntergerissen war. Eine Statue hatte beim Umstürzen die Leinwand eingerissen und den grauen, wolkenverhangenen Himmel durchtrennt. Meine Dämonin in ihren dunklen Hüllen und mit der auf der entblößten Brust ruhenden Hand jedoch war heil. Und hinreißend schön.

«Wie furchtbar», sagte ich zu Marietta. «Marco wollte mich umbringen. Er wusste, dass ich hier drinnen war.» «Nein, das wusste er nicht», erwiderte Marietta unbeirrt, «er ist spät heimgekehrt, er konnte nicht wissen, dass du heute Nacht hier unten geblieben bist. Er wollte dir nichts antun.» «Dafür aber meiner Dämonin – das ist dasselbe.» «Ist es nicht, Papa», entgegnete Marietta.

Ich musste husten. Der Rauch staute sich zwischen den Wänden, wo er sich nicht verziehen konnte, und ich bekam keine Luft mehr. «Du musst mehr Geduld mit Marco haben», redete Marietta auf mich ein. «Warum nimmst du ihn in Schutz?», fragte ich sie. «Er hätte auch dich verbrannt, wenn er den Mut besessen hätte.» Betrübt schaute ich auf unseren bäuchlings und regungslos auf der Erde liegenden Engel.

Ich wusste, dass das, was ich Marco in Wirklichkeit vorwarf, nicht dieser Brand war. Auch seine Kämpfe mit den herrenlosen Katzen, seine perversen aristokratischen Freunde, die Faustschläge, Glücksspiele, sein ständiger Rausch, seine Raufereien – all das kümmerte mich im Grunde genommen gar nicht. Ebenso wenig seine Eifersucht oder sein Hass auf mich – und meinen Funken. Vielmehr war es seine totale, unabänderliche Mittelmäßigkeit. Allein deswegen fühlte ich mich damals und noch heute zutiefst gekränkt. Ein Leben lang habe ich gekämpft, damit mein Name aus der großen Masse herausragt und respektvoll behandelt wird. Alles andere habe ich dafür geopfert. Marco aber wird immer sechzehn bleiben. Durch harte Arbeit habe ich mich selbst geschaffen. Marco ist nichts und wird nie etwas sein, er ist null und nichtig – niemand.

«Von uns Kindern», meinte Marietta, «muss er dir am meisten am Herzen liegen. Sich beim Malen so viel Mühe zu geben, obwohl man keine Spur von Talent besitzt, ist wie Blut aus einer Mauer heraussaugen zu wollen oder Samen im Meer zu verstreuen. Das hat etwas Edles, darin liegt eine große Hingabe, findest du nicht?» «Marco ist ein Irrtum», erwiderte ich. «Für ihn wäre es besser gewesen, er wäre als Kind gestorben. Dann würde es mir heute um seine Zukunft, die er nicht hat, leidtun.» «Willst du damit sagen, dass du, wenn ich nichts wäre – ein Niemand –, dass du mich dann nicht mehr gernhättest?», fragte sie vorwurfsvoll und wedelte mir mit dem Lappen, der ihre Schulter bedeckte, Luft zu. «Meine Liebste, du bist doch mein Meisterwerk», antwortete ich. Da forderte mich Marietta auf, ihr zuliebe Marco zu verzeihen. Sie würde ihn immer in Schutz nehmen, und wenn ich sie nötigte zu lügen, um ihm zu helfen, dann würde sie eben lügen. So vergab ich ihm also. Der Gedanke, dass ich Marietta nichts ausschlagen konnte, gefällt mir. Wenngleich selbst das nicht ganz der Wahrheit entsprach.

Wir legten uns schlafen, als wäre nichts geschehen. Ich tat so, als glaubte ich an die Geschichte von dem übergesprungenen Funken. Ich ließ die Tür zum Atelier reparieren, kaufte einen neuen Arazzo und bestellte für das gesamte Haus neue Ledertapeten. Den in Mitleidenschaft gezogenen, viereckigen Bildausschnitt malte ich noch einmal neu – der schwarze Umhang des vor dem grauen Himmel schwebenden Christus wurde dieses Mal dunkler. Dann klebte ich ihn an das andere Teilstück: Die Naht sieht man jedoch nicht. Nachdem ich das Bild zwei Tage später Milledonne übergeben hatte, schaute ich es mir nie wieder an. Am Morgen darauf schleppte ich mich nach San Polo zu Marco Steiner aus Augsburg, unterzeichnete den Heiratsvertrag und brachte anschließend die Dokumente in die Pfarrei, um für Marietta das Aufgebot zu bestellen. Ich schwor mir hoch und heilig, nie wieder ein solches Bild zu malen. Kein Dämon, keine derart erregende Frau sollte jemals wieder meinem Geist und meiner Hand entspringen.

Unseren Engel habe ich dagegen nicht wieder repariert. Ohne Arme und Flügel band ich ihn erneut an der Taille um den Dachbalken. Dort hängt er noch immer. Über den Vorfall verloren wir kein Sterbenswörtchen mehr. Marco zog mit seiner Truppe los, spielte an diversen Höfen, erheiterte die Zuschauer und erntete Applaus – er kehrte jedoch immer wieder zurück. Tatsächlich verlassen hat er mein Haus nie. Selbst als Marietta es verließ. Seit sechzehn Jahren erinnert mich der verstümmelte Engel an das, was ich meinem Sohn zuliebe ertrage, und an das Versprechen, das ich ihr in jener Nacht gab.

Als ich mich weigerte, Marcos Schulden zu bezahlen, fragte mich der alte Salomon, ob ich die jüdische Anekdote vom Zugvogel kenne. Sie geht in etwa so:

Ein Vogel lebt mit seinen drei Vogeljungen an der Küste. Als die unwirtliche Jahreszeit naht, sieht sich der Vogel gezwungen, das Meer zu überqueren, bevor ihn Sturm und Gewitter daran hindern und seine Familie verloren ist. Daher steckt er sich das erste Vöglein in den Schnabel, hebt ab und beginnt mit dem Überflug. Auf halber Strecke mitten über dem Meer angekommen, sagt er zu seinem Sohn: «Wie viel Mühe ich mit dir gehabt habe! Und was mir noch alles bevorsteht. Jetzt setze ich auch noch mein Leben für dich aufs Spiel. Wirst du dasgleiche für mich tun und mir helfen, wenn ich alt und schwach bin?» Darauf antwortet das Vogeljunge prompt: «Geliebter Vater, wenn ich groß bin, werde ich alles tun, was dir beliebt.» Da lässt der Vater den Sohn ins Meer fallen und sagt: «Etwas anderes hat ein Lügner wie du nicht verdient.»

Der Vater fliegt zurück, nimmt das zweite Küken in den Schnabel, hebt ab und macht sich erneut an den Überflug. Als sie sich mitten über dem Meer befinden, stellt er ihm diegleiche Frage, woraufhin ihm auch der zweite Sohn verspricht, dass er für seinen allerliebsten Vater, wenn er alt sei, alles Erdenkliche tun werde, denn er sei schließlich ein treuer und ergebener Sohn. Da lässt der Vater auch ihn ins Wasser fallen und sagt: «Auch du bist ein Lügner.»

Schließlich setzt er mit dem dritten Vögelchen zum Überflug an. Auf die besagte Frage antwortet der dritte Sohn: «Du hattest wahrhaftig große Mühe und Not mit mir, Vater. Seit meiner Geburt bin ich dir eine Plage. Es ist meine Schuldigkeit, das wiedergutzumachen. Versprechen kann ich es jedoch nicht. Lediglich Folgendes kann ich dir versichern: Wenn ich eines Tages eigene Kinder haben werde, werde ich für sie das tun, was du für mich getan hast.»

Da erwidert der Vater, dass er das schön gesagt habe, schlägt kräftig seine Flügel und bringt ihn heil und unversehrt ans andere Ufer.

Ich gab dem alten Juden zu verstehen, dass die Moral dieser Geschichte grausam sei, da man uns gelehrt habe, auch die andere Wange hinzuhalten und das Schlechte mit dem Guten zu vergelten, aber auch, dass unser Vater im Himmel Gutes mit Gutem vergilt – dass das Dasein eines Christen geradezu auf diesem Prinzip beruhe. Wenn uns aber unser Herrgott und Vater die verdiente Erlösung deswegen verweigert, weil wir ihn verehrt beziehungsweise uns nichts mehr gewünscht haben, als ihn zu verehren, warum sollten wir dann noch an ihn glauben? Salomon entgegnete, dass dies keine Geschichte über die Erlösung, die Bestrafung der Ungerechten oder die Gerechtigkeit sei – sondern über die Vaterschaft.

Ich beglich die Schuld meines Sohnes bis auf den letzten Dukaten. In dem Schmuckkästchen waren noch Mariettas Perlenkette und eine Handvoll Kupfermünzen. Cohen riss die Seite mit dem Namen Marco Robusti aus seinem Rechnungsbuch und händigte sie mir aus. Er sagte, ich könne jederzeit meinen Gehilfen ins Ghetto schicken, um den Gegenstand abzuholen, den mein Sohn ihnen als Pfand dagelassen habe. Ich erwiderte, das komme nicht infrage. Dann würde es mir eben Menachem bei Gelegenheit vorbeibringen. Ich aber wollte es ihm zum Zeichen meiner Freundschaft als Geschenk überlassen, da er meinem Sohn geholfen habe, als er Hilfe brauchte. Er solle es behalten für den Fall, dass Marco ein anderes Mal bei ihm Geld leihen würde. Aber Salomon blieb eisern, handelte es sich schließlich um ein Gemälde. «Selbstverständlich», merkte ich an, «was anderes besitzen wir nicht.»

Vielleicht sei es ein Bild, um das es mir leidtäte. «Das, worum es mir leidtut, habe ich bereits verloren», antwortete ich ihm. Wir reichten uns die Hand und gingen auseinander. Er mit seinem und ich mit meinem Sohn.

Das ist das Letzte, was ich für Marco tun werde. Mein Sohn ist mir ein Kreuz, an dem ich schwer zu tragen habe. Vielleicht war es das, was der alte Jude mir mitteilen wollte. Auf jeden Fall war es das, was Marietta mir sagte. Marco trägt tagtäglich sein eigenes Kreuz. Und das bin ich.

Ich rief nach meinem Sohn. Wir redeten weder über die Cohens noch über die Schulden, geschweige denn über das Gemälde, das er in seiner Niedertracht verpfändet hatte. Ich warf ihm nicht sein Leben vor, das für mich zu einer Last und Schande geworden ist. Ich machte ihm keine Vorhaltungen wegen all der Dinge, die ich für ihn getan und erduldet habe. Das würde er ohnehin nicht verstehen: Wahrscheinlich wird er keine Kinder haben, für deren Wohlergehen und Glückseligkeit er die Schuld bezahlt, die er nicht für mich gezahlt hat. Daher hielt ich es nicht mit dem Vogel aus der Geschichte: Ich ließ den dritten Sohn ins Meer fallen. Soll er doch mit seinen eigenen Armen schwimmen – oder ertrinken.

Ich gab ihm zu verstehen, dass ich schwerkrank sei, was er vermutlich nicht sehr bedaure. «Und wie ich deinen Tod bedauern werde», fiel er mir mit sarkastischem Unterton ins Wort, «denn wenn ich erst einmal erfolgreich bin, wirst du an meinem Triumph nicht mehr teilhaben können.» «Du wirst nie erfolgreich sein», erwiderte ich, «du bist viel zu durchschnittlich, selbst ein glücklicher Zufall würde nicht ausreichen. Bestenfalls wirst du eine einigermaßen lobenswerte Kopie einer meiner Arbeiten schaffen, schlimmstenfalls malst du sie derart sklavisch und ungeschickt ab, dass du nur Gelächter und Verachtung erntest. Das musst du akzeptieren, wie auch das, was du bist. Widerstand macht alles nur noch schlimmer, es nützt nichts, gegen sich selbst zu kämpfen.»

Als ihm das Blut ins Gesicht stieg und die Ader an seiner Schläfe anschwoll, merkte ich, wie hart ich ihn getroffen hatte.

Dann sagte ich ihm, es gehe mittlerweile nicht mehr um mich oder um ihn. Die Zeit dränge. Wenn er nicht in der Lage sei, nach meinem Ableben mit seiner Mutter und Dominico in Frieden leben zu können, dann müsse er gehen, und zwar auf der Stelle – ich wolle wissen, ob er ihnen hinterher die gleiche Last wäre wie mir. Wenn ich nicht mehr da sei, müsse sichergestellt sein, dass nicht noch andere kämen, die ihm Geld geliehen hätten und sich bei meiner Familie bedienen wollten. Ich müsse wissen, dass meine Frau, Dominico und die Mädchen nicht das Haus verkaufen müssten, um seine Schulden zu bezahlen, oder auch mein Land, meine Gipsabdrücke, meine Kopien von Michelangelo und Giambologna, Tizians *Dornenkrönung*, die Gemälde meines unglückseligen Freundes Schiavone, die von Paolo Veronese oder *meine*.

Marco unternahm keinerlei Anstalten zu widersprechen. Er schien sogar erleichtert zu sein. Er schnürte sich die Halskrause um und hakte sein kurzes Jäckchen zu. Eine Reihe goldener Troddel glitzerte grell auf seiner Brust. Seit Wochen, vielleicht Monaten zieht mein Sohn weder einen Malerkittel an, noch nimmt er einen Pinsel in die Hand. Er hat glatte Hände und saubere Fingernägel – wie ein Aristokrat. Er entgegnete, dass dort, wo der Tyrann Cäsar herrsche, der Held Brutus sei – und wo ein Mörder herrsche, sich der Feind seine Hände in Unschuld wasche. Ich sagte ihm, er solle mich mit seinen schülerhaften Sprüchen verschonen. Sie würden mich nicht beeindrucken.

«Maestro», sagte er daraufhin, «du hast mir nicht nur das Malen beigebracht, ich bin in allem dein Schüler gewesen. Von dir habe ich gelernt, die Heuchelei rechtschaffener Pedanten zu verachten. Doch du hast deine Lektionen verlernt. Denn du bist einer von denen geworden, die du mich zu verachten lehrtest. Einer von jenen, die dich jahrelang ausgeschlossen, abgelehnt und bekämpft haben. Dich, der unverdaulich wie ein Schluck Gift war, haben sie gezähmt, verschlungen und verdaut. Du, der das Geld verachtet hat, bist ihm nun untertan. Du, der nie einen Herrn über sich gehabt hat, bist selbst zu einem geworden, bist genauso wie die, die dich in Ketten legen wollten. Du, der zur Empörung aller Händler und Geldaristokraten Venedigs nicht für Geld, sondern zum eigenen Vergnügen gearbeitet und ihre Habgier verhöhnt hat, du stellst heute deinen Namen in den Dienst des Profits. Du, der rein und glitzernd wie ein Diamant war, hast dich vom Ruhm korrumpieren lassen. Du, der allein der Wahrheit dienen wollte, versteckst sie heute hinter dem Namen Gottes. Ich aber habe deine Lektionen nicht vergessen. Deswegen rührt mich dein Leiden nicht an. Schon viel zu lang hast du gelebt – dein Hass ist im Übrigen ein Glücksbringer und deine Liebe Gift. Denn welches Ende deine Lieblinge nehmen, das ist ja bekannt.

Ein geprügelter Hund begeht einen Fehler nicht zweimal. Auch die Maus geht nur einmal in dieselbe Falle. Aber du hast wirklich gar nichts gelernt, erst war dir Marietta nicht genug, dann Zuane. Auch Perina und Lucrezia genügten dir nicht. Und nun werden dir die Mädchen und auch ich nicht genug sein. Du verfügst über uns, als wärst du unser Hirte. Du meinst, uns wie die Figuren auf deinen Bildern führen zu können, du schiebst uns hin und her, stößt uns um, bedienst dich unser, stellst uns ins Licht oder in den Schatten. Wir sind aber nicht deine Herde, und unser Leben gehört nicht dir. Dein allerhöchster Auftrag war eine Lüge. Um die Welt zu retten, hast du uns alle fallen gelassen. Selbst deinen einzigen Stern hast du zerstört, hast die kostbarste Perle, die du je besessen hast, geopfert – doch wofür?, für wen? –, aber was viel schlimmer ist, dir ist es nicht einmal aufgefallen.

Ich werde dich überleben, Vater, ich werde euch alle überleben; denn ich werde es nicht wie Marietta machen und mich entweder vernichten oder bedauern lassen. Auch wie Zuane werde ich es nicht machen – dessen einziges Reiseziel, das er kannte, der Tod war. Du wirst mich nicht verjagen. Sondern ich werde aus diesem Gefängnis ausbrechen, und es wird dir nicht gelingen, mich wieder in einen Käfig zu sperren. Du wirst mich nie wiedersehen.«

Er stopfte zwei Hemden und drei Schulterkragen aus weißer Spitze in Giovannis Lederkoffer und legte den gelben Rechnungszettel der Cohenbank auf die Kommode. Die letzten Worte, die er für mich übrig hatte, lauteten: «Schick Schila das Pfand bei Salomon abholen. Auf dem Bild ist noch immer Mariettas Blut zu sehen. Könntest ja wenigstens versuchen, die Spuren zu beseitigen.»

Mein einzigartiger Stern pfeifend – unser Lied – machte er sich auf und davon. Ich lief ihm nicht wie seinem Bruder bis auf den Platz hinterher. Auch diese Zeiten sind vorbei. Knochentrocken wie eine Korkeiche bin ich geworden – ausgetrocknet die warmen Säfte meiner Liebe und Zuneigung. Die Quelle ist versiegt, die Grube erschöpft. Vom Fenster aus rief ich ihm nach, dass es mir eine Freude sein werde, von den Beamten des Sanitätswesens zu erfahren, dass seine Leiche aufgeschlitzt in einem Kasino gefunden worden sei, damit ich endlich in Frieden sterben könne. Dann sähen wir uns ja in der Hölle wieder, rief Marco zurück.

Somit habe ich sie am Ende alle verloren, Herr. Ich war dermaßen aufgewühlt, dass der Anblick der verödeten Werkstatt – die Pinsel, die in den Flaschen steckten, die auf den Paletten geronnene Farbe, die reglosen Abgüsse, die leeren Mörser, all unsere lieblos zurückgelassenen Gegenstände – nicht auszuhalten war. Mir kam es vor, als wäre ich aus der Zukunft zurückgekehrt, um nach fünfzig Jahren nachzuschauen, was aus uns geworden ist. Aber so hatte ich es mir nicht vorgestellt. Verdient habe ich das nicht. Wie ein betrunkenes Gespenst wankte ich durch mein wunderschönes, leeres Haus, doch die Stille in den Räumen, die geschlossenen Türen zu den schmucklosen Zimmern, die stummen Portraits meiner verstorbenen Kinder, die mit muffigen Kleidern vollgestopften

Schränke waren unerträglich. So zahlreich waren wir gewesen, und nun blieb nur ich allein mit meiner Frau zurück – und mit meinem treuen Dominico. Das hätte nicht passieren dürfen. Wie hatte ich sie bloß alle ziehen lassen können? Einen nach dem anderen … Leicht wie trockenes Laub. Und schutzlos. «Die Mädchen! Wo sind die Mädchen?», schrie ich. Und fiel in Ohnmacht.

25. Mai 1594
Neunter Fiebertag

Mein letztes Abendmahl hatte nicht die geringste Ähnlichkeit mit den von mir gemalten. Um die Nacht fernzuhalten und den Tod zu verscheuchen, ließ ich sämtliche Kandelaber, Öllampen und Fackeln auf den Fenstersimsen anzünden. Tausende von Abendessen habe ich in meinem Leben ausgerichtet. Die geselligen Runden entschädigten mich für die Einsamkeit, die mich beim Malen befiel, und die Gegenwart meiner Freunde vermittelte mir den Eindruck, ich könnte meine Entrücktheit – mein Leben im Anderswo, in meinen Erfindungen und Träumen – durch ein Lied, ein Lachen und gutes Essen überwinden. Dieses Abendessen jedoch war nicht wie die anderen. Ich servierte den Wein aus unseren Weinbergen, Hühner und Schinken von unserem Land, Steinbutt und Flunder, Hummer, Drachenkopf und Muscheln aus unserem Meer und als süßen Abschluss Apfelsinen und Quittenbrot. Nicht einen Bissen bekam ich hinunter. Aber auch ich wollte meine Familie und meine Jünger um einen Tisch versammeln. Ich ahnte, dass es das letzte Mal sein würde – denn wo ich hinging, würde mir keiner folgen können. Ich wollte von allen Abschied nehmen und wissen, wer von ihnen mich wirklich liebt und mir treu bleiben wird – und wer mich betrügen wird oder womöglich schon betrogen hat. Ich sprach die Einladung unter dem Vorwand unserer bevorstehenden Abreise nach Carpenedo aus, die Faustina und ich auf Anraten des Arztes für den nächsten Tag geplant hatten; wir würden den ganzen Sommer im Landhaus verbringen.

Vielleicht trieb mich auch das Verlangen um, meiner Frau in guter Erinnerung zu bleiben. Das Gezeter unserer Auseinandersetzung vor dem Laden des Wurstmachers hallte noch immer leise nach: Jedes Mal, wenn ich fiebrig und vom Opium niedergeschlagen im Bett lag und sich meine geliebte Gemahlin über mich beugte, selbst wenn sie nur mein Kissen ausschüttelte und die Laken umschlug, konnte ich ihren Augen ablesen, wie leid es ihr tat, mich beleidigt zu haben. Kein Schatten aber darf zwischen uns verbleiben. Vierunddreißig Jahre lang haben wir Seite an Seite gelebt: Unstimmigkeiten, Zank und Streit und Eifersuchtsszenen – ich wegen ihr und sie wegen mir – hat es immer wieder gegeben. Das alles hat uns jedoch nicht nur nicht getrennt, sondern uns vielmehr einander nähergebracht. Weder wäre ich ohne sie noch sie ohne mich zurechtgekommen. Sie wird tun, was sie für richtig hält. Faustina weiß, was ihr und unseren Kindern guttut. Ich, Herr, habe das dagegen wahrscheinlich nie richtig verstanden.

Die Fenster der Loggia im großen Saal des ersten Stocks standen offen und gaben die Sicht frei auf den mit Myriaden von Sternen übersäten Himmel. Frische, nach Basilikum und Jasmin duftende Luft strömte herein. Um meinen Sohn Dominico hatten sich meine Assistenten, Schüler und Mitarbeiter gesellt – Palma und Albert der Holländer, beide inzwischen selbst anerkannte Meister, und auch Marchio Colonna und Cesare Dalle Ninfe, die sich noch keinen Namen gemacht haben und wahrscheinlich auch nie machen werden. Außerdem waren der griechische Maler Antonio, der von allen Aliense genannt wurde, mit seiner Frau Madonna Giulia da sowie der aus Flandern angereiste Kupferstecher Egidius Sadeler und der Juwelier. Und meine Mädchen. Erst als wir zu Tisch gingen, fiel uns auf, dass wir dreizehn waren. Einer zu viel.

Seit Weihnachten habe ich meine Mädchen nicht mehr gesehen. Laura ist kaum eine Handbreit gewachsen, Ottavia dagegen kräftig. Als Dominico sie mit schriftlicher Genehmigung des Patriarchen, die er der Äbtissin vorzeigte, in Sankt Anna abholte, bekamen sie einen Schreck. Auch die in der allgemeinen Ausbildung befindlichen Mädchen unterliegen der Klausur und dürfen nur in Ausnahmefällen das Kloster verlassen: zum Beispiel bei einem Trauerfall in der Familie. Als Dominico ihnen mitteilte, dass ihr alter Vater sehr krank sei und sie zu sehen wünsche, weil er fürchte, dass seine Stunde gekommen sei, gerieten sie trotzdem nicht in Aufregung; sie nahmen an, ich wolle sie mit nach Carpenedo nehmen. «Muss ich so lange bei dir auf dem Land bleiben, bis du stirbst?», fragte mich Laura mit der Grausamkeit einer Zwölfjährigen, kaum dass sie im Zimmer stand.

Die Mädchen hassen den Sommer auf dem Land, den Faustina und ich dagegen lieben. In der Einsamkeit auf dem Hof langweilen sie sich noch stärker als zwischen ihren vier Wänden in Sankt Anna, können sie doch an der Landschaft der Weinberge und Kornfelder, dem gezackten Profil der Berge oder dem im Dunstschleier bebenden Horizont nichts Bezauberndes entdecken. Sie wollen tanzen, sich vergnügen und verloben. In ihrem Alter ist das normal. Ich sollte versuchen, sie zu verstehen – anstatt über sie zu urteilen. Als junger Mensch gefielen mir solche Mädchen – so manche habe ich hofiert, eine sogar geheiratet.

Mit diesen Töchtern habe ich besonders wenig Zeit verbracht, Herr. Sie waren zwar die Zierde meines Alters, doch seitdem sich alles, was zu dieser Welt gehört, von mir entfernt hat, merke ich, dass ich die Mädchen nicht mehr brauche. Und wahrhaftig schickte ich sie, als ich die nötigen Dukaten für das Kostgeld zusammengespart hatte, zu ihren Schwestern nach Sankt Anna. Außer den Samen beizusteuern, der sie gezeugt hat, habe ich, so fürchte ich, nicht viel für Ottavia und Laura getan. Ich beschränkte mich darauf sicherzustellen, dass sie sich guter Gesundheit und eines gewissen Wohlstands erfreuten und eine ihrer Herkunft entsprechende Erziehung erhielten.

Ich weiß, was du jetzt sagen willst, Herr. Den Töchtern meines fortgeschrittenen Alters habe ich nicht die gleichen Möglichkeiten eingeräumt wie der Tochter meiner Lust. Ich lehrte sie nicht zu malen – weder bei Licht noch bei Dunkelheit. Ich schickte sie nicht in die Musik- und Gesangsschule bei einem Maestro, der Lieder komponiert hat, an die sich ganz Venedig erinnern wird. Ich kaufte ihnen kein Cembalo mit einer Tastatur aus Ebenholz und Knochen, keine vergoldete Truhe aus Zypressenholz, weder Noten noch Musikbücher, ich weihte sie weder in die Madrigale von Willaert ein noch in die Geheimnisse der Improvisation. Ihnen zahlte ich keinen Tanzlehrer, der ihnen die Tänze beibrachte, die eine Frau kennen muss. Ihre Garderobe sollte mich nur das Allernötigste kosten. Für Marietta wählte ich dagegen höchstpersönlich die zarteste Seide, den weichsten Samt und die feinste Spitze aus. Ins Kloster nahmen die Mädchen Wollkleider und vier Ellen grobes Leinen mit. Elegant zu sein nützt ihnen da ja sowieso nichts. Schließlich sollen Nonnen aus ihnen werden.

Die Mädchen haben aber auch wahrhaft Mäusehirne. Laura kann nicht lesen. Ottavia schreibt wie eine Waschfrau. Als sie noch bei uns lebte, verkroch sie sich mit der Köchin in die Küche, wo sie den Straßenhändlerinnen lauschten, die gegen ein paar Münzen von Tür zu Tür zogen und den Frauen aus gutem Hause anstößige Liebesgeschichten von Kurtisanen und blutige Einzelheiten über öffentliche Hinrichtungen erzählten. Musik deprimiert die Mädchen. Natur macht sie traurig. Vor Tieren haben sie Angst. Blumen nehmen sie nur bewusst wahr, wenn sie sie pflücken. Das einzige Wesen der Schöpfung, das sie begeistert, ist das Männchen der Gattung Mensch. Wie zwei Anatomiewissenschaftlerinnen nehmen sie jedes Exemplar auseinander, das das Parlatorium in ihrem Kloster betritt, und erhoffen sich, dass es sich ihnen als zukünftiger Ehemann anbietet. Sie wägen sein Einkommen ab, seinen sozialen Rang, Aussehen, Charakter, Familie. Anstatt ihrem alten Vater Gesellschaft zu leisten, verbrachten sie, kaum heimgekehrt, den lieben langen Tag damit, sich die Haare zu blondieren und nach der neuesten Mode zu frisieren, indem sie sie zu beiden Seiten der Stirn auftürmten. Wie zwei Halbmonde, sagen sie – wie zwei Hörner, sage ich. Sie legten sich die Jadeanhänger und Mariettas Karneolohrringe an, auch Mariettas Kleider. Sie gingen in den zweiten Stock hinauf und leerten ihren Kleiderschrank. Die Dienstmädchen mussten die Sachen bis zum letzten Körnchen Staub ausschütteln. Dann ließen sie sie mit Lavendel bestäuben und bürsten, damit die Farben wieder kräftig leuchteten. Laura entschied sich für ein blaues Seidenkleid, Ottavia wählte ein purpurrotes. Meine vom Opium getrübten Augen brauchten eine Weile, bis ich es endlich erkannte. Ottavia trug das rote Kleid von Mantua. Die Mädchen hofften, ich würde das Abendessen für sie ausrichten. Kurz gesagt, alles, was sie wollten, war ein Mann. Ein durchaus natürlicher, rechtmäßiger und sogar hochheiliger Wunsch. Ich könnte nicht sagen, warum ich ihnen diesen nicht zu erfüllen vermochte.

Wir wollten gerade hinausgehen und die Gäste empfangen, als ich Ottavia nach dem Grund für die Klagen über ihr schlechtes Benehmen fragte, die aus dem Kloster an mich herangetragen wurden. Sie rede ständig, lache ständig und zeige sich ständig am Gitter zum Parlatorium. Ottavia erwiderte, ich solle mich nicht in ihre Angelegenheiten mischen, die mich ja auch sonst so wenig interessierten, dass ich nicht einmal mitbekommen hätte, wenn ihnen diesen Winter ein Leid widerfahren wäre. Streng erinnerte ich sie daran, dass sie ihrem Vater zu Gehorsam verpflichtet sei, aber vor allem unserem Namen Achtung schulde. «Willst du mich bestrafen, Vater?», rief sie daraufhin. «Ich habe keine Angst vor dir. Eingesperrt hast du mich ja bereits, was kannst du mir sonst noch antun?» Ich untersagte ihr, in einem solch unverschämten Ton mit mir zu sprechen. Da ging sie wie eine Kiste Feuerwerk in die Luft. Ich sei der grausamste aller Väter, der selbstsüchtigste aller Tyrannen. Löwen ernährten sich vom Blut, ich aber würde mich an der Jungfräulichkeit meiner Töchter satt essen. Ich hätte der Kirche bereits zwei Nonnen geschenkt. Ob mir das nicht reiche? Für welche Sünde ich beim Herrn um Vergebung bitten müsse? «Halt den Mund und schäm dich», fuhr ich sie an. «Schau mich doch an, ich bin schon ganz verwelkt», warf sie mir vor, «ich werde alt und grau!» Sie riss sich den Schleier vom Kopf und hielt mir ihre zerzauste Mähne unter die Nase, graue Haare konnte ich allerdings nirgends finden. Wie auch? Schließlich ist meine Tochter erst zwanzig.

«Ich will meine eigene Familie haben», schrie sie, ohne auf meine Bitte Rücksicht zu nehmen, leiser zu sprechen, da Palma und Sadeler bereits eingetroffen waren und von den Streitereien innerhalb der Familie nichts zu wissen brauchten. «Ich will eine gute Ehefrau und Mutter sein, dazu bin ich bereit, jeden Monat aufs Neue. Mein Leben ist eine einzige Verschwendung. Ich will keine Malerin werden, auch keine Sängerin, Musikerin oder Künstlerin am Hofe. Ich mache mir nichts aus Ruhm, ich muss nicht überall bekannt sein – ich bin lediglich eine Frau, und das reicht mir. Aber warum versagst du mir das, warum verdirbst du mir meinen einzigen Traum? Lass mich doch von Sankt Anna weggehen! Ich will keine Nonne werden und mein Leben unter lauter Frauen verbringen, ich will nicht mitten in der Nacht aufstehen müssen, um die Matutin zu beten, ich will nicht, dass der Sinn meines Lebens darin besteht, Äbtissin zu werden, ich kann nicht beten, ich kann nicht einmal lernen, für das Klosterleben bin ich einfach nicht gemacht, ich habe dich nie um etwas gebeten, und du hast mir nie etwas geschenkt. Dass ich existiere, schert dich nicht im Geringsten. Wenn es nach dir gegangen wäre, hätte es lieber mich anstatt sie treffen sollen. Aber ich bin nicht tot, denn Gott hat nicht mich ausgewählt. Aber auch du hast nicht mich ausgewählt, du verachtest mich, hasst mich vielleicht sogar, auch wenn ich nicht weiß, was ich dir getan habe, denn nichts habe ich dir getan. Ich bin nichts Besonderes, sondern einfach nur eine ganz normale Frau, aber eben eine Frau – ich will ein Kind, was ist so falsch daran, mindestens acht will ich haben, wie meine Mutter, ich will für sie leben, denn genau dafür bin ich auf die Welt gekommen.»

«Ich bin sterbenskrank, Ottavia», erwiderte ich gereizt. «Ich habe derzeit wahrlich Wichtigeres zu erledigen. Ich kann mich nicht auch noch um dich kümmern. Deine Mutter wird darüber befinden, ob du Nonne wirst oder ob sie dir eine Aussteuer gibt.» Da beschwor mich Ottavia, nicht ihrer Mutter die Entscheidung zu überlassen, da Faustina doch so überaus vorsichtig und sparsam sei, dass sie immer meine, wir hätten nicht genug Geld, um auf standesgemäßem Niveau zu leben; sie würde es daher wie die anderen venezianischen Damen halten und ihre älteren Töchter opfern und ausschließlich die letzte verheiraten, ich solle die Entscheidung übernehmen, ich sei zwar manchmal grob und launisch, aber eine gute, barmherzige Seele, hätte mit jedem Mitleid, sogar mit Fremden, immer würde ich versuchen, den Notleidenden zu helfen, jeder in Venedig wisse, dass ich nicht Nein sagen könne, daher könne sie nicht glauben, dass ich sie opfern wolle, irren sei menschlich, darauf beharren teuflisch, ich, der als der intelligenteste Mann Venedigs gelte, könne nicht einfach die Neigungen meiner Kinder missachten, sondern müsse begreifen, dass ihre einzige Berufung die Ehe sei.

Als sie merkte, dass mich ihr pathetisches Gerede nicht nur nicht anrührte, sondern regelrecht fahrig werden ließ, warf sie sich auf die Knie und versuchte meine Finger zu küssen. Ich stieß sie zurück: Von ihren tränenüberströmten Wangen bekam ich nasse Hände, und ich kann es nicht mitansehen, wenn Frauen weinen.

Der Juwelier kam als Letzter. Seitdem er ans andere Ufer des Canal Grande gezogen ist, sehen wir uns kaum noch. Glaube mir, Herr, denn ich sage die Wahrheit: Ich habe Marco Augusta wie meinen eigenen Sohn behandelt. Mit allen Kräften half ich ihm, sich eine Position zu schaffen. Ich trug dafür Sorge, dass er wie Dominico, Marco und Giovanni Ordensbruder einer Laienbruderschaft wurde – und während meine leiblichen Söhne es mir mit Undank vergolten, hat sich mein Adoptivsohn Marco Augusta auf vielfältige Weise erkenntlich gezeigt, bis heute. Ich weiß nicht, was ich noch für ihn hätte tun können.

Noch immer trägt Marco Augusta Trauer. Er ist blass, hochgewachsen, vornehm und hager und sieht aus wie ein Abbild größter Melancholie. Als er mit schwarzem Filzhut, schwarz umrandeten Augen, schwarzem Haar, schwarzem Jäckchen, schwarzen Strümpfen eintrat, flüsterte mir Faustina ins Ohr: «Was macht der Deutsche hier? Was haben wir mit ihm noch zu tun, warum hast du ihn eingeladen?»

Aber auch er ist hier zu Hause. Einen Moment lang, als sich der Juwelier vor Ottavia zum Gruß verbeugte und ihr mit einem kleinen Goldring mit eingefasstem Jaspis seine Aufwartung machte, spielte ich mit dem Gedanken, dass er dieser Gemahl werden könnte, auf den Ottavia so sehnsüchtig wartete. Letzten Endes ist er erst vierzig Jahre alt. Allerdings hat er sein Gleichgewicht verloren – sein Leben ist aus dem Takt geraten. Wer zu hoch hinaus will, stürzt eben in Tiefen, die er eigentlich verdient hat. In der Stadt erzählt man sich, dass er sich nicht mehr davon erholt habe. Dafür zollen ihm die Leute Respekt – und meiden ihn. Auf Dauer wird der Schmerz für andere langweilig. Natürlich, zum gegebenen Zeitpunkt sollen wir ihm Ausdruck verleihen – in wohlerzogener und angemessener Manier –, aber anschließend soll er wie ein Fieber vorübergehen. Sein Fieber ging jedoch nicht vorüber.

Verblüfft über ein solch wertvolles Geschenk bedankte sich Ottavia. Da sie rot anlief und sich wunderte, weshalb Marco Augusta auf die Idee kam, ihr ausgerechnet diesen Stein zu schenken, muss er ihr wohl das Gleiche über die Wirkungskraft des Jaspis erzählt haben wie einst mir – von der Sonne gereinigt, besitzt er die Fähigkeit, wallendes Blut und lüsterne Begierden zu besänftigen. Der Juwelier kennt sämtliche alchimistischen Kräfte von Edelsteinen, denn mit nichts anderem hat er sich beschäftigt. Zuweilen kommt es mir so vor, als wäre auch sein Herz ein

Mineralgestein, so hart, als könnte ihm weder ein Messer noch Feuer eine Schramme zufügen, und als hätte er nur deswegen mit ihr zusammenleben können.

Ottavia hatte ihn kennengelernt, als sie noch ein Kind war. Marietta gestand mir viele Jahre später, dass sie ihre Schwestern, während ich mit der Hochzeitvorbereitung beschäftigt war, heimlich zu seinem Laden «Im Zeichen der Tugend» geführt habe. Steiner arbeitete hinter dem Rialto in der Calle della Scimmia, zwischen der Osteria del Sole, die von aufdringlichen Matrosen frequentiert wurde, einem Bordell albanischer Freudenmädchen sowie der Werkstatt eines Kesselmachers, aus dem ohrenbetäubender Lärm drang. Marietta habe die Schwestern mitgenommen, da Kinder nicht lügen könnten. Wenn ihnen Marco Augusta nicht gefallen hätte, hätten sie es offen und ehrlich zugegeben. Und wäre das tatsächlich der Fall gewesen, dann gewiss aus einem gewichtigen Grund, witterten doch Kinder instinktiv, ob ein erwachsener Mensch dumm, gewalttätig oder falsch sei.

In seinem Laden tat Marietta, als wollte sie etwas kaufen, sie probierte ein paar Ringe an und fragte den Juwelier, welcher Stein zu ihr passe. «Seht, Signora», erklärte ihr Marco Augusta, «alle in diesem Mondkreis natürlich entstandenen Steine bestehen aus vier Elementen: genauso die Edelsteine und genauso wir. Wir sind aus Luft, Wasser, Erde und Feuer, und ein jeder muss das in ihm vorwiegende Element und dessen Wirkkraft in sich ausfindig machen. In einigen Menschen und Edelsteinen überwiegt die lehmige Substanz, die Erde, in anderen das Wasser, also die feuchte, schmierige Substanz. In Euch überwiegt das Feuer. Daher», und da errötete Marietta, «ist Euer Stein der Topaz, der die Kraft besitzt, das Feuer zu bändigen, das Euch zu verschlingen droht.» Marietta schaute dem Juwelier verstört zu, wie er sämtliche Schubladen öffnete, die in Holzkästchen verwahrten Steine auf dem Ladentisch auslegte und versuchte, Marietta in ihre Geheimnisse einzuweihen. Allein die Mischung der Elemente – und ihre gegenseitige Potenzierung – mache die Dinge kostbar und die Menschen glücklich. Reine Erde würde weder zu Stein noch Edelstein. Wer aus Feuer gemacht sei, könne nicht mit einer anderen Person aus Feuer zusammenleben. Auch nicht mit Luft, da sie das Feuer nähre. Er könne lediglich mit jemandem zusammenleben, der aus Erde oder aus Wasser gemacht sei, weil beide das Feuer löschten.

«Und Ihr, Signor Steiner, woraus seid Ihr gemacht?», fragte Marietta neugierig. Marco Augusta blieb seine Antwort schuldig. Am Ende ließ er sie wissen, dass der passende Stein für ihn der Diamant sei, das härteste Element aus diesem Mondkreis. Der Diamant weiche weder vor Eisen noch Feuer zurück, und seine Kraft liege darin, allein durch Hoffnung etwas bewirken zu können.

Obwohl die Kinder nichts von dem Zwiegespräch der beiden verstanden hatten, kehrten sie aufgeregt nach Hause zurück. Beim Anblick der Tiegel, in denen der Deutsche das Gold schmolz und formte, der Karaffen und Destillierkolben, in denen es auf dem vom Blasebalg angefeuerten Ofen köchelte, der geheimnisvollen Instrumente, mit denen er das Metall bog, der Edelsteine mit den phantasievollen Bezeichnungen – Bernstein, Amethyst, Granat, Balassrubin, Opal, Beryll –, die sie in seiner Werkstatt zu Gesicht bekommen hatten, waren sie in Verzückung geraten. Marietta fragte ihre Schwestern, was sie von dem Juwelier hielten. «Er ist noch viel schöner als der heilige Sebastian», bemerkte die weise Perina, «obschon er merkwürdige Sachen sagt und eiskalte Finger hat, daher ist bestimmt auch sein Herz aus Eis.» Lucrezia meinte lediglich, dass der Juwelier zwar ein freundlicher Mann sei, was ihn aber sehr verdächtig mache, da Männer immer nur dann zu Frauen nett seien, wenn sie sie anschwindelten. Ottavia war dagegen von seinem Reichtum überwältigt: Der Deutsche habe ja mehr Edelsteine als die Pala d'Oro im Markusdom! Ihre Enttäuschung war groß, als Marietta sie aufklärte, dass ein Juwelier zwar Schmuckstücke schmiede, indem er das Gold zurechtbiege und die Edelsteine schleife, sie aber nicht besitze. «Schenkt er sie dann wenigstens dir?», fragte sie.

Am Sonntag darauf brachte ihr Marco Augusta eine in ein Seidentuch gehüllte, wachsversiegelte Muschel. «Schau mal hier, mein kleines Fräulein Ottavia», sagte er zu ihr, «einige Edelsteine entstehen dadurch, dass sich Wasser in Stein verwandelt, andere in Flüssen oder Vogelnestern, der Kelidon zum Beispiel befindet sich im Magen der Schwalben. Andere wiederum in den Ventrikeln von Tieren oder in den Nieren von Schlangen und Drachen. Dieser hier ist in den Tiefen der See entstanden. Die Perlentaucher von Hormus haben ihn aus dem Meer gefischt. In dieser Muschel», betonte er und kniete sich vor sie hin, «befindet sich die größte Perle, die du je gesehen hast. Du musst mir versprechen, sie nicht zu öffnen. Wenn du groß bist und heiraten wirst, werde ich sie dir in deinen Hochzeitsring einfassen.» Ottavia fiel ihm um den Hals, küsste ihn auf die Wangen, schwor hoch und heilig, die Muschel niemals zu öffnen, und rannte davon, um sie unter ihrer Matratze zu verstecken. Ich habe immer geglaubt, er hätte nur sein Spiel mit ihr getrieben und in der Muschel befände sich gar nichts. Aber vielleicht liegt darin sogar ein Rubin, groß wie ein Aprikosenstein, oder ein Achat oder ein Saphir. Aber die Idee stammte nicht von ihm; dahinter verbarg sich Mariettas märchenhafte Phantasie. Die Muschel liegt noch immer in Ottavias Schrein, die Schalen sind nach wie vor versiegelt. Vielleicht wollte mir Marietta damit etwas sagen – ich verstand es jedoch nicht, Herr.

Marco Augusta und Ottavia standen plaudernd unter der Loggia beieinander, bis das Dienstmädchen uns zu Tisch bat. Und selbst da führten sie Seite an Seite ihre Unterhaltung fort. Ich weiß zwar nicht, worüber sie sprachen, aber immerhin gelang es Ottavia, ihm ein Lächeln zu entlocken. Sie wäre die perfekte Frau für ihn. Dieser schamlose Gedanke verletzte mich nicht im Geringsten, Herr. Es liegt in der Natur des Lebens, sich stetig zu erneuern. Ich wäre glücklich, wenn sich unser Juwelier dazu entschließen würde, noch einmal zu heiraten. Der – für immer – verlassene Bräutigam ist nicht er.

«Aus Euch ist ja eine richtige Frau geworden, Laura», sagte Cesare dalle Ninfe scherzend. «Es wird langsam Zeit, Euch einen Mann zu suchen. Gibt es hier jemanden am Tisch, der Euer Mitgefühl verdient hätte?» Da fiel Laura prompt die Gabel mit den spitzen Zacken auf die flache Hand. «Gott im Himmel», rief sie verlegen, «ich hoffe doch sehr, dass mein Vater einen besseren für mich findet!» «Inwiefern?», fragte Albert grinsend nach. Der Holländer hatte sich hervorragend in der Stadt eingelebt, sollte er aber keine venezianische Frau finden, würde er am Ende wieder in seine Heimat zurückkehren müssen. Ich sähe es allerdings gern, wenn er bliebe. Ich möchte, dass er weiterhin für sich und für uns malt, so wie immer. Dominico wird ihn brauchen, um die Werkstatt am Laufen zu halten, wenn ich ihm nicht mehr helfen kann. «Ich würde gern einen Adeligen heiraten», antwortete Laura unbedarft. «Wenn mich aber keiner von denen haben will, weil ich nicht reich genug bin, dann hätte ich gern einen Notar oder Anwalt oder besser noch einen Arzt zum Gemahl. Der könnte mich heilen, sodass ich niemals sterben müsste.»

«Warum nicht einen Maler?», erkundigte sich Aliense und strich sich über seinen spitzen Kinnbart. «Wenn sie Glück haben, verdienen Maler besser als Ärzte, und wenn sie dich malen, würdest du tatsächlich niemals sterben.» «Nun lüg mal nicht das Blaue vom Himmel herunter, Antonio», fiel ihm seine Frau ins Wort, die dicke Madonna Giulia, mit der er drei Kinder in die Welt gesetzt hat und die sich schon jetzt über ihr Schicksal grämt.

«Ärzte leben in unmittelbarer Nähe zu körperlichem Elend», erklärte Palma meiner Tochter in aller Güte, «zu Geschwülsten, Geschwüren, Wunden. Maler werden dagegen von Schönheit umringt, leben inmitten von harmonisch geformten Körpern, die vom Glück auserwählt wurden. Maler sind glückliche Menschen, sie leben in Wonnen, haben keine großen Sorgen, müssen lediglich Bilder erschaffen, die den Menschen schmeicheln und sie aufmuntern, und wenn dir das nicht genügt – obschon das in Wahrheit alles ist, glaub mir –, dann stell dir einmal vor, dass Kaiser Karl V., Herrscher über ein Reich, in dem die Sonne nie untergeht, nun, als Tizian einmal beim Malen der Pinsel aus der Hand fiel, da hat sich doch tatsächlich Kaiser Karl V. gebückt und ihn aufgehoben. Maler können Graf und Vertraute der Könige werden, ein Land ohne Maler ist ein Land ohne Ruhm. Einen König findet man immer. Alle Länder haben einen. Ein Maler dagegen ist ein Geschenk. Um ihn zu erschaffen, braucht es Zeit und Wunder.»

«Maler denken nur ans Malen», entgegnete Laura verwirrt, «sie sind genauso wie Musiker, etwas anderes interessiert sie nicht, und nie weißt du, ob sie gerade bei dir oder in dieser Welt der Bilder sind, die nicht einmal existiert. Außerdem verkehren sie mit spärlich bekleideten Frauen, und hin und wieder bietet sich ihnen sogar die Gelegenheit, mit den Ehefrauen anderer Männer allein zu sein. Wie eine Leiche auf dem Seziertisch nehmen sie dich auseinander. Sie beuten jede Grimasse aus, die du schneidest, reißen die kleinste Regung an sich, um dich auf eine Leinwand zu bannen, auf die du gar nicht wolltest. Und letzten Endes kannst du einem Maler alles wegnehmen – Geld, Frau, Kinder, Familie, Haus –, solange du ihm einen Stift gibst, etwas Zeichenkohle, einen Pinsel, Farbschälchen und ein Stück Papier oder Leinen, ist er glücklich.» Ab und an hielt Laura inne und schluckte einen Bissen hinunter – ihre Worte verrieten eine tief verwurzelte Feindseligkeit. Ich fragte mich, ob sie mich in Wirklichkeit verachtete. Ich dachte sogar für einen kurzen Moment darüber nach, ob möglicherweise auch Faustina lieber einen Arzt oder Notar geheiratet hätte. Ob sie mich allein für das, was ich bin, verschmähte: einer, der sich die Hände mit Farben schmutzig macht, dem glühenden Stoff, aus dem die Träume sind.

Den ganzen Abend lang ließ Cesare unseren Juwelier nicht in Ruhe. «Venedigs Verlockungen müssen ja ganz schön reizvoll sein, dass du noch immer hier bist», stichelte er. Während wir zu Tisch saßen, erzählte er einige unschöne Witze über die Deutschen und meinte: «Was wollen all diese Landsknechte hier, die wie Raben und Mistkäfer über Venedig herfallen? Was haben sie in unseren Gassen zu suchen? Laut schwadronierend laufen sie in unseren Kirchen herum, plündern unsere Läden, unfähig, zwischen schnödem Schund und hoher Handwerkskunst zu unterscheiden, kaufen sich unsere Frauen und führen sich auf, als wären sie auf einem Tummelplatz, ohne sich bewusst zu machen, dass wir nicht zum Spaß hier sind, sondern weil wir hier leben und arbeiten.»

Vornehm wie er war, ging Marco Augusta nicht darauf ein. Er sagte lediglich, dass Ausländer Venedig besser lieben und wertschätzen könnten als die Venezianer selbst. Für die Einheimischen sei die Stadt eine Frau, an die sie sich gewöhnt hätten, die sie schlecht behandelten und von der sie gelangweilt seien, Fremde liebten sie dagegen wie eine Geliebte, obwohl sie wüssten, dass sie ihre Liebe nie erwidern würde.

Ich war sehr erschöpft, doch so gut es ging trug ich etwas zur Unterhaltung bei. Ich war so bissig, spöttisch und lustig, wie von mir erwartet wurde, ich spielte meine gewohnte Rolle, und das reichte. Von dem Beruhigungsmittel gegen die Magenschmerzen wurden allerdings meine Lider schwer, und das Opium ließ mich Dinge sehen, die es nicht gab. Für einen kurzen Moment erschien sogar Marietta vor meinen Augen, sie stand hinter unserem Juwelier und stützte sich auf seine Rückenlehne. Sie streifte mit den Lippen sein Ohr und flüsterte ihm etwas zu. Als sie auf einmal aufschaute, kreuzten sich unsere Blicke. Ein kurzes Lächeln, und mein Herzschlag kam aus dem Takt, mir war, als verschließe sich ein eiserner Lebensnerv – ich glaubte zu sterben.

Da mein Herz nur für einen winzigen Augenblick aussetzte, konnte ich mein Unwohlsein vor den anderen verbergen. Nach dem Essen sang Ottavia ein Lied für uns. Sie hatte ein schwermütiges und getragenes Madrigal von Philippe Verdelot ausgewählt, der einst zu meinen Lieblingskomponisten gehörte. Der Titel *Sì lieta e grata morte* nimmt Bezug auf Sappho und Marsilio Ficino und handelt von Liebe und Tod. Ich hatte es vor zwanzig Jahren Marietta beigebracht, die damals sagte, ihr sei das Lied zu schaurig, sie bevorzuge Liebeslieder ohne Tod – sie möge die Liebe ja auch lieber ohne Tod. In der Öffentlichkeit hat sie es nur ein einziges Mal gesungen, auf ihrem letzten Konzert.

Vor dem Cembalo stehend, auf dem sie Dominico mit viel Eifer, wenn auch nicht mit der gleichen Anmut wie Zuane begleitete, trug Ottavia ihr Lied vor, während sie mich hin und wieder besorgt anschaute. Ich empfand nichts, ihre Stimme verzauberte mich nicht; sie bringt in mir keine geheimen Saiten zum Schwingen und klingt nicht in mir nach. Ich saß neben unserem Juwelier. Ich weiß, was er dachte, denn ich kenne diesen Mann wie mich selbst. In gewisser Hinsicht ist er die Person, die ich auf der Welt am meisten hasse – und doch betrachte ich ihn als einen Teil von mir. Leise fragte ich ihn, ob Ottavia ihm gefalle. «Sie ist fröhlich und hat ein gutes Wesen. Ottavia weiß, wie sie einen Mann glücklich machen kann. Als ihr Vater dürfte man solche Dinge nicht spüren, man fühlt sie trotzdem, denn auch Väter sind Männer. Wenn jemand meine Tochter heiraten soll, dann sähe ich es am liebsten, wenn du es wärst.»

Mit melancholischem Blick schaute Marco Augusta die junge Sängerin an. Flüsternd beteuerte er mir, dass er das Mitleid, das ich für ihn aufbrächte, durchaus zu würdigen wisse, doch er könne noch nicht wahrhaben, dass Marietta nicht zurückkomme. Für ihn befinde sie sich derzeit in Madrid beim spanischen König, wo sie eine höchst wichtige Arbeit zu Ende bringen müsse, die sie voll und ganz in Beschlag nehme. Das erkläre auch ihr Schweigen. Aber schon bald könnte sie wieder zurück sein. Daher habe er noch keinen Kontakt zu ihr herstellen können, trotz seiner wissenschaftlichen Experimente mit dem garamantischen Stein und dem Diadochit. Nachts schrecke er zuweilen aus dem Schlaf auf, weil ihm einfalle, dass Marietta ihn gar nicht finden könne, da er ja umgezogen sei und sie seine neue Anschrift nicht kenne. Dann ziehe er sich hastig etwas über und eile überstürzt zum Laden – in der pechschwarzen, engen Gasse stehe aber nie jemand, der auf ihn warte. Dann schreibe er trotzdem seine Anschrift auf ein Stück Papier und hänge es mit einem Nagel an den Verschlag.

Ich gab ihm zu bedenken, dass es sich doch bloß um Aberglaube handle, der einem Mann seines Verstandes nicht würdig sei. Diese ganze okkulte Wissenschaft mit den Edelsteinen und Perlen bringe ihm Marietta nicht zurück, selbst wenn er den Anakitid und die weiße, vom Tau erzeugte Perle finde. Er müsse diese Hellseherei endlich sein lassen. Zum Wohle seines Seelenheils müsse er mir versprechen, es nie wieder zu tun. Er solle lieber um die Gnade des Vergessens flehen. Die Medizin zum Leben sei nicht die Erinnerung, sondern die Vergesslichkeit. Allen voran müsse man die glücklichen Momente vergessen. Irgendwann sei der Zeitpunkt gekommen, da wir aufhören müssten, die zu lieben, die wir einmal geliebt hätten. Und das sei kein Verrat, sondern der Anfang der Wiedergeburt.

Marco Augusta nickte und senkte den Blick. Vergib mir, Herr, denn ich habe ihn belogen. Dass auch ich eine Fackel im Bogenfenster für sie brennen lasse, habe ich ihm verschwiegen. Auch ich glaube, dass Marietta zurückkommen wird – und wenn es so weit ist, soll sie wissen, dass ich auf sie gewartet habe.

Nervös spielte der Juwelier mit seinen dünnen, schmalen Händen an dem Ring herum, den er noch immer am Finger trug. In ihm sind Mariettas Name und der von ihr ausgesuchte Sinnspruch eingraviert: *Omnia vincit amor*. Jedes Mal, wenn Marco Augusta ihn berührte, blitzte ein helles, kühles Licht auf – in der schummrigen Atmosphäre des Wohnzimmers leuchtete er wie ein im Universum verloren gegangener Stern. Da merkten wir plötzlich, dass Ottavia ihr Konzert beendet hatte.

Mit ihren braunen Löckchen, die die Stirn einrahmten, und ihren großen, haselnussbraunen Augen sah meine Tochter wahrlich hübsch aus. Der rote Farbton des Kleides stand ihr gut. Ihre zwanzig Jahre versprühten Hoffnung. Hastig begann ich zu klatschen. Unser Juwelier tat es mir gleich, erhob sich und lobte ihre Darbietung mit ein paar umständlichen Höflichkeitsfloskeln. Von seiner Verlegenheit überrascht, lächelte Ottavia ihn an und erwiderte scherzhaft und mit verblüffender Offenheit, die ihre beste, aber auch wichtigste Gabe ist: «Oh, bemüht Euch nicht, Marco, ich singe krächzend wie eine Krähe. Ich bin nicht Marietta. Aber verzeiht, es ist keine Absicht.»

Dem Juwelier wich die Farbe aus dem Gesicht. Von da ab blieb er für fast den gesamten Rest des Abends stumm. Er stellte sich ans Fenster – hager und wie benommen. Als er sich zeitig verabschiedete, umarmte er mich, hatte feuchte Augen und nannte mich liebster Vater. Er beteuerte mir, dass er mir selbst als leiblicher Sohn nicht hätte ergebener sein können. Alles, was ich für ihn getan hätte, würde nie vergessen werden. Er sei Waise und ich sein Vater gewesen, er sei ein Fremder gewesen und ich hätte ihn aufgenommen, ihm meine Heimat geschenkt. Ich hätte ihn in jedem Augenblick beigestanden und ihm immer den richtigen Weg gewiesen. Herr, ich verdiene seine Worte nicht. Er irrt sich, ich habe ihn in ein Labyrinth geführt und die Türen zugemauert: Selbst mit Dädalus' Flügeln hätte er sich nicht befreien können.

Im Flüsterton versicherte er mir, meinen Ratschlag gern ein weiteres Mal zu beherzigen. Aber niemals könne er sich eine Frau nehmen, die ihn tagtäglich daran erinnere, nicht die zu sein, die sie eigentlich sein müsste. Er könne sich höchstens eine vorstellen, die von Marietta genau das Gegenteil sei, also nicht hübsch, jung und attraktiv – sondern eine völlig farblose Frau ohne Sinn für Musik und ohne Geheimnisse. Eine Gefährtin, die ihm den

Haushalt führe, ihn bei den Gesellen unterstütze und im Laden nach dem Rechten sehe. Irgendeine Frau. Und diese Frau, wobei es ihm wichtig sei, dass ich es aus seinem Mund und nicht von irgendwelchen Klatschbasen erführe, habe er bereits gefunden. «An einsamen Tagen hat sie mir beigestanden, liebster Vater, als ich schwach wurde und Trost an ihrem törichten, wärmenden Leib suchte, als die Lieblosigkeit in meinem Haus immer unerträglicher wurde. Auch an kummervollen Tagen stand sie mir bei, und ihre demütige und häusliche Art rettete mich. Ihr wisst, von wem ich rede, Vater, bitte vergebt mir, Ihr kennt sie, und ich weiß, dass Ihr mir niemals Euren Segen geben könntet, wie auch Gott nicht, denn ich habe nicht die Absicht, sie zu heiraten, das würde ich niemals fertigbringen, auf immer und ewig will ich Mariettas Gemahl bleiben. Dennoch hat mich diese Frau davor bewahrt, mich auf dem Dachstuhl zu erhängen – mein restliches Leben, das sie mir zurückgegeben hat, gebührt deswegen ihr.»

Herr, ich weiß, dass mir mein Schwiegersohn mit einer Aufrichtigkeit, die ihm zeitlebens alle Ehre machte, in diesem Moment zu erklären versuchte, was geschehen war. Er bot mir seine Freundschaft an – ehrlich und offen, wie es nur zwischen Männern möglich war, die dieselbe Frau geliebt haben. Und ausgerechnet ich empfahl ihm, Marietta zu vergessen. Zu seinem und meinem Besten. Dennoch konnte ich es nicht hinnehmen, dass den Platz meines Funken, meiner traumhaften Tochter, eine hundsgemeine Magd angenommen hatte. Das war so, als hätte sie der Juwelier erneut und endgültig betrogen – als hätte er mich, ja uns alle betrogen. Das werde ich ihm nie verzeihen können.

Dominico, die Mädchen, meine Frau und Freunde waren in ein Kartenspiel vertieft und scheinbar so weit von mir entfernt, als hätte ich sie bereits vor ewigen Zeiten verlassen. Ohne Lampe stieg ich hinunter in mein Atelier. Für eine Sekunde, die ich in dem durch den Türspalt dringenden Lichtstreifen stand, fiel ein Schatten auf mich. Eine Gestalt schien über mich herfallen zu wollen. Erleichtert dachte ich, sie wäre endlich zurück. Ich bin überzeugt davon, dass sie, wenn überhaupt, dann geflogen kommt. Aber natürlich war es nur der Wachsengel gewesen, der seit über fünfundvierzig Jahren von der Decke hängt und beim kleinsten Windhauch zu baumeln beginnt; aber der hat ja keine Flügel mehr, kann also gar nicht fliegen. Ich bahnte mir einen Weg durch den vollgestellten Raum, der einer verlassenen Rumpelkammer glich. Zwischen den im Dunkeln herumstehenden Gipsfiguren hatte ich den Eindruck, durch einen versteinerten Wald zu laufen.

Ich setzte mich vor das Portrait. Aber nicht einmal anschauen konnte ich sie, Herr. Ich werde keine Fackel mehr für sie anzünden lassen. Marietta wird nicht wiederkommen. Dieses lange Warten wird nie ein Ende haben. Den Anblick des melancholischen Juweliers kann ich nicht mehr ertragen, ich möchte ihn nicht mehr sehen. Ich werde ihn aus meiner Familie streichen – als hätte es ihn nie gegeben. Seine Anwesenheit macht mich krank. Sein mattes Gesicht, seine Kaltherzigkeit, seine überkorrekte Art, sein artiger Gehorsam sind schlimmer als die Laster, an denen es ihm mangelt. Wie habe ich ihn nur jahrelang hier in meinem Haus ertragen, ihn jeden Tag sehen und seine Gespräche mitanhören können? Er ist so kalt und gefühllos wie die Steine, deren Geheimnisse er zwar kennt, denen er aber nicht den geringsten Schimmer zu entlocken vermag. Wie habe ich nur seine Verehrung ihr gegenüber mitansehen können, in dem Wissen, dass sie in keinster Weise das wiedergutmacht, was geschehen ist.

Ich sehnte mich danach, mit Marietta zu sprechen, ihre zarte Stimme zu hören, die alles abstreitet und mir versichert, dass unser Juwelier der beste Ehemann für sie gewesen sei, ein großzügiger und verständnisvoller Begleiter, dass sie sich nie einen anderen gewünscht habe. Aber ihre Stimme sprach nicht zu mir, Herr.

Ich schaute Marietta in ihrem vergoldeten Rahmen an – sie steht vor der Tastatur unseres Cembalos, das noch immer oben im Wohnzimmer steht. Blasses Gesicht, glühendrote Wangen, unergründlicher Gesichtsausdruck, um den Hals die Perlenkette, die sie, seitdem der Juwelier sie ihr schenkte, kein einziges Mal abgenommen hat. In der linken Hand hält sie vor ihrem weißen Kleid die Noten, die sie soeben gehört hat. Ein Madrigal meines geliebten Verdelot, das mir so viel Freude beim Singen bereitete. *Madonna per voi ardo* – Signora, ich liebe Euch. Seid nicht so grausam. Und *Madonna per voi ardo* ist auch auf der Partitur zu lesen. Doch sosehr ich auch meinen getrübten Blick auf die Noten richtete, ich konnte einfach nicht erkennen, wie es weiterging, Herr.

In dieser schrecklichen Nacht, die ich in meinem Atelier verbrachte, da ich weder schlafen noch mich von diesem Bild losreißen konnte, fiel mir zum ersten Mal auf, dass die Worte, die Marietta auf die Partitur in dem Portrait geschrieben hat, nicht die gleichen sind wie die, die der Komponist vertont hat und die in dem Band abgedruckt sind, den ich dreißig Jahre lang aufbewahrt und ihr schließlich geschenkt habe – sondern dass es ganz andere sind, die sie mit ihrer Pinselspitze auf die Leinwand getupft hat. Eine verschlüsselte, geheime Botschaft in einer Sprache, die wie eine Geheimschrift aussieht. Das ist ihr Zettelchen, das sie nicht zusammengerollt in den Wunschkrug gesteckt, sondern in dieser Form verwahrt hat – offen und gegen sich gedrückt –, besorgt, weil sie sich nie sicher war, ob sie jemals den Mut besessen hätte, es hineinzustecken, und ich den Mut, es zu lesen. Und nun schaffte ich es nicht, ihre Worte zu entziffern.

Ihre Hochzeit fand an einem heißen Morgen im August in einer verlassenen Kirche auf einer Insel in der Lagune statt, wo wir beide von den neugierigen Blicken der Venezianer verschont blieben. Sie trug ein weißes Seidenkleid mit goldenen Stickereien. Es war eine schlichte, aber bewegende Zeremonie. Kein Gast, von der Familie lediglich Dominico. Ich tat nichts außer zu lächeln, die

Hände der Mönche zu schütteln und meine väterliche Freude nach außen zu kehren. In Wahrheit tat mir alles weh – Beine, Magen, Augen und auch die Lungen. Der Zauber vergangener Tage zerriss mich innerlich. Ich war schweißgebadet und wischte mir unentwegt über die Stirn. Mariettas große Anspannung wurde von den Trauzeugen zwar wahrgenommen, jedoch dem Anlass zugeschrieben. Das blumengeschmückte Schiff des Hochzeitspaars trieb gemächlich voran, vorbei an den Pfählen, die den Kurs vorgaben. Wenige Ruderschläge vor der Landung beugte sie sich an mein Ohr und flüsterte: «Versprich mir, dass sich nichts ändern wird, dass es nicht aus und vorbei ist – versprich mir, dass du mich nie fortschickst.»

Ich hatte alles sehr eilig in die Wege geleitet. Ich wollte mir nicht die Zeit lassen, es mir noch einmal zu überlegen. Marietta und der Juwelier hatten sich nur noch ein zweites Mal gesehen: am Tag ihrer Verlobung. Marietta trug das weiße Jungfernkleid, das auch auf ihrem Portrait zu sehen ist. Er hatte ihr die Perlenkette geschenkt. «Ist sie nur geliehen?», neckte sie ihn. «Ja», erwiderte Marco. «Sie gehört dir, solange du mich liebst.»

Anfang Juni hatte ich Marco Augusta einen Besuch abgestattet, um mit ihm den Heiratsvertrag aufzusetzen. Der Deutsche wohnte am Campo San Polo im Palazzo Corner. Vor seiner Haustür musste ich mich durch das Getümmel zwischen den Marktständen schlagen, an denen Gänse, Hunde und Pferde feilgeboten wurden. Eselsgekreische, Pferdewiehern, Gesang und Lärm begleiteten unser Gespräch. Und ich sagte mir: Heute ist wahrhaftig Markt, Jacomo. Denn unsere Unterredung hatte durchaus etwas von einer gewieften Verhandlung – mit List und Geduld handelten Käufer und Verkäufer einen Preis aus. Der Verkäufer war ich. Ich war dabei, Marietta zu verkaufen. Wenngleich ich plötzlich nicht mehr sicher war, ob ich sie kaufte oder verkaufte, da mein Geschäft in Wahrheit ein Schwindel war – was der Juwelier jedoch nicht merken durfte.

Marco Augusta wollte wissen, auf welche Summe sich Mariettas Mitgift belief. Mein alter Onkel Comin und dessen Gefährtin Franceschina Steiner hatten ihm die Vermählung mit Marietta auf höchst hinterlistige, aber verlockende Weise angeboten – und doch war er nicht davon überzeugt, dass es sich um ein gutes Geschäft handelte. Und wenn eine Hochzeit kein gutes Geschäft ist, warum sollte dann ein junger Mann auf seine Freiheit verzichten und heiraten? Marietta Tintoretta war eine ganz besondere Frau, wer hätte sich nicht geehrt gefühlt, die Tochter des großen Meisters heiraten zu dürfen? Allerdings war sie schon über vierundzwanzig Jahre alt und damit reif, erfahren und unabhängig – genau die Art von Frau, die niemand haben wollte. Obendrein war sie ein uneheliches Kind, und besser als er wusste ich, dass eine solche Herkunft auf der Welt einen unauslöschlichen Makel darstellte. In Venedig hegte so mancher Zweifel an ihrer Abstammung, und immer würde es jemanden geben, der aus Eigennutz, Neid oder anderen Gründen schwören würde, dass sie nicht meine Tochter sei.

Wie dem auch sei, als Tochter eines Malers war sie frei und unbekümmert in einem offenen Haus aufgewachsen, in dem Männer ein- und ausgingen. Als Malerin selbst lernte sie Menschen jeder Art kennen und verkehrte mit Männern, die sie mit Geschick und Verführungskunst zu unterhalten vermochte, was sich jedoch für eine Ehefrau nicht geziemte, ihr vielmehr schadete. In solchen Fällen verlangen die Heiratskandidaten meist, dass eine Amme die versprochene Braut aufsucht und sich ihrer Jungfräulichkeit versichert, aber da Marco Augusta einem Meister wie mir eine solche Schmach nicht antun konnte, verzichtete er darauf. Dennoch war ihm die Rolle, die von ihm zu spielen verlangt wurde, nicht klar. Seine Ehre und sein Ansehen waren ernsthaft in Gefahr, hätte man doch annehmen können, er fungiere lediglich als Vorwand.

«Von welcher Ehre sprechen wir hier?», unterbrach ich ihn barsch und fragte weiter, für wen er sich eigentlich halte, dass er sich anschicke, über Mariettas Ruf zu diskutieren. Ein Fremder sei er, ein deutsches Waisenkind. Einer, der, um sich Respekt zu verschaffen, seinen nichtssagenden, barbarischen Namen – Steiner – hinter dem seiner Stadt verstecke. Wie könne er sich anmaßen und Bedingungen diktieren. Er besitze doch nicht einmal eine eigene Werkstatt, sondern sei lediglich ein schlecht bezahlter Angestellter. Sein Umsatz sei lächerlich. «Weil ich ausschließlich Steine von ausgesprochener Qualität verwende», verteidigte er sich und sein Ansehen. «Ich habe hohe Ausgaben für deren Beschaffung und nehme nur die besten, kurzum, ich ziehe dem Reichtum die Qualität vor – die Schönheit. Eine Entscheidung, die auch Ihr getroffen habt, Maestro, das müsstet Ihr verstehen.» Ich ließ mich jedoch nicht dazu herab, ihn als meinesgleichen anzusehen, und ging nicht darauf ein.

Marco Augusta schien den Handel nicht abschließen zu wollen. Doch da ich schon Hunderte Bilder verkauft habe, sind mir die Techniken der Sammler durchaus vertraut. Sie tun so, als ob sie das, was sie am heißesten begehrten, nicht haben wollen. Damit versuchen sie, den Preis zu drücken. So läuft das. Und Marco Augusta wollte Marietta haben. Eine solche Gelegenheit würde sich ihm nie wieder bieten.

«Nun gut», schloss der Deutsche nach einer Weile und bemühte sich, ohne Gesichtsverlust ungezwungen zu wirken, «wir waren beim Umfang der Aussteuer stehen geblieben.» Er wisse, dass Comin Marietta in seinem letzten Testament unter der Voraussetzung, dass sie Marco heirate, mit fünfzig Dukaten bedacht habe. Da aber der sechsundachtzigjährige Onkel auch die letzte Operation gut überstanden habe und sich derzeit bester Gesundheit erfreue, besitze er keine Gewissheit, wann er das Geld erben würde. Sicherlich würde er es aber, da nichts gewisser als der Tod sei und da jedes menschliche Leben, wie lang auch immer, irgendwann zu Ende gehe, im Lauf der nächsten vier oder fünf Jahre bekommen. Was aber seien schon fünfzig Dukaten in fünf Jahren? Ein

Almosen. Jedes arme, sittsame Mädchen in Venedig könne diese Summe als Aussteuer von einer Bruderschaft erhalten: Wenn ihm La Tintoretta fünfzig Dukaten einbringe, könne er sich genauso gut ein Waisenkind aus der Pietà oder die Tochter eines Webers nehmen, da könne er sich wenigstens eine Fünfzehnjährige aussuchen – eine naive, unbefleckte Jungfrau. Um eine Frau wie Marietta zu heiraten, sei dagegen etwas ganz anderes nötig! Sein Haus – davon könne ich mich mit eigenen Augen überzeugen – sei für die Tochter von Jacomo Robusti nicht gemacht. Er lebe zur Miete in einem einzigen engen und lauten Zimmer ohne Austritt. Für Marietta, die es gewohnt sei, ihr eigenes Atelier zu haben und in einem eleganten, von Licht und Sonne durchfluteten Palazzo zu leben, stelle das eine albtraumhafte Veränderung dar. Wenn sich aber die Aussteuer, die ich ihr mitgäbe, auf eine ansehnliche Summe belaufe – eintausend Dukaten, aber auch etwas weniger würden ausreichen –, würde der Juwelier eine ihrem Ruhm und seiner Ehre entsprechende Unterkunft erwerben können. Ob ich meiner Tochter wenigstens siebenhundert Dukaten mitgeben würde? Er erkläre sich auch bereit, die eine Hälfte in bar und die andere in Form von Kleidern, Möbeln und Haushaltsgegenständen anzunehmen.

Ich hätte das Geld gehabt, Herr. Die Rochusbruderschaft hatte vor Kurzem mein Angebot angenommen und mein Projekt für gut befunden. Die getroffene Übereinkunft stellte beide Seiten zufrieden. Ich würde drei Bilder im Jahr für sie malen – das hieß natürlich für dich –, bis die Decken und Wände im Salon des ersten Stocks und im Erdgeschoss vollständig mit Gemälden bedeckt wären. Insgesamt würden es fünfzig Bilder werden, von denen mindestens zwanzig acht Ellen lang und fast genauso hoch sein würden. Im Gegenzug beschenkten mich die Ordensbrüder jedes Jahr mit einem festen Gehalt von einhundert Dukaten, das ich auch dann noch bekäme, wenn ich mein Vorhaben beendet und die gesamten Wände der Schule mit meinen Arbeiten ausgekleidet hätte. In den kommenden Jahren konnte ich mich daher der Ausarbeitung meiner Ideen, der Auswahl der Episoden, Geschichten und Figuren und ihrer Anordnung auf den Bildern widmen. Niemals würde ich wieder im Ungewissen oder in der Angst leben müssen, die Gunst der Öffentlichkeit zu verlieren. Und wenn ich es mir noch so sehr mit meiner Art bei den Mächtigen verscherzte. Selbst wenn meine Zunge mir Feinde schaffte, eine Lähmung meine Hand stilllegte und meine Familie ins Elend trieb. Mein Einkommen übertraf nun das meines Schwagers, Faustinas Bruder. Der Maler hatte den Notar überholt: Mein Sieg über die Vorurteile und den Götzendienst in Robe, dem sich das Bürgertum verschreibt, war errungen. Eine üppige Aussteuer für meinen Funken passte jedoch nicht in meinen Plan. Marco Augusta wollte ich kein Geld geben. Damit hätte er sich auf der Stelle von mir loslösen können.

Ich gab ihm zu verstehen, dass Jacomo Robusti – so wie der König von Spanien oder der Kaiser des Heiligen Römischen Reiches – nicht über Geld rede. Er habe jedoch mein Versprechen – und mein Wort galt wie das eines Königs –, dass ich ihn in den Stand versetzen würde, das Geschäft All'Insegna della Virtù zu übernehmen. Er würde Gehilfen anstellen und sich selbstständig machen können. Der Schwiegersohn von Jacomo Robusti arbeite nicht in der Werkstatt eines anderen. Wenn er Marietta heirate, dann heirate er meinen Namen, meine Familie, meine Freunde und meinen Ruhm. Kurzum, ich würde ihm dabei helfen, sich eine Zukunft aufzubauen und ein angesehener Bürger dieser Stadt zu werden. Jedoch nur unter einer Bedingung. Im zweiten Stock meines Hauses gebe es eine geräumige Wohnung mit einem vortrefflichen Ausblick auf den Rio della Sensa: Bei klarem Himmel könne man in weiter Ferne das Festland und sogar die Berge sehen. Ich würde es auf meine Kosten einrichten lassen und ihnen zur Verfügung stellen. Er und Marietta müssten sich gemeinsam dort niederlassen.

Von meinem Vorschlag überrascht, dachte Marco Augusta ein paar Minuten darüber nach. Das Glockengeläut der nahe gelegenen Kirche San Polo dröhnte in meinem Kopf. Besorgt fragte ich mich, was passieren würde, wenn der Juwelier sich weigerte, unter meinem Dach zu leben. «Das wird er nicht akzeptieren», hatte Marietta gemeint, als ich ihr erläuterte, welche Bedingungen ich dem Verlobten auferlegen werde. «Ein Mann, der bereit ist, wie ein Gast unter deinem Dach zu leben, wie ein nie erwachsen gewordener Sohn, in deinem Haus, dem Symbol für deine Größe und deinen Erfolg, ein solcher Mann ist in deinen Augen charakterlos. Einen Mann, der nicht in der Lage ist, sich seine eigene Unabhängigkeit zu verdienen, hältst du für schwach: Marco Augusta hat einen scharfen Verstand, er wird merken, dass dein Angebot eine Falle ist. Niemand entscheidet sich für ein solches Leben.» «Und wenn er doch akzeptiert?», fragte ich. Ich war mir meiner Sache sicher, da ich – im Gegensatz zu ihr – die Menschen so sehe, wie sie sind. Ich selbst bin übrigens keinen Deut besser. «Ich kann keinen Mann lieben, den du gering schätzt», erwiderte Marietta, «ich könnte es nicht dulden, dass er mich anrührt.»

Dort in Marcos einfacher Unterkunft befiel mich die Angst, dieser junge Mann könne es derart auf Marietta abgesehen haben, dass er sie trotzdem mit sich fortnimmt und auf alles Übrige verzichtet. Meine Befürchtungen waren völlig unnötig. Marco Augusta nahm das Angebot an.

Folgendes gab ich meinem geliebten Funken als Aussteuer mit. Vier mit Wäsche und Kleidung überquellende Truhen aus Nussbaumholz. Einen Schrank mit Schnitzereien. Ein Bett mit Satinvorhängen, vergoldeten und geschnitzten Holzpfeilern mit Kapitellen aus Blumen und Früchten und einer Baldachindecke, die mit einem Muster aus Amoretten bemalt war. Zwei Vliese. Vier Feder- und Wollkissen. Einen Bettwärmer. Sieben Kandelaber aus Eisen. Fünf Betttücher aus Reims. Eine echte Schiffstruhe. Drei persische Teppiche. Vier Damenhemden, acht Herrenhemden.

Vierzehn Tischtücher aus feinem Leinen, grobem Leinen und grobem Werg, sechs Taschentücher, Laken, Kissenbezüge und Handtücher, einen Spiegel, einen Kupferkrug, sechsunddreißig Zinnteile, einen Blecheimer, eine Kaminkette und drei Rostspieße. Meine Frau schenkte ihr ein Kreuz aus Silber und Obsidian – dasselbe, das Marietta Zuane schenkte, als er fortging, und das sich in der zurückgeschickten Kiste befand. Ihre Brüder schenkten ihr – ob mit einem ironischen oder böswilligen Augenzwinkern vermag ich nicht zu beurteilen – einen Silberkorb, der eine Nadelbüchse, einen Haufen Nadeln aus Damaskus und einen ziselierten silbernen Fingerhut enthielt.

Mein Hochzeitsgeschenk war ein Gemälde. Was sonst? Beide waren sie darauf abgebildet: Marietta in weißen Kleidern und Marco Augusta in einer knappen Ärmeljacke. Er war rasiert, trug loses, auf die Schulter hängendes Haar und eine Silberkette mit Lapislazulisteinen, die auf dem dunklen engen Jäckchen hervorstachen. Im Fensterausschnitt hinter ihnen war der Schatten des Kirchturms von Madonna dell'Orto zu sehen. Mit einem geheimnisvollen Lächeln auf den Lippen schaute Marietta ihrem Betrachter direkt in die Augen – und der war ich. Es war mein letztes Bild von ihr, das wusste sie.

Ihre Wohnung bestand aus einem Wohnzimmer mit Kamin, von dem drei weitere Zimmer abgingen: die Küche, das Schlafzimmer und ein Raum nach hinten hinaus, der zu Mariettas Atelier wurde. Die Wände schmückten sie mit Bildern von mir und von ihr. Mein Hochzeitsgeschenk hängte Marietta ins Schlafzimmer neben das Bett. Nach ihrem Tod wollte Marco Augusta es nicht mehr behalten, aber auch ich ertrug den Anblick nicht. Daher brachte ich es in die leer stehende Wohnung zurück.

Mein Raum lag unter ihrem. Uns trennte nur eine Decke aus alten Holzbalken und ein Bretterboden. Marietta bekam alles von mir und ich alles von ihr mit. Ich hörte ihre Schritte über mir und sie meine unter sich. Wenn sie oben das Fenster öffnete, flackerten die Kerzen auf. Ich hörte das Rauschen des Wassers, wenn sie sich wusch, und das Prasseln im Kamin. Durch den Rauchabzug gelangten ihre Worte und der Geruch nach Essen zu mir. Ich hörte heraus, wenn das Bett knarrte oder sich der Baldachin auch nur wenig verschob. Es ächzte und knarzte im Gebälk – genau wie meine Knochen, als wäre jemand darauf herumgetrampelt. Manchmal bekam ich sie tagelang nicht zu sehen: Wenn ich aber spät in der Nacht zu Bett ging und das Licht löschte, wusste ich, ob sie – über mir – noch wach war. Ich wusste, wann sie aufstand, wann sie sich auf der Matratze umdrehte, wann sie nicht einschlafen konnte und in ihr kleines Arbeitszimmer ging, um zu zeichnen, bis ihr der Kopf auf den Tisch fiel. So viele Nächte bin ich aufgeblieben, nur weil sie wach war – dort über mir. Mir war beinahe, als könnte ich sie atmen hören. Als würde ich unter ihr liegen – als hätte ich sie, streckte ich nur den Arm aus, berühren können.

Vom Tag an, als ich die *Versuchung* abgab, steckte ich all meine Energie in die Gemälde der Scuola di San Rocco. Meine Werkstatt stellte einen Tintoretto nach dem anderen her. In fast vierzig Jahren hatte ich Hunderte Figuren – Männer, Frauen, Madonnen, alte Leute, junge Leute, Diener, Soldaten – in allen nur erdenklichen Positionen gemalt. Tot, betend, schwebend oder ertrinkend, beim Abstellen eines Tabletts oder Werfen einer Lanze, während der Krönung oder Enthauptung, Geißelung oder Taufe. Unter Zuhilfenahme meiner Skizzen stellten meine Gehilfen die von den Auftraggebern verlangten Figuren einer von mir ersonnenen, entworfenen und vorgelegten Szene dar, die ich jedoch aus Zeitmangel nicht selbst aufs Papier bringen wollte oder konnte. Sie übertrugen die Originalfiguren auf die Leinwand: der eine, indem er sie aus dem Gedächtnis abmalte, der andere, indem er das Papier in Quadrate teilte und sie maßgerecht vergrößert auf dem

Leinen wiedergab. Der Dritte pauste sie auf ein Papier ab, indem er mit einer Nadel am Umriss entlang viele kleine Löcher einstach und anschließend das Papier über die Leinwand legte. Dann verstreute er Bleistiftpulver darüber, pustete einmal kräftig und wischte mit dem Finger das Graphit über die Löcher, durch die es auf die darunterliegende Leinwand drang. Wenn man dann das Papier wegnahm, kam auf der Leinwand der Umriss der Figur zum Vorschein. Die von mir gezeichnete Figur stimmte genau mit ihrem Schatten überein. Wer es gewohnt war, Fresken zu malen, befestigte die Leinwand und die Vorlage an der Wand und führte dann die Arbeit aus. Andere legten sich dagegen lieber beides auf den Boden.

Eines Abends überraschte ich Marietta, wie sie über einer mit Spannern auf dem Boden befestigten Leinwand kniete. Sie war barfuß, der Rock war ihr über die Knie gerutscht. Vorsichtig pustete sie das Pulver über die Einstiche im Blatt. Mit ihren Handflächen drückte sie es fest auf die Leinwand, auf der es sich abzeichnen sollte. «Wie bereitwillig die Fasern deine Zeichen annehmen, sieh nur, wie sie sie aufsaugen. Weißt du was?», fragte sie, ohne mich anzuschauen. «Sollte ich wiedergeboren werden, möchte ich gar nicht Königin oder Prinzessin sein, sondern eine Leinwand. Und zwar, um genau so berührt zu werden.» Behutsam nahm sie das Blatt Papier auf, und auf dem Stück Leinen erschien – blass, aber identisch – das Spiegelbild des Originals. Der dünne schwarze Umriss brachte sowohl die Fülle als auch die Leere meiner Zeichnung zum Vorschein – die Figur und ihr Schatten. «Wie froh ich wäre, wenn ich dich auf diese Art aufnehmen könnte», sagte sie, «wenn du so auf mir haften bliebest.»

26. Mai 1594
Zehnter Fiebertag

Ich bin durcheinander. Meine Gedanken kreisen alle um denselben Punkt. So wie mir die Erinnerung an unnütze Dinge verloren gegangen ist, würde ich gern auch die Erinnerung an Schmerz und Kummer vergessen. Ich wünschte, ein ganzer Teil von mir könnte vernichtet, ein für allemal ausgelöscht werden. Meine Kinder lehrte ich moralische Kategorien, damit sie stets das Gute vom Bösen unterscheiden können. Denn das kann man weder aus Büchern lernen noch in den Geboten nachlesen, die ich von ihnen ohnedies einzuhalten verlangte. Ich lehrte sie, sich ein Leben lang Tag für Tag sagen zu können: Ich habe nie etwas getan, was meiner nicht würdig ist.

Ich habe wirklich versucht, ein tadelloser Mensch zu werden. Die materiellen und geistigen Sorgen, die mich jahrzehntelang gequält hatten, waren verflogen: Endlich konnte ich mich nur noch dem widmen, was Bestand haben würde. Ich bot der Welt meine beste Seite, Herr. Und zwar die, auf die es ankommt. Die andere, die mich von anderen ununterscheidbar macht, schien mir weder Wirkung noch Gewicht oder Bedeutung zu haben. Würde sie doch mit mir verschwinden.

Vor langer Zeit hatte ich mich zur Anfertigung sechs großer Gemälde mit den *Legenden der heiligen Katharina* für die große Kapelle der gleichnamigen Kirche verpflichtet. Sie liegt am Rand unseres Stadtteils, zwischen den eleganten Palazzi von San Felice und den Sümpfen, Stränden und Feldern, auf denen die Kinder Ball spielen. Die Kirche war mir sehr ans Herz gewachsen, war ich doch jahrelang frühmorgens, wenn ich bei Cornelia aus dem

Haus trat, trunken vor Glückseligkeit an ihr vorbeigelaufen. Die Nonnen des benachbarten Klosters wollten den Legendenzyklus der Heiligen so vollständig, wie ihn auch die Kinder kannten: Katharinas Begegnung mit Kaiser Maxentius und die Weigerung, heidnische Götzenbilder anzubeten, das mit Bekehrung endende Streitgespräch mit den gelehrten Philosophen aus Alexandria, die Geißelung an der Säule, der Kerker, in dem ihr die Engel die Wunden salben, das grausame Martyrium auf den Rädern, das durch Einschreiten eines Engels fehlschlägt, und schließlich der Gang aufs Schafott und ihre Enthauptung. Der Vertrag war seit Jahren überfällig, dem Zyklus schien das gleiche Schicksal wie den vielen anderen unangetasteten Projekten zu blühen. Da ich in meiner Jugend einige Geschichten von der heiligen Katharina gemalt hatte, faszinierte mich die Figur der intellektuellen Jungfrau und Märtyrerin nicht mehr genug, um mich erneut mit ihr zu beschäftigen. Für mich zählten nur noch die Arbeiten für die Rochusbruderschaft. Zum ersten Mal malte ich weder für den Staat noch für einen Prinzen, noch für einen Kunden: Ich malte für dich, und es war, als malte ich für mich. Ich war frei.

Meine Söhne arbeiteten hart. Im Morgengrauen standen sie auf und begannen für Stunden zu schuften. Ohne Lohn und Widerworte. Doch ein Meister muss sich bei seinen Gehilfen zu bedanken wissen. Er muss wissen, wie er sie anspornen, ermuntern, herausfordern kann. Die Legenden der heiligen Katharina schienen mir dafür geeignet zu sein. Ich erzählte ihnen von dem Projekt. In der Werkstatt stellten wir die Szenen nach und sprachen über die Figuren. Ich wollte nur die beiden letzten Gemälde des Zyklus malen – die dramatischsten Szenen der Folter und des Leidenswegs zum Hinrichtungsplatz – und betraute meine Söhne mit dem Rest. Jedem übertrug ich dieselbe Verantwortung. Dominico, Marco – und sogar Zuane, der erst vierzehn war und zu jener Zeit lediglich Paletten abkratzte, von mir entworfene Köpfe ausschnitt und auf unfertige Leinwände klebte: Da er sich im Ausschneiden und Annähen sehr geschickt anstellte, nahmen ihn seine Brüder gern auf den Arm und nannten ihn Flickmarie oder Stickliesel.

Auch Marietta gehörte der Truppe an. Ihr Gemahl hatte sich als so tolerant erwiesen, wie von mir erhofft. Die künstlerischen Fähigkeiten seiner Braut erfüllten ihn mit Stolz. Zur großen Entrüstung der Italiener vertrat er auf liebenswürdige Weise die Meinung, dass Frauen durchaus Admiral und Heerführer, Architekt und Bischof, Steinmetz und Doge werden könnten, wenn es nur von uns Männern geduldet würde. Ein einziges Mal fragte er sie in meiner Gegenwart, ob sie die gleiche Liebe für die Malerei aufgebracht hätte, wenn sie die Tochter eines Kürschners oder Fährmanns gewesen wäre. «Natürlich nicht», antwortete Marietta verdutzt, «ich liebe sie, weil Jacomo sie liebt. Weil sie unser Leben ist, was anderes kenne ich gar nicht.» Marco Augusta ließ alle seine Freunde bei ihr posieren. Er war glücklich, ihr Kunden für ihre Portraits besorgen zu können – vielleicht weil er hoffte, sie dadurch von der eigenen Suche abzuhalten. Doch die Atmosphäre in der Werkstatt behagte ihm nicht. Zu wissen, dass sie als einzige Frau zwischen zahlreichen jungen Männern und Modellen verweilte, verlockend wie Römerstatuen und überdies unbekleidet, machte ihn unruhig. Das kann ich ihm nicht verübeln. In ihrem Atelier im zweiten Stock hatte seine Frau alles, was sie zum Malen brauchte. Platz, Ruhe, Abgeschiedenheit. Kurzum, *ihre* Werkstatt. Jahrelang bat er sie vergeblich, sich aus meiner Werkstatt zurückzuziehen. Aber das wäre ihr Tod, musste er sich sagen lassen.

Ein beschwerlicheres Geschenk als den Zyklus der heiligen Katharina hätte ich meinen Kindern nicht machen können. Nie hatte ich ihnen eine solch schwierige Aufgabe anvertraut. Es war ergreifend zu sehen, wie sie sich bemühten. Sie wollten mir beweisen, dass sie mein Vertrauen nicht enttäuschen würden. Der eine schaffte es, der andere nicht. Ich ließ sie ihre Fehler machen. Erst die schmerzvolle Erfahrung, mit all seinem Ehrgeiz gescheitert zu sein, bringt einen Künstler hervor – oder unter die Erde, wenn er es denn verdient.

Frauen haben bei mir nie Modell gestanden: Jenseits der Bettkante empfinde ich einen regelrechten Ekel vor der Anatomie weiblicher Nacktheit – es gefällt mir vielmehr, ihre Schönheit nur anzudeuten, zu idealisieren. Zu sehr habe ich sie geliebt, als ihnen die Schmach aufzuerlegen, sie in ihrer Unvollkommenheit – ihrer Leibesfülle und ihrem Verfall – zu verewigen. Ich malte die Frauen nicht wie sie sind, sondern wie sie sein sollten: eine Abstraktion des Geistes, ein Traum. Allein Cornelia posierte für mich. Aber meine Deutsche war eine Amazone, die ich über alles liebte. Ansonsten hielt ich es mit den Männern. Hüllenlos ließ ich sie so posieren, wie ich es benötigte, und hatte ich sie einmal skizziert, legte ich ihnen Frauenkleider an. Meine Kinder hatten das so von mir gelernt.

«Wenn du einen Mann und seine Seele abbilden willst», habe ich ihnen immer wieder gesagt, als ich sie die Grundlagen der Zeichenkunst lehrte, «musst du seinen Körper, seine Muskeln und Knochen studieren. Denn die Seele wird ausschließlich durch das Fleisch sichtbar. Körper und Seele sind unzertrennlich und ziehen sich wie Mann und Frau unwiderstehlich gegenseitig an. Nicht einmal der Tod kann sie trennen. Die Seele ist unsichtbar, unfühlbar, unantastbar. Dennoch gibt es sie. Und der Körper ist ihre Form.» «Und wenn du eine Frau portraitieren willst?», wollte Marietta wissen. «Da Frauen nicht dem menschlichen Geschlecht angehören, haben sie keine Seele», antwortete ich – doch sie wusste nicht, ob ich das ernst meinte oder nicht. «Daher brauchen wir ihren Körper nicht zu studieren. Der Körper einer Frau ist lediglich die Hülle ihrer Organe: ein ausdrucksloses Gewand.»

So wurde Zuane zum Akt der heiligen Katharina. Eines schönen Tages aber saß mitten in der Werkstatt anstelle meines Sohnes – die Tintoretta. «Was ist denn hier los?», fragte ich und versuchte, meinen Schrecken zu überspielen. «Ich will keine Weiber in der

Werkstatt.» Dominico rechtfertigte sich, dass sie es ohne ein echtes Modell nicht hinbekämen. Die heilige Katharina sei ein junges Mädchen von scharfem Verstand gewesen, jedoch laut sämtlicher Quellen auch sehr schön, ja von ganz besonderer Anmut, und für die Szenen der Geißelung und im Kerker bräuchten sie einen wohlgeformten, jungen, nackten Körper. Zwar sei auch Zuane zweifelsohne gut gebaut und jung, ein Ephebe, der entblößt einem Apoll glich, nichtsdestotrotz sei und bliebe er ein Junge, und daher gehe es eben nicht: Die Szene führe zu einem grotesken Ergebnis. Deswegen hätten sie sich eine gemeine Hure besorgt. Ich solle nicht enttäuscht sein. In der Gegend von Sankt Katharina würden sich ja bekanntlich die besten Prostituierten Venedigs tummeln, die gewiss erfreut darüber seien, wenn sie erführen, dass einer von ihnen die Ehre zuteil würde, in ihrer Kirche die Märtyrerin zu verkörpern. Das habe obendrein sogar eine moralische Wirkung. Sie hätten sie für eine Woche oder zwei gekauft.

«Wer ist auf diese Idee gekommen?», fragte ich, mühevoll meine Empörung zurückhaltend. «Ich», antwortete Marietta, «ich werde sie bezahlen, sei unbesorgt, dich wird sie kein Geld kosten. Ich habe die Tintoretta ausgesucht. Sie ist schön und gerade fein genug für Katharina, die Königstochter. Eigentlich wollte ich selbst posieren, aber dass mich alle nackt sehen können, hättest du nicht zugelassen. So posiert nun Andriana an meiner Stelle.» Marietta redete in einer derart dreisten, herausfordernden Art mit mir, dass ich mich lieber zurückhielt. Mein Widerstand hätte als das Eingeständnis einer Schuld verstanden werden können. Außerdem passte es mir in dem Moment ganz gut zu glauben, Marietta habe Andriana ausgesucht, damit ich nicht den Verdacht hegen musste, meine gerade mal zwanzigjährigen Söhne hätten bereits begonnen, kostspielige Freudenmädchen aufzusuchen. Ich erzog meine Kinder mit einer Strenge und Härte, die ich mir selbst erst gegen Ende meines Lebens auferlegt habe.

Andriana erwies sich jedoch als ideales Modell. Sie hatte ein natürliches Körpergefühl und stellte ohne Scheu oder Scham ihr Fleisch zur Schau – ohne Hintergedanken, wie mir schien. Geduldig probierte sie alle Kleider an, die meine Söhne nacheinander aus unserer Vorratstruhe hervorholten. Wie eine Marionette ließ sie sich ankleiden und ebenso fügsam wieder ausziehen und auf das Strohlager im Kerker drapieren – wo sie ja unbekleidet liegen musste. Ich hätte sie weder malen können noch wollen. Wenn dieses Mädchen sich einbildete, mich dazu zwingen zu können, ihr etwas von mir zu geben, so irrte sie sich. Selbst den kleinsten Kohlestummel hat meine Hand nicht angerührt, um sie zu skizzieren. Rein gar nichts. Denn mein einziger Schutz bestand darin, sie nicht zu einem Teil von mir werden zu lassen.

So entledigte sich Andriana in jenem Herbst allmorgendlich hinter einer spanischen Wand ihrer Kleider, die sie auf einem Schemel zu einem Stapel auftürmte. In diesen Tagen glich das Haus Tintoretto wahrlich einem Seehafen: Das Ausmaß der zu bewältigenden Arbeit war dermaßen groß, dass ich zusätzlich zu meinen Söhnen fünf Gehilfen anstellte – obschon es mir nie behagte, wenn sich nachts in meinem Haus Fremde herumtrieben. Im Lauf des Vormittags schaute ich in der Werkstatt vorbei, um Aufgaben zuzuweisen, Zeichnungen zu begutachten, Ratschläge zu erteilen und Fehler auszubessern. Niemand kümmerte sich um die in der Mitte sitzende, nackte junge Frau. Sie war zu einem Gegenstand wie jeder andere geworden. Wie die Glaskelche, die Giovanni im Schneidersitz auf der Erde sorgfältig abzeichnete. Wie der Reitersoldat in Panzermontur für die Schlacht, den der Grieche Antonio in Angriff nahm. Wie die Folterinstrumente – die Haken und Ketten mit den Eisenringen –, die Marco noch einmal mit dem Pinsel überarbeitete. Wie die mit dem weißen Kleid voll goldener Schnörkel herausgeputzte Holzfigur, die Marietta auf die große, an der Staffelei befestigte Leinwand malte.

«Steigt auf das Podest, Signora», sagte Dominico, woraufhin Andriana hinter der spanischen Wand hervortrat, um wie eine räudige Hündin an ihm vorbeizuschwänzeln. Ihre blanken, wippenden Brüste leuchteten im schummrigen Licht der Werkstatt. Da Andriana für die *Geißelung* posierte, fesselte Dominico sie mit der rechten Hand hinter dem Rücken an die Säule. «Haltet die linke Hand nach oben», forderte er sie auf und stellte sich vor sie. «Ihr müsst sie so halten, als würdet Ihr eure Peiniger beschwören.» Während ich sie beobachtete, dachte ich selbstgefällig, dass Dominico – der von meinen Söhnen am widerwilligsten Maler werden wollte – letzten Endes die besten Fähigkeiten besaß, ein wahrer Künstler zu werden. Andrianas Reize ließen ihn kalt. Er wusste seine Triebe zu beherrschen und einen Körper nicht mit dem Schwanz, sondern mit dem Hirn zu betrachten.

Obwohl alle Kohlenbecken in dem großen Raum glühten, kroch wegen der anhaltenden Regenschauer die Feuchtigkeit bis tief in die Knochen. Venedigs alles umschlingende, legendäre Feuchte – die den Putz durchtränkt, Metall zerfrisst, Türangeln rosten, Holz aufquellen und Eisengitter verfaulen lässt und Risse in den Mauern verursacht. Die posierende Frau zitterte vor Kälte. Auf dem Papier hatte die Szene bereits Gestalt angenommen. Dominico war dabei, die Schatten herauszuarbeiten. Mit bewundernswerter Disziplin hielt Andriana ihre linke, ausgestreckte Hand still, und als Marietta den Blick von der Holzfigur abwandte und auf den von Andriana traf, lächelte sie sie an. Manche Geschöpfe Gottes schaffen es, mit entblößter Scham, unbedecktem Flaum und vor Kälte verschrumpelten Brustwarzen inmitten von Dutzenden Männern, die sie versteinert anstarren, ungezwungen zu wirken. Meine Söhne waren derart in ihrer Arbeit versunken, dass nichts anderes zu existieren schien als das gräuliche Licht, das durch die Fenster auf den Körper und die herumstehenden Gegenstände fiel. Alles Materie. Mir war, als hätten sie nicht einmal mein Kommen bemerkt. Doch überrascht stellte ich fest, dass Mariettas klarer Blick fest auf mir ruhte. Herr, es war, als hätte sie mich in einem Bordell erwischt.

Marietta wäre nie auf die Idee gekommen, die Hüfte einer Statue zu verdecken. Die Akte in meinem Atelier brachten sie nicht in Verlegenheit, hatte sie sie doch schon tausende Male gezeichnet und von Kindesbeinen an mit ihnen gespielt. Von mir wusste sie, dass es nicht Vollkommeneres gibt als einen männlichen Akt. An jenem Morgen aber, obschon sich weder Dominico noch die anderen um die heikle Blöße des jungen Modells kümmerten, steckte Marietta den Pinsel wie eine Nadel in ihren Haarknoten und legte die Palette auf die Bank. Dann ging sie ans Podest und band sich das Tuch vom Hals. Andriana flüsterte ihr etwas ins Ohr. Marietta lächelte, zog sie zu sich heran und knotete ihr das Tuch um die Scham. Mit Verwunderung stellte ich fest, dass die beiden ziemlich vertraut miteinander umgingen. Sie trugen denselben Namen. Hatten diegleiche Haarfarbe. Eine wollte die andere sein. Wer die eine nahm, träumte von der anderen. Das innige Verhältnis der beiden erfüllte mich mit großer Sorge.

Denn ich kannte das junge Mädchen, Herr. Wer nicht. Ihr Aufenthaltsort war in ganz Venedig bekannt. Ich streite es nicht ab. Wer kann schon etwas vor dir geheim halten? Wie könnte ich es vor mir selbst geheim halten? Aber darum geht es nun nicht mehr. Was ich heute bereue, habe ich nun einmal getan, und da gibt es kein Zurück mehr.

Seit wann sich Andriana wie meine Tochter nannte, weiß ich nicht. Bisweilen beschleicht mich sogar der widerwärtige Verdacht, dass es meine Idee war. Frauen wie Andriana übernehmen den Namen der Brücke, an der sie wohnen, oder des Berufs, den ihr Vater ausübt. Oder sie stehlen sich die Namen der berühmtesten Adeligen Venedigs, um Fremde zu veräppeln, die glauben, einer Cornaro, Gritti oder Venier beigewohnt zu haben. Andriana stahl sich meinen. Und den von Marietta. Alle nannten sie die Tintoretta. Aber auch meine Tochter nannten alle La Tintoretta. Nun weiß ich, dass jeder, der Andriana bezahlte, glaubte, mit Marietta ins Bett gegangen zu sein. Es war ein verbrecherischer Schwindel. Ich aber konnte ihn nicht nur nicht verhindern, Herr, sondern fand ihn auch noch verführerisch.

Tintoretta wohnte – mit einem slawischen Dienstmädchen, einer griechischen Freundin und einer Frau aus Trient, die ihre Mutter oder ihre Kupplerin oder beides war – auf der anderen Seite des Kanals, an dem auch ich wohnte. Die Fenster der im Verlauf der Jahrhunderte heruntergekommenen Hütte gingen direkt auf mein Haus. Die Vorhänge waren stets zugezogen – hin und wieder aber tauchte ein Schatten auf. Das war sie.

Dieses Mädchen wusste alles über uns. Sie spähte uns regelrecht aus, Herr. Damals konnte ich mir das allerdings noch nicht vorstellen. Wenn ich an lauen Sommerabenden mit meinen Kindern in der Loggia spielte – die Fenster weit geöffnet, um der Schwüle einen kleinen Luftstrom abzuringen –, saß Tintoretta im Dunkeln in ihrem Zimmer am gegenüberliegenden Ufer und beobachtete uns. Zum Vergnügen meiner Kinder warf ich mir einen Teppich über den Rücken, band mir, als wären es Höcker, Beutel auf Nacken und Kreuzbein und ließ sie auf mir kamelreiten. Kamele habe ich zeitlebens gemocht und gern gemalt, obwohl ich nie eines gesehen habe. Auf der Fassade des Hauses gegenüber Madonna dell'Orto, in dem ich als junger Mann wohnte, ist ein Kamel aus Marmor abgebildet: Dieses Tier wurde zu meinem Emblem. Aus einem Gespräch mit einem persischen Händler aus Baktrien erfuhr ich, dass Kamele intelligente Tiere sind, unermüdliche Arbeiter, die unglaubliche Strapazen und unsägliche Entbehrungen aushalten können. Die männlichen Exemplare werden von einem mächtigen Sexualtrieb beherrscht, der sich sowohl in einem hitzigen Beischlaf äußert, der häufig von wie Kriegsfanfaren klingenden Jubelgesängen begleitet wird, als auch in einer stürmischen Eifersucht auf die vielen Weibchen, mit denen sie sich umgeben. Darüber hinaus haben sie ein ausgezeichnetes Gedächtnis: Ein Kamel behält die kleinste Kränkung im Kopf und ist in der

Lage, zwanzig Jahre auszuharren, um dann bei all denen Rache zu üben, die es geschlagen, schlecht behandelt oder verhöhnt haben. Genauso bin ich. Wenn die asiatischen Philosophen recht haben – wie mir einst Marco Augusta erzählte – und wir in anderer Gestalt wiedergeboren werden, da jede Materie in irgendeiner Form weiterlebt, werde ich möglicherweise im nächsten Leben als Kamel auf die Welt kommen.

Ich war also das Kamel und der Raum die Mondwüste. Der Enttäuschung meiner jüngsten Töchter, einen solch alten Vater zu haben, versuchte ich dadurch entgegenzuwirken, dass ich eine körperliche Kraft herauskehrte, die ich gar nicht mehr besaß, und mir die wildesten Spiele für sie ausdachte. Als meine ersten Söhne auf die Welt kamen, hatte ich zwar das richtige Alter, aber die Malerei sog all meine Energie auf. Ich spielte nie mit ihnen. Nicht ich habe mich auf sie eingelassen, sondern sie waren es, die in meine Welt eintauchten. Und alle wollten – oder zumindest meinten sie es zu wollen – Maler werden. Die kleinen Mädchen wetteiferten dagegen um das Recht, an meinen Haaren wie an Zügeln herumzuziehen und auf dem bizarren, exotischen Tier zum Schloss der Mondfee zu reiten – das hieß zur Geschirrtruhe, auf der sich Marietta niedergelegt hatte, die so tat, als schliefe sie. Die auf mir reitende Amazone hatte die Aufgabe, die Prinzessin wachzuküssen und nach Hause zu bringen. Es war ein albernes und anstrengendes Spiel, das uns jedoch für lange Zeit beschäftigte. Alles, was ich meinen Mädchen schenken konnte, waren meine Phantasie und ein paar der Arbeit gestohlene Stunden. Deshalb, Herr, machte ich auf die junge Frau im Haus gegenüber den Eindruck, als wäre ich der perfekte Vater, und meine Kinder, als wären sie glücklich.

Donna Betta war es, die sich eines Sonntags in die Kirche Madonna dell'Orto schlich und an mich herantrat. «Maestro», raunte sie mir zu, «mir ist zu Ohren gekommen, dass Eure Tintoretta geheiratet hat. Meinen herzlichsten Glückwunsch.» An ihrer

Kleidung und der Qualität des Stoffes war zu erkennen, dass sie eine Kupplerin mittleren Ranges sein musste: Für eine alles umfassende Gefälligkeit würde sie nicht mehr als zehn Dukaten verlangen.

Meine Familie nahm auf unserer Bank im mittleren Kirchenschiff Platz. Beunruhigt drehte sich meine Frau zum Eingang um – sobald ich nicht mehr an ihrer Seite bin, wird sie unruhig. Sie fürchtet sich vor dem, der ich bin, wenn ich nicht bei ihr bin. Wie ein Seemann, der das Land wittert, das er noch nicht gesichtet hat, witterte Faustina die Frauen, ohne die ich nicht auskam. «Eure wunderbare Marietta war Euch gewiss stets ein großer Trost», fuhr die Unbekannte fort. «Ihr werdet eine Frau brauchen, die sie Euch ersetzt. Nun, Maestro, ich hab eine für Euch aufgetan. Blond, zierlich, mit blaugrünen Augen wie ein Aquamarin und alabasterfarbener Haut. So eine findet Ihr in Venedig kein zweites Mal. Nur dass Ihr es wisst, fortan steht eine andere junge Tintoretta zu Euren Diensten. Sie verzehrt sich danach, Euch Vergnügen zu bereiten. Sie wird Euch jederzeit empfangen.»

Ob die Tintoretta jemals hübsch gewesen ist, weiß ich nicht. Zumindest behaupteten es jene, die sie hin und wieder aufsuchten. Doch ihr Körper war träge Materie. Ihre Augen hatten keinen Glanz. Männer bedeuteten für sie nichts als Erpressungen, Gold, Befehle, Samen und leere Versprechungen. Sie selbst war sie nur, wenn sie schlief. Ihr äußerer Eindruck schien nicht zu trügen: Sie war eine verwirrte, haltlose und einsame Frau.

Die Tage wurden immer kürzer. Der Winter hatte Venedig fest im Griff. Eine durchsichtige dünne Eisschicht hatte sich auf die Fondamenta, die Wasserpfähle und Fialen der Metallgitter gelegt. Wenn auch das Posieren mitunter lang und unbequem war, Andriana beschwerte sich nie. Als Marietta aber mit dem Gesicht der schönen heiligen Katharina fertig war und sie nicht mehr brauchte, verschwand Tintoretta umgehend. Vom selben Tag an, als Marietta sie in meine Werkstatt holte, ging ich nicht mehr zu ihr. Wochenlang blieben die Fenster in dem grünen Haus verschlossen. Donna Betta ließ mich wissen, dass ich sie, wenn ich Andrianas Dienste noch einmal benötigte, bei ihrer Großmutter auf dem Land auf Malamocco antreffen würde. Selbstverständlich suchte ich sie nicht auf. Ich schickte ihr, was ich für angemessen hielt – eine Handvoll Goldknöpfe und ein Diadem aus silbernen Haarnadeln. «Damit die Signora versorgt ist», sagte ich zu Donna Betta und reichte ihr das Päckchen – sie begriff, dass es vorbei war.

Mehrmals fragte mich Marietta ganz unverfänglich, ob ich etwas von Andriana gehört habe. «Von wem?», fragte ich, als wüsste ich nicht, von wem die Rede war. «Ah, dein Modell.» Aber ich wechselte umgehend das Thema. Im März teilte mir Marietta mit, dass ihre heilige Katharina endgültig trocken sei. Ob ich sie nicht begutachten wolle? Mit gespreizten Fingern zog ich an einem Zipfel das Tuch von der Leinwand. Widerwillig beschaute ich mir nur kurz das Bild, an dem sie den ganzen Winter über gearbeitet hatte. Es war das Beste, was sie je gemalt hat.

«Gefällt es dir?», fragte sie, weil ich schwieg. «Nein», erwiderte ich instinktiv, da ich spürte, was sie eigentlich von mir wissen wollte. «Das heißt ja, es ist eine gute Arbeit, eine interessante Idee, der Entwurf ziemlich gut, die Farbzusammenstellung wirkt freundlich, der Boden und die Bücher sind optimal gelungen. Nur die Kette ist ungenau, die Perlen sehen aus wie Knöpfe. Beim Hintergrund ist geschludert worden, die Landschaft ist oberflächlich und so dürftig wie die eines Anfängers, aber das ist nicht weiter schlimm, da die Kirche ohnehin dunkel ist und man es da oben, wo es hängen wird, nicht bemerkt. Das Gewand ist gut, das warme Licht auch, die Farbe allerdings zu dünn aufgetragen, man sieht die Struktur der Leinwand.» «Die Heilige, Jacomo», forderte mich Marietta auf. «Die Geste zeugt nicht von besonderer Zierde … der Körper ist … nun die hervorstehende Hüfte sieht nicht besonders heilig aus», stammelte ich, «sie könnte eine Ballerina sein … Das

Gesicht, nun, das Gesicht ist wunderhübsch, ausgezeichnet, muss ich sagen.» «Papa ...», hob Marietta an. Sie fuhr jedoch nicht fort, hielt sich vielmehr die Hände vor den Mund, kehrte mir den Rücken zu und erbrach sich in einer Farbschüssel. «Was ist?», fragte ich sie besorgt. «Nichts, mir ist nur ein wenig übel», murmelte sie.

«Bist du etwa schwanger?», entfuhr es mir. Ich bereute die Frage augenblicklich. Seit dem Tag ihrer Vermählung fragte meine Frau Marietta mit einer Beharrlichkeit, die auf eine mir unverständliche Unruhe schließen ließ, ob sie jeden Monat ihre Mädchenblüte habe, ob ihr übel sei oder sie sich schwach fühle. Da Marietta das Letztere stets kurz und knapp verneinte, begann Faustina nach einem Jahr, mir Vorwürfe zu machen, ich hätte die Seele meiner Tochter mit dümmlicher Schwärmerei von Ruhm und Ehre vergiftet, sie denke nur noch ans Malen, ich hätte sie verdorben und gegen die Natur gesündigt, und nun räche sich die Natur. Malen sei nichts für Frauen, niemals hätte ich sie bei mir aufnehmen dürfen. Ich erwiderte, dass die Natur nichts damit zu tun habe. In diesem Winter wies mich jedoch Marco Augusta ganz nebenbei darauf hin, dass ihre Wohnung für ein Paar gewiss ideal, für eine Familie jedoch zu klein sei. Sobald sie ein Kind bekämen, sei es sicher angebracht, wenn er und Marietta sich eine andere Bleibe suchten – sicherlich im selben Viertel, aber in einem anderen Haus. «Ist Marietta damit einverstanden?», fragte ich ihn.

«Selbstverständlich», antwortete der Juwelier. «Verzeiht mir, liebster Vater, doch seit einiger Zeit treibt mich der Gedanke um, in ein eigenes Haus ganz für uns allein zu ziehen. Ich bin nunmehr ein Meister mit drei Gesellen, fast dreißig Jahre alt, und meine Frau kann nicht mehr länger Eure Tochter sein, Maestro, sie muss eine echte Hausherrin und die Mutter unserer Kinder werden. Leider will Marietta von Umzug noch nichts wissen, und Ihr kennt ihren sturen und unbeugsamen Willen besser als ich. Daher haben wir folgende Abmachung getroffen: Sobald uns ein Kind geschenkt wird, suchen wir uns eine geräumigere Unterkunft.» Der aufrichtige Deutsche bemerkte es zwar nicht, aber in der Vereinbarung erkannte ich sofort Mariettas Tricklist. Der Fall schien mir daher derart abwegig und unwahrscheinlich, dass ich mich geschwind einverstanden erklärte. Seitdem aber konnte ich es mir nicht verkneifen, mir Marietta, wenn sie in die Werkstatt herunterkam – um ihren Brüdern zu helfen, um Kopien anzufertigen oder eines meiner Arbeiten zu Ende zu bringen –, im Profil zu betrachten. Marietta war aufgeblüht, als hätte irgendetwas, das sie seit Langem unterdrückte, Mittel und Wege gefunden, ihr zu entsprießen. Sie hatte fülligere Formen angenommen, allerdings nicht aus dem von ihrem Gemahl ersehnten Grund. Marietta hätte ihm nie gestattet, sie mir wegzunehmen.

Marietta schwieg und wischte sich den Mund mit einem Öllappen ab. «Ich habe gefragt, ob du schwanger bist, Funke?», fuhr ich sie an. Ich hatte das Gefühl, ein Nagel würde sich durch meine Eingeweide bohren. Verstehst du, Herr, ich zweifelte an ihr. Mich von ihr zu trennen war mir ein unerträglicher Gedanke. Und die Angst, sie zu verlieren, war so grauenvoll wie ein möglicher Verlust. «Ich weiß nicht, vielleicht machst du mich krank», sagte sie und warf den Lappen in den Abfalleimer.

An jenem Nachmittag musste ich einen sehr berühmten Professor der Universität von Padua portraitieren. Er war kahlköpfig wie ein Ei, hatte wurstige, in Ringe gequetschte Finger und listige, wimpernlose Augen. Während des Posierens rede ich normalerweise wenig. Höchst konzentriert versuche ich, es so kurz wie möglich zu machen. Dadurch erspare ich mir Zeit und Mühen sowie überflüssige Worte. Meine Schnelligkeit erfreute sowohl meine Kunden als auch mich. Der Professor war jedoch einer der bestangesehenen Ärzte der Republik. Sogar aus Paris reisten Studenten an, um seine Vorlesungen zu hören. Wir hielten uns allein im Wohnzimmer des Palazzo Contarini auf, wo er zu Gast war. Eine solche Gelegenheit bekäme ich nicht wieder. Ich fragte ihn, ob ich seinen hohen Erfahrungsschatz in Anspruch nehmen und bei ihm eine Meinung einholen dürfe, um wieder innere Ruhe zu erlangen. Er forderte mich auf, den Fall darzulegen.

Nun, begann ich umständlich, ob er sich vor dem Hintergrund seiner Erfahrungen veranlasst sehe, die Tatsache für unnatürlich zu halten, dass eine körperlich gesunde junge Frau, die mit einem ebenso körperlich gesunden jungen Mann verheiratet sei, nach dreieinhalb Jahren Ehe noch kein Kind in die Welt gesetzt hat. «Hatte sie schon einmal eine Abtreibung oder eine Fehlgeburt?», fragte mich der Professor, der versuchte, seine Gesichtsmuskeln beim Reden nicht zu bewegen. «Auch das nicht», antwortete ich.

Der Professor rückte sich auf seinem Stuhl zurecht. Ich bat ihn, den Ellbogen wieder auf der Lehne abzustützen, da sonst sein Arm in dem weiten Ärmel der Toga verschwinde. Er meinte, dass dieser Fall nicht selten auftrete. «Aber», erwiderte ich daraufhin, «für diese Frau war es als kleines Kind und auch eine Zeit lang im herangereiften Alter üblich, sich als Junge zu kleiden. Sie trug einen Jungennamen und benahm sich wie ein Junge. Haben diese Wirrnisse sie möglicherweise daran gehindert, eine richtige Frau zu werden? Haben sie sich vielleicht unheilvoll auf ihre Gebärmutter ausgewirkt und ihre Körpersäfte verdorben?»

Der Professor lockerte die Silberschnalle an seinem Samtgürtel, der ihm den Bauch einschnürte, und lachte laut los. Seine schwabbeligen Wangen bebten wie Ricottakäse. Er fegte meine Vermutung als Blödsinn vom Tisch. Er glaube nicht an weit zurückliegende Ursachen, sondern nur an die naheliegenden. Und die nahe Ursache einer Schwangerschaft oder eben einer ausbleibenden Schwangerschaft sei die Ehe und, wenn er es frank und frei formulieren dürfe, der Koitus. Nun, um herauszubekommen, wie diese Ehe funktioniere – oder nicht funktioniere –, und um Abhilfe zu schaffen, müsse er mit der Frau persönlich sprechen. Es ginge darum zu erfahren, ob der Gatte seine ehelichen Pflichten erfülle. Und die Frau ihre eigenen.

Ich bereute es, ihn um sein Urteil gebeten zu haben. Ich verstummte und hoffte, die Stille würde wieder Abstand zwischen uns herstellen. Ich konzentrierte mich auf die Hände – eine heikle Sache, da die des Professors unförmig und dick wie Würste waren. Hätte ich sie so gemalt, wie ich sie sah, hätten mich alle für schlampig gehalten. Die Natur ist unvollkommen, aber die Kunst vollendet sie – doch zuweilen verfälscht sie sie auch. Die Wirklichkeit entbehrt jeglicher Schönheit, Herr. Ist es tatsächlich unsere Aufgabe, sie zu idealisieren und so erträglich zu machen?

Aber der Professor langweilte sich und war überglücklich, eine Ablenkung gefunden zu haben. «Ich erzähle Euch einmal von einer wahren Begebenheit, Maestro», hob er an. «Vor vielen Jahren musste ich eine Frau behandeln, die nicht schwanger wurde. Da sie vollkommen normal gebaut war und von ihrem ersten Gemahl ein Mädchen empfangen hatte, fragte ich mich mit höchster Behutsamkeit nach der Häufigkeit ihres Verkehrs mit dem zweiten Gatten. Sie sagte, sie könne sich nicht beklagen, da dieser sich jede Nacht an ihr vergehe. Später aber erläuterte sie mir, dass er von hinten mit ihr verkehre. Da war es doch recht unwahrscheinlich, dass sie so empfing, nicht wahr?»

Herr, Ärzte sind wie Priester. Sie kennen unsere schmachvollsten Geheimnisse und schauen ohne Gnade und Barmherzigkeit auf unseren Körper. Aber auch Maler vermögen so zu schauen. Ich ließ diesen unvollkommenen Körper nicht schöner aussehen. Ich malte ihn, wie ich ihn sah – einen losen, widerwärtigen Fleischberg, eingehüllt in ein Gewand wie ein Stück Ochsenfleisch in einen Sack. Der Professor bemerkte meinen Widerwillen nicht. Mit seinen Schweinsäuglein und der fetten Hand auf der Armlehne hielt er seine Pose. Meine Hand aber zitterte. «Maestro», schloss er, «stellt Euch nicht zu viele Fragen. Meine beruflichen Erfahrungen haben mir gezeigt, dass die ehelichen Gemächer so viele Geheimnisse bergen, wie Sterne am Himmel hängen.»

Eines Morgens im April, als wir den scheußlichen Winter endlich hinter uns gelassen hatten, erschien ein Fischer mit einem Korb voller Tintenfische, Makrelen und Sardinen an der Tür. Während er ihn auslud, sagte er: «Maestro, den schickt Euch Eure Tochter.»

Ich verstand die Botschaft. Tintoretta kehrte zurück. Du weißt, Herr, dass ich nicht zimperlich mit mir umgehe. Ich lebe auf meine Art. Die Ehre, die ich mir erkämpft habe, kann allein ich verlieren. Es hat mich nie gestört, als extravagant und unangepasst zu gelten. Ich bin sogar für verrückt und unmoralisch gehalten worden. Was andere über mich denken, kümmert mich inzwischen nicht mehr im Geringsten – sollen sie doch sagen und herumerzählen, was sie wollen. Wenn ich eine achtenswerte Person gewesen bin, dann dank meiner Bilder und nicht aufgrund meiner Lebensweise – geschweige denn dank meiner Art zu beten, zu denken und an dich zu glauben. Zum Schutz meiner Familie hätte ich jedoch alles getan. Ich hätte nie zugelassen, dass Tintoretta unser Dasein zerstört. Damals wusste ich aber nicht, dass nicht dieses Mädchen mein Gegner war.

In jenen Tagen wartete der Herzog von Mantua auf seinen *Gonzagazyklus*. Die Gemälde sollten den Ruhm des Hauses Gonzaga verherrlichen und die Säle im Schloss schmücken. Sein Vermittler bedrängte mich seit Monaten, hing wie eine lästige Klette an mir. Mit dem Versprechen, mir eine kleine Rente auszusetzen, mit der ich mein Dasein im Alter aufbessern könnte, wollte er meinen Eifer anspornen. Über die Naivität gewisser Machthaber kann ich nur lachen: Wenn sie glauben, über meine Zeit verfügen zu können, nur weil sie mir in einem von tausend Sälen ihrer zahlreichen Paläste eine einzige Wand überlassen, gleichsam einen Krümel ihres gesamten Staatsvermögens, eine völlig bedeutungslose Aufgabe. Als mich der König von Frankreich zum Ritter schlagen wollte, erkundigte ich mich, was mit dem Titel verbunden sei. Als ich erfuhr, dass ich vor ihm auf die Knie gehen müsse, lehnte ich ab. Die Werke, die Europas Könige bei mir in Auftrag gaben, beanspruchten mich nicht mehr als die der Bruderschaft der Fischverkäufer. Bisweilen sogar weniger – sodass ich sie von meinem Sohn oder selbst dem niedersten Gehilfen malen ließ. Es heißt, die Könige und Prinzen hätten es mir nie verziehen, mich mit dem gemeinen Volk teilen zu müssen. Hätten sie mir doch Hunderte Dukaten zahlen können, die anderen dagegen nur eine Handvoll Münzen. Aber was sind schon ein paar Metallstücke und auf Papier gedruckte Zahlen. Damit kann man sich weder Achtung noch die Wahrheit kaufen. Die Prinzen finanzierten zwar Mariettas und Dominicos Lehrzeit, das Kloster von Perina und Lucrezia, Zuanes Träume, das Spielzeug der jüngeren Töchter – aber auf die Knie bin ich dafür vor niemandem gegangen.

In zehn Tagen hatte ich zusammen mit meinem treuen Dominico die acht Bilder für den Herzog fertig. Zunächst tat ich so, als drückte ich mich davor, ihm die Bilder in Mantua aufzuhängen. Als mich der Vermittler drängte, endlich aufzubrechen, stellte ich mich krank und erklärte, dass ich das Gerüttel in der Kutsche nicht vertrage. Mir bangte davor, mich der für Prinzen typischen Schmach auszusetzen: erst große Worte machen und dann den Geldbeutel zuhalten. Da ich ihm ausrichten ließ, nicht in der Kutsche reisen zu wollen, bot mir der Herzog an, mich mit einer prächtigen Galeasse auf dem Wasserweg zu ihm holen zu lassen, und nachdem ich ihn wissen ließ, dass ich auch Geschaukel nicht vertrage, wurde sie auf sein Geheiß vollständig mit Kissen ausgelegt. Erst viel später hatte ich die Gelegenheit, ihn besser kennenzulernen, da er häufig nach Venedig zu Besuch kam. Er liebte diese Stadt und wollte sich sogar einen Palazzo am Canal Grande kaufen. Immer wenn er mich in meinem Atelier besuchte, machte er es sich auf meinem abgenutzten Ledersessel bequem. Ja, er war geizig, aber heute glaube ich, dass er bei den Menschen zu schlecht weggekommen ist, auch, weil er anders war – und ich kenne den Preis, den man dafür bezahlen muss. Der krumme, buckelige Mann zog die Juden seinen Höflingen vor, die Einfachheit auf dem Land von Goito dem Luxus im Palast. Seine Pagen mochte er lieber als seine Frau, und vergeblich versuchte er, vom Bischof von der Todsünde der Sodomie befreit zu werden. Meine von Neid zerfressenen Kollegen meinten, wir gäben ein gutes Paar ab, der Herzog und ich: der Ruchlose mit dem Buckel und der erbärmliche Zwerg.

Schließlich sagte ich dem Vermittler, dass mich meine Frau nicht ohne sie gehen lasse, ihre Eifersucht sei ja weithin bekannt. Großzügig wie er war, lud der Herzog gleich unsere ganze Familie nach Mantua ein. Aber Faustina und ich reisten allein. Seit einundzwanzig Jahren waren wir verheiratet. In dieser Zeit hatten wir zu viele Bilder, zu viele Kinder und zu wenig Zeit für uns gehabt.

Wenn du mir noch ein paar Jahre gibst, Herr, werde ich nur noch für sie leben. Ich werde ihr mein Alter widmen, so wie sie mir ihre Jugend gewidmet hat. Da meine Jugend unbedeutend war, ihre dagegen alles, was sie besaß, ist mein Alter als ein gleichwertiges Geschenk anzusehen – und ich werde meine Schulden bei ihr beglichen haben.

Seit unserer Hochzeit hatten wir nicht einen Tag für uns allein. Und nun schenkte ich ihr das, was sie von mir, seitdem wir verheiratet waren, erwartet hatte: das Leben einer edlen Dame. Ich hätte früher auf die Idee kommen sollen. Meine Frau war nämlich auf dieser Reise nach Mantua nicht mehr die verständnisvolle Glucke, die verantwortungsbewusste Hirtin ihrer Herde, die zu entwürdigenden Sparmaßnahmen gezwungene Hausherrin oder die vernachlässigte, von den vielen Schwangerschaften erschlaffte und ausgezehrte Achtunddreißigjährige. Sie wurde wieder zu dem jungen Mädchen, das ich einst geliebt hatte. Ihre Fröhlichkeit war für mich eine Absolution. Das Glück meiner Frau gehört vielleicht zu den wenigen Dingen, die mich Anstrengung, Grübeleien, Ausdauer und Zurückhaltung gekostet haben – und nicht einen Tag oder Monat, sondern ein ganzes Leben habe ich daran gearbeitet.

Mantua übt einen wahrhaften Zauber auf mich aus. Jedes Mal scheint die Zeit stillzustehen. Wenn ich zurückkehre, bin ich wieder der Mann, der ich einmal war und bleiben wollte. In einer der dort verbrachten Nächte zeugten meine Frau und ich unsere letzte Tochter. Eigentlich war ich nicht mehr im richtigen Alter dafür. Sie war die allerletzte Frucht unserer Ehe. Du schicktest uns das Mädchen wie einen Tadel für meine Sünden – für jene, die ich begangen, und jene, die ich mir bloß gewünscht habe. Aber reicht denn in deinen Augen nicht schon der Wunsch allein aus, ist er nicht der Erfüllung gleichzusetzen? Worin sollte sonst der Unterschied zwischen deinem Urteil und dem der Menschen liegen? Mantua gab uns unsere Jugend, unsere verloren gegangene Zeit zurück. Gern wären meine Frau und ich dortgeblieben. Aber alles, was ich geschaffen hatte, war in Venedig. Und ohne mich war dieses Werk so zerbrechlich und anfällig wie ein Kartenhaus, das schon beim kleinsten Windstoß umfiel. Ich kehrte zurück.

Tintoretta schickte mir ihr Dienstmädchen. «Die Signora», sagte die Slawin unverschämt, «bittet den Maestro um die Herausgabe ihres Portraits.» Unnötig zu erwähnen, dass ich diese Kreatur weder gemalt habe, noch, dass es mir je im Traum eingefallen wäre, eine solch bedeutungslose Frau zu einem untrennbaren Teil von mir zu machen. Der Hintergedanke dieser Bitte war jedoch sonnenklar. Die von Andriana bisher gewahrte Diskretion über unser Verhältnis hatte ihren Preis. Ansonsten wäre es bekannt geworden – so wie viele andere auch. Adelige und Machthaber konnten sich solche Geschichten erlauben. Ich nicht. Ich konnte meiner Werkstatt keine derartige Kränkung zufügen – auch dir nicht. Ich hatte mich angeboten, im Auftrag einer Bruderschaft, die Gotteslästerer, Ehebrecher und Beischläfer aus ihren Reihen verstößt und peinlichst genau die Moral der Bürger überprüft, das Epos von der erlösten Menschheit darzustellen.

Ich war zu früh. Wie immer hatte ich es eilig. Sie saß in ihrem Schlafgemach vor einem Spiegeltisch, noch damit beschäftigt, sich die Haare zurechtzumachen. Der lange blonde Zopf lag wie ein Seil auf ihrem Rücken. Ohne sich umzudrehen fragte sie mich, ob ich mich um Andriana kümmern würde. Sie hatte also ihre Tochter auf ihren eigenen Namen getauft. Ihre Frage war um einiges hinterhältiger, als sie zunächst klang. Sie *war* einfach ein hinterhältiges Wesen. Dazu hatten sie die Männer gemacht – und vielleicht auch ich.

Sie wollte mich also erpressen. In Mantua hatte ich beschlossen, sie mir endgültig vom Hals zu schaffen. Nicht meinetwegen oder wegen meiner Kinder. Auch nicht wegen Marietta. Vielmehr verlangte das späte Glück meiner Frau nach einer Belohnung für all das von ihr Erduldete. So antwortete ich Andriana, einzig meine Barmherzigkeit könne mich zu so etwas zwingen, denn es sei ja allgemein bekannt, dass so viele Männer ihr Bett besucht hätten, wie Pfefferkörner in ein Fass passten.

Andriana warf mir im Spiegel ein flüchtiges Lächeln zu. Erst schien sie mir noch etwas sagen zu wollen, doch sie blieb stumm. Die Minuten verstrichen. Sie ließ mich schmoren. Glaubte, mich herumzukriegen. Ein wenig unruhig ermahnte ich sie, ich hätte wenig Zeit. Und das stimmte. Ein Dutzend Bilder warteten auf ihre letzten Pinselstriche. Jeden Tag klopfte jemand an meine Tür, um mir eine Arbeit anzubieten. In jener Zeit kamen all die Aufträge, denen ich jahrelang hinterherrennen musste, von selbst und sogar ungebeten – lenkten sie mich doch von der einzigen Arbeit ab, die mir etwas bedeutete. Ich hatte keine Zeit zu vertrödeln. Auch nicht mit Andriana. Dies sollte unsere letzte Begegnung sein.

Andriana bat mich, mit den spitzen Silbernadeln den Zopf in ihrem Haar festzustecken, der sich auf ihrem Kopf zu einem Heiligenschein aus Stacheln formte. Halblaut, als wäre es beinah unwichtig, sagte sie, dass sie keine Zeit von mir wolle. «Niemand kann die Zeit eines Künstlers in Anspruch nehmen, Maestro, nicht einmal seine Familie. Im Gegenteil, seine Familie am wenigsten.» Endlich erhob sie sich und öffnete die Wäschetruhe. Mir fiel auf, dass sie äußerst blass war. Ansonsten wies nichts auf eine kürzliche Entbindung hin. Ihre Tochter Andriana hätte genauso gut auch nicht das Licht der Welt erblickt haben können. Solche Gedanken gingen mir damals durch den Kopf. Dass es eine Erfindung sei, ein Vorwand – um mich immer wieder zu erpressen. Angst war das einzige Gefühl, das ich für dieses Mädchen noch empfinden konnte.

Sie begann sich anzuziehen, ein weißes Seidenkleid mit goldenen Stickereien. Es war das Kleid, das sie auf den Bildern der heiligen Katharina trug, obschon ich es dort in ihrem Schlafgemach nicht wiedererkannte. Keines der Gewänder, mit denen wir unsere männlichen Akte als Frauen verkleideten, war Marietta damals elegant genug gewesen. Nicht die Jungfräulichkeit der heiligen Katharina sei in den Legenden das Wichtigste, erklärte sie ihren Brüdern, sondern Katharinas Weisheit, und Weisheit sei Licht. Daher holte sie von oben aus ihren Truhen das weiße Seidenkleid mit den Goldverzierungen; sie hatte es nur ein einziges Mal getragen, am Tag ihrer Vermählung mit dem Juwelier. Das Kleid, so erfuhr ich später, war der Preis für das Modellstehen gewesen. Aus Angst vor meinem Zorn hatte Andriana lange gezögert, überhaupt in meine Werkstatt zu kommen. Sie war dazu erst bereit, als Marietta ihr als Lohn ihr eigenes Brautkleid versprach. Ich aber dachte, Andriana würde sich mit diesem prachtvollen Kleid für einen neuen Liebhaber herausputzen.

Auf einmal begann sie, belangloses Zeug zu plappern: vom Frühling im Mai, wenn ganz Venedig nach Kleefarn riecht, wenn die Schwalben laut kreischend ihre Nester bauen, wenn die weißen Blüten der Maulbeeren sprießen und die Erinnerung an Schmerz vergessen machen. Ich aber verspürte in jeder einzelnen sinnlosen Silbe aus ihrem Mund eine Bedrohung, die mein Leben ins Wanken bringen konnte.

Ich besitze nichts, Herr. Das Leben ist ein Geschenk. Was mir gehört, hast du mir gegeben. An diesem Nachmittag aber begriff ich, dass irgendein dahergelaufenes Mädchen, das uns nichts bedeutete, dem ich nichts schuldete, das meinen und Mariettas Namen missbrauchte und mit allen Mitteln versuchte, meine Tochter, ja ihr Ersatz zu sein, dass dieses Mädchen mir alles nehmen konnte. Mein Interesse für sie hatte sich in Abscheu verwandelt. Diese Frau schritt wie eine böse Prinzessin im Märchenschloss durch ihr Zimmer und warf meinem Spiegelbild hin und wieder ein Lächeln zu, und ich war genau der, der ich zu sein schien: ihr Gefangener. Ich war in ihr Netz gegangen.

Auf welche Art ich ihr das Geld anbot, weiß ich nicht mehr. Nur, dass sie es nicht annehmen wollte. Ich dachte, sie weigere sich lediglich zum Schein. Denn die Sprache des Geldes habe ich nie richtig erlernt. Wenn ich tatsächlich einmal ein wichtiges Werk zu malen hatte – etwa eine Apsis- oder Deckenbemalung –, wollte ich keinen Lohn dafür. Egal, welche Ausgaben und Mühen es mich gekostet hatte, keine Summe hätte es je begleichen können. Ideen, Leidenschaft und Phantasie besitzen keinen Preis oder Wert auf dem Markt. Nie wollte ich mich nach Stunden bezahlen lassen – wie ein Handlanger; noch nach zurückgelegter Strecke – wie ein Fährmann; noch nach Gewicht – wie ein Krämer. Zehn, fünfzig, hundert Dukaten wären den fliegenden Engel, den ich mir ausgedacht hatte, nicht wert. Wenn ich für mich akzeptiert hätte, für Geld zu arbeiten, Herr, hätte man meinen Wert genauso gut wie einen Haufen Mist auf der Waage abwiegen können. Wenn ich mich also weigerte, bezahlt zu werden, dann, um nicht gekauft zu werden. Andriana aber stand zum Verkauf.

Hochrot im Gesicht bewarf sie mich mit Tintenfass, Medizinfläschchen und Duftflakons. Ich wich ihnen aus. Als ich einen Flakon mit der Hand abwehrte, zerbrach er, und der Inhalt ergoss sich über mich. Jetzt würde auch noch ihr Geruch auf meiner Haut kleben, den ich, selbst wenn ich mir die Hände im Kanal wusch, nicht von mir abbekäme. Meine Frauen würden ihn bemerken – Marietta im Atelier, Faustina im Bett. Rasend vor Wut versuchte Tintoretta, mich aus dem Zimmer zu werfen.

Ich bot ihr noch mehr. Alles, was ich in jenem Jahr verdient hatte. Für die meisten, das wusste ich, war es nur eine Frage des Preises. Und Andriana war keine Ausnahme. Endlich schlug sie ein. Das Geld hatte ich bei mir. Ich hatte schließlich nichts anderes erwartet. Als sie ihre Hand ausstreckte, packte ich sie und verlangte einen Schwur. Ich gäbe ihr eine Aussteuer, damit sie den Pfad der Untugend verlassen und ihr eigenes Leben führen könne, aber dafür müsse sie aus Venedig verschwinden. Sie dürfe sich nie mehr blicken lassen. Wenn sie glaube, mich hintergehen, ja mich bescheißen zu können, würde ich sie in den Ruin treiben. Ich würde einen Weg finden, eine Tarotkarte mit dem Bild des Teufels unter ihr Kissen zu schmuggeln, damit ihr wie einer Hexe der Prozess gemacht und sie an den Pranger gestellt werden würde. Von jugendlichen Strolchen verspottet und von Frauen bespuckt, würde man sie vom Markusplatz bis Rialto auspeitschen und ohne ein Stück Stoff am Leib aus Venedig verjagen. «Mein Guter», erwiderte Andriana lächelnd, «das würdest du nie tun.» «Und ob ich das tun werde», versprach ich ihr.

Da schickte sie sich an, das Geld Münze für Münze nachzuzählen. Sie konnte kaum zählen, Herr. Bei dreißig angekommen, vertat sie sich. Und ausgerechnet ich half ihr weiter. Nebeneinander saßen wir zwischen den auf ihrer Bettdecke verstreut liegenden Silbermünzen. Angst verspürte ich keine mehr. Ich wusste, dass sie nicht log, dazu wäre das arme Mädchen gar nicht imstande gewesen. Sie war eine habgierige, schlichte Person – ein leeres, elendes Etwas ohne Seele und Würde. Sie tat mir leid.

Sie hielt die Summe für angemessen. Noch nie hatte sie so viele Dukaten auf einmal gesehen. «Wie viel wiegt eigentlich ein Silberdukaten?», fragte sie mich. «Ist Silber leichter als Stein? Geht Silber unter, oder bleibt es oben?» «Silber ist ein Metall,

Andriana», erklärte ich ihr von ihrem kindlichen Unwissen erheitert, «natürlich geht es unter.» Sie lächelte und sah glücklich aus. Mit einem Taschentuch deckte ich die Münzen zu – ich konnte sie auf einmal nicht mehr sehen. Dann nahm ich sie wieder an mich. Sie musste mir noch etwas anderes versprechen. Wo immer sie hingehe – Florenz, Mailand, Rom –, nie wieder dürfe sie den Namen meiner Tochter benutzen. Ich sagte ihr, dass ich Marietta so vor ihr beschützen würde, wie ich sie vor mir beschützt hätte. Hätte ich es nur nicht getan. Aber es war passiert. Wie eine Bettlerin streckte sie nach mir – nicht dem Geld – die Hände aus. In jenem Augenblick bettelte sie tatsächlich, Herr, aber ich verstand es nicht. Dieses Wesen war im Begriff, aus meinem, aus unserem Leben zu verschwinden, was mich in Sicherheit wog. Wie sie es anstellen würde, konnte ich mir beim besten Willen nicht vorstellen. Plötzlich krallte sie sich wie eine Katze das Taschentuch aus meiner Hand. Dann versteckte sie ihre Beute unter ihrer Matratze. Ich stand auf. Es war vorbei.

Sie begleitete mich zur Tür. «Andriana wird dir danken», sagte sie. Sie nahm meine Hand und drückte ihre Lippen darauf. Das war unsere letzte Berührung. «Maestro», fügte sie an, «ich lass dir deine Tintoretta. Aber vergiss nicht, dass sich Sonne und Mond zwar hinterherjagen, Tag für Tag, immer und ewig, doch fangen tun sie sich nie.»

Einige Tage darauf saß ich, in eine Filzdecke gehüllt, mit dem Rücken zum Wasser auf einer Gondel. Der keuchende Gondoliere hinter mir krümmte und beugte sich, während sich über uns ein Gewitter zusammenbraute. Schon seit einer Weile hatten wir die Münzanstalt und danach San Servolo passiert. Die Wellen brachten uns jedoch vom Kurs ab, und anstatt dem Lido näher zu kommen, schien er mit jedem Ruderschlag weiter weg zu rücken. Es war Ende Mai, möglicherweise der gleiche Tag wie heute: Sicher bin ich mir allerdings nicht, denn zu welchem Zeitpunkt ich was tat, hat mich nie gekümmert. Ich weiß nicht einmal mehr, an welchem Tag ich geboren wurde. Mir kommt es nicht darauf an, wo ich war oder bin, sondern wo ich in einhundert oder dreihundert Jahren sein werde. Sollte ich nirgends sein, werde ich das unnütze und unfruchtbare Leben eines Steins geführt haben. Unsere Schande ist nicht der Tod, sondern die Ewigkeit. Der Wind fegte über die Lagune, in der wir uns wie in einem zersprungenen Glas spiegelten. Die Gondel hatte die gleiche bedrohlich glänzende Farbe wie der Schild eines Skarabäus. Alles um uns herum wurde schwer und bleiern, der Himmel schien sich über uns zu verschließen. Ein schlechtes Vorzeichen sah ich darin jedoch nicht.

Ich war auf dem Weg nach Malamocco. Marietta hatte mich davon überzeugt – eigentlich eher gezwungen –, einem armenischen Gewürzhändler einen Besuch abzustatten, der zwischen den Gemüsegärtnern der Insel mit Pulvern und Gemischsaat handelte. Sein Bruder, ein Kaufmann in einem Hafen von Kleinasien, brachte ihm alle sechs Monate Mineralien, die wir sonst nirgendwo bekamen. Anstatt sich ein neues Kleid zu kaufen, hatte sich Marietta immer lieber das helle veilchenblaue Pulver gewünscht, mit dem sie das Gewand einer Frau ausmalen konnte. Nie hat sie für sich so viel ausgegeben wie für ihre gemalten Frauen. Und dieser Armenier auf Malamocco führte unter anderem auch diese blauen Kiesel, die nussgroßen, afghanischen Lapislazuli, die seit dem Krieg in Venedig so selten geworden waren. Das Blau, das man durch Zermahlen herausbekam, war die kostbarste Farbe, die es gab. Der Lapislazuli sei ein Himmelsstein, ein mit Sternen gesprenkelter, himmelblauer Stein. Marietta sprach mit einem solchen Verlangen von diesen verdammten Lapislazuli aus Afghanistan, dass ich nicht Nein sagen konnte.

Schon seit Jahren kam mein Funke nicht mehr mit, wenn ich Farben oder Sonstiges einkaufen ging. Die Zeiten waren vorüber, wie ein schöner Traum, an den man sich, kaum aufgewacht, schon nicht mehr erinnern kann. Glaub mir, Herr, für mich gab es keinen

Grund, bis nach Malamocco zu fahren. Da wir aber nicht mehr die Gelegenheit hatten, ein paar Stunden allein zu verbringen, tat ich ihr den Gefallen.

Seltsamerweise trafen wir jedoch auf Malamocco keinen armenischen Gewürzhändler an. Wir liefen zwischen den Bauernhöfen und Feldern umher, schnüffelten in den Tennen der heruntergekommenen Hütten inmitten von Scharen schmutziger Kinder, die Truthähne und Hühner jagten. «Obwohl auch in unserer Republik so viel Armut herrscht», murmelte Marietta, «ziehen viele Ausländer sie jeden Tag ihrem eigenen Land vor. Es ist mir unvorstellbar, wie viel Krieg und Entsetzen in der Welt da draußen jenseits unserer Grenzen herrschen muss. Wie traurig, dass Venedig die Kinder und vor allem die kleinen Mädchen, die keinen sie beschützenden Vater haben, gleich zweimal bestraft.» Dann ging Marietta zu den Bauern, die ihr von einem Pfad erzählten, der erst an einem Weinberg, dann an einem Hirsefeld entlanglief und schließlich in ein Gebüsch mündete. Die Hinweise führten alle ins Leere. Mir machte das nichts. Mir waren die Lapislazuli und der Armenier egal. Ich wollte ihn gar nicht finden. Ich lief einfach Marietta auf den staubigen Wegen hinterher, entlang den Werfthütten im Schilf und zwischen den hohen Sanddünen.

Sie suchte etwas, ich nicht. Ich war wie beseelt. Die Schatten, die sich diesen Winter über uns gelegt hatten, waren verflogen. Als wäre nichts geschehen. Als hätte ich Tintoretta gar nicht kennengelernt, als hätte Marietta sie nie in meine Werkstatt geholt, als hätte Marco Augusta überhaupt nicht vor, mir meinen Funken wegzunehmen, als wäre ich nie nach Mantua geflüchtet. Ich folgte ihr, den Abdrücken ihrer nackten Füße im Sand, dem Schatten ihres Kleides, dem Hutband, das in der salzigen Luft zwischen den Tamarisken flatterte. Es war wie ein Tor in die Vergangenheit, als hätten wir die traumhaften Tage und ihre entschwundene Magie, die noch immer fortwirkte, wieder gefunden. Als die Sonne langsam unterging und im Dunst rings um uns eintauchte, hätte ich sie gern festgehalten – damit dieser süße Tag voller Wehmut niemals zu Ende ging.

Marietta steuerte auf ein Häuschen zu, das am äußersten Rand des vom Wind gepeitschten Strands lag. Ihr weißes Kleid leuchtete im flach einfallenden Abendlicht wie ein gleißend heller Fleck. Der Seidenschal um ihren Hals wehte mir in den Bart – wie eine Liebkosung. Sie ließ ihren Blick über die Lagune schweifen. Ich ahnte, dass sie mir etwas sagen wollte. Meine Tochter habe ich immer verstanden, Herr. Ihr Schweigen sagte mir so viel wie ihre Worte. Wir waren immer eins gewesen. Doch in ihr lesen konnte ich so gut wie nicht. Auf einmal fragte mich Marietta: «Wo warst du Samstagnachmittag?»

«Warum willst du das wissen?», fragte ich argwöhnisch zurück. «Antworte mir», sagte sie, «ich bitte dich, gib mir eine Antwort, Jacomo.» «Ist doch völlig unwichtig, oder nicht?», erwiderte ich ausweichend. «Ich werde zu Hause bei der Arbeit gewesen sein.» «Du warst nicht zu Hause bei der Arbeit», stellte sie richtig. Auf Zehenspitzen drückte sie ihr Gesicht gegen die Haustür. Sie war angelehnt, im Innern war alles dunkel, es war niemand da. Ich fühlte mich unwohl. Ich verstand nicht, was sie von mir wollte. Ich erinnerte mich wirklich nicht, wo ich an jenem Samstag gewesen war. Und ich verstand auch nicht, warum ich mich unbedingt daran erinnern sollte. «Du bist früh aus dem Haus gegangen und erst bei Dunkelheit wieder heimgekehrt», behauptete Marietta. «Deine Haare rochen nach Salz, und unter deinen Schuhen war Sand.» Ich lachte. Vielleicht sollte ich besser sagen, ich grinste. Mir war nie aufgefallen, dass man mir hinterherspionierte. Zumindest nicht meine Tochter. «Was ist das?», rief ich. «Eine Eifersuchtsszene, holdes Ungeheuer?» «Deiner Frau hast du erzählt, du würdest mit Antonio nach Murano fahren, um den Vertrag mit den Battuti von San Giovanni zu unterzeichnen», erwiderte Marietta kühl. «Aber ich bin nicht deine Frau. Ich habe den ganzen Nachmittag mit Antonio verbracht. Giulia hat mich zum Musizieren zu sich nach Hause eingeladen.»

«Jetzt aber Schluss», sagte ich streng. «Du bist nicht in Murano gewesen», fuhr Marietta unbeirrt fort. Ihre Stimme kratzte wie der Fingernagel an der Wand. «Du bist am Samstagnachmittag nach Malamocco gefahren. Und du weißt ganz genau, warum ich dich danach frage.» «Ich weiß nicht, wovon du sprichst», sagte ich kühl. Marietta biss sich auf die Lippen und schüttelte den Kopf. Sie glaubte mir nicht, Herr. Was auch immer ich in dem Moment gesagt hätte, es hätte sie nicht überzeugt. Ich empfand ein merkwürdiges Schwindelgefühl. Wie wenn man am Rand eines Abgrunds entlangläuft und sich von ganzem Herzen wünscht, sich einfach fallen lassen zu können, kopfüber.

«Andriana war Samstagnachmittag hier. Hier hat man sie das letzte Mal gesehen, Jacomo.» «Mein Funke», seufzte ich, «dieses pöbelhafte Gerede aus deinem Munde, das schickt sich nicht.» «Aber die Tintorettos sind kein schnöder Pöbel, wir können offen und ehrlich miteinander reden und brauchen uns nicht hinter einem Grashalm zu verstecken, nicht wahr?», erklärte sie mit hochgezogenen Schultern. Sie ging auf ein an Land liegendes Boot zu. Es war ein Fischerboot mit rot-weißen Längsstreifen, in dem noch das Netz lag. «Weißt du es wirklich nicht?», fragte sie plötzlich, und ihre Stimme klang verändert. «Diese junge Frau, die sich so nannte wie ich, sie ist tot.»

Vor Schreck wäre ich beinahe hingefallen. Obschon ich mir nichts anmerken lassen durfte. Mein Leben lang habe ich meinen Gemütszustand nicht zu verbergen versucht. Wer mich kennt, kennt auch meinen Zorn, meinen Widerwillen und meine Begeisterung. Ich habe nie Gefühle vorgetäuscht, die ich nicht empfinde. Ich bin kein Taktiker, trage bei all meinen Angelegenheiten immer das Herz auf der Zunge. An jenem Abend aber war ich so erschüttert, dass ich zitterte, als hätte mich eine Muräne berührt, und doch tat ich so, als wäre nichts. Meine kalte, gleichgültige

Art war eine erbärmliche Lüge. Die Stille war scharf wie eine Messerklinge. Marietta schaute mir fest in die Augen, während ich den Geldbeutel für den armenischen Gewürzhändler vor meinen Bauch presste. Ich dachte an die auf Andrianas Bett liegenden Silberdukaten. Ich hörte ihre Stimme, die sagte: Mein Guter, das würdest du nie tun. Und meine: *Und ob ich das tun werde*. «Sieh an», sagte ich nur, als wäre es ganz normal, dass eine Frau ohne krank zu sein mit einundzwanzig Jahren stirbt. So alt war Tintoretta in jenem Mai geworden.

Marietta drehte sich um und trat ans Ufer. Die vom Wind aufgepeitschten Wellen zogen sich jedoch zurück, als wollten sie auf Venedig zurollen. Marietta stellte sich mit den Füßen ins Wasser. Als eine Windbö ihren Schal fortriss, schaute sie ihm reglos hinterher. «Mein Funke», sagte ich und trat neben sie, «warum machen wir uns hier die Füße nass? Was hat das für einen Sinn? Es ist spät, wir müssen nach Hause.» Auf einmal sah ich, dass ihr Tränen übers Gesicht rannen.

Wenn Marietta wirklich traurig war, weinte sie nicht: Sie spielte Musik, als könnte diese sie umstimmen. Ich hatte ihr beigebracht, dass Tränen Anzeichen einer nutzlosen Schwäche seien. Nur Kinder und Feiglinge würden heulen, sie aber müsse stark sein, den Schmerz aushalten und aus ihm schöpfen. Im Schmerz kreativ werden, ihn begreifen und lieben. So machte ich es. Niemand hat mich je weinen sehen. Man wirft mir vor, schnell in Zorn zu geraten, bei anrührenden Gefühlen aber keine Regung zu zeigen. Vielleicht ist es so – vieles entrüstet, wenig ergreift mich. Marietta murmelte, dass sie es nicht fassen könne – sie sei so jung und hübsch gewesen. Um das Thema zu wechseln, sagte ich: «Ich werde ein anderes Modell für dich finden.»

Gern hätte ich etwas anderes zu ihr gesagt – aber ich tat es nicht, Herr. Mariettas Trauer regte mich innerlich auf. Was ging sie Tintorettas Schicksal an? Marietta hatte nichts mit ihr zu tun. Ich konnte ihre Tränen oder vielleicht eher den Grund ihrer Tränen nicht ertragen, Herr. Ich hatte versucht, sie vor Schmerz, Enttäuschung und Ernüchterung zu bewahren – ihr Leben zu einer Oase der Ruhe und Schönheit zu machen. Dazu nicht fähig gewesen zu sein ist eine Schuld, die ich nur verbüßen werden kann, wenn du mich ein zweites Mal leben lässt. Sie wegen Andriana leiden zu sehen kränkte mich – ließ die Fundamente des Gebäudes bröckeln, das ich für sie und für uns alle aufgebaut hatte. Du allein weißt, ob ich mir die falschen Hoffnungen gemacht habe, als Einziger für Glück und Leid meiner Tochter verantwortlich zu sein. Du weißt, dass mir ihr Wohl mehr am Herzen lag als meins.

Marietta erzählte, dass sie sie nach ihrem Verschwinden Anfang Januar überall habe suchen lassen, doch vergeblich. Andriana schien wie vom Erdboden verschluckt. Laut Stana, der Slawin, sei sie aus Venedig weggegangen. Heute Morgen habe Angela sie dann zum Ponte della Paglia gerufen. Als meine Tochter den Namen der Brücke aussprach, war mir alles klar, Herr. Man muss nicht in Venedig geboren sein, um zu wissen, dass dies die Brücke der Toten und der Gespenster ist. Ohne einem von uns Bescheid zu geben, sei sie, Marietta, dem Dienstmädchen ans Ufer von San Marco gefolgt, vor die Gefängnisse des Dogenpalastes. In der Nacht zuvor hätten die Fischer wie gewöhnlich auf der Höhe von Malamocco ihre Netze ausgeworfen; dieses Mal habe sich allerdings keine Meeräsche in ihren Maschen verfangen.

Man habe sie inmitten von Leinen, Netzen und Tauen da bei der Brücke hingelegt. Marietta habe sich mit den Ellbogen einen Weg durch die Menge bahnen müssen, die sich um die Leiche scharte. Ertrunken, das sei das einzige Wort gewesen, das die Leute immer wieder stumpf vor sich hingesagt hätten. Sie habe auf dem Rücken gelegen, mit ausgestreckten Armen. Ihre Glieder seien aufgedunsen gewesen, die Beine hätten wie Baumstümpfe ausgesehen. Keiner habe gewusst, wie lang sie bereits im Wasser umhergetrieben sei. Eine Nachbarin habe ihr später erzählt, dass sie am Samstag das letzte Mal gesehen worden sei. Sie sei auf dem Weg nach

Malamocco gewesen. Am Ufer habe ein Boot auf sie gewartet. Die Nachbarin habe beobachtet, wie sie hübsch zurechtgemacht, als ginge sie zu einer wichtigen Verabredung, das Haus verlassen habe. Bezaubernd, mit weiß geschminkten Wangen, roten Lippen und in einem traumhaft schönen Kleid – gewiss kostbar, weiß und mit goldenen Zierstickereien. Sie habe wie eine Braut ausgesehen. Doch der Strom habe ihr das Kleid entrissen. Lediglich ein paar Stofffetzen seien noch um ihren Hals geschlungen gewesen, und ein Gerippe aus Walfischknochen habe wie ein Käfig ihre Taille umschlossen. Ansonsten sei sie nackt gewesen. Was noch mehr neugierige Leute angelockt habe.

Einerseits sei es Tintoretta gewesen, andererseits nicht. Denn wenn die Seele aus uns herausfahre, ist der Körper nur noch eine namenlose Hülle, ein leeres Gewand. Nur die Haare, die hätten noch ihr gehört, hätten in der prallen Maisonne getrocknet und wie eine aufgeblähte Goldkrone um die Tote herumgelegen. Der Anblick sei derart grauenvoll gewesen, dass ihr schwindelig geworden sei. «Ihr Körper verströmte einen Geruch nach Meerwasser. Ihre Haare rochen nach Algen und Salz, Jacomo», flüsterte sie. «Da verstand ich, dass die Tote in Wirklichkeit ich war.»

Herr, ich war wie versteinert. Nur allmählich begann ich zu verstehen, dass sich die junge Frau in die Lagune geworfen hatte. Und dass sie sich darüber bereits im Klaren war, als sie meine Dukaten nachzählte. *Und ob ich das tun werde*. Ich wollte Marietta trösten und gleichzeitig nicht mehr an die andere denken, an diesen Körper im Wasser und an der Brücke – den Blicken aller ausgesetzt. Damals wusste ich noch nicht, dass ich bereits da und bis zum Ende meiner Tage auf dem Schiff fuhr, das sie in den Tod steuerte, obschon ich in Wirklichkeit nicht dabei war. Ich legte Marietta meinen Arm um die Schulter. «Sie war so aufgequollen», klagte sie leise, «vielleicht war sie ja schwanger.» «Das Mädchen ist ertrunken, Marietta», entgegnete ich, «ihr Bauch muss voll Wasser gewesen sein.» Siehst du, Herr, ich habe nicht gelogen.

Meine Tochter aber erwartete von mir, dass ich die Anschuldigung abstritt, was ich nicht tat. «Wo warst du Samstagnachmittag, Jacomo?», wiederholte sie. «Ich war nicht auf Malamocco, Marietta», antwortete ich. «Und das ist weder eine meiner Lügen, noch habe ich mir das einfach so ausgedacht. Ich kann dir nichts anderes sagen.»

Meine Tochter nahm für einen kurzen Moment mein Gesicht in ihre Hände. Ich verdiente weder ihr Mitleid noch ihr Verzeihen, und ich hoffte auch gar nicht darauf. Marietta legte ihren Kopf auf meine Schulter und versteckte ihr Gesicht unter ihren Haaren. Auch meine Tochter roch nach Algen und Salz. Ich bin es nicht würdig, an deinem Mahl teilzuhaben, Herr. Aber sei so gnädig und richte deine Augen auf diesen Schandfleck, der zu dir ruft, wirf diesen Lump, der dich betrogen hat, nicht weg, schick mir bloß ein Zeichen, einen Lichtschimmer, ein Zucken, sag nur ein Wort, und ich werde erlöst sein.

Aufgewühlt blieben wir bis zu den Knöcheln im Wasser stehen, während der Abend langsam über die Lagune, den Sand und über uns hereinbrach. «Es ist zwar schrecklich, aber die Wege des Herrn sind unergründlich», sagte ich schließlich, um der Sache ein Ende zu setzen. «Und da Gott das höchste und vollkommenste Heil ist, ist alles, was von ihm kommt, gut zu nennen. Und alles, was unser geliebter Vater uns antut, geschieht um unser Seelenheil willen. Denken wir nun nicht mehr daran.»

Marietta stieß mich weg. Sie ging ein paar Schritte vor, hob zwei große Steine auf und lief, ohne den Rock hochzuschlagen, ins Wasser. «Marietta!», rief ich ihr hinterher, «bist du verrückt geworden? Bleib stehen!» Sie sah mich nicht an, ging einfach weiter. Das Wasser umspülte bereits ihre Knie. Ich lief ihr nach und rutschte auf einem glitschigen Stein aus, der unter dem Schlamm auf dem Meeresgrund nicht zu sehen war. Dabei fiel mir der Geldbeutel aus der Hand. Überall lagen Münzen zwischen meinen Füßen im Wasser verstreut, aber im Abendlicht konnte ich sie nicht mehr erkennen. Meine gesamten Dukaten habe ich aufgewendet, um meine Seele zu retten, dachte ich bei mir, ich habe versucht, mir Absolution und deine Gnade zu erkaufen. Sie dagegen hat es verstanden, das zu sagen, was ich bereits wusste, nämlich die Wahrheit, die mich mein Leben lang erhellt hat und die ich verraten hatte. Geld führt nur ins Leere. Geld geht unter. Aber diese Ungnade ist von der Vorsehung bestimmt gewesen – dieses ganze Leid wird sich zum Guten wenden, denn nichts geschieht, was du nicht willst. Meine Schuld, meine große Schuld. Aber dein ist das Reich. Und unendlich deine Güte.

Marietta lief und lief, schleppte sich immer weiter vom Ufer weg. Sie drückte sich die Steine an die Brust und schwankte Schritt für Schritt durch das Wasser, das ihr inzwischen bis an die Hüften reichte. Ich lief hinter ihr her, bis ich sie endlich am Ellbogen zu fassen bekam. Da schrie sie: «Weißt du, was die Fischer von Malamocco gesagt haben? Dass sie sofort begriffen hätten, dass es eine Frau war, weil tote Frauen mit dem Gesicht zum Himmel an die Oberfläche kommen, Männer dagegen mit dem Gesicht nach unten. Und weißt du auch, warum? Weil Männer Angst haben, dem, der sie anschaut, in die Augen zu sehen und die Wahrheit zu sagen. Außerdem haben die Fischer erzählt, dass sie sich Steine in die Ärmel gesteckt habe, da sie sonst zu früh auf getrieben worden wäre. Sie ist nicht gefallen, es war kein Unfall. Sie hat sich irgendetwas Schweres – Steine, vielleicht Münzen – ins Kleid und unter den Rock genäht, überallhin, der Faden hing noch an den Kleiderfetzen. Die Fischer glaubten, im Saum noch einen glatten, flachen Stein zu ertasten, als sie sie aus dem Wasser zogen. Da haben sie mit ihren Fingernägeln den Faden zerrissen und etwas Unglaubliches entdeckt. Einen Dukaten, und zwar einen silbernen.»

«Schluss jetzt, hör auf!», schrie ich sie an. Ich versuchte, ihr die Steine aus der Hand zu reißen, doch als sie zurückwich, verlor ich das Gleichgewicht, und wir fielen beide ins Wasser. Mir lief

Wasser in Nase und Mund, ich verschluckte mich, japste, spuckte und hustete. Sie war auf mich gefallen und drückte mich mit ihrem Gewicht auf den Grund. Ihr Gesicht war untergetaucht, und auch sie hatte Wasser geschluckt. Für eine Schrecksekunde dachte ich, Herr, sie wolle sich tatsächlich mit mir ertränken. Sie wusste, dass ich eine Höllenangst vor tiefem Wasser hatte. Je kräftiger ich sie festhielt, desto mehr glitt sie mir aus den Armen, je mehr ich versuchte, sie an Land zu ziehen, desto stärker zappelten wir bloß in dem Wasser herum. Noch immer drückte sie einen der von Miesmuscheln überzogenen, spitzen, scharfkantigen Steine an ihre Brust. Erst als ich sie an den Schultern packte, regelrecht an Haaren, Armen und Kleid zog, bekam ich sie von der Stelle. An dem kantigen und glitschigen grünen Stein kratzte ich mir die Hand auf. Endlich konnte ich mich mit den Knien in den Sand fallen lassen. Ich war triefnass. Und keuchte. Verbittert sagte Marietta zu mir: «Wo war dein Gott, als deine Tintoretta ins Wasser gesprungen ist? Wo wirst du sein, geliebter Vater, wenn *ich* ins Wasser springe?» Ich wischte ihr den Sand aus dem Gesicht. Es war bereits dunkel.

27. Mai 1594
Elfter Fiebertag

Meine jüngste Tochter kam zum Ausklang dieses schrecklichen Jahres auf die Welt. Marietta unterstützte die Hebamme und meine Frau bei der Entbindung, hielt ihrer Mutter während der Wehen die Hand und wischte das Blut weg. All das schien etwas grundlegend Verkehrtes zu haben. Nur weiß ich weder wann noch wie unser Leben schiefzulaufen begann.

Faustina hatte die unerwartete Schwangerschaft bis zuletzt geheim gehalten. Es war ihr peinlich, ihren drei inzwischen erwachsenen Söhnen sagen zu müssen, dass sie noch Mädchen genug war, um schwanger zu werden. Doch Dominico und Zuane prahlten damit, dass ihre strahlend schöne Mutter wie eine Seerose sei, die zu jeder Jahreszeit aufblühe; mir gingen sie jedoch aus dem Weg. Mein angenommener Sohn Marco Augusta gratulierte mir zu meinem unerschütterlichen, noch nicht versiegten Zeugungsdrang. Mein leiblicher Sohn Marco ließ die sarkastische Bemerkung fallen, dass ich in meinem ehrwürdigen Alter – ich war vierundsechzig – mehr Rücksicht auf meine Frau nehmen könnte und es dabei belassen sollte, Nutten zu schwängern. Es war das einzige Mal, dass wir handgreiflich wurden. Ich haute ihm ins Gesicht und schlug ihm einen Zahn aus. Seitdem muss ich jedes Mal, wenn er lacht, an den Tag denken, an dem er mich beleidigt hat. Marietta aber verlor kein Wort darüber, als Faustinas Schwangerschaft in all ihrer Pracht zu erkennen war.

Das Geschöpf an der Brust meiner Gemahlin war der eindeutige Beweis unseres Zusammenhalts. Der Beweis unserer Nächte und unserer verspäteten Hochzeitsreise nach Mantua. Als Marietta

Faustina den Säugling aus den Armen nahm und der Hebamme zum Wickeln reichte, überkam mich, warum auch immer, ein leichtes Schamgefühl. «Deine Tochter ist wunderhübsch», beteuerte mir Marietta. «Sie hat so verstörend leuchtende Augen, dass ich ihrem Blick nicht lange standhalten kann.» «So ist es mir auch schon ergangen», entgegnete ich zögerlich im Türrahmen stehend. «Drei Generationen habe ich aufwachsen sehen. Ich bin eine Art Zuschauer eines Theaterstücks, das ich inzwischen auswendig kenne. Das erste hat mich verzaubert, das zweite bestätigt, das dritte gelangweilt. Ich habe zu viele Töchter und bin zu alt, um gerührt zu sein.»

«Du wirst nie alt werden, Jacomo», erwiderte Marietta. «Und dass du gerührt bist, kannst du dir ruhig eingestehen.» Sie hatte recht. Herr, ich habe das Glück einer weiteren Tochter nicht verdient. Für meine Sünden hatte ich deine Strafe verdient, aber nicht deine unendliche Güte. Um meine Gefühle, meine Schmach und meine Dankbarkeit zu verbergen, beugte ich mich zu dem Neugeborenen hinunter und gab ihm einen Kuss auf das Köpfchen. Gern hätte ich das Kind, meine Frau, Marietta, das Mädchen, das es nicht mehr gab, sowie dich, Herr, um Verzeihung gebeten, und auch mich selbst, denn ich hatte alle betrogen.

«Wie soll sie heißen?», wollte Marietta von mir wissen. «Darüber habe ich mir nie Gedanken gemacht», antwortete ich wahrheitsgemäß. «Wenn ich ein kleines Mädchen bekäme, würde ich es Laura nennen», sagte Marietta. «Denn Laura ist der Name der am meisten geliebten Frau. Und die Liebe, die sie selbst ausstrahlt, währt ewig.»

Damals beschloss ich, dir all meine Töchter darzubringen: Lucrezia, bereits zwölf Jahre alt, Ottavia mit acht und sogar die Neugeborene, die erst seit ein paar Minuten die Luft dieser neuen Welt atmete. Die Jungfräulichkeit meiner Töchter für meine Unreinheit, die Frucht meines Samens für deine Vergebung. Gepriesen seist du mit jedem Tag meines Lebens – unser Leben sei dir, Herr.

Das Kloster von Sankt Anna war kahl, die Kirche schmucklos, die Altäre waren alt und wurmstichig. In anderen Frauenklöstern Venedigs – wo die angesehenen Adelsfamilien ebenfalls ihre Töchter hinschickten – waren die Wände mit Gemälden tapeziert und leuchtete das Gold der Ausstattung selbst im Dunkeln. Die Nonnen von Sankt Anna jedoch schickten ihre Laienschwestern barfuß zum Betteln auf die Brücken von Castello. Diese freiwillige Armut, die ich damals als einen Beweis für den Glauben an das Wort des heiligen Evangeliums deutete, kränkt mich heute zutiefst. Ich bot mich an, die Kirche zu bemalen und die nackten Altäre mit Bildern zu bestücken, wodurch dem Konvent große Ehre zuteil würde. Als sich die Nonnen im Kapitelsaal versammelten und über die Aufnahme der neuen Mädchen abstimmten, wurde Lucrezia angenommen.

Wie schon ihrer Schwester Perina teilte ich Lucrezia die Nachricht persönlich mit. Ich glaube, dies war die einzige Unterhaltung, die wir je führten. Meine dritte Tochter war intelligent, aber mürrisch, ein seltsames, stilles Mäuschen. Seitdem Perina kurz nach Mariettas Hochzeit ins Kloster gegangen war, hatte Faustina Lucrezia immer wieder gefragt, was sie davon halte, ihrer gutherzigen Schwester dahin zu folgen. «Nichts, da sind nämlich diese schwarzen, hässlichen Nonnen, und die machen mir Angst», wehrte das Mädchen ab. «Aber da sind auch ganz viele andere junge Mädchen in deinem Alter», wandte Faustina ein, «außerdem ein Garten mit Zuckerrüben, es ist das reinste Schlaraffenland, es wird gesungen und getanzt und den ganzen Tag lang nur Süßes gegessen – und Bücher gibt es dort auch, weißt du? Du liest doch so gern, und du kannst sogar jeden Tag bei einer studierten Novizenmeisterin in die Schule gehen und musst dich nicht mit mir abfinden, wo doch mein Gehirn vom vielen Kinderkriegen und -großziehen völlig verschrumpelt ist.» «Nein, ich will hierbleiben», entgegnete Lucrezia erschrocken und versteckte sich in Mariettas Atelier.

Faustina war streng mit den Mädchen. «Deine Töchter lieben nur dich», beklagte sie sich, «wenn sie könnten, würden sie mich ins Feuer werfen.» Für die Jungen hätte sie dagegen ihr Leben gegeben und ergriff bei Auseinandersetzungen stets für sie Partei. Dominico vergötterte sie geradezu, nannte ihn «mein vollkommener Sohn». Marco verzieh sie sämtliche Gaunereien, und Giovanni verhätschelte sie maßlos: Er war ihr «Genie mit Flügeln». Und noch zwanzig Jahre nach seinem Tod trug sie einen Anhänger mit Ottavios Portrait um den Hals. Sie verwöhnte die Jungen auf geradezu unverschämte Weise. Die Mädchen hingegen wuchsen kümmerlich wie Brennnesseln vor sich hin. Sie ließ sie wie Ziegen auf der Weide grasen, schickte sie mit schmutzigen Knien und verschmiertem Mund ständig die Treppen rauf und runter und in den Hof. «Die Mädchen», so meinte sie, «müssen allein zurechtkommen. Das wird ihr Leben lang nicht anders sein.»

Als ich Lucrezia erzählte, dass sie im September ins Kloster eintreten werde, da mir das besondere Glück beschert worden sei, Gott dem Herrn eine weitere Tochter schenken zu dürfen, schaute sie mich mit dunklen, unruhigen Augen misstrauisch an und beteuerte mir, über die Ehre, die ich ihr gewährte, glücklich zu sein – danke, Vater, danke, sie hörte gar nicht mehr auf zu danken –, und verschwand. Sie erschien nicht zum Abendessen und kehrte auch in tiefster Nacht nicht heim.

Wir suchten sie zunächst in Mariettas Atelier, wo sie sich normalerweise zwischen den aufgerollten Leinwänden und den Farbschüsseln versteckte, genau wie früher Marietta. Lucrezia war jedoch unauffindbar. Bestürzt suchten wir sie im ganzen Haus und in der ganzen Stadt.

Früh am nächsten Morgen brachten die Häscher vom Zoll sie nach Hause. Sie hatten sie aufgeschnappt, als sie ziellos durch Marghera irrte. Sie trug einen Rubin, einen Amethyst und drei

Smaragde bei sich, die sie dem Juwelier entwendet hatte, war als Junge verkleidet und hatte sich die Haare kurz geschnitten. «Wo wolltest du denn hin?», fragte ich sie. «Nach Padua», antwortete sie, ohne ihr abenteuerliches Vorhaben und die Angst, in die sie uns versetzt hatte, auch nur im Mindesten zu bereuen. «Und weswegen? Was hat Padua, was Venedig nicht hat?» «Eine Universität, Vater.» «Eine Universität!», sagte ich lachend. «Frauen gehen nicht an die Universität, ich dachte, das wüsstest du.» «Ich werde trotzdem hingehen», erwiderte sie bockig. «Es gibt für alles ein erstes Mal. Irgendjemanden gibt es immer, der etwas tut, was noch nie zuvor getan worden ist. Die Leute lachen ihn aus, bestrafen ihn, stellen ihn als schlechtes Beispiel hin. Doch mit der Zeit gewöhnen sie sich daran. Und dann wird selbst seine Ehre wiederhergestellt. Das hast du mir beigebracht. Und ich will die Erste sein. Ich will Physik, Mathematik und Geografie studieren.» «Diesen Blödsinn hab ich dir nicht beigebracht, aber irgendjemand muss dir diese Flausen in den Kopf gesetzt haben», herrschte ich sie an. Ich machte mir langsam ernsthafte Sorgen. «Marietta!», rief ich, «wo ist Marietta? Ich will mit Marietta sprechen!»

Als Marietta schlaftrunken aus dem oberen Stockwerk herunterkam, warf sich Lucrezia ihr vor die Füße und flehte sie an, sie bei sich zu behalten. Marietta hatte jedoch nichts, was sie ihr hätte bieten können – außer einem gebrochenen Herzen und einem Leben, das sie mit der Schwester weder teilen konnte noch wollte. «Du musst das tun, was dein Vater dir sagt», redete sie auf sie ein. «Wenn du unbedingt studieren willst, kannst du es im Kloster tun. Ich habe weder Geld, noch kann ich dir eine Aussteuer geben, und außerdem wüsste ich nicht, wo ich einen intelligenten und frei denkenden Mann für dich auftreiben soll, der bereit ist, eine Wissenschaftlerin zu heiraten.» «Aber da ich keinen Mann will, brauche ich auch keine Aussteuer», warf Lucrezia ein. Mit hoffnungsvollem Blick sah sie mich an, doch mein Gesicht strahlte nichts als unerschütterliche Entschlossenheit aus. «Du kannst nicht ohne einen Mann in dieser Welt leben, Lucrezia», fügte Marietta hinzu. «Das ist so nicht vorgesehen. Wenn du als ehrbare Frau zur Gesellschaft gehören willst, musst du entweder heiraten oder Nonne werden. Wenn du am Rand leben und dich für ein paar Jahre vergnügen willst, wenn du dich benutzen und danach wie einen alten Schal wegwerfen lassen willst, dann wirst du Hure. Einen anderen Weg gibt es nicht.» Lucrezia traute ihren Ohren nicht. Noch nie hatte sie Marietta so reden hören – und ich auch nicht. «Geh nach Sankt Anna, und wenn du nach einem Jahr meinst, es wäre besser, in diese Welt zurückzukehren und zu heiraten», versuchte sie sie weiter zu besänftigen, «dann verpreche ich dir, dass wir dich holen kommen. Nicht wahr, Jacomo?» «Ja», stimmte ich ihr zu. Am Ende hatte Lucrezia von sich aus bleiben wollen. Sankt Anna wieder zu verlassen hätte ich ihr dessen ungeachtet niemals erlaubt.

Als sie die Ordensgelübde ablegte, waren wir alle dabei. Meinen Adelstalar trug ich das letzte Mal zu diesem Anlass. Ich gab einen Haufen Geld aus, um neben den prunkvollen Familien ihrer Gefährtinnen eine gute Figur zu machen. Ich bezahlte die Messdiener, Sänger und Priester, den Beichtvater, die Äbtissin und die Priorin, ich machte allen Geschenke und ließ den Nonnen ein Festmahl bereiten, das mich einen Monat Arbeit gekostet hat. Mit stolzgeschwellter Brust und vom Dünkel eingenommen, saß ich in meinem mit weißem Pelz gesäumten schwarzen Talar neben meiner Frau in der Kirchenbank, die halbherzig mitbetete und Laura zur Beruhigung an ihrem Finger nuckeln ließ. Die vierzig Benediktinerinnen – hinter der Fensterfront im Chor zusammengepfercht – bildeten gemeinsam einen einzigen schwarzen Fleck. «Die Republik der Frauen», flüsterte mir Marietta zu. «Dieses winzige Kloster ist ein unabhängiger Staat, in dem die Frauen wählen, denken, studieren, arbeiten und sogar Staatsoberhaupt werden. Venedig wird uns das nie erlauben. Perina und Lucrezia haben weit mehr Glück als ich.»

Doch während sich Lucrezia bäuchlings auf die Erde warf und dem Geistlichen versicherte, dass Nonne zu werden und Gott zu dienen ihr einziger Wille sei und dass niemand sie zu diesem Schritt gezwungen habe, dachte ich nur: ein Leben für ein Leben. Wir sind quitt, Herr. Genau das war es, was mir durch den Kopf ging.

Es waren glückliche Jahre. Der Sturm hatte sich gelegt. Ich hatte getan, was sein musste, und war mit mir selbst im Reinen. Alles, worauf man verzichtet, wird irgendwann zu einem verlorenen Land und so unerreichbar wie unsere Vergangenheit. Es herrschte Wohlstand und eine heitere Atmosphäre, der nichts und niemand etwas anhaben konnte. Meine Familie gedieh prächtig. Dessen konnte ich mir sicher sein, schließlich war es Faustina, die sich um uns alle kümmerte. Sie war unser Zentrum, die Kraft, die uns zusammenhielt. Durch das Nebeneinander vieler verschiedener Charaktere unter einem Dach konnte es zu Reibungen und Spannungen kommen und sich mitunter Ärger anstauen, aber Faustina löste die einen und vertrieb den anderen. Das alles gelang ihr allein mit ihrem gesunden Menschenverstand. Und ihrer Liebe. An all diese Tage – Tausende von Tagen, denn es geht hier um Jahre – erinnere ich mich kaum noch. Vielleicht weil sich die Ereignisse aus unserer Jugend mit besonders großem Nachdruck in unsere Seele einprägen und sich alles Spätere wie gekräuseltes Wasser auf dem Meer gleich wieder auflöst. Mit über vierzig graben sich die Eindrücke weniger tief in uns ein, weswegen wir sie mit noch brennenderer Gier in uns aufsaugen, mit über sechzig aber gräbt sich dagegen nichts mehr irgendwo ein. Als wären unsere Lebensstichel stumpf und wir ein Metallschirm geworden, absolut bruchfest. Später kann uns nur noch der Schmerz Schrammen zufügen.

Aber vielleicht erinnere ich mich auch an nichts, weil ich gar nicht dabei war, Herr. In gewisser Hinsicht bin ich meinem Leben ferngeblieben. Meine Arbeit nahm mich vollständig in Beschlag.

In jenen Jahren verwirklichte ich mein Denkmal für San Rocco – und für dich. Ich hielt meine Abmachung ein. So wie du. Das Bündnis eines Menschen mit Gott erzeugt Kräfte, die Berge versetzen. Allerdings quälte mich meine große Unwissenheit immer mehr, und ich bekam Angst, dich nicht so rühmen zu können wie ich wollte. Ich machte mir Vorwürfe, mir in meiner Jugend und später im reiferen Alter nie die Zeit genommen zu haben, mich zu bilden. Daher begann ich eifrig die Bibel zu studieren. Immer und immer wieder las ich die lateinische Schrift, bis sich die Worte, die ich nie verstanden hatte, in meinem Herz festsetzten.

Mit Faustinas Vetter Don Vincenzo – einem gelehrten Priester, der erst kürzlich Pfarrer einer Gemeinde hinter San Marco geworden war – stellte ich Vergleiche zwischen dem Alten und Neuen Testament an und diskutierte über die Bedeutung sämtlicher Gleichnisse, Prophezeiungen und Wunder. Er wies mich darauf hin, dass das Hoffen auf ein Wunder – dem ich mich in schwierigen Situationen häufig überließe – kein Zeichen meiner Glaubensstärke, sondern meiner Glaubensschwäche sei. Wenn ein Wunder geschehe, würde lediglich ein menschliches Begehren erfüllt. Aber man solle Gott nicht derart missachten, dass man ihn zum Verbündeten unserer Träume und Begierden mache. Gott sei die Welt, die Geschichte, die Zeit. Er brauche sich nicht zu offenbaren, um zu existieren. Im Johannesevangelium stehe geschrieben: *Weil du mich gesehen hast, glaubst du. Selig sind, die nicht sehen und doch glauben*. Don Vincenzo versicherte mir, dass sich mir Gott in seiner Abwesenheit offenbare. Und ich nur dann wahrhaftig glaube.

Ich lernte das Johannesevangelium auswendig. Diese einfachen und zugleich fürchterlichen Verse gruben sich tief in meine Seele ein. Das Evangelium endet auf wahrhaft unglaubliche Weise. Man merkt es erst gar nicht. Aber es endet damit, dass der schreibende Jünger – Christi Lieblingsjünger – von einer Prophezeiung erzählt, die ihn selbst betrifft. Dass der Evangelist Johannes auch ein

Mensch ist, erwartet man nicht – ebenso wenig, dass seine persönliche Geschichte in irgendeiner Weise wichtig für die Menschheit ist. Christus ist den Aposteln zum letzten Mal erschienen und hat Petrus in den Märtyrertod geschickt. Petrus folgt ihm also nach, merkt jedoch, dass ihm der Jünger, den der Herr am meisten geliebt hat, hinterherläuft. Da fragt Petrus den Herrn verwundert, was aus seinem Lieblingsjünger Johannes werde. Und Jesus antwortet: *Wenn ich will, dass er bis zu meinem Kommen bleibt, was geht dich das an? Du aber folge mir nach.*

Nun, die Prophezeiung besagt, dass Johannes, Christi Lieblingsjünger, nicht sterben wird. Er wird nicht den Märtyrertod erleiden, sondern ihm wird gegeben sein, lange zu leben. Da der Satz ein wenig sonderbar klingt, habe ich ihn mir folgendermaßen übersetzt: Du wirst so lange leben, *bis ich wiederkommen werde.*

Immer und immer wieder las ich diesen Vers. Ich zermarterte mir regelrecht das Gehirn. Alle, die mir möglicherweise Klarheit verschaffen konnten, fragte ich nach einer Erklärung. Niemandem aber gelang es, mich davon zu überzeugen, dass der Lieblingsjünger des Herrn nicht von seinem eigenen Evangelium sprach. Er sagt, dass Er ihn nicht sterben lässt, bis er Zeugnis davon gibt, bis er also sein Buch geschrieben hat. Jedes Mal, wenn ich von Fieber befallen wurde, wenn ein Katarrh meine Lungen verstopfte, wenn ich mich schlaff und matt fühlte und der Arzt mir mit einem lachenden und einem weinenden Auge sagte: Du bist kein junges Fohlen mehr, Jacomo, schau dich doch an, und ich meine Zeit wie den Docht einer Kerze erlöschen spürte, dachte ich an dieses Ende. *Solange ich nicht wiederkomme, wirst du nicht sterben.* Aber auch ich bin ein Jünger, den du liebst – denn dass du mich liebst, Herr, hast du mir bewiesen. Dass ich mit einer Spur von Talent geboren wurde, hast du gewollt. Alles, was ich vollbracht habe, ist dir zu verdanken. Auch das Böse, auch meine Sünden hast du gewollt. Also werde auch ich nicht sterben, ehe du nicht wiederkommst. Ich werde mein Werk vollenden.

In Gesellschaft meiner Gehilfen fühlte ich mich nicht mehr ausreichend gefordert. Selbst die Musik genügte mir nicht mehr. Ich umgab mich mit gelehrten Menschen: junge Schriftsteller, die sich einen Namen machen wollten, indem sie allgemein verständliche Biografien über Heilige verfassten, Kaufleute, die Metaphysik betrieben, Politiker, die zwischen zwei Senatssitzungen die Schöpfung in Verse verpackten, Geistliche, die solch überzeugende Predigten verfassten, dass man sich zur Verteidigung dieser Thesen auf der Stelle hätte kreuzigen lassen. Hin und wieder diskutierte ich sogar im Parlatorium von Sankt Anna mit meiner Tochter über den Begriff der Erlösung – ich beugte mich zu ihr hinüber, um ihrer himmlischen Stimme hinter dem Gitter zu lauschen. Besser als die meisten Theologen und Geistlichen, die ich aufsuchte, vermochte mich meine süße und weise Schwester Perina wenigstens mit einem kleinen Lichtschimmer zu beglücken. Perina meinte, die moralische Anfälligkeit der Menschheit äußere sich in der persönlichen Sündenlaufbahn eines jeden Einzelnen. Dennoch führe uns die Gnade zum Guten, und dank seiner Fähigkeit, sich mit der Freiheit des eigenen Willens für das Gute zu entscheiden, könne das menschliche Geschöpf höhere Weihen erlangen, ja Gott ähnlich oder sogar gleich werden, zumindest aber sei es in der Lage, die Kommunion mit dem Göttlichen zu erreichen und seine eigene Endlichkeit zu überwinden. Darin liege der Sinn der Auferstehung. Auferstehen bedeute, in die Ewigkeit und Unendlichkeit einzugehen.

Ihre Worte stimmten mich heiter, da sie meinem Leben und dem, was ich in der Rochusbruderschaft anstrebte, eine Bedeutung zu geben schienen und auch meinem Tod einen Sinn verleihen würden, und wenn ich an das geglaubt hätte, was sie mit so viel Leichtigkeit und aus tiefer Überzeugung formulierte, hätte ich tatsächlich zufrieden in meinem Körper einschlafen und auf ewig in der Unendlichkeit wieder aufwachen können.

«Ich habe mich auf ein übermenschliches Projekt eingelassen», erklärte ich meiner Gemahlin, als sie sich über meine geistige Abwesenheit beklagte und mir vorhielt, griesgrämig wie ein Eremit geworden zu sein. «Auf vier Wänden will ich nicht weniger als die Heilsgeschichte darstellen. Sollte mir das nicht gelingen, sollte die Rochusbruderschaft eine Niederlage werden, kann die Nachwelt alle meine Leinwände verbrennen und mich vergessen. Mein Leben wird keinen Sinn gehabt haben.»

«Die Heilsgeschichte?», fragte Faustina. «Genau», gab ich zur Antwort, «die Geschichte des Heils, erlangt durch die Erlösung von jeglichem Leid. Die Befreiung von körperlichem Leid – Hunger, Krankheit, Elend. Und die Befreiung von seelischem Leid – Versuchung, Sünde, Tod.» «Aber wessen Heil?», fragte sie lächelnd. «Das Heil der Menschheit», antwortete ich. «Und meins.»

Und tatsächlich respektierte meine Frau, die meine Bilder gar nicht mochte, sie geradezu verstörend und schrecklich fand und Angst vor ihnen hatte, mein jahrelanges Suchen, meine Einkehr und Abgeschiedenheit. Alle respektierten es. «Pscht, Papa denkt nach», ermahnte Ottavia ihre kleine Schwester. «Papa zeichnet, Papa entwirft, sei still.» Eingeschlossen in meinem Atelier hörte ich, wie meine Familie inmitten von klapperndem Besteck und Geschirr zu Tisch saß – Lauras Geschrei, das Gezanke meiner Söhne, Mariettas Musik am Cembalo und ihre klare Stimme, wenn sie ein Lied anstimmte. Zwar sah ich sie selten, aber sie war immer fröhlich. Ihre Heiterkeit half mir, nicht in Schwermut zu versinken. Wie konnte ich da ahnen, dass ihr unbeschwerter Eindruck in Wirklichkeit nur eine aufgesetzte Maske war. Marietta hatte nicht im Geringsten durchblicken lassen, dass ihr Leben eine Farce war.

Wenn ich nur einen einzigen dieser Augenblicke erneut erleben könnte, wüsste ich die Hinweise und Zeichen zu deuten. Gewisse Sätze und Anspielungen, manches Schweigen würde eine andere Bedeutung bekommen. Aber ich hörte nur Mariettas Schritte in dem Zimmer über meiner Decke, die ich so schrecklich lieb gewonnen hatte. Möglicherweise stellten sie sogar eine Art

Tonleiter dar – sie spielten die Noten unserer geheimen Musik. Denn auch sie hörte mich. Meinen Husten, meine Stimme, meine Laute. Wenn ich ein Möbelstück verrückte, eine Schublade öffnete oder zwischen die Bettlaken schlüpfte. Hin und wieder, Herr, kommt mir diese Decke, die uns voneinander getrennt hat, wie das Schwert im Bett von Tristan und Isolde vor.

In der letzten Karnevalsnacht kamen Marietta, ihr Mann und ihre Brüder in der Morgendämmerung von einem Fest im Deutschen Handelshaus zurück. Zu jener Zeit gingen meine erwachsenen Kinder mehr und mehr ihre eigenen Wege und lehnten sich sowohl gegeneinander als auch gegen mich auf. Dennoch gingen sie zusammen aus, unterstützten sich, berieten sich in jeglicher Hinsicht, reichten sich wohlwollend Arbeiten weiter, bildeten gemeinsame Fronten, standen sich gegenseitig bei. Sie nannten sich «die vier Tintoretti». Wie die vier Himmelsrichtungen, die vier Jahreszeiten, die vier Reiter der Apokalypse. Ich war noch bei Kerzenschein in Arbeit versunken. Auf eine braune Leinwand malte ich gerade die ersten Figuren vom *Mord der unschuldigen Kinder*.

Jahrelang widmete ich der Scuola di San Rocco auch die Zeit, in der ich hätte schlafen müssen. Ich dachte an nichts anderes als daran, etwas zu erschaffen, das mich überdauern würde. Der Rest meines Werkes hätte meinetwegen verschwinden können, etwa in einem Feuer wie dem im Dogenpalast. Die Bruderschaft jedoch nicht, nein, denn in ihren Sälen befand sich der eigentliche Sinn meines elendigen Daseins. Allerdings von allem Schund und jedem Makel bereinigt – auf ihr reinstes Wesen reduziert. Schönheit. Demut. Leidenschaft. Anerkennung der grenzenlosen Vielfalt der Welt und der von der Vorsehung bestimmten Bedeutung jeden Leids. Grenzenlose Suche nach dir, Herr. An diese Bilder dachte ich Tag und Nacht, selbst im Traum begegneten sie mir. Wenn ich das nicht getan hätte, wenn ich es geschafft hätte, sie wenigstens für ein paar Tage oder ein paar Stunden zu vergessen, hätte ich vielleicht etwas mehr mitbekommen – von Marietta, meinen Söhnen und mir.

Marietta trat ohne anzuklopfen ein, wahrscheinlich hatte sie das Licht im Türrahmen gesehen. Obwohl sie sehr blass und abgemagert aussah, begriff ich damals nicht, dass es ihr nicht gut ging. «Es ist sehr spät», sagte sie liebevoll, «du solltest dich ein wenig zur Ruhe legen.» «Schlafen werde ich, wenn ich tot bin», erwiderte ich.

Sie stellte sich neben mich. Sie schaute mir gern beim Malen zu. «Du entwirfst», sagte sie, «während du malst, du versteckst den Pinsel nicht, versuchst nicht, so zu tun, als entstünde das Werk von allein, hast es aber weder auf Hilfe abgesehen noch darauf, Illusionen vorzutäuschen – in allem, was du tust, bleiben die Spuren deiner Handbewegungen zurück. Deine Pinselstriche anzuschauen ist wie in deinen Kopf zu sehen, in deine Seele.» Niemand anderem habe ich je meine Seele gezeigt.

Sie versuchte, die sich auf der Leinwand abzeichnende Szene zu entschlüsseln. «Du solltest sie wirklichkeitsnäher und gewaltsamer darstellen», meinte sie. «Ein Wirrwarr aus zermarterten Körperteilen, Köpfe massakrierter Kinder, Körper von Müttern. Unerträglich muss es sein.» Niemand hat je so mit mir zu reden vermocht, Herr. Mit niemandem habe ich den Entstehungsmoment einer Arbeit teilen können. Die anderen sahen lediglich das, was schon vollbracht war. Aber nie vermochten sie das zu erahnen, was verloren war, was das Licht der Welt nicht verdient hat. Marietta wusste alles – wie ich. «Der Tod eines Kindes ist stets ein Mord», sagte sie, «und diese Szene ist die Ermordung der Mörder. Male etwas, das man sich nicht ansehen kann. Bei dem man wegschauen muss.» Ich erklärte ihr, dass ich mich gerade dabei befände. Aber ich würde es ohne die Darstellung von Blut und Waffen tun. Das Leid, das wir nicht sehen, sei schlimmer und grausamer als das, was zum Vorschein komme.

Marietta bat mich, mich später beim Aufhängen der fertigen Leinwand im Erdgeschoss der Rochusbruderschaft begleiten zu dürfen. Gern wolle sie wieder einmal einen Blick in den darüberliegenden Saal werfen. Nie sei sie es leid geworden, sich ihn im fertigen Zustand anzusehen. Sie habe diese Bilder allein durch die Gabe meiner Hand entstehen und langsam aus ihrer Formlosigkeit auftauchen sehen. Die Gabe, das wiederzugeben, was ich in mir hätte, als ob mein Geist einen lebendigen Schatten auf die Welt werfen würde. Die Gabe, etwas scheinbar Einfaches entstehen zu lassen, rein und klar wie Wasser – das uns aber unaufhörlich erstaune, befrage, überwältige. Zu wissen, wie der Gottvater in der *Vision des Jakob* wirklich aussehe, sei ein einmaliges Glücksgefühl, denn für alle anderen sei er ja kaum mehr zu erkennen – er hänge viel zu weit oben. Oder unser schwebender Bote in *Elias wird von dem Engel genährt,* der sich nun an der Decke befinde. Sie aber habe den Engel direkt vor der Nase gehabt – und zwar genau hier. In ganz Venedig gebe es nichts, das mit der Rochusbruderschaft vergleichbar sei. Und sie sei so ergriffen, so stolz, die Tochter eines Mannes zu sein, der ein solches Werk zustande gebracht habe.

«Oho», fiel ich ihr ins Wort, «das muss ja ein großer Batzen Geld sein, den du von mir geliehen haben willst, dass du deinem alten Vater derart viel Honig um den Mund schmierst!» «Hin und wieder müssen wir uns einfach die Wahrheit sagen, Jacomo», entgegnete sie. Ich fragte sie, ob sie sich auf der Feier amüsiert habe. «Nein», antwortete sie, «die Leute sind dermaßen gewöhnlich und langweilig, dass ich mich einfach nicht amüsieren kann, wenn du nicht dabei bist. Ohne dich ist die Welt wie Salat ohne Öl und Salz, wie Gnocchi ohne Sauce, wie Kissen ohne Federn!» «Lügnerin», erwiderte ich, obschon mich ihre Worte glücklich machten.

Marietta erzählte, dass sie eine Arbeit angeboten bekommen habe. Ein Graf aus Nürnberg wolle von ihr ein Portrait seiner venezianischen Geliebten anfertigen lassen. Reichlich fünfzehn

Dukaten habe er dafür geboten. «Wenn du meinst, das sei genug, mir scheint es wenig», bemerkte ich. «Du bist einiges mehr wert.» «Sag mir die Wahrheit», forderte sie mich auf und riss mir den Pinsel aus der Hand. «Auch ich habe sie dir gesagt, jetzt bist du an der Reihe. Würden sie ein Portrait von mir wollen, wenn ich nicht deine Tochter wäre? Wenn ich nicht die Tintoretta wäre, sondern eine Frau namens Marietta Augusta?» «Unsinn, mein Kind», erwiderte ich. «Du bist du.» «Lügner», sagte sie. «Ohne dich bin ich nichts.»

Nach einer endlos langen Reise vom Hafen von Nangasache nach Portugal, Spanien und schließlich Rom kam Ende Juni eine Gesandtschaft aus dem Reich der Ficenga in Venedig an. Ehrlich gesagt weiß ich nicht, wo es sich befindet – vermutlich irgendwo im Orient bei Japan. Es waren zwei junge Prinzen und vier Botschafter, die aussahen, als wären sie erst fünfzehn Jahre alt, mit einer Gefolgschaft aus Pagen und Dienern. Den Zweck ihrer Reise, oder ob sie überhaupt einen verfolgten, kannte ich nicht. Auch wusste ich nichts von der Nachricht, die sie dem Dogen überbrachten. Was ich jedoch weiß, ist, welche Nachricht sie mir überbrachten.

Die aus dem so weit entfernten Land angereisten Prinzen und Botschafter genossen in der Stadt eine außergewöhnlich hohe Beachtung. Zwar traf man in Venedig auf Türken und Tscherkessen, Deutsche, Flamen und Engländer, Dänen, Spanier und Lusitaner, Armenier und Albaner, Slawonier, Kroaten, Bosnier, Morlaken und Tataren, Griechen, Polen, Ungarn, Perser, Berber, Inder, Mauren, schwarze Afrikaner und sogar Chinesen – aber Leute aus Ficenga hatte man hier noch nie gesehen. Unsere Staatsoberhäupter empfingen sie mit prunkvollem Tamtam und zeigten ihnen sämtliche Sehenswürdigkeiten der Stadt – zurück in ihrer Heimat sollten sie von unserer Größe erzählen und unsere Verbündeten werden. Sie unternahmen mit ihnen eine Bootsfahrt auf dem Canal

Grande, veranstalteten sakrale Musikkonzerte, zeigten ihnen die Brennöfen von Murano, das Arsenal, die Heiligenreliquien, die Festungen und die Burgen am Lido. Wahre Menschenmassen belagerten den Palazzo der Gesellschaft Jesu, deren Gast sie waren, und scharten sich um ihre Fenster, sodass man aufpassen musste, nicht niedergetrampelt zu werden.

An die Namen der vier Botschafter kann ich mich noch gut erinnern: Don Mantio Ito, Don Michele Cingiva, Don Giuliano Nakaura und Don Martino Fara. Wir nannten sie die Barone. Dass es überall in der Stadt so viel Stein und so wenige Bäume, Pflanzen und Blumen gab, bedauerten sie. Die Paläste, Kirchen und Statuen beeindruckten sie hingegen sehr. Am letzten Tag führten unsere Machthaber sie zu mir. Die Republik wollte sie ihnen zu Ehren nach der Natur portraitieren lassen – alle vier, zum ewigen Andenken.

Während die Gesandten auf ihrer Reise immerzu abendländische Kleidung getragen hatten, kamen sie zu diesem Anlass im landestypischen Kostüm: weiße Pumphosen aus Seide, über der Schulter eine blaue Simarre, die mit einem dichten Miniaturwald aus Bäumen und Vögeln bestickt war, an der Hüfte einen Degen und einen fein gearbeiteten Dolch. Abgesehen von einem rabenschwarzen, mit einer Schleife zusammengebundenen Büschel auf dem Kopf, waren sie kahl rasiert, hatten schmale, schlitzförmige Augen und safrangelbe Haut. Vor dem Hauseingang auf den Fondamenta dei Mori wollten sich die vier jungen Männer die Schuhe ausziehen. «Das ist ihre Art, Euch ihre Ehre zu erweisen», erklärte der Jesuit in ihrer Begleitung. Dann forderte er mich auf, mich sofort hinzusetzen, da es bei den Bewohnern von Ficenga als unhöflich gelte, Gäste im Stehen zu empfangen.

Die gesamte Familie strömte ins Atelier: Dominico und Marco wollten als Meister der Malkunst vorgestellt werden, Giovanni spielte zu ihren Ehren eine eigene Komposition auf der Laute, Faustina lachte, weil die vier sie an Marionetten erinnerten, Marietta hätte gern einmal die Seide ihrer Simarre angefasst, die fein wie Papier aussah, Ottavia und Laura stießen verzückt kurze Schreie aus, und Marco Augusta wollte ihnen eines seiner Schmuckstücke als Geschenk überreichen: Allen vieren hatte er einen goldenen Doppelring geschmiedet, in dem das Sternbild der Krone eingraviert war, das Würde und Wissen verleiht und mit dem sie die Gnade ihrer zwei Prinzen erwerben konnten. Mir gefiel am meisten, dass die Barone klein waren – so bekam ich wenigstens einmal die Möglichkeit, mit wichtigen Personen Auge in Auge zu sprechen.

Als Geschenk hatten sie uns ein Säckchen getrockneter Kräuter mitgebracht, die wir mit heißem Wasser mischen sollten. In ihrem Land war es das meistgeschätzte Getränk. Sie nannten es *chai*. Wir mochten es nicht. Es schmeckte nach Staub. An kalten Winterabenden goss sich Marietta trotzdem gern eine Tasse davon auf. «Es schmeckt nach allem, was ich nicht kenne», sagte sie, «und was ich nie kennenlernen werde. Es erinnert mich daran, wie viele Menschen es auf der Welt gibt, die anders sind als wir, Menschen jeglicher Hautfarbe, die an die merkwürdigsten Dinge glauben. Und ich habe immer gedacht, dass es außer Venedig nichts anderes gibt und die Welt dahinter aufhört.»

Eingehend betrachteten sich die Botschafter die Bilder meiner Galerie. Nach Aussage des Jesuiten wird im Reich der Ficenga nicht nach der Natur gemalt. Oder zumindest nicht auf unsere Art. Vor meinem sowie vor Faustinas und Dominicos Portraits hielten sie inne: Sie schauten sich erst unsere gemalten Gesichter, dann uns und dann wieder das Bild an und stellten Ähnlichkeiten und Unterschiede fest, die sie belustigten und verwirrten. Es verwunderte sie sehr, dass sich die Venezianer – wie alle Italiener und Europäer insgesamt, obschon sie doch in Bezug auf den Rest wie Religion, Sprache und Gebräuche unterschiedlich seien – auf Gemälden und Portraits abbilden ließen, um sich dann in ihre Paläste und Wohnzimmer zu hängen. Ihre wahren Gesichter mitsamt Falten, schütterem Haar, eingefallenen Mündern, hervorstehenden Bäuchen: kurz, mit jedem kleinsten Detail. Warum wir das täten? «Herrscher lassen sich portraitieren, um ihre Macht zu bekräftigen und damit sich ihre Untertanen stets von ihnen kontrolliert fühlen», erklärte ich. «Sie lassen ihr Gesicht sogar auf Geldmünzen prägen, die noch nach ihrem Tod in Umlauf sind.» «Und die anderen?», fragten die jungen Japaner. «Warum lassen sich auch Händler und Bäcker, Kurtisanen und Familienmütter portraitieren? Welche Macht wollen sie denn behaupten?» «Das hat damit zu tun, dass wir Angst vor dem Tod haben», antwortete Marietta dem Jesuiten, der für die Gäste übersetzte. «Für eine Familienmutter ist ein Portrait weitaus wichtiger als für einen König. Dass ein König auf Erden gelebt hat, davon erzählen seine Unternehmungen, die Denkmäler, die er errichten ließ, die Kirchen, die er geweiht hat, und die Bauwerke, die er seinem Volk hinterlässt. Dass ein gewöhnlicher Mensch gelebt hat, davon zeugt ausschließlich sein Portrait. Und genau deswegen malen wir sie, es ist so, als wollte man erzählen, dass dieser Mensch existiert hat.»

Unsere Gäste überreichten mir ein dünnes Papierröllchen: Während ich es öffnete, kam langsam ein in schwarzer Tinte gemaltes und in einem Strauch sitzendes Vögelchen zum Vorschein. Der Jesuit erklärte mir, dass dieses Stück Papier, kaum größer als ein Taschentuch, so viel wert wie eine sechs Ellen lange Leinwand von mir sei. Ich hatte noch nie so etwas gesehen. Ich dachte an den Maler, der es mit unglaublichem Geschick gezeichnet hatte. Vielleicht gab es ja am anderen Ende der Welt ein zweites Ich.

Zu guter Letzt standen die vier jungen Botschafter bei mir Modell. Vor dem dunkelgrünen Vorhang, der mir als Hintergrund diente, und zwischen meinen täglichen Arbeitsutensilien sahen sie aus wie von einem anderen Planeten. Damals stellte ich mir zum ersten Mal vor, dass die Sterne möglicherweise gar keine Feuerkrone um den göttlichen Thron, sondern kleine Zwillingsspiegel unserer Welt sind, in denen sich bis ins Unendliche unsere Leben spiegeln – wo Dinge geschehen, die sich hier nicht ereignet, ja gefehlt haben, und sich die Möglichkeiten verwirklichen lassen, die wir hier versäumt haben. Mit erstaunlicher Geduld und in vollkommener Stille posierten die Barone mehrere Stunden lang. Auch ich arbeitete höchst konzentriert – die Portraits für die Bewohner von Ficenga sollten einzigartig werden. Die Vorstellung, dass eines meiner Werke Asien durchquerte und das andere Ende der Welt erreichte, erfüllte mich mit Stolz. Denn unsere Werke, Herr, sind viel freier als wir. Sie überwinden Zeit und Raum. Sie haben keine Fesseln. Werden nie alt. Eine gelungene Arbeit ist immer so jung, als wäre sie erst gestern gemalt worden. Eines Tages würde vielleicht der Schöpfer dieses Vögelchens meine Gemälde anschauen und das Gleiche denken wie ich.

Aber diese Gemälde haben Venedig nie verlassen. Die Senatoren, die sie in Auftrag gegeben hatten – und mir eine Belohnung von zweitausend Scudi versprachen –, haben sie nie ins Reich der Ficenga geschickt. Sie hängten sie in den Dogenpalast zum Andenken an die Tage, als die ausländischen Gesandten kamen und der Republik Venedig huldigten. Zum Andenken an eine Macht, die es indes nicht mehr gab – nur noch in unseren Träumen. Vielleicht hätte ich das den Botschaftern antworten sollen: Wir lassen uns portraitieren, um den Augenblick festzuhalten. Um einen Moment aus der Geschichte und dem Leben nicht so zu erzählen, wie er wirklich war, sondern wie er hätte sein müssen – indem man die Achse der Wahrheit ein klitzekleines Stück verschob, gerade so viel, um sie so darzustellen, wie sie in Wirklichkeit nie gewesen ist. Um gegenüber der Zeit, der Stille und Gott so festgehalten zu werden, wie wir in unseren Träumen und Erfindungen waren oder zu sein glaubten.

Die Kopie des Portraits von Don Mantio, die Marietta für uns angefertigt hat, bewahre ich im Atelier auf. Wenn ich sie mir anschaue, habe ich den Eindruck, meinen Funken darin wiederzusehen, an jenem Nachmittag im Juni, als die vier Japaner gerade gingen und Don Mantio sie fragte: «Signora, Ihr, die Ihr Portraits anderer malt, habt Ihr keine Angst, in Vergessenheit zu geraten?»

Zum Abschied der japanischen Botschafter gaben die Senatoren ein Festmahl. Auch ein paar berühmte Venezianer waren eingeladen: ruhmreiche Admiräle, Priester, Dichter, Komponisten, der Patriarch und der Kapellmeister von San Marco. Mein Freund, der fast hundertjährige Doge Nicolò da Ponte, der zwar seit einem Schlaganfall stumm, aber noch geistig rege war, hatte auch auf meinen Namen gezeigt. Wir speisten am frühen Abend mitten im Meer auf einem von Fackeln beleuchteten Schiff. Die Kerzenflammen, das Geschirr und der Wein in den Gläsern wankten im Rhythmus der Wellen. Auch die Musik der Sänger wankte hin und her, da ihr Floß langsam unser Boot umkreiste und ihre Stimmen mal von nah, mal von fern zu uns herüberklangen, wie ein schwaches, mit der Brandung vermischtes Rauschen. Zu Ehren der vier jungen Männer waren wir von den Oberen angehalten, uns festlich zu kleiden, lege man doch im Morgenland großen Wert auf das äußere Erscheinungsbild. Marietta trug ein blaues Seidenkleid mit goldenen Intarsien. Es hatte einen tiefen Ausschnitt und teilte sich über der Brust in zwei Zipfel, die sich wie eine zweite Haut auf sie legten und die rosaroten Spitzen ihrer Brüste durchscheinen ließen. Wie alle Ausländer und Besucher der Stadt würdigten die Botschafter gleichsam verblüfft die venezianische Mode, die so verschwenderisch mit den weiblichen Reizen prahlte. Auch ich schätzte sie. Die Farbe stand Marietta äußerst gut, seit Langem hatte sie nicht mehr so strahlend schön ausgesehen.

Auch das Essen kam aus dem Meer: Von winzigen Ruderbooten aus sammelten die Kellner die Servierteller ein. Alles, was unser Meer hervorbrachte, war für die Gesandten zubereitet worden. Und alles schmeckte nach Meer: der Wind, der Fisch, wir selbst.

Während die beiden Prinzen von den Senatoren in Beschlag genommen wurden, saßen die vier Botschafter uns gegenüber. Nakaura beugte sich auf einmal zu Marietta hinüber und fragte sie, ob er ihr Haar anfassen dürfe. Überrascht willigte Marietta ein, und der Junge löste einen Zopf. In seinem Land gebe es keine einzige Frau mit blonden Haaren. Im Reich der Ficenga werde blondes Haar eigentlich nicht als ein Zeichen von Schönheit angesehen. Er aber habe seine Meinung diese Nacht geändert. Wissen sei alles, Unwissenheit führe ins Dunkle, in die Irre – sei das Übel.

«Was hat Euch an Venedig am meisten beeindruckt?», unterbrach ihn Marietta. «Die Gefängnisse», antwortete der junge Japaner prompt. «Wir kennen keine Gefängnisse. Für Schuldige gibt es bei uns die Verbannung oder den Tod.» «Aber Verbannung bedeutet Vergessen und der Tod Befreiung», merkte meine Tochter an. «Die härteste Strafe ist das Gefängnis.»

Sie war erschüttert, Herr. Worüber Marietta und der junge Japaner anschließend sprachen, weiß ich nicht mehr. Wahrscheinlich war ihre Unterhaltung beendet, da das Essen kurz darauf vorbei war und die Kellner Schälchen mit einer weißlichen Flüssigkeit sowie dünne Glasröhrchen austeilten und zur Belustigung der Gäste zu pusten begannen. Bezaubernde Seifenblasen – die im Licht der Fackeln rötlich schillerten – stiegen ringsum auf und schwebten durch die Luft. Sie nahmen die seltsamsten Formen an – Wolken, Rosen, Schmetterlinge. Einige trieben in der lauwarmen Luft über unseren Köpfen nach oben, andere blähten sich auf, bis sie platzten, wieder andere flogen wie ein Windhauch dicht an unseren Köpfen vorbei und tänzelnd zurück zur Lagune. Die jungen Japaner lachten verzückt. Marietta gelang es, mit einem Finger eine riesige Blase einzufangen und vor ihr Gesicht zu halten. *Welt, mit deinen guten Gaben vermagst du Menschen zu blenden,* sang sie, *doch sind es nur Seifenblasen, die schön erscheinen und in nichts verenden.* Diese Verse hatte ich ihr beigebracht, deren Verfasser Maffio Venier mein Freund war. Marietta lächelte, obschon ich ein Kratzen vernahm – einen falschen Ton in ihrer Stimme. Vorsichtig pustend ließ Marietta die Seifenblase wieder auffliegen. Eine kurze Weile sahen wir zu, wie sie in der Luft schwebte und sich dann auflöste – in nichts. Auf einmal wurden die vier Gäste aufgefordert, in andere Boote umzusteigen: Ihnen stand noch ein nächtlicher Angelausflug bevor. Wir anderen würden zurückbleiben. Für uns war das Fest zu Ende.

Da fragte der junge Fremde Marietta, ob sie ihm eine Locke ihres Haars schenke. Geistesgegenwärtig wie sie war, bat sie ihn im Gegenzug um die mit Wald und Vögeln bedruckte Seidensimarre. Der Baron schwor, dass er sie ihr noch in derselben Nacht zukommen lassen werde. Marietta machte einen Knicks, trat einen Schritt vor und stellte sich auf die Brüstung. Es war ein klarer Sommerabend. Ihr Kleid hatte die reine blaue Farbe des Lapislazuli, die mit dem ruhigen Blau des Meeres verschwamm. Der Juwelier hätte jetzt gesagt, die Elemente würden sich vermischen, um noch größere Schönheit hervorzubringen, die Seide würde zu Wasser und sie selbst zu diesem himmelblauen, mit Sternen übersäten Stein. Der Horizont hinter dem Lido war wie eine Linie auf einem Blatt Papier deutlich zu erkennen. «Jacomo», sagte sie gedankenverloren, «hast du dich jemals gefragt, was sich hinter dem Horizont befindet?»

Eigentlich wollte ich ihr antworten, dass sich hinter dem, was wir nicht sehen, Gott befinde. Seltsamerweise erwiderte ich jedoch etwas ganz anderes. Ich reichte ihr meine Hand und half ihr, ins Boot zu steigen, dessen Bug Richtung Stadt zeigte. «Mein Funke», fragte ich zurück, «bist du glücklich?» Marietta drehte sich ein letztes Mal lächelnd zu den geheimnisvollen Botschaftern aus Ficenga um. «Mein Glück, Vater, ist wie der Horizont. Nie habe ich es geschafft, ihn zu erreichen.»

Das Mohnpulver in dem Glasgefäß ist weiß – es sieht aus wie Mehl und ist trocken wie Kalk. Sein Geruch ist merkwürdig, mit nichts vergleichbar. Es ist die einzige Arznei, die das endlose Kreisen meiner Gedanken verhindert und mir eine Pause vor mir selbst ermöglicht. Auf der Zunge hinterlässt sie einen bitteren Geschmack. In meinem Kopf dröhnte es vor lauter Stimmen wie in einem überfüllten Raum. Zum wiederholten Mal löste Faustina das Pulver in einem Glas Wein auf, das ich in einem Zug leerte. Sie schaute mir zu, während mein Bewusstsein zu dämmern begann. Und als sie so über mich wachte, fiel mir auf, dass ihr Haar am Ansatz nicht mehr blond war. Es wächst so schnell nach, dass sie mit dem Färben nicht hinterherkommt. Dieser Gedanke versetzte mir einen Stich in der Brust, und mit der Hand ins Leere greifend, suchte ich nach ihr, um sie zu streicheln. Faustina verstand mich falsch und wischte mir meine Stirn trocken. Mir war, als wollte sie mir etwas sagen, aber vielleicht wollte sie sich einfach nur um mich kümmern. Unter dem Einfluss des Opiums schlief ich endlich ein, oder auch nicht, ich schwebte über meinem Körper – leicht wie in Luft, Rauch und Geist verwandelt. Von Weitem schaute ich auf mich, auf einen alten Körper, einen leeren Sack, meine Füße lagen unter, meine Hände auf der Decke. So sehe ich mich noch jetzt.

Das Dienstmädchen packte die Koffer. Sie faltete Wäsche, Laken, Handtücher und Tischdecken. Sie legte den Kamm und die Bürste mit dem Elfenbeingriff in die Truhe, außerdem Nähnadeln, Fingerhut, Pinzetten zum Zupfen der Augenbrauen, Salben für die Haut und Balsam für die Haare, Pantoffeln und Fächer, den Heiligenschrein mit den glasigen Strohhalmen aus dem Stall von Bethlehem, den Faustina einem Pilger aus dem Heiligen Land abgekauft hatte, das Kreuz aus Obsidian mit dem silbernen Christus, Nachthemden und meinen Morgenmantel. Das Wort «Carpenedo» stieg aus den Tiefen meines Bewusstseins auf, aber ich wollte mich nicht erinnern – ich kann mich nicht erinnern, Herr.

Ich tauchte erneut in die Benommenheit ab, in einen wahnsinnigen Wirbel aus Erscheinungen, als in meinen Ohren die Musik zu schwingen begann, die ich mit ihr gespielt hatte. Ich sah mich, die anderen, die tatsächlich um mich herumschwirrten und die Truhen befüllten, und ich sah Marietta im weißen Hemd über mir schweben, an einem Seil um die Hüfte aufgehängt, das sich unaufhörlich um sich selbst wickelte. Schon schlummerte ich wieder ein, von meinem Körper entrückt, den ich wie ein Zimmer einfach verließ – für Stunden, vielleicht einen ganzen Tag entfernt, um erneut das Wort Carpenedo zu hören, als ich die Augen wieder öffnete und Faustina sah, die es soeben in den Mund genommen hatte. Sie war die weiße, über mich gebeugte Gestalt, die ihre Wange auf meine Stirn legte, um mein stetig steigendes Fieber zu messen. «Ruh dich aus, Jacomo», sagte sie, «die vielen Leute um dich herum haben dich etwas überanstrengt, nun schlaf ein wenig, sobald du wieder bei Kräften bist, fahren wir, ich werde es schon schaffen, dich nach Carpenedo zu bringen, Boot und Kutsche habe ich bereits bestellt.» Kutsche, wohin? Ich erinnerte mich nicht einmal mehr, wo ich war, ich wollte nicht weg, ich war doch gerade erst zurück.

Faustina merkte nicht, dass ich mit vom Mohnpulver verklebtem Mund nicht sprechen konnte, und hob zu einem ihrer hitzigen Monologe an – in meinen vom Opium taub gewordenen Ohren schwirrten Wörter umher wie Carpenedo, Mückennetz, Gepäckträger, mein Diener wie ein Hund, der nur auf mich hört, die Kutscher, die Unsummen kosten, drei Scudi wollen sie für die Fahrt, kannst du sie mir nicht leihen, ich finde nämlich mein Geld nicht mehr, und deine Kiste ist leer, was hast du mit dem Geld von den Mönchen von San Giorgio angestellt, wie hast du es so schnell ausgeben können? Du hast Hände wie ein Sieb, du wirst mich noch zugrunderichten, mein lieber Jacomo, und dann diese Gauner von Fährmännern, da rudert man doch lieber gleich selbst, um sich nicht so ausplündern zu lassen, und diese faulen, erbärmlichen Pferde, allein Gott weiß, ob sie es bis Carpenedo schaffen oder ob sie uns unterwegs zusammenbrechen. Müssen wir die Pächter benachrichtigen lassen, oder fahren wir ohne Ankündigung? Letzten Endes ist es unser Haus. Je länger sie von der Reise sprach, desto stärker wurde das Leuchten in ihren Augen. Seitdem wir zu den Alten gehören, kann es meiner Gemahlin, die immer eine Frau der Stadt gewesen ist, nicht schnell genug aufs Land gehen. Nie habe ich verstanden, ob sie tatsächlich unser einfaches Haus zwischen den Weinbergen und den Kornfeldern mag, das lästige Summen der Insekten und die sonnige Ebene ringsum – oder ob ihr an Carpenedo vielmehr mein Müßiggang und meine Einsamkeit gefielen. Denn nur dort oben spürt sie, dass ich ganz und gar ihr gehöre, dass sie die langwierige Schlacht gewonnen hat, weil ihr dort endlich niemand mehr das nehmen kann, was von mir noch übrig ist.

Vielleicht habe ich im Traum gesprochen, vielleicht phantasierte ich auch. Mohn verursacht Sinnestäuschungen und lässt einen durch Zeit und Erinnerungen stolpern. Ich muss ihren Namen genannt haben, da mir Ottavia eifrig zu erklären versuchte, dass sie leider nicht Marietta sei – ich bin es nur, Ottavia. Sie war also in meinem Zimmer: Als wartete sie auf jemanden, saß sie am Fenster, durch das sie hin und wieder einen Blick auf den Kanal werfen konnte, und stickte. Sicherlich hatte ihre Mutter sie gebeten, auf mich aufzupassen, solange sie der Dienerschaft Anweisungen gab. Immer wenn wir aufs Land fuhren, ereigneten sich bei uns in den Tagen davor wahrhafte Tragödien. Da Faustina über diese Dinge herrschte und waltete, habe ich mich nie darum gekümmert, aber für achtundvierzig Stunden verwandelte sich unser kleiner Palazzo in ein Tollhaus. Zwischen Gekreische, Jammereien und Widerworten liefen meine Mädchen treppauf und treppab, ein einziges Ein- und Auspacken von Koffern, das Gepäck durfte nicht zu schwer wiegen, es gab Gezanke, weil die Mutter ihnen vorhielt, zu viele Sachen mitzunehmen, und die Töchter ihrer Mutter vorwarfen, nur unnützes Zeug einzustecken. Wenn alles fertig war, brauchte ich nur noch die Haustür zu verriegeln.

«Papa», sagte Ottavia auf einmal mit fröhlicher Stimme, «Menego hat mir ein tolles Geschenk gemacht. Du kannst dir gar nicht vorstellen, wie galant und einfühlsam dein Sohn ist. Während du gestern wie ein Bär geschnarcht hast, hat er uns auf San Giorgio Maggiore die *Grablegung* gezeigt. Nun, es ist die schönste, die ich je in meinem Leben gesehen habe.» «Oh», brummte ich, «was hast du denn schon gesehen, du kleines Klostermädchen du …» «Ich habe mit Laura gewettet», fuhr sie fort, ohne eine Miene zu verziehen. «Verrätst du mir, wer der Alte mit dem weißen Bart neben der Leiche ist?» «Leiche, Ottavia!», ermahnte ich sie, «so kannst du doch nicht über Unseren Herrn sprechen.» «Du warst es, der ihn als Leiche gemalt hat, nicht ich», erwiderte sie. Sie ist frech wie Marietta. Das war mir bisher nie aufgefallen. Ich dachte lediglich, dass es gewiss schwer werden würde, sie ins Kloster zu schicken. Aber am Ende wird sie sich damit abfinden. Das ist bei Frauen immer so.

«Wer ist denn nun der Alte?», hakte sie noch einmal nach. «Laura meint, es sei Nikodemus. Ich habe um die Spange aus Elfenbein dagegen gewettet, dass du es bist. Er hat nämlich drei Falten auf der Stirn und genau so einen struppigen Bart wie du.» «Es ist Josef von Arimathäa, Ottavia. Wofür habe ich dich denn ins Kloster geschickt, dass du noch nicht einmal das Evangelium kennst!», seufzte ich. «Josef von Arimathäa ist der wohlhabende Pharisäer, der sich mit seiner Demut das Recht erworben hat, den Leichnam Christi in das Grab legen zu lassen, das er für sich selbst vorgesehen hatte.»

«Du willst mich wohl auf den Arm nehmen!», sagte Ottavia lachend. «Ich weiß, wer Josef von Arimathäa ist, *so* dumm bin ich nun auch wieder nicht. Aber du hast ihm deinen Senatorentalar angelegt, den du nicht mehr anziehst, obwohl Mama sich nichts sehnlicher wünscht und nun erzürnt und verbittert darüber ist, und die Augen sind auch deine. Ich meine, gewiss ist es Josef von Arimathäa, aber auch du bist es und Gottvater. Das heißt, du bist der Senator, der Alte und Gott.»

Sie schwieg eine Weile und schaute mich erwartungsvoll an, aber ich wusste nicht, was ich sagen sollte. Da warf sie sich mit ihrem gesamten Gewicht auf mich. Leicht war sie nicht, sie hatte einen fülligen Körper und stand gut im Futter. «In diesem traurigen Gemälde hast du dir ein Selbstbildnis angefertigt. Du malst Dinge, die einen traurig stimmen, Papa. Warum denkst du dir keine schönen Geschichten mehr aus, mit hübsch gekleideten Menschen, die sich amüsieren, Liebe machen und glücklich sind? Was weiß ich, die Hochzeit des Peleus, eine schöne Susanne, Leda mit dem unehrlichen Schwan, der seinen Schnabel in ihren Schoß steckt, Danaë mit dem Goldregen zwischen den Beinen ... Das konntest du doch so gut, diese Geschichten. Und jetzt malst du sie gar nicht mehr. Ich weiß, dass du darum nicht mehr gebeten wirst, weil es verboten ist, laszive Figuren zu malen, aber du könntest es ja trotzdem tun, wenigstens für deine Freunde, für dich oder für uns. Auch wenn du glaubst, dass ich dumm bin und nichts verstehe. Ich verstehe deine Arbeit durchaus, mir gefallen alle deine Bilder. Weil du sie für alle machst und eben auch für mich. Viele traurige Dinge sind zwar geschehen, aber wir sind ja noch hier, alles ist in Ordnung, uns geht es gut, und auch dir wird es bald wieder gut gehen, du hast nur etwas Fieber, und der Appetit ist dir vergangen, aber der kommt schon wieder, nicht wahr? So alt bist du noch nicht, für eine Waise bin ich zu jung. Wir haben kaum Zeit miteinander verbracht, und du weißt nichts von mir, du kennst mich überhaupt nicht, aber du wirst schon sehen, dass es dir nicht leidtun wird, dass ich geboren wurde, ich werde bei dir sein, wenn du wirklich alt bist, ich kann lustig sein, meine Späße bringen alle zum Lachen, ich werde dich schon wieder aufheitern. Was magst du am liebsten? Hähnchen? Rebhuhn? Fasan? Ich werde einen Pfau für dich kaufen, liebster Vater. Den bereite ich dir mit Senfsauce zu, so etwas würde der Köchin nicht einmal im Traum einfallen, du musst mir nur Gelegenheit dazu geben und etwas Zeit ...»

«Lass ihn in Frieden, Ottavia», fuhr Laura sie an und steckte ihr anmutiges kleines Antlitz durch den Bettvorhang. «Siehst du nicht, dass er dir nicht zuhört?» Ungehalten schüttelte Ottavia meine Schultern. Ich machte meine Augen jedoch nicht wieder auf. «Du hast mir versprochen, mich auf ein Gemälde für eine Kirche zu malen, Papa», sagte sie, und ihre Stimme überschlug sich, «ich in einem mit Goldmehl bestäubten Kleid, hinreißend schön, dass alle sehen können, wie lieb du mich hast, glaub ja nicht, ich würde dir verzeihen, wenn du dein Versprechen nicht hältst!»

28. Mai 1594
Zwölfter Fiebertag

Was von mir bleiben wird, welche Anekdoten meine Schüler und Biografen von mir erzählen werden, ob der eine oder andere mich wiedererkennt oder mit einem anderen Künstler verwechselt, all das interessiert mich nicht. Welcher Fisch am Haken hängt, wird durch die Angel bestimmt – einen Wal fängt man nicht mit einer Fliege. In den Erzählungen ist das Leben ein Netz aus Verherrlichung und Blendwerk, und in den weiten Maschen des Gedächtnisses geht das Wesentliche verloren. Es ist ein Netz aus Geheimnissen, Zensuren, Ausbesserungen, Auslassungen, Erfindungen und Lügen – alles andere als das tatsächlich erlebte Leben. Heute weiß ich, dass es völlig nutzlos ist, Gerüchte zu unterdrücken, Ansichten zu korrigieren, Lügen richtigzustellen: Es ist, als wollte man den Wind einsperren. Diese Erkenntnis kam mir jedoch zu spät. Mein wirkliches Leben ist dort, wo es alle sehen können – in den Kirchen und Häusern, an den Fassaden der Paläste, in den Herrschaftsschlössern, in der Scuola di San Rocco. Dort kann mich jeder, der will, aufsuchen. Aber sie, wo ist sie?

Ich kann sie nicht in ihren Gemälden suchen gehen, weil sie auf meine Art gemalt hat – um ich zu sein. Anfangs verlangte ich es ihr, später waren es die Kunden, und am Ende hat sie es selbst gewollt. «Die größte Genugtuung, die ich aus dem Malen ziehe», sagte sie eines Tages zu mir, «ist weder, wenn meine Dinge deinen ähneln, noch, wenn jemand das tatsächlich annimmt, sondern wenn ich selbst vergesse, sie gemalt zu haben und glaube, sie wären von dir. Diese Illusion ist mein größter Erfolg.» Doch das war auch gleichzeitig ihr Schaden. Mariettas beste Bilder waren meine. Alle anderen haben keinen Autor und überleben wie die namenlosen Gegenstände unseres Alltags – Möbel, Betten, Geschirr. Ich habe mir das zurückgeholt, was ich sie lehrte. Mein Geschenk an sie war wahrlich nicht uneigennützig.

Ich kann sie in keinen Briefen suchen gehen. In sechsunddreißig Jahren waren wir lediglich die paar Wochen voneinander getrennt, die ich mit meiner Frau in Mantua verbracht hatte – und als wir schließlich auseinandergingen, hatten wir uns nichts mehr zu sagen. Im Übrigen hätte ich sie gar nicht in ein Buch vertieft sehen wollen. Da ich sie nicht zur Schule geschickt hatte, konnte sie kaum schreiben: Die Malerei und die Musik sollten ihre Sprache sein, Wörter brauchte sie nicht. Die hätten sie nur von mir entfernt. Ihre Stimme wollte ich hören, die Modulationen ihres Gesangs, den Akzent, der sie nicht bloß mit Venedig verankerte, sondern mit diesem Stadtteil, diesem Fluss, mit mir. Der unnachahmliche Klang ihrer Stimme, wenn sie ein Lied anstimmte, wenn sie, ohne es zu merken, beim Malen einen deutschen Kinderreim aufsagte, wenn sie stundenlang darüber sprach, wie sie bestimmte Farbabstufungen von Orange, Rauschgelb, Indigoblau oder die Lichtreflexe einer Fackel hinbekam. Ihre Stimme, als sie mir erzählte, dass sie hartnäckig versuche, aus einem sündhaft teuren Lack einen zarten, malvenfarbigen Ton zu erhalten, um die Melancholie farblich abzubilden. Ihre Stimme, als sie mir ein Lederband mit einem Chalzedon um den Hals hängte und sagte, der Stein helfe, Begierden zu zügeln und vertreibe trübselige Gedanken und Ideen. Und dann knöpfte sie ihren Kittel auf und zeigte mir, dass auch sie ihn trug. Die Töne, die ihre Finger aus der Tastatur hervorzauberten, die ihre Stimme beim Singen erzeugten, haben sich in Luft aufgelöst, sind mit ihr entschwunden. Nicht einmal die Musik, der ich nur noch im Traum lauschen kann, finde ich mehr wieder.

Als unser gemeinsames Leben vorbei war, glaubte ich, ihren Weg akzeptieren zu können. Ich glaubte, letzten Endes würde sie doch mir gehören – diese Gewissheit hat mich dermaßen besänftigt, dass ich sogar davon ausging, unsere Trennung aushalten zu können. Nun lernte ich jedoch eine andere Marietta kennen, eine Frau, die ich zwar auch mochte, die aber für mich unerreichbar war. Die Vergangenheit zerbrach in meinen Händen in Stücke, die nun in einem seltsamen Licht aufleuchten. Und ich kann die Quelle dieses Lichts nirgends entdecken. Unser Leben ist vergleichbar geworden mit den Bildern, die ich gemalt habe: Die eine Lichtquelle ist immer gut und deutlich zu sehen – eine Öllampe, eine Laterne, ein Fenster. Die andere aber ist irgendwo versteckt und wird auf der Oberfläche der Leinwand niemals ersichtlich sein.

Ihre Lichtquelle habe ich nicht gefunden. Bei dem Versuch, die Abfolge neu zu ordnen, Szenen erneut durchzuspielen, suchte ich nach einem Durchlass, der mich zu ihr führte – und ich fragte mich, ob ich sie, wenn ich diesen Durchlass einmal gefunden hätte, retten könnte. Aber ich fand ihn nicht. Sie hat ihre Komödie weitergespielt, und ich konnte nichts anderes tun, als sie zu unterstützen. Vielleicht aber waren ihre Lügen ihr Geschenk an mich. So konnte ich ungestört und bedenkenlos weitermalen. Bis ich am Ende mein Vorhaben vollendet haben würde. Genau das wollte ich ja – und sie auch. Sie wusste, dass ich das womöglich ohnehin getan hätte. Das wollte sie aber lieber nicht auf die Probe stellen. Dafür musste ich ihr dankbar sein.

Mariettas Leben spielte sich vor meinen Augen ab – nie aber hatte ich den richtigen Blick für sie, Herr. Im Grunde kennen sich Familienmitglieder untereinander recht wenig. Tag für Tag leben sie auf einem Haufen versammelt nebeneinanderher: Ihre Blicke, ihr Raum, ihre Bewegungen überlagern sich ununterbrochen. Doch eine zu große Nähe hindert sie daran, sich gegenseitig unter die Lupe zu nehmen. Erst aus einer gewissen Perspektive kann man Unterschiede, Lücken, die Wahrheit jedes Einzelnen erkennen. Nur mit Abstand gewinnt man Weitsicht. Und ich musste Marietta erst verlieren, um wieder zu ihr zu finden.

Ich könnte behaupten, Mariettas Leben hätte sich von dem anderer Frauen nicht sonderlich unterschieden. Sie kleidete sich wie sie, sang dieselben Lieder, benahm sich nicht anders. Unser Haus war der Mittelpunkt ihrer Welt. Gleichzeitig kam es in Mariettas Leben aber auch zu ungeahnten Ausschweifungen – kurz, episodenartig und sonderbar. Marietta und der Juwelier gaben ihr gesamtes Vermögen für phantasievolle Musikabende im Mondschein aus, mal am Strand von San Francesco del Deserto, mal auf einem Schiff oder in den Dünen. Dominico, der häufig mitfeierte, berichtete mir, dass Marietta Laute spielte und meist aus dem Stegreif Lieder vortrug. Sie tanzte für ihr Leben gern und steckte alle damit an. Es wurde bis tief in die Nacht am Strand gefeiert. Im aufgewühlten Sand sah man noch Tage später die Spuren der Gesellschaft. Ihre Freunde waren zumeist Deutsche. Juweliere, Gold- und Silberschmiede, Diamantenhändler. Ich erinnere mich weder an ihre Namen noch an ihre Gesichter. Obwohl mich Marietta immer wieder einlud, gesellte ich mich nie dazu. In jener Zeit glich mein Haus einer Wallfahrtsstätte, es war zu einer Sehenswürdigkeit von Venedig geworden. Nachdem die ausländischen Besucher noch wenige Jahre zuvor zu Tizians Haus gepilgert waren, besichtigten sie nun alle meinen Palazzo. Bischöfe, Prinzen, Herzöge, Botschafter gingen bei mir ein und aus. Mich mit einer Gruppe Kunsthandwerker barfuß am Strand tanzend sehen zu lassen schien sich für mich nicht zu ziemen.

Nach einer Weile wurden die Einladungen der Augsburger immer seltener, bis sie schließlich ganz verebbten. Die Adeligen posierten schon seit geraumer Zeit nicht mehr bei Marietta, und auch sie hatte Gesang und Spiel für sie eingestellt. «Ich habe keine Lust mehr, Leute zu unterhalten, die ich nicht mag», sagte sie eines Tages zu meiner Frau, die erleichtert auf ihre Entscheidung reagierte, da sie diese Besuche von Beginn an beschämend fand. «Und wenn ich ehrlich sein soll, dann habe ich sie noch nie gemocht. Ich will auch niemanden mehr malen, den ich nicht kenne und der mir nichts bedeutet.» «Dann wird dein Gemahl aber mehr arbeiten müssen», gab Faustina zu bedenken, «denn alle, die du kennst und dir wichtig sind, hast du bereits gemalt.»

Doch Marco Augusta stellte fest, dass das Edelsteine-Einfassen in einer düsteren Werkstatt nicht mehr seine mineralogische Neugier stillte, und beschloss, sie im Orient auf eigene Faust suchen zu gehen. Immer häufiger verbrachte er Monate fern von Venedig. Die Plektren stumpften ab, die Baumwollsaiten leierten aus, die Tonhöhenregister klangen nicht mehr einstimmig, kurzum, das Cembalo geriet in Vergessenheit, sodass Marietta es Giovanni schenkte, der es wieder bei mir zu Hause ins große Wohnzimmer stellte, wo es bis heute steht. Wahrscheinlich war dies die Zeit, in der die beiden in ihr Leben traten. Erst die eine, dann die andere, vielleicht hatte die eine die andere auch mitgebracht, jedenfalls kam es mir schließlich so vor, als wären sie mit der Tür ins Haus gefallen. Mir wäre es lieber, sie nicht erwähnen zu müssen, verschweigen kann ich sie allerdings auch nicht. Sie bohrten sich in unsere Familie wie Messer in die Butter.

Die Malerin kannte ich dem Namen nach. In Venedig gab es außer Marietta nicht viele Frauen, die behaupteten, sich mit der Malerei und Farben auszukennen. Und diese wenigen bemalten Spiel- und Tarotkarten. Nur zwei oder drei wagten es, Figuren zu malen. Auch ihr Vater war Maler gewesen, allerdings ein unbedeutender, dessen Werke ihn nicht überlebten. Die Brillenmacherin war hingegen eine Frau aus der Nachbarschaft, die dem Viertel keine Ehre machte – mehr nicht. Aber davon gab es durchaus mehrere. Das habe ich allerdings an Venedig immer gemocht. Am selben Fluss wohnten Adelige und Fährmänner, Gewürzhändler und Hafenarbeiter, Nonnen und Dirnen – diese Verschmelzung wirkt bereichernd und gibt dem Leben die richtige Würze.

Es passte mir nicht, dass Marietta Umgang mit Zanetta, der Brillenmacherin von den Ormesini hatte, aber kein einziges Mal ließ ich mich dazu herab, über sie ein Wort zu verlieren. Bei uns wäscht man schmutzige Wäsche nicht in der Öffentlichkeit. Wir sind Nachfahren der Färber: Wir färben unsere Wäsche in den leuchtendsten Farben. Es war die Aufgabe des Ehemanns, wachsam zu sein. Der Juwelier blieb jedoch zeitlebens ein Fremder. Allerdings haben sich Marco Augusta und meine Tochter in den vielen Ehejahren nie gestritten. Sie waren ein solch gut eingespieltes Paar, dass ich immer auf sie verwies, wenn Faustina und ich uns wegen alberner Kleinigkeiten zankten – wegen unnötiger Ausgaben, Verspätungen meinerseits oder harmloser Lügen. «Wenn du mich weiter so quälst, nagelst du mich noch ans Kreuz», fuhr ich sie zum Beispiel an, «Marietta hat ein solch sonniges Gemüt, krümmt ihrem Mann kein einziges Haar und verschafft ihm ein leichtes Leben.» Daraufhin fletschte Faustina die Zähne und fauchte: «Warum hast du sie dir dann nicht genommen?»

Weder die Malerin noch die Brillenmacherin waren verheiratet. Malerin … Donna Jacoma führte den Pinsel so anmutig wie eine Hacke. Dennoch zeichnete sie tatsächlich kleine Madonnenbilder, die sie ans gemeine Volk verkaufte – jedenfalls an alle, die sich nichts Besseres leisten konnten. Ihre Bildchen kosteten ein paar Münzen, zuweilen bat sie sogar nur um eine Spende. Sie war arm, und viele machten sich über sie und ihr anmaßendes, extravagantes Gebaren lustig. Sie wohnte zwei Brücken von uns entfernt, im Dachstuhl eines Tuchhändlers. Sie bewunderte meine Tochter, doch wie aufrichtig, weiß ich nicht. Das habe ich auch bei mir nie einschätzen können: Hin und wieder umgab auch ich mich mit Jüngern, ohne zu erkennen, wie viel Neid und Rivalität in ihren Herzen schwelte.

Ich kann mich allerdings noch gut an den Tag erinnern, an dem sich Donna Jacoma in mein Haus schmuggelte und mit meiner Tochter sprechen wollte. Sie sagte, sie habe sich immer in dem Glauben gewiegt, Venedigs einzige echte Malerin zu sein. Doch dann habe sie das Buch eines Florentiners mit Biografien über Italiens berühmte Maler geschenkt bekommen, in dem sie unter denen aus Venedig mit großer Freude über das *Leben der Marietta* gelesen habe. Sie wolle ihrer Kollegin zu dem großen Erfolg gratulieren. Sie verglich sich mit ihr, verstehst du, Herr. Eine Art Anstreicherin hielt sich für ebenbürtig. Doch anstatt von ihr Abstand zu nehmen, entgegnete Marietta, dass sie noch nie etwas von diesem Buch gehört habe und darauf brenne, es sich anzusehen! Da öffnete Donna Jacoma einen zerschlissenen Beutel und überreichte ihr ein Exemplar. «Es gehört Euch», fügte sie hinzu.

Aufgeregt blätterte Marietta in dem Band. Er hieß *Il Riposo* und war ein paar Jahre zuvor in Florenz gedruckt worden. Alle Möglichen kamen darin vor: Freunde, Feinde, Genies, Lebende und Tote. «Tizian hat sechs Seiten, Jacomo», rief Marietta frohlockend, «du acht!» Ich tat überrascht. Als mich der Autor um eine Liste meiner Werke bat, schrieb ich ihm einen Brief und erzählte ihm von Marietta. Ich pries ihre Leistungen an, beschwor ihn, sie unbedingt mit in seinen Katalog aufzunehmen. Davon durfte meine Tochter aber nichts erfahren.

«Lavinia Fontana hat sechs Zeilen», schaltete sich Donna Jacoma ein, «Marietta Tintoretta aber einundzwanzig. Wenn man bedenkt, dass Properzia de Rossi, der zwei Seiten gewidmet sind, Pfirsichkerne schnitzt und graviert, dann seid Ihr, Signora, die berühmteste Malerin Italiens.» «Oh», rief Marietta, «ich bitte Euch, Donna Jacoma, nehmt Euer Buch zurück, sonst glaube ich das womöglich noch.» «Aber Ihr müsst es glauben, ehrwürdige Marietta», beteuerte ihr die Malerin, «deswegen habe ich es Euch ja gebracht.»

Marietta bat sie auf ein Glas herein und ließ eine Karaffe Wein aus Candia öffnen. Da ich eigentlich nicht wollte, dass diese Schnüffeltante die *Verkündigung* zu Gesicht bekam, die noch auf der Staffelei stand und der Rochusbruderschaft geliefert werden musste, knurrte ich widerwillig. «Wenn mich Kapitän Spavento nicht aufzuspießen gedenkt», sagte Donna Jacoma zu Marietta, «stoße ich gern auf Euren Erfolg an, Verehrteste.» «Kapitän Spavento?», fragte ich nach. «Wer soll das sein?»

«Oh, eine sehr faszinierende Figur, kühn und hochmütig ist sie allzeit bereit, ihr Schwert zu zücken und sich in die Schlacht zu stürzen, vor allem in solche, die sie nicht gewinnen wird, ein Träumer, der schlecht zwischen Phantasie und Wirklichkeit unterscheiden kann», erklärte Donna Jacoma mit einem Lächeln und betrachtete neugierig den Korbstuhl, den ich zu Füßen der Jungfrau gemalt hatte. Einen Korbstuhl wie er in Weinlokalen und Küchen steht, mit ausgefranstem Geflecht. Kein anderer Maler hätte es gewagt, in das Zimmer der Jungfrau Maria einen schäbigen Korbstuhl zu stellen, und ich war außerordentlich stolz über diesen Alltagsbezug, den dieser Stuhl der Szene verlieh. Marias Zimmer wurde so zum Zimmer irgendeiner Frau. «Dieser Mann könnte geradewegs ich sein», sagte ich scherzhaft. «Deswegen nennt Euch ja auch jeder Kapitän Spavento», erklärte Donna Jacoma. Das hatte ich nicht gewusst, aber es machte mir nichts aus. «Ihr dagegen», erwiderte ich schlagfertig, «heißt wie Jacomo Tintoretto.»

Sie habe sich ihren Namen nicht selbst aussuchen können, rechtfertigte sich die Malerin. Name und Geschlecht gehörten zu den wenigen Dingen, über die wir nicht bestimmen könnten. Sie würden uns gegeben und hätten immer schon einem anderen vor uns gehört – wie ein gebrauchtes Kleid. «Aber das Leben gehört uns», betonte sie und schaute erst mir und dann Marietta fest in die Augen, «wir sind es, die darüber entscheiden, ob wir ein gebrauchtes aus zweiter Hand, den Abklatsch eines anderen oder ein neues, einmaliges und unnachahmliches Leben wollen.» Diese Frau sprach mit der gespaltenen Zunge einer Schlange. Ehrlich gesagt, fuhr sie fort, bewundere sie zwar den Vater, ziehe aber die Tochter vor. Denn dass ich der sei, der ich war, sei normal oder gehöre zumindest in den Rahmen des Möglichen. Der Geist wehe zwar, wo er wolle, aber in einem Jahrhundert und einer Stadt von beinah zweihunderttausend Einwohnern wie Venedig könne es durchaus vorkommen, dass er zweimal einfahre, und zwar bei Tizian und mir. Dass Marietta jedoch die sei, die sie war, das sei ein Wunder. Und Wunder blieben häufig aus. Man könne noch so fest daran glauben und sein Leben lang darauf hoffen – meist vergebens. Tatsächlich schaute sie meine Tochter wie eine wundersame Erscheinung an. Verblüfft über ihre Worte, lief Marietta rot an.

Ich nahm unseren seltsamen Gast prüfend ins Visier. Donna Jacoma hatte krauses Haar mit ein paar weißen Strähnen, eine Adlernase, grüne Augen und Hände wie ein Tischler. Sie hatte irgendetwas an sich, das mich abstieß. «Die Malerin will etwas von dir», warnte ich Marietta nach Donna Jacomas Weggang. «Du bist bekannt und geschätzt, sie aber ist eine Versagerin. Du bist das, was sie nie werden wird. In dem Honig, den sie dir um den Mund schmiert, ist ein Gift, das dich umbringt, sobald du nur daran leckst. Sie will aus deinem Namen Gewinn für sich schlagen, dich benutzen.» Mit einem ironischen Lächeln schaute mich Marietta an. «Niemand benutzt die anderen besser als du, Jacomo.»

Donna Jacoma kam auch zu ihrer Beerdigung. Sie saß hinten in der letzten Reihe und hat nicht eine Träne vergossen, starrte mit versteinertem Gesichtsausdruck nur vor sich hin. Erst als die Totengräber die Platte über das Grab schoben, sah ich, wie sie zusammenfuhr und sich die Hand auf den Mund presste, als wollte sie einen Schrei unterdrücken. Als sie uns ihr Beileid aussprach, sagte sie, dass sich Venedig genauso wenig wie ich bewusst sei, welche Gelegenheit es versäumt habe. Was sie mir genau damit sagen wollte, weiß ich nicht.

In den wirren Tagen nach dem Begräbnis zog Marco Augusta ins Rialto hinter Sankt Aponal. «Ich kann nicht dort leben, wo Marietta gelebt hat», sagte er, «die Fenster, jede Mauerspalte, das Licht – alles erinnert mich an sie.» Er verschloss alle Gemälde, Möbelstücke, Laken und Mariettas Kleider in vier Nussbaumtruhen und schickte sie zu uns nach Hause. Wir sortierten ihre Sachen aus und verteilten sie. Einige wurden verschenkt, andere auf den Dachboden gesperrt. Cornelias deutschsprachige Bibel behielt ich. In der Schublade ihres Schreibtischs lag das Buch *Il Riposo* von Donna Jacoma, zwischen dessen Seiten über mein Leben eine getrocknete Rose als Lesezeichen steckte. Etwas anderes hat Marietta meines Wissens nie gelesen. Unter dem Frontispiz stand eine Widmung, die zu dem Zeitpunkt, als Donna Jacoma ihr das Buch geschenkt hatte, noch nicht da war. Sie lautete:

«Alle Dinge dieser Welt besitzen wir nur als Leihgabe und nicht auf ewig, ich fürchte nicht den Tag, an dem ich Euch verlieren werde, sondern an dem ich Euch fand. J.»

Ich war überrascht, da ich mir nicht vorstellen konnte, dass Marietta die Malerin noch einmal getroffen hatte. Ich fragte Dominico, was er über Donna Jacoma wisse. «Nichts», antwortete er achselzuckend, «nur, dass sie ziemlich arm ist und die Leiter des Abstiegs, auf der ungebundene Frauen nun mal stehen, mittlerweile ziemlich tief hinabgerutscht ist: Hin und wieder betätigt sie sich als Zimmervermieterin, Wäscherin oder Bettlerin an der Kirchenpforte. Das Nötigste zum Leben verdient sie sich als Hebamme und bringt – oder auch nicht – die Kinder von Cannaregio zur Welt. Die Zunft der Maler hat darüber nachgedacht, ihr kostenlos ein Haus zuzuweisen; ernsthaft haben wir darüber diskutiert, aber es war unmöglich. Sie gehörte nicht mehr dazu, da sie den jährlichen Beitrag nicht zahlte, wir können nichts für sie tun. Ansonsten ist sie sehr hochmütig, lieber krepiert sie vor Kälte unter einer Brücke, als ein Almosen von ihren Kollegen anzunehmen, die sie nie wirklich akzeptiert haben.»

Kurz darauf traf ich zufällig Iseppo und befragte auch ihn. Hätte ich es lieber nicht getan. Es war sowohl unter meiner als auch ihrer Würde. Ein Geselle hätte mir ohnehin nichts Achtbares erzählen können. Möglicherweise tischte er mir aber Lügen auf, um sich dafür zu rächen, dass Marco Augusta ihn hinausgeworfen hatte, oder weil er in wahnsinniger Liebe zu meiner Tochter entbrannt war. Wer weiß das schon. Anfangs stritt es Iseppo ab. Er verteidigte seine Herrin, obschon Marietta ihn nicht mehr hören konnte. Dann aber wich die Ergebenheit einem anderen Impuls – dem Wahrheitsinstinkt oder finsteren Rachegelüsten –, und er gestand, dass Donna Jacoma eine Zeit lang die Wohnung meiner Tochter aufgesucht habe. Wenn er von der Arbeit nach Hause kam, habe er sie hin und wieder bei ihr angetroffen. Er hatte die Malerin nie leiden können. Alles an dieser Frau sei zwielichtig – ihre Art, ihre Kleidung, selbst ihre Stimme. Wenn er genau überlege, sei Donna Jacoma nie in Anwesenheit des Juweliers zu Besuch gewesen und gewiss immer ohne sein Wissen gekommen. Und da alle im Viertel wüssten, dass die Malerin Flüche abwenden könne, indem sie aus der Hand lese, Beschwörungsformeln aufsage, mit dem getrockneten Blut Hingerichteter und mit Kanalisationswasser Verwünschungen ausspreche oder Zaubertränke für die Liebe der Männer und andere Händeleien anmische, glaube er, Iseppo, Donna Jacoma sei wegen dieser Zaubereien auch zu Madonna Marietta gekommen.

Schroff gab ich ihm zu verstehen, dass meine Tochter keine dumme Pute gewesen sei, die sich die Zukunft aus der Hand lesen ließ oder an von Nadeln durchstochene Wachsfigürchen glaubte, ebenso wenig an Rübenschnitzel, die man Männern in die Unterhosen näht, um ihre Männlichkeit einzusperren, oder an irgendwelchen anderen Humbug, und dass er sich was schämen solle, so etwas auch nur zu denken. Mit hochrotem Kopf erwiderte Iseppo, dass wir uns doch alle, wenn wir völlig verzweifelt seien, an irgendein Mittel klammern würden. Er habe durchaus Verständnis dafür, wenn man versuche, mit einem Liebestrank die Person seiner Verehrung an sich zu binden. Genau, vielleicht habe Madonna Marietta ja die Leidenschaft des Juweliers ein wenig anregen wollen. Der Deutsche sei solch ein trockener und beherrschter Mensch gewesen, kalt wie ein Diamant, und Iseppo habe ihn immer nur von den Kräften der Minerale und den Einflüssen der Himmelskörper reden hören. Auch sein Meister habe mit geheimnisvollen Pulvern Handel betrieben, denn als er eines Tages den doppelten Boden in einem Schubfach mit seltsamen glitzernden Steinen entdeckte, die sein Herr nicht für Schmuckstücke verwendete, habe ihm Augusta erklärt, es handle sich um alchemistische Edelsteine, deren Wirkungskräfte er noch für sich behalte, da er, Iseppo, noch zu jung für die unsichtbare Welt sei. Mehr habe er nicht von ihm erfahren. Oder Madonna Marietta habe die Leidenschaft eines anderen erwecken wollen – wer weiß das schon.

Davon abgesehen würden Frauen Zaubertränke zur schnelleren Empfängnis einnehmen. Viele auch, um gerade nicht zu empfangen, um die Wege des Samens zu verschließen oder die erhitzenden und fruchtbaren Kräfte versiegen zu lassen. Aus diesem Grund habe man häufig nach Donna Jacoma gerufen. Iseppo habe es von meiner Köchin erfahren, die diese Art von Sud und Säfte aus Salbei, Rautenwurzeln und anderen abtreibungsfördernden Kräutern bei ihr kaufe, zumal sie seit zwanzig Jahren ein Techtelmechtel mit meinem Diener Nastasio habe, aus dem noch keine Frucht hervorgegangen sei. Vielleicht habe Madonna Marietta ein Kind gewollt – oder das Gegenteil. Das wisse er nicht, da die Signora sehr reserviert gewesen sei und nie über sich gesprochen habe. Anders könne er sich die Besuche von Donna Jacoma nicht erklären. Irgendetwas Unrechtmäßiges müsse sie aber getan haben: Wenn sie schließlich wieder zur Tür hinausgeschlichen sei, habe sie immer etwas verstohlen um sich geblickt, wie ein Langfinger.

Sicher würde ich mich erinnern, fuhr Iseppo fort, dass der Juwelier eines Tages im Frühling unerwartet von seiner Reise nach Hormus zurückgekommen sei. Ja, ich erinnere mich: Wir hatten seine Rückkehr nicht vor Ablauf der nächsten fünf Monate erwartet, aber noch vor der Küste Albaniens hatte er wegen eines Gewitters Schiffbruch erlitten und war gezwungen, sich eine andere Galeere zu suchen und umzukehren. Iseppo erzählte, er sei gerade in der Küche beim Abendessen gesessen, da habe er seinen Herrn am Ufer gesehen, wie er sich von einem Fährmann verabschiedete. Er sei sofort losgeeilt und habe an die Zimmertür geklopft, hinter der sich die Frauen seit Stunden aufhielten. «Madonna?», habe er gerufen, «Signora, der Meister ist da!» Keine Antwort. Er habe erneut geklopft – wieder nichts. Die Tür in den Palazzo sei geöffnet worden, der Juwelier sei am Fuß der Treppe stehengeblieben, um Dominico von dem Sturm zu erzählen. «Signora!», habe er, Iseppo, noch einmal gerufen. «Ja», habe sie ruhig erwidert, «ich habe verstanden, danke, Iseppo.»

Der Juwelier sei also heimgekehrt, habe dem Burschen seine schweren Koffer aufgeladen und sich an der Treppe die Schuhe ausgezogen. Die Zimmertür sei aufgegangen, und die Signora sei dem Gemahl regelrecht in die Arme gelaufen. Sie sei barfuß gewesen und habe die japanische Simarre aus Seide mit dem dichten Wald und den Vögeln getragen. «Warst du schon zu Bett, meine Liebe?», habe der Juwelier reumütig gefragt, da er sie nicht nötigen wollte, ihn zu empfangen und sich zu erkälten. Signora Marietta habe ihn herzlich willkommen geheißen, ihn umarmt, sei ihm aber die Antwort schuldig geblieben.

Im Nu habe sich Donna Jacoma so geschickt aus dem Haus gestohlen, dass der Juwelier nichts bemerkt habe. Mit eigenen Augen habe er, Iseppo, also gesehen, dass diese Frau wirklich eine Hexe und imstande war, sich unsichtbar zu machen. Niemandem habe er davon erzählt, nicht einmal dem Beichtvater, der ihn sonst gedrängt hätte, sie vor dem Inquisitionstribunal anzuzeigen. Dadurch aber wäre Madonna Marietta in die unschöne Geschichte verwickelt worden, und das habe er nicht gewollt. Ab und an habe er jedoch, nachdem die Signora das Haus verlassen hatte, das Zimmer nach Spuren ihrer Zauberwerke abgesucht, aber sosehr er sich auch angestrengt habe, nie habe er irgendein Fläschchen, einen Zaubertrank oder Zauberstein gefunden. Offensichtlich habe Signora Marietta nichts Sonderbares angestellt, sondern sei lediglich hin und wieder lange und regungslos vor ihrem Spiegel gesessen – als wollte sie sich auf die andere Seite fallen lassen. Auf ihrem Gesicht sei ein trüber, grauer Schleier gelegen. Da habe er begriffen, dass die beiden Frauen den weißen Engel, also den Teufel beschworen.

Einen Monat nach Mariettas Tod besuchte ich unter dem Vorwand einer Spende vonseiten der Rochusbruderschaft die Malerin unter dem Dachstuhl. Mein unerwarteter Besuch war Donna Jacoma nicht recht. In welchem verborgenen Winkel meines Gewissens ich den Mut fand, sie zu fragen, was sie und Marietta in den Gemächern meiner Tochter getrieben hätten, ob sie tatsächlich irgendeinen faulen Zauber mit ihr veranstaltet hätte, und wenn ja, welchen, und ob sie jemals den weißen Engel beschworen hätten, ist mir schleierhaft. Verdutzt schaute mich die Malerin an und sagte, dass meine Tochter der weiße Engel gewesen sei. Ich wollte wissen, was sie damit meine, aber Donna Jacoma lächelte nur. Die Spende schlug sie aus. «Ich brauche keine Hilfe, denn Armut ist keine Krankheit.» Ich bot mich an, ihr ein paar Bildchen abzukaufen, doch auch das verweigerte sie. «Es gebührt mir nicht, Euch mehr als meine Achtung vor Marietta anzubieten», erklärte sie mir. «Und die kann ich Euch nicht verkaufen, sondern nur schenken, denn auch sie vergab Euch alles und hätte Euch alles geschenkt, was sie besaß.» Danach begegnete ich ihr ab und zu auf den Fondamenta und im Buchladen. Wir unterhielten uns nie wieder.

Meiner Tochter ging es nicht gut. Aber ich merkte es nicht. Den Personen aus meinem unmittelbaren Umfeld habe ich nie viel Beachtung geschenkt, Herr. Und in jenen Jahren weniger denn je. Ich kannte nur noch mein Atelier und die Scuola di San Rocco. Dazwischen gab es nichts außer meiner panischen Angst – die mich nachts befiel, wenn ich schweißgebadet aufwachte –, Panik, nicht lange genug zu leben, um mein Vorhaben zu Ende zu bringen. Damals sagte ich mir unentwegt den Vers aus dem Johannesevangelium auf: *Wenn ich will, dass er bis zu meinem Kommen bleibt, was geht dich das an?* Das hieß in meiner Sprache: *Du wirst leben, bis ich wiederkommen werde, Du wirst leben, bis ich wiederkommen werde, Du wirst leben, bis ich wiederkommen werde* – und nach einer Weile konnte ich wieder schlafen.

Seit Jahren kam Marietta weder in meine Werkstatt herunter, noch nahm sie von ihren Kunden Aufträge an. Die letzten Gemälde, die bei ihr bestellt wurden, hat sie nie beendet. Irgendjemand beklagte sich deswegen einmal bei mir. Aber das war kein Grund zur Sorge: Alle Maler führten sich so auf. Dreißig Jahre wartete die Regierung auf ein Bild von Tizian und bekam es am Ende doch nicht; manche Kunden warteten bis zu fünf Jahre auf die Lieferung dessen, was sie längst bezahlt hatten. Dass ich meist prompt lieferte, war bekannt, aber letzten Endes konnte ich von Marietta nicht verlangen, mich in jeder Hinsicht nachzuahmen.

Mariettas Unschlüssigkeit aber war von anderer Art. Sie fing mit einem Bild an, arbeitete daran, legte es weg, zerstörte es, begann von Neuem, veränderte es und vernichtete es schließlich erneut. Immer hatte sie etwas auszusetzen, war etwas nicht gut gelungen und verbesserungsfähig: Und immer kam ihr wieder eine neue Idee. Vergeblich hatte ich ihr versucht beizubringen, dass der größte Künstler nicht der ist, der die besten Einfälle hat, am besten malt und koloriert, sondern der, der im richtigen Moment die Finger von der Arbeit lässt.

Laut Dominico hatte Marietta häufig Kopfschmerzen, weswegen sie den ganzen Tag im Bett verbrachte. «Was tut sie so?», fragte ich ihn zuweilen. «Nichts», erwiderte mein treuer Sohn, «sie ist in ihrem Zimmer, mit verschlossenen Fensterläden, im Dunkeln.» Ich hätte mir die Zeit nehmen und die Treppe hinaufsteigen sollen – die zwanzig kümmerlichen Stufen –, ich hätte die Holzdecke, die uns voneinander trennte, überwinden und sie selbst fragen sollen, was los war und was sie vom Malen abhielt. Aber ich tat es nicht. Der Schlüssel zu ihrem Leben war mir abhanden gekommen. Marietta hätte mich ohnehin aufgefordert, meine Zeit nicht mit ihr und ihren Wehwehchen zu verplempern. Hätte ich doch viel Wichtigeres zu erledigen. Klar und deutlich höre ich jedes einzelne Wort, obwohl sie sie nie ausgesprochen hat.

Fabio Glissenti kam und stellte ein Herzleiden fest. Er verschrieb ihr Gewürznelken, Ruhe und absolute Enthaltsamkeit. Von der Therapie nicht sonderlich angetan, konsultierte der Juwelier einen anderen Arzt: Dieser diagnostizierte eine akute Form der Melancholie und verschrieb Spaziergänge und täglichen Geschlechtsverkehr, um ihren Blutkreislauf anzuregen. Noch ein paar Jahre zuvor hätte ich Marietta gern auf ihren therapeutischen Spaziergängen begleitet. Nun aber berührten sie mich nicht mehr. Meine Welt hatte sich ausgedehnt, ich hatte die Fondamenta dei Mori, meinen Raum, meinen Körper, meine Begrenztheit hinter mir gelassen. Ich wohnte nicht mehr in meiner Zeit und meinem Raum, sondern segelte durch das Mysterium des Lebens, durch die Weite des Kosmos. Faustina begleitete sie. Ich schloss die Tür zum Atelier und verlor mich in der verwunschenen Landschaft der *Flucht nach Ägypten*. Ich versteckte mich zwischen den Blättern und Bäumen meiner Leinwand, verwandelte mich zu einem blauen Wolkenstreifen, zu Dunst, Offenbarung, Licht.

Hin und wieder sah ich die beiden durch das Fenster. Hand in Hand liefen sie nebeneinanderher. Sie sahen aus wie zwei Schwestern. Meine Frau sorgte sich sehr um Marietta und stand ihr in jener Zeit sehr nahe. Obwohl Faustina Marietta gegenüber immer nachtragend war und sein wird, hat sie sie lieben können. Menschliche Beziehungen verhalten sich gegensätzlich zu den Gesetzen der Arithmetik: Die Summe der Summanden ergibt nie dasselbe Ergebnis, Herr. Faustina liebte meine Tochter – wenn auch unter

Schmerz und Groll, mit qualvollem Herzen, Eifersucht und Wut. Aber nie hat sie ihre Zuneigung verhehlt. Ich war es, der am Ende nicht mehr anders konnte. Mit einem dichten schwarzen Schleier um den Hut, der ihre Augen vor grellem Licht schützen sollte, spazierte Marietta mit meiner Gemahlin durch das Viertel, von einer Brücke zur anderen – bis durch die sommerliche Hitze die schädliche Nebenwirkung des Heilmittels einsetzte.

Da ließen die Ärzte ihrer Phantasie freien Lauf. Sie sagten, Marietta habe Atemprobleme, da ein unrhythmisches Geräusch in ihrem Herzen zu hören sei. Sie verschrieben ihr alle möglichen Umschläge, Abführmittel, Einläufe, Rhabarber- und Lakritzpillen, Wermutwasser, Wasser mit Borretsch und Zitronellgras, Fastenkuren, Fisch- und Fleischdiäten. Schließlich stellte sich heraus, dass Marietta eine Brille brauchte. Ihre Sehkraft war geschwächt.

Faustina gab mir die Schuld: All die Jahre, die sie in meiner düsteren Werkstatt mit irgendwelchen Experimenten und diabolischen Schattenspielchen zugebracht habe, hätten Marietta die Augen verdorben. Wer weiß, meinen Augen hat es nicht geschadet; ich sehe im Dunkeln wie eine Katze. Marco Augusta versuchte seine Frau zunächst mit Opalpulver zu behandeln, das die Sehkraft stärkt, dann mit purpurrotem Balasspulver, das mit Wasser verdünnt Augenleiden heilt. Da die Wissenschaft der Edelsteine jedoch zu keinem besseren Ergebnis führte, vereinbarte er schließlich einen Termin bei Venedigs bestem Brillenmacher Lorenzo All'Occhial Grande – hinter San Salvador in den Gassen der Mercerie. Marietta ging da jedoch nicht hin.

Die Brillenmacherin hatte ihren Laden im Viertel Ormesini in einer heruntergekommenen eingeschossigen Hütte mit nur einem Fenster. Im oberen Stockwerk wohnte sie mit ihrem Sohn, einem fettleibigen, rechthaberischen kleinen Knirps, der die Kinder aus der Gegend mit seiner mit Eisenkügelchen bestückten Steinschleuder in Angst und Schrecken versetzte. Sie war eine hochgewachsene, kantige Frau mit so schwarzen Augen wie die einer Türkin und von kurz angebundener, geschäftsmäßiger Art. Alle nannten sie Zanetta. Dass sie mit Eisendraht und Gläsern umgehen konnte – obwohl sie eine Frau war –, musste man ihr jedoch lassen. Die Schürze fest umgeschnürt, schliff sie hinter der Werkbank die Gläser. Ob ihre Arbeit zum Leben reichte, weiß ich nicht. Männer vertrauen ihre eigenen Augen ungern Frauen an. Sie misstrauen ihnen – daher waren Zanettas Kunden vornehmlich Frauen.

Die Klatschweiber von San Marcilian erzählten, Zanetta benutze ihren Beruf als Köder. Nicht nur an Linsen würde sie schleifen, sondern auch an Männern. Und sie nehme gleich zwei auf einmal, da man ja auch *zwei* Augengläser brauche. Von zahlreichen Liebhabern, allesamt verheiratet und Familienväter, werde sie ausgehalten, mit einem Advokaten aber sei sie fest verbunden. Möglich, dass es stimmte. Möglicherweise aber war es eine gemeine Verleumdung. Marietta hat Zanetta immer in Schutz genommen. «Sie ist lediglich eine arbeitende Frau», ereiferte sie sich. «Wenn ich keinen Ehemann hätte, würden die Klatschweiber das Gleiche über mich sagen.» Im Grunde genommen war es völlig unwichtig. Dennoch würde ich es heute gern wissen. Am liebsten würde ich die Brillenmacherin fragen, warum sie sich ausgerechnet meine Tochter gekrallt und was sie mit ihr gemacht hat – denn Marietta hielt viel von ihr, Herr. Ihr schenkte sie den Hochzeitsring mit dem Diamanten. Noch vor wenigen Tagen habe ich ihn in Madonna dell'Orto an ihrem Finger gesehen.

Zanetta fertigte meiner Tochter eine Brille aus Gold an. Für das Rahmengestell wollte sie nicht wie üblich gewöhnliche Knochen nehmen – vom Rind oder Hammel. Auch kein Silber. Nein, für eine solch seltene Frau wie Marietta musste das wertvollste Metall her: Gold. Von Marco Augusta bekam sie zwei Diamanten, die sie in das Gestell einfasste – sie würden das Licht einfangen und ihre Augen zum Leuchten bringen. Die Linsen aber tönte sie mit einer grünen Schicht, da sie glaubte, dass zu grelles Licht

Mariettas Augen schade. Sie ließ sich die Brille teuer bezahlen. Mit strahlendem Lächeln kehrte mein Funke nach Hause zurück, auf der Nase das goldene Brillengestell mit den getönten Gläsern – eine absolute Neuheit für Venedig, die der Stadt zu großer Berühmtheit verhalf. Ich fand Marietta hinreißend schön mit ihren neuen Augengläsern. Sie gaben ihr ein unnahbares, geheimnisvolles Aussehen. Das gestand ich ihr allerdings nie.

Damit hätte diese Frau aus Mariettas Leben verschwinden können. Weit gefehlt. Die Brillenmacherin kam zwar nie zu uns nach Hause, aber Marietta ging zu ihr. Von Dominico erfuhr ich, dass Zanetta sie mit einem Portrait beauftragt habe. «Sie ist keine berühmte Frau», warnte ich sie, «du musst ablehnen. Frauen wie sie haben keine Zukunft, da sie auch keine Vergangenheit haben. Weißt du noch, was dieser Irre von Doni schrieb? *Und ist's erwiesen allemal, vom vielen Schnuppern stinkt die Rose.*» Da Marietta erwiderte, sie habe bereits zugesagt, ermahnte ich sie: «Mein lieber Funke, diese Zanetta will bloß, dass du ihr ein Paar schöne Brüste malst. Jeder Pinselpfuscher, der nichts von Entwurf, Farbe und Perspektive versteht, kann ein Paar Brüste malen, sie sind es nicht wert, sich die Augen zu verderben und Zeit und Mühen zu vergeuden.» «Selbst ein Fingernagel und eine Brustwarze sind es wert, Zeit und Mühen zu vergeuden», entgegnete Marietta.

Das Modellsitzen zog sich den ganzen Sommer hin. Vielleicht war sie gern in Gesellschaft dieser Frau, vielleicht hatte sich Marietta aber auch im Lauf der Jahre – als ich mich für immer und ewig für die Schnelligkeit entschied – zur Langsamkeit entschlossen. «Je länger ich einen Menschen anschaue, desto weniger verstehe ich ihn», sagte sie. «Je mehr Besonderheiten ich entdecke, desto mehr entgehen mir. Dir gelingt es, das Wesentliche der Personen im Nu auf den Punkt zu bringen, ich brauche dagegen Zeit, um das Unwesentliche zu vergessen.»

Zanettas Portrait, das ich nie zu Gesicht bekam, traf auf große Zustimmung. Vor der Haustür auf den Fondamenta erschienen immer mehr Frauen, die ihr Gesicht hinter farbenfrohen Schleiern verbargen und in Begleitung ihrer bunten Dienstmädchen waren, die Hunde mit rosa gefärbtem Fell, als Edelfräulein verkleidete Affen, blaue Katzen, die weich und aufgeplustert wie Baumwollwolken aussahen, und sogar einen kleinen Leoparden an der Leine hielten. Natürlich sorgten die Damen im Viertel für Aufregung. Auf der Sensa tummelten sich die Gondeln, und auf dem Campo schlenderten junge Kerle mit verziertem Barett auf und ab und warteten, dass ihre Gefährtinnen wieder aus meinem Haus kamen.

«Deine Tochter malt inzwischen nur noch Huren», teilte mir Faustina mit. Zu einem anderen Zeitpunkt hätte ich sicherlich widersprochen und behauptet, diese Schönheiten seien keine Huren, sondern Freudenmädchen, also Menschen, die ausschließlich dafür da waren, anderen Freude zu bereiten. Für eine Gesellschaft sind sie so wichtig wie Geistliche und Ehefrauen. Aber in Wahrheit waren diese Frauen, die sowohl gemalt als auch bemalt in auffallenden Kleidern und schamlos hohen Absätzen, die sie riesengroß erscheinen ließen, geräuschvoll die Treppe herunterschritten, tatsächlich nichts anderes als Huren.

Der Handel mit anstößigen Portraits kam weder Mariettas noch meinem Namen zugute. Dennoch wählen nicht wir die Kunden aus, sondern sie uns. Offensichtlich waren diese Frauen sehr zufrieden. Vielleicht weil Marietta ihnen die Aufmerksamkeit schenkte, die andere ihnen versagten. Andere Maler verschwendeten gewiss nicht einen Monat Arbeit für eine Frau von zweifelhaftem Ruf. Nach Mariettas Tod bedauerte ich es sehr, so verbittert mit ihr darüber gestritten zu haben. Hätte ich gewusst, dass ihr nur noch so wenig Zeit zu leben blieb, hätte ich sie anders genutzt.

Was diese Frauen mit Marietta gemein hatten, begriff ich zu spät. Ebenbürtig waren sie ihr jedenfalls nicht, denn sie besaßen weder Bildung noch Leidenschaft oder Verstand. Möglicherweise hatten sie nicht einmal eine Seele. Und die dachte sich Marietta auch nicht für sie aus. Sie erdachte ihnen aber einen Körper. Und was für einen, Herr. Wie gemacht für Liebeslager und lustvolle Höhepunkte – Körper, wie sie nur Männer zu sehen vermögen. Hüllenlose, zur Schau gestellte, begehrte Körper. Diese Schlafzimmerportraits bekamen sowohl Kaufleute, die auf der Durchreise waren, als auch Kapitäne, Priester und Senatoren zu sehen, die sich heimlich in diese Gemächer schlichen. Und obgleich niemand zugab, sie zu kennen, obwohl diese Bilder offiziell nicht existierten und nie existieren werden, wusste in Venedig jeder davon. Niemand wäre je auf die Idee gekommen, dass eine Frau sie gemalt hatte. Diese Bilder, von denen ich nicht einmal einen Ausschnitt gesehen habe, waren meine, Herr.

Den Silvesterabend verbrachten wir im Parlatorium von Sankt Anna. Es galt Perinas Weihe zu feiern, das wichtigste Ereignis im Leben einer Nonne. Mit Vollendung des Noviziats wurde sie noch am selben Tag *Mutter*. Ich war zutiefst berührt und hatte, um auf diesen Freudentag gut vorbereitet zu sein, auf Fleisch verzichtet und die Beichte abgelegt. Seele und Körper waren rein. Ich erinnere mich noch gut an jenen Abend, an dem wir alle zum letzten Mal zusammen waren: Wenige Wochen später hat sich Zuane auf und davon gemacht. Marietta saß neben dem Gitter, schaute aber unentwegt, als erwartete sie noch jemanden, zur Tür des Parlatoriums, die zum Ufer hin offenstand. Wir hatten uns mittlerweile daran gewöhnt, in dieser Form zusammenzukommen – die Nonnen auf der einen, wir auf der anderen Seite des Gitters. Wir redeten wild durcheinander, machten unsere Späße, tranken vorzüglichen Muskateller, waren in euphorischer Stimmung. Faustina wollte ihren Töchtern eine Nonnenweisheit abkaufen, mit der eine ihrer Freundinnen die Liebe ihres Mannes zurückgewinnen könne: Nonnen kennen in der Tat Zaubersprüche, mit denen sie die Liebe der Männer entfachen und vor allem aufrechterhalten können. Der Gemahl dieser Freundin habe sich im Lauf des Älterwerdens zwar nicht in ein junges Mädchen oder in eine von diesen anderen, aber in die Menschheit verliebt, und er beabsichtige, die ganze Welt zu erlösen. Unsere Nonnen – die sofort verstanden, dass diese imaginäre Freundin Faustina selbst war – erwiderten ein wenig verwundert und entrüstet: «Aber Mama, was fällt dir ein, das ist Aberglaube, so etwas gibt es hier nicht.»

Lucrezia erzählte allen von ihren Studien und dass sie ihr Interesse für Astronomie, das Regelwerk der Planeten, des Himmelszeltes und des Verlaufs der Himmelslinien entdeckt habe – gedankenverloren und mit einem leisen Lächeln auf den Lippen nickte Marietta ihr zu. Perina stieß Lucrezia in die Seite und unterbrach sie unentwegt: Krampfhaft bemühte sie sich, Marietta eine weiße Leinwand zu zeigen, die von Tausenden unsichtbaren Punkten durchlöchert war. Sie stopfte sie – völlig zerknüllt – durch das Gitter hindurch. «Kannst du es sehen?», fragte sie. «Was soll ich da sehen können?», fragte Marietta verwundert zurück. «Die Zeichnung», erwiderte Perina, «berühr sie mit den Fingerspitzen, spürst du nicht die Löcher? Du zeichnest mit dem Bleistift auf Papier, ich mit der Nadel auf Leinen. Du malst, ich sticke. Jetzt werde ich die Farben hinzufügen – nur dass meine Farben aus buntem Garn bestehen. Erkennst du, was es darstellen soll?»

«Nein, ich erkenne nichts», sagte Marietta und putzte sich die Augengläser mit einem Taschentuch. Auf einmal tauchte – völlig außer Atem und mit von Schneeflocken weiß getupften Haaren – am Ausgang zum Ufer Iseppo auf, der Geselle. «Marietta!», rief er mit einer Vertrautheit, die uns alle ein wenig beschämte. Er flüsterte ihr etwas ins Ohr, woraufhin sie erschrocken aufsprang. Sie gab Perina das weiße Leinen zurück und warf sich den Pelzmantel über: «Ich muss gehen, Perina.» Sie beugte sich vor und drückte ihre Lippen vor die Absperrung. In der Eile küsste sie gleichzeitig das Gitter und den Mund ihrer Schwester.

«Wo willst du hin?», fragte ich sie und hielt sie am Ärmel zurück. «Wir feiern doch gerade für Schwester Perina ein Fest, es ist der wichtigste Tag ihres Lebens.» «Ich weiß, und es tut mir ja auch leid», sagte sie leise, «aber das ist er auch für mich.» Gern würde ich glauben, dass Marietta es bedauerte und sich vornahm, ihren Schwestern bald wieder einen Besuch abzustatten, um sie ob ihres überhasteten Aufbruchs um Verzeihung zu bitten. Aber Marietta ließ sich kein einziges Mal wieder im Kloster Sankt Anna blicken.

Später berichtete mir Dominico, die Brillenmacherin habe am ersten Januar entbunden. Erst da wurde mir klar, für wen die Wollsöckchen und Häubchen, Leibchen und Betttücher gedacht waren, die Marietta – höchst merkwürdigerweise, hatte sie doch bisher niemand mit Nadel und Faden in der Hand gesehen – in jenem Winter anfertigte. Da wir uns einbildeten, sie nähe sie für ihre eigenen, ungeborenen Kinder, waren wir derart erschüttert und schmerzlich berührt, dass wir so taten, als merkten wir nichts. Nur die kleine Laura konnte sich nicht zurückhalten. Als Kind in einer Welt der Erwachsenen wartete sie vergebens auf einen kleinen Bruder – oder wenigstens auf einen Neffen. «Wann wird es auf die Welt kommen?», fragte sie Marietta. Entsetzt schauten wir uns an.

Nun war also Zanettas Kind geboren. Nicht ihre Liebhaber waren zur Taufe erschienen, sondern alle ihre Freundinnen – ein Haufen Dirnen, der von der männlichen Jugend von Cannaregio, die sich auf dem Vorplatz drängte, beklatscht wurden. Auch meine Tochter war dabei. Wahrhaft leichtsinnig von ihr. Wer der Vater des Kindes war, wurde nie bekannt. Die Brillenmacherin aber benannte das Kind nach ihr: Marietta.

Ich eröffnete Faustina, dass die Grenzen des Annehmbaren überschritten seien. Je länger man in der Scheiße wühle, desto schlimmer werde ihr Gestank. «Sag Marietta, sie möge auf den Namen unserer Familie Rücksicht nehmen und aufhören, mit dieser Frau zu verkehren», forderte ich sie auf. Meine Frau – die mit Laura in der Küche saß und vergeblich versuchte, ihr das Lesen beizubringen – schlug den Katechismus für Kinder zu und musterte mich kühl. «Mariettas Freundschaften gehen mich nichts an», sagte sie. «Davon abgesehen ist sie glücklich. Nach den vielen Jahren, in denen sie wie erloschen vor sich hinvegetiert und nichts mehr zustande gebracht hat, arbeitet sie nun endlich wieder, macht ihre Geschäfte, und die gelingen ihr gut. Mein Wunsch war es nicht, ihr das Malen beizubringen, das hast du getan. Du hast es so gewollt. Ich habe damit nichts zu tun, Jacomo.» Das war ein gemeines, schäbiges und ziemlich dürftiges Argument. Und ich konnte nicht zulassen, dass irgendetwas Gemeines, Schäbiges oder Dürftiges mit meinem Leben in Berührung kam. Ich hatte die irdischen Eitelkeiten überwunden. Ich war ruhig und gelassen, nichts konnte mich mehr erschüttern. Ich hatte alles hinter mir gelassen. Lebte nur noch zwischen den heiligen Schriften und dem Paradies – im Wissen um die Nichtigkeit des Daseins, insbesondere des meinen.

Dieser Dorn in meinem Auge musste jedoch weg. Diese geschmacklosen Tintorettobilder, die in den Alkoven skrupelloser Frauen wucherten, Zeugen von Verhandlungen mit der Lust, von Befingern, schleimigem Oralverkehr und gekaufter Begattung. Diese entblößten Weiber, die so aussahen, als hätte tatsächlich ich sie gemalt. Nun, Herr, auch ich war bei diesen Frauen. Auch ich habe sie portraitiert: Camilletta dell'Orto war die schönste Frau Venedigs und Veronica Franco die berühmteste – nur Marietta hat gleiche Berühmtheit erlangt. Die Erste bezahlte mich, indem sie sich mit ihrer Schönheit, die ich publik gemacht hatte, auf privater Ebene revanchierte, die Zweite schenkte mein Gemälde sogar dem König von Frankreich. Diese Frauen zu malen hat mir genauso viel Ruhm eingebracht wie ihnen. Somit waren wir quitt: Die Bekanntheit des einen hat die der anderen vervielfacht und umgekehrt. In meiner Jugend fand kein Kardinal es ungehörig, bei einem Freudenmädchen zu Abend zu essen oder zu schlafen. Da es ihre Pflicht war, Konversation betreiben zu können und vornehm zu wirken, nahmen sie sogar an Gedichtabenden teil. Sie konnten mit Italiens bester Jugend mithalten. Alle intelligenten Männer – wie auch ein paar Edeldamen – suchten sie auf. In meiner Jugend war der Körper so frei wie der Geist. Er wurde getauscht, benutzt, verschenkt, gekauft, in jeder Stellung und in jedem Winkel ausprobiert, wie ein Instrument bespielt, dargeboten, geteilt – und niemand störte sich daran. Blut, Sekret und nacktes Fleisch riefen weder Ekel noch Angst hervor.

Inzwischen jedoch war alles anders geworden. Das heilige Konzil hatte neue Verhaltensnormen festgelegt – sowohl für Priester als auch für uns. Diese Reform der Sitten ließ am Ende all das inakzeptabel erscheinen, was noch dreißig Jahre zuvor zu den Angewohnheiten eines jeden gehörte. Unsere süße Freiheit bezeichnete man nun als Verderbnis, Unmoral und Unzucht. Sie sprachen von Laster und Werteverfall. Für meine Generation war es beinahe natürlich, sich umzugewöhnen: Wir wurden schließlich älter, und die auferlegten Entbehrungen, die hauptsächlich unsere Kinder und Enkel betrafen, erschienen uns weniger bitter. Gewisse Dinge tat man nicht mehr, oder man tat sie doch – aber ohne viel Aufsehen und im Geheimen. Doch kein Kardinal, kein auf seinen Werdegang bedachter Politiker, kein achtenswerter Maler im Dienste frommer Bruderschaften oder des Staates hätte mehr seinen Namen mit diesen Frauen in Verbindung bringen wollen.

Davon abgesehen malte ich Frauen nur ungern. Außer meine eigenen. Im Übrigen war das eine alte Geschichte. Und jener Mann war ich längst nicht mehr. Bedenke, Herr, dass es nicht um die Brillenmacherin ging, sondern um mich.

Es war das letzte Mal, dass ich in Mariettas Wohnung hinaufstieg. Mit größter Vorsicht näherte ich mich dem Thema. Ich wollte nicht in Streit geraten. Mit viel Feingefühl hob ich an, dass gewisse Frauen Maler dringender bräuchten als umgekehrt. Daher suchten sie nach uns, umgarnten uns und böten sich uns dar. Selbst die verführerischsten Schönheiten, die wir nie bezahlen könnten. An schönen Frauen würde es den Malern nie fehlen. In Wirklichkeit aber seien wir nicht das Objekt ihrer Begierde, sondern lediglich das Mittel, das sie berühmt mache. Wir seien ein Name, an den sie ihren anhängen würden. Wir seien der Traum, dass ihre Schönheit die Zeit überlebe. Dass es, nachdem sie all ihre Verehrer und Schätze verloren hätten – denn nur wenige unter ihnen seien in einem warmen Federbett aus dem Leben geschieden –, noch immer irgendwo auf der Welt ein Bild von ihnen gebe, in dem das fortwähren würde, was sie verloren hätten. Sie liebten nicht uns, sondern nur sich selbst.

«Bist du hier heraufgekommen, um mit mir über Liebe zu sprechen?», fragte Marietta überrascht. Ich druckste ein wenig herum, dass diese Frauen durchaus auf ihre Kosten kämen, wenn sie Marietta umwarben, während sie selbst nichts davon habe, mit ihnen zu verkehren. Außerdem sei es nun wahrhaftig nicht sonderlich angemessen, wenn sich eine achtenswerte und geachtete Frau wie sie mit so viel Sorge um das uneheliche Kind einer Hure kümmere. «Das sagst ausgerechnet du?», rief sie ungläubig. «Ich bin ein Mann, Marietta. Ein Maler kann ruhig maßlos sein und sich dem Genuss hingeben, eine Malerin aber ist und bleibt für ihre Anhänger eine Frau, und bereits ein Makel oder auch nur die Spur davon genügt, damit ihr Aufstieg in die Brüche geht. Das mag falsch sein, ist aber eine Gesetzmäßigkeit, die alle akzeptieren: Ein ausschweifendes Lotterleben bedeutet für einen Mann weder Laster noch Schande, aber bei Frauen ist das anders. Ist eine Frau erst einmal ins Gerede gekommen – egal, ob die Anschuldigungen wahr oder falsch sind –, so wird diese Frau auf ewig verschmäht werden. Seitdem du auf der Welt bist, versuche ich, jegliche Schande von dir fernzuhalten.» «Aber es spricht doch gar keiner schlecht über mich», entgegnete Marietta und sprang auf. «Ich bin eine ordentlich verheiratete Frau. Meine Bilder signiere ich nicht, und niemand kennt mich. Mich gibt es eigentlich gar nicht.»

«Ich aber bin ein Mann, der in der Öffentlichkeit steht, Marietta», versuchte ich ihr zu erklären, «ich bin *berühmt*, alles, was ich mache, wird kommentiert. Man wird mich für jedes gemalte Bild, jede vollbrachte Tat und jedes Wort, das meinem Mund entfährt, beurteilen. An alles wird man sich erinnern, auch an das Unbedeutende. Vieles habe ich falsch gemacht, und auf ewig werden mir meine jugendlichen Fehler wie ein Schatten nachlaufen. Aber mein ganzes Leben habe ich dafür eingesetzt, ein guter Christ, ein guter Ehemann, ein guter Vater und ein Maler zu werden, dem es gebührt, Gott zu malen, verstehst du?»

«Was interessiert mich dein Denkmal, das du dir und obendrein noch mir errichtet hast», fiel Marietta mir ins Wort. «Es ist eine große Lüge. Du bist derselbe Mann wie noch vor fünfzig Jahren, derselbe Freibeuter, Räuber, Liebhaber, Schwindler und zusätzlich ein guter Christ, Ehemann und Vater, und du hast es verdient, Gott abbilden zu dürfen. Darin liegt weder ein Widerspruch noch eine Schande, noch die Wahrheit. Nur wirklich große Männer haben den Mut zur Wahrheit. Und ich dachte immer, du seiest einer.»

Mariettas Worte trafen mich tief. So durfte man mit mir nicht mehr reden. Niemand. «Du bist mir zu Gehorsam, Dankbarkeit und Achtung verpflichtet, noch mehr als deine Brüder», fuhr ich sie an. «Das *Denkmal*, das ich mir aufgebaut habe, habe ich auch für dich hochgezogen. Was wärst du schon ohne das, was du Lüge nennst?» «Ich achte dich mehr als mich selbst», entgegnete sie aufgebracht. «Als Mann, weil du mein Vater bist, als Maler, weil du mein Meister bist. Ich bin dir für jeden einzelnen Tag dankbar, den ich an deiner Seite leben durfte. Wie soll ich es dir sonst beweisen als damit, die Menschen so anzusehen, wie du sie ansiehst, sie so zu lieben, wie du sie liebst und sie so zu malen, wie du sie malen würdest, wie du es mich gelehrt hast.»

«Marietta», sagte ich streng und bemüht, die Kontrolle über unser Gespräch wiederzuerlangen, «die Brillenmacherin und ihre Freundinnen haben es auf niederträchtige Art nur auf deine Position abgesehen. Sie ziehen ihre Vorteile daraus, dass du meine Tochter bist. Sie benutzen deinen Namen – also meinen – wie einen willkommenen Zusatzgewinn. Mit einem solchen Vater werden die Leute immer von deiner Position profitieren: Jetzt aber missbrauchst du dich selbst. Du ziehst Nutzen daraus, meine Tochter zu sein. Du verspielst deinen Namen wie einen Gewinn. Und das ist weder richtig noch moralisch.» «Papa!», fuhr Marietta mich gekränkt an. Ihr Gesicht war aschfahl. «Du hast kein Recht, meine Ehre durch den Dreck zu ziehen», brach es aus mir heraus, «du bist ja nicht einmal meine Tochter!»

Herr, erhöre mich. Nur vier Dinge kann man im Leben nicht mehr rückgängig machen. Deinen Ratschluss, vergangene Zeiten, den Pfeil, den wir abgeschossen, und die Worte, die wir ausgesprochen haben. Ich wollte es nicht sagen, hatte es nicht einmal gedacht, millionenfach war es mir im Kopf herumgeschwirrt, vierundzwanzig Jahre lang, jedes Mal, wenn ich sie mir anschaute, immer, wenn sie bei mir war, ich hatte es mir gewünscht, sogar darum gefleht, dass sich auf Mariettas Gesicht das Zeichen eines anderen abzeichnete, ein Leberfleck, ein Muttermal, ein Makel, der sie und mich erlöst hätte – doch dieses Zeichen habe ich nie gefunden, und nun suchte ich nicht mehr danach, es hatte ohnehin keine Bedeutung mehr. Aber diese unnötigen, schon toten Worte füllten sich mit so viel Gehalt, dass ich glaubte zusehen zu können, wie sie sich im ganzen Raum aufblähten und in Form einer Schlammwelle auf uns zurollten und über uns einstürzten. «Wenn du nicht mein Vater bist, brauchst du dich auch nicht mehr um meine Tugendhaftigkeit zu kümmern», sagte Marietta eiskalt. Sie wies mir die Tür. Ich zögerte. Der düstere, milchigweiße Himmel hinter den Fenstern kündigte von einem unmittelbar drohenden Schneesturm. Ich wollte ihr die Hand reichen, sie umarmen, mein Gesicht in ihrem Haar verbergen, ihr sagen, dass es völlig unwichtig sei, ob sie meine Tochter sei oder nicht, dass Blut lediglich eine Farbe sei, aber sie sei doch mein Funke, meine geliebte Tochter, für immer und ewig. Doch ohne mich umzudrehen ging ich hinaus.

Ich hatte diesen Tag derart lang gefürchtet, dass er, als er schließlich kam, fast unbemerkt an mir vorüberzog. Bereits neun Jahre hegten Marietta und der Juwelier die Absicht auszuziehen, die sie nun von einem Tag auf den anderen und ohne uns vorzuwarnen in die Tat umsetzten. Sie liehen sich ein Boot, beluden es mit Truhen voll Kleider und Geschirr und hatten in nur zwei Stunden ihre Wohnung leer geräumt. Während die Lastenträger ihren Hausrat und all ihre Bilder mit den Goldrahmen und Holzschnitzereien die Treppe hinunterschleppten, stand ich mit meiner Frau in der Loggia und sagte mir immer wieder, dass das alles unvermeidlich und richtig sei und zum Wohle meiner Familie und für mein eigenes Seelenheil geschehe. Als jedoch ein Träger eine Kiste fallen ließ und lauter kleine Tiere aus Wachs und Pappmaché auf die Erde purzelten, als ich die Giraffe, das Zebra und das Kamel sah, fasste ich mir ein Herz und ging ihnen auf Wiedersehen sagen.

Marco Augusta stand unten am Ufer und rieb sich in der Kälte des frühen Januarmorgens die Hände. Samtweiche Schneeflocken schwebten von einem wie mit dicken Wollknäueln behangenen Himmel herab. Weder sagte er mir, wo sie hinzogen, noch fragte ich ihn danach. Ich hoffte lediglich, sie würden so weit weggehen, dass mir nichts mehr von ihnen zu Ohren kam. Als ich anmerkte, dass ihnen der faule Iseppo ja gar nicht zur Hand gehe, teilte er mir mit, dass er ihn soeben entlassen habe. Er wolle keine Arbeiter oder Gesellen mehr zwischen den Füßen haben – und dieser Junge sei ein wahrhafter Verräter gewesen. Seiner Frau werde das Dienstmädchen genügen. Er zeigte auf eine schwarz gekleidete, buckelige Gestalt auf dem Boot. Mir war nie aufgefallen, dass

Marco Augusta eine Bedienstete im Haus angestellt hatte. Ich fragte mich, wie lange es sie wohl schon gab.

Sie muss um die vierzig gewesen sein. Mit kräftigen Armen und bloßen Händen, völlig unberührt von der Kälte und dem Schnee, stapelte sie gerade auf dem Schiff die Wäschetruhen übereinander. Sie war eine recht füllige Person mit flacher Nase und einem dümmlichen Lächeln. Sie hieß Maddalena. Zum Juwelier sagte sie Maestro, zu meiner Tochter Madonna – respektvoll, aber ungehemmt. Marietta verfolgte, wie sie die Riemen um den Berg Truhen festzurrte. Selbst als ich zu ihr ging und mich neben sie ans Ufer stellte, mir meine vor Kälte brennenden Ohren rieb, selbst als wir Schulter an Schulter nebeneinanderstanden, sprach sie keine Silbe mit mir. Als alles verstaut war, legte sie mir die Schlüssel in die Hand. Zwei an der Zahl: Beim etwas größeren war der Goldüberzug fast vollständig abgeschürft, der andere funkelte wie neu – er war zwar kleiner, aber ansonsten mit dem anderen identisch. Wie benommen starrte ich sie an, während Marco Augusta bereits auf das Boot sprang.

Marietta kletterte auf den Haufen mit den aufgetürmten Möbelstücken. Ich hielt ihre Schlüssel fest in der Hand: Die messerscharfen Zacken bohrten sich tief in meinen Handteller. Mir war, als hätte sich das Ganze bereits vor ewigen Zeiten ereignet – als spielte sich gerade eine Szene ab, die ich in weit zurückliegender Vergangenheit schon einmal erlebt hatte. Daher fühlte sich auch der Schmerz, den mir diese plötzlich so grausam aufgerissene Wunde zufügte, längst nicht mehr so stechend an wie irgendwann einmal. Auf ihrem obersten Koffer sitzend, dem Thron ihrer Möbelpyramide, sah ich sie wegfahren, während die Schneeflocken um sie herumwirbelten. Erhobenen Hauptes und in einen weißen Pelzmantel gehüllt, das Gesicht hinter der grün getönten Brille versteckt und über dem Kopf ein kleines Seidenschirmchen, das den Schnee abhielt. Sie sah aus wie die Königin über ein Reich aus Schutt und Asche.

29. Mai 1594
Dreizehnter Fiebertag

Erst waren die Arbeiter nur damit beschäftigt, die Truhen und Koffer vom Boot zu heben. Keuchend und fluchend schleppten sie anschließend alles die Stufen hinauf. Dann holten die Dienstmädchen nacheinander die Laken, Tischtücher und Wäsche wieder heraus und sortierten sie in die Schränke und Truhen zurück. Dominico öffnete die Fensterläden und nahm die staubdichten Tücher von den Möbeln. Als befänden sie sich in Gegenwart eines Toten, sprachen alle mit leiser, gedämpfter Stimme. Für meine Frau tat es mir besonders leid. Es hätte mich gefreut, sie glücklich zu machen – ich wäre wirklich gern gefahren. Aber ich war nicht in der Lage, auf ein Boot zu steigen und aufs Festland zu fahren. Niemals werde ich die Kutsche erreichen, die in Marghera auf uns wartete. Dominico und Schila wollten mich wie einen toten Körper auf das Boot hieven. Aber ich war ohne Bewusstsein, im Delirium. Carpenedo ist so weit wie Augsburg, wie das Reich der Ficenga. Dorthin werde ich nicht mehr kommen. Mein Körper hat entschieden, dass das Ende hier kommen wird. In diesem Raum kann ich noch immer ihre Schritte hören, das knarrende Gebälk hat ihre Stimme bewahrt.

Meine Frau entlohnte den Fährmann für die Unannehmlichkeiten und mietete ihn gleich für die nächsten Tage, da wir seine Dienste, wenn der Zeitpunkt auch nicht genau feststand, noch benötigen würden. Der Dienerschaft teilte sie mit, die Abfahrt sei aufgrund einer leichten Unpässlichkeit des Maestros nur verschoben worden. Sie erteilte so lange Anweisungen, bis alles wieder an seinem Platz war. Dann ließ sie sich erschöpft auf ihren Kleiderkoffer fallen. Wieder auspacken wollte sie ihn nicht. Ob sie damit ein Unheil abwenden wollte oder ob es einfach Verzweiflung war, weiß ich nicht. Der Koffer steht auf jeden Fall noch immer da: ein massiger Klotz in der Dunkelheit, der wie eine Insel in der Lagune aus dem Teppich ragt. Faustina zog den Schleier zurück und deutete ein Lächeln an. «Dann fahren wir eben morgen in unser Landhaus, Jacomo, oder übermorgen, sobald du wieder in Form bist.» Sie versuchte, mir gut zuzureden – oder sich selbst. Mir war, als würde sie erst in diesem Augenblick langsam begreifen, dass sich irgendetwas gerade verändert und bereits verändert hat – dass ich dieses Mal nicht zurückkehren werde.

Zum Mittag brachte mir Dominico ein Tablett mit Essen. «Pfau in Senfsauce mit schönen Grüßen von Ottavia», sagte er und hielt mir ein Stück Fleisch vor den Mund. Ich schüttelte den Kopf, mein Magen ist ein einziger harter Klumpen. Als ich zumindest daran schnupperte, gab sich Dominico zufrieden. «Dann esse ich eben für dich», sagte er und nahm einen Bissen. «Wir sagen Ottavia einfach, es hätte dir sehr geschmeckt. Du darfst mir aber nicht in den Rücken fallen. Ottavia hat das Essen eigenhändig für dich zubereitet, sie hat sich diese Illusion verdient.» Mein treuer Sohn ist mir in keiner Weise ähnlich. Wenn ich ihn anschaue, habe ich dennoch manchmal den Eindruck, mich selbst vor mir zu sehen, nur vierzig Jahre früher, und alles ginge noch einmal von vorn los.

Auch Dominico wünschte sich ein anderes Leben. Im Alter von zwölf Jahren bat er Marietta, mich zu überreden, ihn bei Marco in die Lehre zu schicken. Marietta könne stets auf ihn zählen, er werde auf immer und ewig ihr ergebener Page bleiben, aber ihr Rivale wolle er nicht werden. «Warum solltest du mein Rivale werden?», fragte Marietta neugierig. Sie hatte keine Angst vor ihm. Der Adler fürchtet nicht den Spatz. Sie war viel geistreicher als er und damals auch besser. Sie hielt Dominico für fleißig und zielstrebig, aber auch für einfalls- und phantasielos. Alle glaubten, dass sie mein wahres Erbe antreten würde. Ich auch. Dominico hielt ihr Cornelias Bibel unter die Nase. «Schwör, dass du mir hilfst, Papas Einverständnis zu bekommen.» Und Marietta schwor. Der Pakt war besiegelt. Dominico wollte nicht Maler werden, sondern Dichter – Liebesdichter, wie Petrarca.

Dichter! Glaub nicht, Herr, dieser Entschluss hätte mir missfallen. Im Gegenteil, er schmeichelte meiner Eitelkeit. Ein Dichter als Sohn wäre mir eine große Ehre gewesen. Welch eine Genugtuung, den Namen meiner bescheidenen Vorfahren – *Dominico Robusti* – auf einem Buchdeckel zu lesen und zu erleben, wie mein Sohn vor Hunderten von Adeligen ein Gedicht vortrug. Doch Dichter stammten aus wohlhabenden Familien, aus Adelsgeschlechtern ohne materielle Sorgen, verbrachten ihre Zeit in ihren Palästen oder Villen auf dem Land damit, Verse zu komponieren, und warteten darauf, ein öffentliches Amt im Staat zu übernehmen oder zum Kardinal oder Bischof ernannt zu werden. Ich kenne nicht einen einzigen Dichter, der Sohn eines Malers ist. Da wird er wohl Priester werden müssen, ging mir nur durch den Kopf.

Ich fing an, Dominico unter meine Fittiche zu nehmen, wenn ich bei Freunden zum Abendessen eingeladen war oder zu den Versammlungen ihrer Akademien ging. Domenico Venier, ein hoch geschätzter Dichter und bei Venedigs Schriftstellern ein anerkannter Meister – die großen achteten ihn, die mittelmäßigen ließen sich von ihm ihre holprigen Verse korrigieren oder sogar gänzlich neu schreiben – riet mir, ihn von der öffentlichen Schule zu nehmen und einen Hauslehrer anzustellen. Der Junge zeige guten Willen und eine gewisse Begabung zu reimen, habe aber auch, das müsse leider gesagt werden, eine unerhört oberflächliche humanistische Bildung. Ein wahrer Dichter aber könne nicht ungelehrt sein. Er könne zwar *vorgeben,* unwissend zu sein, könne im Paduaner Bauerndialekt oder den Fischern nach dem Mund dichten – aber das sei dann eben vorgetäuscht.

Ich stellte einen frisch gebackenen und verlotterten Akademiker namens Evangelista ein, der in einem abgelegenen Dorf im Tibertal aufgewachsen und erst kürzlich nach Venedig gekommen war, beseelt von dem Wunsch, von Worten leben zu können. Um irgendwelche Prinzen, die auf der Suche nach Sekretären waren, auf sich aufmerksam zu machen, schrieb er lateinische Gedichte über die Hundejagd. Es kostete mich mindestens vier Bilder und drei Madonnen – also zwanzig Tintoretti –, um meinem Sohn die Sprache Vergils beizubringen. Abgesehen von liturgischen Versen und Gebeten, die wir äußerst phantasievoll radebrechten, konnte keiner in unserer Familie auch nur eine Silbe Latein: Und dieser über seinem Lukrez gebeugte kleine Junge, der nach einem langen arbeitsreichen Tag zwischen Leinwänden und Farben spätabends Hexameter gegen die Wand skandierte, erfüllte uns mit andächtiger Befangenheit. Ich nahm Dominicos Eifer sehr ernst. Er selbst hat sich im Übrigen auch immer ernst genommen.

Es gab nicht eine öffentliche Lesung, die er versäumte. Sobald ein bekannter Schriftsteller die Stadt besuchte, setzte er alles daran, ihm die Hand schütteln zu können. Ich spornte ihn an, sich vorzustellen und zu zeigen, dass auch er eines Tages Schriftsteller werden wolle, aber Dominico, vor Scham wie gelähmt, nickte nur und bekam kein Wort heraus. Er lebte in der Vorstellung, Schriftsteller seien eine Kongregation aus Aposteln der Weisheit, ernsthafte und gebildete Leute, die sich dem Glauben an das Wort verschrieben haben. Eines Tages begab es sich, dass er im Haus von Freunden mit einem Franzosen namens Montaigne, der sich auf der Durchreise befand, zu Abend speiste. Der Franzmann hatte sich dermaßen den Bauch vollgeschlagen, dass er Koliken bekam und zwei haselnussgroße Steine ausschied und zu guter Letzt seine Gastgeber fragte, wo sich denn die famosen Schönheiten Venedigs versteckten; er habe zwar schon Abertausende Huren gesichtet, aber nicht eine einzige Schönheit. Dominico fühlte sich in seiner nationalen Ehre tief getroffen und war empört, dass sich dieser

Gast angesichts der vielen Schätze, die Venedig hütete, lediglich für Frauen interessierte. Ein paar Jahre später erzählte ihm Evangelista, dieser Franzose habe ein Buch mit Essays herausgebracht und sei ein Meister der Prosa geworden, er gelte als Frankreichs großartigster Schriftsteller, der beste aller Zeiten. Doch noch heute glaubt Dominico nicht daran. «Montaigne ist nicht einen Deut wert», sagte er erst kürzlich verächtlich.

Im Alter von fünfzehn Jahren konnte Dominico den *Rasenden Roland* und Petrarcas *Canzoniere* auswendig und notierte endlos lange Wortreihen in sein Heft. Fisch, Tisch, frisch, zisch, Frosch, drosch, Dorsch, Nadel, Tadel, Adel und so weiter. Er war wie besessen von Reimen, Nachklängen und Assonanzen und von der Entdeckung, dass sich inhaltlich gegensätzliche Wörter reimen: Thron und Hohn, Nacht und Schacht, Reife und Seife, Furz und Sturz. Unter Tausenden von Wörtern das unerkannte Zwillingswort herauszufinden, das alles auffliegen lässt und jegliches Rätsel knackt, faszinierte ihn ebenso wie die vollkommene Freiheit, Wörter kombinieren und Dinge nebeneinanderstellen zu können, wie man es in der Wirklichkeit nie tun würde. «Diese Freiheit», so Dominico, «ist der Zauber der Literatur.»

Ob Dominicos jugendliche Gedichte von Bedeutung waren, kann ich nicht einschätzen. Ich verstand damals kein Latein. *O formosa Marietta*, lautete eines, *nihil te absente videtur / dulce mihi: nunc et nitido vere omnia vident / et vario resonant volucrum Venetia pulchra cantu.* «Was heißt das?», wollten wir wissen. «Nichts», erwiderte er. «Hauptsache, es klingt gut.» *Ipse feram quae grata tibi*, rezitierte er, *Tu basia junge, / gaudia, Marietta, nec mihi grata nega. / Cras, ubi nox aderit, invido elabere patri, / albaque inter lintea ad mea dona veni.* «Basia sind die Küsse», sagte Marietta lachend, «komm schon, Menego, das ist ein Liebesgedicht, du lädst die Schöne ein, dich unter deinen Laken zu küssen, aber warum nimmst du ausgerechnet meinen Namen?» «Weil er in den Hexameter passt», antwortete Dominico mit hochrotem Gesicht.

Marietta neckte am liebsten Dominico – denn von allen dreien war er der ernsthafteste und zurückhaltendste Bruder, der sich nie eine Blöße gab. Einzig in seinen Gedichten kam ein anderer, gefühlvoller und leidenschaftlicher Dominico zum Vorschein – von dem allerdings im Alltag nicht ein Hauch zu spüren war. Marietta bemühte sich, in dem scheuen und schweigsamen Jungen den geistreichen Verehrer der reimenden Kunst zu entdecken. Wegen seines empfindlichen und stolzen Wesens – und vielleicht auch wegen seiner dunklen, spanisch wirkenden Augen – gab sie ihm den Spitznamen Hidalgo. «Wenn du das Zwillingswort zu Hidalgo findest», versprach sie ihm, «werde ich dir unter deinem Bettlaken so viele Küsse geben, wie du willst, denn dann bist du wahrhaftig brillanter als Petrarca.»

Vor uns hielt Dominico seine Liebesgedichte geheim, ihr jedoch las er sie vor. Auf venezianisch dichtete er allerdings nie, war er doch der Meinung, dass in der Sprache der Fährleute und Mägde die Liebe zu einem bloßen Aufeinandertreffen von Geschlechtsorganen entwertet werde, sei es in einer rußschwarzen Küche, während die am Ofen kauernde Katze ihre Mäuse verdaue, sei es unter der Wachsdecke einer Gondel, während die Lagune ihren ekelhaften Gestank verströme. Die Liebe, von der er als kleiner Junge schwärmte, war dagegen eine Vereinigung gleichgesinnter Seelen, eine Übereinstimmung der Geister, die nichts mit dem Flüssigkeitshaushalt im menschlichen Körper zu tun habe. Da beide tagsüber in meiner Werkstatt mit Malen beschäftigt waren, las Dominico Marietta seine Gedichte während des Frühstücks vor, zwischen Kindergeschrei und klapperndem Geschirr. Er zwang sie förmlich zum Zuhören, wenn sie sich bei fröstelnder Morgendämmerung über den noch dampfenden Bottich beugte und wie verzaubert innehielt, um seinen Worten zu lauschen, obgleich sie ihn anschließend ausschimpfte, da sie sich nun ihr Gesicht wegen seinem Gedicht mit kaltem Wasser waschen könne. Gesicht/Gedicht – fügte er der Spalte mit den Reimwörtern hinzu. Marietta hatte keine Ahnung von Poesie. Ihr zufolge waren Dominicos Verse großartig. Der passende Reim auf Hidalgo aber war noch nicht gefunden worden.

Als ich Dominico verkündete, dass er Priester werden müsse, wenn er sich ernsthaft der Dichtung widmen und sie zu seinem Beruf machen wolle, da ein mittelloser junger Mann wie er andernfalls nicht zurechtkomme, rechnete ich mit Widerspruch; denn sein Hauslehrer Evangelista hatte ihm mehr als einmal und auch in meiner Gegenwart erzählt, dass die Verhältnisse sich langsam änderten und es Pietro Aretino in Venedig sowie vielen anderen Schriftstellern in ganz Italien nun gelinge, von ihrem Beruf zu leben, genauso wie Goldschmiede, Schneider und Glaser. Dominico aber nickte und fragte mich lediglich, wann, wo und in welchem Orden. Als Priester oder Mönch? Jesuit? Karmeliter? Johanniter? Franziskaner? Zoccolant? Vielleicht könne er ja der Kongregation der Kanoniker von San Giorgio in Alga beitreten, die zum Kloster von Madonna dell'Orto gehöre: Die Brüder in den tiefblauen Trachten seien allesamt Intellektuelle und Musiker. Die Vorstellung, Priester zu werden, missfiel meinem Sohn nicht nur gar nicht, sie begeisterte ihn geradezu. Er erklärte mir, er habe Männer kennengelernt, die sich für die Ordenstracht entschieden hätten, um im Auftrag der Kirche die Welt zu umrunden, um die Ureinwohner Afrikas, Indiens und Amerikas zu bekehren, um sich vom Vorwurf der Häresie zu befreien oder um, von jeglichem familiären Druck befreit, Unzucht treiben zu können: Daher habe es für ihn etwas Edles, Priester zu werden, um Dichter sein zu können. Auch für die Poesie müsse man – wie für die Malerei, die Wissenschaft und für Gott – jede andere Leidenschaft opfern. «Musen sind eifersüchtig», behauptete er mit ernster Miene. Spöttisch wies ihn sein Bruder Marco darauf hin, dass der Pinsel männlich, die Feder weiblich sei. Außerdem könnten Pinsel ihre Haare immer in Öl tunken, während es sich bei den Musen um Jungfrauen handle. Priester seien genötigt, es sich von Ministranten oder gemeinen

Weibern besorgen zu lassen. «Mein Glaube ist so wahrhaftig wie meine Liebe für die Musen», entgegnete Dominico, «du dagegen glaubst an gar nichts und bist ein Heide.» «Träum nur, Dominico, träum nur weiter von Purpur und Lorbeer», erwiderte Marco, «das wird dir auch noch vergehen.»

So bereitete ihn der Hauslehrer für den Eintritt ins Seminar von San Marco vor. Dominico sah sich schon, wie er uns segnete und die Messe las, um uns vor den Qualen des Fegefeuers zu bewahren. Und auch wir sahen Dominico im Pluviale vor uns – während der Zeremonien, Prozessionen und Wandlungen. Dominico träumte davon, ein einflussreicher und gebildeter Priester zu werden wie sein Vorbild Kardinal Pietro Bembo. Ich dagegen befürchtete, er würde ein solch zynischer Priester werden wie der unglückselige Pomponio Vecellio, der in der Hoffnung auf ein recht ansehnliches Gehalt und ein Leben in Freuden und Wonnen die seinem Wesen nicht gerade entsprechende Mönchstracht akzeptiert hatte und bis an sein Lebensende sich selbst verfluchte. Meine Befürchtungen verheimlichte ich meinem Sohn jedoch.

Faustina dagegen versuchte ihn mit ihrem praktischen Realitätssinn zu überzeugen. Wir besäßen weder genug Geld, um ihm eine Pfarrei, ein Priorat oder ein Benefizium zu kaufen, noch, um ihm den Eintritt in ein Kloster erster Güte zu verschaffen. Alles, was Dominico von der heiligen Kirche zu erwarten habe, laufe darauf hinaus, Priester in irgendeiner abgelegenen Pfarre für Weber und Seeleute zu werden oder als armer Mönch in einem zweitklassigen Orden Venedigs zu enden. Ein Geistlicher, der keine Zeit habe, Gedichte zu lesen, geschweige denn zu schreiben.

«Aber das wird nicht passieren», wandte Dominico ein. «Der Klerus in dieser Stadt ist einfach minderwertig und ungebildet. Der Großteil glaubt nicht einmal an Gott. Ich aber werde erfolgreich sein. In der Kirchenhierarchie wird man auf mich aufmerksam werden. Sie brauchen Männer wie mich, um die Reform durchzusetzen und die wahre Kirche wieder einzuführen. Allein tüchtige, rechtschaffene Männer, die mit gutem Beispiel vorangehen, verleihen den im Himmel beschlossenen Erneuerungsvorhaben ihr Gewicht – ansonsten glaubt das Volk doch weiterhin, dass es sich um dummes Geschwätz von Kardinälen handelt. Für die Rechristianisierung Italiens und Venedigs werden barmherzige und kampflustige Heilige, aber auch aufrichtige und geschulte Priester benötigt – und einer von Letzteren werde ich sein. Irgendwann werde ich vom Patriarchen gerufen werden, oder vom Papst. Und wenn ich nach Rom gehe, werdet ihr mich begleiten. Papa wird im Vatikan arbeiten, wie Michelangelo, und wie Tizian ein Portrait vom Papst malen. In der Bruderschaft werde ich Don Fausto heißen, allein dir zu Ehren, Mama, und weil mir mit diesem Namen die Zukunft geneigt sein wird.» Meine Frau und ich wussten nicht, ob wir unseren so redegewandten Sohn bewundern sollten – oder eher fürchten.

Selbst nach Mariettas Hochzeit ließ Dominico nicht von seiner gnädigen Richterin ab: Vielmehr besorgte er sich noch einen weiteren Richter. Mit einem Stapel Blätter unter dem Arm stieg er in den zweiten Stock hinauf. Marietta und Marco Augusta waren seine einzigen Zuhörer. Die Reime meines Sohnes hatten nicht mehr als zwei Leser. Wer weiß, ob Dominico noch immer Verse dichtet. Sicher ist, dass er wenige Tage nach der Verlobung seiner Schwester um Aufnahme in die Malerzunft bat. «Willst du nicht mehr Priester werden?», fragte ihn Marietta ungläubig. «Solltest du nicht im September ins Seminar eintreten? Hatten sie dich nicht bereits angenommen?» «Nein, ich mach das nicht mehr», wiegelte Dominico ab, «ich hab mich anders entschieden.» Marietta konnte es nicht fassen. «Und Petrarca? Und die Musen?» «Ich kann ihn nicht allein lassen», erklärte Dominico bitterernst. Er war gerade siebzehn geworden und sprach mit einer Entschlossenheit, die man nur in äußerst jungen Jahren an den Tag legen kann, ohne lächerlich zu wirken. «Du wirst heiraten, auf Marco ist kein Verlass, und Zuane wird früher oder später seiner Musik folgen.

Irgendjemand muss doch bei unserem Vater bleiben.» «Aber ich bleibe doch bei ihm!», rief Marietta empört. «Aber du bist eine Frau», erwiderte er, «du hast ihn bereits verlassen.»

Dominico wurde mein tüchtigster Mitarbeiter. An die Namen der vielen anderen kann ich mich nicht mehr erinnern. Einige wie Hans, Pieter und Lodewijk habe ich sehr gerngehabt. Andere kamen, lernten und gingen bald wieder, da sie nicht neben mir untergehen, nicht hinter meinem Namen verborgen bleiben wollten. Dominico blieb. Auf ihn war stets Verlass. Nie beklagte er sich über seine Aufgaben als Stellvertreter. Für mich – und an meiner Stelle – hat er in den letzten fünfzehn Jahren ohne Anspruch auf Anerkennung oder Ruhm all die Bilder gemalt, die ich nicht malen konnte oder wollte. Seine Entscheidung scheint er nie bereut zu haben. Er war ein lobenswerter Schüler und idealer Sohn, und ich hoffe, mich ihm so erkenntlich gezeigt zu haben, wie er es verdient. Jeden Tag hat er fleißig und hingebungsvoll gearbeitet – mit einer Leidenschaft, die er in seinem tiefsten Innern gefunden haben muss. Er traf sich zwar weiterhin mit Dichtern und Priestern – und in Venedig spotten sie, dass niemand bessere Portraits von Priestern male als Dominico Tintoretto –, aber als einer von ihnen betrachtete er sich nicht mehr. Ob er das für mich oder für sich getan hat, werde ich nie wissen können, allerdings stelle ich mir diese Frage auch nicht. Er hat es einfach getan.

Da ich diese Nacht nicht schlafen würde, denn inzwischen habe ich mich so an das Opium gewöhnt, dass es nicht mehr wirkt, schlug ich ihm vor, mich allein zu lassen und sich endlich selbst schlafen zu legen. Dominico schüttelte den Kopf: «Ich bin kein bisschen müde.» Doch seine geschwollenen Lider, die dunklen Augenringe und das strähnige Haar verrieten das Gegenteil. Seine Gegenwart ist mir ein großer Trost. Immer schon. Dominico hatte von Anfang an ein sicheres Gespür für mich. Er ist eigensinnig und hat einen eisernen Willen. Seine Kraft spüre ich. Meine innere

Anspannung hat er jedoch nicht geerbt – wenngleich er im Übrigen der einzige Sohn ist, der sich für den gleichen Lebensweg wie ich entschieden hat. Er ist so praktisch und bodenständig wie seine Mutter geworden. Bei ihm habe ich das Gefühl, alles, was ich aufgebaut habe, in sichere Hände zu legen. Wenig ist es nicht, vielleicht reicht es.

«Wenn du nichts dagegen hast, Vater», fügte er hinzu, «würde ich gern die ganze Nacht bei dir bleiben.» Als ich erwiderte, dass ich nicht sonderlich gesellig sei, rückte er den Sessel heran und meinte lächelnd, daran sei er ja gewöhnt. Ich bat ihn, mich auf den neuesten Stand seiner Arbeit zu bringen – denn obschon die Zukunft mit mir nichts mehr zu tun habe, wäre er schließlich noch da, und die Zukunft auch. Sachlich und mit übertriebener Bescheidenheit erzählte Dominico, dass der Gemäldezyklus, den er zusammen mit Antonio für die Laienbruderschaft der Kaufleute erst kürzlich fertiggestellt habe, bei allen gut angekommen sei. Daher träfen nun weitere Anfragen von anderen Ordenshäusern ein. Einige venezianische Klöster hätten Altarflügel und Heiligengemälde in Auftrag gegeben. Das Kollegium sei mit seiner Dekoration der Säle im Dogenpalast, die sie mir anvertraut hatten, sehr zufrieden. Die Geschäfte liefen insgesamt gut, um ihn bräuchte ich mir keine Sorgen zu machen. So sind meine Kunden zu seinen geworden. Mit der gleichen Ausdauer und Schnelligkeit wie ich erledigt er Arbeiten, an denen andere längst zerbrochen wären. Er malt die gleichen Gegenstände und auf gleiche Art wie ich. Dennoch ist sein Pinselstrich nicht meiner – allenfalls eine Annäherung. Sie ähneln sich wie der Samen der Frucht. Ich ermahnte ihn, sich nicht von Arbeit erdrücken zu lassen. Das Leben nicht zu vergessen. Wie sagte noch der lateinische Dichter, der ihm als Knabe so gefallen habe? Catull? Ovid? Horaz? *Carpe diem*. Jeder verflogene Augenblick ist ein verlorener.

Das priesterliche Gewand hatte er in seiner Jugend letztendlich abgelehnt, aber auch jedwede Frau. Jegliches Einmischen vonseiten seiner Mutter verbat er sich, und wenn sie ihm doch einmal eine junge Frau als Braut vorschlug, fertigte er sie kurzerhand mit einer rohen Bemerkung ab. Erst müsse er sie bis ins letzte Detail kennengelernt haben. Ehefrauen seien doch wie Pferde, Diener oder Matratzen: Man kaufe sie sich nicht, ohne sie vorher ausprobiert zu haben. Da man aber eine Frau nicht anständig ausprobieren könne, sei der Nutzen das Risiko nicht wert.

Faustina war darüber besorgt. Jedes Mal, wenn wir uns zurückzogen und ich ihr Befriedigung gab, rekelte sie sich in ihren Laken und sagte: «Der Vater plustert sich noch immer zur Balz auf, und die Söhne? Sind sie aus Wasser? Wie kommt es, dass noch kein Tintoretto eine Frau hat oder den Gedanken hegt, eine Familie zu gründen? Ist das nicht krankhaft?» «Nein», antwortete ich, «meine Söhne sind intelligente Männer, und intelligente Männer, es sei denn, sie sind so verrückt wie ich, heiraten nicht.» «Du gemeiner Hund», sagte Faustina lachend und zerkratzte mir den Rücken, bis wir die Auseinandersetzung genüsslich unter unserer Bettdecke fortführten.

«Sag mal, hast du eigentlich keine Gespielin, Dominico?», fragte ich ihn nun wie aus heiterem Himmel. «Mit vierunddreißig Jahren wird es langsam Zeit. In deinem Alter hatte ich eine.» «Du hattest auch eine mit siebzig!», entgegnete er. Der Tadel war nicht zu überhören. Ich weiß, dass Dominico mich verurteilt. Das war zu erwarten. Gern hätte ich ihm noch beigebracht, menschliche Schwächen zu akzeptieren, ging es doch im Leben nicht darum, über andere zu richten, sondern sie zu verstehen. Ich hatte jedoch nur die Zeit aufgewendet, ihm die Helldunkelmalerei beizubringen. Vater und Sohn sollten eigentlich nicht über solche Dinge sprechen – und brav haben wir diese alberne Anstandsregel bislang befolgt. Aber wie zwei Fremde, die sich auf Reisen begegnen und sich frei, da fern der Heimat, fühlen, ließen wir uns im schummrigen Schlafzimmerlicht zu Vertraulichkeiten hinreißen. «Nun denn, ich habe keine», fügte Dominico an. «Die Umschwärmte hatte ich ja im Haus. Das ist wohl Familientradition, und auch darin habe ich meinen Meister nachgeahmt.»

Ich lächelte, da in seiner Stimme weder Groll noch Bedauern, sondern einzig eine zärtliche Sehnsucht lag. «Du hast ja noch keine Ahnung, von welchem Aphrodisiakum Ruhm sein kann», versicherte ich ihm. «Es heißt Macht. Deswegen musst du den Namen, den du von mir übernommen hast, so pfleglich behandeln wie einen Adelstitel. Dieses Erbe mag dir kläglich erscheinen – aber glaub mir, das ist es nicht. Ein Name kann verlockender sein als ein ganzes Königreich.» «Ehrlich gesagt habe ich eine gewisse Ahnung davon bereits bekommen», gestand Dominico und strich sich den Kinnbart glatt. Gemeinsam lachten wir über die ungeahnten Vorteile eines guten Rufs. Herr, mit Dominico verbrachte ich meine letzte glückliche Nacht.

«Gefühle sind dagegen wie Schießpulver», bemerkte er, «früher oder später entzünden sie sich und sprengen alles in die Luft. Da schaue ich lieber bei den anderen zu.» Mein Sohn ist wahrhaft ein Dichter, ging es mir da durch den Kopf, auch wenn er keine Verse mehr schreibt, aber er fügte hinzu, es handle sich bei ihm um keine weise Entscheidung, lediglich um eine Überlebensstrategie. Die Kontrolle über sich – und seine Gefühlswelt – zu wahren sei für sein Arbeiten unerlässlich. «Frauen male ich lieber. Wo Form ist, ist auch Schönheit, und auf der Leinwand gibt es weder Zeit noch Betrug. Es ist die einzige Art und Weise, mit der man sie für immer besitzen kann.»

«Und wenn man sie heiratet», warf ich ein. Dominico entgegnete, das brauche er nicht, im Grunde habe er ja bereits eine Familie, und zwar meine – mitsamt der Malerei, der Werkstatt und der Mutter, um die man sich kümmern müsse; außerdem gebe es noch die Schwestern in Sankt Anna und die Mädchen – da sei kein Platz für eine weitere feste Bindung. Und solange sie nicht fest seien, brauche man sie nicht. Sobald sie aber fest seien, würden sie uns zugrunderichten, wenn sie auseinanderbrechen. Ich riet ihm, wenigstens Kinder zu bekommen. Sie würden leben, wenn er nicht mehr da sei, und ihm Ewigkeit verleihen.

Aber wenn dann auch die Söhne sterben würden, widersprach Dominico, dann gerate auch er in Vergessenheit. Kein Familiengedächtnis halte länger als drei Generationen. Ein Stammbaum sei bloß ein Blatt Papier – und auch Blätter fielen irgendwann ab. An große Feldherrn, Forscher, Wissenschaftler, Kriminelle, Heilige, Schriftsteller erinnere man sich dagegen – und auch an Maler. Kann sein, dass er nicht dazugehören werde, ich aber schon. «Ich werde der Vater deiner Töchter werden, wenn du gestattest. Ich verspreche dir, mir nichts zuschulden kommen zu lassen. Abgesehen davon könnte ich es nicht ertragen, einen Sohn zu verlieren. Ein solches Vergehen könnte ich Gott niemals verzeihen. Ich würde ihn verleugnen, ja meinen Glauben an ihn verlieren. Ich möchte aber lieber weiter an Gott glauben. Denn meine Liebe für ihn ist wahrhaftig.»

Ich bin mir nicht sicher, ob er an mich oder an sie dachte. Beide sind wir Dominico kein gutes Vorbild gewesen. Wir schwiegen eine Weile. Das Haus schlief, kein Laut – nicht einmal das Plätschern des Wassers – war im Zimmer zu hören. Die kleinen Flammen im Kerzenständer zuckten hin und wieder kurz auf. Über Marietta redeten wir nicht. Das gehörte sich für uns irgendwie nicht. Jahrelang haben wir ständig über sie gesprochen. Als kleiner Junge – ihr Page und mein Knappe – rannte Dominico im Atelier hin und her oder von ihrem in mein Zimmer, um mir von jeder Silbe und Geste zu berichten und unbewusst Lügen und Geheimnisse zu enthüllen. Ich erwartete von ihm, mein Spion zu sein, aber am Ende war ich es, den er ausspähte.

«Marietta schläft mit einem zerfledderten Püppchen, Marietta tanzt die Galliard, weil sie meint, der Tanz sei erottisch, erokisch oder erotisch oder so ähnlich, keine Ahnung, was das heißen soll; Marietta hat mich gefragt, ob sie dir ähnlich sieht, ich hab Nein gesagt, aber sie wollte es unbedingt wissen, irgendetwas von dir müsse sie doch haben, da hab ich sie mir ganz genau angeschaut, aber ich hab ihr gesagt, dass sie rein gar nichts von dir hat. Marietta hat sich ihre Titten im Spiegel angeschaut, die immer dicker werden, während ihr Hintern wie eine Laute aussieht. Marietta hat mich gefragt, ob sie mir gefalle, und ich hab Ja gesagt; Marietta hat mich in den Mund geküsst, weil sie wissen wollte, wie sich das anfühlt, da habe ich ihr gesagt, dass das meiner Meinung nach Sünde sei. Marietta findet, dass du mit kurzem Bart jünger aussiehst; Marietta meint, deine Haut riecht nach Öl, und ich würde genauso riechen; Marietta hat geträumt, dass Onkel Comin sie als Sklavin an einen Sarazenen verkauft hätte und du mit einem weißen Pferd gekommen wärst und sie gerettet hättest; Marietta hat ein Lied für dich geschrieben, das anfängt mit *Seitdem Euer hartes Herz,* weiter weiß ich nicht mehr.» Im Lauf der Zeit wich Dominico meinen Fragen immer mehr aus. Er wollte mich auf keinen Fall beunruhigen. «Nein, während deiner gesamten Abwesenheit hat Marietta kein einziges Mal zum Fenster hinausgeschaut; sie hat mit niemandem gesprochen; nein, als Pauwel und Lodewijk kamen, hat sie sich mit den Frauen in die Küche zurückgezogen; nein, keiner hat sie gesehen; nein, sie hat nicht für mich posiert; ja, natürlich hat sie vor dem Schlafen gebetet.»

Als junger Priesteranwärter zog Marietta Dominico wegen seiner jesuitenhaften Manieren auf, er aber spielte gern die Rolle des Predigers. In flammenden Reden rügte er sie erst wegen ihrer Jungenkleidung und dann wegen ihrer Art und Weise, sich als unabhängige Frau aufzuführen. Sie nannte ihn Hidalgo, keuscher Joseph, San Ignacio de Loyola, Bruder Savonarola; er nannte sie Gabriele, Ganymed, Magdalena oder Bettina Capello – eine bekannte Kurtisane, die sich gegenüber von Misericordia feilbot. Sie stachelte ihn an, endlich Mut zu beweisen und seinen Zwilling herauszukehren, um der Leidenschaft freien Lauf zu lassen, die im Feuer seiner Verse brenne – er lud sie ein, die Freiheit zu bereuen, die sie sich gegenüber der Welt und sich selbst herausgenommen habe, wenn sie nicht im Fegefeuer schmoren wolle. Erst heute erkenne ich, dass dies bloß ein Spiel und ihre Art war, sich zu necken und vielleicht zu lieben.

Aber Dominico sagte mir nicht die Wahrheit. Marietta hatte für ihn posiert. Dominico lernte den weiblichen Körper kennen, indem er den ihren studierte. Er malte sie, während sie kaum einen Schritt von ihm entfernt saß und er mit einem kurzen Blick von der Leinwand ihren Gesichtsaudruck, die geschwungene Form ihres Ohrs und die weichen Züge ihrer Wange erforschen konnte – und er malte sie auch, als er sie nur mit den Augen der Erinnerung sehen konnte und sich zwingen musste, sie sich ins Gedächtnis zu rufen. Außerdem malte er in einer Art, die mich noch heute beschämt. Während er sich eines Tages auf der Baustelle im Dogenpalast aufhielt, ging ich auf der Suche nach einer Skizze, die ich ihm geliehen hatte, in sein Zimmer, als ich sie plötzlich vor mir sah. Über dem Schreibtisch an der Wand neben seinem Bett erblickte ich ein Portrait, das Dominico ein paar Jahre zuvor gemalt hatte. Es hing am Flügel einer Art Schrank, in dem er seine Bücher verstaute. Er stand offen. Im Inneren befand sich – wie in einem Versteck, das nur für die Augen des Besitzers gedacht war – Marietta.

Sie war in unerhört elegantem Staat – ein edler, rosafarbener Umhang mit grünem Futter aus Damast, eine weiße Bluse über einem gedrungenen Leibchen, mit viel zu großzügigem Ausschnitt. Und überall Perlen: um den Hals, an den Ohren und als Pünktchen am Saum ihrer Bluse entlang. Marietta mit einer zum Halbmond aufgesteckten Frisur, karminrotem Lippenstift, üppigem Busen, der von der Perlenreihe bedeckt wurde, die den unteren Rand des Bildes darstellte. Weder schaute sie ihren Maler noch den Betrachter an – sie ignorierte uns. Der Umhang war alles andere als eine wärmende Hülle. Ihre Hände hielten den Kragen weit auseinandergestreckt, als hätte sie der Maler genau in dem Moment überrascht, als sie sich ausziehen wollte.

Aber es kam noch schlimmer. Wie der ersten Strophe eines Gedichts folgte auf Dominicos Bild eine Fortsetzung. Das zweite hing auf der Rückseite des ersten. Auf dem hatte Marietta den Umhang abgelegt. Auch die Bluse war aufgeknöpft. Rosafarben war nun der Hintergrund und weiß ihre entblößte Haut. Als wollte sie ihn nicht auf die Erde fallen lassen, hielt sie in verhohlener Absicht, in Wahrheit aber, um ihre hinreißenden Brüste zur Geltung zu bringen, einen durchsichtigen Schal hoch. Wie kleine Blütenblätter stachen unter dem milchigen Weiß ihre rosaroten Brustwarzen hervor.

Das Erschütternde war nicht die aufreizende Geste oder die einnehmenden Rundungen, die Dominico so glaubwürdig auf die Leinwand gebannt hatte, das Erschütternde war vielmehr Mariettas Ausdruck: Der entrückte Blick voller Stolz und Zurückhaltung stand in schreiendem Kontrast zur Körperhaltung – willig und fordernd. Marietta selbst hätte sich nicht wahrheitsgetreuer darstellen können. Sogar ich habe es nicht geschafft.

Dass ich das Bild entdeckt hatte, verriet ich meinem Sohn nicht. Seine bloße Existenz raubte mir jedoch den Schlaf. Und als eines Tages ein ausländischer Edelmann mein Atelier aufsuchte und mich nach einem Bild einer Frau für das Kabinett in seinem Schlafzimmer fragte, mit dem er seiner Männlichkeit ein wenig nachhelfen könnte, verkaufte ich es ihm kurzerhand. Der Fremde meinte, diese sinnliche Frau habe einerseits etwas von einer Kurtisane, die einen auf der Stelle vor Fleischeslust wahnsinnig machen könne, und sehe andererseits wie eine Jungfrau aus, die einem jeden Moment einen Dolch ins Herz steche. «Genauso ist es», bestätigte ich ihm.

Verzweifelt nach dem Bild suchend, stellte Dominico das ganze Haus auf den Kopf und machte aus Angst, dass Diebe es ihm gestohlen haben könnten, einen Wirbel, der seine gesamten philosophischen und religiösen Grundsätze über den Haufen warf. Als er feststellte, dass kein Dieb in unser Haus eingedrungen war, da weder Gitterstäbe angesägt noch Riegel zerstört waren, beschuldigte er seinen Bruder Marco, ihm aus Neid um sein Talent einen bösen Streich gespielt und sein Bild zerstört zu haben. «Der Teufel soll mich holen, sollte ich jemals auf die Idee kommen, du sein zu wollen, Dominico», spöttelte Marco, «du hast nichts, was ich mir wünsche, du bist doch ein billiger Fußsoldat, ein Priester, ein blöder Armleuchter.» Dominico brüllte, schrie, zerriss vor Wut sein Hemd, schleuderte den Mörser auf die Erde, zerbrach eine Glasvase in tausend Stücke, zerschepperte Gläser, fuhr mit einem Splitter durch die Leinwand, an der er gerade arbeitete, und schlug seinen Kopf gegen die Wand. Ich befahl ihm, sofort mit dem Radau aufzuhören, und klärte ihn auf, dass ich das Bild verkauft und dreißig Dukaten dafür bekommen habe, die – abzüglich der Ausgaben für Farben und Leinwand, die auf mein Konto gingen – ihm gehörten und die ich ihm in Raten Woche für Woche auszahlen würde, als Gehalt.

«Vater», sagte mein guter Sohn entsetzt, «ich kann nicht fassen, wie wenig dir meine Freundschaft bedeutet. Gib mir das Geld und sag mir den Namen des Kunden. Ich werde dir vergeben. Tust du das nicht, ist es mit uns vorbei. Und ich werde dich bis an mein Lebensende dafür hassen.» Ich gab ihm das Geld zurück, sagte ihm aber auch, dass der Fremde bestimmt schon die Grenzen der Republik hinter sich gelassen habe. Dominico reiste ihm bis vor die Tore Mailands nach. «Warum hast du das getan?», fragte er mich noch immer erschüttert bei seiner Rückkehr. «Weil du ein Maler und kein Dichter werden wolltest», erwiderte ich kalt. «Sentimental sind Dichter, aber doch nicht Maler. Sie malen Bilder, um sie zu verkaufen.» «Das tust du vielleicht», sagte Dominico. «Ich nicht oder noch nicht, ich bin doch erst zwanzig, und in dem Alter ist ein Maler nicht käuflich. Dieses Bild habe ich für mich gemalt.»

Vielleicht hat er auch *Tancred tauft Clorinda* für sich gemalt, auf dem er der sterbenden Kriegerin Mariettas Gesicht geliehen hat. Nur so können wir unserer geliebten Verstorbenen gedenken – oder uns von ihnen lösen –, aber dieses Geheimnis nehmen wir mit ins Grab. Wochenlang besserte Dominico an diesem Bild herum – unzählige Male zeichnete er liebevoll die Kurven unter der aufgeknöpften Bluse nach. Er malte die liegende Clorinda von hinten – sodass sich Gesicht und Busen wie eine Versuchung dem Betrachter entgegenstrecken. Er pinselte so lange an der Hautfarbe herum, bis er endlich den unentbehrlichen aschfahlen Farbton erhielt. In der Geste des Ritters, der die im Sterben liegende, treulose Geliebte tauft, liegt etwas Verzehrendes – denn obwohl er sie nicht mehr haben können wird, will er ihr wenigstens die Tür ins Paradies öffnen. Tancred am Rand der Leinwand hat er sein eigenes Profil gegeben. Kein anderes Werk von Dominico ist dermaßen kraftvoll und von solch verzweifelter Schönheit. Dieses Mal dachte ich nicht im Traum daran, es zu verkaufen. Über Monate stand es in seinem Zimmer. Eines Tages aber war es verschwunden. Dominico hat es einem Adeligen aus Mantua verkauft, der sich in das Bild verliebt hatte. Warum er sich davon getrennt hat, weiß ich nicht. Ein jeder hat seine eigenen geheimen Altäre, unsere stehen in unseren Räumen, unseren Kirchen und den Sälen unbekannter Prinzen, die wir nie betreten werden.

Bis zuletzt war Dominico unser Bote. «Sie sind in einen herrschaftlichen Palast gezogen», teilte er mir ein paar Wochen nach ihrem überstürzten Umzug mit. «Kurz hinter den Canal Grande, kaum zehn Minuten entfernt von der Fähre La Maddalena. Sie wohnen bei San Giacomo dall'Orio gleich hinter dem Platz.» «Wären sie mal besser nach Deutschland gegangen», entfuhr es mir. Dominico seufzte und ging die Stufen hinauf. Ich lief ihm in den großen Saal der Scuola della Misericordia nach, der sich per Regierungsdekret zur vorübergehenden Werkstatt unseres Betriebs verwandelt hatte. Von einem umfangreichen Heer aus Gehilfen und Mitarbeitern unterstützt, verwirklichte mein Sohn – den inzwischen alle den jungen Tintoretto nannten – den ehrgeizigen Irrsinn namens *Paradies*, das riesige Wandgemälde für den Dogenpalast.

Anfangs ging ich noch jeden Tag in den düsteren Bau – der unvollendet und daher genauso beklemmend war wie alles im Leben, das nicht an sein Ziel gelangt. Später ließ ich mich nur noch einmal die Woche und schließlich sogar noch seltener blicken. Letzten Endes war ich nur der Komponist dieses riesigen Gemäldes. Es war ein Geschenk an die Republik, meine letzte und endgültige Gabe an die Stadt. Ein Geschenk, das seinesgleichen noch nicht gesehen hat. Ich wollte es auf meine Kosten anfertigen, und für mich war es die Rückkehr zu meiner ursprünglichen, jugendlichen Reinheit. Aber diese Herausforderung – das größte Gemälde der Welt zu malen –, die mich so gereizt hatte, als ich es mir ausdachte, erschien mir völlig unsinnig, als es darum ging, es in die Tat umzusetzen. Ich verspürte nicht mehr das kleinste Interesse an den Hunderten von Figuren, die sich im Himmel der Auserwählten tummelten. Ihre Seligkeit war mir völlig fremd. Mein Entwurf sah vor, alle Figuren, die ich im Lauf meines Lebens gemalt hatte, darauf abzubilden. Das *Paradies* sollte wie die Apotheose der venezianischen Regierung, wie die überzeugende Darstellung des Mythos von Venedig aussehen, während es eigentlich meine private Theaterbühne war, die letzte Vorstellung, bei der alle mitspielten, die ich erschaffen hatte – alle Frauen, Männer, Heiligen, Madonnen, Engel, Sünder. Ich wollte sie Venedig als Geschenk hinterlassen und mit mir in den Himmel nehmen. Aber nicht eine Einzige habe ich selbst gemalt.

Tag für Tag, Monat für Monat versammelten sich auf den Leinwänden immer mehr Figuren zu kleinen Grüppchen. Da nicht einmal der gewaltige Bau der Bruderschaft der Barmherzigen für das Vorhaben groß genug war, teilten wir das *Paradies* in mehrere Teile, die wir an den Wänden entlang aufstellten. Vom Boden bis zur turmhohen Decke, bis man mit dem bloßen Auge eine Wolke nicht mehr von einem Gewand unterscheiden konnte, war alles über und über bevölkert mit Menschen, die zum Himmel hinaufdrängten. Diese ordentlich zusammengetriebene Herde vermittelte mir ein Gefühl der Unruhe. Sie brachte mich durcheinander, erschreckte mich sogar. Indem mir dieses ganze Volk achtlos den Rücken zukehrte, verurteilte und verstieß es mich. Ich klein, krumm und allein – sie größer als in echt, zahlreich und einig. Alle hatte ich sie dort oben anbringen lassen. Aber bei der Ausführung, Herr, war ich nicht dabei. In den Wochen und Monaten kletterte ich immer seltener auf das Gerüst, hauptsächlich nur, um Dominicos Arbeit in Augenschein zu nehmen. Oder vielmehr meine. Am Ende war er ich geworden.

«Du kannst Marco Augusta sagen, dass ich ihm, falls er Geld für einen Umzug nach Deutschland braucht, gern welches leihe», murrte ich, ohne den Blick vom Bild abzuwenden. «Wenn er vorher noch Schulden begleichen muss, soll er sich keine Sorgen machen.» «Papa», reagierte Dominico empört, «Marco Augusta hat keine Schulden, er ist ein sehr angesehener Juwelier.» «Jesus sieht aus, als säße er auf dem Abtritt», sagte ich daraufhin streng. «Das ist widerlich. Als müsste er im Scheißhaus sitzen statt an einer Wand im Dogenpalast. Versuch es irgendwie auszubessern.» «Sonntagnachmittag werde ich sie besuchen gehen», sagte ruhig der hinter mir stehende Dominico, «Marietta würdest du eine große Freude machen, wenn du mitkämst.» «Der Sonntag ist der Tag des Herrn, und den widme ich dem Gebet», erwiderte ich und stieg vom Gerüst.

Mit einer Engelsgeduld versuchte es Dominico immer wieder, sobald er mich in der richtigen Stimmung wähnte. Mal erzählte er, Marietta und der Juwelier würden ein paar Freunde zu einer kleinen Einweihungsfeier einladen; mal erwähnte er seinen an Ostern bevorstehenden Besuch und dass Marco Augusta hoffe, mich, seinen verehrten Vater, zum Geburtstag seiner Frau wiederzusehen – er wusste, dass ich diesen glücklichen Tag immer sehr feierlich begangen hatte. Im Sommer erzählte er, er habe Marietta im Garten der Eisvögel getroffen, wo die deutschen Kaufleute ein Abschiedsfest für ihren Hofnarr gaben, einen wahrhaften

Homunkulus, für den die Gonzaga mehrere tausend Dukaten geboten hatten, war er doch wahrhaftig eine bestaunenswerte Rarität, kaum eine Elle lang, klein wie eine Puppe. Marietta habe einen zerstreuten Eindruck auf ihn gemacht. Er glaube, die Melancholie habe sie wieder befallen, und ein Besuch von mir werde bestimmt Abhilfe schaffen.

Schließlich flocht Dominico in seine Erzählungen den zwischen den Juwelieren von Rialto umlaufenden Klatsch und Tratsch ein: Maddalena, das Dienstmädchen von Marco Augusta, gehe mit bunt glitzernden Edelsteinen am Ohrläppchen auf den Markt, hantiere mit Silbermünzen und benehme sich wie eine Herrin. Angeblich habe sie ein Kind namens Orsetta, das bei seiner Großmutter gleich hinter La Casaria wohne, dem Käsemarkt. Im Rialto erzähle man sich, es sei möglicherweise das Kind des Juweliers. Er, Dominico, schenke dem Gerücht jedoch keinen Glauben, da Marco Augusta sein Freund sei, allerdings habe er in der Werkstatt in der Calle della Scimmia tatsächlich eines Tages eine alte Vettel mit einem vielleicht zwei Jahre alten Kindchen an der Hand gesehen. Ein bezauberndes kleines Mädchen mit schwarzem Haar und schneeweißer Haut. Marco Augusta habe die beiden auf der Stelle rausgeworfen.

Ich wiederholte immer die gleiche Leier. «Sie ist es, die gegangen ist. Marietta kennt meine Adresse. Wenn sie mich sehen will, soll sie zu mir kommen.» Ich musste meinen Stolz wahren. Und meine Würde. Um Verzeihung habe ich nie gebeten.

Im Herbst ließ Marietta nach mir schicken, um mir ihre letzten Arbeiten zu zeigen. *Historien* nannte sie sie. Sie wolle sich endlich an etwas Anspruchsvollerem als an Portraits versuchen. Ihr sei klar geworden, dass sie es nicht länger aufschieben könne. «Man gilt nicht als richtiger Maler, wenn man keine Historienbilder malen kann. Eine Geschichte, an der schon viele andere Maler herumgedeutelt haben, obwohl sie sich nicht ereignet hat, und die du dir erneut ausdenken musst. Sie hat mich gebeten, dir den Vers eines dir bekannten antiken Dichters aufzusagen», berichtete mir Dominico. *«Diese Dinge geschehen nie, sind aber immer.»*

Ich sagte Dominico, er könne ihr ausrichten, dass mich tagtäglich irgendein Farbenkleckser um mein Urteil seiner Missgeburten bitte. Jeder, der einen Pinsel in der Hand halten könne, liefere seine Mappe an meiner Haustür ab, um mir mit seinen miserablen Kopien meiner Arbeiten zu schmeicheln, die jedoch allenfalls eine Beleidigung meines Geschmacks seien. Mir sei nicht daran gelegen, über das Geschmiere von Marietta Augusta zu befinden.

«Marietta geht es nicht gut», warf Dominico gedankenverloren Ende Januar in den Raum, als wir im Halbdunkel meines Ateliers die Abrechnung machten. Unsere Kunden bezahlten zwar bei ihm, aber er händigte das Geld mir aus. Und wie damals, als er noch ein Knabe war, gab ich ihm seinen Anteil. «Sie hat vorher gewusst, dass San Giacomo dall'Orio ein krankmachendes Viertel ist», brummte ich. «Dort gibt es weder Bäume noch Gärten, die Luft ist vom Dunst der Gerbereien und dem Staub der Webstuben verseucht. Ein Wunder, dass sie noch keine durchlöcherte Lunge bekommen hat. Wäre sie in Madonna dell'Orto geblieben, ginge es ihr gut.» «Es liegt nicht an der schlechten Luft», versuchte Dominico mir zu erklären. «Sie muss das Bett hüten. Den ganzen Tag lang allein, weiß sie aber nicht, was sie tun soll, sie sehnt sich unsterblich nach dir.» «Bat sie dich, mir das zu sagen?», fragte ich nach. Einen Moment lang flackerte eine goldene Ringellocke auf einem blassen Nacken vor meinen Augen auf. «Nein», bekannte Dominico, «aber ich kann mir das selber zusammenreimen.» «Dann misch dich nicht in unsere Angelegenheiten ein.» «Das hab ich schon immer getan», widersprach Dominico, «und du warst es sogar, der mich darum gebeten hat.» «Nie werde ich dahin gehen. Nie», sagte ich mit Nachdruck.

Eines Abends endete die Ratsversammlung der Scuola di San Rocco spät. In jenen Jahren beteiligte ich mich ausgiebig an den Geschäften der Bruderschaft, deren Leitungsgremium ich angehörte. Es wurde verbissen über die Verwendung einer großen Summe Geldes diskutiert – die jedes Ratsmitglied auf andere Weise einsetzen wollte. Es ging darum, die Unterkünfte für die Armen zuzuteilen. Dafür mussten die Listen der invaliden Brüder, die sich ihr täglich Brot nicht mehr selbst verdienen konnten, der Witwen und Waisen auf den aktuellsten Stand gebracht werden. Alles redliche Leute mit wohlfeilen Grundsätzen und holder Gesinnung. Arme, verdienstvolle Menschen eben. Aber irgendwann wurde mir bewusst, dass ausschließlich die Armut derer für verdienstvoll gehalten wurde, die Schutzbefohlene der verschiedenen Ratsmitglieder waren, während man die der anderen als schlichtweg wohlverdient ansah. Das widersprach jedoch allem, wofür ich als Stellvertreter meiner Klasse und meiner Zunft, als Mann und Künstler gelebt hatte. Ich empfand plötzlich eine unglaubliche Abscheu – ob vor meinen Freunden oder vor mir, war mir nicht klar.

Während dieser anmaßenden Diskussionen stieg ein unangenehmes Kribbeln in mir auf. Ich hielt mich jedoch zurück. Immerhin war die Rochusbruderschaft mein Zuhause und dein Reich. Nie hätte ich Schande über sie kommen lassen. Im Gegenteil, ich hätte dafür gekämpft, damit sie ihren ursprünglichen Ruf wiedererlangen würde, auch wenn der Kampf aussichtslos wäre. Edle Niederlagen zählen mehr als anrüchige Siege. Aufgebracht und erhitzt verließ ich die Versammlung. Ich brauchte frische Luft zum Atmen. Das Angebot eines Ratsmitglieds, das in meiner Nachbarschaft an den Fondamenta dei Mori wohnte, mich auf seiner Gondel mitzunehmen, lehnte ich ab. Lieber ging ich zu Fuß nach Hause.

Ein kalter Märzwind fegte über die Kanäle und zerstückelte die Silhouetten der Häuser und Boote in einzelne Farbsplitter. Anstatt Richtung Fähre zu laufen, drang ich an der Brücke über den Rio Marin in das eng geknüpfte Netz aus Gassen ein und stand auf einmal auf dem Vorplatz von San Giacomo dall'Orio. Der uralte

Kirchturm sah aus wie ein zerkauter Stift. Der Marmorbrunnen wurde vom Mondlicht hell erleuchtet. Als würde sie jeden Augenblick aus dem Gleichgewicht fallen, neigte sich die Hausfassade bedrohlich nach vorn. Ich schaute zu den Fenstern im vierten Stock hinauf, die, wie ich mir sicher sein konnte, zu ihrer Wohnung gehörten. Sie waren dunkel. Marietta, dachte ich, ich weiß, dass du da bist, Marietta.

Um einen herrschaftlichen Palazzo handelte es sich nicht. Es war ein schiefes, hohes Haus, um dessen Erhalt sich seit mindestens einem Jahrhundert niemand mehr gekümmert hatte. Ein von Stimmen surrender Wohnklotz, in dem es nach Schimmel und altem Fett stank. Ich lehnte mich an die Hauswand. Der Putz war an vielen Stellen abgebröckelt. In einer Spalte zwischen zwei Backsteinen war ein Büschel Venushaar aufgekeimt. Aus den dunkelgrünen dicken Blättern spross ein zarter schwarzer Stängel hervor. Ich berührte ihn vorsichtig mit der Fingerspitze. Dieses Geschöpf hatte sich genau dort an ein Häufchen Erde geklammert und Wurzeln getrieben, wo es weder hätte wachsen dürfen noch können. Und doch blühte es und verströmte einen zarten Duft. Diese verfallene Mauer war also die Mauer zu ihrer Wohnung. Ich berührte den feuchten Putz, die samtweichen Schimmelpilze, die zersprungenen Ziegel, den verrosteten Haken für die Fackeln, das Venushaar. Und den Eisenring an der Tür. Auch sie würde ihn jeden Tag berühren. Marietta, Marietta.

Just in dem Augenblick ging das Eingangstor auf. Ich fuhr erschrocken zusammen, aber es war nur ein kleiner Junge mit seinem Hund. Wir standen Auge in Auge. «Wollt Ihr eintreten?», fragte er mich freundlich. Der Hund – ein Pelzknäuel mit spitzer Nase und Schlappohren – winselte und beleckte meine Schuhe. Durch den Türspalt konnte ich eine steile, ins Dunkel hinaufragende Treppe mit abgetretenen Stufen erkennen. Meine Marietta, mein Funke, mein einzigartiger Stern, das Leben meines Lebens, sie war dort oben. «Nein», antwortete ich. Der Junge machte die Leine los, ließ das Hündchen auf dem begrasten Platz auslaufen und die Tür hinter sich zufallen. Ich ging.

In jener Zeit überreichte ich der Republik Venedig das monströse Gemälde vom *Paradies*. Es erhielt großen Beifall. Feierlich wurde es an die Wand im Saal des Großen Rates im Dogenpalast angebracht. Dort hängt es noch immer. Dann ging ich zu den Prokuratoren von San Marco, die mich ohne Aufforderung für meine vielen Arbeiten für ihre Basilika, von denen einige zehn Jahre zurücklagen, bezahlten. Ich erhielt auch hier großen Beifall. Anschließend übergab ich der Rochusbruderschaft mein letztes Gemälde. Die *Heimsuchung* – Marias Besuch bei ihrer Base Elisabeth. Während sich die beiden auf wundersame Weise schwanger gewordenen Frauen in den Arm nehmen, macht sich der zukünftige Johannes der Täufer im Leib seiner Mutter bemerkbar. Hierbei konnte es nur um Folgendes gehen: um das späte, unverhoffte und nahezu wundersame Entstehen neuen Lebens. Auch das erhielt großen Beifall. Aber als das Bronzetor der Scuola di San Rocco hinter meinem Rücken ins Schloss fiel, wurde mir bewusst, dass alles, was mich in den letzten elf Jahren in Beschlag genommen hatte – was mein Leben ausgemacht, was es ausgesaugt, verändert und vernichtet hatte –, plötzlich weg war, als hätte es nie existiert. Es war, als würde man eine Kerze ausblasen und alles versänke in Dunkelheit. Keine Spur davon, dass die Kerze einmal brannte, nur noch vollständige Finsternis.

Ich war plötzlich aufgewacht, und die Zeit lief verkehrt. Im Kalender meines Lebens fehlten elf Jahre. Es war wie damals, als die Astronomen feststellten, dass die Welt voraus- und die Zeit nachging, und daher beschlossen – um die Sonne zur rechten Zeit aufgehen und den Frühling in der richtigen Jahreszeit erblühen zu lassen – von einem Tag auf den anderen drei widerspenstige Tage abzuschaffen. Für immer werden diese Tage im Kalender fehlen. Wie auch die anderen. Ich werde sie nie mehr wiederfinden.

Meine Tage wurden unerträglich lang. Dominico versuchte mich abzulenken, indem er mich immer wieder mit aktuellen Neuigkeiten von der Baustelle Tintoretto im Dogenpalast und in der Scuola San Fantin versorgte. Er tat dies mit einer Güte, mit der man üblicherweise ein altes Turnierpferd tätschelt, das nicht mehr ins Rennen geht. Zum Zeitvertreib unternahm meine Frau Spaziergänge durch Venedig mit mir. Ich betrat sämtliche Kirchen und kam beglückt, in jeder etwas von mir hinterlassen zu haben, wieder heraus. Wenn wir mit der Gondel heimkehrten, zeigte ich auf dieses und jenes Fenster und erzählte Faustina, dass da oben in der Privatkapelle dieses Senators meine Prinzessin hänge, dort im Schlafzimmer jenes Botschafters wiederum meine Danae und da hinten im Gemach des Bischofs meine Susanna. Auch in jedem Palazzo von Venedig hatte ich etwas von mir hinterlassen. Als uns allerdings der Rio Sant'Agostin eines schönen Tages hinter die Kirche San Giacomo dall'Orio brachte, merkte Faustina ganz nebenbei an, dass hier in dieser Kirche und im ganzen Viertel nichts von mir zu finden sei.

Mein Werk war vollbracht. Dafür hatte ich gelebt. Man hatte es mir ermöglicht, mein Ziel zu erreichen. War ich glücklich, Herr? Stolz? Hatte ich meinen inneren Frieden gefunden? War ich fähig, die Früchte meiner Saat zu genießen? Die Belobigungen, den Erfolg, den Ruhm, für den ich ausschließlich gelebt hatte? Weniger denn je. Ich wollte die fehlenden Tage zurück, die gestohlenen Stunden, mein Leben. Ich hatte das Gefühl, als erwartete mich etwas, als müsste noch irgendetwas kommen. Irgendwann hörte ich auf, in meine Kirchen zu pilgern. Irgendwann erinnerte ich mich nicht mehr, wo meine Ehebrecherinnen – weiterverkauft von einem zum anderen – letztlich gelandet waren. Ich hörte sogar auf zu malen. Auch Dominico ließ keine Neuigkeiten mehr über Mariettas Gesundheitszustand durchsickern, die ich mir ohnehin nie mit Interesse angehört hatte. Ich wartete und spielte Laute, spielte und wartete.

Aber nichts. Alles war mir fremd geworden. Nichts war mehr der Mühe wert. Mein gesamtes Leben hatte sich aufgelöst. Eine Seifenblase. Ein Kindertraum. Alle meine Taten und Worte eine Klammer im Nichts. Und wenn einer für nichts gelebt hat, war es so, als wäre er nie auf die Welt gekommen. Bis ich eines Morgens im Juli Schila bat, mir eine Gondel zu besorgen, und ich mich nach San Giacomo dall'Orio fahren ließ.

Das Haus erschien mir noch schiefer als beim ersten Mal. Von den angrenzenden Spinnstuben regnete dichter, weißer Wollstaub herab. Vor ihren Hütten saßen auf abgewetzten Strohsesseln Frauen in Grüppchen beieinander und stillten ihre Kinder. Im Hof wohnten bitterarme, zerlumpte und abgemagerte Weber. Ihre Rücken waren schief, die Finger krumm. Das Geräusch der Webstühle erinnerte an das regelmäßige Ticken von Uhren. Im vierten Stock kam mir das Dienstmädchen entgegen, das sich die Hände an der Schürze sauber wischte. Sie waren groß und gerötet. Aus den Kochtöpfen in der Küche strömte ein einladender Duft nach Meer. «Wen darf ich melden?», fragte mich Maddalena, als hätte sie mich noch nie gesehen. «Niemanden darfst du melden», erwiderte ich, «ich bin ihr Vater.»

Ich folgte ihr durch ein von der Julisonne durchflutetes Wohnzimmer. Marcos und Mariettas Wohnung erschien mir weitläufig und sonderbar kahl. Ihre wenigen Möbel schienen darin zu schweben. Die Magd hatte ein riesiges Gesäß. Unmöglich, den Blick von diesem ausladenden, drallen und weichen Hinterteil abzuwenden. Sicherlich erging es allen Männern so.

Maddalena zeigte auf die Tür zum Arbeitszimmer meiner Tochter. «Madonna, der großartige Maestro Jacomo Robusti», verkündete sie, nachdem sie ohne anzuklopfen die Tür aufgerissen hatte. «Ich lasse Euch umgehend allein», sagte sie anschließend zu mir. Mit einem seltsam verschlagenen Blick schien sie mir andeuten zu wollen, in irgendein Geheimnis eingeweiht zu sein. «Jacomo, du bist es!», rief Marietta, bevor sie sich mühevoll aus einem gepolsterten Sessel hochstemmte und mit wankenden Schritten auf mich zukam. «Sag mir, dass es kein Traum ist. Manchmal sehe ich Dinge, die gar nicht da sind. Wenn ich mir etwas sehnlich wünsche, erfinde ich es mir einfach, bis ich später vergessen habe, dass es bloß Erfindungen sind. Lass dich anfassen.»

Unter dem aufgeschnürten Morgenmantel kam eine beachtliche Rundung zum Vorschein. Marietta war schwanger. Hochschwanger. Es konnte sich nur noch um wenige Tage handeln. Ich hatte es zwar bereits vor Monaten erfahren, aber erst in diesem Moment wurde es für mich zu einer offenkundigen Tatsache – und unumkehrbar. Instinktiv streckte ich die Hand aus und legte sie auf ihren runden Bauch. Unter meinen Fingern spürte ich, wie sich darin etwas regte. Marietta strich mit ihrer Hand über mein Gesicht, über Wangen, Nase und Mund und kraulte meinen weiß gewordenen Bart. «Warum bist du gekommen?», flüsterte sie und trat ans Fenster. Was sollte ich antworten? Weil du mein Funke bist, ohne den ich zu Asche verglüht bin? Aber keinen derartigen Satz hatte ich je in meinem Leben über die Lippen gebracht.

«Ich bin gekommen, um mir die *Dinge, die nie geschehen, aber immer sind* anzusehen. Deine Historienbilder, Marietta. Du hattest mich um meine Meinung gebeten», erinnerte ich sie. Aber noch ehe ich den Satz beendet hatte, merkte ich, wie absurd meine Worte klangen. Nicht eine Geschichte war zu sehen. Auf der Staffelei stand nicht einmal eine Leinwand. Weder Blätter noch Skizzen, Zeichnungen oder aufgerolltes Leinen, weder Kohle noch Stifte oder Gänsefedern. Die Palette war sauber. Die Schalen alle leer. Und der Mörser zum Zerreiben der Farben stand, von einer fingerdicken Staubschicht bedeckt, vergessen in der Ecke herum. «Wo sind die Geschichten, Marietta?», fragte ich. «Du kannst sie sehen», erwiderte sie.

Mein Blick schweifte von ihrem angeschwollenen Körper und den prallen Brüsten über die wie nach einem Schiffbruch herumstehenden Möbel und verharrte schließlich auf der nackten Wand.

Von der salzhaltigen, feuchten Luft hatte der Putz sich zu kräuseln begonnen und bröckelte langsam ab. Auf Fußboden, Schreibtisch und der Brille mit den getönten Gläsern, die auf einer Konsole lag, war weicher weißer Flaum niedergefallen. Ich wollte sie fragen, was sie aus ihrem Talent gemacht habe. Aber sie öffnete das Fenster und zeigte mir die aufwirbelnde Staubwolke am Himmel über den Spinnereien vom Canal Grande. Aus den Schornsteinen der Häuser stiegen Rauchfäden empor, vorbei an Dächern und Kirchtürmen, um sich schließlich in Schwaden zu vermengen und in den Wolken zu verschwinden. «Dieses Schauspiel könnte ich mir ewig ansehen», sagte sie.

«Mach das Fenster zu, Marietta, sonst kommt noch die ganze warme Luft herein, hier drinnen erstickt man ja fast», forderte ich sie auf. «Was gibt es Faszinierenderes als Staub», murmelte sie. «Die meisten bemerken ihn nur, wenn er ihre Möbel, Böden und Kleider bedeckt. Dabei ist er überall. Und in den Sonnenstrahlen ist er noch viel dichter, vielleicht weil sie eine unwiderstehliche Anziehung auf ihn ausüben. Er ist winzig klein, unsichtbar, unbedeutend. Wenn man über ihn hinwegpustet, fliegt er auf. Es gibt nichts, was noch minderwertiger wäre. Ich kenne nichts Gehaltloseres – er ist sogar noch gehaltloser als der Wind. Und doch ist er so unglaublich zäh. Ich versuche zu verstehen, warum es ihn gibt. Wofür gibt es nutzlose Dinge, Jacomo?»

«Mach das Fenster zu, Marietta», bat ich sie erneut. Da meine Tochter mich nicht hören wollte, schloss ich es kurzerhand selbst. Wie merkwürdig sie war, Herr. Wenn ich sie nicht so gut gekannt hätte, ihr Gesicht, ihre glänzende Stirn, das Grübchen im Kinn, den Schatten ihrer Augenbrauen, den Schwung ihrer Lippen, ich hätte geschworen, vor mir stünde eine Fremde. In ihren hellen Augen funkelte ein beängstigendes, irres Leuchten. «Die Sonne zieht den Staub an, um ihn sichtbar zu machen. Der Staub kann nicht anders, als gesehen zu werden, sonst weiß er nicht, dass es ihn gibt, verstehst du?», erklärte sie mir. «Aber mein Funke», stammelte ich und zog die Vorhänge zu, «warum erzählst du mir das alles?»

Leichenblass, zerstreut, dickleibig, bläuliche Augenringe um gerötete Lider. Marietta, meine allerliebste Tochter. Hier war sie, in diesem viel zu kahlen Zimmer, in diesem schäbigen Morgenrock, diesem hässlichen Haus – ohne Loggia, ohne Fondamenta und ohne Wasser –, mit zwei Fremden in einer befremdlichen Wohnung. Wie konnte das passieren? Ich steckte ihre Brille in meine Brusttasche, nahm den zerknitterten Mantel von der Sessellehne und legte ihn um ihre Schultern. Dann schaute ich mich nach ihren Schuhen um, da sie noch immer mit den vor ewigen Zeiten von Perina mit Wolle gefütterten Pantoffeln herumlief, aber ich fand sie nirgends, wollte aber auch nicht das Dienstmädchen herbeirufen. «Komm, mein Funke», sagte ich und nahm sie an der Hand, «wir gehen.» «Wohin?», fragte Marietta. Widerstandslos ließ sie sich zur Tür führen. Schila ordnete ich an, uns nach Hause zu bringen.

In tiefster Nacht bat ich Dominico, mir aus dem Bett zu helfen. Da ich mich nicht mehr auf den Füßen halten konnte, nahm er mich auf den Rücken. Ich ermahnte ihn, keinen Lärm zu machen. «Keiner darf wegen uns wach werden, diese Sache geht nur uns beide etwas an.» Während ich meine Arme um seinen Hals schlang, klemmte er seine unter meine Kniekehlen. Und so trug er mich durch das im Schlaf versunkene Haus in mein Atelier. Furchtlos stieg er mit dem hinderlichen Gewicht auf dem Rücken die rutschigen Stufen unserer alten Treppe hinab. Mir kam die Flucht von Aeneas in den Sinn, obschon wir nicht aus unserer in Flammen stehenden Heimat flüchteten. Wenn man allerdings mit Heimat mein vergangenes Leben meint, dann vielleicht doch. Denn es zerfällt zu Staub und Asche. Die glühenden, vom Schutthaufen herunterpurzelnden Holzscheite können mich noch immer verbrennen. Ich weiß jedoch nicht, wohin ich gehe, Herr, und ob mich eine andere Heimat erwartet.

Ab und an blieb Dominico stehen, keuchte und holte Luft. «Welch ein Glück, dass du seit dreizehn Tagen nichts mehr isst», sagte er im Scherz, «nun wiegst du nicht mehr als ein Schmetterling.» Aber der Rücken und die Haare meines Sohnes waren schweißnass. Die anderen habe ich verloren. Mein treuer Dominico ist der einzige Sohn, der mir geblieben ist.

Wir betraten das Atelier. Die Laterne, die Dominico vor sich hochhielt, warf ein schwaches Licht auf meine an die Wand gelehnten Bilder. Mein Atelier glich einer regelrechten Gespenstergalerie: Auf den dunkel grundierten Leinwänden stachen weiße Pinselstriche und die namenlosen Gesichter meiner Figuren hervor. Ich habe sie vor Kurzem nur noch anskizziert – ovale Gesichter ohne Augen, Nase und Mund. Ich werde nicht mehr die Zeit haben, mich noch einmal mit ihnen zu beschäftigen. Mein Theater ist geschlossen. Wir setzten uns an den Schreibtisch. Ich holte aus der Schublade das Ausgabenbuch hervor: Dominico aktualisiert es ständig, hat er doch zeitlebens die Aufgabe gehabt, Ordnung in unser Leben zu bringen. Ich bat ihn, mir die Namen der Auftraggeber vorzulesen und zu überprüfen, ob Fälligkeiten anstünden. «Warum ausgerechnet jetzt, Vater?» fragte er mich verständnislos. «Weißt du, wie viel Uhr es ist? Wozu die Eile? Dir fallen immer wieder die Augen zu, und aufrecht sitzen bleiben kannst du auch nicht.»

Die gesamte restliche Nacht verbrachten wir damit, aus den Verträgen und Unterlagen schlau zu werden und den Skizzen und ovalen Köpfen die richtigen Namen zuzuordnen. «Du musst dir Klarheit darüber verschaffen, zu wem sie gehören. Das ist wichtig. Das ganze Zeug ist deins.» «Was redest du da, lieber Vater?», fragte er besorgt. Er hatte sich bis zu jener Nacht geweigert, dem Ernst meiner Lage in die Augen zu sehen. Genau wie ich. «Ich vertraue dir all diese Arbeiten an», erklärte ich ihm. «Du musst sie beenden.»

«Aber sie wollten sie mit Signatur», wandte er ein. «Ich signiere nicht mehr!», erwiderte ich. «Tja», sagte Dominico, «dann können sie nur in die Provinz geliefert werden, wo keiner den Unterschied zwischen deiner und meiner Hand bemerkt.» «Aber da gibt es keinen Unterschied», fiel ich ihm ins Wort. «Ich bin ihr und ihr seid ich. Das Haus Tintoretto ist eine auf Verdienst gegründete Republik, keine auf Kraft gegründete Gewaltherrschaft.» «Es gab Zeiten, da hast du so etwas nicht gesagt», entgegnete Dominico mit einem Lächeln auf den Lippen, «ich erinnere mich noch gut an Tintorettos Lehrsatz.»

Pythagoreischer Lehrsatz. Von dem verrückten Hypernikus mathematisch bewiesen. Die Sonne steht unbeweglich im Zentrum des Universums, und Erde, Mond und die anderen Planeten kreisen um sie herum. Deswegen wechseln sich Tag und Nacht ab. Tintorettischer Lehrsatz. Empirisch vom weisen Gelehrten Jacomo bewiesen. Die Sonne bin ich – und ich mache den Tag und die Nacht. Solange ich leuchte, müsst ihr Planeten um mich herumkreisen. Wenn ich erlösche, nehmt ihr meinen Platz ein, macht Licht und erleuchtet andere Planeten – denn das Universum ist grenzenlos und dunkel.

Ich erinnere mich noch gut an meine kleinen Jungen und Mädchen, wie sie diese so kühnen und gefährlichen Worte durch die Gegend posaunten, die uns alle vor das Inquisitionsgericht hätten bringen können und deren eigentliche Bedeutung nicht einmal ich verstand. Aber die mit mir befreundeten Philosophen und Wissenschaftler hatten sie sich auf ihren Versammlungen zugeflüstert. Und ich war völlig verblüfft von einer derart bahnbrechenden und irrsinnigen Vorstellung, dass nicht die Erde im Zentrum der Welt steht, sondern dass ihre Mitte die Sonne ist – also das Licht. So unvorstellbar der Gedanke auch war, spürte ich doch, dass er stimmen musste. Auch ich glaubte und glaube noch immer, dass Licht alles ist. Angesichts der Unendlichkeit sind wir nichts anderes als das Aufflackern eines Funken in der Ewigkeit der Nacht. Dennoch ist auch dieser Funke ewig. Meine Kinder hätten mir jeden Unfug und jede Häresie geglaubt und wären mir überallhin gefolgt, denn für sie war ich tatsächlich ihre Sonne.

Aber so sehr Hypernikus, Kopernikus oder wie, zum Teufel, er auch hieß recht haben mochte, ich hatte es nicht. Ich war und bin nicht die Sonne. Allerdings brauchte auch ich meine Planetensöhne. Ohne sie hätte ich mein Werk nie vollendet – fehlte mir doch die Freiheit und Ausdauer, mich meinem Vorhaben zu widmen. So wie sie sich meiner bedienten, habe ich mich ihrer bedient. Vielleicht habe ich sie sogar deswegen gezeugt.

«Bring diese Bilder zu Ende, Dominico! Du hast mir deine Augen geliehen, weil ich nicht sehen konnte, deine Ohren, weil ich nicht hören konnte, und deine Stimme, weil ich nicht sprechen konnte. Und seit langer Zeit schon hast du mir deine Hand geliehen.» «Ich danke dir für diese Ehre, Vater», sagte er. «Mach dir keine Sorgen wegen der Fristen. Ich werde sie einhalten. Die Kunden werden zufrieden sein. Diesen Raum wird nichts verlassen, was nicht deinen Gefallen gefunden hätte.» Seine dunklen Augen leuchteten. Ich weiß, dass ich ihn glücklich gemacht habe. In meinen treuen Dominico lege ich all meine Hoffnungen, dass mein Name mich überdauern wird – dass er ins neue Jahrhundert hinüberreicht und in ihm fortwährt. «Wenn du dich von den Aufträgen des alten Tintoretto befreit hast», fuhr ich fort, «dann kannst du auf deine Art weitermachen.» «Aber das will ich gar nicht, Vater!», rief er. «Das hast du doch bereits, Hidalgo», entgegnete ich, «und das freut mich.»

Während wir Stufe für Stufe ins Zimmer hinaufstiegen – ich noch immer an seinen Nacken geklammert und er mit den Händen meine Knie abstützend –, erzählte ich ihm von dem kleinen Mädchen. «Da gibt es ein Waisenkind bei der Jungfernkirche von Giudecca. Es hat blondes Haar und Augen, die so blau wie Aquamarin sind. Ein niedliches kleines Ding, das im Dialekt der Lagunenfischer spricht. Andriana heißt sie. Du musst sie holen und anstellen.»

«Wir brauchen nicht noch eine Magd, Papa», entgegnete Dominico. «Wir haben schon Vienna, die für uns kocht, und Betta, die Mama im Haushalt unterstützt, und Schila … was sollen wir mit einem kleinen Mädchen, das wahrscheinlich nicht einmal Lauge zum Geschirrspülen ansetzen kann und nicht die Kraft hat, Wasser aus dem Brunnen zu holen?» «Hier ist doch inzwischen so viel Platz», erwiderte ich, «das Haus ist groß. Bring sie im Halbgeschoss oder im Dachstuhl unter, wo du willst, aber auf jeden Fall musst du sie aufnehmen.»

«Papa, deine Frau würde nie ein junges Mädchen zu Hause in Dienst nehmen wollen. Ich weiß, dass ihr bei eurer Hochzeit eine Abmachung getroffen habt. Dein Diener ist ein Zwerg und ihr Dienstmädchen älter als sie.» «Du wirst sie ja auch erst dann holen gehen, wenn ich nicht mehr da bin», erklärte ich ihm. «Sie ist ein anständiges Mädchen, aber inzwischen ist sie zwölf, besitzt keine Aussteuer und hat nichts gelernt. Wenn sich keine aufrichtige Familie ihrer annimmt, wird sie am Ende einen Fischer heiraten, der sie elendig zu Tode prügelt, oder sich als Hure verdingen müssen, und das will ich nicht.» «Wer ist sie?», fragte Dominico besorgt und hielt auf der Mitte der Treppe inne. Unser Schatten zeichnete sich an der Wand ab – wir zwei zu einer seltsamen Chimäre verwachsen, ein Wesen mit zwei Beinen, vier Armen und zwei Köpfen. «Weiß ich nicht, Dominico», erwiderte ich, «ist doch außerdem egal.»

«Wenn es dein Wunsch ist, Vater, werde ich diese Andriana zu uns holen», lenkte er ein. Dann holte er tief Luft und ging weiter. Ich warnte ihn vor, dass er noch eine andere Sache für mich machen müsse. Nachdem er morgen ausgeschlafen habe, müsse er zu Antonio Brinis nach San Marcuola gehen und ihn zu mir bitten. «Wer ist Antonio Brinis?», fragte er überrascht. «Ich kenne ihn nicht.» «Das ist der Notar, Dominico.»

«Nein, Papa!», schrie er förmlich, «da gehe ich nicht hin, es besteht keine Notwendigkeit, ein Testament zu machen, so krank bist du nicht, nur sehr schwach.» «O doch, ich muss all das zu Papier bringen, was wir heute Nacht besprochen haben. Wie hast du immer gesagt, als du Latein studiert hast? *Verba volant scripta manent*, weißt du noch?»

«Ich kann kein Latein mehr, habe ich alles vergessen.» «Selbst die Reime hast du vergessen? Suchst du nicht mehr danach?» «Ah, die ja, ständig, Vater. Ich kann nicht gut einschlafen. Wenn ich wach im Bett liege, fülle ich immer im Geist das Wörterbuch der Zwillingswörter auf. Wenn ich es eines Tages niederschreiben wollte, müsste ich aus sämtlichen Lumpen dieses Reichs Papier herstellen lassen. Aber um die Welt an meinen lyrischen Ergüssen teilhaben zu lassen, würde ich den Armen niemals ihr letztes Hemd nehmen. Die Welt hat keinen neuen Petrarca verloren, als sie den zweiten Tintoretto gefunden hat.»

Dominico zog den Bettvorhang zur Seite. Erneut streckte ich mich auf meinem Bett aus. Die Sonne ging auf. Wie gern habe ich mir den Sonnenaufgang angeschaut. Die Sonne, wie sie aus dem Meer aufsteigt, die weichende Dunkelheit, die schattige Finsternis, die sich wie ein Vorhang vor Venedig zurückzieht. Das Licht streichelte sanft über die Laken, ein zarter, erster Sonnenstrahl, belebt von haltlosem, herumwirbelndem Staub. Myriaden, ja Millionen von Staubkörnern – leuchtend, pulsierend, lebendig. Wie erschöpft ich war, obschon ich mich so wohlfühlte. Mein guter Dominico schlug das Betttuch um und strich mir die Haare aus dem Gesicht. Als er mir einen Kuss auf die Stirn drückte, dachte ich für einen Augenblick, nun wäre er mir endlich ein Vater und ich ihm der Sohn, unsere Zeit beendet.

«Und hast du das Zwillingswort zu Hidalgo gefunden?», wollte ich noch von ihm wissen. «Nein», antwortete er und blies die Kerze aus. «Marietta hat genau den richtigen Namen ausgesucht. Er ist so wie ich. Ein Wort, das ledig bleibt.»

30. Mai 1594
Vierzehnter Fiebertag

Nach einer langen Schweigeminute fragte mich Antonio Brinis, ob ich noch eine Klausel oder ein Kodizill ergänzen wolle. Ich schüttelte den Kopf. «Ich füge nie etwas hinzu, Herr Notar, das müsstet Ihr wissen – gegenwärtig wichtige Dinge überarbeite ich sofort, alles weit Zurückliegende lasse ich so unvollendet und löchrig, wie es ist.»

Gegenstände, die ich meinen Freunden zukommen lassen wolle? Wer mein Freund ist, hat bereits Gemälde von mir, und etwas anderes besitze ich nicht. «Maestro, von Gesetzes wegen muss ich Euch fragen, welche Bedürftigen, welches Hospital oder welche Einrichtung für Waisen, Jungfern oder reuige Sünderinnen Ihr zu begünstigen beabsichtigt.» «Mir reicht es, selbst arm gewesen zu sein, jetzt lasst mich an meine eigenen Waisen denken», erwiderte ich zur großen Entrüstung des gutmütigen Notars, der daran gewöhnt war, dass reiche Geizhälse in der Hoffnung, ihren Aufenthalt im Fegefeuer zu verkürzen, im Angesicht ihres Todes großzügige Schenkungen vornahmen, mit denen sie zu Lebzeiten gegeizt haben. Ich gehöre jedoch nicht dazu. Mein Paradies habe ich mir auf Erden gesucht, denn wer weiß schon, ob es mir jemals gegönnt sein wird, noch woandershin zu kommen. Was ich zu geben hatte, habe ich bereits verteilt, und der Rest gebührt meinen Lieben. Mir schwirrt immerzu der Satz eines Philosophen namens Bacon im Kopf herum. Er besagt, dass wir nicht erst im Tode barmherzig sein sollen, weil unsere Richter sehr wohl wüssten, dass uns dann unsere Reichtümer nicht mehr gehörten.

«Und Ablauf der Beerdigung, Liturgie, letztes Gewand, nicht

einmal das wollt Ihr festlegen, Maestro?» «Was schert mich das, Herr Notar», sagte ich murrend, «darum wird sich meine Frau kümmern, seit Ewigkeiten träumt sie davon, mich einmal im Gewand eines echten Signore zu sehen, und anstatt ihr diesen harmlosen Wunsch zu erfüllen, habe ich sie deswegen verspottet. Überlasst es meiner Gemahlin, mir den Adelstalar anzulegen und mich im Sarg als Pavian zu verkleiden, so werde ich sie wenigstens einmal in ihrem Leben damit glücklich machen. Nun ist aber Schluss, Eure Anwesenheit verheißt mir nichts Gutes, ich bin schon müde und erschöpft, hinaus mit Euch – ich erwarte noch jemanden.»

Bevor sie hinausgingen, unterschrieben die beiden Zeugen Iseppo da Murano und Sebastiano Franceschi das Papier, wünschten mir gute Besserung und dass ich mich bald wieder an die Arbeit begeben könne – ich sei doch stark wie eine Eiche, das werde ich schon schaffen. Faustina, die hinter der Tür auf der Lauer gelegen haben muss, stürzte sofort auf den Notar zu, der zum Abschied seine Mütze lüftete und sagte, mich das nächste Mal erst in zehn Jahren wieder aufsuchen zu wollen. Falls mir noch irgendetwas einfalle, solle ich ihn sofort rufen lassen. «Eine Sache wäre da tatsächlich noch», murmelte ich. Es fiel mir ungeheuer schwer zu sprechen. Mein Mund war trocken, wie voller Sand. Erneut setzte sich der Notar auf die Bettkante, holte seine Blätter hervor und tunkte die Feder ins Tintenfass. Eilig traten meine Gemahlin und Dominico ans Bett, um mir meine letzten Worte zu entlocken. Es gelang mir tatsächlich, sie ein weiteres Mal zu überraschen. «Begrabt mich nicht sofort», murmelte ich. «Wartet ein wenig. Lasst mich noch drei Tage liegen. Für den Fall, dass ich wieder aufwache.»

«Meister Tintoretto, Ihr seid wahrlich ein Spaßvogel», sagte der Notar lächelnd, während er die Feder wieder beiseitelegte, das Tintenfass schloss und alles zurück in seine Mappe steckte. «Aber so etwas Seltsames kommt mir nicht ins Testament.» «Mein Mann ist ein wenig anders», versuchte Faustina mich zu verteidigen, «er hat schon immer alles auf seine Art getan. Daher will er auch auf seine Art sterben.» Ich versuchte ihr zuzulächeln, hatte ich ihr doch zu Unrecht Unterstellungen gemacht – möglicherweise hat sie mich nie verstanden, aber zumindest akzeptierte sie mich so, wie ich bin. Was sonst macht wahre Liebe aus? Feuer passt nicht zu Feuer, sie aber war die Erde – für meine verrückten Launen.

«Lasst mich hier in diesem Bett liegen», erklärte ich meinem treuen Dominico, der mich fassungslos anstarrte. «Drei Tage lang. Danach könnt ihr machen, was ihr wollt, denn dann werde ich tatsächlich von euch gegangen sein.»

Ich hörte sie hinter dem Bettvorhang beunruhigt miteinander tuscheln. Dies sei nun wohl die letzte und makaberste meiner wunderlichen Launen. «Heilige und Propheten bahrt man drei Tage lang auf, wer weiß, was dem Maestro da durch den Kopf gegangen ist. Vielleicht hofft er, wie unser Herrgott zur vierzigsten Stunde aufzuerstehen», erwog Sebastiano Franceschi, der mich zeitlebens gekannt hat und sich über nichts mehr wunderte. «Vielleicht hat er Angst vor dem Scheintod», widersprach ihm Faustina. «Nur warum? Nie haben wir darüber gesprochen, und kennen tun wir auch keinen, dem so etwas passiert wäre. Er phantasiert!», kreischte sie auf einmal. «Sein Gehirn bringt wirres Zeug hervor, das bedeutet, dass er jetzt tatsächlich von uns geht, mein armer Jacomo!» Sie zog die Nase hoch, es hörte sich so an, als weinte sie. Gern hätte ich ihre Tränen getrocknet. Aber ich kann meine Hände nicht mehr bewegen. Nicht einmal meinen Letzten Willen konnte ich mehr aufschreiben. «Ihr täuscht euch alle», flüsterte Dominico. «Kapitän Spavento hat zu seinem letzten Fehdehandschuh gegriffen. Vielleicht will es der kühne Traumtänzer nun mit dem Tod aufnehmen.»

Ob das tatsächlich der Fall war, kann ich nicht sagen. Möglich ist es. Aber während ich dem Notar diktierte, dass ich meine geliebte Gemahlin Faustina Episcopi zur Herrin und Gebieterin meiner Besitztümer und all meiner Kinder und meinen treuen Dominico zum Erben meines Ateliers mache, begannen meine Gedanken abzuschweifen, und ich erinnerte mich auf einmal an das Reisebuch, aus dem Marietta vor vielen Jahren ihren jüngeren Geschwistern jeden Abend vor dem Kamin vorgelesen hatte. Sie waren derart fasziniert von dem Buch, dass sie mich anschließend so lange mit Fragen quälten, bis meine Frau sie an den Ohren ins Bett schleifte. Sie wollten wissen, ob das alles stimme und wie wir diese Heiden zum Konvertieren bewegen könnten. In dem Buch gab es einen Erzähler – einen Händler oder Missionar –, der durch die Wüsten Asiens zog. Eines Tages kommt er in ein Dorf, in dem alle Einwohner verzweifelt weinen. Als er sie nach dem Grund fragt, erzählen sie ihm, dass ihr großer König verstorben sei. Der Erzähler geht zu einem Turm aus Ziegelsteinen, auf dessen Spitze in einem Glassarg ohne Deckel der Tote aufgebahrt liegt. Rings um den Turm liegen Baumstümpfe, Möbel, Truhen: Alles steht bereit für ein großes Feuer. Aber das Feuer wird nicht angezündet. Auf die Frage des Erzählers, worauf sie noch warteten, erklären ihm die Bewohner, der Tote unternehme gerade seine letzte Reise, auf der ihn niemand stören dürfe. Wenn nach seinem letzten Atemzug die Sonne dreimal untergegangen sei, könne der Scheiterhaufen angezündet werden, so lange müsse man warten.

«Warum?», fragt der Händler oder Missionar. Der König brauche drei Tage zur Durchquerung der Reiche, die zwischen ihm und der Ewigkeit liegen. Werde das Feuer vorher angezündet, habe der Verstorbene keine Zeit, sie zu durchqueren. Seine Seele würde für immer auf der Erde umherirren und versuchen, sich das wiederzuholen, was man ihr genommen hat, das zu verstehen, was sie nicht verstanden hat, und das zu vollenden, was sie nicht vollendet hat. Da sie sich nie mehr von ihrer Vergangenheit lösen könne, um den Weg in den Himmel zu finden, werde sie den Lebenden und sich selbst zur ewigen Last.

«Und welches sind die drei Reiche?», fragten unsere Kinder aufgeregt. «Wartet, so weit bin ich noch nicht», antwortete

Marietta. Sie blätterte um und suchte nach der Antwort, fand sie aber nirgends. Denn die Dorfbewohner wollen sie dem Reisenden nicht geben – er müsse von allein daraufkommen. Neugierig beschließt er, drei Tage im Dorf auf das Anzünden des Feuers zu warten. Er findet Unterkunft in einer Hütte, währenddessen die Bewohner alles, was dem Toten auf dieser Erde gehört hat und ihm zu verdanken ist, auf den Scheiterhaufen stapeln: Kleider, Schuhe, Hüte, Kuhglocken, Schwerter, Rüstung, Schutzschilde, Steingut, aber auch reich verzierte Thronstühle, Goldschmuck und Hunderte kostbarer Gegenstände – denn der Tote war ein großer König. Aus weiter Ferne kommen all seine Kinder, Untertanen und Freunde angereist, um sich von ihm zu verabschieden. Als die Sonne schließlich zum dritten Mal aufgeht, wird eine Fackel an die Reisigbündel gehalten, und das Feuer lodert endlich auf. «Die drei Reiche», sagt am Ende der Besucher, «sind die Vergangenheit, die Gegenwart und die Zukunft. Der Tote hat sie durchquert und ist nun frei.»

«Warum sind es nicht die Hölle, das Purgatorium und das Paradies, Marietta?», fragten die Mädchen. «Sind das nicht die drei Reiche? Gibt es sie für die Heiden nicht?» «Nein», erwiderte sie, «diese drei Reiche gibt es nur für die, die daran glauben.» «Wenn man also nicht glaubt, gibt es dann auch Gott nicht, Papa?», fragte mich Perina, die völlig verwirrt zu mir herübergeeilt war. Solche Fragen brachten mich in Verlegenheit, zumal ich mir nicht sicher war, ob ich die Geschichte des Reisenden richtig verstanden hatte. «Der Tote», wagte ich eine Erklärung, «hat das Geheimnis des Glaubens geschaut, daher weiß er, was hinter der Stille des Himmels liegt.» «Und was ist da?» «Weiß ich nicht, meine lieben Kinder, ich war noch nie tot.»

Ein jeder erinnert sich an den Tag, an dem das Alter einsetzt. Viele Männer werden im Bett vom Alter überrascht. Eines Nachts, neben einer noch so geschickten Hure oder der heiß geliebten

Frau, richtet sich auf einmal der Pfahl nicht mehr auf und gibt der Begierde einen Korb – bleibt weich, reglos und geknickt. Für andere kommt das Alter mit der Inkontinenz, der schwachen Blase oder einer Fistel am After. Auch ich erinnere mich an jenen Tag. Mein Stängel hat zwar nie den Kopf hängen lassen, und ich finde noch immer Gefallen an meiner Frau, die ich kein einziges Mal enttäuscht habe. Ich hatte auch nie ein brennendes Gefühl am Schließmuskel, trüben Urin, Nierensteine oder Herzschlagfehler. Mein Alter wog vielmehr neun Pfund, hatte dichten Flaum auf dem Kopf, zwei Füße, zwei Hände, trübe blaugrüne Augen und eine Nabelschnur zwischen den Beinen hängen. Mein Alter war männlich und trug meinen Namen. Denn Marietta hat ihren Sohn Jacometto genannt.

Fast sechsunddreißig Stunden lang zupfte ich in meinem Atelier an der Laute herum. Es war Anfang August, das Atmen fiel schwer. Die Saiten glitten von meinen schweißnassen Fingern ab. Kein Lüftchen regte sich. Vom Kanal her roch es faulig. Ich hatte nichts zu tun. Keine Aufträge. Ich war vollkommen leer. Mein Körper aber war flammendheiß, und mein Hirn rauchte.

Mein Enkel hat auf sich warten lassen. Vielleicht wollte er gar nicht geboren werden. Wäre er bloß nie gekommen. Wäre er doch einfach ein Wunsch oder ein Traum geblieben. Jacometto jedoch war kein Traum – er hat gelebt. Denn eines schönen Tages brachte ich ihm unter der Pergola in Carpenedo das Laufen bei, und er sah mich an, als könnte ich ihn halten und beschützen. Mit welcher Erleichterung ist er begrüßt worden – wie eine Gabe, ein Wunder. Aber weder um das eine noch um das andere hat es sich bei ihm gehandelt. Vielmehr um dein Spielzeug, deine Bestrafung.

Vergeblich versuchte ich zu schlafen – dieses Mal hielten mich jedoch nicht ihre Schritte, das Knacken im Gebälk, das Beben der Holzdielen oder das quietschende Bett wach, sondern ein im Rauchfang hinunterdringendes Stöhnen, aus dem ich nicht heraushören konnte, ob es ein Hilferuf oder ein Lustschrei war.

Stundenlang hörte ich die Schritte der Hebamme, die meiner Frau und schließlich auch die des Chirurgen. Hin und wieder vernahm ich Mariettas Stimme und sogar einzelne Worte – selbst in einem solchen Augenblick blieb sie rücksichtsvoll. «Ich will nicht laut schreien, Papa darf sich nicht aufregen, gebt mir etwas, auf das ich die Zähne beißen kann.»

Sie lag in unserem Schlafzimmer – in meinem Bett. Aus ihrer Wohnung in San Giacomo dall'Orio hatte sie nichts mitnehmen wollen. Als ich Schila ihre Sachen holen schickte, kam er mit einem Geburtshemd, Windeln, einem Fläschchen Orangenblütenwasser und meinem Hochzeitsgeschenk zurück: dem Bildnis mit Marco Augusta. Es war ihr Glücksbringer – immer wieder beteuerte sie: «Jacomo, ich spüre deine unendliche Güte darin.»

In der zweiten Nacht kam der Chirurg und sagte, dass er, sobald die Gebärende tot sei, die Gebärmutter aufschneiden und das Kind holen werde, da die Möglichkeit bestehe, dass es noch lebe. Diese Operation führe man seit Urzeiten durch. Man möge ihn unmittelbar nach ihrem Ableben aufwecken, da der Körper der Mutter nicht steif werden dürfe. Daraufhin nickte er mit an die Wand gelehntem Kopf auf dem Stuhl ein. Faustina schickte nach dem Juwelier.

Ich hatte erwartet, er würde nun mit seinen Steinen herumklimpern – etwa dem Zitrin, der angeblich den Frauen bei der Entbindung hilft, oder dem meerblauen Beryll, den man einsetzt, wenn die Wehen ausbleiben. Stattdessen kniete sich Marco Augusta vor die Ädikula mit der immerzu von Kerzen beleuchteten Madonna, also vor unseren kleinen Hausaltar in der Ecke, und begann, den Rosenkranz zu beten. Ich fragte ihn, ob er für sie oder sein Kind bete. «Für Marietta», antwortete er beinahe gekränkt, «sie ist meine Gemahlin, mein Kind ist ein Unbekannter. Wenn es lebt, werde ich es lieben, wenn es sie umbringen sollte, werde ich es ihm nie verzeihen können.»

Wir knieten nebeneinander nieder – bis zur Morgendämmerung. Mariettas unterdrücktes Wehklagen hinter der verschlossenen Schlafzimmertür ging mir durch Mark und Bein – genauso wie ihm. Heute verbindet mich nichts mehr mit Marco Augusta, seine Schwermut regt mich auf, sein Schmerz lässt mich so unberührt wie sein Schicksal. In jener Nacht aber vereinte uns eine vertrauensselige, ja überwältigende Zweisamkeit. In gewisser Hinsicht war dieser Mann aus *meinem* Mark – war er ich. Ich verspürte eine zärtliche Zuneigung für ihn, die ich selbst für meine eigenen Kinder nie empfunden habe. Gleichzeitig nagte aber auch eine stechende Eifersucht an mir. Schlapp wie zwei alte Kartoffelsäcke hockten wir nebeneinander, und ich konnte meine Augen nicht von ihm nehmen. Alle meine Töchter hielten den Juwelier immer für einen der attraktivsten Männer: hochgewachsen, schlank, stets elegant und edel gekleidet, von weltmännischer und vornehmer Art, glatte, braune Haut, schmale Hände, schlanke Finger und dunkle Augen mit langen Wimpern. Meine Hände dagegen sind groß und breit, und ich habe Schwielen am Daumen – dort, wo ich jahrelang den Pinsel festhielt; außerdem habe ich knochige Finger und ein vom Alter gezeichnetes, verunstaltetes Kreuz. Mein gedrungener, unförmiger Körper ist eine einzige Ruine. Marco Augusta roch nach Moschus und Amber, ich stank nach Angstschweiß. Der Juwelier war noch keine vierzig Jahre alt, hatte dichtes Haar und ein glattes, vollkommen makelloses Gesicht. Selbst als ich von ihm wegschaute, zeigte mir der über dem Kamin hängende Spiegel unser Bild. Seine breiten Schultern, seine langen Beine, seine hohe Stirn. Meinen struppigen, aschgrauen Bart, mein wirres Haar, meine Falten, meine Strapazen. Marco Augusta stand im Zenit seines Lebens. Ich betrat den Winter. Mein Leben begann zu erlöschen. Das Beste hatte ich hinter mir. Nichts konnte mich mehr überraschen. Alles hatte ich schon erlebt. Als der ersehnte Gast endlich zu quäken begann, wurde ich mir – mit einer Hoffnungslosigkeit, die mich seither nie wieder losgelassen hat – meines Alters gewahr, meiner siebzig Jahre.

Gemeinsam stürzten wir in das Zimmer. Faustina tauchte den Neugeborenen gerade in warmes Wasser und badete ihn mit den geschickten Handbewegungen einer kinderreichen Mutter. Marco Augusta schaute ihn nicht einmal an, sondern kniete sich ans Ende des Betts – auf dem Marietta mit geschlossenen Augen in ihrem Blut lag. Blut auf den Laken, dem Kissen, den Schürzen der Hebamme und meiner Frau, auf den grauenerregenden Instrumenten des Chirurgen – Zangen, Bohrer, Spritzen, Feilen, Raspeln, Kauter –, auf dem Boden und sogar an den Wänden. Auch das Bild, das ich ihr zur Hochzeit geschenkt habe, hatte ein paar Spritzer abbekommen – sie hatte es neben das Bett gehängt. Das Zimmer sah aus wie ein Schlachthaus, eine Metzgerei oder als hätte eine Schandtat oder ein grausames Verbrechen darin stattgefunden. In gewisser Hinsicht stimmte das auch.

Wie ein Kind brach Marco Augusta in Tränen aus. Auch ich beugte mich am Kopfende über sie. Ich berührte ihr Haar, ihre Wange, ihre Schultern. Marietta zeigte keinerlei Regung. Tot war sie allerdings nicht. Als ich ihren Mund berührte, spürte ich einen schwachen Lufthauch an den Fingern. Faustina forderte den Juwelier auf, sich wie ein Deutscher zu benehmen, wisse doch seine Frau, die soeben die grauenvollen Schmerzen einer Geburt durchlitten habe, nichts mit einem Mann anzufangen, der wie ein dummes Klatschweib herumjammere. Dann schickte sie uns vor die Tür – wir seien absolut nutzlos in diesem Raum, dies sei reine Frauensache. Nadel und Faden würden gebraucht, es müsse genäht werden, und das könnten wir beide nicht, wir Männer könnten immer nur alles kaputtmachen.

«Mein Funke», stammelte ich, «Marietta.» Sie hatte nicht einmal mehr die Kraft, die Augen zu öffnen. Ich umfasste ihren Puls. Mein Hemdsärmel verschmierte sich mit Blut. Das Stöckchen, auf das sie die vielen Stunden gebissen hatte, war auf das Kissen zwischen ihr Haar gerutscht. Ich nahm es in die Hand. Das Holz war noch feucht von ihrer Spucke und trug den Abdruck ihrer

Zähne. Seitdem stecke ich mir immer dann, wenn ich vor Schmerz oder Verzweiflung schreien könnte, das Stöckchen in den Mund und beiße so lange fest hinein, bis mir der Kiefer wehtut.

Der Chirurg fragte, wer von uns beiden die Nabelschnur durchtrennen wolle. Marco Augusta schüttelte den Kopf. Ich nahm die Schere vom Tablett. Die Hebamme legte den Säugling auf einen Stapel Kissen. Sein Gequäke wurde immer schriller. Die Schnur war fest wie ein Schiffstau. Es war ihr Fleisch. Mit einem Schnitt trennte ich es durch. Ohne es mir klarzumachen, zerriss ich in diesem Augenblick das Band, das uns beide zusammengehalten hatte. Von diesem Tag an begann Marietta mich immer mehr zu verlassen.

Wir begruben ihn auf dem Friedhof von Carpenedo, da für den Weg bis nach Venedig keine Zeit mehr war. Es war der letzte Tag im Juli. Marco Augusta und ich blieben so lange in der sengenden Sonne stehen, bis die Totengräber das Grab wieder mit Erde zugeschaufelt hatten. Sie war nicht dabei. Jacometto lebte elf Monate und vierundzwanzig Tage. Ihn traf nicht die geringste Schuld. Er konnte nur sieben Worte sagen, eins davon war Jacomo. Seine Zeit auf der Erde war derart kurz, dass er nichts von sich zurückgelassen hat – außer einem Berg Leinenwindeln, einem Paar winziger Strickschühchen und einer Handvoll Erinnerungen, die mich wie Wundbrand zerfressen haben. Ich weiß nicht, was er einmal hätte werden können. Ob er mich wie meine Kinder mit den Jahren enttäuscht, verleugnet oder bekämpft oder sich in ihm mein Wunsch erfüllt hätte und er der kühne, über Zeit und Generationen hinausreichende Schatten meines Lebens geworden wäre – meine Herausforderung an die Zeit und den Tod.

Du hast es nicht zugelassen, Herr. Du bist dazwischengefahren, als er nicht mehr als eine Möglichkeit war, ein Geheimnis – großartiger und erhabener als alle Geheimnisse des Glaubens. Als ich ihn auf den Schoß nahm oder mir auf die Schulter setzte, ihn durch den Gemüsegarten und über die Felder rings um unser Haus trug, als ich ihn aufforderte, die Brombeeren vom Strauch zu pflücken und er mich zaghaft und unschlüssig ansah, da fragte ich mich, was eigentlich im Kopf von Kindern vor sich geht – und ob sie in ihrem Innern bereits alles wissen. Vielleicht verfügen Kinder ja über die Gabe der Zukunft, zumal sie auch das Geheimnis der Zeit besitzen, das wir vergessen haben.

Jacometto war von Anfang an sehr zaghaft – als wäre er sich bewusst, ein schweres Risiko einzugehen. Nie entfernte er sich von Marietta weiter als ein paar Schritte: Vielleicht spürte er die Feindseligkeit der Welt. Er hatte Angst im Dunkeln, vor Hunden, Blitz und Donner, vor Fremden und mitunter auch vor seinem Vater. Mir gegenüber zeigte er sich dagegen immer zutraulich. Was mir meine Ohnmacht allerdings nicht sonderlich versüßt hat. Er mochte alles, was glitzerte – den Schmuck der Mutter, die hellen Sonnenflecken an der Zimmerwand sowie das sich spiegelnde Licht im Brunnenwasser. Am liebsten aber spielte er mit Mariettas Perlenkette. Stundenlang konnte er an ihr herumlutschen. Bis er sie eines Tages bei einem Krampfanfall zerriss. Einige Perlen, die auf den Boden gerollt waren, haben wir nie wieder gefunden.

Jacometto hatte eine schwache Gesundheit. Im Verlauf von Herbst und Winter bekam er häufig Fieber. Venedigs Klima war zu rau für ihn. Zu sich nach Hause zurück wollte Marietta nicht. Sie war fest davon überzeugt, dass ihr Dienstmädchen, diese Maddalena, ihr nichts Gutes wolle und ihrem Kleinen den Tod wünsche. Dass sie ihn regelrecht krank mache. Sie erzählte von absurden, grausamen Dingen. Maddalena habe ihm geschadet. Sie habe ihn verzaubert und den Hexen zum Fraß vorgeworfen. Am liebsten wollte Marietta die Flüche von einem Priester, einer Wunderheilerin oder sonst wem bannen lassen. Sie hängte ihm ein Amulett um, eine Papierrolle mit unverständlicher Schrift, ein Kästchen voll Pulver und ein Kreuz. Ende April überredete ich sie, mit ihm aufs Land zu fahren. Ich begleitete sie.

In Venedig hielt mich nichts mehr. Nachdem der Auftrag in der Rochusbruderschaft beendet und sogar das *Paradies* für den Dogenpalast abgegeben war, fand ich nichts Anregendes mehr zu malen – mir war, als hätte ich schon alles getan. Ich gab nur noch ab und zu in der Werkstatt Ratschläge, vertraute aber meinen Namen Dominico an. Ich glaubte sogar, nie wieder irgendetwas malen zu können – eine ganze Phase meines Lebens hielt ich für abgeschlossen. Trübselig machte mich das allerdings nicht. Vor mir lag etwas, das ich mir noch nie erlaubt hatte. Und das wollte ich mir endlich gönnen. Faustina meinte damals, dass die Beschäftigung mit meinem Enkel den Faden meiner Zeit zurückspulen und mir das zurückgeben würde, was ich versäumt hätte – meine Jugend. Daher würde ich meinen Enkel mehr lieben als ich je meine Kinder geliebt hätte, und ich sei außerordentlich glücklich. Aber ich widersprach ihr. Denn darum ging es gar nicht. Vielmehr war es so, dass diese Phase die Vollendung meines Daseins war. Als wäre am Ende alles völlig belanglos geworden – abgesehen vom Wesentlichen. Von dem, das allein Bedeutung besitzt und Bedeutung *verleiht*, allem und jederzeit. Ohne Malerei und ohne Leidenschaft, auf die ich verzichtete, wurde ich zu dem, der ich wahrhaft bin: ein entwaffnetes und entblößtes Ich, wehrlos, aber wie das Kind meiner Tochter der Glückseligkeit zugewandt.

Samstagnachmittags reiste der Juwelier mit der Kutsche an und fuhr montags früh im Morgengrauen wieder ab. Von der Familie hatten wir ihn bereits ausgeschlossen. Er versuchte, mit Jacometto zu spielen, stellte sich jedoch ziemlich ungeschickt an, so vollkommen fremd war ihm die Welt der Kinder. Er traf weder den richtigen Ton, noch wusste er, wie er ihn in den Arm nehmen konnte, sodass er ihn manchmal sogar erschreckte, wenn auch ohne Absicht. Während ich Marco Augusta zusah, wie er die Aufmerksamkeit des kleinen Jungen auf sich lenken wollte, indem er eine Silberkette vor seinem Gesicht hin und her baumeln ließ, fragte ich mich, ob ich auch so ein Vater gewesen bin – ob ich überhaupt einer war.

Auf dem Land blühte Jacometto wieder auf und entwickelte sich zu einem pausbäckigen kleinen Jungen. Wir spazierten mit ihm durch die Weinberge, zeigten ihm den Hühnerstall und spielten mit den Kaninchen der Pächter. Von der Sonne bekam er goldglänzende Haut. In jenem Frühling und Sommer nahmen weder Marietta noch ich einen Pinsel in die Hand. Ich hätte ihn zwar liebend gern gemalt. Alle meinen, ich hätte ein gutes Händchen für Kinder gehabt, ich hätte ihren ernsten Ausdruck und ihre Anmut, ihre Leichtigkeit und ihre geheimnisvolle Art einzufangen vermocht. Ich wollte Jacometto jedoch erst dann malen, wenn seine Gesichtszüge unverwechselbar und unveränderlich geworden wären, wenn er nicht mehr wie tausend andere Säuglinge ausgesehen hätte, wenn keine Spuren sämtlicher vorangehender Generationen mehr auf seinem Gesicht aufgeleuchtet hätten und er allmählich er selbst geworden wäre. Wir schauten ihm zu, wie er lebte – das war alles.

Als ich unter der Eiche mit dem Küken in der Hand auf ihn wartete und er auf mich zuwankte, sank er plötzlich auf der Wiese nieder. Von Krämpfen erfasst, zogen sich seine kleinen Muskeln zusammen. Er begann zu weinen und zu zittern und war nicht mehr zu beruhigen. An jenem Tag trank er ununterbrochen, bis seine Mutter ihm nichts mehr geben konnte. Marietta hatte sich keine Amme nehmen wollen, sondern stillte ihn selbst. Faustina meinte, dass dieser unstillbare Hunger vielleicht nur ein Zeichen dafür sei, ihn abzustillen. Aber das konnte nicht sein, das Kind weinte – es weinte unaufhörlich und war untröstlich. Dann bekam er wieder diese Krämpfe, bis er schließlich anfing zu verbluten – er verlor Blut aus der Nase, dem Mund und selbst im Stuhl.

Carpenedo ist ein kleiner Flecken auf dem flachen Land, der aus wenigen, verstreut liegenden Höfen besteht: Bauern, ein paar Hirten, Landwirte, die für die Besitzer der herrschaftlichen Villen aus der Umgebung arbeiten, und Arbeiter aus der Spinnerei. Ein Arzt wohnte hier allerdings nicht: Wir trafen lediglich einen aus Vicenza an, der in der Villa der Morosini zu Gast war. Er hob zu einer langen, komplizierten Rede an. Aristoteles würde in den *Problemen* behaupten, dass Krämpfe bei Kindern mit der Mondtätigkeit zu tun hätten, Platon wiederum schreibe in *Timaios*, dass in dieser minderwertigen Welt nichts ohne eine Ursache entstehe und nichts ohne göttlichen Grund werde. Oder aber, dass man dem von oben Beschiedenen nicht entgehen könne und dass diese Macht von den Naturphilosophen und Doktoren göttliches Schicksal genannt werde. «Was hat mein kleiner Junge?», unterbrach ihn Marietta verzweifelt. Nun, letztendlich folgerte der Arzt, dass Jacometto Würmer habe.

Was diese Würmer genau sein sollen, entzieht sich meiner Kenntnis – schwer zu sagen, ob sie sich tatsächlich im Darm von Kindern festsetzen, wo sie sich so lange vermehren und ausbreiten, bis sie sie zerstört haben, oder ob es sich eher um eine konkrete Metapher für ein unsichtbares Leiden handelt. In Venedig habe ich auf jeden Fall Dutzende Kinder an Würmern sterben sehen. So wie eine Entbindung für Frauen und Herznot für uns Männer, sind Würmer für Kinder ihr mörderisches Schicksal. Im Fall von Jacometto sah jedoch der Arzt aus Vicenza keinen Grund zur Sorge. Die heilige Kirche lehre uns ja außerdem, dass die Sterne uns beeinflussen, wenn auch nicht bestimmen würden, und die Planeten stünden momentan gut für das Kind: Wir hätten gerade abnehmenden Mond. Er empfahl uns Umschläge mit Zitwerblüten, die austrocknend wirkten, und mit Kampfer, der den Körper erfrische und schütze. Auch der Strauchgamander sei bei Entzündungen der Darmschleimhaut und analem Juckreiz eine nützliche Pflanze. Augenblicklich brach der Juwelier nach Venedig auf – ich erinnere mich noch gut an das auf und ab tanzende Laternenlicht, als die Kutsche über den holprigen Weg hinter der Kurve im Dunkeln verschwand. Am darauffolgenden Tag kam er mit Dominico und einer Truhe voll Arzneimittel zurück. Obwohl wir den Anweisungen mit äußerster Gewissenhaftigkeit folgten, brachten die Heilkräuter keine Erleichterung. Jacometto hörte nicht auf zu bluten und zu weinen.

Der kleine Junge durchlitt grausamste Schmerzen, die wir nicht zu lindern vermochten. Zehn Tage lang weinte er ununterbrochen. Noch heute habe ich sein Weinen im Ohr – eine Bitte, die du nicht erhört hast. Und wenn du ihn nicht erhört hast, Herr, wirst du auch mich nicht erhören. Jacometto konnte sich nicht wehren, wie ein Lamm hast du ihn geopfert. Er war erst elf Monate alt. Vollkommen unschuldig. In all den Jahren, Herr, habe ich die vorgegebene Ordnung der Dinge nie akzeptieren können, allenfalls habe ich mich daran gewöhnt, den Sinn der Welt zu akzeptieren. Erst allmählich söhnte ich mich mit dem sogenannten Schicksal aus. Ich fand eine mögliche Antwort auf Hungersnöte, auf Kriege, obschon sie beinahe mein Land zerstört haben, auf Gewalt, Dummheit und Pest. Selbst auf den Tod meines kleinen Jungen: Als hättest du Ottavio zu dir genommen, um den anderen acht Kindern ein gutes Gedeihen und mir die Einsicht in meine dir gegenüber zu erfüllenden Pflichten zu ermöglichen. Auch der Tod von Cornelia und Andriana, Giovanni und sogar Marietta könnte am Ende nicht grundlos gewesen sein und einen Zweck in der unergründlichen Logik der Vorsehung haben. Jacomettos Tod hatte jedoch nicht den geringsten Zweck. Aber wenn alles Leiden grundlos ist, wenn unsere Handlungen den Lauf der Dinge oder dein Urteil nicht verändern können, wozu leben wir dann? Warum streben wir nach dem Guten und untersagen uns das Schlechte, das uns glücklicher machen würde? Warum verzichten wir auf die Sünde und legen unser Teuerstes in deine Hände?

Jacometto weinte, verkrampfte sich, sah sie an, schaute uns alle an, als fragte er uns, warum wir ihm das antun würden. Warum? Helft mir doch. Nicht einmal sprechen konnte er. Die Augen in seinem eingefallenen Gesicht waren riesengroß. Erst am Ende fiel mir auf, dass sie jadegrün waren und kleine aquamarinfarbene Sprenkel hatten – wie meine. In der letzten Nacht wurde sein Weinen immer leiser und hörte sich schließlich an wie das jämmerliche, wenn auch nicht minder herzzerreißende Miauen eines Kätzchens. Ich stand kurz davor, ihn mit einem Kissen zu ersticken, um seinem Leiden ein Ende zu setzen. Er starb in ihren Armen.

Sie wollte ihn nicht gehen lassen. Sie weigerte sich zu glauben, dass er nicht mehr aufwachen würde. Den gesamten nächsten Tag hinderte sie uns daran, ihn zu berühren – sie wiegte ihn weiter in ihren Armen und sang ihm Schlaflieder vor. Selbst Faustina konnte sie nicht davon überzeugen, sich von ihm zu trennen. «Wir müssen ihn waschen und einparfümieren», redete sie auf sie ein, «sein schönstes Kleid ziehen wir ihm an, Marietta.» Aber sie wollte nicht auf sie hören. «Lass ihn doch schlafen», erwiderte sie, «gerade ist er endlich eingeschlafen, wo er doch so viel geweint hat.»

Mit verquollenen Augen kam Faustina zu uns in die Laube. Sie vergötterte das kleine Geschöpf. Dabei war es nicht einmal ihr Enkel. «Wir haben neun Kinder gehabt», pflegte sie zu sagen – und siehe, Herr, auch meine Marietta zählte sie dazu –, «da werde ich mindestens hundert Enkel bekommen: Aber dieser ist der erste, aus dem machen wir den König der Tintoretti.» Kein anderer ist mehr gekommen. Dominico machte sich zum Priester des Malerordens, und Marco würde niemals die Verantwortung für ein Kind übernehmen. Wenn auch Ottavia und Laura Nonnen werden, bleibt Jacometto unser einziges Enkelkind – eine dritte Generation wird es nicht geben, mein Blut wird mit mir versiegen. Faustina schnäuzte sich die Nase und wischte sich die Augen trocken: Zeitlebens war sie ein praktisch und hoffnungsfroher Mensch. Sie sinnierte bereits darüber nach, wie es weitergehen könne. Dem Juwelier schlug sie vor, ein Kind aus dem Hospital aufzunehmen, eines von denen, die niemanden mehr auf der Welt hätten und die von den neuen Eltern Liebeskinder genannt würden. Und es rasch zu tun, denn das sei das beste Heilmittel für Marietta. Marco Augusta nahm ihre Hände in seine, küsste sie und sagte: «Ihr seid eine zu redliche Frau, um in zwei so finstere Seelen wie unsere blicken zu können.»

«Jacometto ist schon ganz blau», flüsterte Ottavia, «er hat Flecken auf den Armen, wir müssen ihn umgehend begraben. Die Verwesung hat bereits eingesetzt.» In jenem Sommer war es besonders heiß. Wenn man die Früchte nicht sofort pflückte, faulten sie noch am Ast, und unter der glühend heißen Sonne brachen selbst die Melonen auf. Als der Juwelier Marietta zu überreden suchte, ihm das Kind zu geben, warf sie ihn vor die Tür. «Verschwinde», hörten wir sie schreien, «rühr meinen Sohn nicht an, du hast ihn doch von Anfang an gehasst.»

«Wir müssen ihr etwas verabreichen», meinte Dominico besorgt, «ein Beruhigungsmittel oder ein Schlafmittel, ich fahre sofort nach Venedig und kaufe Opium.» «Dafür brauchst du nicht erst nach Venedig zu fahren», sagte Marco leise, «ich habe welches in meinem Mäppchen, so viel, wie du willst.» Wir waren von den Ereignissen so aufgewühlt, dass wir uns in diesem Moment die Bedeutung dieser Aussage nicht vor Augen führten, im Gegenteil sogar erleichtert waren. Von dem Mohnpulver würde sie einschlafen und vergessen. Verstört kam der Juwelier aus Mariettas Zimmer. «Ich fürchte, sie ist geistig umnachtet», war seine einzige Bemerkung. Da bat Faustina mich, sie wieder zur Vernunft zu bringen. Ich sei der Einzige, dem das gelinge.

Marietta saß vor dem weit geöffneten Fenster und blickte in die Ferne. Der Garten in der Sommerhitze war verbrannt – aber im Hintergrund jenseits der Mauer sah man den Teich der Nachbarn. Eine dichte Weide warf einen kreisrunden Schatten, die Blätter streiften sanft über die Wasseroberfläche. Jacometto trug ein Leibchen aus durchsichtigem Musselin. Sie drückte ihn an ihre Brust und versuchte, ihn zu stillen. Trotz des geöffneten Fensters lag ein beißender Geruch in der Luft, und ich musste meine aufsteigende Übelkeit unterdrücken. Ich ekelte mich vor diesem fahlen, übel riechenden Bündel, doch ich beugte mich über Marietta und streichelte ihm übers Haar. Es war rostbraun und ganz fein, eine Krone kleiner Löckchen rahmte seine Stirn ein. «Er ist tot, Marietta. Sei vernünftig, du musst ihn gehen lassen.»

«Würdest du das tun?», fragte meine Tochter und hob kaum merklich den Kopf. Ihre Augen waren trocken. Erst viele Tage später konnte Marietta den Tod ihres Sohnes beweinen. Die Lippen meines Enkels waren schwarz. Wie versiegelt pressten sie sich an ihre Brust. «Nein, du hättest ihn niemals gehen lassen», murmelte Marietta. «Glaubst du, ich hätte vergessen, dass du mich nicht hast sterben lassen? Ich habe ihn nicht genug geliebt.»

Ich kann nicht weinen, Herr. Du hast mir nicht gezeigt, wie man sich von seinem Schmerz erlösen kann. Ich kann ihn einfach nur erdulden. Ich bin ein in nutzloser Beharrlichkeit von Wellen behauener Fels. Die Gezeiten schleifen mich, entreißen mir aus meinen Hohlräumen die Fische, Krabben, Seeigel und stacheligen und empfindlichen Wesen, die bei mir Unterschlupf finden – von der Stelle aber bekommen sie mich nicht. Nach dem Sturm stehe ich am Ende leer und verlassen immer noch da. Sie aber sind weg, weil ich sie nicht behütet habe. Ich ließ meine Tochter einfach reden, da die Worte in jener Nacht wahrscheinlich ausgesprochen werden mussten, um anschließend vergessen zu werden.

Der Himmel glich einer Petroleumlache, als ich sie bat, mir das Kind zu geben. So könne sie sich wenigstens ein bisschen ausruhen. Seit vierzehn Tagen habe sie nicht mehr geschlafen, sicher sei sie völlig erschöpft. «Ich kann nicht schlafen», flüsterte sie, «ich schaffe es nicht.» Ich reichte ihr das Glas mit dem aufgelösten Mohnpulver. Fest drückte ich es an ihre Lippen. Marietta leerte es ohne Widerworte. Dann trocknete sie Jacometto die Stirn und legte ihn mir behutsam in den Arm. Er war schwer wie ein Stein.

Ich schloss seine Augen, die noch immer geöffnet waren. «Nun schlaf», sagte ich zu dem Kleinen und zu meiner Tochter. Marietta schloss die Augen und ließ sich auf das Kissen fallen. Bis zum Morgengrauen blieb ich bei ihnen. Die Sonne stand schon hoch am Himmel, als wir ihn auf dem Friedhof von Carpenedo beerdigten. Marietta schlief noch immer.

Am darauffolgenden Tag fuhr Steiner nach Deutschland. In Augsburg lebten noch ein paar Verwandte, die er nun für seine Familie hielt. Am Vorabend seiner Reise blieb er zusammen mit Dominico bis spät in die Nacht auf. Da der Himmel klar und wolkenlos war, wollten sich die beiden Freunde Sternschnuppen ansehen. Der Juwelier erzählte, dass ihm die Flugbahn der Sternschnuppen in der Laurentiusnacht den Weg zu seiner Frau gewiesen habe. Denn die Menschen seien wie die Sterne – einige fix, andere streiften und irrten umher, genau wie Marietta. Dominico versuchte, ihn von der Reise abzubringen. Der Juwelier aber meinte, er müsse ihr die Zeit geben, das Geschehene zu verarbeiten. Er wolle sich ihr nicht aufzwingen, denn Marietta wolle nichts mehr von ihm sehen oder hören. Sie werfe ihm nichts vor, sie wolle nur einfach nicht mehr mit ihm leben, was er, Marco Augusta, respektiere. Immer hat er ihren Willen respektiert, allerdings bin ich mir bis heute nicht sicher, ob diese edle, verständnisvolle Art ein Zeichen von tiefer Liebe oder Gleichgültigkeit war. Er vertraute sie mir an und lief davon. Ich hatte dafür Verständnis. Etwas anderes hätte er nicht tun können, und vielleicht hoffte er, mit seiner Abwesenheit das zu erreichen, was er in elf Jahren Geduld und Anwesenheit nicht geschafft hatte. Marco Augusta trieben immer schon philosophische Gedanken um, und er pflegte zu sagen, dass bei Raufereien zwischen Liebenden der gewinnt, der sich beugt, und bei Schwierigkeiten in der Liebe der am meisten bekommt, der am meisten erträgt. Ich weiß nicht, ob er eine weise Entscheidung traf. Allerdings hinderte ich ihn daran, seine Entscheidung rückgängig zu machen. Ich habe sie ihm weggeholt. Nie hat Marco Augusta sie wieder gesehen.

Mein Sohn und mein Schwiegersohn verschwanden in jener Nacht in der finsteren Natur. Bis die Sterne wieder untergingen, blieben sie fort, um den Tierkreis, die Planeten und die zwölf Himmelshäuser zu erspähen – um nach Pegasus und Andromeda zu suchen, unter deren Einfluss die Liebe zwischen Mann und Frau ewig währt. Erst als der Himmel wieder hell und klar wurde, kehrten sie zurück. Der Juwelier hatte Dominico verraten, dass es dem Rabbiner Chimeli zufolge eintausendneunundachtzig Wandelsterne und vier Fixsterne gebe. Seiner Meinung nach aber seien die Wandelsterne noch viel zahlreicher, und wie der gelehrte Alpetragus glaube auch er, dass sich am Himmel Dinge regten, von denen die Menschen nicht das Geringste ahnten und die mit bis heute unerkannten Sternen und Himmelskörpern zusammenhingen. Diese Überzeugung, mithin das Vertrauen in das Geheimnis der Unendlichkeit, verleihe ihm Ruhe und Gelassenheit. Dann zeigte er Dominico am Himmelsgewölbe Dutzende Sternenkonstellationen – von jeder einzelnen kannte er Einfluss und Wirkungsmacht. Immer hat Marco Augusta an die Macht lebloser und ewig währender Körper geglaubt – Sterne und Edelsteine. Nie war er in der Lage zu begreifen, dass die eigentliche Macht in vergänglichen Körpern liegt, in Körpern, die leben, sich verändern, leiden, sich zersetzen und verschwinden. Letzten Endes ist unser Körper alles, was wir haben.

Hin und wieder diskutierten wir darüber. Ich warf ihm vor, eine dingliche Weltsicht zu haben, was er ebenso mir vorwarf. Denn ich sei es, der den Körper verherrlichen und ihm Schönheit einflößen würde, die allein dem Geistesverstand dessen gehöre, der sie erschaffen habe, ich würde an die Größe des Menschen glauben, der nichts sei im Vergleich zur Unendlichkeit der Wandelsterne, zur Reinheit des Kristalls oder der Ewigkeit des Goldes. Nichts sei der Mensch außerdem im Vergleich zu den anderen

Wesen der Schöpfung: Selbst eine Schildkröte, ein Elefant oder eine Eiche lebten bedeutend länger als ein Mensch, der ein äußerst kümmerliches Alter erreiche. Ich würde den Menschen über alles andere erheben, wage gar, ihn mit dem Schöpfer aller Dinge zu vergleichen – mit dem ich mich gleichsetzte. Der Heide sei daher ich.

Wer von uns recht hat, ist mir bis heute ein Rätsel. Aber dass Jacometto aufgrund einer unheilvollen Begegnung zweier Sterne gestorben sein soll, daran glaube ich nicht. Bei so vielen Sternen am Himmelszelt ist es sonnenklar, dass es einige gibt, die Gutes verheißen, und andere, die Pech bringen. Häufig schaute ich mir in jenem Sommer den Himmel an – mal allein, mal mit Marietta. Nirgends fand ich eine Botschaft oder Trost, da konnten noch so unendlich viele Sterne umherirren oder unbekannte Welten im Universum wimmeln. Es ist alles bloß ein gefühlloser, sich ständig wiederholender mechanischer Ablauf von Körpern, die im Weltraum kreisen. Der Himmel ist leer.

31. Mai 1594
Fünfzehnter Fiebertag

Ich werde also die Nacht nicht überstehen. Das lange Warten hat ein Ende. Du bist nicht wiedergekehrt. Aber die anderen sind hier, auch wenn ich sie nicht sehen kann. Meine Gemahlin ist stark, sie weint nicht, und um die Mädchen wach zu halten, betet sie mit ihnen meinen Lieblingspsalm: *Wohl dem, der ist wie ein Baum, der an Wasserbächen gepflanzt ist, der zur rechten Zeit seine Frucht bringt und dessen Blätter nicht welken. Alles, was er tut, wird ihm gut gelingen.* Faustinas Stimme klingt nicht gebrochen, sie ist so ruhig und fest wie sie selbst. Jedes Mal, wenn sie innehält, weiß ich, dass sie mich ansieht. Auch ich schaue sie an, obschon ich sie nicht sehe. Ich habe ihr nicht gestanden, dass ich ohne sie wie ein Fremder orientierungslos durch mein Leben gewankt wäre.

Aber Faustina weiß das auch so. Ich mag Abschiede nicht, sie dagegen hält an ihnen fest. Jeden Tag haben wir uns verabschiedet – immer wenn ich ging, stellte sich Faustina ans Fenster, winkte mir zu, als ginge ich wer weiß wohin, und schaute mir so lange hinterher, bis ich die Brücke überquert hatte und ihrem Blick entschwunden war. So soll sie mich in Erinnerung behalten – wie ich ans Ufer hinuntergehe, eine Brücke überquere und einfach irgendwo bin, wo sie mich nicht sehen kann. Faustina wird nicht besorgt sein. Daran ist sie gewöhnt. Nie sagte ich ihr, wo ich hingehe.

Hin und wieder schnäuzen sich meine Mädchen die Nasen. Ihre Stofftaschentücher verströmen einen angenehmen Duft. Ich spüre das Rascheln ihrer Röcke und ihre leichten Schritte. Meine Töchter riechen nach Rose und Zitrone, nach Jugend und Leben.

Wenn mir noch eine letzte Bemerkung gestattet wäre, würde ich ihnen sagen, dass ich meine Meinung geändert habe und nicht will, dass Ottavia und Laura ins Kloster gehen. Ich will, dass sie niemals aufhören, den Geruch dieses Kanals einzuatmen, über Venedigs Brücken zu gehen und die Sonne zu genießen, an meiner Stelle. Aber mein Mund ist wie versiegelt.

Der arme Schila ist derart traurig, dass Dominico ihm erlaubt hat, sich von mir zu verabschieden. «Maestro», stammelt Nastasio, «geliebter Maestro, wenn ich noch irgendetwas für Euch tun kann, so befehlt es mir, ich bitte Euch.» Ich hätte mich gern bei ihm entschuldigt, da mir seine Anwesenheit in diesen fünfzig Jahren große Erleichterung gebracht hat – seine winzige Statur ließ mich zu einem Riesen heranwachsen. Seine Verkrüppelung war meiner verletzten Eitelkeit ein Trost, gaukelte sie mir doch vor, so groß wie der Baum am Wasserbach aus dem Psalm zu sein. Ich mache mir Vorwürfe und schäme mich, so etwas Gemeines und Verwerfliches gedacht zu haben. Mein Diener fühlte sich allerdings nie gekränkt. Im Gegenteil. Ich sei, so versicherte er mir, der einzige Herr, der ihm nicht das Gefühl gegeben habe, eine Jahrmarktfigur oder ein Monster zu sein – sondern ein Mann. Denn für mich seien alle gleich – Könige und Fährleute, die Barone von Ficenga und die Pestkranken aus dem Lazarett, Apostel und Diener, Frauen und Männer, Alte und Kinder, Engel und Zwerge, Christus und Pilatus, Luzifer und Gott. Für alle hätte ich mich interessiert, alle hätte ich mit der gleichen Leidenschaft anzuschauen und zu malen vermocht.

Dominico rennt unentwegt um mein Bett herum, zupft mein Kissen zurecht, gibt den Dienstmädchen Anweisungen, öffnet und schließt die Fensterläden und sieht nach, ob noch ausreichend aromatische Kräuter, um die ich gebeten hatte, im Feuer der Fackeln verbrennen – Aloe, Myrrhe, Kolophonium und Pinienharz. Er regelt die Prozession der Priester mit dem Weihrauchgefäß, dem heiligen Öl und den Kreuzen und ermahnt sie, sich mit den Sakramenten zu beeilen, da meine Zeit in der Sanduhr nur noch so breit wie ein Fingernagel sei. Sie halten mir das Evangelium und Faustinas kaltes Kreuz aus Obsidian zum Küssen vor das Gesicht. Erleichtert atmen alle auf, als nichts schiefgelaufen und das Ritual abgeschlossen ist. «Mit den Tröstungen des Glaubens», sagt eine unbekannte Stimme. «Seelenruhig ist er eingeschlafen», bemerkt eine andere. Dominico ermuntert seine Mutter, umarmt die Schwestern und setzt sich wieder auf die Bettkante. Ich weiß, dass er aussieht, als wäre er in den vergangenen zwei Wochen um zwanzig Jahre gealtert – an den Schläfen sprießen weiße Härchen. Ehrfurchtsvoll bietet Nastasio ihm, dem Maestro, seine Dienste an. Er hat bereits meinen Platz eingenommen.

Auch Marco ist da. Einer von ihnen muss ihn suchen gegangen sein. Oder mein aufsässiger Sohn ist von allein heimgekehrt, hat den Weg gefunden, den sein Bruder Giovanni nicht zu sehen vermochte. Seine Rückkehr hat für ziemlichen Lärm gesorgt – lautes Weinen seiner Mutter, grelle Schreie seiner Schwestern, immer hitziger werdendes Gerede. Ich habe ihn lebhaft mit Dominico streiten hören, der ihn nicht ins Zimmer lassen wollte, war er sich doch sicher, dass ich ihn nicht sehen wolle, seine Anwesenheit mich nur unnötig aufwühle, zu sehr habe er mir bereits wehgetan, dass er mich nun in Frieden sterben lassen solle. Es hätte nicht viel gefehlt, und sie wären handgreiflich geworden. Ich hörte, wie Faustina ihn fragte, wohin er abgehauen sei, und dass er «nirgendwohin» erwiderte, da es auf dieser Erde keinen Ort gebe, nicht einmal jenseits des Ozeans, wo er nicht den Eindruck habe, auf der Flucht zu sein. Aber da dies der Ort sei, vor dem er fliehe, brauche er mehr Mut zu bleiben als auf ein Schiff zu gehen und nach Indien oder Amerika zu fahren. Wenn sie ihm erlaubten, mich wiederzusehen, werde er gewiss seinen Lebensmut wiederfinden.

«Willst du, dass ich ihn wegschicke, Papa?», fragte mich Dominico. Ich hatte keine Stimme mehr. Sie ist weg, irgendwohin verschwunden wie meine Beine, Hände, Augenlider, mein ganzer Körper. Während ich weiter auf die dunklen Wände starrte, rief Marco: «Er hat nicht Ja gesagt! Sieh ihn dir doch an, er rührt sich nicht; wenn er wollte, hätte er schon seine letzte Kraft aufgebracht und mich fortgejagt. Das war es doch, was wir alle erwartet haben. Dass mein Vater sich aufrichtet und mir ins Gesicht spuckt.» Da trat Dominico zur Seite und ließ ihn herein. Marco lehnte einen Gegenstand an den Pfeiler des Baldachins. «Ich bin es holen gegangen, Papa», sagte er, «das Pfand des alten Salomon. Dein Hochzeitsgeschenk. Marietta ist da, sieh nur!» Aber ich konnte sie nicht wiedersehen. Sie wird in dieses Haus nicht mehr zurückkehren.

Marco kniete sich ans Bettende und vergrub sein Gesicht in den Laken. Zusammen mit ihm war der salzige Geruch der Lagune ins Zimmer gedrungen. Er muss auf der Insel geschlafen haben, im Freien, zwischen Sträuchern oder unter einem Baum. Als Junge tat er dies häufig. Nach einem Streit oder einer seiner Schurkereien verschwand er. Wenn er zurückkam, haftete genau dieser Geruch an ihm – nach salzigem Schlamm, brackigem Wasser, zersetzter Erde.

Giovanni entdeckte eines Tages sein Versteck, denn Marco verzog sich immer an dieselbe Stelle: an die hinterste und verlassenste Ecke der Lagune, hinter Torcello. Dort gibt es eine Insel, die je nach Gezeitenstand auftaucht oder verschwindet. Bei Ebbe tritt sie vollständig an die Oberfläche – dann ist sie eine Art Sandscheibe, aus deren Mitte, umringt von Meeresbinsen, eine Steineiche emporragt. Dieser krüppelige Baum mit Schirmkrone erinnert an den Baum aus dem Psalm – immerdar von Blättern geschmückt, wird er zur rechten Zeit seine Frucht bringen, und alles, was in seinem Schatten wächst, wird gut gelingen. Bei Flut ist alles überschwemmt, und aus der Lagune schaut lediglich seine Krone hervor – wie Arme recken sich seine Äste zum Himmel. Zwischen den immergrünen Blättern finden Vögel auf dem Weg in andere Gefilde einen Rastplatz. So erkennt man den Baum auch von Weitem. Er sieht aus, als schwebte er ohne Wurzeln zwischen Himmel und Wasser.

Marco erreichte die Insel schwimmend von Torcello aus, Giovanni dagegen ruderte jeweils so lange auf seinem Boot, bis er kein Gefühl mehr in den Händen hatte. Angekommen sprang er in den Sand, zog das Boot an den kleinen Strand und forderte seinen Bruder auf, mit nach Hause zu kommen, da der Sturm sich gelegt habe und ihm auch dieses Mal verziehen werde. Doch Marco schüttelte jedes Mal den Kopf, er zog sich Schuhe, Strümpfe und die restliche Kleidung aus und aalte sich im Schatten des Baums, um dann – nackig – so weit ins Wasser zu gehen, bis es ihm bis an den Hals reichte. Vielleicht wollte er sich von sich selbst reinigen, sich oder uns vergessen. Mal war Sommer und das Wasser warm und schleimig wie Brühe – mal war Herbst und das Wasser schneidend kalt. Dieses aberwitzige Ritual hatte etwas Unwiderstehliches, denn auch der jüngere Bruder übernahm schließlich diesen Brauch. So hielten meine Söhne die Luft an und tauchten unter Wasser, wo sie sich vergaßen und im Strom treiben ließen, bis aus ihren Mündern, vom Licht angezogen, kleine Luftblasen nach oben stiegen. Doch am Ende gaben auch sie der Anziehungskraft nach und kehrten nach Hause zurück.

Marietta hatte mir davon erzählt, da sie – nachdem sie von der Existenz dieser Insel und den seltsamen Abstechern ihrer Brüder erfahren hatte – auch dahin wollte. Selbst als Marco schon nicht mehr vor seinen ärgsten Fehltritten dorthin flüchtete, stieg sie zu Giovanni auf das Boot. Nachmittags, wenn die Sonne am höchsten stand, brachen sie auf, und mal war die Insel da, mal nicht – dann kehrten sie ohne anzuhalten wieder um. Wenn sie aber da war, schlüpften sie aus ihren Schuhen, Strümpfen und Kleidern und sprangen ins Wasser. Obwohl es ein Geheimnis meiner Kinder bleiben sollte, erzählte mir Marietta von der Insel. «Ihr geht nackt baden?», fragte ich sie ungläubig. «Das Wasser ist bereits eine Art

Kleidungsstück», erwiderte sie. «Kann euch jemand sehen?», fragte ich besorgt. «Nein, das ist doch nicht der Lido, niemand kommt in diese Gegend, um sich die Zeit zu vertreiben, auf der Höhe fährt allenfalls hin und wieder ein Fischerboot vorbei.» «Und können *die* dich sehen?» «Nein, ich sage denen, sie sollen sich umdrehen und die Augen schließen.» «Und wer sagt dir, dass sie das auch wirklich tun», bohrte ich nach. «Ich weiß es eben», entgegnete sie selbstsicher. «Und was macht ihr dann so?» «Nichts, wir ziehen uns unter den Baum in den Schatten zurück, bis uns das Wasser fast in den Mund schwappt. Dann halten wir die Luft an und lassen uns untertauchen. Wenn wir wieder auftauchen, ist für einen Moment die Sonne am Himmel nicht mehr zu sehen, dafür scheint die Lagune vollständig aus Gold zu sein, als wollte sie alles Licht in sich aufsaugen, dann verliert sie auf einmal jegliche Farbe und wird trüb und dunkel. Wenn du aber unter Wasser die Augen auflässt, kannst du die Flut sehen, wie sie Richtung Venedig strömt, die Fische, die im Sog des unsichtbaren Flusses treiben, und den wie Pulver aufwirbelnden Sand – auch die Geräusche und entferntesten Stimmen folgen dem Lauf des Wassers und erschlagen dich fast. Das lauteste Geräusch, das steigt und steigt, bis es zu einem Metronom der Zeit wird, das erkennst du allerdings erst, wenn du wieder auftauchst und schweigst, denn das ist dein Herzschlag. Ob man sich so auf dem Mond fühlt oder in der eigenen Seele, wie Marco behauptet, weiß ich nicht, auf jeden Fall ist es traumhaft. Das Geheimnis ist, sich nicht mit den Füßen abzustützen, nicht die Atemluft zurückzuhalten, nicht zu versuchen, nach oben zu kommen oder Körper, Wille und Gedanken zu kontrollieren, sondern sich gehenzulassen, sich wie eine Korkeiche, wie Treibholz oder ein Blatt treiben und vom Strom mitreißen zu lassen.»

«Warum nimmst du mich nicht einmal mit?», fragte ich sie. «Weil du Angst vor dem Wasser hast», erwiderte sie. Aber das war nicht der eigentliche Grund. «Nichts lieber als das», flüsterte sie, «aber das kann ich nicht machen.»

Marco nahm meine Hände und bedeckte sie mit Küssen. So viel wollte mein Sohn mir sagen – aber kein Wort kam über seine Lippen. Er stammelte Zusammenhangloses und konnte letztendlich nur weinen. Auch ich hätte ihm noch so viel sagen müssen, aber auch ich schaffte es nicht. Besser so, ich will nicht mit einer Predigt enden, zumal ich nie Predigten gehalten habe. Sein Lockenkopf ruhte in meinen Händen wie auf einem Tablett. Seine Haare waren hart, borstig und mit einer Salzkruste überzogen. Auch an seinen Schläfen hing salziger Grind. Grobe, körnige Dinger, die mir – aus irgendeinem Grund – auf einmal unendlich lieb und teuer wurden. Ich wollte ihn nicht mehr gehen lassen.

Ich konnte Marco nicht sehen, wie er auf dem Boden kauerte und sich wie eine Katze an mich schmiegte – klar und deutlich sah ich aber die Insel, auf der ich nie gewesen bin, am äußersten Ende der Lagune, den Strand, der mal da ist und mal nicht, den Schatten des Baums, dessen Laub nie verwelkt, den von der Flut geriefelten Sand und das ans Ufer gezogene Ruderboot. Als wäre ich stundenlang gerudert, taten mir auf einmal die Arme weh. Das Wasser sah einladend aus, war dicht und rot wie Blut, wie in meinem letzten Traum. Ich schlüpfte aus meinen Schuhen und Strümpfen. Der Sand kühlte allmählich ab, und mich durchfuhr ein Kälteschauer. Am Strand lagen Zweige, Treibholz und herangespülte Muscheln herum. Einige Formen hatte ich noch nie gesehen. Ich zog mir Jacke, Hemd und Hosen aus. Jemand fasste mich an der Schulter. «Dreh dich um», sagte die Person, deren Stimme ich sofort erkannte.

Ich war überrascht, denn ich hatte sie nicht mehr erwartet. «Wo bist du? Ich kann dich nicht sehen!», rief ich. «Ich bin hier», sagte Marietta, «aber du darfst mich nicht anschauen. Dreh dich um.» Ich sah, wie ihr Jäckchen mit den goldenen Knöpfen, ihre Bluse und die scharlachroten Bundhosen in den Sand fielen. Dem ungeheuren Drang, mich umzudrehen, konnte ich nur mit Mühe widerstehen, doch ich wusste, dass sie sonst verschwunden wäre.

«Wo bist du?», fragte ich erneut. «Wo soll ich schon sein? Ich bin ganz nah bei dir, Jacomo», antwortete sie. Und da spürte ich, wie ein riesiges Glücksgefühl durch mich hindurchströmte.

Ich brachte sie nach Mantua. Faustina hatte mir dazu geraten, und ich weiß, was sie dies gekostet hat. Denn meine Frau erinnerte sich mit großer Sehnsucht an die weit zurückliegenden Tage, als wir da oben die Scherben unserer Ehe wieder zusammensetzten und mit neuem Faden die verschlissene Leinwand stopften. Während der Mußestunden von Mantua, der Abende bei Hof und im Theater, dank der Narren, Turniere, der Musik und des Abstands von zu Hause und den Kindern hatten wir damals wieder zueinandergefunden. Seit Jahren lag mir Faustina in den Ohren, wann wir endlich der Einladung des neuen Herzogs Vincenzo von Mantua, Sohn meines buckeligen Mäzens, folgen und wieder einmal einen Monat dort oben verbringen würden. Das hatte ich immer vor mir her geschoben. Ich wollte nicht weg von Venedig – nicht weg von ihr.

Zum großen Erstaunen unserer Nachbarn hatte sich Herzog Wilhelm häufig auf den Fondamenta dei Mori blicken lassen, wo er es sich manchmal stundenlang in meinem Atelier bequem machte. Er sagte, er schätze die Unterhaltungen mit mir mehr als meine Bilder, denn er sei überzeugt davon – ich musste zugeben, nicht ganz zu Unrecht –, dass ich den Bildern, die ich für ihn gemalt hätte, keine besondere Aufmerksamkeit gewidmet hätte. Meine Nachlässigkeit könne ich lediglich dadurch wiedergutmachen, indem ich für seinen Palast in Mantua etwas Unvergessliches erschaffen würde. «Ich werde es tun», beteuerte ich ihm jahrelang. Herzog Wilhelm aber starb, ehe ich mein Versprechen einlösen konnte. Nun ging ich mit Marietta nach Mantua, wo ich eigentlich mit Faustina hätte hinfahren müssen.

Der neue Herzog von Mantua brachte uns im alten Schlossflügel unter. Obwohl der jahrhundertealte gotische Bau nicht die

Bequemlichkeit der neuen Paläste bot, waren unsere Gemächer großzügig und sonnendurchflutet, und die Fenster gingen zum See hinaus. «Ich dachte mir, Maestro Tintoretto», sagte der junge Herzog äußerst feinfühlig, «der Blick auf den See lasse keine Sehnsucht nach der Lagune aufkommen, auf dass Ihr ein wenig länger bleibt.» Als Willkommensgruß schenkte er Marietta ein prachtvolles Cembalo mit Schnitzereien, einem mit Pflanzen und Flüssen bemalten Gehäuse und einer Zierleiste aus glänzendem Elfenbein. «So könnt Ihr musizieren, wann immer es Euch beliebt, Signora», sagte er zu ihr. «Lasst Euch nicht der Wonnen der Musik berauben, ist sie doch in der Lage, alles Leid zu lindern und uns in eine bessere Welt zu entführen.» Wie sein Vater war der Herzog ein leidenschaftlicher Musiker, der sich mit Noten umgab wie andere Herrscher mit Pferden oder Hunden. Dutzende Komponisten, Musiker und Sänger waren in seinen Diensten. Verlegen zierte sich Marietta, das Geschenk anzunehmen. Als aber ihre Finger über die Tasten glitten und die Plektren die Saiten anzupften, ertönten beide Stimmen sofort im Einklang – harmonisch und zart.

Siehst du, Herr, am Ende habe ich sie doch aus Venedig herausgebracht, und zwar an einen Hof. Das hätte ich schon Jahre zuvor tun sollen. Ihr hätte dieses Leben möglicherweise gefallen. Meine Tochter schien wie gemacht dafür, durch endlos lange Flure zu flanieren und mit anderen hochrangigen Personen Konversation zu betreiben – Personen, die kein Bewusstsein für ihre Privilegien hatten, gegen ihre Langeweile ankämpften und denen es nach Zerstreuung, Schönheit und Geist verlangte. Sie schien wie gemacht dafür, sie zu unterhalten, ohne sich selbst preiszugeben. Ob Marietta ein solches Leben je gewollt hätte, werde ich nicht mehr erfahren. Dass wir es nicht hätten teilen können, war Grund genug, es uns zu versagen. In jenem Jahr in Mantua waren wir Gäste. Mir ist unklar, ob ich so viel Anerkennung verdient habe. Dennoch ist mir der, dessen Wünschen ich nicht nachgekommen bin, ein Freund gewesen – der letzte.

Der Herzog zahlte mir ein Salär aus, das dem einer Rente für mein Dasein im Alter gleichkam. Selbstverständlich erwartete er dafür eine Gegenleistung, doch immerhin hetzte er mir – im Gegensatz zu seinem Vater – keinen Spürhund hinterher, der ständig Fragen stellte, und bevormundete mich weder mit einem bis ins kleinste Detail vorgefertigten Entwurf noch mit einem Thema. «Meine Familie schätzt Euch schon seit langer Zeit, Maestro», sagte er, «unsere Langmut verdient eine Belohnung durch Eure Genialität.» Er erhielt nichts von mir. Wenn ich anschließend noch etwas zu malen vermochte, dann galt es ihnen – und ihr. Ich rief die Geister um das Feuer meines *Letzten Abendmahls* in der Kirche von San Giorgio Maggiore und legte den Leichnam des Gottessohns in die Gruft der Totenkapelle. Etwas anderes hätte dort wahrhaftig nicht hingepasst.

Elf Monate blieb ich in Mantua. Die Zeit, die für Jacomettos Durchreise auf der Erde so kurz war, erschien uns wie eine Ewigkeit. Über siebzig Jahre meines Lebens habe ich ununterbrochen gemalt. Jeden einzelnen Tag widmete ich der Malerei. Ich malte an meinem Hochzeitstag, am Tag, als Venedigs Galeeren in Lepanto die Türken besiegten, als der Dogenpalast brannte und als mein Vater und mein Sohn Ottavio starben. Die elf Monate in Mantua widmete ich ausschließlich ihr.

Wir standen meist spät auf. Unser Frühstück nahmen wir in dem lichtdurchfluteten Zimmer ein, wo uns die maurischen Pagen des Herzogs auf leisen Sohlen bedienten. Sie sog den Essensgeruch in sich auf und rührte, da sie den Appetit verloren hatte, fast nichts an. «Ich kann nichts bei mir behalten», flüsterte sie mir zu, was ich erst heute richtig verstehe. Wenn das Wetter es zuließ, fuhren wir mit dem Boot auf den See hinaus. Anfangs hielten wir uns im Schutz der Stadtmauern auf, ohne das Schloss aus den Augen zu verlieren. Später bogen wir in den Mincio ein, bis wir schließlich sogar den Ruderer baten, uns in das wilde und undurchdringliche Schilfgebiet zu bringen. Dort stiegen wir dann hin und wieder am

Ufer aus. Sobald Marietta ihre Bundhosen bis zu den Knien hochgekrempelt hatte, wateten wir mit bloßen Füßen ein paar Schritte auf das andere Ufer zu. Dabei wirbelten wir reichlich Sand auf, unter dem sich im Schlamm unsere Fußabdrücke abzeichneten – unauslöschlich. Ich musste auf einmal an die Insel denken, die ich nie gesehen habe. Gern hätte ich sämtliche Kleidung abgelegt und mich mit ihr ins Wasser gleiten lassen. Aber es war bereits Herbst und das Wasser zu kalt. Schon jetzt zitterten wir vor Kälte. «Das machen wir nächstes Jahr», versprach ich ihr. Marietta nickte, und wir starrten auf unser Spiegelbild im Wasser – zitternd, ungewiss. Ein Windstoß, und wir wären wie weggefegt.

Ein anderes Mal drangen wir zu einer von dichtem Schilfrohr geschützten Lichtung vor. Dort breiteten wir eine Decke aus und beobachteten das Hin und Her der Reiher und Blässhühner, bis alles klamm wurde und sich dichter Nebel über den See gelegt hatte. Verschwunden waren die mächtigen Umrisse des Schlosses, die Türme und Dächer der Stadt und die Stimmen. Im Schutz vor neugierigen Blicken und unseren Verpflichtungen waren wir im Nebel uns selbst ausgeliefert. Von den Gesprächen, die wir in diesen endlos langen Tagen führten, sind mir nur einzelne Fetzen in Erinnerung geblieben, da sie wahrscheinlich eher nebensächlich waren. An alles andere kann ich mich gut erinnern: das Rascheln des Schilfs, der zarte Ruf der Regenpfeifer, das Surren der Insekten, der flatternde Flügelschlag der Wachteln, die Schüsse der Jäger, ihr vom Hut beschattetes, blasses Gesicht, die unter den geröteten Lidern funkelnden, grünen Augen, die in der Sonne ganz hell wurden, die mageren Hände auf ihrem Schoß. Es sind keine traurigen Erinnerungen, Herr, wenngleich sie – in jenen Tagen – zu sterben begann. Sie sind voller Licht, weil wir nicht die geringste Erwartung hatten – Sorgen, Ruhelosigkeit, Ehrsucht und selbst die Lust waren wie ausgelöscht. Da war einzig die Gewissheit, genau am richtigen Ort zu sein.

In den ersten Monaten nahmen wir abends am höfischen Leben

teil. Selbst Venedig kann wohl nicht mit dem Reichtum von Mantua mithalten. Das Leben dort oben hatte etwas von einem Theater, war wie ein prunkvolles Märchen, ein endloser Traum. Jeden Tag ein anderes Ereignis. Ein Ball, eine Aufführung, ein Konzert oder ein Turnier, die Ankunft eines Botschafters, eine Geburt, ein Geburtstag oder einfach nur die Existenz eines Staates wie Mantua, der die Wirren eines für ganz Italien schwierigen Jahrhunderts überlebt und sich in eine Perle aus Anmut und Schönheit verwandelt hat. Mich amüsierten die verschwenderische Art meines Gastgebers und seine unstillbare, nahezu kindliche Lust auf Kunstwerke, neue Spiele und Musik. Und auf neue Frauen. Er sammelte Gespielinnen wie Gemälde. Möglicherweise hat er auch daran gedacht, meine Tochter in seine Sammlung aufzunehmen. Vielleicht hätten es auch alle anderen Könige und Herrscher, die sie als Zwanzigjährige an ihren Hof gerufen hatten, auf sie abgesehen. Anfangs lud der junge Herzog sie ein, ein Lied zum Besten zu geben – er wusste, dass sie vor langer Zeit in meinem Atelier für mich gesungen hatte: Damals sei Marietta achtzehn und eine spontane und gefühlvolle Interpretin gewesen, denn wenn die Liebesverse der Madrigale aus ihrem Mund erklangen, sei einem ein Schauer über den Rücken gelaufen. Das habe ihm Herzog Wilhelm erzählt. «Ich danke Euch sehr», erwiderte Marietta mit einem Lächeln, «aber so wie Ihr nicht jener Herzog seid, bin ich nicht mehr jene Frau.»

Obschon ihre Worte wie eine Zurechtweisung klangen, besprach sich Marietta mit dem Lautenspieler und gab eine Woche später im Spiegelsaal ein Konzert. Jeden Freitag spielten dort die Musiker für den Hofstaat. Herzog Wilhelm, der die Musik lieber mochte als seinen Sohn, hatte den Saal erbauen lassen und sich eingebildet, der Welt nicht nur als Architekt und Restaurator des Dogenpalastes in Erinnerung zu bleiben, sondern auch als großer Komponist. Über dem Eingang in den Saal hing noch immer mein Bild mit den neun Musen. Wie die Natur sie geschaffen hatte, saßen die jungen Frauen mit dem Rücken zu uns in einer idyllischen Landschaft und spielten Musik. Ihre Nacktheit war Teil der kosmischen Harmonie – vollkommene Schönheit.

In Mantua hielten sich Europas beste Musiker auf. Jede andere hätte sich geweigert, vor einer aus so vielen Kennern bestehenden Zuhörerschaft aufzutreten, aber Marietta hatte weder im Alter von achtzehn Jahren noch später Angst. Sie machte vor dem Herzog einen Knicks, lächelte mich an und begann zu singen – mit äußerster Sanftmut. Von den Spiegeln entlang der Wände wurde ihr Körper bis ins Unendliche zurückgeworfen. Um mich herum vervielfachte sich Marietta zu einer, neun, eintausend Mariettas, die mich umzingelten und anlächelten, wie im Traum. Kosmische Harmonie, vollkommene Schönheit.

Der Applaus nahm kein Ende, die Zuhörer waren gerührt und begeistert. Mit der gleichen Hingabe trug sie noch weitere Male ihre Lieder vor. Ihre und meine Lieblingsmadrigale, die ich ihr vor langer Zeit beigebracht hatte. Darunter das traurige und schwermütige Lied *Du sanfter, willkommener Tod*. Und auch *Leben meines Lebens*. Während sie sang, schaute sie starr vor sich hin und nahm in den Spiegeln offenbar weder sich selbst noch uns wahr. Ihre Stimme war hauchdünn wie Glas geworden – und eines Abends zerbrach sie plötzlich. Die Musik hielt inne. Im Saal herrschte tiefes Schweigen. Beinahe einhundert Menschen waren anwesend: Keiner sagte ein Wort, alle hielten die Luft an und hofften, sie würde weitersingen. Aber das tat Marietta nicht. Sie klappte die Noten zu und setzte sich neben mich. Sie sang nie wieder.

Man stellte uns keine Fragen. Wir gingen in die düstere Basilika des Palastes und hörten uns geistliche Musik an – achtstimmige sakrale Motetten stiegen in das hohe Gewölbe der Kirche auf. In der hintersten Reihe des Spiegelsaals lauschten wir hingegen weltlicher Musik – umringt von Jacomo und Marietta, Marietta und Jacomo –, während die fünf Stimmen der Madrigale einander hinterhereilten, ohne je zueinanderzufinden. Wir blieben bis spät in die Nacht auf. Die Possen der Hofnarren und die Zoten der Schausteller trieben uns vor Lachen Tränen in die Augen. Am Karnevalsabend haben wir sogar getanzt. Verkleidet waren wir allerdings nicht. Marietta trug das rote Samtkleid mit der goldenen Schnürung. Wie eine Flamme stach sie aus dem Ballsaal heraus. Die Herrschaften beendeten ihren Abend mit dem Fackeltanz. Als jedoch Marietta an der Reihe war, reichte sie die Fackel umgehend an einen Botschafter weiter, forderte mich, der ich abseits an der Wand lehnte, zum Tanz auf und weigerte sich fortan, den Tanzpartner zu wechseln. Mit meinen morschen Gelenken und eingerosteten Knien führte ich sie in die Mitte des Saals, wo wir noch tanzten, als das Spiel längst beendet war und alle anderen sich zurückgezogen hatten – so lange, bis die letzte Kerze niedergebrannt war. Marietta war am Ende federleicht, Herr – in meinen Armen fühlte sie sich wie Wind an. Ich wusste, dass sie mir immer mehr entglitt, dennoch versuchte ich sie zu halten. Aber sie entschwand mit der Musik, die in den Sälen verwehte und zum Fenster hinaushallte, ins Dunkel der Nacht.

Meine Frau kam mich nur einmal Anfang Januar besuchen. Unsere Abwesenheit hatte sich über Gebühr hinausgezogen. Sie fand uns im Schlosspark, wo wir uns, nachdem es drei Tage lang geschneit hatte, in die Sonne auf eine Bank gesetzt hatten. Um uns herum hatten die Söhne der Hofadeligen eine stürmische Schneeballschlacht eröffnet. Marietta begrüßte sie zwar mit ausnehmender Herzlichkeit, für die Neuigkeiten von zu Hause konnte sie jedoch nur wenig Beachtung aufbringen. Gedankenverloren nahm sie die lieben Grüße von Ottavia, Laura und den Mädchen im Kloster entgegen, die alle Sehnsucht nach ihr hätten; Dominicos und Marcos Aufforderung, sofort heimzukehren und sich an die Arbeit zu machen, denn sie solle ja nicht vergessen, wer sie sei, und der Welt ihre Bilder vorenthalten, ließ sie lächeln. Hastig überflog sie die Briefe ihres Gemahls aus Venedig: Der Juwelier war aus Deutschland zurück und erwartete sie. Mir erzählte Faustina, Marco Augusta überlasse Marietta die Wahl, nach Augsburg oder auch nach Prag zu ziehen, wo er sie mit dem Kaiser bekanntmachen könne, oder aber auf die Fondamenta dei Mori, also zu mir, zurückzugehen – wenn das ihr Wille sei. Er sei zu allem bereit, solange sie nur zurückkomme. Marietta aber setzte ihre getönte Brille wieder auf, ließ die Briefe im Muff verschwinden und beobachtete weiter die im Schnee tobenden Kinder.

«Es geht ihr sehr schlecht», warf mir Faustina vor, «merkst du das etwa nicht? Du musst sie auf der Stelle nach Venedig zurückbringen. Wir lassen sie von den besten Ärzten der Stadt untersuchen, Flangini, Amalteo, Julio Fonte, Fabio Glissenti, von wem du willst. Du kannst nicht einfach hierbleiben und so tun, als wäre nichts. Das ist eine Sünde, Jacomo.» Ich erwiderte, dass ich ihr dieses Mal die Entscheidung selbst überlassen und mich ihrem Entschluss beugen würde. Wenn sie gehen wolle, würde ich sie nach Hause bringen. Wolle sie bleiben, bliebe auch ich.

Zwanzig Tage später fuhr Faustina allein zurück. Sie fragte Marietta, ob sie ihr einen Brief für Marco Augusta mitgeben wolle. «Ich weiß nicht, was ich ihm schreiben soll», antwortete sie. «Sag du ihm, er möge mir verzeihen.» Fast täglich brachte uns der Kurier Post. Von ihrem Gatten, Dominico, ihren Freundinnen, ihren Kunden und auch von Zanetta. Schon seit geraumer Zeit verkehrte Marietta nicht mehr mit ihr, obgleich es nach der Geburt ihres Kindes für Marietta nichts anderes mehr gegeben hatte – keine Bilder, Pinsel oder Farben, sogar sie selbst nicht mehr. Es existierte nur noch das Kind, sein Schlaf, sein Weinen, die Milch, die Koliken, das Bäuerchen, das erste Lächeln, der erste Zahn. Trotzdem schrieb ihr die Brillenmacherin unermüdlich Briefe, die Marietta nicht einmal las. Einige Siegel blieben unberührt. Die Frau hatte eine krakelige, unsichere Schrift und gewiss keine Bildung. Dennoch tat sie so, als ob, gehörte sie doch zu jenen, die sich nicht ihrem Schicksal fügen wollen, sondern es zu ändern suchen – mit allen Mitteln. Das wusste ich. Seitenweise Wortgeflechte. Gern hätte ich sie gelesen. Gewusst, welche Worte sie für meinen Funken gewählt und welche Rolle sie in ihrem Leben gespielt hat. Aber dazu hatte ich kein Recht. Ich verbrannte sie eigenhändig im Kamin, da ich vielleicht irgendwann doch schwach geworden wäre. Am Ende hatte ich gelernt, Mariettas Geheimnisse zu achten – wie auch alles andere, was sie vor mir bewahren wollte.

Als ich mit dem Schürhaken in der Glut stocherte, flog mir ein Fetzen Papier zwischen die Finger. «*Meine Liebe, die Behandlung muss in der Seele beginnen, und du wirst sehen, wie der Körper wieder zu Kräften kommt.*» Marietta verweilte am Schreibtisch, wo sie hin und wieder mit ihrer hohen, unbeholfenen und nach rechts geneigten Handschrift, die wellenförmig über die Zeilen hinwegglitt, Briefe beantwortete – immer häufiger ließ sie jedoch die Tinte an der Feder eintrocknen und starrte aus dem Fenster auf den von einer dünnen Eisschicht bedeckten See und die grelle, weiße Ebene.

Vielleicht habe ich Mantua nie verlassen. Vielleicht hocke ich noch immer in den zugigen Gemächern vor dem Kamin. Die gefalteten Hände auf der Decke, ihr Kopf an meiner Schulter. Dorthin will ich zurück. In diesen von allem enthobenen Momenten lebte ich bis ins Unermessliche. Da war ich vollends da, Herr. Und das wusste sie, mehr nicht.

Als es Frühling wurde, war sie nicht mehr in der Lage, in den Schilfgebieten umherzustreifen. Wir fuhren zwar noch mit dem Boot auf den See hinaus, gingen aber nicht mehr an Land. Der Bootsführer ruderte uns so weit hinaus, bis das Ufer im Dunst verschwand, und warf den Anker – in der Nähe einer kleinen Sandinsel mit einer großen Weide –, wo wir bis zur Dunkelheit verweilten. «*Wohl dem, der ist wie ein Baum, der an Wasserbächen gepflanzt ist*», sagte sie einmal leise zu mir, «*der zur rechten Zeit seine Frucht bringt und dessen Blätter nicht welken.*

Alles, was er tut, wird ihm gut gelingen.» Dieser Baum erinnere sie an mich. All diese Schönheit rühre sie zu Tränen.

Faustina hat mich hin und wieder gefragt, warum ich es nicht zu verhindern gewusst habe. In Wirklichkeit stellte sie sich diese Frage selbst – weil auch sie es nicht geschafft hat, Zuane zurückzuhalten. In dieser Gewissheit waren wir vereint, als alles zusammenbrach. Wir umklammerten die Leere, die sie tief in uns hineingegraben haben, und achteten den durchdringenden Schmerz des anderen. Es war weder Platz für Vorwürfe noch für Beileid. Am Ende sind wir wahrhafte Verbündete und Gefährten geworden. Aber dafür mussten wir sie erst verlieren, Faustina und ich.

Doch es stimmt nicht, dass ich nicht versucht habe, sie daran zu hindern, Herr, das hätte ich mir nie verzeihen können. Aber es gab nichts mehr, worauf Marietta Lust hatte. Nicht einmal auf Musik. Und auf die Malerei am allerwenigsten. «Ich habe sie geliebt, weil du sie geliebt hast, Jacomo», gestand sie mir eines Nachmittags auf dem See, «aber sie hat mir nie wirklich gehört, und jetzt, da sie mich verlassen hat, empfinde ich keine Trauer. Nie hätte sie mein Lebensinhalt werden können. Nie habe ich mich in dem, was ich tat, in meinen Bildern ganz und gar wiedererkennen können. Vielleicht liegt es daran, dass ich eine Frau bin oder nie eine wahrhaftige Künstlerin war. Du wolltest es zwar, und ich habe versucht, es dir vorzuspielen, aber ich schaffte es nicht. Ich weiß, dass du mir vergeben hast und dass es dir nicht mehr wichtig ist. Du hättest auf alle verzichten können, selbst auf uns und auf mich. Tatsächlich brauchen tust du uns nicht. Du genügst dir selbst. Du bist die Welt. Aber ich bin nicht so. Eines Tages entdeckte ich auf einmal eine große Leere in mir. Auf verschiedenste Weise habe ich versucht, sie zu füllen, aber die Leere ist immer nur größer geworden. Es verlangte mich nach etwas anderem, aber ich wusste nicht wonach. Was auch immer es ist, nun will ich es nicht mehr. Und ich trauere weder Marco noch dem Kind hinterher, wenn du es genau wissen willst. Frag mich nichts, ich habe keine Antworten, meine

Leere ist randvoll. Vor vielen Jahren hast du mir in dem Holzlager einmal gesagt, dass wir unserem Leben eine vollendete Form geben müssten, bevor wir vom Tod überrascht würden. Der Tod überrasche den Bäcker, während er den Hefeteig in den Ofen schiebt, den Soldaten in der Schlacht, den Schauspieler auf der Bühne und den Maler vor der Staffelei. Und du, Marietta – fragtest du mich –, wobei soll er dich überraschen? Überleg es dir gut, bevor du mir antwortest, denn in der Antwort liegen deine Wahrheit, der Sinn deines Lebens und deine Glückseligkeit verborgen. Damals wusste ich keine Antwort. Heute wüsste ich sie – ich will nichts anderes als hierbleiben, mit dir.»

Im Juni stellten wir unsere Bootsausflüge vollständig ein. Marietta hielt sich nur noch in unseren Gemächern auf. Fortwährend erkundigte sich der Herzog nach ihren Wünschen und ihrem Gesundheitszustand. Er ließ uns Kirschen, Pfirsiche und Wildbret bringen. Aber sie schaute sich alles nur an. Das Angebot, sich vom Leibarzt des Herzogs, einem Mann, der unglaubliche Krankheiten geheilt hatte, untersuchen zu lassen, lehnte Marietta ab. Dominico schrieb mir immer besorgtere Briefe, in denen er mich aufforderte, unbedingt nach Hause zurückzukehren: Marco, die Nonnen, die Mädchen, meine Frau, auch die Bilder bräuchten mich dringend. Ich sei die Stütze und der Motor der Welt – die Sonne am Himmelszelt, ob ich das vergessen hätte? –, ich könne die Planeten nicht einfach in der Dunkelheit zurücklassen, ansonsten würde alles erlöschen. Ich antwortete ihm, dass ich zurückkäme – und zwar bald.

Am Ende verließ auch ich unsere Gemächer nicht mehr. Nicht einen Augenblick ließ ich sie aus den Augen – erst als sie in Schlaf versunken war, fiel mir wieder ein, etwas zu essen, mich zu rasieren und zu waschen. Es war wieder wie damals, als sie in dem Holzlager war und es nach Harz und Aloe roch. Nur dass ich dieses Mal leider keine Salbe hatte, mit der ich ihr Herz einreiben konnte, und auch keine Hoffnung. Die Tage glitten so rasch vorüber, dass ich aufhörte, sie zu zählen. Sie schlief zwar viel, aber wenn sie die Augen öffnete, konnte sie sich sicher sein, dass ich da war. Niemals hätte ich sie allein gelassen, Herr. Nur wenn sie es gewollt hätte. Ich kämmte ihr Haar, wechselte ihre Bluse. Mit einem Schwamm wusch ich Arme und Stirn. Auch ihren Nachttopf leerte ich, alles tat ich. Nichts widerte mich an, im Gegenteil. Sie stieß ihren Körper ab – ich nahm mich seiner an. Mir hatte sie ihn anvertraut. Möglicherweise war das schon immer der Fall gewesen, nur dass ich ihn nicht anzunehmen wusste.

Ihre Hände wurden immer kälter. Nichts konnte sie aufwärmen, noch im Juli heizte ich den Kamin. Die im Feuer prasselnden Holzscheite erinnerten mich an das Knacken meiner Zimmerdecke, wenn sie oben entlangschritt – es schien mir Jahrzehnte zurückzuliegen und war doch erst gestern gewesen. Am Ende waren wir allein, als das Feuer ausging und ihre Hände, kalt wie Schnee, in meinen ruhten. Ich küsste ihre Finger, als könnte ich ihnen meine Wärme einflößen. «Lass mich gehen, Jacomo», sagte sie zu mir, und ich ließ sie gewähren.

Ich zog ihr weiße Kleider an und brachte sie nach Hause. Der Herzog stellte mir einen Schleppkahn mit einem Baldachin aus weißem Atlas zur Verfügung. Den weißen Stoff hatte ich ihr zuliebe ausgewählt. Die Arbeiter stellten den Sarg in den Schatten und entzündeten an jeder Seite des Kahns Duftfackeln – in denen Harz, Aloe, Weihrauch und Myrrhe verbrannten. Dann setzte ich mich auf das Heck, und die Bootsmänner überließen uns der Strömung.

Der Fluss führte uns nach Venedig. Wasser hat es nie eilig – irgendeine Richtung findet es immer. Ich dagegen bin stets durchs Leben gerannt, als wäre eine Feuersbrunst hinter mir her, dieses Mal aber entdeckte ich die Gunst der Langsamkeit – es waren die letzten Momente, die ich an ihrer Seite verbrachte. Die Strömung wiegte mich in eine sanfte Benommenheit, die mich daran hinderte, klare Gedanken zu fassen, der grausamen Wirklichkeit in die Augen zu sehen, mir bewusst zu werden, dass alles zu Ende war und dass in dieser Holztruhe im Schatten des Baldachins meine geliebte Tochter lag. Das glitzernde Wasser, die schaukelnden Wellen sowie der im Sonnenuntergang aus dem Fluss aufsteigende Dunst waren mir wohlvertraut. Wir fuhren durch eine überaus friedliche Landschaft, Herr. Das im Wind rauschende, flaumige Schilfgras, die Ruderboote der Fischer, die über dem Strom hängenden Fischreusen, die am Rand der Dörfer mit hochgeschlagenen Röcken bis zu den Knien im Wasser stehenden Waschfrauen, die mit Holz, Seide und Gewürzen beladenen Kähne, die in die Lombardei und die abgelegensten Winkel Europas fuhren, die großen, grün-silbrigen Weiden am Ufer – all das liebte sie so sehr, dass ich es für sie anschaute. Ich machte mir erst auf diesem Kahn bewusst, dass sich Marietta sechsunddreißig Jahre lang alles nur für mich angeschaut hatte. Sie hat es geliebt, weil ich es liebte, etwas Erhabeneres gibt es nicht.

Die Reise dauerte drei Tage. Da ich sie nicht allein lassen wollte, schlief ich nachts auf Deck. Der Mincio führte uns zum Po und der Po nach Ferrara, wo wir im Delta den Fluss verließen. Der Kahn drang in das Labyrinth aus Kanälen vor und schlängelte sich durch ein weitverzweigtes Wassergeflecht, das sich wie Venen im menschlichen Körper in der Ebene ausbreitete. Die Vegetation war so dicht, dass selbst der Horizont grün schimmerte. Weder Frachtkähne noch Fischer kamen uns mehr entgegen. Wir waren allein mit den Vögeln und den Ochsen, die uns am Ufer in gemächlicher Geduld zur Mündung der Etsch schleppten. Doch, Herr, ich empfand keine Trauer. Ich war über alle Maßen erfüllt. Ich beschaute mir alles – für sie – und wusste, dass Marietta auf ewig bei mir war. Ich wusste, dass sie ihr Leben lang auf diese Weise gelebt hat, und das konnte mir keiner nehmen. Du hast sie getötet, aber nicht gewonnen. Du hattest keine Macht mehr über mich. Ich war dir entkommen. Ich saß mit Strohhut in der Sommersonne auf dem Heck und sog den Harzduft, der für immer und ewig zu uns gehören wird, in mich auf, schaute mir das Ufer, die Sandstrände, die mäandrierenden Flussläufe mit den Schwänen an, atmete die herannahende, salzige Meeresluft ein und war glücklich.

In Chioggia stiegen wir auf ein anderes Boot um, das uns mit der Flut bis nach Venedig brachte – die große Welle war Venedigs Elixier und Odem, sie versorgte die Kanäle mit neuem Leben und nahm auf dem Rückweg allen Abfall und alles Unnütze wieder mit. Ebbe und Flut begleiteten mich mein gesamtes Leben hindurch, das sie am Ende wieder an sich nehmen werden – sie stehen für Überfluss und Mangel, Anfang und Ende des Tages –, jetzt sind sie meine Luft zum Atmen und das letzte Geräusch, das mir noch bleibt. Die Lagune war ruhig und windstill. Begleitet vom Glockengeläut des Arsenals, das einen neuen Tag ankündigte, bogen wir im Morgengrauen in den Canal Grande ein. Flackernd, tänzelnd und taumelnd wachte meine Stadt wie ihr Spiegelbild aus dem nächtlichen Nebel auf und erschien in der blauen Morgenstunde nicht wirklicher als eine Erinnerung. Erst als uns die Flut vor der Haustür absetzte, hörte sie auf zu steigen. Noch am selben Tag beerdigte ich sie.

Die Familiengruft in Madonna dell'Orto liegt unterhalb der großen Orgel: Wenn niemand spielt und die Flügel zugeklappt sind, sieht es so aus, als stiege meine kleine Maria tatsächlich zaghaft, aber ohne Zaudern und Bangen, vom Kirchenboden die fünfzehn Stufen der eindrucksvollen Treppe ans oberste Ende hinauf, wohin sie jemand zu ihrem Schicksal der Auserwählung und Einsamkeit gerufen hat. Dieser Jemand warst aber nicht du, Herr. Allein Marietta weiß, dass ich es war, der sie am Ende der Tempelstufen erwartete.

Der Orgelmeister wollte ein Konzert für sie geben: Es kamen Violinisten, Blockflöten-, Schalmei-, Lauten- und Drehorgelspieler. Sie spielten ihre Lieblingsstücke. Epheben mit so klarer und reiner Stimme wie ihre sangen *Veni, dilecta mea* und *Tota pulchra es amica mea*. Die wenigen, die sie kannten, und die vielen, die von ihr gehört hatten, gaben ihr das letzte Geleit. Es waren so viele, dass nicht alle in die Kirche passten und etliche draußen auf dem Vorplatz in der Sonne stehen mussten. Wir ließen das Portal während des Gottesdienstes offen, damit alle folgen konnten. Die Cölestiner, die mir in meinen letzten Lebensjahren zum Freund und Vertrauten geworden sind, zelebrierten zwar die Messe, doch im Lauf der Predigt schweifte ich mit meinen Gedanken ab. Nicht dort, wo sie glauben, erwartet sie mich, sondern in mir, wo niemand ihr etwas antun kann. Ich werde sie behüten, Schimpf und Schande von ihr fernhalten und kein Vergessen zulassen. Ich werde ihrer gedenken und sie lebendig halten, denn solange ich lebe und möglicherweise darüber hinaus, wird auch sie weiterleben. In meinem Innern spürte ich noch immer die Schwingungen des Sees von Mantua, den Fluss, das Meer, die Lagune, die gegen den Rumpf schwappenden Wellen und die keuchend aufkommende Flut. Selbst als der Grabdeckel aufgelegt wurde, war sie noch in mir, und auch das Geräusch, während die Marmorplatte auf dem Eisenzylinder entlangglitt und dann dumpf auf der Erde aufschlug und das Grab verschloss, berührte mich nicht. Als aber die Kirche sich geleert hatte und alles zu Ende war, war alles andere so unsagbar stumpf und sinnlos – aus und vorbei.

«Mach die Augen zu, Jacomo», flüsterte sie. Ihre Stimme holte mich aus meiner Trägheit zurück. Da merkte ich, dass es dämmer te und die Sonne wie eine glühende Münze auf dem Wasser trieb. Wer weiß, ob wirklich die Sonne der Mittelpunkt der Welt ist. Ob nicht Millionen von Sonnen und Millionen von Welten existieren. Ob wir nichts weiter als die winzig kleine Welt einer winzig kleinen Welt sind, so unbedeutend für das Universum wie eine Ameise auf einem Baum oder ein Sandkorn auf dem Meeresgrund. Und doch eine vollkommene Welt, neben der jede andere verblasst. Vielleicht haben wir gerade wegen unserer Bedeutungslosigkeit die Unendlichkeit verdient. Venedig war weit weg, nur noch ein von Adern durchzogenes Geflecht auf der Lagune – ich konnte es nicht erkennen, als wäre es nicht mehr da, wo es immer gewesen ist.

«Jetzt schließ die Augen», sagte Marietta und fasste meine Hand. Ihre war kalt wie Schnee. Ich klammerte meine Finger um ihr Handgelenk. Es war so schmal wie das, als sie noch ein Kind war oder ihre letzten Tage in Mantua erlebte. Ich folgte ihr über den Sand, bis ich mit den Knöcheln im Wasser stand. Meine Angst war verflogen. Ich vertraute mich ihr an und klammerte mich mit all meiner Kraft an ihre Hand.

«Au!», stieß Marco hervor – der sich, auf dem Boden kauernd und wie eine Katze an mich geschmiegt, nicht von der Stelle gerührt hatte –, «du tust mir weh, Papa! Seht nur, mit welch übermenschlicher Kraft er mich festhält. Vielleicht will er uns damit etwas sagen.» «O nein», rief Faustina, «geh nicht, Jacomo, ohne dich schaffen wir es nicht, ich bitte dich, mein Liebster, lass uns nicht allein, bleib hier.»

Ich begann zu zittern. Es fröstelte mich am ganzen Körper. Das Wasser war noch kälter als Mariettas Hand. Es umspülte Knie, Hüften, Magen, Schultern, Hals. Ich ließ mich von ihr in den dunklen Schatten des Baums führen, bis das Wasser an meinen Lippen kitzelte. Es schmeckte nach Algen, Erde und Salz. Dann verloren meine Zehen den Kontakt zum Sand. Klein, wie sie war, musste sie schon längst den Boden unter ihren Füßen verloren haben. Ich wunderte mich, wie sie sich über Wasser halten konnte. Aber wenn Sichtreibenlassen wie Fliegen ist, wenn sie tatsächlich mein Engel ist, dann ist sie auch dazu fähig. Marietta hielt mich fest an der Hand. Da ich Angst hatte, dass die Strömung uns auseinanderriss, zog ich sie zu mir heran und legte meinen Arm um ihre Hüfte – ihren weichen, festen Körper zu spüren beruhigte mich wieder und versicherte mir, dass sie wirklich bei mir war und das Ganze tatsächlich geschah. «Wir tauchen jetzt unter», sagte sie. «Halte die Luft an.»

Ich wurde sonderbar ungeduldig. Ich wollte endlich sehen, wie die Flut auf Venedig zuströmte, der Sand aufwirbelte und die Fische sich im Strom treiben ließen, wollte das Geheimnis der Korkeiche, des Treibholzes und des Blattes entdecken. Doch vor allem wollte ich sie sehen: meinen Funken, Marietta, meine Seele. Ich öffnete den Mund, atmete tief ein und füllte meine Lungen mit Luft. Ich wurde leicht wie eine Seifenblase, wie die Luft, die aus dem Mund unweigerlich zum Licht aufsteigt. «Jetzt kannst du die Augen wieder aufmachen, Jacomo», sagte Marietta – und dann ließ auch ich mich von der Strömung treiben.

In den Armen meines liebsten und unvollkommensten Sohnes schied ich aus dem Leben.

Exitus

Die Sonne ist zum dritten Mal aufgegangen. Die Fenster stehen offen, es ist ein klarer Junimorgen. Mein Zimmer wird von Licht durchflutet. Auf dem Kanal ist Gemüsemarkt, die Boote ziehen Rillen in das stille Wasser und gleiten weit über den Ruderschlag hinaus. Die Flut hat ihren höchsten Punkt erreicht und zieht sich allmählich ins offene Meer zurück. Pfirsichschalen, Melonenkerne, altes Papier, ertrunkene Mäuse, alles Tote nimmt sie mit sich – auch mich. Die Fackeln sind erloschen, die Tränen getrocknet, am Ufer stehen Menschenmassen, die wie ein bunter, schreiender Fluss auf der einen Seite den Platz verstellen, sich über die Brücken schlängeln und auf der anderen Seite unter den Häuserfenstern auf den Fondamenta entlangziehen, den Steg über die Sensa überqueren, sich in die enge Gasse gegenüber drängen und bei der Misericordia und den Ormesini zusammenlaufen, bis man sie aus dem Blick verliert. Und überall Banner und Standarten, Fackeln, Kerzen und Blumengirlanden. Ich glaube, sie sind meinetwegen gekommen, aber das ist unwichtig. Das Leben läuft weiter wie immer. Es ist dieses Durcheinander, die Stimmen der Verbliebenen, die wertvollen Dinge, die tagtäglich oder nur einmal oder auch nie geschehen, der öffentliche Ruhm und das unbemerkte Scheitern, die Eroberungen und die Fehltritte, die erhabenen Mysterien und die gemeinen Dummheiten, die Fülle und die Leere, der Traum und das Erwachen, die Unendlichkeit und das Nichts, die Finsternis, die uns auslöscht, und das Licht, das uns ruft – dieser Geruch nach Wein und frisch gebackenem Brot, nach Wachs und Holz, nach Wasser und der Lagune. Aber ich habe weder Hunger noch

Durst. Die Schmerzen sind zusammen mit meiner Sehnsucht, Anspannung und Ruhelosigkeit von mir gewichen. Endlich kann ich gehen. Die Reise ist vorüber, die drei Königreiche habe ich durchquert, ihr könnt das Feuer nun anzünden.

Venedig zur Zeit Tintorettos

① Campo San Cassiano. In einem Dokument aus dem Jahr 1539 wird zum ersten Mal erwähnt, dass Tintoretto ein Maler mit Wohnsitz an diesem Platz war. ② Haus Tintorettos an der Fondamenta dei Mori. Hierher zog der Maler nach ein paar Ehejahren mit seiner ständig wachsenden Familie. ③ Madonna dell' Orto. Hier liegt Tintoretto begraben. ④ Scuola di San Rocco. Ab 1565 lieferte Tintoretto gewaltige Wand- und Deckengemälde für die Kirche, den Kapitelsaal und die Erdgeschosshalle der Scuola. ⑤ Dogenpalast, das Kernstück der architektonischen Selbstdarstellung Venedigs. Nach einem Brand im Jahre 1577 ging der wichtigste Auftrag im Rahmen der

Neuausstattung an Tintoretto. ⑥ San Giorgio di Maggiore. Für die Klosterkirche übernahm Tintoretto mit seinen Gehilfen die gesamte Bildausstattung. Hier hängt «Das letzte Abendmahl». ⑦ Campo San Giacomo dell' Orio. Hierher zog Marietta und ihr Ehemann Marco Augusta nach dem Zerwürfnis mit dem Vater. ⑧ Kloster Sant' Anna. In dieses Kloster steckte Tintoretto seine vier Töchter aus der Ehe mit Faustina. ⑨ Wohnhaus von Tintorettos Geliebten Andriana, die sich zu Tintorettos Entrüstung gelegentlich La Tintoretta nannte. Denn dieser Name gebührte eigentlich seiner Lieblingstochter Marietta, der Malerin La Tintoretta.